Günter Laube

Das Wort Gottes:
Top Secret

Mysterythriller

Bibliografische Information der Deutschen Nationalbibliothek:
Die Deutsche Nationalbibliothek verzeichnet diese Publikation
in der Deutschen Nationalbibliografie, detaillierte bibliografische
Daten sind im Internet über http://www.dnb.de abrufbar.

Das Wort Gottes: Top Secret
© 2007 by Günter Laube
eBook: neobooks.com, München 2012
Herstellung und Verlag:
BoD - Books on Demand, Norderstedt 2017

ISBN: 978-3-7431-8036-9

Inhaltsverzeichnis

Prolog	7
1. Der Tote in New York	11
2. Die Stadt, die niemals schläft	29
3. Ein Anschlag	49
4. Erste Hinweise	76
5. Ankunft in der Alten Welt	91
6. Internationale Begegnungen	122
7. Die Ewige Stadt	154
8. Eine historische Reise	178
9. In der Heiligen Stadt	191
10. Ein Verhör	209
11. Die Mutter Gottes	230
12. Drei Religionen und ein Mord	253
13. Gastfreundschaft	269
14. Touristen und Terroristen	286
15. Rien ne va plus	312
16. Zurück in die Neue Welt	328
17. Treffen mit einem Weisen	337
18. Äquatortaufe	359
19. Blutsbande	368
20. Hochzeitspläne	385
Epilog	404

Prolog

Washington, USA
Sonntag, 7:00 a.m.

»Christina! Suchen Sie mir doch bitte unsere Agenten im Zuständigkeitsbereich Washington, New York, Ostküste heraus, und lassen Sie sich die Personalakten bringen!«
»Sofort, Sir!«
»Ach so ..., und, Christina?«
»Ja, Sir?«
»Die betreffenden Agenten dürfen momentan in keiner Operation gebunden sein. Sie müssen sofort verfügbar sein! Und wenn Sie die Akten haben, kommen Sie bitte gleich zu mir!«
»Jawohl, Sir!«
Die Sekretärin des Leiters der Abteilung V der amerikanischen Bundespolizei FBI - des Federal Bureau of Investigation - wandte sich von der Sprechanlage ab und ihrem Computer zu. Sie öffnete eine Datei und gab die entsprechenden Suchkriterien in eine Datenmaske ein. Nur Augenblicke später erschienen auf dem Bildschirm drei Namen in alphabetischer Reihenfolge.
Sie griff zum Telefonhörer und wählte die Nummer des Leiters der Personalabteilung. Dieser meldete sich umgehend; sie nannte ihm die Namen und bat ihn um kurzfristige Übersendung der Personalakten, die er ihr zusicherte. Wenige Minuten später klopfte ein junger Mann an ihrer Tür, der einen etwas schüchternen Eindruck machte und ihr die geforderten Unterlagen überreichte: »Good morning! Mit besten Empfehlungen von Mister Brandshaw.«
Christina nahm die Akten entgegen. »Danke sehr!«
»Sie sind alle vollständig«, fügte der Schüchterne noch hinzu. Man spürte, dass er auf eine bestimmte Art und Weise Respekt zu haben schien. Die Menschen, deren Personalakten er

soeben überbracht hatte, mussten außergewöhnliche Leute sein - oder Außergewöhnliches geleistet haben. Alle Akten wiesen einen roten Balken auf dem Aktendeckel auf, auf dem in weißer Beschriftung stand: 'Top Secret - Eyes only'.

Christina blätterte kurz in den Papieren, um sich zu vergewissern, und entließ den Boten mit einem freundlichen Lächeln. »Danke sehr, ich melde mich, wenn Sie sie wieder abholen können.«

Der junge Mann nickte und verließ das Büro.

Christina erhob sich, schritt auf das angrenzende Büro ihres Chefs zu, klopfte und öffnete die schalldicht gedämmte Tür.

Ihr Chef hatte soeben telefoniert und hielt noch den Hörer in der Hand. Er schaute sie zunächst wie geistesabwesend an, doch dann änderte sich sein Gesichtsausdruck und wich einer gespannten Erwartungshaltung. Er legte den Telefonhörer zurück auf die Basisstation. »Ah, Christina! Kommen Sie herein!«

Sie trat ein und schloss die Tür.

Sein Blick war voller Spannung auf die Unterlagen gerichtet, er wirkte fast ein wenig ungeduldig. »Das ging ja schnell, zeigen Sie her!«

Sie trat bis an seinen Schreibtisch heran und überreichte ihm die gewünschten Akten. »Ein neuer Fall, Sir?«

»Hmm«, brummte ihr Chef, während er fast gedankenverloren in den Papieren blätterte.

Christina wunderte sich. Sie hatte ihn ihr gegenüber noch nie so wortkarg erlebt, normalerweise war er seiner Sekretärin gegenüber recht aufgeschlossen. Die in diesen Kreisen sonst durchaus übliche Geheimnistuerei war zwischen ihnen nicht vorhanden. Jedenfalls bis jetzt nicht.

Schließlich nickte er, als ob er sich etwas bestätigen wollte, und blickte auf: »Special Agent Carter, John Carter, Personalnummer CJ/362-8331-293-X1, ja, das ist er, wie zu erwarten war! Ihn setzen wir auf den Fall an!«

Christina war leicht irritiert: »Ein neuer Fall? Für Carter?«, erkundigte sie sich wiederum, doch diesmal war sie fest entschlossen, das Geheimnis zu lüften. Immerhin war nichts über ihren Schreibtisch gegangen, was auf einen neuen Fall für den Special Agent hingewiesen hätte.

Ihr Chef nickte. »Ja, so wird es wohl sein.« Und mit einem abrupten Themenwechsel nahm er ihr jede Chance für weitere Überlegungen: »Ich weiß, dass Carter nach dem in der letzten Woche gelösten Fall jetzt eigentlich Urlaub hat - ab morgen. Und ich weiß auch, dass er den wohlverdient hat.«

»Das ist richtig, Sir«, bestätigte Christina.

Ihr Chef winkte ab. »So leid es mir tut, aber wir brauchen ihn. Veranlassen Sie also bitte, dass sein Urlaub verschoben wird, und dass er sich sofort auf den Weg nach New York macht! Die Details gebe ich Ihnen gleich rüber.«

»Jawohl, Sir!«

Christina nahm die Akte Carter in die linke Hand, klemmte sich die beiden anderen unter den linken Arm und ging zurück in ihr Büro. Sie kannte diesen Tonfall und wusste, dass ihr Chef seine Linie konsequent bis zum Schluss verfolgen würde. Zumindest für den Moment würde sie aus ihm keine weiteren Informationen herausholen.

Die beiden nicht benötigten Akten händigte sie dem telefonisch herbeigerufenen Boten wieder aus. Dann setzte sie sich in eine entspannte Lesehaltung und schlug die Akte des von ihrem Chef ausgewählten Agenten auf. Obwohl sie eigentlich alle Agenten und deren Lebensläufe in- und auswendig kannte, las sie leise vor sich hin: »John Carter, Alter: fünfunddreißig, ledig, Wohnort: Los Angeles; guter College-Abschluss, Special Agent seit sieben Jahren; bekam vor drei Jahren den Vermerk 'X1', also einsetzbar für höhere und höchste Aufgaben, auch für unsere Abteilung; gehört der Gruppe Eins an, Zuständigkeitsbereich Ostküste, hier vor allem New York und Washington; gilt als Meister der Improvisation; guter Analytiker; flexibles, taktisches und zielorientiertes Denken zeichnen ihn aus. Vater Edward Carter ist EDV-Experte, arbeitet seit zwölf Jahren in einer großen Firma im Silicon Valley, davor in der Niederlassung in Chicago. Seine Mutter, Rosita Serrano Mendez ist Mexikanerin, geboren in Tula, im Norden Mexikos, lebt seit siebenunddreißig Jahren in den Staaten.«

Sie schaute sich einige Familienfotos des Agenten an: »Sein Äußeres hat er vom Vater, markantes Kinn, groß, athletisch, dunkelblonde Haare, graublaue Augen; aber er hat auch mexikanisches Blut ..., wie ich weiß, kann er recht temperamentvoll sein ...«, sinnierte sie.

»Sein Großvater väterlicherseits ist im Alter von einundzwanzig Jahren aus Deutschland nach Amerika ausgewandert, nach Boston; daher spricht Carter neben seinen Muttersprachen Spanisch und Englisch auch sehr gut Deutsch; dazu hat er während seiner Schulzeit Portugiesisch und Italienisch gelernt, später auch Französisch; Grundkenntnisse in Japanisch; Einzelkämpfer- und Scharfschützenausbildung an der FBI-Academy mit Auszeichnung absolviert, begnadeter Schwimmer und Leichtathlet, arbeitete als Judo-Trainer während seiner College-Zeit, ist Träger des Schwarzen Gürtels in Judo und Karate, praktiziert seit seinem vierzehnten Lebensjahr Aikido ...«

Sie stutzte kurz. »Was ist noch mal Aikido?«, murmelte sie, doch dann blätterte sie weiter: »Eine jüngere Schwester, Caroline, siebenundzwanzig Jahre alt, ledig, studiert Philosophie und Kunstgeschichte in San Francisco.«

Sie legte die Akte zur Seite: »Er wird begeistert sein, wenn er erfährt, dass der Chef seinen Urlaub verschoben hat. Je nach dem wie sich der Fall entwickelt, kann er sich den wohl auch ganz abschminken.« Noch immer wurmte es sie ein wenig, dass ihr der Chef nichts über den Fall erzählt hatte, ja, nicht einmal Andeutungen gemacht hatte.

Sie blickte auf die Uhr und griff zum Telefon: »Noch recht früh an der Westküste. Dann gebe ich ihm noch ein bisschen Zeit und organisiere schon mal alles für ihn ...«

1. Der Tote in New York

Los Angeles, USA
Sonntag, 7:00 a.m.

Das Wasser plätschert leise an den Strand. Gutgelaunte Menschen in prächtiger Urlaubs- und Amüsierstimmung stolzieren vor meinem Platz entlang, und einige Kinder üben sich im Frisbeespiel. Der Cocktail, ein Mai Tai nach Art des Hauses, schmeckt ausgezeichnet, und so allmählich scheint auch die durchaus attraktive Nachbarin ihre vorgeschobene Arroganz und Kälte zu verlieren. Über den Rand ihrer Sonnenbrille hinweg hat sie mich eben mit einem Blick aus ihren großen dunklen Augen bedacht.

Ich überlege, ob ich erst hinüber gehen und das Gespräch suchen, oder zunächst einen Cocktail für sie bestellen und mich dann zu ihr gesellen soll.

Doch da klingelt es.

Ein Telefon. Unverkennbar. Es muss aus ihrer Tasche kommen, denn ich habe kein Telefon dabei. Ich wollte endlich einmal Urlaub machen, ohne dass mir jemand denselben durch angeblich wichtige Anrufe verderben konnte.

Es klingelt wieder.

Komisch, sie denkt aber auch gar nicht daran, ans Telefon zu gehen. Und dann kommt mir dieser Klingelton auch noch so merkwürdig vertraut vor - fast wie mein eigener.

Zwei Kinder gehen langsam an mir vorbei und betrachten mich mit neugieriger Miene. Meine Nachbarin sieht mit gerunzelter Stirn in meine Richtung. Das Klingeln wird unerträglich. Ja, verdammt noch mal! Geht sie jetzt endlich ran, oder muss ich ...

Ich schreckte hoch. Und war im selben Moment hellwach.

Es war Sonntag Morgen, ich war in meiner Wohnung in Los Angeles, und ein schneller Blick auf den Wecker verriet mir die genaue Uhrzeit: sieben Uhr morgens.

Es war mein Telefon, das die ganze Zeit geklingelt hatte. Ich hatte nur geträumt. Leider. Aber übermorgen schon sollte dieser Traum Wirklichkeit werden. Vor mir lagen ganze drei Wochen Urlaub - genehmigt seit vorgestern -, und ich hatte auch bereits einen Flug nach Hawaii gebucht. Ebenso ein Appartement in einem Hotel in bester Lage, mit direkter Aussicht auf den Strand und das Meer.

Gerade hatte ich nach monatelangen Ermittlungen eine größere Organisation von Waffenhändlern hochgehen lassen, deren Beziehungen bis in den Kongress und ins Weiße Haus reichten, was dem Fall eine zusätzliche brisante Note verliehen und die Ermittlungen stark verzögert hatte. Dabei war so manche Arbeit aus durchaus einflussreichen politischen Kreisen torpediert worden. Aber mein Chef der noch als neu geltenden Abteilung V des FBI - zuständig für Spezialangelegenheiten - hatte mich rückhaltlos gedeckt, und so konnte ich in Verbindung mit mehreren anderen Special Agents, einem Spezialkommando des FBI und der Hilfe der Polizei drei Dutzend Personen in sieben Bundesstaaten gleichzeitig verhaften lassen. Die Beweise hatte ich meinem Chef bereits einige Stunden zuvor vorgelegt, und er hatte mir beim Koordinieren der Einsatzkräfte entscheidend geholfen. Wenn solche Persönlichkeiten, die hohe und höchste Ämter im Staate bekleiden, in den Fall verwickelt sind wie in unserem Fall, dann ist das auch durchaus angebracht.

Ich gehörte dieser aus zweiundzwanzig Agenten bestehenden Gruppe von Spezialagenten des FBI, die auf Grund der veränderten weltpolitischen Lage zu Beginn des einundzwanzigsten Jahrhunderts gegründet worden war, seit zweieinhalb Jahren an. Parallel zum Aufbau des Heimatschutzministeriums, dem die Koordinierung von über zwanzig Ämtern und Behörden mit dem Ziel zukünftige Terroranschläge zu verhindern oblag, wurde nicht nur der Auslandsgeheimdienst CIA umorganisiert, sondern auch das FBI. Anlass war die Forderung mehrerer Politiker verschiedener Parteien, die allein durch die immense Größe des Verwaltungsapparates beim neuen Ministerium eine gewisse Ineffektivität in der Praxis befürchteten.

So wurde nicht nur der Etat meiner Dienststelle kräftig erhöht, sondern auch eine neue Abteilung geschaffen, in der ausschließlich erfahrene Beamte nach einem überaus umfangreichen Auswahl- und Prüfungsverfahren eingesetzt wurden. Intern galten wir als eine Art Elite unter den Special Agents.

Den Angehörigen dieser Abteilung, und insbesondere dem Leiter, Arthur Theodore Wellington, meinem Chef, waren umfassende Vollmachten eingeräumt worden. Er war ehemaliger Special Agent des FBI, hatte im Laufe seines nunmehr sechzigjährigen Lebens aber noch andere Posten bekleidet und unterstand unmittelbar dem Direktor des FBI. Er galt als integer und loyal gegenüber dem Gesetz, vertrat die demokratischen und freiheitlichen Grundrechte bis zum Äußersten und zeichnete sich dadurch aus, dass für ihn alle Menschen gleich waren. Nach juristischen Gesichtspunkten pflegte er keinen Unterschied zwischen einem Obdachlosen und einem einflussreichen Manager oder Politiker zu machen. »Vor dem Gesetz sind alle gleich«, lautete sein Credo. Das jüngste Beispiel war mein letzte Woche abgeschlossener Fall, der zwei Senatoren, einem Gouverneur und einem hochrangigen Mitarbeiter der CIA ihren Kopf gekostet, manchem Lobbyisten Washingtons schlaflose Nächte bereitet und den Kongress veranlasst hatte, den nächsten Untersuchungsausschuss ins Leben zu rufen.

Er war ein Workaholic. Unverheiratet geblieben, pflegte er allen Dingen stets bis auf den Grund zu gehen. Er genoss im Bureau uneingeschränkte Bewunderung, denn er war der einzige Abteilungsleiter, der sich einer Aufklärungsquote von einhundert Prozent erfreuen konnte. Etliche Senatoren pflegten zu ihm ein gutes Verhältnis, seine Verbindungen reichten bis ins Pentagon und ins Weiße Haus, und er war der Einzige, den der Direktor des FBI jederzeit ohne Termin zu empfangen gewillt war. Letzteres mochte allerdings auch mit der Abteilung zusammenhängen, in der ausschließlich erfahrene Special Agents arbeiteten, und die sich selbst bei den Geheimdiensten des Landes in kürzester Zeit einen gewissen Ruf erworben hatte. Seine Quote verdankte er natürlich zu einem nicht unerheblichen Teil eben diesen Agenten, denen gegenüber er mit fast väterlichem Wohlwollen agierte, ein Patriarch der Alten Schule.

Somit war die seit langem geplante, wohlbedachte Aktion aus unserer Sicht zufriedenstellend verlaufen, und ich sehnte mich nach einer längeren Erholungsphase, denn ich war nichts weniger als ausgeruht. Besonders in den letzten Tagen hatte der Fall mehrere durchwachte Nächte in Anspruch genommen, und da ich als führender Special Agent eine Art Hauptkoordinator darstellte, war ich für alle Beteiligten der Ansprechpartner - von Kalifornien bis zur Ostküste - und dementsprechend auch viel und weit herumgekommen. Und so hatte ich neben meinem Abschlussbericht, der bei meinem Chef immer persönlich und neben der schriftlichen auch in mündlicher Form abzuliefern war, direkt einen dreiwöchigen Urlaub eingereicht.

Urlaub! Nur selten hatte ich ihn so herbeigesehnt wie jetzt, um meine physischen und psychischen Energiespeicher wieder aufzuladen, denn auch wenn mir meine Ausbilder und Trainer stets eine hervorragende Konstitution bescheinigt hatten, fühlte ich mich doch recht ausgepowert und war froh, dass der Fall erledigt war. Jetzt schwebte mir ein längerer Aufenthalt in einem guten Hotel am Strand vor, mit einer sanften Brandung, Wellnessbereich, Swimmingpool, Sauna und Whirlpool. Nichts hätte mir an diesem Tag die Laune verderben können. Mit einem Schwung sprang ich aus dem Bett und eilte zum ich-weiß-nicht-zum-wievielten-Male-klingelnden Telefon. »Ja, bitte?«

»Hi, John, hier ist Christina! Störe ich?«

Ich unterdrückte ein Stöhnen. Oh nein, nicht Christina! Das kann nur Eines bedeuten! »Hi, Christina! Nein, du störst natürlich nicht. Ich nehme an, du willst mir noch einen schönen, sonnigen und erholsamen Urlaub wünschen, nicht?« Ich versuchte meiner Stimme den ganzen Charme einer morgendlichen Sonntagsstimmung zu geben, doch leider wirkte mein Charme nicht. Vielleicht war es einfach noch zu früh.

»Nein, tut mir leid, John«, nahm sie mir auf Anhieb alle Illusionen. »Der Chef hat deinen Urlaub heute Morgen bis auf Weiteres ausgesetzt und mich beauftragt, dafür zu sorgen, dass du nach New York fliegst. Unsere Maschinen sind leider alle belegt, daher habe ich einen Linienflug für dich gebucht. Die Maschine geht in zwei Stunden. Meinst du, du schaffst das?«

Innerlich zogen die Bilder aus meinem eben so abrupt beendeten Traum vorbei. »Schlechter Scherz, Christina!«

»Das ist kein Scherz, John.«

Natürlich nicht! Ich würgte meinen Ärger hinunter. »Das ist doch wohl nicht dein Ernst!«, brachte ich hervor. »Rein gefühlsmäßig war mir mehr nach drei Tage durchschlafen zumute als wir uns das letzte Mal gesehen haben, und das war vorgestern! Aber auch das scheiterte schon im Ansatz, da ich gestern endlich mal wieder meinen Eltern einen längst überfälligen Besuch abgestattet habe. Und heute wollte ich eigentlich packen ...« Ich warf einen Blick auf mein Uhrenradio. »Allerdings erst in so ungefähr vier Stunden ..., wenn ich für heute ausgeschlafen habe und einigermaßen fit bin.«

»Sorry, aber das Schlafen musst du wohl verschieben. In New York gibt es einen neuen Fall. Einen Mord!«

Ich seufzte nur. Als Mitarbeiter des FBI und Regierungsbeamter blieb mir in so einem Falle wohl nichts weiter übrig. »Aber ich habe schon gebucht, den Flug ... und das Hotel! Gibt es niemand anderen, der den Fall übernehmen könnte?«, versuchte ich meinen Urlaub vielleicht doch noch mit finanziellen Argumenten zu retten.

Die Sekunde Pause, die auf meine Frage folgte, wollte mich schon glauben machen, dass es wider Erwarten noch zur Disposition stehen würde, doch wurde ich sehr schnell auf den Boden der Tatsachen zurückgeholt: »Nein, tut mir wirklich leid. Der Chef hat ausdrücklich dich haben wollen, er hat sogar ein Auswahlverfahren mit Anforderung und Durchsicht mehrerer Personalakten durchgeführt«, betonte Christina. »Deine Akte blieb am Ende übrig. Ich habe für dich einen Termin mit dem Leiter unseres Büros in New York gemacht. Er wird dafür sorgen, dass du am JFK-Flughafen abgeholt wirst und dich mit den bis dahin aktuellen Ermittlungsergebnissen versorgen. Unabhängig davon habe ich beim zuständigen NYPD angerufen und deinen Besuch angekündigt. Der Captain ist heute nicht zu erreichen, aber ich habe mit dem Stellvertreter gesprochen. Inwiefern der uns helfen kann, bleibt zwar abzuwarten, da er meinte, dass sein Captain Wert darauf legt als Erster in solchen Fällen zu ermitteln, und der erst morgen aus seinem Wochenende wieder kommt. Aber du bist ja diplomatisch geschult und weißt, dass jede Verzögerung, und sei sie auch noch so winzig, die Lösung eines Falles gefährden kann. Und da der Chef an einer schnellen Aufklärung interessiert ist, kann es sicherlich nicht schaden, wenn du auch auf dem Revier mal vorbeischaust. Dort sind nämlich sämtliche Beweisstücke sichergestellt worden, die der Tote bei sich trug.«

»*Puuh!*«, stöhnte ich innerlich und versuchte nicht zu viel Ironie zu versprühen: »Danke, das war ja schon recht gründliche Arbeit, gute Vorbereitung!«

»Aber immer wieder gern«, kam es honigsüß zurück. »Ich habe dir auch schon ein Hotelzimmer gebucht. Es ist zwar etwas teurer als dir normalerweise zusteht, aber so schnell war in dem Bezirk sonst nichts zu bekommen. Es liegt nicht allzu weit von dem Revier entfernt, und nebenbei bemerkt, ganz in der Nähe des Central Park, deinem Lieblingspark.«

Ich seufzte noch einmal. So viel gutem Willen konnte man einfach nichts entgegensetzen. »Na gut, worum geht es?«

*

Mary Stephenson war zwei Jahre jünger als ich, war vor fünfzehn Jahren meine große Liebe, inzwischen verheiratet und zweifache Mutter, und sah noch immer hinreißend aus.

Wir hatten uns damals beim gemeinsamen Judotraining kennen gelernt, und auch sie übte heute einen Beruf aus, bei dem ihr unser ehemaliges Hobby nutzte: Sie war die stellvertretende Leiterin der Sicherheitsabteilung am Internationalen Flughafen von Los Angeles. Entgegen anders lautenden Gerüchten, nach denen Freundschaften zwischen Mann und Frau nicht von Dauer sind - zumal wenn sie eine Beziehung hinter sich hatten -, waren wir einander noch immer in tiefer Freundschaft verbunden. Ich kannte auch ihren Mann, Eric, und war Patenonkel ihres zweiten Kindes, einem Jungen von mittlerweile fünf Jahren, der einmal ein großer Tennisspieler werden wollte.

Nach einer schnellen Dusche, einem kleinen Frühstück und einer Viertelstunde harter Arbeit hatte ich den Weltrekord im Kofferpacken definitiv gebrochen. Christina hatte mir empfohlen, zweigleisig zu verfahren, und so hatte ich meine Urlaubsausrüstung für Hawaii in einem großen Koffer verstaut und einen kleinen Koffer und eine Tasche für meinen Kurztrip nach New York vorgesehen. Dann war ich mit meinem Wagen über einen glücklicherweise recht wenig frequentierten San Diego Freeway in Rekordzeit zum Flughafen gefahren, wo ich ihn und mein Urlaubsgepäck einstweilen zu deponieren gedachte - bei Mary, zu der ich dienstlich sowieso musste und so zwei Fliegen mit einer Klappe schlagen wollte. Nach meiner Rückkehr aus New York könnte ich dann direkt in meinen Urlaub durchstarten.

Ich klopfte an die mit milchigweißem Glas versehene Tür, öffnete und betrat ihr Büro: »Good morning, Darling!«

»John!«

Sie brachte nur das eine Wort hervor, aber in diesem Ausruf lag mehr als ein ganzer Satz hätte beschreiben können. Sie saß hinter ihrem Schreibtisch vor mehreren Stapeln mit Akten und Schriftstücken und schien der Verzweiflung nahe zu sein. Doch nun hellte sich ihre Miene merklich auf. »Was tust du denn hier?«

»Ich wollte dich um einen kleinen Gefallen bitten ...«

Sie sah mich mit einer Miene an als ob sie sagen wollte, dass sie mir nur große Gefallen erweisen würde, und zog fragend ihre linke Augenbraue empor.

»Ich muss ganz plötzlich nach New York, mit diesem Gepäck.« Ich hob Koffer und Tasche leicht an.

»Und was hindert dich daran?«

Nun zeigte ich ihr den Gepäckwagen mit meinem großen Koffer: »Der ist für meinen dreiwöchigen Urlaub gedacht. Denn eigentlich fliege ich übermorgen nach Hawaii und erhole mich von meinem letzten Fall.«

»Nach Hawaii? Aloha! Und warum dann jetzt plötzlich der überstürzte Flug nach New York?«

»Tja, von wegen aloha! Mein Chef meint, dass die Welt ohne mich nicht auskommt und hat mich zurückbeordert; und um Zeit zu sparen und meinen Flieger noch zu bekommen, wollte ich dich bitten, meine Sachen solange zu verwahren und mein Auto auf den Mitarbeiterparkplatz zu stellen, bis ich mich melde. Im Moment stehe ich noch im Halteverbot.«

»Aber klar, der ewige Geheimagent muss mal wieder die Welt retten und riskiert dafür sogar, abgeschleppt zu werden! Was hättest du gemacht, wenn ich nicht hier wäre? Ach, ist ja auch egal! Was ist es denn diesmal? Atomraketen? Eine neue Pest? Und welche Stadt muss zuerst dran glauben? New York? Chicago? Ich hoffe, nicht L. A.!«

»Ich weiß es noch nicht. Erst mal bin ich jedenfalls noch im Dienst und nicht im Urlaub; es gibt einen Toten in New York, und dort will ich jetzt hin. Darum will ich auch das Mitführen einer Schusswaffe bei dir anmelden.«

Wortlos trat sie an ihren Schreibtisch, wühlte kurz in den Unterlagen auf der linken Seite und reichte mir ein Formblatt. »Bitte ausfüllen!«

Ich verdrehte die Augen. »Wie könnte es anders sein!«

»Ja, es muss alles seine Ordnung haben.«

Ich lächelte leicht gequält und reichte ihr meinen Autoschlüssel, den sie einsteckte. Dann nahm ich das Blatt, griff nach einem Stift, den sie mir ebenfalls gab, und füllte das Formular aus.

*

Das Einchecken war reibungslos verlaufen. Mein Ausweis und meine Kreditkarte hatten mir den Weg an Bord geebnet. Ich hatte den Schritt zurück in den dienstlichen Alltag allerdings noch nicht mit vollem Bewusstsein nachvollzogen, und so ertappte ich mich beim Betreten der Gangway dabei, dass ich fast automatisch, wie ein Zugvogel, den anderen Reisenden folgte.

Ich rief mich selbst zur Ordnung. Mein langjähriges Training der Budokünste hatte nicht nur meinen Körper, sondern auch meine Seele und meinen Geist gestärkt. Nicht zuletzt durch den am schwierigsten zu erlernenden Sport, Aikido, die Lehre des harmonischen Weges, wo ich lange Jahre einen Meister und Lehrer hatte, dessen Lehren mir auch abseits des Trainings, im Alltag, eine große Hilfe waren und noch immer sind. Ich spürte zwar - wie man zu sagen pflegt - alle meine Muskeln und Knochen, fühlte mich ausgelaugt und de facto nicht im Vollbesitz meiner Kräfte, aber immerhin konnte ich auf dem bevorstehenden Flug vielleicht ein paar Stunden Schlaf nachholen.

Ich atmete tief durch und konzentrierte mich auf meine unmittelbare Umgebung. Ich bemerkte zunächst eine Frau, die mich allem Anschein nach kurz zuvor gemustert hatte. Sie war groß und schlank, dabei sehr athletisch gebaut, hatte lange blonde Haare und trug einen Hosenanzug, der jedoch nicht so recht zu ihr passen wollte. Eine Geschäftsfrau war sie nicht, das Outfit passte nicht zu ihr. Sie schien alle Passagiere zu mustern. Als ob sie jemanden suchen würde.

Nun, mich hatte sie mit Sicherheit nicht gesucht, denn sie beachtete mich nicht weiter. Ich ging an ihr vorbei, weiter bis zu meinem Sitzplatz - am Fenster. Danke, Christina! Sie wusste, dass ich gern den Ausblick genoss, der sich einem beim Fliegen bietet.

Nun war ich wieder mit allen Sinnen bei der Sache und verschaffte mir in wenigen Sekunden einen Überblick über Flugzeug und Passagiere: mein Platz war etwa in der Mitte des Raumes, die rechte Sitzreihe am Fenster. Hinter mir saßen zwei ältere Damen - Rentnerinnen; in der Sitzreihe links neben mir saß ein Mann um die Vierzig, schon leicht graues Haar, hager, die Wangen eingefallen und leicht gerötet, mit unstetem Blick - eine Nervenschwäche? Oder Alkoholiker, gesund sah er jedenfalls nicht aus. Vor mir saß ein Ehepaar, sie blätterte in einem Frauenmagazin, er las eine doppelseitige Zeitung und berichtete seiner Frau bei Bedarf die neuesten Nachrichten, sie revanchierte sich mit dem neuesten Klatsch aus aller Welt. Vorne bemerkte ich eine Gruppe von mehreren Personen. Touristen. Sie sprachen eine dem Deutschen irgendwie ähnliche Sprache - vielleicht Holländer. Die weiteren Passagiere betrachtete ich mit einem schnellen Rundblick, indem ich mich einmal erhob und mir scheinbar umständlich meine Jacke auszog. Dabei war genug Zeit, alle Mitreisenden kurz aber intensiv zu mustern. Berufskrankheit! Aber ich entdeckte nichts Verdächtiges.

Nach diesen Beobachtungen erwartete ich einen ruhigen Flug und ging in Gedanken meine Sachen durch, die ich in der Eile gepackt hatte. Christina hatte angedeutet, dass der Fall nach allem, was sie bisher in Erfahrung gebracht hatte, hochbrisant sein könnte, ich also flexibel sein solle. Also stellte ich mich auf eine Dauer von zwei bis drei Tagen ein.

Als ich noch einmal in Gedanken nachvollzogen hatte, dass in meiner Tasche und im Koffer, die sich inzwischen auch an Bord des Flugzeuges befinden mussten, alles vorhanden war, was ich für diese Zeit brauchte, griff ich in meine Innentasche und holte meinen Communicator heraus. Dieser war ein wahres Wunderwerk der Technik, konnte ich doch damit auf der ganzen Welt nicht nur telefonieren und fernsehen, sondern auch fotografieren, ja sogar Filmsequenzen von einer Dauer von bis zu anderthalb Stunden aufnehmen, E-Mails empfangen und verschicken, sowie mich natürlich überhaupt ins Internet einloggen. Die üblichen Büroanwendungen eines PC erfüllte er selbstverständlich ebenfalls. Dabei war dieser kleine schwarze Kasten zusammengeklappt kaum größer als meine Hand.

In dem Moment starteten wir. Ich schob den Communicator schnell in meine Jackentasche zurück, und schon versetzte das bekannte Gefühl in der Magengegend - ob der enormen Beschleunigung - mich für Sekunden in meine Kindheit zurück. In einer Wildwasserbahn hatte ich das erste Mal 'Schmetterlinge im Bauch'.

Der Platz neben mir war frei geblieben; nun ja, da konnte ich mich mental schon mal auf meinen Job einstellen, ohne Störungen in Form langweiliger Gespräche befürchten zu müssen. Schon wenig später teilte uns der Captain mit, dass bisher alles nach Plan verlaufen sei, dass wir in einer Flughöhe von dreißigtausend Fuß flogen, und dass wir wie vorgesehen zum Abendessen in New York sein würden. Ich musste an die Freiheitsstatue denken. Seltsam, zu bestimmten Orten oder Begriffen entwickelt man fast automatisch Assoziationen, bei anderen dagegen gar nicht.

»So so, der Senat will sich nächste Woche endlich mit den Waffenverkäufen in den Nahen Osten auseinandersetzen!«, ertönte auf einmal die Stimme meines Vordermannes. »Das wird ja auch mal Zeit, dass die was unternehmen. Immerhin zahlen wir unsere Steuern nicht fürs Nichtstun!«

»Ist ja gut, Charley.« Die Stimme seiner Frau klang angenehm, sehr weich, freundlich - ja gütig.

»Gar nichts ist gut! Wer weiß denn, was da schon wieder für Geschäfte gelaufen sind, von denen der Durchschnittsamerikaner keine Ahnung hat, hmm? In gewissen Kreisen denken die Herren doch nur an ihre Dollars, wie sie sie möglichst schnell und einfach vermehren können! Ohne Rücksicht auf Verluste!«

»Du hast ja Recht, aber reg dich doch deswegen nicht auf.« Jetzt klang ihre Stimme beschwichtigend, doch noch immer wirkte sie ruhig und freundlich. Offenbar war sie entsprechende Äußerungen ihres Gatten mehr als gewöhnt.

Dieser verstummte kurz, schaute ihr ins Gesicht, dann wieder in die Zeitung, blätterte eine Seite weiter und fragte sie: »Hier, die Horoskope! Willst du wissen, was die uns für heute versprechen?«

»Ja, gern!«

Zum ersten Mal war der gütige aber auch ein wenig gleichgültige Ton aus ihrer Stimme gewichen. Sie schien ernsthaft interessiert.

»Löwe: Sie werden heute eine Reise machen, mit einer bezaubernden Frau an Ihrer Seite ...«

Ein helles Lachen unterbrach ihn: »Ach, Charley, du Unverbesserlicher! Das steht da?«

»Ja.«

Sie klappte ihr Magazin zusammen, beugte sich zu ihm hinüber und küsste ihn. »Und was steht bei mir?«, hauchte sie ihm ins Ohr, doch ich verstand es durchaus.

»Waage: Sie haben ein wunderbares Wochenende mit dem Mann Ihrer Träume verbracht. Achten Sie darauf, dass es nicht zu schnell zu Ende geht!«

Sie lachte wieder und kuschelte sich an ihn.

Ich schaute auf die Landschaft, die unter uns vorbeizog, doch im Moment war nur eine Wolkenschicht zu erkennen. Ich zog meinen Communicator wieder hervor und startete ihn. Gleichzeitig drückte ich die entsprechenden Knöpfe an meiner Armbanduhr, um den Aktivierungscode zu bestätigen. Ich arbeitete mich durch die Prozedur der folgenden Code-Abfragen, und nach einer weiteren Minute erschien das Hauptmenü auf dem Bildschirm. Erst jetzt hatte ich im Offline-Betrieb Zugang zu meinen E-Mails, die ich mir bereits in der Abflughalle angesehen hatte. Eine war von Christina, die sie während meiner Fahrt zum Flughafen abgeschickt hatte.

Ich öffnete sie und las: »Hi John! Anbei die ersten Infos zu unserem Fall. Wünsche dir einen guten Flug, Christina. Das Opfer heißt David Cartwright, vierzig Jahre alt, verwitwet, wohnhaft in Detroit, dort Angestellter bei einem Autokonzern.

Kam gestern aus Europa, aus der Schweiz. Wie ich schon am Telefon sagte, ist der Chef an dem Fall außerordentlich interessiert, daher habe ich dir unten die Adresse vom zuständigen NYPD aufgeschrieben, inklusive den Namen des stellvertretenden Captains, mit dem ich gesprochen habe. Cartwright wurde durch einen Messerstich tödlich verletzt, so viel kann man jetzt schon sagen. Genauere Angaben erfolgen natürlich erst nach Vorliegen des Obduktionsberichtes ...«

»*Ja, ist klar. Wie immer!*«, dachte ich.

Ich überflog den Rest der Mail nur noch. Dann beendete ich das Programm und schaltete den Communicator wieder aus.

Ich döste ein wenig und schaute aus dem Fenster.

»Möchten Sie etwas essen, Sir?«

Ich drehte meinen Kopf zur anderen Seite. Die Stewardess sah mich freundlich lächelnd an.

»Oh ja, danke. Was gibt es denn?«

»Wir haben Hühnchen oder Rind.«

»Dann hätte ich gerne Hühnchen.«

»In Ordnung, Sir. Einen Moment, bitte.«

Wenig später servierte sie mir mein gewünschtes Gericht. Man konnte es nicht mit einem Essen an Bord einer unserer Maschinen vergleichen, aber im Verhältnis glich diese Küche ja auch einer Großkantine. Es schmeckte wie aufgewärmt, doch ich aß mit entsprechendem Appetit alles auf. Immerhin waren wir hier nicht in einem Gourmettempel.

Gesättigt lehnte ich mich bald darauf zurück und döste weiter vor mich hin. Als ich nach einiger Zeit fast eingeschlafen wäre - was mir nach den gegebenen Umständen keineswegs unangenehm gewesen wäre -, riss mich jedoch eine Stimme aus der Versunkenheit: »Johnny? - Hee, Johnny!«

Ich drehte mich zur Seite. Ein Mann war an meiner Sitzreihe stehen geblieben und sah mich fragend an. Ich überlegte kurz. »Frank?«

»Ja, Mann! Wie geht es dir? Siehst ja ganz gut aus!«

Frank Walters, mein ehemaliger Partner im Karatekurs auf der FBI-Akademie stand vor mir.

»Danke, eigentlich ganz gut, ich habe demnächst nämlich Urlaub«, erwiderte ich. »Und was machst du jetzt? Du hast den Verein doch damals recht überstürzt verlassen und ...?«

Frank setzte sich neben mich. »Ach ja, das war irgendwie nichts für mich ..., zu viel Politik, weißt du? Und dann überall diese Spezialisten und Experten, es gab doch mehr Techniker und Laborratten als echte Außendienstagenten. Die Zeiten hatten sich zu sehr geändert, das ganze Genre hat sich verändert. Heutzutage wird alles über Satelliten und Telefon, Internet und per Computer geregelt. Nee, das war nichts mehr für mich! Ich habe dann ein bisschen dies und ein bisschen das gemacht, auch viel Urlaub.« Er lachte.

Ja, er war nicht nur älter geworden, sondern hatte auch ein paar Pfunde zugelegt - mit Sicherheit nicht mehr das ideale Kampfgewicht, aber trotzdem ein Bursche, den man nicht unterschätzen sollte. Er hatte den gewissen sechsten Sinn, der einen guten Kampfsportler auszeichnet.

»Und jetzt bin ich Sky Marshal«, erklärte er mir. »Daher wusste ich auch, dass du an Bord bist. Ich bekomme vor Abflug immer die Passagierliste.«

»Oh«, staunte ich, »wie kommst du dazu?«

»Ich habe mich auf eine Stellenausschreibung einer Sicherheitsfirma hin ganz normal beworben, bei einem Privatunternehmen; die zahlen einfach besser, und als die im Personalbüro meine Zeugnisse sahen, haben sie mich mit Kusshand genommen - das ging zack zack.«

Ich nickte. Ja, bei ihm ging alles immer schon 'zack zack'. Das war so seine Methode - die allerdings nicht bei allen Vorgesetzten gut ankam. »Begleitest du denn den Flug nach New York allein?«, fragte ich ihn.

Fast lächerlich geheimnistuerisch blickte er mich mit einer wahren Verschwörermiene an und winkte mit einer leichten Drehung des Kopfes nach hinten. Ich folgte dem Wink, doch außer der Frau, die mich vorhin angestarrt hatte, bemerkte ich nur ein älteres Rentnerehepaar, das für diesen Job nicht in Frage kam. Ich sah ihn fragend an.

Er nickte bekräftigend und flüsterte: »Ja ja, das ist meine Partnerin. Sie heißt Cathleen, eine ganz Durchgeknallte. Die schießt immer erst und fragt dann - vielleicht. Sieht man ihr gar nicht an, nicht?«

Ich schüttelte nur den Kopf. Aber er hatte offenbar auch keine tiefergehende Antwort erwartet, denn er präsentierte mir stolz einen Ehering: »Und ich bin inzwischen verheiratet, was sagst du dazu?«

Ich sagte zunächst gar nichts. Frank und verheiratet? - Nie im Leben! Der wollte sich doch nie binden, immer frei sein und so weiter. - Männergespräche früherer Zeiten!

»Und wie läuft deine Familienplanung? Verliebt? Verlobt oder verheiratet bist du ja wohl nicht.« Er deutete auf meine Hand.

»Nein, weder verliebt noch verlobt, und auch nicht verheiratet.«

»Ach! Unser Frauenschwarm, sieh an, sieh an. Immer noch nicht die Richtige gefunden, was?«

»Hmm, ich weiß nicht. Es hat sich halt noch nicht so ergeben.« Ich war ein bisschen verärgert. Das war wieder einmal typisch, er war verheiratet, nun mussten es alle anderen auch sein!

»Ich habe es dir ja gesagt, du hättest dir damals wirklich diese Kleine angeln sollen, die war doch sehr nett!« Sein Ton war schon fast vorwurfsvoll zu nennen. »Wie hieß sie noch? Jenny oder Fanny oder so, nicht?«

Ich brummte irgendetwas Unverständliches vor mich hin. Man soll alte Affären nicht immer wieder aufwärmen, irgendwann reicht es!

»Ich weiß: Mary!« Er sah mich mit triumphierender Miene an.

»Lass gut sein, Frank, die alten Zeiten sind vorbei. Das wäre nicht gut gegangen mit Mary. Überleg nur einmal, wie jung wir da noch waren, und was wir im Verhältnis dazu jetzt an Lebenserfahrung dazu gewonnen haben.«

»Na und? Hättest doch auch mit ihr die Erfahrung sammeln

können, oder etwa nicht?« Er stieß mir freundschaftlich den Ellenbogen in die Rippen.

»Wer weiß ..., vielleicht, vielleicht auch nicht.«

»Johnny, Johnny, so kenne ich dich ja gar nicht. Hast dich aber ganz schön verändert in den paar Jahren. Vor allem hier oben!« Er tippte sich gegen die Stirn. »Du denkst zu viel, alter Junge!«

Ich nickte.

»Und wo willst du eigentlich hin?«

»Nach New York«, antwortete ich auf diese nicht eben tiefsinnige Frage.

»Aha, und da?«, hakte Frank nach und erwies sich als noch immer so hartnäckig wie ich ihn seinerzeit kennen gelernt hatte.

»Dienstlicher Auftrag«, gab ich kurz Bescheid, doch war mir klar, dass ihn auch das nicht zufrieden stellen würde.

»Ja ..., und ...? Lass dir doch nicht alle Einzelheiten aus der Nase ziehen!«, lautete dann auch prompt die Aufforderung.

»Ach, du weißt doch ganz genau, dass ich dir das nicht sagen darf. An Dritte dürfen keine Details aus unseren Fällen weitergegeben werden.«

Er schien regelrecht verärgert zu sein. »Keine Details! An Dritte! Als ob ich ein Dritter wäre! Mensch, Johnny, ich gehörte auch mal zu dem Verein!«

»Ich weiß. Aber dann müsstest du auch wissen, dass ...«

»Ja ja«, unterbrach er mich. Sein Tonfall schwankte zwischen Verärgerung und Missmut.

In dem Moment trat seine Partnerin an seine Seite und beugte sich zu ihm hinunter. Sie flüsterte ihm etwas ins Ohr und winkte mit dem Kopf in Richtung Business Class.

Er nickte, und sie schritt festen Schrittes nach vorn.

»Sie will jetzt einen Kontrollgang machen«, erläuterte Frank. Offenbar hatte er sich inzwischen mit der Tatsache abgefunden, nichts mehr aus mir heraus zu bekommen, denn er wirkte wieder wie am Anfang unseres Gesprächs. »Ich werde ihr gleich folgen ..., mit gewissem Abstand.«

»Na, dann kann ich ja ganz beruhigt sein«, scherzte ich. »Ich verlass mich auf euch!«

»Aber klar, kein Problem. Mit mir und Cathy an Bord ist noch nie etwas passiert«, versicherte er mir und erhob sich. »Zunächst werde ich zum Kapitän gehen.«

»Okay, wir sehen uns ...«, verabschiedete ich mich, um nun doch noch ein paar Minuten die Augen zuzumachen.

»Ja, bis dann!« Frank nickte mir noch einmal zu und folgte dann seiner Kollegin.

Somit war ich wieder allein und konnte meinen Gedanken nachhängen. Der Fall fing an, mich ernsthaft zu beschäftigen. Ich überlegte, was meinen Chef bloß veranlasst haben konnte, aus einem eigentlich einfachen Fall so eine große Nummer zu machen. Das sah ihm gar nicht ähnlich.

Derartige Fälle blieben für gewöhnlich im Verantwortungsbereich der Polizei, dafür wurde nicht das FBI eingeschaltet. Und schon gar nicht die Spezialabteilung! Ob er einen Insidertipp bekommen hat, oder ob sich ein hohes Tier aus Washington eingeschaltet hat?

Ich grübelte und las mir die E-Mail von Christina schließlich noch einmal durch. Cartwright kam aus Europa, aus der Schweiz. Ob er dort etwas entdeckt hat? Oder sogar etwas Außergewöhnliches mitgebracht hat?

Ich musste kurz an den zurückliegenden Fall denken - und an die Auswirkungen, die er nach sich zog und noch ziehen würde. Ob es mit anderen Fällen aus der Vergangenheit zusammenhängt? Bloß nicht noch eine Politaffäre! Das riecht ja förmlich nach internationalen Verwicklungen. Wenn Cartwright ein Kurier oder Bote war, dann kann das ein langwieriger Prozess werden. Hintermänner im Ausland aufzuspüren, ist keine Kleinigkeit. Und außerdem müssen wir uns dann wieder mit anderen Dienststellen in Verbindung setzen, den Auslandsgeheimdiensten. Da kam mir eine Idee: Bestimmt hat mein Chef oder sogar der Direktor einen Anruf vom State Department bekommen, und sie müssen umgehend Ergebnisse liefern.

»Möchten Sie etwas trinken, Sir?«

Ich blickte auf. Die Stewardess stand neben mir und präsentierte wieder ihr freundliches Lächeln.

»Nein, danke. Im Moment bin ich ganz zufrieden«, erwiderte ich. Was ich von diesem Fall noch nicht behaupten konnte. Der zuständige Leiter des FBI-Büros in New York würde mir hoffentlich ein paar nähere Hintergrundinformationen geben können. Ich hasse es, im Nebel herum zu stochern!

2. Die Stadt, die niemals schläft

New York, USA
Sonntag, 7:00 p.m.

Wir landeten pünktlich auf dem JFK-Flughafen im New Yorker Stadtteil Queens. Die Stadt empfing mich mit dunklen Wolken und Regen. Hoffentlich kein schlechtes Omen!

Wie von Christina angekündigt wurde ich erwartet. Zwei FBI-Agenten, ein Mann und eine Frau, passten mich bei der Sicherheitskontrolle ab und geleiteten mich zu ihrem Wagen, einer dunklen Limousine.

»Special Agents Donovan und Miller«, stellte der Mann sie vor. Er sah aus als ob er nebenbei bei den L. A. Lakers in Diensten stand. Groß und durchtrainiert konnte auch der unauffällige dunkle Anzug sein Erscheinungsbild nicht schmälern. Seine Kollegin trug einen etwas auffälligeren farbigen Hosenanzug und wirkte ebenfalls austrainiert. »Wenn Sie uns bitte folgen, Mister Carter, wir bringen Sie zu Assistant Director Anderton. Für Ihr Gepäck wird ebenfalls gesorgt.«

Es sollten die einzigen Worte bleiben, die bis zum Eintreffen im Büro des hiesigen Leiters des FBI gesprochen wurden. Die Frau fuhr und konzentrierte sich ganz auf den Verkehr. Miller hielt es nicht für notwendig, mich noch mal anzusprechen, doch bald kam mir die Idee, dass sie vielleicht auch Anweisung erhalten hatten, mich nicht in meinen Gedankengängen zu stören. Das war dem Nimbus der Abteilung V zu verdanken. Außer dem Quietschen der Scheibenwischer und dem ab und zu brummenden Motor war nicht viel zu hören. Mir kam das entgegen, so konnte ich in aller Ruhe die Fahrt durch die größte nordamerikanische Stadt, die ich in den letzten Jahren durch meinen Beruf so gut kennen gelernt hatte, genießen.

Wir fuhren auf der Atlantic Avenue durch Brooklyn und überquerten den East River auf der Brooklyn Bridge - eine Fahrt von einer dreiviertel Stunde. Viele mit Regenschirm bewaffnete Wochenendausflügler waren unterwegs, und der Strom an Touristen schien in diesem Jahr mal wieder besonders groß zu sein - trotz drastisch gestiegener Sicherheitsmaßnahmen und Einreisebestimmungen. Nach einer weiteren Viertelstunde erreichten wir das Gebäude am Federal Plaza, den Sitz des New Yorker FBI. Assistant Director Anderton - der Leiter des hiesigen FBI-Büros - war etwa fünfzig Jahre alt und von hoher, breitschultriger Gestalt, die ihm in seinem Beruf durchaus Vorteile verschaffen durfte. »Assistant Director Frederick Anderton«, stellte er sich vor.

»Carter, John Carter. Angenehm.«

Er reichte mir seine Rechte und drückte kräftig zu. Ich hielt dieser Geste lächelnd stand.

»Danke sehr, Agents, das wäre zunächst alles«, verabschiedete Anderton mein Empfangskomitee. Die beiden zogen sich diskret zurück. Dann genoss ich seine uneingeschränkte Aufmerksamkeit. Zunächst schien er mir ein wenig verärgert zu sein. Ohne Einleitung fragte er mich: »Und Sie kommen wirklich extra aus L. A. hierher, um den Cartwright-Fall zu übernehmen?« Er schüttelte verständnislos den Kopf.

»Ja, so ist es. Mein Chef - ich habe noch nicht mit ihm gesprochen, sondern nur mit seiner Sekretärin - scheint sehr viel Wert auf Aufklärung dieses Falles zu legen.«

»Ja, ich habe heute Morgen ebenfalls mit ihr gesprochen. Sie hat Sie mir angekündigt.«

»Dann sind Sie also vorbereitet«, wagte ich einen ersten Vorstoß.

Doch er nahm mir schnell den Wind aus den Segeln: »Tut mir leid, Special Agent, aber wir haben noch keine Ergebnisse. Die Ermittlungen laufen zwar auf Hochtouren, aber wir haben mit den anderen Morden weit mehr Probleme!«

»Andere Morde? Welche anderen Morde?«

»Ach, das wissen Sie noch gar nicht?« Er gestattete sich den Anflug eines Lächelns, das allerdings etwas gequält wirkte, und griff nach einem Blatt auf seinem Schreibtisch. »Innerhalb von sechsunddreißig Stunden wurden an diesem Wochenende sechs Menschen getötet. In der Nacht von Donnerstag auf Freitag wurde in Queens ein Mann erschossen, auf offener Straße. Keine Zeugen. Kein Motiv erkennbar. Freitag Nachmittag das nächste Opfer. Ebenfalls erschossen, keine Zeugen, kein Motiv erkennbar. In der Nacht von Freitag auf Samstag der nächste Tote, diesmal in Manhattan, in der Nähe des Madison Square Garden. Tatwerkzeug war diesmal ein Messer und das Opfer eine Frau. Drei Stiche, jeder davon war tödlich. Im Laufe des Samstags drei weitere Tote, ein Erwürgter in Brooklyn, ein Mann in Chinatown und eine Frau auf Long Island, die von einem Auto überfahren wurde. Der Mann wurde aus geringer Distanz erschossen. Und am Abend schließlich Ihr Mann, Nummer sieben. Er wurde niedergestochen.«

»Hm. Eine ganz ordentliche Quote. Und es gibt keine Zusammenhänge zwischen den Morden oder den Opfern?«

»Keine. Die verschiedenen Tötungsarten deuten auf unterschiedliche Täter, vielleicht sogar Motive. Unsere Spezialisten sind noch dabei, entsprechende Profile zu erstellen. Ich räume ihnen allerdings keine große Chance ein, einen Zusammenhang zu finden, denn bis auf die Tatsache, dass alle Opfer von außerhalb kamen und keine New Yorker waren, gibt es keine Gemeinsamkeiten. Vier von ihnen waren Ausländer, und damit kommen wir dann ins Spiel.«

»Ja, das übersteigt die Zuständigkeit der Polizei natürlich. Haben Sie denn in Bezug zu den Ausländern bereits eine heiße Spur? Vielleicht kennt man die an anderer Stelle, oder es waren einfache Touristen, die nur zur falschen Zeit am falschen Ort waren?«

»Den Gedanken hatte ich auch bereits. Und ich habe in Langley angefragt und um Unterstützung gebeten.«

»Und unsere Kollegen von der CIA haben natürlich sofort alles stehen und liegen lassen als Ihre Anfrage kam?«, fragte ich ironisch.

»Natürlich«, erwiderte er in dem selben Tonfall. »Und sie arbeiten noch daran.«

»Hmm.«

»Genau. Erst mal stecken wir fest. Raubmord kann man bei den ersten sechs Opfern ausschließen, bei allen Leichen fand man Brieftasche oder Ähnliches, daher konnten sie auch so schnell identifiziert werden. Es scheint völlig willkürlich zu sein, ohne jeden Zusammenhang; ein erster Verdacht geht in Richtung eines psychopathischen Serienkillers, doch finden Sie den mal in einer solchen Metropole und ohne weitere Zeugen. Und nun kommen Sie von der Spezialabteilung und haben einen einfachen Raubmord aufzuklären. Das verstehe ich nicht!«

»Ich verstehe es auch nicht. Noch nicht. Aber mein Chef wird schon so seine Quellen haben.«

»Anzunehmen«, brummte Anderton.

»Was wissen Sie sonst noch von den Toten?«

»Das erste Opfer kam aus Argentinien, das zweite aus Honduras, die ermordete Frau aus Russland, und der vierte Tote war vor einer Woche aus Israel eingereist. Ein Mann aus Malaysia und eine Frau aus Atlanta setzen die traurige Bilanz dann fort, bevor Ihr Mann, Cartwright, schließlich ermordet wurde. Und der nutzte New York als Zwischenstation.«

»Also zwei Opfer aus den Staaten?«

»Richtig. Inklusive Cartwright. Aber der nimmt wie gesagt eine Sonderstellung ein. Für die anderen sechs gilt: kein Motiv. Die Ermordeten wurden weder beraubt noch wurde ihnen in irgendeiner Weise weitere Gewalt angetan. Sexualdelikte sind bei den Frauen ebenfalls auszuschließen. Die Senatorin und der Polizeichef hatten ein Gespräch, das eher als Monolog zu bezeichnen war, der Bürgermeister ist 'not amused', das State Department hat sich bereits eingeschaltet und verlangt Ergebnisse, natürlich am Besten bis gestern. Das israelische Außenministerium hat inzwischen interveniert und möchte über den Stand der Ermittlungen informiert werden, und es ist anzunehmen, dass auch die anderen Toten noch zu einigen Verwicklungen auf internationalem und diplomatischem Parkett führen werden. Von der toten Russin ganz zu schweigen!

Sie war bereits zwei Wochen in den Staaten. Die übrigen Ermordeten waren noch nicht so lange im Land, zwischen einer Woche und drei Tagen. Der letzte, der ankam, war der Argentinier. Am Mittwoch.«

»Und der wurde als Erster getötet. Sehr seltsam. Ob das wohl eine erste Spur sein könnte?«

Er zuckte mit den Achseln. »Keine Ahnung. Im Moment lässt sich weder etwas dafür noch dagegen sagen.«

»Tja«, überlegte ich laut, »ob die Kollegen von der Polizei mehr wissen als wir? Immerhin dürften die Beamten von den zuständigen Revieren die Spuren ...«

»Nein, Carter! Ich verstehe es nicht. Wochenlang ist alles ruhig, kein Toter, nur hier und da ein paar Verletzte nach einer Schlägerei, und auch in den Monaten davor nur zwei Drogentote ... - aber kein Mord! Und jetzt sieben innerhalb kürzester Zeit! Dieses Wochenende wird in die Geschichte eingehen! Und es ist eine traurige Geschichte, auf einmal haben wir hier Krieg! Ich gehe fest davon aus, dass die Morde zusammenhängen, so viele Zufälle gibt es nicht! Aber die einzelnen Polizeireviere sind damit überfordert, definitiv. Die können die überregionalen Zusammenhänge gar nicht erkennen. Daher müssen wir ermitteln und möglichst schnell Ergebnisse liefern.«

»Da möchte ich nicht in Ihrer Haut stecken, ich habe gerade einen politisch angehauchten Fall abgeschlossen.«

»Danke. Ja, ich hörte davon, gute Arbeit.« Er atmete tief durch, und nach einer kurzen Pause fuhr er fort: »Vielleicht ergibt sich ja doch irgendwo eine Spur, ein Hinweis, ein Zeuge. Ein Motiv ist im Moment noch nicht erkennbar, aber irgendwo müssen wir ja ansetzen. Sie könnten uns eigentlich mehr helfen, wenn Sie sich an die anderen Morde, die offenkundig einen weitaus dubioseren Hintergrund haben, halten würden als an diesen Cartwright! Meiner Meinung nach ist der, so traurig es ist, Opfer eines Raubmordes geworden. Er wollte nach Hause und wurde überfallen. Ihm wurde seine Tasche gestohlen, und bevor der Täter auch noch seine Brieftasche oder andere Wertgegenstände an sich nehmen konnte, wurde er gestört und musste fliehen. Die Indizien sprechen eine deutliche Sprache.«

»Trotzdem werde ich dem Revier, das für diesen Cartwright zuständig ist, noch einen Besuch abstatten.«

Anderton schien etwas pikiert zu sein. »Wenn Sie es für nötig halten!«

Er hielt es offenbar nicht für nötig!

»Aber ich sage Ihnen, dass dieser Tote der einfachste Fall von allen sieben ist! Einer meiner Agenten hat sofort nachdem die Meldung reinkam, auf dem zuständigen Polizeirevier angerufen und erfahren, dass der Täter eine Tasche entwendet hat. Sehr wahrscheinlich ein Notebook. Dafür gibt es auf dem Schwarzmarkt durchaus einen dreistelligen Betrag. Wenn Sie mich fragen, ist das ein Motiv!«

»Dann gab es also Zeugen?«

»Ja, die gibt es, zwei Polizeibeamte haben die Tat beobachtet, konnten aber nicht eingreifen.«

»Hmm. Hat Ihr Mann mit den beiden gesprochen?«

»Nein, aber der Bericht gibt alles wieder, und wenn die beiden etwas vergessen haben zu erwähnen, ist es nicht unsere Schuld.«

Ich stöhnte innerlich auf. Mit dieser Einstellung konnte ich mich selbstverständlich nicht abfinden und hakte mit fester Stimme nach: »Er war also selbst nicht da und hat sich auch nicht das Opfer oder die restlichen Beweisstücke angesehen?«

Anderton schien es nicht zu gefallen, dass ich - wieder einmal - auf seine Bemerkung nicht eingegangen war. Er runzelte die Stirn. »Wozu?«, fragte er dann, und sein Ton war jetzt merklich schärfer und passte zu seiner Mimik. »Für ihn und auch für mich ist die Sache klar. Der Tote ist Amerikaner, kam aus dem Urlaub aus der Schweiz und wurde hier nach seiner Rückkehr überfallen. Raubmord. Klare Sache. Die anderen Opfer machen mir wirklich weit mehr Sorgen. Wir sehen einfach keinen Zusammenhang zwischen Ihrem Toten und den anderen sechs, und selbst zwischen denen fällt das schon schwer. Aber wenn Sie unbedingt Ihre Zeit verschwenden wollen ..., bitte sehr!«

»Wir werden sehen«, beschied ich ihm, nun etwas kurz angebunden. Allmählich reichte es mir, für ihn war die Sache ja schon völlig klar, ohne dass irgendetwas wirklich aufgeklärt war. Fehlt nur noch eine Presseerklärung, und dann gehen wir wieder zur Tagesordnung über! »Wie gesagt, mein Chef wird schon einen Grund gehabt haben, mich auf den siebten Toten anzusetzen.«

»Hmm.« Der Zweifel in seiner Stimme war eigentlich eine Frechheit, doch sagte er jetzt nichts mehr. Denn in diesem Sinne weiter zu widersprechen, hätte auch bedeutet, meinem Chef zu widersprechen, und das konnte er sich selbst als Assistant Director nicht erlauben.

»Es wäre nett, wenn sie Ihre ersten und auch folgende Ergebnisse an meine Abteilung weiterreichen würden. Ich werde veranlassen, dass es umgekehrt ebenso läuft. Vielleicht können wir die Fälle ja gemeinsam klären, und sie von zwei Seiten her angehen«, startete ich einen Versuch, den Besuch nicht mit Misstönen zu beenden.

»In Ordnung, Mister Carter. Ich werde das Nötige veranlassen.«

Ich reichte ihm die Hand und verabschiedete mich. »Danke sehr, Mister Anderton!«

»Auf Wiedersehen!«

*

Ich hatte das Gebäude kaum verlassen, da klingelte es: Christina!

»Hi, Christina!«

»Hallo, John! Wie war dein Flug? Bist du gut gelandet?«

»Oh ja, bin ich, und der Flug war in Ordnung, alles zeitgemäß, ganz wunderbar, trotz nicht gerade urlaubstauglichem Wetter hier an der Ostküste. Ich habe sogar schon den ersten Termin hinter mir.«

»Ja, es tut mir doch auch leid, dass sich dein Urlaub auf Hawaii ein wenig verzögert und wir dir hier kein solches Wetter bieten können, aber das gehört nun mal zum Job. Und dein erster Termin? Das ging ja wirklich schnell. Ach ja, ich habe ein wenig die Zeit vergessen, ich musste für unseren Chef noch einige Dinge recherchieren. Und was sagt unser Kollege in New York?«

Das war mal wieder typisch Christina. Drei Themen in einem Atemzug behandeln. Ich musste fast lachen, doch beherrschte ich mich und antwortete in normalem Tonfall: »Nun, ich will es mal so ausdrücken: Er misst den anderen sechs Morden in der Stadt eine größere Bedeutung zu.«

»Weitere sechs Morde? In New York? Wann?«

»Gerade erst. An diesem Wochenende, seit Freitag. Und nicht einer ist einfach aufzuklären.«

»Ach herrje, das wusste ich ja gar nicht!«

»Tja, aber woher wusstest du dann von Cartwright?«

»Vom Chef. Ich war gerade zehn Minuten im Büro und hatte noch nicht einmal meine Sachen im Schrank verstaut, da rief er mich schon. Ich sollte ihm einige Personalakten von bestimmten Agenten besorgen. Und sobald ich das getan hatte, hat er sich dich ausgesucht, und ich musste dich nach New York lotsen. Dazu hat er mir einige Informationen gegeben, und ich musste nur noch einige Details ausarbeiten. Und dann habe ich dich schließlich angerufen.«

»Aha.« Ich erinnerte mich an den morgendlichen Anruf nur widerwillig, ließ mir jedoch nichts anmerken. »Und wie kam er zu der Nachricht?«

»Ich weiß es nicht, und im Moment ist er, glaube ich, nicht in Stimmung, irgendetwas gefragt zu werden.«

»Na, egal. Er wird schon seine Quellen haben.«

»Die hat er, ganz bestimmt. Und was machst du jetzt?«

»Ich werde dem zuständigen Revier und ihrem stellvertretenden Captain einen Besuch abstatten.«

»Oh ja, das könnte neue Erkenntnisse liefern. Viel Glück!«

»Danke! Bye, Christina!«

»Bye, John!«

Ich verwahrte meinen elektronischen Helfer wieder in meiner Tasche. Erst jetzt nahm ich bewusst war, dass es aufgehört hatte zu regnen. Ein Blick auf meine Uhr verriet mir, dass es Zeit wurde, wenn ich heute noch irgendetwas erreichen wollte.

*

Ich stand vor dem Dritten Polizeirevier, das mir Christina als das in unserem Fall zuständige angegeben hatte.

An der Ecke Fifth Avenue East / neunundvierzigste Straße war vor noch nicht allzu langer Zeit ein neues, neunstöckiges Haus entstanden. Das Grundstück ist jetzt von Grünflächen eingefasst und zum Nachbargrundstück hin - einem Bürogebäude - sogar mit mehreren kleinen Bäumen bepflanzt. Auf der gegenüberliegenden Seite liegt der neunzehn Gebäude umfassende Komplex des Rockefeller Center und zieht allein auf Grund seiner Größe jeden der sechzigtausend täglichen Besucher in seinen Bann. An der Straßenseite befindet sich ausreichend Parkraum, sowohl für die Beschäftigten als auch für Besucher, und direkt vor dem etwas zurück gelegenen Gebäude sind zusätzlich noch einmal zwölf Parkplätze für Einsatzwagen reserviert. Eine breite, zehnstufige Treppe führt empor zum Haupteingang, einer verglasten und elektronisch gesteuerten Tür.

Schusssicher, genau wie die Fenster im Erdgeschoss, hatte ich mit Kennerblick schnell festgestellt.

Per elektronischer Chipkarte konnten sich die Beamten und Angestellten Zugang zum Gebäude verschaffen, indem sie dieselbe an ein vor der Tür angebrachtes Lesegerät hielten. Selbstverständlich wurde der Platz zusätzlich mit Videokameras überwacht, der Wachhabende saß - wie ich später in Erfahrung brachte - direkt linker Hand in einem Büro, woran sich der Bereitschaftsraum anschloss, in dem permanent eine Sicherheitsmannschaft Dienst tat.

Auch wenn ich noch nicht lange hier war, hatte ich seit kurzer Zeit das unbestimmte Gefühl, beobachtet zu werden. Doch trotz unauffälliger aber intensiver Suche konnte ich keine Verdächtigen ausmachen. Ich wunderte mich über mich selbst. Wenn ich schon diese 'Gefühle' hatte, konnte ich mich bisher auch darauf verlassen, daher drehte ich eine kleine Runde über den Parkplatz - von einem Grünstreifen zum anderen - und anschließend sogar die Straße mehrere hundert Meter hinauf und auf der Gegenseite wieder zurück. Doch auch jetzt bemerkte ich niemanden, der mich beobachtete. Nur das Gefühl in meiner Magengrube blieb. Ich atmete tief durch, spürte meine Waffe im Schulterhalfter und wurde etwas ruhiger. Ich schritt zurück zum Parkplatz und stellte mich so, dass ich sowohl diesen als auch die Straße in beide Richtungen beobachten konnte.

Doch es tat sich nichts Erwähnenswertes, und ich stieg die Stufen zum Gebäude empor, um mich zu erkundigen, ob der Stellvertreter des Captains noch im Dienst war.

Er war es nicht, wie ich vom Wachhabenden nach Vorzeigen meines Ausweises zu hören bekam. Er musste seine Frau und seinen neugeborenen Sohn aus dem Krankenhaus holen und wäre nur in absoluten Notfällen erreichbar.

Ich dankte für die Auskunft und verließ das Gebäude wieder. Eben überlegte ich, welchen Weg ich jetzt einschlagen wollte, da bog ein Streifenwagen von der Straße ab und hielt auf dem Parkplatz vor dem Gebäude - ganz in meiner Nähe.

Der Beifahrer, ein Sergeant, stieg aus und kam auf mich zu: »Guten Abend, Sir, kann ich Ihnen helfen?«

Er war mindestens so groß wie ich und mochte dreißig Pfund mehr wiegen. Und er war der Senior und Wortführer des Zweierteams. Ich hätte mich nicht gewundert, wenn er Ende des Monats in Pension gehen sollte. Seine über dreißig Dienstjahre als Polizist sah man ihm allerdings erst auf den zweiten Blick an. Offenbar hatte er bereits vor langer Zeit eine interne, mentale Schutzmauer um sich gezogen - so wie es auch Ärzte oder Rettungssanitäter machen, um die Erlebnisse des Arbeitsalltags nicht ständig mit sich herum tragen und vor allem nicht in die Privatsphäre mitnehmen zu müssen.

Er war mir auf Anhieb sympathisch und einer spontanen Eingebung folgend antwortete ich: »Danke, ja ..., ich denke doch. Mein Name ist Carter, John Carter, ich bin Special Agent vom FBI und soll mich der Sache mit dem unbekannten Toten, der gestern wahrscheinlich Opfer eines Raubmordes geworden ist, und den Ihre Kollegen entdeckt haben, annehmen.« Ich zeigte ihm meine Marke.

»Na, das nenne ich mal Zufall! Wir waren es, die ihn entdeckt haben ..., das heißt, wir haben sogar den Täter gesehen und waren der Grund, dass er geflüchtet ist.«

»Ach!« Ich beglückwünschte mich insgeheim zu meinem Entschluss, mit den beiden zu reden. Indem ich den Tonfall zum Schluss dieser Silbe ein wenig hob und gleichzeitig meine Augen etwas mehr öffnete, signalisierte ich meinem Gegenüber, dass er mich neugierig gemacht hatte, und dass ich nicht abgeneigt war, weitere Mitteilungen zu hören.

Und er enttäuschte mich nicht: »Mein Name ist William Parker, ich hatte gestern Nachmittag, zur Zeit der Tat, Dienst und bin mit meinem Kollegen unterwegs gewesen. Streifenroutine.«

Sein Kollege war ein junger Mexikaner, von der Gestalt eher schmal gebaut, wirkte jedoch sehr drahtig und sportlich. Er war inzwischen ebenfalls ausgestiegen, um das Fahrzeug herum gekommen und reichte mir nun die Hand: »Officer Pablo Fernando Sanchez, angenehm.«

Er hatte einen überraschend kräftigen Händedruck und machte einen wenn auch etwas zurückhaltenden, so doch ebenfalls sympathischen Eindruck.

Ich beschloss, mir von den beiden Augenzeugen schon einmal alle Einzelheiten schildern zu lassen. Auch wenn es vielleicht nicht unbedingt der Dienstweg sein mochte, ersparte mir das unter Umständen das lästige Durcharbeiten und Lesen von in nüchterner Sprache abgefassten Berichten. Außerdem wusste ich aus Erfahrung, dass 'oben' nie alles ankam, was 'unten' verarbeitet wurde. Der heutige Besuch bei Assistant Director Anderton war mir noch gut in Erinnerung.

»Das nenne ich ja einen Wink des Schicksals, direkt die beteiligten Beamten zu treffen! Würden Sie mir den Tathergang vielleicht kurz schildern?«

Parker räusperte sich. Ganz offensichtlich kam es nicht jeden Tag vor, dass sich ein FBI-Beamter für seine dienstlichen Belange interessierte.

»Ja ..., also, wir waren ganz normal auf Streife ...«, begann er etwas zögerlich.

»Wie jeden Tag!«, fiel Pablo ein.

»Ja, wie jeden Tag«, bekräftigte sein älterer Partner. »Es war eigentlich ein eher ruhiger Tag - die Zentrale hatte nur einmal wegen eines Verkehrsrowdys um Verstärkung gebeten - den haben wir dann sehr bald zusammen mit den Kollegen erwischt. Ein Autodieb, der auf frischer Tat ertappt worden und geflüchtet war. Aber sonst war den ganzen Tag nicht viel los. Wir konnten sogar eine gemütliche Kaffeepause einlegen.« Ein verlegenes Lachen schloss sich an letztere Bemerkung an.

Ich übte mich in Geduld. Auch ein äußerst erfahrener Polizeibeamter zeigt sich in gewissen Situationen als nur allzu menschlich, und je mehr Details er erwähnte, umso eher konnte ich meinen Fall vielleicht lösen und gen Westen zurück fliegen.

»Wir haben da eine Stelle, die ist zum Kaffee trinken wie geschaffen, und wir haben die ganze Straße ...«

Sämtliche Details der Kaffeepause brauchte ich jedoch nicht wirklich für meine Ermittlungen zu erfahren und unterbrach ihn in höflichem Ton mit einem Lächeln: »Sergeant, ich möchte Ihnen Ihre Kaffeepause nicht verderben, glauben Sie mir!«

»Oh ja!« Mit einem verständnisvollen Nicken überging er ihre Kaffeepause und setzte neu an: »Wir haben einen Mann beobachtet, der die Straße entlang schlenderte, auf uns zu. Er schien zwar ein bestimmtes Ziel zu haben ...«

»Aber er hatte wohl Zeit, vermutlich wollte er langsam zum Bahnhof gehen«, fügte Sanchez hinzu.

Parker warf ihm einen strafenden Blick zu, und sein junger Kollege verstummte. »Ja, vielleicht war er auf dem Weg zum Bahnhof. Penn Station ist ja schließlich nicht weit.«

»Ja, ich weiß«, sagte ich.

»Okay, und dann trat auf einmal dieser Typ an ihn heran. Den haben wir dann auch beobachtet. Ziemlich genau sogar. Es machte zunächst den Eindruck, dass der Größere, der Mörder, den anderen wie einen Fremden ansprach, dass sie sich also nicht kannten.«

Sanchez nickte.

»Und aus dem Gespräch, oder vielmehr aus Mimik und Gestik, war zu vermuten, dass es sich vielleicht um eine Wegbeschreibung handelte.«

»Okay«, ermunterte ich ihn fortzufahren.

»Ja, und dann gerieten die beiden auf einmal in einen Streit«, erklärte der Sergeant.

»... und der Größere drohte ihm mit der Faust«, fügte der Mexikaner hinzu.

»Richtig. Der Streit wurde immer heftiger und lauter, und schließlich blitzte das Messer in der Hand auf, und bevor wir noch reagieren konnten, hatte der Typ schon zugestochen«, schilderte Parker den Tathergang als ob er ihn noch einmal miterleben würde.

»Dann blickte er sich schnell um, ob er beobachtet worden war«, fügte der Mexikaner hinzu. »Das war bestimmt ein Profi, er hatte dieses gewisse Etwas - keine unnötigen, zeitraubenden Aktionen ...«

»Und dabei hat er uns gesehen!«, fiel der Sergeant ein.

»Ja, und auf einmal sahen wir, wie er sich über den am Boden Liegenden beugte. Das war natürlich eindeutig, und ich habe den Wagen beschleunigt. Aber noch bevor ich die Sirene anstellen konnte, griff er sich noch schnell die Tasche und ist abgehauen. Das war ein Notebook - klarer Fall!«, stellte Pablo im Brustton der Überzeugung fest.

»Ja, das kann sein. Das Format würde wohl übereinstimmen. Allerdings kenne ich mich mit diesem neumodischen

Kram nicht so genau aus«, gab Parker zu. »Aber das muss ich in meinem Alter wohl auch nicht mehr!«

»Nein Sergeant, bestimmt nicht. Aber ich bin mir ziemlich sicher, dass es ein Notebook war, die Tasche ließ in der Tat darauf schließen«, erklärte der junge Officer.

»Aber genau gesehen haben Sie es nicht?«, hakte ich nach.

»Nein. Nur die Tasche«, erwiderte Parker für beide.

»Aber da war ein Notebook drin, da bin ich mir hundertprozentig sicher!«, betonte Pablo noch einmal.

»Vielen Dank, meine Herren, das war eine erstklassige Zeugenaussage zum Tathergang«, lobte ich die beiden. »Und wenn es sich tatsächlich um ein Notebook handeln sollte, werden wir das herausbekommen. Haben Sie sonst noch etwas beobachtet? Vielleicht in der Umgebung?«

»Nein, sonst nichts mehr.« Er sah mich wieder wie entschuldigend an. »Nun ja, wir sind dann selbstverständlich zu dem Opfer hingegangen und haben Erste Hilfe leisten wollen. Aber da kam leider jede Hilfe zu spät, das sah man sofort. Der Typ hatte ihm das Messer in die Brust gerammt, erst von oben, dann zweimal von unten, wahrscheinlich mitten ins Herz! Ich habe schon ein paar Tote gesehen. Echt brutal! Und das vielleicht wegen eines Computers!« Parker seufzte.

Offenbar empfand er die Tat als persönliche Beleidigung für sich selbst und sein Revier, in dem in der Regel recht wenig kriminelle Energie registriert wurde.

Eine kurze Pause entstand, in der jeder seinen Gedanken nachhing. Ob in der Tasche wirklich ein Notebook war? Eigentlich müsste doch eine Überwachungskamera den Typen erfasst haben. Wir müssten nur bei der NSA anfragen und ...

»Wie kommt es eigentlich, dass das FBI einen Beamten auf diesen Fall ansetzt? Ist der Tote ein besonderer Mann gewesen?«, unterbrach Sanchez meinen Gedankengang.

»Ich bin Angehöriger der Abteilung V beim FBI, zu deren Aufgaben auch der Antiterrorkampf zählt.«

Der Sergeant musterte mich beinahe ehrfürchtig. Dann wandte er sich seinem Kollegen zu: »Pablo, du hast heute die

Ehre, einen zur Elite der Special Agents des FBI gehörenden Agenten vor dir zu sehen. Das ist wahrlich nicht jedem Polizeibeamten vergönnt.«

Der junge Officer betrachtete mich fast staunend.

Sein Sergeant jedoch war nicht wiederzuerkennen. Sein Blick hatte noch immer einen ehrfürchtigen Charakter als er seinem Kollegen erklärte: »Diese Abteilung ist erst vor einigen Jahren gegründet worden - auf Initiative des Kongresses, dem die Geheimdienste, die man teilweise auch nicht mehr unter Kontrolle zu haben schien, nicht reichten, um das Land vor so viel krimineller Energie zu schützen. Das Justizministerium hat einen Sonderetat erhalten, und der war auch dringend notwendig. Allein die zusätzliche Ausbildung der Agenten dauert ein komplettes Jahr und kostet drei Millionen Dollar pro Person! Die Ausbilder sind nicht nur ehemalige Fallschirmjäger, Kampfschwimmer, Angehörige von Sondereinsatzkommandos und anderen Spezialeinheiten, sondern auch Wissenschaftler verschiedener Gebiete. Sie alle haben viel Zeit und Mühe darauf verwendet, diese Agenten zu den besten Beamten zu machen, die wir haben. Die Ausbildung ist härter als alles, was du dir vorstellen kannst. Wenn du auf dem Zahnfleisch aus der Sporthalle kriechst, dann fangen die erst an zu trainieren! Und danach lernen sie Politik, Geographie, Medizin, Psychologie, Sprachen oder wirtschaftliche Zusammenhänge. Und das Handwerkszeug eines jeden Polizisten beherrschen sie im Schlaf. Sie alle sind Meister der Selbstverteidigung, sowohl waffenlos als auch mit Waffen. Fehlschüsse mit jeder Waffe der Welt überlassen sie allerdings anderen. So unbedeutenden Leuten wie uns zum Beispiel. Dass jeder nicht nur Auto oder Motorrad fahren, also zu Lande unterwegs sein kann, sondern auch zu Wasser und in der Luft, versteht sich von selbst. Sie sind nebenbei auch als Piloten oder Kapitäne zu gebrauchen, da sie die erforderlichen Lizenzen und Patente erworben haben. Auch das gehörte zur Ausbildung. Das einzige, was diese Agenten nicht fahren oder fliegen können, dürfte ein Raumschiff sein. Die Abteilung hat seit ihrem Bestehen eine Aufklärungsquote von einhundert Prozent!«

War im Gesicht von Sanchez vorher ein Staunen zu erkennen, so drückte es jetzt Fassungslosigkeit und ebenfalls zunehmend Ehrfurcht aus.

»Langsam, langsam, Sergeant. Sie übertreiben da aber ganz gewaltig«, versuchte ich die reißerisch aufgemachte Darstellung etwas zu neutralisieren. - Umsonst!

»Das glaube ich nicht, Mister Carter ..., nein, ganz bestimmt nicht!« Er schüttelte den Kopf. »Ich habe von Ihrer Truppe gehört, von ehemaligen Kollegen, die bei den Marines, bei den Rangers und einigen anderen Vereinen gedient haben. Sie waren unter strengster Geheimhaltung in Fallschirmjägerverbänden und in Kampfschwimmereinheiten, dort wurde ihre Ausbildung in Spezialkursen optimiert. Und immer wenn die Sprache auf die Abteilung V des FBI kam, legten sie eine fast heilige Bewunderung an den Tag. Sie haben sich in den paar Jahren einen Ruf erworben, der seinesgleichen sucht!«

»Was zeichnet diese Leute denn sonst noch aus, Sergeant?« Der junge Officer hatte sich von seinem Staunen gelöst.

»Unterm Strich wahrscheinlich die ganzheitliche Ausbildung. Die Ausdauer und den eisernen Willen eines Marathonläufers, die Variabilität eines Zehnkämpfers, die Körperbeherrschung eines Hochseilartisten und andere Eigenschaften in einer Person vereint. Aber es sind nicht nur diese Eigenschaften, die einen jeden dieser Special Agents auszeichnen, sondern auch andere Tugenden. Ich könnte mir zum Beispiel vorstellen, dass du dich mit unserem Gast auch in deiner Muttersprache unterhalten könntest.«

»Ach ja?« Pablo richtete seinen Blick von seinem Sergeant auf mich. »Habla usted español? - Sprechen Sie Spanisch?«

»Si claro, porque mi madre es mexicano! - Ja natürlich, denn meine Mutter ist Mexikanerin!«

Parker stand erwartungsvoll da und nickte nur. »Was sagt man dazu? So viel Spanisch verstehe ich gerade noch, dass Sie also im wahrsten Sinne des Wortes muttersprachlich bedingt Spanisch sprechen. Aber frag ihn in einer anderen Sprache, und er wird dir ebenso antworten!« Er blickte seinen jungen Kollegen wieder an.

»Ich kann sonst keine Sprache, Sergeant.«

»Wie nicht anders zu erwarten war«, brummte Parker und sah mich an. »Aber Sie sprechen sicherlich noch andere Sprachen, habe ich Recht?«

»Oui«, sagte ich und erlaubte mir ein leichtes Lächeln.

Befriedigt nickte der Sergeant vor sich hin und warf seinem Partner einen Ich-hab-es-ja-gewusst-Blick zu. »Siehst du, ich habe es dir ja gesagt! Die Jungs haben eine All-Inclusive-Ausbildung, sie sind einfach die Besten!«

»Aber Sergeant, jetzt übertreiben Sie schon wieder. Erzählen Sie mir lieber, was Sie gestern Abend noch beobachtet und vielleicht herausgefunden haben!«, forderte ich ihn auf und lenkte die Aufmerksamkeit des aufgewühlten Polizeibeamten zurück auf mein eigentliches Anliegen.

»Jawohl, Mister Carter! Aber ich fürchte, dass wir Ihnen nicht sehr viel mehr berichten können.«

»Höchstens die Zettel ...«, warf Pablo ein.

»Ja, richtig!«, stieß Parker hervor. »Das hatte ich ganz vergessen!«

»Zettel?«, hakte ich nach.

»Ja, wir haben den Toten dann kurz durchsucht ..., nach einem Anhaltspunkt ..., wer er ist und so weiter, während wir auf die Kollegen gewartet haben. Und dabei haben wir dann die Zettel gefunden, die drei Zettel in seiner Brieftasche! Das waren die einzigen Sachen, die nicht ganz alltäglich waren - und die sogar einem normalen Polizeibeamten aufgefallen sind!« Parker lachte.

»Danke sehr, da haben Sie mich jetzt aber neugierig gemacht. Wo sind die Zettel denn jetzt?«

»Der zuständige Captain ..., Captain Williamson, hat sie, zusammen mit den anderen Habseligkeiten, die sich in den Taschen des Opfers befunden haben. Genauer gesagt, liegen sie ordentlich aufbereitet auf einem Tisch in einem Raum neben seinem Büro.«

Ich trat einige Schritte zurück, blickte empor und betrachtete das Polizeigebäude. »Und wo und wann finde ich Ihren Captain Williamson und sein Büro?«

»Oh, morgen erst wieder«, meinte Sanchez und lächelte. »Der Sohn vom Sergeant hat sein freies Wochenende. Aber morgen früh ab acht Uhr ist er wieder in seinem Büro im zweiten Stock anzutreffen.«

»Sein Sohn?« Ich war leicht irritiert.

Parker grinste. »Captain Williamson ist etliche Jahre jünger als ich, und mein Vorname ist William. Da hatten die Kollegen nichts besseres zu tun als mir per Wortspielerei einen Sohn anzuhängen. Banalitäten des Alltags. Beim FBI gibt es so etwas sicherlich nicht, oder?«

Jetzt verstand ich. »Oh doch, ein ganz so lustloser Haufen, wie wir oft dargestellt werden, sind wir denn doch nicht!«

»Richtig menschlich.« Sanchez grinste. »Vielleicht mache ich ja noch Karriere und komme auch zu Ihrem Verein.«

»Ach was, du grüner Junge und zum FBI!«, fuhr ihm sein Sergeant über den Mund. »Das kannst du meiner Schwiegermutter erzählen!«

Die beiden schienen sich gut zu kennen und auch trotz oder gerade wegen des Altersunterschiedes wunderbar zu harmonieren. Ich erkannte jedoch, dass ich jetzt nicht mehr tun konnte. Immerhin hatte es das Schicksal schon gut mit mir gemeint, dass mir hier die beiden Beamten vom Tatort in die Arme gelaufen waren.

Ich verabschiedete mich von den beiden Zeugen. Sie gingen in das Gebäude, und ich schlug den Weg zu meinem Hotel ein, denn es war inzwischen sehr spät geworden. Für heute hatte ich wahrlich genug erfahren.

*

Christina hatte mir ein Zimmer im Waldorf Astoria, dreihunderteins Park Avenue, gebucht. Die Palmen im Eingangsbereich ließen wenigstens ein bisschen Urlaubs- und Hawaiistimmung in mir aufkommen, und der Luxus des Hotels entschädigte mich ebenfalls ein wenig. Meine Kreditkarte und mein Ausweis verschafften mir Zugang zur Suite fünfhundertzwölf im fünften Stock, einem gemütlichen und sicherlich nicht billigen Quartier, unweit des Polizeireviers. Dort wartete auch bereits mein Gepäck auf mich, ein Service unseres hiesigen FBI-Büros. Organisation ist das halbe Leben!

Auch der Central Park, an den ich manch gute Erinnerung hatte, war nicht weit, und ich freute mich bereits auf eine kleine Jogging-Runde, die ich dort gleich zu absolvieren gedachte. In der Tasche, die ich gepackt hatte, waren Trainingsklamotten und Wäsche zum Wechseln. Ich zog mich um.

Trotz fortgeschrittener Stunde waren noch so viele Menschen unterwegs, dass man meinen konnte, es wäre erst Nachmittag. Ja, diese Metropole ist in der Tat die Stadt, die niemals schläft. Sicherlich kann man das auch von anderen Städten behaupten, doch die größte Stadt im wirtschaftsstärksten Land der Welt erbringt in vielerlei Hinsicht Superlative.

Ich war noch keine zehn Minuten unterwegs, da hatte ich wieder das Gefühl, beobachtet zu werden. Nach weiteren fünf Minuten war aus dem Verdacht Gewissheit geworden. Ungefähr hundert Meter hinter mir mussten sich mindestens zwei Personen befinden, die mich verfolgten.

Ich wartete eine günstige Gelegenheit ab, um ein paar Stretching-Übungen einzulegen und sah mich unauffällig um.

Nichts. Keine verdächtige Person, geschweige denn zwei oder drei. Sollte ich mich doch getäuscht haben?

Ich lief weiter, und nach einer guten halben Stunde stand ich wieder vor der grauen Fassade meines Hotels. Ich klopfte sorgfältig meine Schuhe ab und betrachtete meine Umgebung - wieder unauffällig aber desto intensiver.

Und wieder bemerkte ich nichts Verdächtiges.

Ich tat mein 'Gefühl' als Hirngespinst ab und schob es auf meinen übermüdeten Zustand, ging auf mein Zimmer und verriegelte trotz allem sorgfältig die Tür und zog die Fenstervorhänge zu. Nach ein paar Stretching- und Gymnastikübungen genoss ich eine erfrischende Dusche und versenkte mich anschließend in eine kleine Meditation. Früher hatte ich meditieren immer als unmännlich angesehen - und den Frauen überlassen. Doch als ich eines Tages mit einer Freundin an einem Yogakurs teilnahm, erkannte ich wie wohltuend und erholsam so etwas sein kann. Und auch wenn die Freundin irgendwann aus meinem Leben verschwand - und ich aus ihrem -, die Meditation blieb, und sie verhalf mir zu guten Resultaten bei meiner Arbeit - und von Zeit zu Zeit dabei, meine Energiespeicher wieder aufzufüllen.

Zum Abschluss führte ich mir die Ereignisse des Tages noch einmal zu Gemüte und legte mir einen Plan für den nächsten Tag zurecht, bevor ich schlafen ging.

3. Ein Anschlag

New York, USA
Montag, 7:00 a.m.

Als ich erwachte und einen Blick auf die Uhr warf, hätte ich mich gern noch einmal umgedreht und weitergeschlafen. Rein subjektiv fehlten mir zwar nur noch sechsunddreißig Stunden Schlaf, und keine zweiundsiebzig, aber ich dachte an meinen Termin beim Captain des Polizeireviers und überwand meinen inneren Schweinehund. Auch wenn ich mich noch nicht annähernd fit fühlte, zwang ich mich, aufzustehen und die Dinge, die da kommen mochten, anzugehen. Ich konnte ja in den nächsten Tagen den letzten fehlenden Schlaf nachholen. Dachte ich.

Nach etwas Morgengymnastik - ein paar Sit-Ups, einigen Liegestützen und ein bisschen Stretching -, einer erfrischenden Dusche und einem durchaus luxuriösen Frühstück war ich für einen weiteren Besuch des Polizeireviers - und des zuständigen Captains - gerüstet.

Der Gang zum Revier war angesichts des kalten und ungemütlichen Wetters kein Vergnügen, doch immerhin war es trocken. Der Wachhabende von gestern Abend hatte seinem Nachfolger Platz gemacht, der mich logischerweise noch nicht kannte. Doch als ich meinen Ausweis vorlegte und einen Termin bei Captain Williamson anmeldete, griff er dienststeifrig zum Telefonhörer. Wenig später saß ich im geräumigen und lichtdurchfluteten Büro von Captain Williamson. »Der Captain kommt gleich«, hatte man mir gesagt, »er hatte bis eben einen Termin beim Chief und ist jetzt nur kurz in der Kantine.«

»Danke sehr!«

Dann hatte ich Gelegenheit, mir das Büro des Captains anzusehen. Das große Fenster zeigte nach vorn, zur neunundvierzigsten Straße, und somit auf den Parkplatz des Reviers.

Der Schreibtisch war groß und schwer, und neben einem Flachbildschirm fanden die zum unter dem Tisch stehenden Computer gehörenden Maus und Tastatur sowie zahlreiche Akten - sortiert in vier Stapeln - neben dem handelsüblichen Büromaterial gerade so eben ausreichend Platz. »*Ob er da den Durchblick behält? Und was wird er mir wohl über meinen Fall sagen können?*«, überlegte ich noch, da wurde die Tür geöffnet.

Joseph S. Williamson wuchtete seine Autorität in den Raum. Er war nicht ganz so groß wie ich, mochte allerdings gut sechzig Pfund mehr wiegen. Er begrüßte mich mit den Worten: »Guten Morgen, Mister Carter! Da lerne ich auf meine alten Tage doch noch mal einen Special Agent des FBI kennen. Freut mich!« Er schüttelte mir kräftig die Hand, während seine Augen mit einem lauernden Blick auf mir lagen.

»Danke, angenehm«, gab ich zurück. »*Genug der Floskeln*«, dachte ich. »*Seine Worte stimmen nicht mit seiner Mimik überein.*«

Ich betrachtete mir den 'Sohn des Sergeants' genauer. Er war ein mittelgroßer, kräftiger Endvierziger, hatte dichtes schwarzes Haar, einen ebenfalls schwarzen Schnurrbart und wirkte ob seiner recht hellen Hautfarbe ein wenig kränklich. Offenbar hatte er bereits einmal mit meiner Organisation Kontakt gehabt - und scheinbar war kein positiver Eindruck geblieben. »Das muss ja ein herausragender Fall sein, dass so schnell ein Special Agent hier auftaucht ...«

Wieder hatte er die Worte 'Special Agent' so merkwürdig betont. Er starrte mich nicht sehr erwartungsvoll an. Zweifellos war er der Meinung, dass das FBI diesen Fall, der vom Grundsatz her in seinen Zuständigkeitsbereich fiel, nicht wirklich zu bearbeiten brauchte - und schon gar keinen Agenten in seine Ermittlungen einschalten musste.

Aber ich nahm ihm gleich den Wind aus den Segeln: »Tja, Captain ..., es scheint auf jeden Fall kein alltäglicher Fall zu sein. Immerhin kam der Ermordete aus Europa.«

»Hmm«, brummte Williamson. »Also wenn Sie mich fragen, war er einfach nur zur falschen Zeit am falschen Ort.«

»Interessante Theorie.«

Williamson spürte, dass ich mit ihm ebenso gut über das Wetter hätte reden können - mein Tonfall enthielt aber auch nicht den Hauch einer Spur, die seine Theorie unterstützt hätte. Er langte auf seinen Schreibtisch und las in stereotypem Tonfall vor: »Der Bericht! Ebenso kurz wie eindeutig. Der Tote ist David Cartwright, nicht vorbestraft, keine Eintragungen im Polizeiregister - nicht einmal wegen 'Falsch Parken'. Gewicht fünfundsiebzig Kilogramm, Größe ein Meter achtundsiebzig. Der Täter muss - nach Art der Einstiche - ungefähr zehn Zentimeter größer als sein Opfer gewesen sein. Das deckt sich auch mit den Aussagen der beiden Polizeibeamten, die die Tat beobachten aber nicht verhindern konnten und den Mann als kräftig und etwa einen Meter neunzig groß beschrieben haben. Die Tatwaffe war ein Messer, Gewicht exakt zweihundertzweiundzwanzig Gramm, Gesamtlänge zweiundzwanzig Zentimeter, Stahlklinge, Länge fünfzehn Zentimeter, Griff sieben Zentimeter. Sägezahnung auf dem Rücken - ein echtes Mordwerkzeug! Der Tod ist fast augenblicklich eingetreten, zwei Stiche gingen genau ins Herz, der dritte in die Lunge. Es war aber bereits der erste tödlich - so viel ist sicher.«

»Die Arbeit eines Profis?«

»Schwer zu sagen, wenn auch sehr wahrscheinlich. Der Doc meint, es könne theoretisch auch Zufall gewesen sein ..., Sie kennen doch die Mediziner! - Bloß nicht genau festlegen! Immerhin ist das Messer stark genug, um auch ohne genaue anatomische Kenntnisse des menschlichen Körperbaus eine entsprechende Wirkung hervorzurufen! Und das Messer selbst bringt uns auch nicht weiter ..., ist absolut handelsüblich - wenn man es so bezeichnen will; das können Sie in New York an jeder Straßenecke kriegen.«

»Schade. Also auch von der Seite keinerlei Anhaltspunkte«, stellte ich mit Bedauern fest.

»Nein, leider nicht. Praktisch könnte jeder der Täter gewesen sein.« Williamson blieb völlig emotionslos bei dieser Feststellung.

Acht Millionen Einwohner, achtzehn Millionen im Großraum New York ..., und die Touristen! - Ach, so ein Schwachsinn! Ich war verwundert über meine Gedanken.

Der Captain war jedoch schon einen Gedanken weiter: »Todeszeitpunkt um sieben Uhr abends, er kam vom JFK-Flughafen, wo er um ein Uhr mittags aus der Schweiz kommend gelandet war, und hat nachweislich einige Einkäufe unternommen, bevor er weiter zur Penn Station ging. Einer von sechshunderttausend Reisenden an diesem Tag - wie jeden Tag! Also eigentlich ein purer Zufallstreffer.«

Er unterbrach seinen Gedankengang, wirkte nachdenklich und schien dann tatsächlich eine Idee zu haben: »Vielleicht ist es aber auch ein Kriminalfall, der unsere Möglichkeiten bei weitem übersteigt. Immerhin scheint unser Toter ein Mann der alten Schule gewesen zu sein.«

Ich blickte ihn fragend an. Das waren ja unerwartet entgegenkommende Züge! Doch ich sollte meine Meinung schnell wieder ändern. Er konnte ein Grinsen nicht ganz unterdrücken, das mich auf die richtige Spur brachte. Er versprühte blanke Ironie.

Er hatte noch nicht bemerkt, dass ich sein Spiel durchschaut hatte, sondern nickte auf meinen Blick hin eifrig. »Offenbar hat er sich von einigen - wahrscheinlich für ihn wichtigen - Sachen Notizen gemacht, oder er hat sie sich notiert, um sie dann später am Notebook bearbeiten zu können. Auf jeden Fall haben wir in seiner Brieftasche drei Zettel gefunden.«

Also das war es! Er wollte mir die Zettel präsentieren und sich an meiner Miene belustigen, dass ich nichts damit anfangen konnte. Genau wie er und seine Leute! Ich erwähnte nicht, dass ich die beiden beteiligten Beamten tags zuvor getroffen hatte und somit bestens informiert war, sondern fragte nur: »Würden Sie mir die einmal zeigen? Und die anderen Sachen auch bitte. Alles, was der Tote noch bei sich hatte.«

»Natürlich, bitte folgen Sie mir!« Er führte mich in einen Nebenraum.

Auf einem breiten Tisch fanden sich die Habseligkeiten des

Ermordeten. Routinemäßig überprüfte ich die Kleidung, eine Jacke, eine Hose, ein Hemd, Unterwäsche und schließlich die Schuhe.

Nichts. - Wie zu erwarten war.

Williamson hatte mir mit stoischer Miene interessiert zugesehen, konnte sich jetzt jedoch ein leichtes Feixen nicht verkneifen. »Da bin ich ja beruhigt, dass auch ein Special Agent vom FBI nichts findet. Meine Jungs haben die Klamotten auch schon durchsucht ..., ebenfalls erfolglos.«

Ich griff nach der Brieftasche. Sie war leer.

Williamson reichte mir eine kleine, durchsichtige Tüte: »Hier sind die drei Zettel. Die suchen Sie doch wahrscheinlich, oder?«

»Ja, danke.« Ich öffnete das Tütchen und ließ die Zettel auf den Tisch fallen. Dann entnahm ich der Innentasche meiner Jacke ein Etui, zog eine Pinzette heraus und betrachtete mir den ersten Zettel genauer.

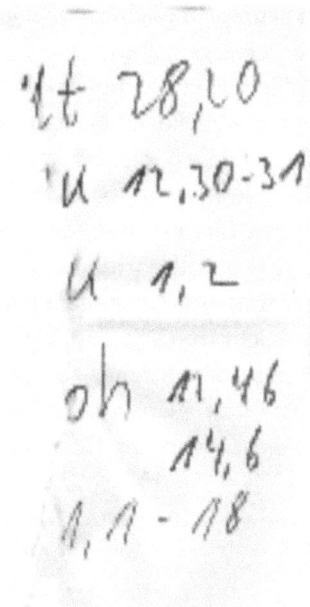

Es waren Buchstaben und Zahlen aufgeschrieben, die für mich aber keinen Sinn ergaben. Offenbar handelte es sich um Abkürzungen oder um Anweisungen. Außerdem hatte jemand den Zettel entweder mitgewaschen oder ein großes und übervolles Glas draufgestellt, denn er wies deutliche Spuren von Wassereinwirkung auf. Ein Teil der linken Seite war unleserlich, da verschwommen, oder sogar gänzlich abgerissen - infolge des Aufweichens -, und der ursprünglich schon nicht einfach zu entziffernde Buchstaben- und Zahlensalat - womöglich ein Code - somit vollständig ein Fall für Spezialisten mit technischen Möglichkeiten, von denen die Beamten in diesem Revier nicht einmal zu träumen wagten.

Also, sollten sich die Kollegen im Hauptquartier damit auseinandersetzen. Wofür hatten wir schließlich eines der teuersten Labore der Welt für diese Fälle! Immerhin arbeiteten im Hauptquartier des FBI mehr Kriminaltechniker, die einem jede Menge über Chemie, Physik, Biologie, Genetik, Psychologie und das weite Feld der EDV erzählen konnten, als Agenten, die die eigentliche, ursprüngliche, Polizeiarbeit leisteten, indem sie im Land unterwegs waren.

»Ich nehme an, Sie haben das übliche Prozedere noch nicht durchgeführt. Fingerabdrücke, DNS-Analyse, Schriftbild ...«

»Nein, das habe ich noch nicht veranlasst. Als ich heute Morgen hörte, dass Sie kommen würden, habe ich extra auf Sie gewartet. Nur das Tatwerkzeug, das Messer, habe ich per Eilboten zu Ihrer Dienststelle bringen lassen. Es sollte sofort ins Labor. Offenbar trauen sie unserem nicht.«

Wieder war ein leicht ironischer und diesmal auch missbilligender Unterton in seiner Stimme, doch ich ging nicht darauf ein, sondern erklärte ihm: »Unsere kriminaltechnische Abteilung findet alles! Selbst wenn der Täter nur ein Atom zurückgelassen hat ...«

»Hmm«, brummte er. »Auch unsere Jungs verstehen etwas von ihrem Handwerk. Und deren Geräte sind nicht aus der Steinzeit.«

»Ich will Ihr Labor nicht in Misskredit bringen, Captain.

Aber unsere Techniker arbeiten in einem der besten und teuersten Labore der Welt. Denen stehen ganz andere Möglichkeiten zur Verfügung, glauben Sie mir. Die werden schon etwas finden, verlassen Sie sich drauf! Vielleicht nicht heute und auch nicht morgen, aber sie werden etwas finden.«

»Davon gehe ich auch aus.« Jetzt klang er fast erleichtert. Woher dieser plötzliche Stimmungsumschwung? War er vielleicht froh, diesen unangenehmen Fall abgeben zu können? Ich sah mir den Zettel noch einmal an. »Wie konnte es anders sein«, murmelte ich dann.

»Wie bitte?«

»Ach, es wäre ja auch zu schön gewesen. Immerhin hätte er doch auf den Zettel einen Hinweis schreiben können, der uns direkt zum Täter führt.« Ich lachte ein freudloses Lachen.

»Na, dann schauen Sie sich doch den zweiten und dritten Zettel einmal an!« Die Spur eines Triumphes lag in den Augen des Captains, doch sie verschwand schnell wieder.

Ich legte den ersten Zettel wieder sorgfältig auf den Tisch und angelte mit der Pinzette nach dem nächsten.

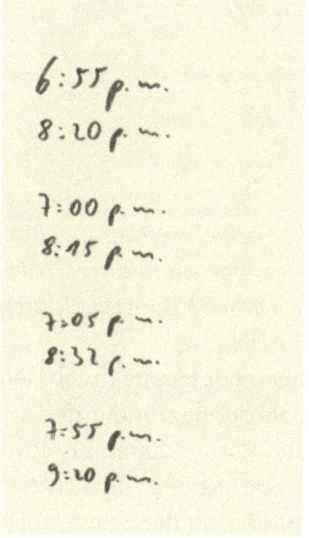

»Das ist der zweite, auch er mit Zahlen und Buchstaben versehen. Meiner Meinung nach dürfte es sich um Abfahrtszeiten von Zügen handeln. Und der dritte enthält zur Abwechslung Wörter.«

Ich musterte den zweiten kurz, wurde aber auf den ersten Blick aus dem Inhalt ebenso wenig schlau wie aus dem ersten. Allerdings stimmte ich dem Captain zu, dass es sich um irgendwelche Abfahrts- und Ankunftszeiten handeln durfte. Das sollte einigermaßen einfach herauszufinden sein.

Ich legte ihn neben den ersten. Dann angelte ich mir den dritten. Und in der Tat. Hier standen endlich einmal Wörter, mit denen man sofort etwas anfangen konnte. Immerhin ein Name und ein paar Begriffe!

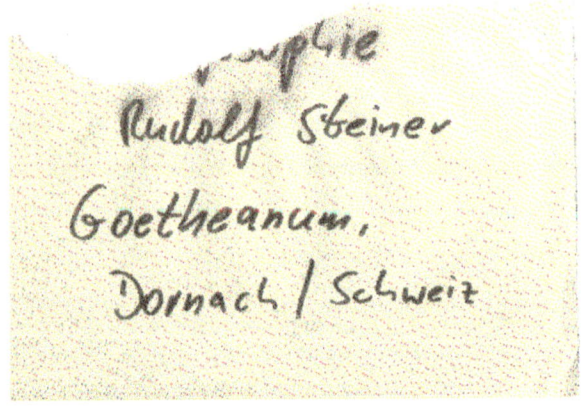

»... phie, vielleicht Sophie, ein Name?«, überlegte ich. »*Rudolf Steiner, keine Vorstellung, ein weiterer Name; Goetheanum ..., Goethe - der deutsche Dichter? Dornach, Schweiz, Europa, neutrales Land, in Genf Sitz der UN ...*«

»Den Namen haben wir bereits durch den Computer gejagt. Rudolf Steiner gilt als der Begründer der Anthroposophie. Das dürfte also das erste Wort erklären. Er wurde im neunzehnten Jahrhundert in Europa geboren, in Kroatien, und er starb im zwanzigsten Jahrhundert in der Schweiz. Dort hat er das Goetheanum errichten lassen.«

In der Schweiz! Das war also klar. Und der erste? Keine Ahnung! Aber das musste dieser famose Captain ja nicht wissen!
»Veranlassen Sie bitte, dass auch diese Sachen und vor allem die Zettel so schnell wie möglich ins FBI-Hauptquartier gebracht werden!«

»Selbstverständlich.« Er schien froh zu sein, diesen Fall auf so einfache Weise los zu werden. Offenbar scheute er politische Verwicklungen. Dass er mir nebenbei zu verstehen gegeben hatte, dass auch wir beim FBI nur mit Wasser kochen, war für ihn wahrscheinlich das Highlight der Woche. Nun, mir waren solche Animositäten geläufig, und ich hatte längst gelernt, mit ihnen umzugehen.

»Ja, Captain, dann bedanke ich mich für heute, und sofern doch noch ein vierter Zettel auftauchen sollte ...«

» ... sende ich ihn natürlich umgehend nach«, versprach mir Williamson in feierlichem Ton.

»Danke, Captain.«

*

Ich verließ das Gebäude und folgte bald der Madison Avenue gen Süden, in Richtung Grand Central Station.

Ich war noch nicht lange unterwegs als mich wieder ein seltsames Gefühl überkam. Ich blieb kurz stehen und sah mich unauffällig um. Ein Typ in schwarzer Lederjacke und Camouflage-Hose starrte mich an, doch dann verlor sich sein Blick in der Ferne. Er hatte sich mehr als nur drei Tage nicht rasiert, seine Haare standen wirr zur Seite, und jetzt entfernte er sich mit langsamen Schritten in die entgegengesetzte Richtung.

»*Was der wohl sucht?*«, fragte ich mich und betrachtete weiter meine Umgebung. Auf der viel befahrenen Straße erspähte ich ein schwarzes Cabriolet, eine Corvette C6, die sich aus dem allgemeinen Verkehrsstrom durch eine extrem langsame Fahrweise abhob. Als ich jedoch den suchenden Blick der Frau am Steuer bemerkte, konnte ich auch diese auf den ersten Blick ungewöhnliche Situation als harmlos einstufen.

Nun fiel mir eine junge, dynamische Frau in einem eleganten dunklen Kostüm auf. Sie war schlank, dunkelblond und trug ihre Haare streng nach hinten gekämmt, wo sie zu einem Zopf gebunden waren. Während sie in forschem Schritt mit freiem Blick geradeaus den Gehsteig entlang stürmte, hielt sie ihre linke Hand am Ohr: sie telefonierte. Dabei machte sie den Eindruck als ob sie zehn Sachen auf einmal erledigen - nein: arrangieren - konnte.

Als ich noch überlegte, wie sie es bei diesem Verkehr und ihrem Tempo schaffte, niemanden zu behindern oder gar anzurempeln, signalisierte mein Telefon einen Anruf: Christina. Sie kam ohne Umschweife direkt zur Sache: »Hallo, John! Ich habe eine Verbindung mit unserem Chef hergestellt! Du musst nur noch auf Konferenzmodus gehen.«

Ich betätigte die entsprechenden Tasten, und auf dem nunmehr geteilten Bildschirm erschien neben dem Gesicht von Christina dasjenige meines Chefs. Seine dunklen Augen standen in faszinierendem Gegensatz zu dem vollen grauen Haar und dem ebenfalls grauen und wohlgestutzten Schnurrbart. Dieser Kombination verdankte er zu einem nicht unerheblichen Teil den Respekt, den ihm nicht nur seine Untergebenen und Mitarbeiter, sondern alle Menschen entgegenbrachten. Aus seiner Mimik konnte man nie irgendwelche Schlüsse auf seine Gedankengänge oder Gefühle ziehen, er wusste sich stets meisterlich zu beherrschen und machte den Eindruck als ob er ein Nachfahre der Ureinwohner Amerikas - der Indianer - sei, die es ebenfalls meisterlich verstanden, ihre Gefühle und Emotionen unter Kontrolle zu halten. - Selbstbeherrschung bis zum Äußersten! Ich hatte ihn in der jüngeren Vergangenheit des Öfteren zu Gesicht bekommen, das letzte Mal vor gerade einmal drei Tagen. Doch dieser Ausdruck in seinen Augen, den ich meinte heute zu beobachten, war in früheren Gesprächen noch nicht da gewesen. Allerdings verriet dieser Ausdruck nicht, was ihn bewegte, und es konnte ebenso gut eine Täuschung sein.

Seiner Stimme war jedenfalls nichts anzumerken, denn sie

klang sonor und ruhig wie immer als er mich begrüßte: »Hallo, John! Wie geht es Ihnen?«

»Guten Tag, Sir! Danke sehr, so weit ganz gut. Wenn ich allerdings bedenke, dass ich eigentlich Urlaub habe ...«

»Ja, ich weiß«, unterbrach er mich, »und ich habe es auch nicht gern getan - das können Sie mir glauben! Immerhin weiß ich, dass Sie diese zwei Wochen mehr als verdient und vielleicht sogar auch nötig hatten. Aber ich brauchte so einen wie Sie für diesen Fall.«

Ich zog verwundert die Augenbrauen hoch. »*Zwei? Drei Wochen sind es doch eigentlich ...!*«, dachte ich, entgegnete jedoch nichts.

»Wie weit sind Sie mit Ihren Ermittlungen denn bisher gekommen?«, wollte er wissen.

Trotz meiner - wie ich annahm - recht eindeutigen Mimik erwähnte er keine Details dieses Falles, sondern wollte offenbar so schnell wie möglich Resultate sehen. Ich fasste meine bis dahin eingeholten Informationen kurz zusammen: »Nun ja, Sir ..., der Tote ist identifiziert, die Fahndung nach dem Täter läuft, der Tathergang ist lückenlos rekonstruiert ..., und die örtliche Polizei scheint soweit alles im Griff zu haben. Nur der Mörder fehlt halt noch.«

»Und das Motiv«, ergänzte Christina.

»Und das Motiv«, bestätigte ich. »Allerdings sind die Beamten hier der Meinung, dass es sich um einen einfachen Raubmord handelt - immerhin dürfte es sich nach Aussagen der beiden Polizisten bei der Tasche um ein Notebook handeln - das bringt dem Täter ein paar Dollar ein.«

»Je nach dem wie neu es war, sogar bis zu dreihundert Dollar!«, fügte Christina hinzu.

Doch unser Chef äußerte sich nicht zu unseren Überlegungen. Beinahe dreißig Sekunden herrschte Stille in unserer Konferenz, dann erst fragte er: »Und was ist mit den Zetteln aus der Brieftasche des Opfers?«

»Die Zettel ...? - Oh ja, die drei Zettel! Ich habe Kopien, die mir der Captain überlassen hat. Die Originale sind bereits auf dem Weg nach Washington - zu Ihnen ins Hauptquartier. Sie müssten heute Nachmittag eintreffen. Sämtliche Sachen des Opfers wurden im Polizeilabor eingehend untersucht, mit den Zahlen und Buchstaben können die Experten allerdings auch nichts anfangen.«

Wie zufällig glitt mein Blick in dem Moment zur Seite. Ein wildes Hupkonzert lenkte meine Aufmerksamkeit auf ein Auto, das langsamer als die übrigen fuhr und infolgedessen diese Reaktion beim Hintermann provoziert hatte. Ich erfasste drei Personen, drei Männer, und einer zielte mit einem metallisch schimmernden Gegenstand auf mich. Die Stimme meines Chefs klang wie unendlich weit weg: »Das ist eindeutig ein Fall für unsere ...«

»Vorsicht!«

Die Wucht des Stoßes war enorm. Die Person, die sich mit dem Schrei auf mich gestürzt hatte, trieb mich drei bis vier Meter in Richtung Häuserwand - bevor wir beide zu Boden gingen. Wenige Fuß über uns spritzten Gesteinssplitter aus der Wand. Ich drehte mich schnell weiter, die Person, die mich umgerissen hatte, mit mir ziehend. Dann ließ ich sie los und begab mich mit einer Judorolle aus ihrer näheren Umgebung.

Keine Sekunde zu früh. Nur wenige Zoll neben meinem Bein schlug eine weitere Kugel ein. Neben uns heulte ein Motor auf, es quietschten Reifen, und das Auto schoss davon. Die Kugeln hatten mir gegolten und hätten definitiv auch getroffen, wenn ich nicht zur Seite gestoßen worden wäre. Das war mir innerhalb von Sekundenbruchteilen klar. Ich zog meine Waffe, sprang auf und erkannte sofort, dass an einen gezielten Schuss nicht mehr zu denken war, wenn ich nicht das Leben von Unbeteiligten riskieren wollte. Darauf versuchte ich, irgendetwas an dem Auto zu erkennen. Doch es war auch dafür zu spät - das Auto hatte sich so schnell entfernt, dass ich nicht einmal mehr das Nummernschild erkennen konnte. Lediglich den Autotyp, ein dunkler Opel Omega, hatte ich erkannt. Der Fahrer musste ohne Rücksicht auf etwaige andere Verkehrsteilnehmer extrem beschleunigt haben. Ich drehte mich um.

Mein Retter war eine Frau, eine Chinesin, deren lange dunkle Haare teilweise über ihr Gesicht fielen. Offenbar hatte sie sich bei dieser Aktion mehr erschrocken als ich. Ich streckte ihr die Hand entgegen und half ihr wieder auf die Beine. »Vielen Dank! Sie haben mir soeben das Leben gerettet!«

Mit gesenktem Kopf stand sie vor mir. Sie schien völlig verschüchtert. Ich fasste sie an beiden Schultern und erkundigte mich: »Sind Sie verletzt? Tut Ihnen etwas weh?«

Sie hob ihren Kopf, holte tief Luft und brachte in gebrochenem Englisch einige unzusammenhängende Worte hervor. Doch dann schien sie sich zu konzentrieren und plapperte drauf los: »Das Auto fuhr genau auf Sie zu ... - direkt ..., quer über die Straße! Ich wusste nicht, was ich ...!«

Sie brach ab und betrachtete erst mich, der ich wahrscheinlich ein wenig staubig aussah, und dann meinen Communicator, der mir bei der Rettungsaktion entfallen war und wenige Schritte von uns entfernt lag. »Es tut mir leid ..., ich wollte Sie nicht verletzen oder etwas kaputt machen ..., ich wollte nur ...«

Ich sah in ihre großen dunklen Augen. »Ich bitte Sie! Sie haben mir das Leben gerettet! Da kann von verletzen oder kaputt machen doch keine Rede sein!«

Ich überlegte, wie ich meiner Retterin kurzfristig danken konnte. Vielleicht sollte ich sie auf einen Kaffee einladen? »Wie kann ich Ihnen danken?«, fragte ich.

»Ich ..., ich weiß nicht ..., ich habe doch gar nichts ...«, stammelte sie noch immer reichlich verschüchtert.

»Darf ich Sie vielleicht auf einen Kaffee einladen?« Ich setzte ein gewinnendes Lächeln auf.

Zum ersten Mal im Lauf unseres Gespräches schaute sie mich direkt an. Nach und nach zeichnete sich ein Lächeln um ihren Mund ab, dass mir signalisierte, dass sie einem Kaffee nicht abgeneigt war. »Nur einen Moment, bitte ...« Ich hob meinen Communicator auf. »Ich muss das Gespräch erst noch beenden ..., dauert aber nur ein paar Sekunden.«

»Okay.« Das Lächeln verstärkte sich.

Bezaubernd! Ich stellte fest, dass die Verbindung gehalten

hatte. Christinas Gesicht barg Sorgenfalten. »Hallo, John! Was ist denn passiert?«, erkundigte sie sich.

»Man hat gerade versucht, mich zu erschießen«, informierte ich sie trocken.

»Was?«, hörte ich meinen Chef rufen. Auch er war also noch immer in der Leitung.

»Ja, ich habe viel Glück und eine Lebensretterin gehabt.« Ich sah meine neue Bekannte mit einem Augenzwinkern an.

Sie lächelte wieder leicht, gab sich schüchtern. - Wirklich bezaubernd! Dieser Typ Frau weckt doch in jedem Mann den Beschützerinstinkt.

»Das darf ja wohl nicht wahr sein!«, kommentierte Christina das Ereignis. Sie war sichtlich schockiert.

»Tja ..., genau das habe ich auch gedacht und wollte ...«

Mein Chef unterbrach mich: »Sie rühren sich nicht von der Stelle, John! Keine weiteren Aktivitäten, tauchen Sie kurze Zeit unter. Wir werden sofort ein paar Nachforschungen anstellen. Wir melden uns bald wieder!«

Ich hatte meinen Chef noch nie so erlebt. Normalerweise war er durch nichts zu erschüttern und leitete seine 'Geschäfte' in aller Ruhe und Gelassenheit. Nie hatte einer seiner Angestellten erlebt, dass er seinen Gleichmut oder die Contenance verloren hätte. Aber der Ausdruck in seinen Augen, der sogar über den Minibildschirm meines Communicators sichtbar wurde, ließ vermuten, dass auch er irgendwo eine psychische Grenze hatte - und die schien in nicht mehr allzu weiter Ferne zu sein.

»Jawohl, Sir!«

Ich klappte den Communicator zu und verstaute ihn in meiner Jacke. Untertauchen sollte ich, nun denn. Da gab es ein paar Möglichkeiten: »Und, wohin darf ich Sie entführen?«, wandte ich mich an meine Lebensretterin.

»Och ..., ich wollte eigentlich demnächst eine Kleinigkeit essen, aber ...«

Wieder dieses verschmitzte Lächeln! »Und ich habe Sie davon abgehalten? Welch ein Unglück!«, scherzte ich.

»Aber Sie können es ja wieder gut machen.« Sie bedachte mich mit einem geheimnisvollen Blick aus ihren mandelförmigen Augen.

»Aber selbstverständlich! Mögen Sie gern Fisch?«

Sie nickte.

Ich hätte sie spontan umarmen mögen, beherrschte mich aber. Wahrscheinlich wäre das nicht ganz schicklich gewesen. So lud ich sie mit einer Geste ein, mir zu folgen. Ich führte sie einige Umwege, bis ich mich davon überzeugt hatte, dass uns niemand folgte, und wenig später betraten wir die Oyster Bar, im Untergeschoss der Grand Central Station. Das Lokal war gut besucht, doch wir bekamen sofort einen Platz.

»Wie heißen Sie eigentlich?«, fragte ich, nachdem wir uns gesetzt hatten. Ich hatte meine gute Laune wieder gefunden.

»Mai Li Mei«, erwiderte sie mit glockenreiner Stimme.

»Mein Name ist John, John Carter.«

»Angenehm John Carter.« Sie lächelte ihr bezauberndes Lächeln und reichte mir ihre kleine Hand.

Wir bestellten zunächst etwas zu trinken.

Ich stellte fest, dass ich mich verletzt hatte. Der Sturz musste doch unglücklicher verlaufen sein als zunächst vermutet. Meine Schulter schmerzte, sie war wahrscheinlich geprellt oder verrenkt. Vorsichtig machte ich ein paar kreisende Bewegungen. Ich wusste es ja: Ich brauchte dringend Urlaub!

»Haben Sie sich verletzt?«

»Nein! Nicht wirklich. Vielleicht ein bisschen verstaucht oder verrenkt oder so ...«

Sie trat hinter mich. »Gerade Hinsetzen!«, kommandierte sie.

Ich war verwundert, gehorchte jedoch.

Sie begann mich sanft zu massieren. Nach wenigen Minuten fühlte ich mich besser als je zuvor! Sie schien es zu bemerken: »Die chinesische Medizin basiert auf der Theorie, dass sich das Chi im Körper in zwei einander ergänzenden Qualitäten zeigt, in Yin und Yang.«

»*Chi ..., das Ki der Japaner - die universelle Lebensenergie!*«, schoss es durch meinen Kopf.

»Für die Gesundheit des Menschen ist es wichtig, dass das männliche Yang und das weibliche Yin im Gleichgewicht sind und dass das Chi gleichmäßig fließt. Denn Körper, Seele und Geist sind eine untrennbare Einheit, gehören zusammen, und Krankheit ist eine aus dem Gleichgewicht geratene Gesundheit. Die Behandlung zielt auf Wiederherstellung des Yin-Yang-Gleichgewichts und auf die Normalisierung des Chi-Flusses. Dazu benutzen wir Techniken wie Akupressur, Akupunktur und Tai Chi.«

»Ich bin begeistert. Ehrlich.«

Sie lächelte schüchtern. »Die meisten Ärzte in eurer Welt behandeln zumeist nur die Symptome ..., unsere Medizin hingegen wirkt ganzheitlicher - sie packt das Übel bei der Wurzel.«

»Das ist also so in etwa wie beim Fußball, beim Elfmeter.«

»Wie das?«

»Tja ..., wenn man einen Elfer verursacht, dann kann man die Wirkung bekämpfen, sprich der Torwart kann versuchen, den Ball beim Elfmeter zu halten. Aber besser wäre es natürlich, wenn man ihn erst gar nicht verursachen würde!«

Sie lachte. Herzerfrischend, natürlich, unbefangen. »Stimmt, aber ich hätte nicht gedacht, dass Sie Ahnung von Fußball haben ..., eher von Baseball oder Eishockey.«

»Och, dank meines Vaters ist mir dieser Sport nicht fremd. Durch ihn habe ich europäische Wurzeln, und er selbst hat auch einmal gespielt.

In dem Moment wurden die Getränke serviert. Meine Gegenüber bekam ein Kännchen angenehm duftenden Tee, ich ein großes Glas Orangensaft und ebenfalls einen Tee.

Ich prostete ihr zu. »Auf meine Lebensretterin!«

Sie lächelte wieder ihr schüchternes Lächeln. »Auf Ihre Gesundheit!«

»Oh ja, danke. Ein paar neue Energieressourcen können wirklich nicht schaden.«

Sie nickte. »Meine Landsleute verhalten sich prinzipiell

auch etwas anders ...«

»Ach!« Ich grinste.

»Ja ja«, erklärte sie lachend, »wir gehen nämlich nicht erst dann zum Arzt, wenn wir krank sind, sondern wenn wir noch gesund sind. Dann ist das Gleichgewicht noch nicht so gestört, und man kann es noch mit relativ geringem Aufwand zurück erlangen.«

»Ach so!« Ich gab mir einen ernsthaften Anschein. »Also ungefähr so wie wenn man Winterreifen schon vorher aufzieht, und nicht erst, wenn es schneit, ja?«

»Genau so.« Sie nickte und lachte wieder. »So ist auch unsere Anschauung. Früher haben die Menschen durch Naturbeobachtung herausgefunden, dass es viele unterschiedliche Lebewesen, also auch Menschen, gibt. Auch in China, wir sind ja ein großes Land, etwa so groß wie die USA ...«

»Nur mit fünfmal so vielen Einwohnern«, warf ich lachend ein.

»Ja, und jeder Mensch hat so seine eigenen Angelegenheiten. Aber es gibt eine Sache, die gilt für alle: die Sonne. Und daraus wurde dann später der Sohn der Sonne, der derjenige war, der für alle, für das Volk, sorgen musste.«

»Die wurde ja bei vielen alten Kulturen verehrt.«

»Kein Wunder! Immerhin spielt sie keine ganz unwichtige Rolle in unserem Leben.«

Ich lachte. Meine Zufallsbekanntschaft gefiel mir. Guter Humor! Mit ihr konnte man gewiss viel Spaß haben - und viel lachen.

»Ja, wirklich«, erklärte sie mit ernsthafter Miene, »die Sonne scheint überall, und es gibt überall Menschen. Und ist nicht jede Medizin gut, die dem Menschen hilft? Wenn einer Person aus Los Angeles eine Medizin aus New York hilft, dann ist es doch gut. Oder einem Amerikaner eine chinesische Kräutermischung.«

»Oder einem Chinesen eine amerikanische Operationsmethode.«

»Ja, genau! Jeder so wie er kann!«

»Das nenne ich mal Globalisierung!«

Ich beobachtete, wie sich der Teesatz am Boden sammelte und wie heißer Dampf aufstieg. Es duftete nach wie vor ganz angenehm. Ich will nicht sagen, nach Urlaub, aber es gestaltete den Gedanken etwas erträglicher, dass ich vor nicht allzu langer Zeit aus meinen Urlaubsträumen gerissen worden war. Ich nippte leicht. Der Tee war noch sehr heiß.

»Was machen Sie denn beruflich, wenn ich das fragen darf? Sind Sie Polizist?«

»So etwas ähnliches«, erwiderte ich. »Natürlich dürfen Sie fragen, es ist kein Geheimnis, jedenfalls sollte es das unter uns nicht sein.«

»Ah! Sie haben vorhin eine Judorolle gezeigt. Beherrschen Sie diesen asiatischen Sport?«

»Auch. Ich bin bei der Bundespolizei, da gehört so etwas zur Grundausbildung. Und mir persönlich hat es auch nicht geschadet; die Budokünste, die ich betreibe, führen über körperliche Übungen zur geistigen Reife. Man lernt sein eigenes Selbst kennen und als Höhepunkt der Ausbildung auch irgendwann beherrschen. In China gibt es doch Klöster, in denen Mönche Kung Fu betreiben, kennen Sie das vielleicht?«

»Ja, die Grundlage dafür bietet die Zen-Philosophie. Shaolin-Mönche versuchen Geist, Seele und Körper in Harmonie zu bringen. Sie lernen ihr Chi, die Lebensenergie, zu trainieren, so dass ihr Geist den Körper beherrscht. Erst dann sind sie in der Lage zu ihren spektakulären Kampfvorführungen und atemberaubenden Kunststücken. Dabei lernt man auch, dass es nichts Einseitiges gibt auf der Welt; Yin und Yang sind überall in der Natur ...«

Das Essen wurde gebracht. Sie brach ab und füllte mir den Teller mit einer kleinen Portion von ihrem Menü. »Probieren Sie einmal!«

»Danke, gern.«

Doch ich stellte schnell fest, dass es für mich eine Spur zu scharf war und bediente mich von meinem Menü. Als ich den ersten Bissen zum Mund führen wollte, signalisierte mein

Communicator einen Anruf. »Entschuldigung!« Ich griff nach dem Telefon: Christina - wie zu erwarten war!

»Hallo, Christina!«

»Hi, John! Wir haben ein paar Nachforschungen angestellt, ich werde dir gleich berichten. Aber zunächst möchte der Chef mit dir reden ...«

»Okay.« Ich wunderte mich, dass er inzwischen beschlossen hatte, nicht mehr sein Telefon zu benutzen, sondern bei seiner Sekretärin auf meinen Anruf gewartet hatte. Vielleicht war ihm die letzte Konferenz auf den Magen geschlagen?

Da erschien er auch schon im Bild und legte direkt los: »Hallo, John! Ich habe ein paar Leitungen glühen lassen, und wir sind hier zu einem ersten Ergebnis gekommen. Es war eindeutig ein Anschlag gegen Sie. Überwachungskameras haben den Wagen gefilmt, wir haben das Kennzeichen überprüft, der Wagen war gestohlen! Hinweise auf den oder die Täter gibt es keine nennenswerten. Diese Aktion wirft selbstverständlich eine Menge Fragen auf, die auch ich zum jetzigen Zeitpunkt nicht beantworten kann. Aber dass wir der Sache nachgehen müssen, scheint mir wirklich unerlässlich.«

Mein Chef machte eine kurze Pause, und ich überlegte, was jetzt kommen würde. Ich dachte an meinen Urlaub, meine Sachen am Flughafen von L. A., das Appartement auf Hawaii - drei Wochen fernab aller Alltagsprobleme.

Doch ich sollte gleich wieder einmal daran erinnert werden, dass mein Chef ein Mann mit Prinzipien war, denn die Geschichte nahm in den folgenden Minuten Formen an, die ich nicht für möglich gehalten hätte. Er fuhr fort: »Wir haben zwar noch keine Spur von den Ganoven, die es auf Sie abgesehen hatten, aber inzwischen ein Ergebnis von Cartwrights Mörder. Er hat uns einen genetischen Fingerabdruck hinterlassen. Die Fahndung läuft bereits auf Hochtouren.«

»Und sein Name?«

»Tja ... das ist so eine Sache. Nach Abfrage bei Interpol und unseren Geheimdiensten hat Christina eine Liste von nicht weniger als zehn Namen zusammen gestellt. Und das sind nur die gängigsten, die er benutzt!«

»Ein Profi durch und durch.«

»So sieht es aus. Aber trotzdem werden wir ihn kriegen - wir haben seine DNS!«

»Verbrechen zahlt sich eben nicht aus«, bemerkte ich.

»So ist es. Und es ist unsere Aufgabe, diesen Fall aufzuklären. Unter allen Umständen.«

Der Tonfall dieser Ankündigung überraschte mich. Atemlos lauschte ich den weiteren Anweisungen meines Chefs. Seine Stimme klang eindringlich, sie hatte etwas Beschwörendes: »John, ich würde es sehr begrüßen, wenn Sie den Fall weiter verfolgen würden. Auch wenn das bedeutet, dass Sie Ihren Urlaub noch weiter verschieben müssen.«

»Aber, Sir ...«

»Ich weiß, Sie haben ihn mehr als reichlich verdient, aber ich bin der Ansicht, dass es unsere Pflicht ist, die Sache so schnell und so umfassend wie möglich aufzuklären. Gerade dieses Attentat ist mir mehr als Beweis genug, dass es gegebenenfalls nicht einmal reichen würde, nur den Mörder aufzuspüren. Wir müssen die Hintergründe ermitteln und aufdecken!«

»Sehen Sie denn einen Zusammenhang mit den anderen Todesfällen, Sir?«

»Mit den ermordeten Ausländern? Hmm, ich weiß nicht, John. Christina berichtete mir bereits davon, und ich will natürlich nichts ausschließen. Das wäre zum jetzigen Zeitpunkt noch viel zu früh. Auch unser Büro in New York hat da noch keine nennenswerten Ergebnisse vorgelegt. Immerhin kam Cartwright ja aus dem Ausland, vielleicht besteht da eine Verbindung, irgend ein Kontakt ...«

»Sie meinen die Zettel, Sir!«

»Genau. Wann haben Sie jemals einen so eindeutigen Hinweis erhalten, um einen Fall aufzuklären? Das muss doch anmuten wie ...«

»Danke, Sir. Wenn Sie Urlaub sagen wollten, den habe ich bereits.«

»Ich weiß, ja. Aber stellen Sie sich einfach vor, dass Sie Ihren Urlaub in Europa verbringen! Die Schweiz ist auch sehr reizvoll ..., alles sehr ruhig und beschaulich, angenehmes Klima, phantastische Landschaft, nette Leute, präzise funktionierende Uhren ...«

»Jawohl, Sir. In der Schweiz war ich sogar schon einmal. Mit einer Freundin - zum Ski fahren. Nur unter Urlaub hatte ich mir eigentlich etwas anderes vorgestellt.«

»Carter?«

»Ja, Sir?«

»Ungewöhnliche Ereignisse erfordern ungewöhnliche Maßnahmen.«

»Ja, Sir!« Ich unterdrückte ein Seufzen.

Meinem Chef war mein Zögern offenbar nicht entgangen. »Ich kann es Ihnen nicht befehlen, John«, sagte er, und seine Stimme klang seltsam belegt. »Die Zuständigkeiten amerikanischer Behörden beschränken sich auf ihr eigenes Territorium, analog zu anderen Staaten. Aber ich würde es wirklich sehr begrüßen, wenn Sie den Fall weiter verfolgen würden.«

»In Ordnung, Sir.«

»Danke, John. Es gibt allerdings eine Bedingung: Sie dürfen keine Waffen mitnehmen und müssen auch Ihre Dienstmarke abgeben. Sehen Sie es quasi aus der Sicht eines normalen Touristen - wie Urlaub. Sie geben sie am besten am Flughafen ab; ich werde veranlassen, dass sie dort abgeholt werden.«

»Meine Dienstwaffe, Sir?« Ich mochte nicht glauben, was er mir da vorschlug.

»Ja, Sie werden ohne fliegen - unbewaffnet.«

»Aber ...«

»John, Sie waren kaum mit dem Fall betraut, und schon verübt jemand einen Anschlag auf Sie. Und so viel ich weiß, haben Sie keine wirklich heißen Spuren seit Ihrer Ankunft in New York verfolgt. Trotzdem scheint eine fremde Macht ausgesprochen ungehalten zu sein - ob Ihrer Einmischung. Da stimmt irgend etwas nicht. Ganz sicher nicht!«

»Vielleicht habe ich ja in ein Wespennest gestochen und

weiß nichts davon.« Ich versuchte ein wenig Humor beizusteuern, doch die beiden gingen nicht darauf ein. »Weshalb soll ich denn auch noch Dienstausweis und Marke abgeben? Wenigstens ausweisen muss ich mich doch dürfen! Reicht es nicht, wenn ich meine Waffe hier lasse?«

»Nein, das wäre nur die halbe Miete.«

»Ts ts, so etwas hat es noch nie gegeben - nur bei einer Suspendierung!«

»Ungewöhnliche Maßnahmen«, schaltete sich nun Christina wieder ins Gespräch ein. Ihr Gesicht erschien neben demjenigen meines Chefs. »Die Europäer sind immer noch ein wenig verstimmt wegen der geheimen Kommandooperationen der CIA. Die Sache ist da beileibe noch nicht vom Tisch, da hat ein FBI-Beamter außerhalb seines Zuständigkeitsbereiches gerade noch gefehlt.«

»Ja, Sie müssen den Fall sozusagen als Privatperson lösen, stehen aber mit uns natürlich in engem Kontakt. Christina wird Sie mit Informationen versorgen, noch bevor Sie über europäischem Luftraum sind! Ich werde ihr Zugang zu gewissen Datenbereichen verschaffen.«

»Ich verstehe, Sir. In Ordnung.«

»Gut. Die Spur führt also in die Schweiz, definitiv. Und da dieser Staat nach wie vor in Europa liegt, befindet er sich außerhalb Ihres und unseres Zuständigkeitsbereiches. Was meinen Sie, würde der Direktor sagen, wenn ich ihm erzählen würde, dass ich Sie nach Europa geschickt habe? Dienstlich?«

»Vermutlich wäre er hell auf begeistert.«

»Verdammt richtig. Und die Damen und Herren im Pentagon, im Weißen Haus und unsere Kollegen von den Geheimdiensten, in deren Bereich das fallen würde, vermutlich nicht minder. Also ..., damit Sie nicht noch mehr Staub aufwirbeln - und schon gar keinen in unserer Behörde! -, bevor wir wissen, um was es eigentlich geht, werden Sie sich als Tourist tarnen und den Fall sozusagen privat untersuchen!«

»Wie Sie meinen, Sir.«

»Er ist von mir schließlich offiziell genehmigt, und Sie sind damit bereits beauftragt. Ich werde Sie gegenüber dem Direktor und nach außen hin decken, John, denn der Fall ist mir sehr wichtig. Sie können sofort loslegen, wenn Sie einverstanden sind!«

»Ja, Sir.«

»Kleiden Sie sich als Tourist ein. Koffer, Tasche, Bekleidung ..., was Sie brauchen. Bei den Spesen werde ich einmal ein Auge zudrücken, wenn Sie es nicht übertreiben!«

Christinas Augen wurden immer größer!

»Ihr Flug geht heute am späten Nachmittag, Christina hat bereits ein Ticket reserviert. Morgen zum Frühstück sind Sie in der Schweiz. Viel Glück, passen Sie auf sich auf!«

»Danke, Sir!«

Typisch unser Chef. Sein Name Wellington kam nicht von ungefähr, später wollte er sich auf Neuseeland zur Ruhe setzen und vielleicht ein paar Schafe züchten. Aber seine letzten Dienstjahre waren wir seine Schäflein, die er zu leiten hatte. Und wenn er sich einmal etwas vorgenommen hatte, dann wurde das auch umgesetzt.

Anschließend versorgte mich Christina mit einigen näheren Informationen und meinte dann tief aufseufzend: »Diesmal würde ich wirklich liebend gern mit dir tauschen!«

»Was den Teil mit dem Shopping angeht, selbstverständlich.«

»Selbstverständlich. Und den Trip nach Europa würde ich zur Not auch noch machen - ein wenig Urlaub in der Schweiz und dann mal sehen.«

»Von Urlaub kann gar keine Rede sein!«, protestierte ich.

»Keine Angst, ich werde es nicht von deinem Urlaubskonto abziehen.« Sie lachte, wurde dann aber wieder ernst: »Die Ermordeten sind in allen einhundertsechsundachtzig Interpol-Mitgliedstaaten und in zwölf weiteren Ländern zur Fahndung ausgeschrieben. Es ist nur eine Frage der Zeit, bis sie eindeutig identifiziert sind. Und vielleicht erhalten wir ja von anderen Ländern Informationen, die uns die Heimatländer nicht geben würden oder können.«

»Gute Überlegung.«

»Ich habe online kompletten Zugriff auf nahezu alles. Der Chef hat sich beim Direktor anscheinend mächtig ins Zeug gelegt und auch einige andere Kontakte angespitzt. Die gesamte Datenbank des FBI und der meisten Regierungsbehörden, Millionen von Artikeln und Datensätzen, die in den letzten Jahrzehnten aus allen Quellen und Teilen der Welt beschafft worden sind, stehen zu meiner Verfügung; hinzu kommen sogar Geheimdokumente aus den Archiven unserer Geheimdienste - sofern sie nicht auf Top Secret lauten. Dem Chef muss wirklich etwas an dem Fall liegen. Ich wüsste nur gern, was und warum? Aber immer, wenn ich ihn darauf anspreche, sieht er mich so komisch an ... - als ob er ein Gespenst gesehen hätte - und sagt dann doch nichts.«

Ich schluckte. Was hatte meinen Chef nur dazu gebracht?

»Hmm«, brummte ich dann. »Ich verstehe es auch nicht. Er ähnelt gar nicht mehr dem rational denkenden und handelnden Typen, den ich einmal kennen lernte.«

»Eben! Aber ich habe mich inzwischen damit abgefunden. Und immerhin habe ich dadurch alle Dinge zur Verfügung, die man sich wünschen kann. Na ja, fast alle.«

»Ja, und du musst dazu nicht einmal in irgendwelche staubigen Archive klettern und Akten durchwühlen - funktioniert alles auf Knopfdruck.«

»Richtig. Das ist ja das Schöne an unserem Zeitalter - man bekommt fast alles an seinen Arbeitsplatz, ohne seinen Hintern auch nur einmal bewegen zu müssen. Sofern man technisch gut ausgestattet ist, jedenfalls.«

»Ein Traum für jeden PC-Freak«, stellte ich emotionslos fest. »Aber trotzdem: Warum ist der Chef bloß so heiß auf den Fall? Es ist doch mehr als ungewöhnlich, dass er dich nicht eingeweiht hat, das macht er doch stets.«

»Tja, er wird schon seine Gründe haben, du weißt doch, dass er einen guten Riecher hat.«

»Ja, ein Gespür für kriminelle Machenschaften aller Art.«

»Und außerdem sind seine Kontakte nicht zu unterschätzen. Dadurch weiß er mehr als andere; die sind gewachsen, auch in Regierungskreisen.«

»Ja, das weiß ich noch vom letzten Fall. Aber ohne deine Grundlagenforschung könnten wir auch einpacken. Ohne Hinweise oder Ansatzpunkte ist der beste Agent hilflos. Ohne Unterstützung seiner Kollegen manchmal allerdings auch.«

»Rechne nicht auf Hilfe von unseren anderen Agenten. Die sind zum größten Teil beschäftigt. Zwölf arbeiten an Einzelaufträgen - quer über die Staaten verteilt. Vier ermitteln in einer Gesamtoperation im Süden, Dallas und Houston, und drei sind in Florida im Einsatz.«

»Und die beiden restlichen?«

»Du wirst es nicht glauben! Sie haben Urlaub ..., bereits seit ein beziehungsweise zwei Wochen.«

»Doch wohl nicht in der Schweiz!«, scherzte ich.

»Nein«, lautete die nüchterne Antwort. »Guten Flug!«

»Danke!«

*

»Entschuldigung.«

»Mein Essen ist nicht kalt geworden.«

Ich hatte das Telefonat beendet und sah Mai Li Mei an. Das Lächeln um ihre Lippen - »Bezaubernd!«

Sie deutete auf meinen Teller. »Erst essen, dann Verbrecher fangen.«

»Alte chinesische Weisheit, fünfhundert vor Christus?«, scherzte ich.

»Nein. Lebenseinstellung einer jungen Chinesin, einundzwanzigstes Jahrhundert nach Christus.«

Ich musste lachen. »Okay, dem habe ich nichts entgegenzusetzen.« Und ich langte mit außerordentlichem Appetit zu.

Nach Beendigung des Mittagessens bedankte ich mich noch einmal ausdrücklich bei meiner Lebensretterin, und dann gingen wir wieder getrennte Wege. Schade!

Das Rockefeller-Center liegt nicht weit entfernt vom Grand

Central Terminal, und mein Hotel lag ebenfalls in einer Distanz, die ich zu Fuß bewältigen konnte. Ich musste noch auschecken und meine Sachen holen, bevor ich den Trip über den Großen Teich antrat. Aus Mangel an Zeit kaufte ich im Schnellverfahren ein. Ich bevorzugte bequeme, lässige Kleidung, die meinem sportlichen und unter Umständen nicht gerade Kleidung schonenden Job entgegenkommen würde. Jetzt trug ich ein Hemd und eine dunkle Jeans. Meine Wendejacke vervollständigte den Eindruck des harmlosen Touristen. Ich war zufrieden.

Schließlich rief ich Mary am Flughafen von L. A. an und berichtete ihr in groben Zügen, dass sich meine Rückkehr noch ein wenig verzögern würde. Sie ließ nur etwas wie 'das habe ich mir schon gedacht' verlauten und versicherte mir, dass sie gut auf mein Auto und auf meine Sachen aufpassen würde. Ich sollte den Fall in aller Ruhe aufklären.

*

Das Shopping war erledigt, ich hatte mich bei einer Bank mit Schweizer Franken in Höhe von umgerechnet eintausend Dollar versorgt und meinen Haustürschlüssel, meine Waffe und meinen Dienstausweis dem Sicherheitspersonal am Flughafen zur Weiterleitung an das FBI-Hauptquartier übergeben. Christina würde mein Hotel auf Hawaii stornieren - sagen, dass ich meine Urlaubspläne kurzfristig geändert hatte. Meine alten Sachen aus dem Hotel holen, alle neuen integrieren, sinnvoll packen und wieder zum Flughafen fahren, hatten mich fast zwei Stunden gekostet. Ich hatte meinen Communicator ausgeschaltet und mich in die Schlange der Wartenden eingereiht. Vor dem Schalter war ich Zeuge eines Gespräches, das zwei Männer führten, die kurz nach mir gekommen waren. » ... und wenn mir dann ein Geschäft gefällt, von der Lage oder dem äußeren Eindruck ...«

»Oder wenn du deiner Konkurrenz einfach nur eins auswischen willst ...«

»Oder so, genau!« Ein Lachen unterbrach die Rede. »Na ja, wie gesagt, wenn mir ein Geschäft gefällt, dann gehe ich ganz spontan rein und frage den ersten besten Angestellten nach seinem Chef. Und den dann nach seinem Chef. Und so weiter, bis ich schließlich einen erreiche, der keinen Chef mehr über sich hat. Das ist logischerweise der Höchste. Und das ist dann mein Mann, mit dem verhandele ich.«

»Und wie?«

»Ich unterbreite ihm ein großzügiges Angebot ...«

»Das er nicht ablehnen kann, selbstverständlich.«

»Selbstverständlich. Jeder Zweite geht darauf ein, wenn auch nach einer gewissen Bedenkzeit oder weiteren Verhandlungen. Aber die Quote stimmt.«

»Und dann?«

»Dann saniere ich den Laden, und wenn der richtige Zeitpunkt gekommen ist, ...«

An dieser Stelle musste ich meine Aufmerksamkeit wieder auf den eigentlichen Grund meines Hierseins wenden, ich war der nächste in der Schlange.

4. Erste Hinweise

Luftraum der USA
Montag, 7:00 p.m.

Nun saß ich also im Flugzeug mit Kurs Europa, Schweiz. Die Uhrzeit deckte sich durchaus mit meinen Vorstellungen über das Ende meines Aufenthaltes in New York, meine Rückkehr nach L. A. und den Beginn meines Urlaubs. Nur die Flugrichtung war genau entgegengesetzt, nach Osten und nicht nach Westen.

Somit hatten meine Vorstellungen über den Verlauf des heutigen und auch der nächsten Tage einige gravierende Änderungen erfahren. Und der Urheber dieser Änderungen war - wie nicht anders zu erwarten - wieder einmal mein Chef. Auch nach dem Gespräch mit Christina war ich noch nicht so ganz schlau geworden, warum ihm dieser Fall so am Herzen lag, bis mir der Gedanke kam, dass es vielleicht eine persönliche Angelegenheit sein könnte. Wie auch immer, nach meiner Rückkehr aus Europa würde ich es schon erfahren.

Ich hatte bereits eine erste Inspektion des Fliegers unternommen, Berufskrankheit, und keine potentiellen Störenfriede geortet. Auch Sky Marshalls hatte ich keine entdeckt, doch hatte das nichts zu sagen. Schließlich gehört es zu ihrem Job, nicht entdeckt zu werden.

Dafür waren zahlreiche Journalisten an Bord vertreten, eine kleinere Gruppe identifizierte ich als Pilger auf dem Weg in die Schweiz. Von dort würde sie per Anschlussflug nach Rom gelangen. Gestern hatte die Karwoche begonnen.

Daher richtete ich meine Aufmerksamkeit jetzt auf meine technische Ausrüstung. Da ich, wie von meinem Chef vorgeschlagen, meine Waffe und meinen Ausweis nebst Marke am Flughafen abgegeben hatte, besaß ich an Hilfsmitteln jetzt nur noch meinen Communicator und meine Uhr.

Meine Armbanduhr schien auf den ersten Blick ein ganz alltäglicher Chronograph zu sein, auch wenn es sich offensichtlich um ein etwas teureres Exemplar handelte. Doch barg es eine Fülle von Funktionen, die ein Uneingeweihter nicht hätte nutzen können, da ihm die notwendigen Codes nicht bekannt waren, um diese aktivieren zu können, geschweige denn die Handhabung der Funktionen.

Das runde Display beinhaltete vier kleinere Multifunktionsdisplays, die Datum, Wochentag, Monat, Jahr und eine weitere Zeitzone anzeigten. Hier hatte ich grundsätzlich Ostküsten Standard Zeit eingestellt, New York Zeit. Weitere Funktionen wie Stoppuhr, Wecker, Kalenderfunktion und Erinnerungsmodus waren ebenfalls verfügbar, doch erforderte dies bereits eine Codeeingabe, eine Ziffer aus meiner Personalnummer. Die Eingabe dieser und weiterer alphanumerischer Zeichen erfolgte über zwei Knöpfe auf jeder Seite, zum Drehen und Drücken. Genau wie der Communicator war auch die Uhr dank eines Spezialgehäuses bis zu einer Tiefe von einhundert Metern wasserdicht. Sowohl in die Uhr als auch in den Communicator waren jeweils ein GPS-Sender und -Empfänger integriert, so dass man mit dem einen Utensil das andere aufspüren und beide überall auf der Welt per GPS orten konnte. Mit dem GPS-Empfänger war eine perfekte Satellitennavigation möglich, und man konnte beides sogar als Navigationssystem für Fußgänger benutzen. Weiterhin hielt ich einen elektronischen Reiseführer, ja Reiseleiter in der Hand. Per Satellitennavigation geleitete er mich nicht nur punktgenau an jeden gewünschten Ort der Erde, sondern es bestand auch die Möglichkeit, Videosequenzen über etwaige Orte oder Punkte einzuspielen und abzurufen. Ein interaktiver Reiseführer, gespeist aus Reisemagazinen und Reiseführern, elektronischen und menschlichen.

Das Zauberwort für dieses Wunderwerk der Technik lautete Multimedia. Alle Agenten des FBI benutzten einen solchen Communicator, der durch Spezialisten der NSA an unsere Bedürfnisse angepasst und neben einem weiterentwickelten biotechnologischen DNS-Scanner mit einem dreifachen Code versehen war. Kryptologie allerersten Ranges! Den ersten Code, ein zehnstelliges alphanumerisches Kennwort, kannten neben den Technikern aus unserem Hause auch die zuständigen Beamten bei der NSA, die uns die Geräte eingestellt und diensttauglich gemacht hatten. Der zweite, ein zwölf- beziehungsweise dreizehnstelliger alphanumerischer Code, war eine abteilungsinterne Geschichte. Diesen Code kannten jeweils nur wir selbst, die zweiundzwanzig Agenten, sowie Christina und unser Chef.

Der dritte Code hingegen war eine persönliche Sache. Eine Persönliche Identifikations Nummer oder ein persönliches Kennwort war je nach individuellem Wunsch des jeweiligen Special Agents die Zugangsberechtigung zu seinem geschützten E-Mail-Programm, dem Telefonbuch und der Mailbox. Die Codes zu knacken hätte auch den überzeugtesten Hacker dazu ermuntert, seinen Beruf zu wechseln, wie uns ein Mitarbeiter der NSA versichert hatte. Bei jeder anderen Person, die das Gerät nutzen wollte, würde der Communicator einfach abschalten, keine Anwendungen erlauben, gleichzeitig jedoch über einen Satelliten ein Notsignal an die NSA-Zentrale senden. Selbstverständlich konnten die Anwendungen des Computers auch offline genutzt werden. Bei entsprechender Auswahl blieb dann die Mailbox für Telefonanrufe aktiv, nur die Funktion des Telefonierens war deaktiviert, und der Communicator war auch in kein Mobilfunknetz eingeloggt. Die PC-Anwendungen konnten somit genutzt werden, doch um mein E-Mail-Programm zu öffnen, bedurfte es nach wie vor eines weiteren Schrittes: Margaréta1205.

Der zweite Vorname meiner Schwester Caroline, den sie seit Kindertagen nicht mochte, und der deshalb weder in unserer Familie noch in ihrem Freundeskreis benutzt wurde. Als sie Teenager war, hatte sie es kategorisch abgelehnt, mit ihrem zweiten Namen angesprochen zu werden. Und da Frauen prinzipiell das Recht haben, bestimmte Vorstellungen und Meinungen haben zu dürfen, ohne diese begründen zu müssen, wurde das innerhalb der Familie bis auf den heutigen Tag respektiert. Ich selbst hatte damals den Verdacht gehabt, dass sie nur einfach nicht so alt sein wollte wie unsere Urgroßmutter - denn nach ihr war sie benannt worden.

Der zwölfte Mai ist ihr Geburtstag, und den Tag ihrer Geburt werde ich immer in Erinnerung behalten. Ich war damals bereits acht Jahre alt und weiß noch recht gut, wie aufgeregt mein Vater und wie ruhig meine Mutter war. Dieses Wort war ebenfalls das Kennwort für den Bildschirmschoner oder vielmehr die Tastensperre. Nicht einmal meinen engsten Kollegen und Vertrauten war es bekannt.

Nachdem ich in Gedanken meine Ausrüstung überprüft hatte, überlegte ich meine weiteren Schritte nach Ankunft in Zürich. Ich würde einen Mietwagen nehmen und von Zürich nach Dornach fahren. Dann ein Hotel suchen, meine Sachen dort deponieren und mich auf den Weg zum Goetheanum machen. Für meine Nachforschungen veranschlagte ich zunächst einmal einen halben Tag. Dort würde ich etwas essen, und dann konnte ich entscheiden, wie und wann ich zurückfliegen würde. Aber das wiederum würde ich nicht allein entscheiden, sondern erst nach Rücksprache mit meinem Chef, beziehungsweise Christina. *»Wenn sich der Fall so weiter entwickelt, dann werde ich wohl nicht nur einen Tag in der Schweiz verbringen. Wer sagt denn, dass ich sofort auf die richtige Fährte stoße oder einen vernünftigen Anhaltspunkt finde? Wenn doch unser Labor die Zettel entschlüsseln könnte!«*

»Entschuldigen Sie ..., Verzeihung ..., Entschuldigung!«

Ich drehte mich um.

Ein langer, schmaler Mittvierziger bahnte sich hektisch seinen Weg durch die Sitzreihen - in der Linken eine Tasche, in der Rechten ein Notebook. Verschwitzt, einige Haarsträhnen hingen ihm wirr ins Gesicht, erreichte er seinen Sitz - zwei Reihen vor mir. Ich erinnerte mich, dass er wenige Minuten zuvor in der entgegengesetzten Richtung verschwunden war. Wahrscheinlich zur Toilette.

Hinter ihm und neben ihm wurden die Sitze von vier Herren und zwei Damen besetzt. - Journalisten. Eine der Damen kannte ich sogar. Sie war freie Journalistin und arbeitete unter anderem für die New York Times.

Sie alle waren auf dem Weg nach Genf, wie ich dem aufkommenden Gespräch entnehmen konnte, wo unter der Schirmherrschaft der Vereinten Nationen ein Außenministertreffen der EU-Staaten, der USA, Kanadas und Russlands stattfand. Thema war wieder einmal der weltweite Terrorismus und seine Bekämpfung.

»Meine Damen und Herren ..., es tut mir leid, aber ich habe wirklich kaum Zeit. Ich habe mir extra mein Notebook mitgenommen, damit ich auf dem Flug endlich einmal in Ruhe arbeiten kann. Am Mittwoch beginnt die große, einwöchige Tagung in Rom ..., Wissenschaft und Religion sollen sich einander endlich mehr annähern, wie Sie wissen; und es sind viele Gäste aus allen Bereichen des Lebens eingeladen ... - sowohl Theologen als auch Wissenschaftler. Und am Samstag muss ich dann schon wieder in Chicago sein - als Gastredner an der Universität werde ich über den globalen Klimawandel referieren. Spätestens Freitag Nachmittag muss ich also schon wieder zurück über den Großen Teich. Heute und morgen habe ich für diese Veranstaltung reserviert. Die Hauptarbeit werde ich natürlich im Flugzeug bewältigen müssen.«

»*Gut, dass er seine Termine wenigstens noch weiß - auch wenn er sie kaum wahrnehmen kann*«, dachte ich. Dann kam der nächste Wissenschaftler zu Wort, und mit ihm begann eine Fachdiskussion: »Die kosmologische Konstante scheint mir irgendwie der reine Stein der Weisen zu sein. Ist es nicht bedenklich, dass wir lediglich zehn Prozent oder weniger der Vorgänge und Zusammenhänge im Kosmos nachweisen oder erklären können, und über die übrigen neunzig Prozent im Dunkeln tappen?« Er sprach mit russischem Akzent.

»In der Tat. Die dunkle Energie wurde im Übrigen schon im Altertum erwähnt, natürlich unter anderem Namen. Aristoteles sprach von der Quintessenz, einer Art fünftem Element, das überall - in uns, um uns - vorhanden sein soll«, war eine Frauenstimme zu vernehmen.

»Neben Feuer, Luft, Wasser und Erde«, fügte ein Mann hinzu. »Die Religionen der Welt sind äußerst vielschichtig. In Brasilien bestehen neben der offiziellen christlichen Religion nach wie vor indianische und afrikanische Religionen, und auch der Spiritismus erfreut sich einer großen Beliebtheit. Derartige Einflüsse sind für mich ganz selbstverständlich. Die Menschen haben ihre alten Religionen einfach mit dem Christentum verbunden ..., und sie können prima damit leben!«, vernahm ich eine Stimme mit portugiesischem Akzent.

»Das ist auch nicht verwunderlich ..., immerhin ist Brasilien ein großes Land und wurde von verschiedensten Kulturströmungen beeinflusst. Man könnte sagen, weltweit.«

»Alles Spinnkram!«, meinte ein Herr älteren Semesters, der sich bisher noch nicht beteiligt hatte.

»Ja, wie lange wollen Sie denn noch zweifeln?«, fragte eine weitere Frau. Sie sprach ebenso wie er akzentfreies Englisch.

»Im Zweifel mein ganzes Leben«, lautete die lakonische Antwort. »Man sollte sich immer alle Optionen offenhalten.«

»Sind Sie Politiker oder Wissenschaftler?«, fragte nun der mit dem harten Akzent. Doch es ertönte nur ein unverständliches Gemurmel.

Dafür mischte sich nun wieder der Ältere ein: »Aber erkennen wir nicht gerade an der unendlichen Größe des Universums unsere eigene Winzigkeit? Je mehr die Technik uns in dieser Hinsicht erlaubt, in das All vorzudringen und ihm die Geheimnisse zu entlocken und unser Wissen voranbringt, umso nachvollziehbarer wird doch die Erkenntnis, wie klein wir im Grunde sind. Und die Gesetze, die im Makro- und im Mikrokosmos herrschen, werden wir so schnell mit Sicherheit nicht verstehen und erklären können. Immerhin haben wir mit der Welt dazwischen auch genug zu tun. Ich für meinen Teil fühle mich jedenfalls noch jung genug, um neue Erfahrungen zu machen und neue Dinge kennen zu lernen.«

»Das sehe ich genau so. Aus wissenschaftlicher Sicht gibt es nur die Möglichkeit, dass etwas ist, oder dass nichts ist. Und da de facto eine Menge ist, bedeutet das, dass auch überall etwas ist. Mit anderen Worten: Überall in der Welt, im Universum ist irgendetwas vorhanden, ob wir es nun sehen, hören oder messen können ...«

»Oder mit den heutigen Methoden noch nicht nachweisen können - sehr richtig!«

»Ja, meine Herren, wenn da draußen in der Welt, im Universum, soviel ist ..., dann ist dort doch mit Sicherheit auch noch ein bisschen Platz für Religion, oder?«

»Für mehrere Religionen«, korrigierte ein weiterer. »In Indien beispielsweise leben eine dreiviertel Milliarde Menschen hinduistischen Glaubens. Diese Religion hat sowohl islamischen als auch christlichen Missionierungsgedanken widerstanden ...«

»Ach was, Religion, Wissenschaft, oder was auch immer! Das Grundproblem ist doch, dass es heutzutage zu viele Fachidioten gibt. Das Spezialisten- und Expertentum ist zu ausgeprägt!«, vernahm ich als nächsten Kommentar.

»Genau, der Gesamtzusammenhang geht völlig verloren!«, rief nun wieder der erste Sprecher.

»Sie wissen ja sicherlich, warum die Zehn Gebote so klar und eindeutig sind, oder?«, fragte ein weiterer. Da ihm niemand antwortete, gab er selbst die Antwort: »Weil bei deren Entstehung keine Arbeitskreise und Experten mit einbezogen waren!«, rief er und lachte laut.

»Und ein Gutachten ist auch nicht eingeholt worden!«, schlug eine männliche Stimme von hinten rechts in die gleiche Bresche.

Es folgte ein Durcheinander an Stimmen, die ich nicht zuordnen konnte. Die Herrschaften ergingen sich in teilweise recht unflätigen Äußerungen, kleinere und auch größere Beleidigungen erhitzten die Gemüter. Als sich der Trubel allmählich legte, war eine Stimme mit deutschem Akzent von der anderen Seite zu vernehmen: »Also aus medizinischer Sicht kann ich nur sagen, dass in der Tat noch irgendetwas da ist, wenn die Materie, also der Körper oder ein Teil des Körpers entfernt ist, wie zum Beispiel eine Hand oder ein Arm oder Bein oder

Ähnliches. Patienten verspüren noch später Schmerzen oder ganz einfach Impulse, die man allerdings nicht sehen oder sonst irgendwie nachweisen könnte. Physiologisch betrachtet könnte es sich um eine Nervenüberreizung handeln ..., aber man weiß es halt nicht genau. Mediziner sprechen auch vom so genannten Phantomschmerz oder einem Phantomgefühl. Originell, nicht?«

»Sehr richtig, und Sie werden mir sicherlich beipflichten, dass auch bei einem Menschen, dem es krankheitsbedingt nicht mehr gut ..., oder sogar ziemlich schlecht geht - wenn also der Körper nur noch eine mehr oder weniger geordnete Ansammlung Atome ist -, der Geist immer noch aktiv ist; bei manchen Menschen sogar sehr!«

Erneute Stille in der Runde. Ohne jeden Zweifel warteten alle - ich auch - gespannt auf eine Antwort. »Ja, in der Tat. Ich kann die These des Kollegen bestätigen. Ja, es ist geradezu fabelhaft, welche geistigen Aktivitäten selbst todkranke Patienten teilweise entwickeln ...«

»So ein Quatsch!«, erklang eine andere Stimme.

»Aha ...«, dachte ich. »*Auf zu Runde zwei!*«

»Natürlich denkt der Mensch, solange er lebt. Schließlich verabschiedet sich der Geist nicht, bevor jemand stirbt, denn dann wäre er ja kein Mensch mehr, sondern ein Tier, nicht wahr?«

Der Spott in seiner Stimme war unverkennbar. Doch es war still für den Moment. Dann fügte der deutsche Mediziner hinzu: »Menschen, die klinisch tot waren ..., deren Herz ausgesetzt hatte, und die wir nur durch Elektroschocks reanimieren konnten, berichten übereinstimmend, dass es 'danach' noch weitergeht. Einige haben ein Licht gesehen, andere sahen ihr ganzes Leben an sich vorüberziehen, wieder andere ...«

»Bitte, meine Damen und Herren, wir sind doch noch nicht in Rom, sondern gerade einmal auf dem Weg dorthin! Meine Sekretärin hat für mich keinen Direktflug nach Rom mehr bekommen, daher muss ich jetzt den Umweg über Zürich machen. Ich komme von einer Tagung zum globalen Umweltschutz aus San Francisco«, meinte ein anderer, den ich nicht sehen konnte. Er sprach mit deutlichem Südstaaten-Akzent.

»Liebe Kollegen, auch ich habe einige kurzweilige Tage hinter mir. In sieben Tagen habe ich zwölftausend Flugmeilen zurückgelegt. Wahrlich kein Kinderspiel. Aber so geht es wahrscheinlich vielen von uns«, äußerte sich ein weiterer, der unbedingt Engländer war.

Eigentlich war ich der Ansicht gewesen, dass mein zurückliegender, gerade vor drei Tagen gelöster Fall mit äußerst pressewirksamen Auswirkungen die Damen und Herren von den Zeitungen für einige Zeit beschäftigen würde - aber da hatte ich mich offenbar geirrt. Nichts vergeht so schnell wie das geschriebene Wort.

Kaum war die Story behandelt, gab es neue Schlagzeilen.

Bald schon achtete ich nicht mehr auf die Gespräche in der Umgebung, sondern konzentrierte mich wieder auf meinen Fall. Zahlreiche Gedanken verursachten mir einiges Kopfzerbrechen: In welchem Zusammenhang stehen die vielen Ermordeten in New York zu den Zetteln aus den Sachen des toten Cartwright? Was bedeuten diese Zettel? Sind es vielleicht nur irgendwelche Notizen, völlig unwichtig, und er hat nur vergessen, sie wegzuwerfen? Oder haben sie eine größere Bedeutung? Warum bringt jemand so viele Leute um? Ach, nicht jemand! Es müssen mehrere Täter sein! Und sie alle wollen vielleicht eine Sache! Aber was?

Ich sah aus dem Fenster. Doch was auch immer manchem Künstler, sei es nun ein Dichter oder ein Musiker, intuitiv oder inspirativ an neuen Ideen oder Antworten auf quälende Fragen so zugeflogen kommen mochte, mir kam keine gescheite Idee. Ich grübelte weiter. *»Was weiß mein Chef von der Sache? Warum setzt er mich auf diesen Fall mit Cartwright an? Anderton hat es nicht verstanden und ich ehrlich gesagt auch nicht. Nun, er wird schon seine Gründe haben. Hauptsache, Christina versorgt mich mit ausreichend Informationen.«*

Daran erinnert, griff ich nach meinem Communicator und las die E-Mail von Christina noch einmal in Ruhe: »Hi John!

Nachfolgend einige Informationen über die anderen Ermordeten, ein paar Daten über die Schweiz und das Ergebnis einer ersten schnellen Recherche bezüglich der Stichworte 'Rudolf Steiner', 'Anthroposophie' und 'Goetheanum'. Allein über Steiner gibt es allerdings schon so viele Artikel, dass ich es selbst in einem Monat nicht bewältigen könnte, daher nur zunächst das, was offiziell bekannt ist, wie Lebenslauf und so weiter. Durch deinen Communicator hast du ja auch Zugang zu unserer Datenbank und kannst dich dort spezieller informieren. Gruß, Christina. Wie du bereits von Assistant Director Anderton erfahren hast, war der erste Tote Argentinier. Sein Name war Miguel Rodriguez, und gemäß unserer Datenbank werden ihm Verbindungen zur italienischen Mafia nachgesagt. Der zweite Tote stammte aus Honduras und hieß Luis Silveira. Laut CIA-Datenbank arbeitete er für ein Verbrechersyndikat in Südamerika. Die Frau aus Russland hieß Sonja Dostojewskaja und war Journalistin, genauer gesagt Enthüllungsjournalistin. Woran sie zuletzt arbeitete, weiß allerdings auch ihr momentaner Chefredakteur nicht zu sagen. Ich habe vorhin mit ihm gesprochen, es gibt eine kleine Außenstelle hier in Washington. Es war allerdings nicht ungewöhnlich, dass sie sich über einen längeren Zeitraum nicht gemeldet hat, nur um dann unvermutet eines Tages mit hochbrisanten Informationen plötzlich wieder aufzutauchen. Die anderen drei Toten geben noch Rätsel auf. Von dem Mann aus Israel habe ich noch nicht einmal einen Namen in Erfahrung bringen können, sein Pass war offensichtlich eine Meisterfälschung. Jedenfalls sehr mysteriös. Der Typ aus Malaysia scheint das Land nur als Deckadresse benutzt zu haben, er ist den dortigen Behörden nicht bekannt. Und die Frau aus Atlanta setzt dem Mysterium die Krone auf. Die gibt es gar nicht! Ich habe alle unsere Datenbanken abgefragt, inklusive Heimatschutzministerium, Einwanderungsbehörde, CIA, NSA, sogar vom Militär. Die Frau scheint nicht zu existieren. Du brauchst jetzt nicht zu grinsen, ich weiß, was du jetzt denkst: Dass eine Leiche ein ganz guter Beweis für eine wenigstens ehemalige Existenz ist. Ja, in der Tat. Ich arbeite daran. Soviel einstweilen zu den Ermordeten, nun zu deinem Ziel: Die Schweiz zählt mit ihren gut sieben Millionen Einwohnern zu den reichsten Ländern der Erde, unter anderem weil sie im Kriegsfall stets Neutralität bewahrt, so auch im Zweiten Weltkrieg. Die Hauptstadt ist Bern. Die Schweiz liegt zwar mitten in Europa, gehört jedoch nicht der Europäischen Union an, daher herrscht als Währung der Schweizer Franken. Internationale Bekanntheit haben insbesondere die Bankenbranche sowie die Industrie erlangt. Der Ausspruch 'präzise wie ein Schweizer Uhrwerk' ist ein deutliches Zeichen für Qualitätsarbeit. In Genf wurde achtzehnhundertdreiundsechzig das Rote Kreuz gegründet. Im Durchschnitt besuchen jedes Jahr zehn Millionen Touristen das Land; einer der wichtigsten Zweige des Tourismus ist das Skifahren. - Doktor Rudolf Steiner, geboren achtzehnhunderteinundsechzig in Kraljevic, damals Österreich-Ungarn, heute Kroatien, gestorben neunzehnhundertfünfundzwanzig in Dornach, Schweiz; studierte unter anderem Mathematik und Naturwissenschaften; arbeitete als Privatlehrer in Wien und als Mitarbeiter am Goethe- und Schiller-Archiv in Weimar, Herausgeber von Goethes Naturwissenschaftlichen Schriften; Doktor der Philosophie, Promotion achtzehnhundertzweiundneunzig in Rostock. S. trat neunzehnhundertzwei der von Helena Petrovna Blavatsky achtzehnhundertfünfundsiebzig in New York mitgegründeten Theosophischen Gesellschaft bei, leitete später als Generalsekretär die deutsche Sektion, verließ die Gesellschaft jedoch nach zehn Jahren wegen Unstimmigkeiten und begründete neunzehnhundertdreizehn die Anthroposophische Gesellschaft. Annähernd zeitgleich begann der Bau des ersten Goetheanum in Dornach - ein Doppelkuppelbau aus Holz; diente der Aufführung von Mysterienspielen. Die von Emil Molt neunzehnhundertneunzehn in Stuttgart gegründete erste Freie Waldorfschule stand bis zu seinem Tod neunzehnhundertfünfundzwanzig unter Steiners Leitung; von neunzehnhundertachtunddreißig bis neunzehnhundertfünfundvierzig war die Schule verboten, danach Wiederaufnahme und Verbreitung in der ganzen Welt (heute existieren weit über eintausend Schulen und sogar Kindergärten). Ein Prinzip ist das Zusammenwirken von Lehrern und Eltern. Des Weiteren begründete Steiner die Eurythmie, gab Beiträge zu medizinischen Themen, so wird auf ihn die Misteltherapie im Kampf gegen Krebs zurückgeführt. Neunzehnhundertzweiundzwanzig entstand als unabhängige Bewegung für eine Erneuerung der Religion die Christengemeinschaft, zum Jahreswechsel neunzehnhundertzweiundzwanzig/dreiundzwanzig Zerstörung des Goetheanum durch Brand, Wiederaufbau von neunzehnhundertvierundzwanzig bis neunzehnhundertachtundzwanzig, dient heute Schauspielaufführungen, Tagungen und Eurythmie-Vorführungen. Aufbau der Freien Hochschule für Geisteswissenschaft, ebenfalls in Dornach im Goetheanum. Steiner schrieb mehrere Bücher und hielt in gut zwei Jahrzehnten über eintausend Vorträge in unterschiedlichen Ländern, hauptsächlich allerdings in Deutschland; heiratete neunzehnhundertvierzehn seine langjährige Mitarbeiterin Marie von Sivers, die nach seinem Tode die Nachlassverwaltung übernahm und regelte. Anthroposophie ist die Lehre oder Wissenschaft vom Menschen. Was sich allerdings genau dahinter verbirgt, ist noch unklar. Das musst du entweder selbst in der Schweiz recherchieren oder mir noch ein bisschen mehr Zeit geben. Die Entschlüsselung des zweiten Zettels hingegen war ganz einfach. Es handelt sich um Abfahrtszeiten von Zügen - von New York nach Philadelphia.«

Ich schloss die E-Mail. Christina hatte gute Arbeit geleistet. Und ihr Hinweis mit der Datenbank, in der nicht nur FBI- sondern auch CIA-Berichte und einige andere Quellen vertreten waren, brachte mich auf den Gedanken, diese einmal aufzurufen. Ich fand sehr schnell, was ich suchte: Es gab mehrere Dateien, allein in der allgemeinen FBI-Bibliothek. Ich öffnete die erste und las: »Anthroposophie beabsichtigt ursprünglich eine Tolerierung der verschiedenen Meinungen der Religionen um eine Art inneren Wesenskern zu bilden. Es ist ein Versuch, die unterschiedlichen Religionen miteinander zu versöhnen und eine grundlegende Verbindung zu schaffen.« Die weiteren Inhalte des Textes kannte ich bereits aus Christinas E-Mail.

Bevor ich den Communicator ausschaltete, las ich noch zwei weitere Berichte, die im Wortlaut allerdings ähnlich waren. Dann verstaute ich ihn wieder in meiner Tasche, brachte meinen Sitz in eine 'Ruhe-Position' und war in der Tat wenig später eingeschlafen. Ich hätte mich gern einmal ausgeschlafen. Auch die Fliegerei in den Staaten hatte mir keine längere Erholungsphase erlaubt, und die Nacht vor meinem ersten Tag hatte es nicht ausgeglichen. Doch es sollte anders kommen. Ganz anders.

*

»Meine sehr geehrten Damen und Herren, liebe Fluggäste, ich bitte um Ihre Aufmerksamkeit!«

Die Stimme des Flugkapitäns klang beherrscht, aber eine Spur zu angestrengt. Schlagartig war ich hellwach. *»Das wird ja wohl keine Entführung sein?«*, dachte ich noch, da knisterte es wieder im Lautsprecher: »Wie uns soeben von der Luftsicherung vom Flughafen Zürich mitgeteilt wurde, hat es dort einen Bombenalarm gegeben. Wie uns ebenfalls mitgeteilt wurde, besteht allerdings kein Grund zur ...«

Panik hätte er sagen wollen, aber er hatte keine Chance. Innerhalb von Sekundenbruchteilen war die Kabine von durcheinander schreienden und zeternden Stimmen erfüllt. Es dauerte einige Zeit, bis die Leute begriffen hatten, dass sie nur die Hälfte der Nachricht gehört hatten und verstummten.

Da ertönte auch wieder die Stimme des Kapitäns: »Ich wiederhole: Auf unserem Zielflughafen in Zürich hat es einen Bombenalarm gegeben. Zwei Männer wurden vom Sicherheitsdienst gestellt, als sie mit in zwei Koffern versteckten Sprengsätzen in die Flughafenhalle traten. Doch die technische Überwachung funktionierte, und ein Team des Sicherheitsdienstes stellte die beiden Verdächtigen, bevor sie die

Sprengsätze scharf machen konnten. Aus Sicherheitsgründen wurde der Flughafen allerdings umgehend evakuiert und alle Flugzeuge, die sich im Anflug auf Zürich befinden, zunächst einmal gestoppt.«

»*Ach herrje, das wird meinen Besuch wohl ein wenig verzögern!*«

»Das bedeutet, dass wir unsere Reisegeschwindigkeit drosseln, so dass wir Zürich später als vorgesehen erreichen werden und auf weitere Anweisungen vom Tower warten. Wir werden also weiter zu unserem Bestimmungsort fliegen und im Extremfall kreisen, bis uns die Landeerlaubnis erteilt oder ein Ausweichziel benannt wird.«

Wieder wurden die Leute etwas lauter, um ihre Meinungen auszutauschen. Ich verhielt mich ruhig und überlegte, ob und wenn ja, wem der geplante Bombenanschlag gelten sollte. Vielleicht wollte jemand einen Wissenschaftler ausschalten, der an der Konferenz in Genf teilnimmt. Vielleicht aber auch mich.

Der zweite Gedanke gefiel mir noch weniger als der erste, doch verwarf ich ihn schnell wieder. Wer wusste schon, dass ich hierher unterwegs war? Und selbst wenn - mich kannte hier niemand; keiner, der mich deswegen in die Luft jagen würde!

So verging einige Zeit. Die Leute wurden wieder ruhiger. Ich überdachte eben meine Pläne, da meldete sich wieder der Kapitän: »Meine sehr geehrten Damen und Herren, liebe Fluggäste. Wir haben Anweisung vom Tower in Zürich erhalten. Der Flughafen bleibt vorerst gesperrt, die Polizei will kein Risiko eingehen und erst eine komplette Untersuchung veranlassen, da nicht auszuschließen ist, dass es noch weitere Koffer mit derartigem Inhalt gibt. Sämtliche Flüge werden daher von der schweizerischen Luftfahrtbehörde umdirigiert.«

Spannung machte sich breit. So ruhig war es an Bord noch nie!

»Der uns zugewiesene Flughafen ist Basel, den wir in etwa zwanzig Minuten erreichen werden«, fügte der Kapitän ergänzend hinzu. »Von dort erwarten wir weitere Instruktionen und hoffen, im Laufe des Tages nach Zürich fliegen zu dürfen; unabhängig davon haben Sie Gelegenheit, mit der Bahn nach Zürich zu gelangen - sofern Sie terminlich gebunden sein sollten.«

»*Danke, ja ..., bin ich, aber die Sache mit Basel kommt meinen Terminen voll entgegen*«, überlegte ich.

5. Ankunft in der Alten Welt

Luftraum der Schweiz
Dienstag, 7:00 a.m.

Eine halbe Stunde nach der letzten Durchsage des Kapitäns landeten wir ohne weitere Zwischenfälle auf dem Flughafen Basel. Das Auschecken inklusive 'Koffer wiederfinden' verlief reibungslos, und als ich bald darauf mit einigen anderen 'Betroffenen' vor dem Flughafengebäude stand und überlegte, wie ich nun nach Dornach kommen sollte, fiel mir eine große, dunkle Limousine mit coupéhaftem Charakter auf, die mit deutlich überhöhter Geschwindigkeit und quietschenden Reifen auf unserer Geraden beschleunigte, dann abrupt langsamer wurde und auffallend langsam an uns vorbei fuhr. Gewohnt, mir auch die unter Umständen unwichtigsten Kleinigkeiten zu merken, warf ich einen Blick auf das Heck: ein Citroën C6 mit französischem Kennzeichen und der Zahl '75'.

Ich bildete mir ein, dass mich der Typ im Fond im Vorbeifahren gemustert hatte, maß dem jedoch keine weitere Bedeutung zu. Allerdings war ich gewohnt, auch solchen Kleinigkeiten auf den Grund zu gehen und behielt die Limousine unauffällig im Blick.

Der Wagen hielt in etwa dreißig Meter Entfernung, und ein Mann stieg aus dem Fond, der ebenso wie die beiden Männer auf den Vordersitzen eine dunkle Sonnenbrille trug. Er schien alle Anwesenden einer genauen Betrachtung zu unterziehen, auch mich. Ich schenkte ihm direkt jedoch keine weitere Beachtung, schließlich erwartete mich hier in der Schweiz niemand - und in Basel schon gar nicht!

Erst jetzt fiel mein Blick auf den EuroAirport-Busbahnhof, dem auch bereits eine große Anzahl Mitgereister zustrebte, und ich schlug ebenfalls diesen Weg ein.

Es erforderte nur ein kurzes Studium der Fahrpläne, die in vier verschiedenen Sprachen, Französisch, Deutsch, Italienisch und Englisch, gehalten waren, um festzustellen, dass eine Busverbindung nach Dornach - mit Umsteigen am Baseler Hauptbahnhof in einen Zug - existierte. Der nächste sollte um acht Uhr zwanzig fahren.

Ich trat ein paar Schritte zur Seite und bemerkte wieder den Mann mit der Sonnenbrille. Er war mir gefolgt - so bildete ich mir ein, denn er guckte in dem Moment genau in meine Richtung und machte auch keinerlei Anstalten wegzusehen, als ich das bemerkte.

Das gab mir Gelegenheit, ihn genauer zu betrachten. Er war annähernd gleich groß, von normaler bis kräftiger Gestalt und mochte etwa sechzig Jahre alt sein. Die wenigen Haare auf seinem Kopf, das markante Kinn, der Drei-Tage-Bart und die Habichtsnase waren neben der schwarzen Sonnenbrille die hervorstechendsten Merkmale.

Ich war mit meiner Betrachtung und anschließender Überlegung, ob ich ihn ansprechen sollte, noch nicht ganz fertig, da fuhr der Bus vor. Zehn Minuten vor der Abfahrtszeit. Ich schulterte meine Tasche, griff meinen Koffer und stellte mich an. Unmittelbar bevor ich den Bus betrat, warf ich noch einen Blick nach hinten. Er war nicht mehr da. Also wollte er anscheinend doch nichts von mir. Ich stieg die drei Stufen zum Fahrer empor.

Nachdem ich bezahlt und meine Fahrkarte bekommen hatte, bahnte ich mir den Weg durch den engen Gang, stets bemüht, mit meinem Koffer an niemandes Knie oder Ellenbogen zu stoßen. Schließlich erreichte ich im hinteren Drittel des Busses zwei freie Plätze. Ich wuchtete Koffer und Tasche auf die Gepäck-Ablage, zog meine Jacke aus, denn im Bus war es merklich wärmer als draußen, hängte sie an den dafür vorgesehenen Haken und setzte mich auf den Fensterplatz. Dann warf ich einen prüfenden Blick in die Runde, bemerkte nichts Auffälliges, startete meinen Communicator und arbeitete mich durch die Prozedur der Codeabfragen. Die an meiner Uhr einzugebende Kontrollziffer war diesmal die Acht. Nach erfolgter Freischaltung überprüfte ich kurz, ob neue Nachrichten vorhanden seien, stellte fest, dass das nicht der Fall war, und aktivierte die Tastensperre, bevor ich ihn in meine Tasche schob.

Auf der anderen Seite des Ganges setzte sich ein älteres Ehepaar auf die letzten frei gebliebenen Plätze, und schon dachte ich, dass ich als Einziger ohne Nachbar die Fahrt verbringen sollte, da betrat noch eine junge Frau den Bus. Sie war hübsch, hatte lange, dunkelblonde Haare, trug eine hellblaue Jeans, ein weißes Top und eine pinkfarbene Bluse, die sie kunstvoll über dem Bauch zusammen gebunden hatte. Sie kaufte ebenfalls eine Fahrkarte und kam dann suchend den Gang entlang.

»Hallo, ist hier noch frei?«, fragte sie mich kurz darauf auf Deutsch.

»Ja«, erwiderte ich in derselben Sprache.

Sie hatte einen großen Rucksack getragen, den sie jetzt abnahm und schwungvoll nach oben beförderte - neben meine Tasche. Dann setzte sie sich neben mich und schlug ihre langen, schlanken Beine übereinander. Sie wandte mir ihr Gesicht zu. »Fahren Sie auch bis zum Hauptbahnhof?«

»Ja.«

»Ach ja, ich auch«. Als sie mir direkt in die Augen schaute, stellte ich fest, dass sie blaue Augen hatte. »*Unbedingt germanisch, wahrscheinlich Deutsche*«, überlegte ich.

»Und wo soll's dann hingehen?«, führte sie ihre Erkundigungen weiter fort.

Die junge Dame erwies sich als ganz schön neugierig! »Nach Dornach«, sagte ich.

»So ein Zufall ..., da will ich auch hin! Zum Goetheanum. Aber wenn ich mich nicht irre, sind Sie kein Einheimischer, oder?« Ihre Überlegungen schienen nun ebenfalls in Richtung Herkunftsland oder Nationalität des Gesprächspartners zu gehen.

»Nein, bin ich nicht.«

»Wusste ich es doch! Das hört man sofort, die haben hier einen ganz eigenen Dialekt.«

»Hmm«, brummte ich. Auch mir war diese Tatsache nicht

entgangen.

»Wo kommen Sie denn dann her? Aus Deutschland?«

»Nein.«

»Sondern?«

»Ich komme aus den USA.«

»Aha, das ist ja eine äußerst umfassende Auskunft.« Sie sah mich vergnügt an. »Sie sind eher der ruhige Typ, oder?«

»Na ja ...«

»Ja ..., ist schon klar!«, frotzelte sie.

»Aus Kalifornien, genauer gesagt aus Los Angeles«, erklärte ich nun etwas ausführlicher.

»Ahh, Kalifornien! L. A.! Ich war auch schon mal in den Staaten, aber nur an der Ostküste, New York und Washington, und dann noch runter bis Florida. Aber Sie sprechen so gut Deutsch - wie kommt das?«

»Mein Großvater war Deutscher.«

»Aha! Und Sie sind aber in den Staaten geboren, oder? Ich höre da einen leichten Akzent ...« Sie lächelte mich wieder an.

»*Kontaktscheu ist sie nicht!*«, dachte ich. »Ja, obwohl ich quasi dreisprachig aufgezogen worden bin ...«

»Wow!«, staunte sie und lachte. »Quasi eine internationale Erziehung! Und dann landen Sie auch noch auf diesem trinationalen Flughafen ..., das ist doch echt witzig! Ich komme aus Hamburg, das liegt ziemlich im Norden von Deutschland. Der Winter kam dieses Jahr ja ziemlich spät, und vor zwei Wochen hat es bei uns noch geschneit. Aber zum Skifahren reicht es im norddeutschen Flachland denn doch nicht, daher treffe ich mich mit Freunden in den Alpen. In Davos.«

»Ach, dann sind da nicht nur Schuhe drin?« Ich zeigte auf ihr Gepäck.

Sie lachte. »Nein ..., obwohl ..., auf ein Paar Schuhe mehr oder weniger - darauf kommt es doch wohl nicht an, oder?«

Sie strich sich einige ihrer langen blonden Haare aus dem Gesicht, setzte sich ganz gerade hin und reichte mir die Hand. »Ich bin übrigens Saskia, und wie heißen Sie?«

»John.« Sie hatte einen festen, angenehmen Händedruck,

und sie hielt meine Hand merklich länger als unbedingt notwendig. Ganz schön aktiv, die junge Dame!

»Und was führt Sie aus dem großen Los Angeles in das kleine Dornach, John?«, fragte sie.

»Berufsgeheimnis«, flüsterte ich.

»Ah! Ein Tourist in geheimer Mission, ja?«

Ich ging auf das Spiel ein. »Ja, so ist es. Haben Sie nicht auch ein Geheimnis?«

»Vielleicht«, zwitscherte sie und verzog keine Miene.

Ich musste lachen.

»Also ein Geheimnis ist definitiv die Geheimzahl von meiner ec-Karte - und fürs Telefon, Computer, Notebook ebenfalls.«

»Na, das ist ja eine wahre Geheimwissenschaft!«

»Ja und wie!« Sie beugte sich leicht zu mir rüber und sprach etwas leiser: »Beim Goetheanum gibt es doch auch Geheimwissenschaft.«

»Geheimwissenschaft?«

»Nun ja, Anthroposophie, die Lehre vom Menschen, das muss man studieren und erleben, sonst geht es einem wie Kindern, die nicht wissen, was sie tun.« Sie sah mich nachdenklich an. »Sind Sie denn interessiert an Geisteswissenschaft und Anthroposophie?«

»Oh ja, schon von Berufs wegen«, murmelte ich und dachte an meinen Fall.

»Wie bitte?«

»Ja, natürlich. Das dürfte doch jeden Menschen interessieren, oder?«

»Gewiss. Nur ist das vielen nicht so bewusst wie Ihnen. Haben Sie denn mit etwas Ähnlichem wie Geisteswissenschaft zu tun?«

Ich verneinte.

»Die Wissenschaft vom Geist ist sehr interessant und sehr vielschichtig. Rudolf Steiner zum Beispiel war ja Hellseher, auf bewusste Art, wie ja die Menschheitsentwicklung sowieso immer bewusster wird.«

»Hellseher?«, wunderte ich mich. »So ein Aberglaube!«

»Nein, das gehört zur normalen Entwicklung der Menschen«, erklärte sie. »Früher gab es sehr viele, als die Menschen noch eine andere Seelenverfassung hatten. Da konnten sie die Aura noch erkennen - die Äußerungen der Seele. Auch auf vielen Bildern von Mythen, Sagen und Heiligen sind so genannte Heiligenscheine zu sehen, die nichts anderes sind als die Aura der Seele, die ein Hellseher sehen kann. Obwohl es ja Leute gibt, die da alles Mögliche hinter vermuten, Astronautenhelme oder Halluzinationen ...«

»Und was soll die Sache mit dem Bewusstsein?«

»Das Prinzip ist doch ganz einfach: Ein Hellseher kann die Aura des Menschen sehen - also sozusagen die unmittelbaren Äußerungen der Seele und des Geistes. Der Durchschnittsmensch erkennt an Mimik und Gestik die Gedanken, Stimmungen, Vorstellungen und Gefühle seiner Mitmenschen - also indirekt.«

Ich schaute wohl noch immer etwas verwirrt, denn sie lachte fröhlich. »Okay ..., ein Beispiel!«

Sie setzte sich wieder kerzengerade hin, blickte auf ihre Füße, bewegte den linken ein wenig hin und her und verzog den Mundwinkel. Dann sah sie mich an: »Und? Was habe ich gerade gedacht?«

Ich setzte eine ernsthafte Miene auf. »Schon wieder Dienstag, und ich habe immer noch keine neuen Schuhe?«

»Yes! Sehr gut!« Sie lachte herzlich.

Ich stimmte in ihr Lachen ein. »Und Steiner konnte so etwas also auf direkte Weise sehen?«

»Ja, die Eigenschaften und Äußerungen unserer Seele rufen eine bestimmte Vibration hervor - wie ja überhaupt alles im Universum vibriert -, und die Farben kann ein Hellseher dann sehen.«

»Und wenn er weiß, was die Farben bedeuten, dann kann er darüber Bücher schreiben«, bemerkte ich sarkastisch.

»Auch. Denn ab einer gewissen Stufe gilt man dann als eingeweiht in die geistigen Geschehnisse und Abläufe. Solche

Dinge äußern sich allerdings nicht nur in Farben, sondern auch in Bildern ..., gewissermaßen symbolisch.«
»So wie im Traum!«, stellte ich fest.
»Genau!«, bekräftigte meine Nachbarin. »Und neben Hellsehen gibt es natürlich zum Beispiel auch Hellhören. Da hört man dann so etwas wie eine innere Stimme. Das sind dann auch Äußerungen der Seele und des Geistes, denn ohne die würden uns die körperlichen Sinne gar nichts bringen, ja, sie wären nicht einmal da.«
»Klingt logisch.«
»Ist es auch.«
Sie schien über mein Interesse erfreut zu sein. Hätte sie auch so reagiert, wenn sie gewusst hätte, dass es durchaus dienstliche Gründe waren, die es mir geboten, sie auf diese Art 'auszufragen'?
»Nur im Traum erlebt ein Mensch das halt noch unbewusst«, fügte sie hinzu.
»Völlig klar ..., ich weiß oftmals gar nicht mehr, was ich nachts geträumt habe.«
»Ja, das geht vielen so. Aber es kann einem durchaus helfen, sein Leben angenehmer zu gestalten. Sofern es nicht als Begleiterscheinung einer Krankheit auftritt. Das kann dann zu psychiatrischen Fällen führen.«
»Hm, ja, ist einleuchtend. Und warum haben dieses Seelen-Sehen dann nicht alle oder zumindest mehrere Menschen?«
»Weil wir Dickschädel geworden sind.« Sie lachte wieder. »Nein, im Ernst: Um die Persönlichkeit auszubilden ..., das Bewusstsein als Individuum, das eigene Selbst.«
»Selbst, selbst ... - das führt doch zum totalen Egoismus!«
»Stimmt - wenn man die Sache übertreibt, dann verfällt der Mensch in den tiefsten Materialismus, denn er kann die geistige Welt ja nicht mehr sehen. Und bekanntlich glaubt man ja nur das, was man auch sehen kann.«
»Hmm.« Ich überlegte. »Also ..., ich nicht! Ich war schließlich noch nie am Nordpol oder Südpol, und trotzdem glaube ich, dass es die beiden gibt!«

»Ja, aber andere waren da, die davon erzählt haben. - Viele andere.«

»Mit Fernsehkameras«, bemerkte ich trocken.

»Aber geglaubt haben die Leute schon, bevor das Fernsehen kam. Von den Berichten der ersten Entdecker. Und genauso ist es auch mit der geistigen und der seelischen Welt oder wie auch immer man das nennen will. Die so genannten Hellseher sind halt auch Entdecker, die davon berichten.«

»Wie Sie das erklären ..., toll!«

Sie lächelte. »Ich habe mich auch längere Zeit damit befasst. Eines ist übrigens auch noch recht interessant: Es gibt nämlich verschiedene Stufen des Hellsehertums. So wie es auch verschiedene Stärken beim normalen Sehen gibt.«

»So etwas wie Hellseher mit Brille?«

Sie lachte. »Ja, guter Vergleich! Kurzsichtige Hellseher können dann nur bis zum nächsten Mittagessen sehen ...«

» ... und weitsichtige sehen dann weit in der Geschichte voraus!«, scherzte ich.

»Dann war Nostradamus also weitsichtig!« Sie lachte.

»*Nostradamus!*« Blitzartig zuckte dieser Gedanke durch mein Gehirn und löste Assoziationen und Erinnerungen aus. Der unmittelbar nach den Anschlägen vom elften September - nine eleven - meistgesuchte Begriff im Internet; als ob alle wissen wollten, ob das der Beginn des nächsten Weltkriegs sei. Und so wurde auch in meinem Land nachgedacht und die Strukturen den neuen Bedürfnissen und der Situation angepasst. - So kam ich zu meinem jetzigen Job.

Aber Saskia gegenüber erwähnte ich das natürlich nicht. Stattdessen sagte ich: »Ja, und wie!«

Sie lachte immer noch, setzte dann jedoch eine ernste Miene auf.

»Was ist denn?«, fragte ich.

»Sie sind ja ein Mann und haben eben gesagt, dass Sie nicht nur an das glauben, was Sie sehen und anfassen können. Eigentlich erstaunlich.«

»Ähm ...«

»Keine Panik, war nicht so gemeint.« Sie zwinkerte mir zu, und ich verstand den Scherz. Und mit der ihr und auch durchaus anderen Frauen eigenen Art wechselte sie schlagartig das Thema: »Welchem Berufszweig gehören Sie denn nun eigentlich an?«

»Och ...«

»So so, von dem habe ich noch nie gehört! Ist es sehr spannend in Ihrer Firma?«

»Ja doch! Sie lassen mich ja gar nicht ausreden!«

»Sie lenken ab. Was machen Sie denn? EDV? Marketing? Oder Personal?«

»Also eigentlich ist das eher geheim ...«

»Geheim? Also doch Geheimagent! Wusste ich es doch!«

»Nein, so ist das nicht«, wiegelte ich ab.

»Nein? Wie denn dann?«

»Ich bin ein ganz normaler Beamter. Regierungsangestellter.«

Zweifelnd sah sie mich an.

»Was sollte ein Geheimagent schon in der Schweiz? Die Berge ausspionieren?«, setzte ich hinzu.

»Na, wer weiß?«

»Sehe ich denn wie ein gefährlicher Spion aus?« Ich sah sie mit Unschuldsmiene an.

»Nein.« Sie erwiderte meinen Blick. »Aber der menschliche Geist besitzt ja mehrere Eigenschaften - nicht nur den Intellekt. Speziell bei Frauen ist es leicht nachzuvollziehen, dass es noch so etwas wie ein Gefühl gibt ..., eine Art inneres Wissen ...«

»Weibliche Intuition?«

»Genau! Und meine Intuition sagt mir, dass Sie mir nicht die ganze Wahrheit sagen.«

»Und Männer haben so etwas nicht?«, versuchte ich auf die witzige Art abzulenken. »Wie unvollkommen!«

»Nee, es geht ums Prinzip! Es heißt doch nicht deswegen weibliche Intuition, weil das nur Frauen haben! Intuition ist ein Element des menschlichen Geistes!«

»Ist klar!«, lachte ich. »Und der menschliche Geist macht

keinen Unterschied zwischen Männern und Frauen.«

»Genau, die Eigenschaften sind überall die gleichen - nur anders verteilt.«

»Und man muss sie zu nutzen wissen. Wenn man zum Beispiel nicht denken will, dann kann man noch so intelligent sein, aber es kommt letzten Endes trotzdem nichts dabei heraus.«

»Oh ja, da sagen Sie was!«, seufzte Saskia. »Als kleines Mädchen in der Schule war ich auch nicht gerade blöd, habe immerhin ein Abi von eins Komma sieben! Aber manchmal wollte ich halt einfach nichts lernen - da war ich gefühlsmäßig an anderen Dingen mehr interessiert ...«

»Jungs und so ...«

Sie lachte. »Das könnte durchaus sein, ja.«

Puuh! Ich hatte ihre Aufmerksamkeit von dem heiklen Thema 'Beruf' abgelenkt. Ich hätte ihr zwar auch einfach eine beliebige Story auftischen können, aber ich versuchte bereits seit längerem ohne zu lügen durchs Leben zu kommen. Das verringerte die Gefahr, sich in Widersprüche zu verwickeln, was sowohl als Zeuge vor Gericht als auch im alltäglichen Leben von Vorteil war. »Also gibt es für Männer und Frauen doch eine gemeinsame Zukunft?«, scherzte ich.

»Aber klar, und nicht nur das! Der allgemeine Trend geht doch sowieso in diese Richtung. Ich war damals auf dem Weltjugendtag in Köln ..., mit Menschen aus fast zweihundert Ländern! Ist noch gar nicht so lange her. Da stand ich am Ufer auf den Rheinwiesen inmitten Tausender von Menschen, links neben mir ein Mädchen aus Mittelamerika, hinter mir eine Gruppe von jungen Männern und Frauen aus Skandinavien, rechts neben mir ein älteres Paar aus dem fernsten Asien, und der Papst fuhr auf dem Rhein auf einem Schiff vorbei. Es war herrlichstes Wetter und einfach ein Ereignis! Zum Abschluss des Weltjugendtages hat er dann den größten Gottesdienst in Deutschland überhaupt abgehalten, da habe ich dann auch noch Leute aus Äthiopien und Südamerika kennen gelernt.«

»Ganz schön multikulturell ..., das verbindet die unterschiedlichsten Menschen!«

»Ja, genau! Zwar hat er auch beklagt, dass es in unserer Zeit einen Mangel an Religiosität geben würde, aber auf der anderen Seite kann man da live dabei sein und sehen, dass sich so viele Menschen aus unterschiedlichsten Kulturen und Ländern verstehen und anfreunden. Ich habe noch immer Kontakt zu einigen; wir schreiben uns regelmäßig E-Mails und wollen uns auf dem nächsten Weltjugendtag wieder treffen. Früher waren viele Jugendliche noch politisch interessiert, aber das hat echt nachgelassen. Heute sind viele an spirituellen Themen interessiert, vielleicht nicht zuletzt deswegen, weil sich die Religionen immer mehr einander annähern. Der Papst hat sogar eine Synagoge besucht und damit einen weiteren Schritt in Richtung Annäherung ans Judentum begangen.«

»Wow!«, staunte ich.

»Und daran kann man auch erkennen, dass es gar nicht darum geht, ob der Papst katholisch ist.«

»Ach nein?«

»Nein! Es geht ums Prinzip.«

»Ach!«

»Ja, es waren nämlich auch Chinesen, Afrikaner, Araber und zig andere Angehörige anderer Kulturen und Religionen dabei.«

»Interdimensional!«, staunte ich.

»Na und ob! Steiner hat damals ja Ähnliches versucht. In der Anthroposophie sind orientalische und abendländische Weisheit verbunden. In die sich zu sehr materialistisch entwickelnde Menschheit musste ein Impuls gelangen, der sie wieder an ihren Ursprung erinnert. Dazu dienten die östlichen Weisheitslehren. Aber das Ganze galt immer im Zusammenhang mit der Wissenschaft unserer Kultur - also hauptsächlich Europas und Amerikas. Anthroposophie will die verschiedenen Meinungen der Religionen respektieren, keine besonders herausstellen, sondern im Grunde vereinen ..., so eine Art kleinsten gemeinsamen Nenner bilden. Das hat Steiner damals bereits versucht, die verschiedenen Religionen auszusöhnen und eine grundlegende Verbindung zu schaffen. Und heutzutage sind wir angesichts der Probleme in der Welt, die teilweise auch auf religiösem Gebiet liegen oder dadurch bedingt sind, wieder so weit. Auch der Papst spricht schließlich von Aussöhnung, das geht alles in diese Richtung.«

»Und wenn es nicht torpediert wird, dann ...«

»Ach ja, wenn nicht! Torpediert wird es immer, man muss sich halt dagegen wehren können.«

»Gegen Torpedos?«

»Ja, und gegen Schlimmeres. Immerhin ist die Liebe immer noch das höchste zu bewertende Gut; die steht höher als alles andere ..., und sorgt für internationale Verständigung, unabhängig von Rassen, Nationalitäten ...«

»Männern und Frauen ...«

»Yes!« Saskia lachte. »Eine der Grundlagen der Geisteswissenschaft ist die, dass der Mensch aus Körper, Seele und Geist besteht.«

»Aber das ist ja nun keine ganz neue Erkenntnis.« Ich zeigte mich amüsiert.

»Zu Beginn des zwanzigsten Jahrhunderts schon. Immerhin gab es über viele Jahrhunderte den von der Kirche festgelegten Grundsatz, dass der Mensch nur aus Körper und Seele bestünde. Andere Grundlagen sind die Aufeinanderfolge von Kulturepochen - und Elemente der östlichen Philosophie, das alles in der Welt immer wiederkehrt - nur in veränderter Form. So wie in einem geschlossenen System, das aber natürlich Wandlungen unterliegt.«

Ich war verwirrt. »Also so etwas wie Wiedergeburt; so wie bei den Indern?«

»So in etwa. Das Prinzip ist etwas anders - nicht so extrem, wie es teilweise in Asien angenommen wird.«

»Aha.«

»Die verschiedenen Religionen der Welt haben auch ihren Anteil daran. Jede hat zwar ihre ureigenen Glaubenssätze, wie zum Beispiel die Wiedergeburtslehre beim Buddhismus und Hinduismus, aber letzten Endes lässt sich alles auf ein Grundprinzip der Natur reduzieren.«

Ich sah sie fragend an.

Sie kramte in ihrer Tasche und präsentierte nach kurzem Suchen einen Bleistift. »Diamonds are a girls best friends!«

»Wie bitte?«

»Diamonds are a girls best friends!«, wiederholte sie. »Diamanten bestehen aus Kohlenstoff, genau wie dieser Bleistift. In der Natur wird alles verändert, aber nichts verschwindet - es wird nur umgewandelt. Der Kohlenstoff in diesem Stift könnte also ebenso in einem Diamanten stecken und dieser in einem Ring und dieser an einem meiner Finger ...«

Wir erreichten den Baseler Hauptbahnhof, stiegen aus und organisierten uns in einer Bäckerei ein Frühstück, bestehend aus Kaffee und Brötchen. Saskia besorgte uns Fahrkarten. Dann steuerte ich mit meiner neuen Bekannten aus Hamburg zum Zug nach Dornach. Wir stiegen gleich vorne ein, und während wir noch freie Plätze suchten, fuhr er ab. Aus dem Fenster spähend erblickte ich auf dem Bahnsteig den Beifahrer aus der mir verdächtig vorkommenden Limousine, der seine Sonnenbrille trotz der nicht gerade blendenden Lichtfülle im Bahnhof nicht abgenommen hatte. Sein Blick glitt wie suchend über die Reisenden und dann auf den Zug. Als er mich sah, nahm er die Brille ab. Seine Augen verengten sich zu schmalen Schlitzen. Dann sah er auf das Hinweisschild am Gleisanfang, machte auf dem Absatz kehrt und verschwand.

»Was sollte das bloß? Wollten die etwas von mir? Aber es weiß doch eigentlich niemand, dass ich hier bin!« Die Gedanken in meinem Kopf überschlugen sich.

»Wir müssen bis Dornach-Arlesheim, und dann können wir entweder zu Fuß gehen oder auf den Bus warten. Aber bis der überhaupt losfährt, müssten wir schon am Goetheanum sein«, holte mich Saskia zurück in die Gegenwart.

Ich brach meine Überlegungen ab. Früher oder später würde ich ja sehen, ob und was die von mir wollten. »Okay ..., dann gehen wir zu Fuß. Ich habe eh lange genug gesessen in letzter Zeit.«

Sie schien erfreut und entschuldigte sich kurz. Sie wollte mal für 'kleine Mädchen'. Als sie zurück kam, lag ein leicht wehmütiger Ausdruck auf ihrem Gesicht, und in den folgenden Minuten offenbarte sie mir ihr Seelenleben. Sie hatte sich kürzlich von ihrem Freund getrennt, die beiden waren fast drei Jahre zusammen gewesen, sie war gelernte Fremdsprachenkorrespondentin und studierte Betriebswirtschaftslehre. Zum Schluss kam sie auf Mathematik und Rechnungswesen zu sprechen - und Zahlen. Und sie lächelte wieder!

»Ein Hobby von Ihnen?«, neckte ich sie.

»Oh nee ..., mit Zahlen habe ich es eigentlich gar nicht so. Früher in der Schule habe ich dem Lehrer immer nur schöne Augen gemacht und bin so durchgekommen. - Er wusste, dass ich meine Stärken in anderen Fächern habe.«

»*Sieh an!*«, dachte ich.

»Und später in der Ausbildung haben wir viel in Lernkreisen gepaukt ..., das machte ziemlich Spaß und man lernt ganz anders. Ich glaube, da habe ich das erste Mal die Magie der Zahlen begriffen, und dass sie zum Grundverständnis gehört, genau wie Anthroposophie.«

»Also etwas fürs Leben.«

»Genau. Später will ich Controlling als Hauptfach nehmen, das hat echt Zukunft.«

»Oh, Sie werden bestimmt eine Karriere als Führungskraft eines großen Unternehmens hinlegen!«

»Nee«, lachte sie. »Das bedeutet eher so viel wie steuern, lenken, leiten - weniger kontrollieren oder beherrschen. Ich sehe das als so eine Art Dolmetscher zwischen den einzelnen Abteilungen und der Führungsetage.«

»Also so eine Art Verbindungsfrau«, scherzte ich. »Je nachdem mit Sicherheit kein einfacher Job.«

»Ja, aber wir Frauen können ja bekanntermaßen mehrere Dinge auf einmal tun - im Gegensatz zu den Männern. Das ist physiologisch bedingt.«

»Ach ja, Männer können also nur eine Sache zur Zeit erledigen?«

»Ja, und da konzentrieren die sich völlig drauf. Daher sind Frauen in der Regel offener, lebhafter, kreativer ...«

»Weil sie so Sachen können wie gleichzeitig Zug fahren und erzählen?«, unterbrach ich sie grinsend.

Sie lachte. »Ja! Oder Auto fahren und erzählen ...«

»Ist klar! Nur stellt sich da die Frage, was dabei herauskommt und wo man landet ...«

»Grmpf! Ich komme immer da an, wo ich hin will!«, verkündete sie gespielt empört. »Auch beim Skifahren, da freue ich mich schon drauf. Wir sind eine tolle Gruppe und haben schon einige Touren zusammen gemacht. In Davos waren die meisten von uns allerdings noch nie, nur zwei von unserer Truppe sind sozusagen alte Skihasen und meinten, dass es sich echt lohnt! Na, wir werden es erleben!«

»Definitiv! Ich wünsche viel Spaß!«

»Danke sehr!« Sie lächelte mich an.

Ich hätte mich nicht gewundert, wenn sie in ihrem Urlaub einem Skilehrer nicht nur schöne Augen machen würde, sondern nach ihrem Urlaub nicht mehr Single sein würde! Immerhin war sie im heiratsfähigen Alter.

*

Unser Zug war pünktlich, und um zehn Minuten nach elf standen wir auf dem - übersichtlichen - Bahnhof Dornach-Arlesheim. Auf dem Parkplatz sah ich wieder den Wagen - und den Typ, der mich vorhin so seltsam gemustert hatte. Er lehnte lässig am Kotflügel und rauchte. Als er uns sah, ließ er die Zigarette fallen, trat sie aus und kam uns entgegen.

Da bemerkte auch Saskia den Wagen und den Mann. Sie stutzte kurz und fragte dann: »Geschäftspartner von Ihnen?«

»Hmm«, brummte ich. Gleichzeitig schossen mir zahlreiche Gedanken durch den Kopf. Jetzt stiegen auch die beiden anderen Insassen aus dem Fahrzeug.

»Die sehen aber nicht aus wie normale Geschäftsleute«, stellte Saskia fest.

Doch ich hörte ihr nicht länger zu. Der Mann hatte uns erreicht und blieb drei Schritte vor mir stehen. Er verbeugte sich leicht. »Guten Morgen, Mister Carter!«

Er hatte Englisch gesprochen.

»Guten Morgen!«, erwiderte ich in derselben Sprache und richtete es so ein, dass ich zwischen ihn und Saskia zu stehen kam.

»Mein Name ist Bouvaine, Alexandre Bouvaine. Könnte ich Sie wohl kurz unter vier Augen sprechen?«

»Warum? Gibt es Geheimnisse?«

»Ich muss Ihnen einige Mitteilungen machen«, erklärte er, »die unter Umständen recht wichtig sein könnten. Sowohl für Sie ..., als auch für Ihre Firma.«

Er betonte das letzte Wort in auffällig unauffälliger Weise, doch mir war sofort klar, dass er wusste, zu welcher Firma ich gehörte und dass ich kein normaler Tourist war.

Um ganz sicher zu gehen, dass ich nicht unverhofft und direkt nach meiner Ankunft in die Irre geleitet wurde, fragte ich auf Französisch: »Wenn Sie von unserer Niederlassung in Frankreich kommen, dann können Sie sich sicherlich auch ausweisen, nicht wahr, Monsieur Bouvaine?«

Er zeigte mir seinen Ausweis. - Französischer Geheimdienst. Ich war überzeugt.

»Hier trennen sich wohl unsere Wege?« Saskia sah mich fragend an. Sie hatte mir das Offensichtliche an der Miene abgelesen.

Ich nickte bedächtig, verabschiedete mich sehr herzlich von ihr und wünschte ihr noch alles Gute. Dann überließ ich mich der Führung des Franzosen. Er schritt voran, in Richtung Auto. Mein Gepäck wurde im Kofferraum verstaut, dann stellte er mir seine Begleiter vor: Jacques und Pierre, seine persönlichen Mitarbeiter.

»Bonjour!«, begrüßten sie mich.

Das war alles.

*

Ich hatte mich auf den Platz hinter Jacques, den Fahrer, gesetzt. Der Beifahrer war Pierre, derjenige, den ich kurz am Bahnhof in Basel gesehen hatte. Wir fuhren den Weg zurück, den die drei Franzosen und auch ich im Zug zuvor gekommen waren. Allmählich spürte ich einen leichten Jetlag. Ich fühlte mich etwas ermüdet und war gereizter als sonst.

»Warum haben Sie mich nicht gleich in Basel auf dem Flughafen angesprochen?«, fragte ich Alexandre.

»Ich wollte mich davon überzeugen, dass Sie hierher fahren und der Richtige sind. Das haben wir noch während der Fahrt überprüft.«

»Aha. Ich nehme an, Sie haben so Ihre Quellen.« Fragend blickte ich ihn an. »Wie sind eigentlich Sie auf die Sache aufmerksam geworden ... - und auf mich gestoßen?«

Er betrachtete mich mit stoischer Miene, doch dann gestattete er sich ein leises Lächeln. »Ich gebe meinen Informanten nicht preis, Monsieur Carter; ich kann Ihnen nur so viel sagen, dass er ein Landsmann von Ihnen ist.«

»Hm. Nun, dann will ich glauben, dass er auch auf meiner Seite steht.«

»Muss denn immer jemand auf irgendeiner Seite stehen?«

Ich sah ihn wieder fragend an.

Er schüttelte fast resignierend den Kopf, ob es so gemeint oder nur gespielt war, konnte ich nicht unterscheiden.

»Ich dachte mir, dass Sie die beiden Typen, die Sie umbringen wollten, vielleicht einmal kennenlernen wollen. Und dann kenne ich in Zürich ein gutes Restaurant. Es ist bald Mittagszeit.«

»Sie glauben, die Bombe galt mir? Wer will mich mit einer Bombe in die Luft jagen? Da stimmt doch etwas nicht. Diese Leute sind wohl ein wenig nervös.«

»Nun ja, Sie kennen doch bestimmt das Motto im Kommunismus: Vertrauen ist gut, Kontrolle ist besser! Und in Ihrem Falle war das eben noch zu wenig.«

»Ja, das Zitat stammt von Lenin. Aber woher wussten Sie,

dass der Anschlag mir gelten sollte? Spezialverhör?«

»Nein, Monsieur, nicht alle Angehörigen der Geheimdienste arbeiten nach dem gleichen Muster. Es reichte die Identifizierung der Täter. Profis. Auftragskiller - allerdings sehr teuer. Die leistet man sich nicht mal eben so, es ist immer eine größere Sache. In gewissen Kreisen wird erzählt, dass sogar der eine oder andere Geheimdienst mit Vorliebe auf sie zurückgreift, um sich nicht selbst die Hände schmutzig machen zu müssen. In diesem Falle gaben sie an, für einen Mann aus Moskau aktiv gewesen zu sein, der sich allerdings nicht zu erkennen gab.«

»Alles klar. Und nachdem Sie die Typen gecheckt hatten, sind Sie schnell zurück nach Basel, um mich da abzupassen und zu warnen?«

»Oui. Ich fühlte ..., nein, glaubte ..., ach was, ich wusste, das da etwas nicht stimmt!«

»Und daraus ist dann recht schnell Gewissheit geworden.«

»Oui. Pierre sollte am Bahnhof nur kontrollieren, ob Sie auch wirklich in den Zug nach Dornach steigen. Unterwegs hierher mussten wir allerdings noch tanken ...«

»Und was genau erwarten Sie von mir?«

»Sie müssen den Tatsachen ins Auge sehen, Monsieur Carter. Der Anschlag galt Ihnen. Alles andere hieße, die Realität zu leugnen. Ich bin der Meinung, dass wir zusammen arbeiten sollten. So weit es geht. Die Sache scheint sehr wichtig zu sein, das bestätigen auch Hinweise aus anderen Kanälen.«

»Hmm«, brummte ich. »Für mich ist das alles noch sehr mysteriös. Mit wem haben wir es bloß zu tun? Einem fremden Land? Oder Einzeltätern?«

»Ihr Land sieht sich doch gern in der Rolle des Global Player, das anderen seine Vorstellungen im politischen oder wirtschaftlichen Bereich aufzwingt. Aber nicht jedes Land ist davon begeistert.«

»Ich weiß«, entgegnete ich. »Allerdings äußern das nur die wenigsten.«

»Sehr richtig, auf diplomatischem Parkett kann man sich

schnell die Füße verbrennen, vor allem in Wahlkampfzeiten. Und nicht jeder wird es so deutlich sagen wie die Russen.«

»Die ewige Geschichte vom Kampf der Supermächte?«

»Nun ja. Russland, Moskau, entwickelt inzwischen ein eigenes Satelliten-Navigationssystem, Glonass. Sie wollen unabhängig werden, vom GPS und somit von den USA.«

»Ja, davon hörte ich bereits. Aber mir ist nicht bekannt, wie weit diese Pläne sind.«

»Zwölf Satelliten funktionieren bereits, und mit ihnen sind sie in der Lage, zwei Drittel des russischen Territoriums abzudecken. Mit der doppelten Anzahl könnten sie die ganze Welt erreichen.«

»Wenn es nur zum Navigieren genutzt wird, also für friedliche Zwecke ...«

Sein Lächeln konnte seinen Worten die Schärfe nicht nehmen. »Natürlich sind es vorrangig militärische Gründe, wirtschaftlich wird sich das Projekt nicht rechnen.«

»Welch Überraschung!« Ich konnte meinen Sarkasmus nicht wirklich verbergen, was meinen Gesprächspartner zu einem kurzen freudlosen Lachen reizte. »Auch die Europäer und die Chinesen arbeiten an eigenständigen Satellitenversionen. Der Teilnehmerkreis im Spiel wächst.«

»Im Spiel. Welches Spiel?«

»Das Spiel diesmal lautet: Findet die Waffe!«

»Eine Waffe? Was für eine Waffe?«

»Wir wissen es nicht.«

»Bitte?«

Mein Gegenüber schüttelte wie entschuldigend den Kopf. »Wir wissen es nicht. - Gar nichts! Nur dass es die größte, die gewaltigste Waffe auf Erden sein soll ...«

»Stärker als eine Atombombe?«

»Daran haben wir natürlich auch schon gedacht. Aber wie gesagt: Unsere Ermittlungen in der Hinsicht stehen noch am Anfang.« Wieder schüttelte er kurz den Kopf, diesmal fast resignierend. »Eine Waffe ... - keine Ahnung, was genau - aber ihre Wirkung muss enorm sein. Eine weiterentwickelte Atombombe, Wasserstoffbombe, vielleicht aber auch ... - wie sagt man ...? - bakteriologisch?«

Ich nickte.

» ... oder chemisch, vielleicht eine neue Pest - wer weiß?«

»Ist das nicht ein bisschen paranoid?«

»Ich fürchte nein, Monsieur Carter. Gewisse Leitungen glühen bereits seit einigen Wochen ..., und die Leute, die sich ebenfalls für diese Sache interessieren, zählen zu derjenigen Sorte Mensch, die auf das Leben ihrer Mitmenschen nur eingeschränkt Rücksicht nimmt.«

»Nicht sehr ermutigend«, bemerkte ich.

»Oui, aber so ist es. Auch wir arbeiten da bereits seit Monaten dran, aber wir bewegen uns nur millimeterweise vorwärts; manchmal auch gar nicht.«

»Und Ihre millimeterweise gewonnenen Erkenntnisse wollen Sie mir jetzt gegen welche Auskunft überlassen?«

»Au contraire, mein Freund - im Gegenteil! Ich will Ihnen sogar helfen! Aber ich verspreche mir in der Tat eine Kleinigkeit davon - einen Hinweis vielleicht, der uns einmal einen großen Schritt weiter bringt. Sehen Sie, wir sind eine Atommacht! Nicht so mächtig wie Ihr Land, aber immerhin groß genug, um im Konzert der Großen mitspielen zu können.«

»Dessen bin ich mir durchaus bewusst.«

»Bon. - Gut. Mein Land ist das meistbesuchte Ziel von Touristen. Jedes Jahr kommen mehr Menschen nach Frankreich als das Land Einwohner hat, und dabei herrscht größte Vielfalt in Bezug auf die ethnische Herkunft. Da ist es doch ganz natürlich, wenn wir unsere Augen und Ohren offen halten - und uns Gedanken machen, wenn wir etwas hören.«

»Oui, naturellement«, stimmte ich ihm nach kurzem Überlegen zu.

»Von uns Franzosen habt ihr Amerikaner die Freiheitsstatue bekommen! Es ist zwar schon ein bisschen her, aber trotzdem kann es meiner Meinung nach nicht schaden, gewisse alte Werte wieder zu beleben.«

Ich nickte. »Manchmal muss ich an die Schlagworte der

Französischen Revolution denken: Liberté, Egalité, Fraternité! - Freiheit, Gleichheit, Brüderlichkeit! Das könnten wir in unserer Zeit auch mal wieder gebrauchen.«

»Sehr richtig. Aus der Historie kann man eine Menge lernen. Wenn man will.«

»Und Sie wollen?«

»Meine Eltern waren Fans von den Romanen von Alexandre Dumas, Monsieur Carter. Ich bin seit meiner Geburt eine historisch orientierte Person.«

»Ah! Einer für alle, und alle für Einen! Die Drei Musketiere, die dann später vier wurden...«

»Genau! Und der Graf von Monte Christo, auch ein sehr bekanntes Werk von Dumas. Und so nannten sie ihren Sohn Alexandre, in Erinnerung an den Verfasser - oder Urheber.«

»Ich habe beide gelesen, in meiner Jugend. Die Leibwache des Königs, die Musketiere, ja, die hatten noch einen Begriff von Ehre und Gewissen ...«

»... und sie haben es mit einem sehr mächtigen Gegner aufgenommen, dem Kardinal. Wahrscheinlich war er zu der Zeit sogar der mächtigste Mann in Frankreich.«

»Gut möglich.« Ich sah ihn nachdenklich an und überlegte, was ich ihm anvertrauen konnte. Doch als ich mir überlegte, dass er über mich und meine Abteilung ohnehin bestens aufgeklärt war, sah ich keinen Grund mehr, ihm etwas zu verschweigen: »Auch wir haben unseren Ehrenkodex: Töte niemanden, auch nicht deinen schlimmsten Feind, sondern sorge dafür, dass er vor Gericht kommt, wenn er ein Verbrechen begangen hat. So lautet das ungeschriebene Gesetz der zweiundzwanzig Agenten. Bisher hat es noch niemand gebrochen.«

»Oui, je comprends. - Ja, ich verstehe.«

»Also gibt es schon noch gewisse moralische und ethische Begriffe. Und sie finden im alltäglichen praktischen Leben durchaus ihre Anwendung.«

»Das ist schon richtig, und das ist auch gut so. Gerade im Alltag, der so schnell an uns vorüber zieht, kann man eine Menge anstellen. So mancher Medientycoon kann die Menschen mehr beeinflussen als eine ganze Riege von Politikern. Schon zu Kennedys Zeiten wurden Wahlen durch das Fernsehen gewonnen, oder sagen wir, in einem nicht unerheblichen Maße beeinflusst.«

Seine Stimme kam wie aus weiter Ferne. Dann war Stille.

»Monsieur Carter?«

Ich blickte auf. Mein Nebenmann sah mich scharf an. »Ist Ihnen nicht gut?«

Ich musste für einige Sekunden eingenickt gewesen sein.

»Excusez moi, Monsieur ..., aber ich bin zeitlich wohl noch in New York, habe ein bisschen Jetlag ...«

»Pas de problème, Monsieur Carter, wir werden alle nicht jünger, n'est pas?« Er lachte.

»Ich werde mich ja bald etwas erholen können. Haben Sie noch andere Informationen für mich?«

»Hm, ich weiß nur, dass auch mein Land über ein Abhörsystem verfügt - ähnlich dem System, dass in Ihrem Land von der NSA benutzt wird. Und wenn zusätzlich zu einer ziemlich schockierenden Nachricht die Mitteilung kommt, dass zwei Dutzend Agenten aus aller Welt an Ihren Fersen kleben, dann würde mir persönlich das Einiges zu denken geben ...«

»In der Tat.«

»Die Methoden sind heute äußerst vielschichtig. Wirtschaftskriminalität inklusive Geldwäsche im Rahmen der Globalisierung ist eines der ertragreichsten Geschäfte, mitunter sind die derartigen Summen höher als entsprechende Einnahmen aus Drogengeschäften oder Prostitution. China und die osteuropäischen Länder haben aufgeholt ..., eine Menge gelernt. Nicht nur in Italien gibt es eine Mafia ...«

»Ist mir bekannt, auch in meinem Land herrschen gewisse Strukturen im Kampf um Macht und Geld.«

»Sehen Sie, und so ist es auch in anderen Ländern. Jeder will ein Stückchen von der Torte abhaben.«

»Man kann sich an zu viel Macht aber auch verschlucken.«

»Niemandem bekommt es, der größeren Appetit hat und mehr isst als er zu verdauen imstande ist.«

»Sehr richtig. Da verdirbt man sich nur den Magen.«

»Aber viele nehmen das in Kauf, ihre Gier ist einfach zu groß. So läuft das Spiel eben, auch in anderen Bereichen.«

»Inwiefern?«

»Nun ja, früher hat man die Guten erpresst, indem man nach vergeblichen Bestechungsversuchen ihre Frau, Freundin oder Tochter entführt hat - heute geht das viel einfacher, es ist nur noch eine Frage der Summe!«

Ich nickte. »Geld regiert die Welt.«

»Ja, damit lässt sich eine Menge bewerkstelligen. Und zur Not greift man zu anderen Mitteln. Die Methoden des Tötens sind unterschiedlich, je nachdem, ob man eine Botschaft an andere Beteiligte übermitteln will oder nicht. Radioaktive Verstrahlung, chemische oder biologische Mittel, erschießen, erdolchen, vergiften oder ertränken - es gibt mehr Möglichkeiten, einen Menschen umzubringen als einen zu erschaffen.«

»Weiß Gott, ja.«

Mein Communicator signalisierte einen Anruf.

»Entschuldigung.« Ich griff in meine Jackentasche, zog den elektronischen Helfer heraus und schaute auf das Display: Christina.

»Servus«, begrüßte ich sie, indem ich den Anruf entgegennahm.

»Guten Morgen! Was macht die Schweiz?«

»Oh, der geht es ganz gut, denke ich. Und wie sieht es in Washington aus?«

»Danke, es war eine kurze Nacht. Wir haben Cartwright inzwischen überprüft. Er hat seine Frau und seinen Sohn vor zwölf Jahren bei einem Verkehrsunfall verloren; danach hat er zurückgezogen gelebt, später fing er mit dem Reisen an; vor sieben Jahren begann es, zunächst innerhalb der Staaten, vor drei Jahren hatte er schließlich die ganze Welt bereist, bis in die fernsten Zipfel Südamerikas und Asiens. Auf der jetzigen Reise war er auch in Rom, nicht nur in der Schweiz. In Rom war er mehrfach, jedes Jahr seit Beginn seiner Reisetätigkeit. Der Chef hat mich zwar beauftragt zu ermitteln, wo genau, aber das gestaltet sich schwieriger als vermutet. Insofern soll ich dir den Auftrag weitergeben.«

»Ich soll nach Rom?«

»Ja, unbedingt. Und so schnell wie möglich.«

»Okay, hoffentlich gibt es da nicht auch wieder einen Anschlag!«

»Anschlag? Was für ein Anschlag?«

»Das ist eine andere Geschichte; am Flughafen Zürich war mir offenbar eine kleine Bombe zugedacht, die den halben Flughafen in Mitleidenschaft gezogen hätte. Aber es ist nichts passiert«, beruhigte ich sie.

»Na, Gott sei Dank! Hast du denn schon etwas anderes herausgefunden?«

»Ja, ich hatte gerade ein sehr aufschlussreiches Gespräch«, entgegnete ich mit Blick auf Alexandre.

»In Bezug zu Rudolf Steiner und Anthroposophie?«

»Auch, aber in erster Linie im Hinblick auf unseren Fall. Ich habe einen netten Kollegen aus Frankreich getroffen, der mir einige Hintergrundinfos gegeben hat. Daher bin ich auch nicht bis zum Goetheanum, sondern habe mir sozusagen die aktuellen Daten in komprimierter Form besorgt.«

»Du warst nicht beim Goetheanum? Dann müssen die Informationen wirklich überragend sein ...«

»Das waren sie, in der Tat. Gibt es eigentlich von Cartwrights Zetteln etwas Neues?«

»Ja, eine kleine Spur. Der Zettel mit den Abfahrts- und Ankunftszeiten der Züge ist wesentlich später geschrieben worden als die beiden anderen. Was das bedeutet, wissen wir allerdings noch nicht. Die Spezialisten arbeiten noch daran. Und sie haben den Buchstaben- und Zahlensalat durch einige ihrer Spezialcomputer geschickt, doch bisher ist da nichts heraus gekommen. DNS-Test und Fingerabdrücke bringen uns auch nicht weiter, ausschließlich Spuren von Cartwright.«

»Tja, dann harren wir mal der Dinge.«

»Ja, vielleicht findest du in Rom ja einen neuen Hinweis, der uns weiterbringt.«

»Ich werde dir einen Bericht zukommen lassen, aus einem Eiscafé.«

»Tres bien, merci. Ich wünsch dir was ...«

»Okay, danke, Christina!«

»Au revoir! Und Gruß an den Kollegen!«

»Werde ich ausrichten, bye!«

Ich beendete das Gespräch. Alexandre hatte natürlich mitgehört - es war nicht zu vermeiden. Doch war es mir nicht unangenehm.

»Wir bringen Sie selbstverständlich zum Flughafen«, bot er mir an. »Dann sparen Sie Zeit. Basel ist näher als Zürich. Bei der nächsten Ausfahrt wenden wir und fahren zurück.«

Ich willigte ein. So war ich wieder auf dem Weg nach Basel - zum Flughafen. Alexandre bat mich, ihn mit meinen neuen Erkenntnissen - sofern ich solche gewinnen sollte, zu versorgen. Wir tauschten die Nummern unserer Mobiltelefone aus. »Ich habe im Hintergrund immer eine Mailbox laufen, für den Fall, dass ich einmal verhindert sein sollte.«

»Das gilt auch für mich.« Ich steckte meinen Communicator, in dem ich die Nummer direkt gespeichert hatte, wieder in die Tasche. »Haben Sie denn bereits einen konkreten Verdacht, wer unsere Gegenspieler sein könnten?«

»Hm.«

Die nicht eben ausführliche Antwort wusste ich nicht zu deuten. Dem Klang nach konnte es jedoch eine Bejahung sein, und ich hakte nach: »Fremde Geheimdienste? Sie haben die Russen erwähnt. Eine Nachfolgeabteilung des KGB? Oder die russische Mafia?«

»KGB, Mafia, oder irgendjemand anderes ..., das ist nicht so wichtig. Das Prinzip ist entscheidend. Wie verhalten sich die Menschen? Was tun sie?«

»Sie klingen nicht eben sehr zuversichtlich.«

»Das liegt daran, dass mir die ganze Sache ziemliche Kopfschmerzen bereitet. Und meinen Vorgesetzten in Paris ebenfalls. In jedem Land gibt es Probleme, wie ich Ihnen ja bereits andeutete, aber aus dem Osten kommt eine ganz neue Art von

Kriminellen. Kommunistische Kapitalisten.«

»Kommunisten und Geld? Eine seltsame Kombination.«

»In Russland sind einige ehemalige Geheimdienstler und Militärs heute führende Politiker. Oder russische Gangster arbeiten im Auftrag des Geheimdienstes. Wie in anderen Ländern und Staaten auch. Es wäre nicht das erste und auch nicht das letzte Mal auf dieser Welt, und es geht doch immer nur um Geld und Macht ...«

»Und Sex!« Jacques blickte für Sekundenbruchteile in den Innenspiegel, doch konnte ich mich auch getäuscht haben.

»Oui, und Sex.« Alexandre nickte bedächtig. Offenbar war er es gewohnt, dass der ansonsten stille Fahrer zu gewissen Themen auch einen Beitrag ablieferte. Wenn auch nur einen kurzen. »Die Verbindungen, die zwischen Russland ..., oder dem europäischen Osten, und Ländern in Südamerika, etwa Chile oder Argentinien, existieren, durchschauen wir nicht einmal ansatzweise. Dafür verfügen wir nicht über genügend qualifiziertes Personal«, gab er zu.

»*Also sieht es nicht nur bei uns so aus!*«, überlegte ich.

Es hatte leicht zu nieseln begonnen. In Verbindung mit der nicht eben warmen Luft ein unangenehmes Wetter. Das Verkehrsaufkommen war noch immer nicht übermäßig groß. Wir konnten bequem über die Bahn gleiten, woran das Auto mit seinem Sänftencharakter seinen Anteil trug. Doch bald sollte es mit der Ruhe vorbei sein. Die Wagen ohne Nummernschild fielen unserem Fahrer sofort auf. »Wir werden verfolgt. Drei Motorräder, zwei dunkle Limousinen und ein Geländewagen. Keine Nummernschilder. In den Autos jeweils drei Mann an Bord.«

»*Kurz, knapp und präzise*«, dachte ich und drehte mich genau wie Alexandre um.

Durch das Heckfenster sahen wir die beiden Wagen, die sich uns schnell näherten.

»Lass sie nicht zu nah heran!«, gebot Alexandre ihm.

Als Antwort gab er Gas, fühlbare Beschleunigung setzte ein.

»Hast du Alarm ausgelöst?«

»Oui.«

»Jacques hat eine Spezialausbildung absolviert - nach seiner Zeit in Paris hat ihn unsere Abteilung entdeckt und gefördert. Wenn uns hier einer raus bringen kann, dann er«, erklärte mir mein neuer Bekannter. »Außerdem hat er ein Signal an unsere Zentrale gesendet, sie werden uns umgehend Unterstützung schicken. Und solange sind wir von seinen Fahrkünsten abhängig.«

Jacques grinste in den Rückspiegel. Es war das erste Mal, dass ich bei ihm eine emotionale Regung registrierte. »Während der Ausbildung haben wir wilde Zeiten gehabt ... - und immer wenn wir wieder einmal recht schnell unterwegs waren, nannten wir das 'Im Auftrag des Herrn unterwegs'.«

»Ah, Blues Brothers-Fans!«

»Oui.« Jacques strahlte nahezu. Eine Mimik, die ich bei ihm bisher nicht beobachtet hatte. Er schien es mir hoch anzurechnen, dass mir der Ausdruck nicht unbekannt war.

Eine Kugel durchschlug die Heckscheibe und verteilte Glassplitter im Inneren des Wagens.

»Fahr schneller«, gebot Alexandre kaltblütig und zog eine Pistole aus seiner Jackentasche. »Die halten sich mit Fragen nicht auf, die handeln!«

»Ob die aus Zürich kommen?«

»Bestimmt. Direkt von ihren Kompagnons, die den Anschlag verbockt haben.«

»Und jetzt wollen die die Sache erledigen!«

Ich merkte bald, dass wir für eine solche Aktion im falschen Wagen saßen. Das Auto war definitiv kein Sportwagen. Zu behäbe, zu träge und mit vier Mann an Bord viel zu schwer. Als wir auch noch von MP's beschossen wurden, begann die Sache problematisch zu werden. Wir konnten die Gangster nicht abschütteln. Im Gegenteil, kaum war eine weitere Geschossgarbe überstanden, wurden wir von einem Wagen überholt, und die nächste Salve erfüllte ihren Zweck. Unsere beiden Vornesitzenden wurden getroffen - von Kugeln und Glassplittern. Die Frontscheibe war in tausend Stücke gegangen.

Der Wagen brach aus, schleuderte im Winkel von ungefähr dreißig Grad gegen die linke Leitplanke, wurde zurückgeworfen, drehte sich und knallte gegen die andere Leitplanke. Nach schier endlosen Augenblicken kam das Fahrzeug zum Stehen. Alexandre war nicht geizig gewesen und hatte inzwischen seine Pistole inklusive Reservemagazin und diejenige des Beifahrers geleert. Jetzt stöhnte er auf. Offenbar war er verletzt. Der Wagen besaß nur noch Schrottwert. Aus eigener Kraft würde der sich hier nicht fortbewegen. Von den Gangstern war keine Spur mehr zu sehen. Den Grund sollten wir schnell erfahren. Drei Wagen der Schweizer Polizei hielten neben uns, dahinter kam ein Krankenwagen zum Stehen, alle in voller Einsatzbeleuchtung.

»Die werden sicherlich ein paar Fragen haben, vielleicht auch etwas sauer sein. Ich rede mal mit ihnen«, erklärte Alexandre und erhob sich stöhnend.

»Ob das eine gute Idee ist? Sie sind verletzt.« Ich deutete auf den Boden, wo sich eine Blutlache gebildet hatte.

»Ich hatte bereits bedeutend schlechtere Ideen, glauben Sie mir.« Er stieg aus und ging mit langsamen, ruhigen Schritten auf die Polizeibeamten zu. Dabei hielt er seine Hände weit von sich, so dass sie immer zu sehen waren. Ich langte nach vorn und legte meine Hand an Pierres Halsschlagader. Es war nur noch ein minimales Pochen zu spüren.

Wenig später kehrte Alexandre zurück, mit einem Polizisten und einem Sanitäter im Gefolge. Letzterer beugte sich zu Pierre hinunter und untersuchte ihn kurz aber eingehend. »Ich fürchte, er wird es nicht schaffen«, meinte er dann. »Er hat schon zu viel Blut verloren.«

Alexandre nickte nur. »C'est la vie.«

Als die Polizisten und die Sanitäter mit den Leichen abgefahren waren, seufzte ich und schüttelte den Kopf. »Es tut mir leid für Ihre Leute«, erklärte ich.

Er nickte bedächtig. »Ja, es waren gute Männer ...«

Mit quietschenden Reifen hielten zwei Wagen neben und

einer vor uns. Mehrere Gestalten sprangen heraus, im Nu waren wir umzingelt. Einige der Herren hielten Maschinenpistolen in ihren Händen. Alexandre machte eine Geste von seinem Sitz, und die mich zuvor noch finster musternden Gesellen senkten die Waffen und wichen einige Schritte von unserem Wagen zurück.

Ich inspizierte die Wagen. Sie alle trugen französische Kennzeichen.

»Das Aufräumkommando«, erklärte Alexandre auf meinen fragenden Blick. »Sie sind uns in zeitlichem Abstand von Dijon aus gefolgt. Jedes unserer Fahrzeuge ist mit einem GPS-Melder ausgestattet, zu dessen Aufspüren und Entfernung auch der gewiefteste Autoknacker Stunden brauchen würde. Unmittelbar nachdem Jacques die Verfolger entdeckt hatte, hat er Stillen Alarm ausgelöst. Kleine Ursache, große Wirkung. Aber Sie sehen, ich werde bestens versorgt.«

Wir stiegen in einen der schwarzen Geländewagen. Hier hatten wir nichts mehr zu suchen. Ich setzte mich hinter den Fahrer, und wir wurden zum Flughafen gebracht. Alexandre stöhnte, als er sich vollständig in meine Richtung drehte, und sein Gesicht nahm für Sekundenbruchteile einen schmerzverzerrten Ausdruck an. Seine Verletzung musste stärker sein als dies nach außen hin sichtbar war. »Hinter der Sache muss eine gewaltige Macht stehen, Monsieur Carter. Eine äußerst gewaltige Macht. Vielleicht nicht nur eine. Der Fall ist sehr gefährlich - passen Sie auf sich auf!«

»Merci. Ich werde es versuchen. Sie wissen ja: The Show must go on!«

»C'est pas important. - Das ist unwichtig.« Er winkte müde ab. »Die Hauptsache ist, dass Sie diese Waffe als Erster finden!«, fügte er mit Nachdruck hinzu.

Bald erreichten wir den Baseler Flughafen. Ich verabschiedete mich von dem Franzosen. »Au revoir, Alexandre! Sind Sie sicher, dass Sie es schaffen?«

»Ich habe schon andere Verletzungen überstanden.« Sein Lächeln sollte Zuversicht signalisieren, doch er biss sichtlich die Zähne zusammen. Er lächelte müde. »Gehen Sie, John, fliegen Sie nach Rom und finden Sie diese Waffe! Nach allem, was ich bisher in Erfahrung bringen konnte, sitzen wir - und damit meine ich die ganze zivilisierte und unzivilisierte Welt - sonst ziemlich in der Klemme! Und halten Sie mich auf dem Laufenden!«

»Oui, Monsieur! Ich werde mein Möglichstes tun«, versprach ich, kletterte aus dem Fahrzeug, trat an den Kofferraum, holte meine Tasche und den Koffer heraus und winkte ihm noch einmal zu. »Au revoir!«

»Good bye!«

*

Wir schwebten über den Alpen, als ich die FBI-Datenbank bezüglich Italiens und Roms befragte: Italien zählt knapp sechzig Millionen Einwohner, ist Mitglied der Europäischen Union, als Zahlungsmittel gilt seit dem ersten Januar zweitausendundzwei der Euro. Der Staat mit der berühmten Stiefelspitze ist in etwa so groß wie Arizona, die Hauptstadt Rom liegt ungefähr auf der Höhe von New York, und ungefähr vierzig Prozent der außerhalb des Landes lebenden Italiener leben in den USA. Auf Grund seiner historischen Rolle als Weltmacht der Antike herrscht ein reger Tourismus, vor allem im Norden des Landes, der auch wirtschaftsstärkstes Gebiet ist. Die Unterschiede zwischen dem reichen Norden und dem armen Süden sind teilweise gravierend. Die Mafia, in Neapel Camorra, auf Sizilien Cosa Nostra genannt, besitzt nach wie vor einen nicht zu unterschätzenden Einfluss in Politik, Wirtschaft und Kultur. In jüngster Zeit geriet der Fußball-Sport bedingt durch Hooligans und diverse Manipulationen in negative Schlagzeilen. Die Hauptstadt Rom ist Touristenziel Nummer Eins. Die so genannte Ewige Stadt bietet zahlreiche Highlights, wie das Kolosseum, wo jeden Karfreitag eine Prozession zum Gedenken an die christlichen Märtyrer stattfindet, zahlreiche weitere Bauwerke und natürlich den Vatikan. Die

Peterskirche bietet Platz für sechzigtausend Besucher. Hier spricht der Papst jeden Mittwoch zu den Gläubigen. Für jeden Pilger gelten dabei die vier Hauptbasiliken Petersdom, Sankt Paul vor den Mauern, Lateranbasilika und Santa Maria Maggiore als ein Muss, ähnlich wie die Katakomben. In den unterirdischen Grabstätten haben die ersten Christen ihre Gottesdienste noch im Geheimen durchgeführt. Jedes Jahr besuchen über drei Millionen Touristen die Sixtinische Kapelle.

Als ich der Meinung war, mich für den Moment ausreichend informiert zu haben, schloss ich die Datei und öffnete eine neue, um meinen Bericht zu schreiben, in dem ich Christina - und meinem Chef - mitteilte, warum ich nicht bis zum Goetheanum gekommen war, sondern mich mit einem französischen Geheimagenten getroffen hatte. Saskia erwähnte ich auch, allerdings nur am Rande. In der Hauptsache ließ ich die Gedanken, die sie geäußert hatte, und die sich auf unseren Fall bezogen, in meinen Bericht einfließen.

6. Internationale Begegnungen

Rom, Italien
Dienstag, 7:00 p.m.

Die Landung auf dem Leonardo da Vinci-Flughafen in Fiumicino war völlig unspektakulär verlaufen. Keine Bombendrohungen, kein Sicherheitsalarm, die Maschine vollführte eine Bilderbuchlandung. Aber auf dem Flughafen selbst herrschte Hochbetrieb. Ich hatte ja bereits auf meinem Flug von New York nach Basel gehört, dass in Rom über Ostern eine Woche lang eine Wissenschaftskonferenz mit dem Thema 'Annäherung der Wissenschaft an die Religion' stattfinden sollte. Wegen des Wissenschaftskongresses galt eine erhöhte Sicherheitsstufe, was zu einer entsprechenden Verzögerung in der Abfertigung beim Gepäck und der Sicherheitsschleuse führte. Auch für mich als 'Tourist' gab es keine Ausnahme - es dauerte ziemlich lange. Aber wahrscheinlich hätte mich auch mein Ausweis nicht schneller ans Ziel, sprich zum Hauptbahnhof, gebracht; schließlich war ich außerhalb meines Zuständigkeitsbereiches.

Am Gepäck- und Zollschalter herrschte bereits ein entsprechendes Gewirr; zahlreiche Menschen verständigten sich in etlichen Sprachen oder ganz einfach nur mit Händen und Füßen - worin die Italiener sowieso unschlagbar sind. Ein Heer von Journalisten, Zeitungsreportern, Fotografen und Kameraleuten belagerte die Halle des großzügig verglasten Flughafengebäudes. Sobald ein Wissenschaftler zu sehen war, der die Zollabfertigung verließ, war er im Nu umlagert.

Gleich neben mir warteten ein älterer, sehr seriös wirkender Herr, eine Frau und ein weiterer Mann auf ihre Koffer. Der Ältere hielt eine Pfeife in der Hand, die jedoch nicht brannte. Ich kannte ihn. Sein Name war Jonathan Bradley, ein äußerst populärer Professor um die Sechzig. Die beiden anderen kannte ich nicht. Bradley war zweifellos die Koryphäe der ganzen Gesellschaft. Sogar ich als Nicht-Wissenschaftler hatte bereits von ihm gehört. Er galt als ruhig und introvertiert, war Nobelpreisträger, hatte mehr wissenschaftliche Titel als auf eine Visitenkarte passten, und die Times hatte erst vor kurzem einen umfassenden Artikel über ihn veröffentlicht.

Endlich hatten sie ihre Koffer ergattert, brachten die Zollformalitäten hinter sich - der Pfeife rauchende Professor mit stoischer Gelassenheit, die Frau mit einem spöttischen Lächeln, der Mann ungeduldig - und sahen sich nach wenigen Schritten von mehreren Journalisten umzingelt. Die Fragen wurden auf Englisch gestellt, doch sie antworteten nicht auf eine.

»Was erwarten Sie persönlich von dem Kongress, Herr Professor?«

»Einige rechnen damit, dass der Papst auch teilnimmt. Was meinen Sie, wie die Chancen stehen?«

»Würden Sie dieser Veranstaltung eine reelle Möglichkeit für den Beginn eines ernsthaften Dialogs zwischen Religion und Wissenschaft einräumen?«

Ich beobachtete, wie sich immer mehr Journalisten hinzu gesellten, schon standen sie nicht mehr nur in dritter Reihe, sondern bald in vierter und fünfter. Da die so eifrig Umworbenen jedoch partout keinen Kommentar abgaben, sondern einfach stehen geblieben waren und wortlos in die Menge starrten, löste sich die Meute auf, als weitere Wissenschaftler in der Halle erschienen.

Ich aktivierte meinen Communicator und schickte die E-Mail, die den Bericht enthielt, den ich im Flugzeug geschrieben hatte, ab. Dann verstaute ich ihn wieder in meiner Tasche und sah mich um.

Die drei soeben noch Belagerten waren trotz des nunmehr freien Weges nicht weiter gegangen, sondern warteten offenbar auf ihre Kollegen, die nun an ihrer Stelle von den Journalisten 'interviewt' wurden.

Einer der Befragten hielt den Trubel schließlich nicht mehr aus, winkte mit einer eindeutigen Geste, und die Meute verstummte. »Meine Damen und Herren, ich bitte Sie! Wir alle haben einen anstrengenden Flug hinter uns. Um Ihnen und uns die Sache ein wenig zu erleichtern, möchte ich Ihnen im Namen meiner Kollegen hier kurz einen Bericht skizzieren, denn schließlich sind wir - also Sie und ich - aufeinander angewiesen.« Er lächelte in die Menge, während sich seine Mitreisenden 'empfahlen'.

Ihnen wurde auch bereitwillig Platz gemacht, denn alle scharten sich nun um den Sprecher: »Wir leben nicht nur in einer Zeit des politischen, sondern auch des wissenschaftlichen und religiösen Umbruchs. Viele Menschen sind verunsichert und ohne Orientierung, daher suchen sie nach neuen Antworten auf alte Fragen. Die Religion bietet traditionell ein breites Feld für solche Suchenden. Das sehen Sie allein schon daran, dass es Götterboten in allen Religionen gibt; von Engeln zum Beispiel ist im Judentum, im Christentum und im Islam die Rede. Unter der Voraussetzung, dass das ganze Universum von einem übernatürlichen Wesen geschaffen worden ist, stellt sich doch direkt die Frage: Wo ist es jetzt? Im Urlaub? Oder baut es ein anderes Universum, weil dieses auf eine Katastrophe zusteuert?«

Gelächter unter den Anwesenden belohnte seinen kleinen Scherz, doch er wiegelte gleich gestenreich ab.

»Wir sind hierher gekommen, um einige gravierende Fragen der Menschheit zu erörtern. Da darf die Wissenschaft nicht nur auf ihre althergebrachten Methoden vertrauen, sondern muss auch neue Wege gehen! In den religiösen Urkunden der Völker existieren viele Informationen und Hinweise, denen man einmal mit wissenschaftlichen Methoden begegnen sollte - und zwar vorurteilsfrei! Daher sind heute ...«

Unruhe kam auf, als weitere Reisende gesichtet wurden. Einer der Journalisten rief etwas, und im Nu stob die Menge auseinander. Sie hatten neue Opfer ausgemacht, denen einige ganz Eifrige schon von weitem Mikrofone und Tonbandgeräte entgegen hielten. Doch jetzt herrschte kein geordnetes, sondern ein buntes Durcheinander, ich vernahm nur noch einige Bruchstücke:

»Der Urknall und die Urknalltheorie sind noch immer von

einem tiefen Geheimnis umgeben, das auf seine Lösung wartet.«

»Und zur Lösung kommen wir nur, indem wir auch die passenden Fragen stellen!«

»Die Theologie galt im Mittelalter als die Königin der Wissenschaften. - Wie anders betrachtet man heute einen Theologen? Die Zeiten haben sich wahrlich geändert!«

»Ja, die Lehre vom Göttlichen ist nach und nach verloren gegangen.«

»So würde ich das nicht sagen. Sie hat sich verändert, aber sie ist nicht verloren gegangen!«

»Sehr richtig. Alles, was ist, kann nur verändert werden, aber nicht endgültig vernichtet!«

Waren die Sätze bisher mehr oder weniger unzusammenhängend und von mehreren Personen hervorgebracht, äußerte sich jetzt ein Älterer, der in Ruhe gewartet hatte, bis man ihn hörte: »Als in der Schule die Themen Zweiter Weltkrieg, Drittes Reich und Nationalsozialismus behandelt wurden, habe ich Aussagen von Zeitzeugen gehört und gelesen, die meinten, sie hätten weniger glauben und mehr denken sollen. Dann hätte es eine Katastrophe von solchen Ausmaßen nicht gegeben. Ich bin der Meinung, das trifft auch auf unsere heutige Zeit zu. Vielleicht mehr denn je.«

Von weitem und durch den zusätzlich gestiegenen Lärmpegel hörte ich dann nur noch einige Fetzen:

»Wir brauchen Einsteins 'Kosmologische Konstante', die Dunkle Energie, die dafür sorgt, dass sich unser schönes Universum ausdehnt ... - und nicht in sich zusammenbricht.«

»Wie kamen die Naturgesetze überhaupt zu Stande?«

»Heutzutage wird zu viel geredet und zu wenig gesagt!«

»Und noch viel weniger getan!«, hörte ich als letztes Statement.

»Warum ist überhaupt etwas, und warum ist nicht Nichts?«, fragte der Pfeifenraucher, der noch immer in meiner Nähe stand und sich inzwischen seine Pfeife angesteckt hatte.

Doch von den Joualisten hatte ihn niemand gehört.

Ich betrachtete ihn nachdenklich, wurde aber gleich darauf wieder abgelenkt.

»Kinder, da sind wir! Rom, die Ewige Stadt!«

Unmittelbar an mir vorüber ging eine Familie, ein junges Elternpaar mit einem kleinen Kind. Ob der Sprecher, der Vater, in Erinnerungen schwelgte oder ganz einfach Vorfreude artikulierte, erschloss sich mir nicht. Viel Zeit zum Schwelgen blieb ihm allerdings nicht, denn der Sohn fragte: »Warum sagt Tante Martha, alle Wege führen nach Rom?«

»Weil sie Rom sehr schön findet«, erklärte die Frau - die Mutter des Kleinen. »Und weil sie die Stadt kennt.«

»Und weil die Menschen früher in Rom mit dem Papst den Weg zu Gott sahen ...«

»Und auch heute noch«, unterbrach seine Frau.

»Genau! Und einige Wege führen direkt zum Ziel, andere dagegen auf Umwegen, indirekt. Aber jeder kommt schließlich irgendwann an.«

»Und unser Flug war direkt?« Der Kleine war ganz schön hartnäckig und wissbegierig.

»Richtig«, erklärte seine Mutter. »Unser Flug war direkt. Wir mussten nirgendwo umsteigen.«

Dann waren die drei aus meinem Blickfeld verschwunden. Ich ging ein paar Schritte und geriet dadurch wieder näher an den Pulk aus Journalisten und Wissenschaftlern heran.

»Stellen Sie sich doch bitte in einer Gruppe zusammen, damit wir ein Gesamtbild machen können!«, forderte eine junge italienische Reporterin soeben. Sie wusste sich durchzusetzen. Ihrer Aufforderung wurde Folge geleistet, die Wissenschaftler machten Miene, sich geordnet aufzustellen.

Mehr bekam ich nicht mit, denn ich verließ den Bereich. »*Verrückt!*«, dachte ich nur. Mein Weg führte mich zu einer Bankfiliale, an der ich wieder einmal Geld tauschte - diesmal Dollar für Euro, davon zehn Euro in Münzgeld.

Anschließend besorgte ich mir eine Fahrkarte für den Expresszug zum Hauptbahnhof. Ich gab einen Zehn-Euro-Schein und bekam einen Euro plus Fahrkarte zurück.

Dann schlug ich den direkten Weg zum Bahnhof ein.

Mein Chef hatte mir bereits vor längerer Zeit nahegelegt, stets so kostengünstig wie möglich zu verfahren - sofern die Effektivität nicht übermäßig darunter litt. Schließlich erfüllten wir als Regierungsbeamte auch so eine Art Vorbildfunktion. Diese Verfahrensweise hatte ich mir zu eigen gemacht, und auch wenn der Chef meinen Einsatz aus einem mit Sicherheit nicht sehr vielen Personen zugänglichen oder bekannten Konto bestritt, wollte ich es nicht über Gebühr strapazieren. Und so nutzte ich jetzt den Expresszug nach Roma Termini, dem römischen Hauptbahnhof.

*

Ich hatte in dem Großraumabteil einen Fensterplatz ergattert, der Sitz neben mir war noch frei. Hinter mir befanden sich zwei gegenüberliegende Sitzreihen, für die andere Seite galt das Gleiche.

Allmählich füllte sich das Abteil.

»Entschuldigen Sie, ist hier noch frei?«

Ich blickte auf. Ein junger Mann stand neben meiner Sitzreihe. Er hatte Italienisch gesprochen. Ich schätzte ihn auf Ende zwanzig, und nach seinem Akzent zu urteilen, war er Franzose. Auf meine Bestätigung setzte er sich, inklusive Notebook auf den Oberschenkeln.

Ihm folgten einige andere, darunter Professor Bradley, dessen Stimme ich wiedererkannte. »Die Damen lassen wir in Fahrtrichtung sitzen!«, bestimmte dieser soeben.

Zu meiner recht umfangreichen Ausbildung hatte auch ein intensives Training aller Sinne gehört - denn ein Agent konnte im Laufe seines Lebens sehr leicht in die Situation geraten, in völliger Dunkelheit, mit gefesselten Händen oder unter sonstigen Umständen agieren zu müssen. So lokalisierte ich die hinter mir Sitzenden lediglich durch die Worte, die an mein Ohr drangen.

Als sich der Trubel legte, die Fahrgäste ihre Plätze eingenommen hatten und per Lautsprecherdurchsage die baldige Abfahrt des Zuges angekündigt wurde, erhob ich mich. Ich zog meine Jacke aus und legte sie nach oben auf die Gepäckablage auf meinen Koffer. Nebenbei - und das war eigentlich die Hauptsache - warf ich einige scheinbar oberflächliche Blicke in die Runde. Doch ich registrierte alles. Als ich mich wieder setzte, war ich voll im Bilde.

Hinter mir, Rücken an Rücken, saß ein etwa vierzigjähriger Amerikaner, in dem ich auf Grund einiger Äußerungen zuvor einen Astronomen oder Kosmologen vermutete. Sein Name war Doktor Simmons. Neben ihm saß ein Russe, von dem ich nur ein einziges Mal etwas gehört hatte. Er mochte ungefähr sechzig Jahre alt sein und wollte seinen Ur-Enkeln eine intakte Umwelt hinterlassen. Seiner Meinung nach war dies erst den Kindern der nachfolgenden Generation vergönnt. Den beiden gegenüber saßen zwei Frauen, eine etwa vierzigjährige Japanerin und eine Journalistin. Erstere war Psychologin und hieß Yumiko Fukamoto, letztere hieß Catherine Stewart, wie ich dem Tumult zuvor entnommen hatte. Sie wirkte sehr engagiert und mochte etwas älter sein als ich.

Auf der anderen Fensterseite belegten drei Männer und eine Frau die vier Plätze. Die Frau saß ebenfalls in Fahrtrichtung auf dem Platz am Gang. Sie war hübsch und besaß eine unglaubliche Ausstrahlung. Obgleich ich sie nur kurz betrachtet hatte, hatte ich festgestellt, dass sie zu jener Kategorie von Frauen zählte, mit denen eine freundschaftliche Beziehung nicht möglich war. Sie hatte dieses gewisse Feuer in den Augen, das die Grenzen zwischen sexueller Beziehung und Freundschaft einfach niederbrennen würde. Ihr Name war Tawnee Jackson, sie war Kanadierin, und dem Aussehen nach besaß sie indianische Vorfahren. Den Platz neben ihr hatte ein asketisch wirkender, hochgewachsener Brite inne. Doktor Thompson, wie ich gehört hatte. Er war Meteorologe und wirkte sehr förmlich. Den beiden gegenüber saßen Professor Bradley und ein Mann, von dem ich bisher noch gar nichts gehört hatte. Er besaß ein rundes, freundliches Gesicht und war

Brasilianer, wie ich später merkte.

Rücken an Rücken zu diesen beiden - und somit in der Sitzreihe neben mir - saßen noch zwei Herren, ein Franzose und ein Deutscher. Ersterer war Mediziner, letzterer Theologe und Religionswissenschaftler.

Die Herrschaften schienen sich in einem größeren Disput befunden zu haben. Der Zug war kaum abgefahren, da tönte mein Hintermann: »Die Trennung von Staat und Kirche ist in der Verfassung der Vereinigten Staaten geregelt. Religiöse Ansichten haben im Schulunterricht, egal ob High School oder College, keinen Platz!«

»Oh, bitte! Keine neue Evolutionsdebatte!«, ließ daraufhin die Journalistin verlauten.

»Die Hälfte aller Amerikaner - Ihrer Landsleute - glaubt an das Werk einer höheren Macht bei der Schöpfung des Menschen«, mischte sich der Theologe von der anderen Seite ein.

»Aber die Evolutionstheorie ist doch längst bewiesen ..., und sie wird von allen Kollegen akzeptiert! Weltweit!«, hielt Simmons dagegen.

»Oh, bitte! Keine Dogmen!« meinte die Japanerin.

»Wie kindisch! Da war mal ein Paradies, und dann kam da ein Gott und hat den Menschen gemacht ...«, sagte der Brite.

»Auch die Evolutionstheorie ist eben nur eine Theorie!«, rief von der anderen Seite nun Tawnee Jackson.

»Was soll das bedeuten?« Simmons Stimme klang verächtlich. Auf ihn wirkte sie offenbar nicht so wie auf mich.

»Sie ist nicht bewiesen. Sie nehmen nur an, dass der Mensch auf diese Art ...«

»Aber natürlich ist es bewiesen!«, unterbrach er sie. Sein Tonfall war inzwischen von verächtlich zu arrogant übergegangen.

»Keineswegs. Wie gesagt, es ist eine Theorie«, entgegnete sie entschieden.

»Und wenn schon! Die meisten Menschen glauben daran, und ich auch!« Jetzt wurde Simmons pampig.

»Sind denn nicht alle Modelle und Überlegungen von der

Entstehung der Welt oder dem Universum Theorien? Schließlich war niemand dabei, als es angefangen hat!« Catherine Stewart schien die Situation schlichten zu wollen.

Doch nun mischte sich auch noch ihr Gegenüber, der Russe, ein: »Sie scheinen zu vergessen, dass unser Kollege Hawking schon vor Jahren festgestellt hat, dass er es durchaus für möglich hält, dass Gott die Gesetze festgelegt hat, nach denen das Universum abläuft. Und mit seiner Ansicht ist er da nicht allein! Können Sie sich einen mehrere hundert Billionen Grad heißen winzigen Raum vorstellen, der nur aus Energie besteht? Wo es noch keine Materie und keine Zeit gibt?«

Nun ertönten mehrere Stimmen gleichzeitig. Und waren die Gespräche bisher in Englisch geführt worden, so verfielen die Damen und Herren jetzt zeitweise in ihre Muttersprache. Ich verlor den Überblick und Zusammenhang.

Doch schließlich schien sich der hinter mir sitzende Amerikaner durchzusetzen: »Wir nennen es das Kosmische Ei. Wenn man die Geschwindigkeit zu Grunde legt, mit der sich das Universum ausdehnt, dann kann man einen Punkt in der Vergangenheit berechnen, der etwa vierzehn Milliarden Jahre zurückliegt. Aus diesem Kosmischen Ei ist das Universum entstanden, aus dem dann nach und nach alles weitere entstanden ist. Unser Sonnensystem ist dagegen ziemlich jung - etwa viereinhalb Milliarden Jahre.«

»Eier explodieren nicht von allein«, bemerkte die Kanadierin trocken. »Auch kosmische nicht.«

Stille.

Insgeheim schlug ich mir vor Vergnügen auf die Schenkel. Die Frau gefiel mir immer mehr! Mein Communicator lenkte mich von dem weiteren Gespräch ab. Ich erhielt einen Anruf von Robert, genannt Bob; einem Freund aus L. A.: »Hi, Bob!«

»Hey, John! Wie geht es dir?«

»Danke, es geht so. Und selbst?«

»Prächtig, danke der Nachfrage. Aber was heißt, es geht so? Ich denke, du hast Urlaub und relaxt ganz allein am Strand von Hawaii?«

»Mir ist eine Kleinigkeit dazwischen gekommen, Bob. Ich musste den Urlaub verschieben.«

»Und wo bist du jetzt?«

»In Rom. Gerade erst gelandet.«

»In Rom? Also doch Urlaub!«

»Hmm. Was verschafft mir eigentlich die Ehre deines Anrufs?«

»Halt dich fest! Ich habe zwei Karten für die Lakers, und zwar für das Wochenende nach deinem Urlaub! Ich wollte dir sagen, dass du dir schon mal ein dickes Kreuz in den Kalender machen sollst. Aber wenn du andere Pläne hast ...«

»Ja, das tut mir leid, Bob, ich wäre gern mitgekommen, aber die Sache hier ist echt wichtig. Und ich weiß nicht, wie lange es dauern wird.«

»Okay, ich verstehe. Aber ich werde nicht allein dahin gehen.«

»Das ist mir klar.« Ich lachte. »Das Spiel dürfte doch bereits ausverkauft sein, und es gibt immer einige, denen das Glück nicht so hold ist wie dir!«

»Zugegeben. Ich wünsche dir noch viel Spaß in der Ewigen Stadt und in deinem Urlaub. Melde dich doch einfach, wenn du zurück bist, vielleicht klappt es dann beim nächsten Mal.«

»Das werde ich, danke Bob. Bis dann!«

»Bye, John!«

Ich verstaute mein technisches Wundergerät wieder in der Tasche. Dann lauschte ich wieder den Wissenschaftlern, die inzwischen in der Historie angelangt waren.

»Der Augsburger Religionsfrieden im Jahre fünfzehnhundertfünfundfünfzig hat die Menschheit doch einen großen Schritt vorangebracht. Auch wenn manche Kirchenleute darüber nicht ganz so glücklich waren!«, meinte Catherine Stewart.

»Sehr richtig! Das Zeitalter der Reformation hat einiges bewegt in der Geschichte«, stellte der Russe fest.

»Und in der Bibel - diesem mysteriösen Dokument. Ich kenne nichts Vergleichbares, das so faszinierend und auch wieder so unklar ist!«

»Warum denn eigentlich vier Evangelisten? - Und dann diese Widersprüche!«

»Na, ist doch klar! Wegen der vier Jahreszeiten!«, spottete der Engländer.

»Genau! Und die zwölf Apostel gab es wegen der zwölf Monate im Jahr!«, rief der Amerikaner und amüsierte sich köstlich über seinen Witz.

»Ihr nüchternen Europäer!«, war eine neue Stimme zu vernehmen. Sie kam von der anderen Seite, und das Englisch war nur mittelmäßig. »*Der Brasilianer!*«

»Haben Sie jemals ein Fußballspiel gesehen, das von mehreren Reportern kommentiert wird? Von einem Italiener, einem Spanier, einem Portugiesen, einem Engländer, einem Deutschen, einem Brasilianer?«

»Und einem Argentinier?«, fragte der Engländer. Seine Frage enthielt genau das Quäntchen Humor, das aus einer harten Frage eine lustige macht.

Der Brasilianer lachte kurz und laut. »Und einem argentinischen«, fügte er dann hinzu. »Jeder hat einen anderen Blickwinkel, legt sein Augenmerk mehr auf dieses oder mehr auf jenes ...«

»Aber sie alle sehen das gleiche Spiel!«, platzte mein Nachbar jetzt heraus.

»Genau«, fiel ihm daraufhin seine Kollegin ins Wort. »Es richtet sich nach der jeweiligen Persönlichkeit des Berichterstatters! Das ist bei uns doch ganz genau so!«

»Wir leben in einem geschlossenen System ... - nichts verschwindet, und nichts kommt hinzu«, meldete sich nach längerer Zeit die Kanadierin mal wieder zu Wort.

»Genau. Es ändert sich nur!«, pflichtete ihr Simmons bei. Ich war erstaunt.

»Also geht auch nichts verloren!«, stellte mein Nachbar fest.

»Dann waren wir doch dabei - nur in anderer Form?«, fragte seine Kollegin.

»Mais oui! Naturellement!«, rief mein Nachbar auf einmal aus und sprang auf. Sein Notebook fiel um ein Haar zu Boden, gerade noch rechtzeitig konnte ich zugreifen und das elektronische Wunderkästchen vor Schlimmerem bewahren.

Ich legte es auf seinen Sitz, doch er beachtete es gar nicht. »Wir leben in einem geschlossenen System ...!« Er machte den Eindruck als habe er das Ei des Kolumbus gefunden, mit begeistertem Gesichtsausdruck betrachtete er die hinter uns Sitzenden.

»Genau. Ganz genau«, stimmte ihm seine US-Kollegin zu.

»Wir sitzen alle in einem Boot ..., doch das Wasser, auf dem wir uns bewegen, lebt!«

»Das Wasser lebt - so ein Quatsch! Hauptsache die Journalisten haben eine Schlagzeile!«, lästerte der Amerikaner hinter mir.

Mein Nachbar schien ihn jedoch nicht gehört zu haben. Mit starrem Blick wendete er sich seinem Sitz wieder zu, sah das Notebook, überlegte kurz und schien zu verstehen. »Merci, Monsieur«, er deutete eine Verbeugung an, »das war unaufmerksam von mir.« Und dann war ich wieder Luft - und er legte los und hämmerte auf die Tasten ein, um seiner Redaktion umgehend einen Bericht über das Ei des Kolumbus abzuliefern.

Während er fleißig in die Tasten haute, meldete sich sein Landsmann wieder zu Wort, der Mediziner: »Die Zustände sind reichlich unbefriedigend. Die Anforderungen an die Verwaltung nehmen immer mehr zu. Dokumentation und praktische Tätigkeit stehen in eindeutigem Missverhältniss zueinander. Wir bräuchten erheblich mehr Verwaltungsangestellte, die den Ärzten und Krankenpflegern diese Arbeit abnehmen. Aber da wird gespart!«

»Mit dem Ergebnis, dass die Mediziner überfordert sind, und für den einzelnen Patienten kaum mehr Zeit haben«, ergänzte die Amerikanerin. »Ein Kollege von mir hat vor einem halben Jahr für einen Artikel über ähnliche Zustände in insgesamt sieben europäischen Ländern recherchiert. Das Ergebnis war ernüchternd.«

»Ich kenne diesen Artikel.« Die Stimme des Franzosen

klang resigniert. »Er ist nicht schlecht, aber meiner Meinung nach hätten dort auch betroffene Patienten zu Wort kommen sollen. Nicht nur medizinisches Personal und Politiker!«
»Aber im Kern trifft es zu!«
»Oui. Durchaus.«
»Ladies and Gentlemen, we will shortly be arriving at Rome, central station - Signore e Signori, arriveriamo a Roma Termini in alcuni minuti.«
Kaum war die Lautsprecherdurchsage verklungen, erhob sich ein allgemeines Stimmengewirr, das an Intensität die bisherige Unterhaltung bei weitem übertraf. Nun ja, so viel zur Unterhaltung, die ich verfolgen durfte. Gewiss ein interessantes Thema, wenn auch recht komplex. Ich hätte gewiss noch eine Weile zuhören können, aber ich hatte meine eigenen Probleme. Mein Auftrag würde meinen Rom-Aufenthalt bestimmen. Ich ging in Gedanken kurz meine nächsten Schritte durch und richtete meine Aufmerksamkeit dann auf meinen Nebenmann, der soeben sein Notebook schloss. »Et voilá!« Er machte ein sehr zufriedenes Gesicht.
Und dann waren wir da. Roma Termini - der Hauptbahnhof. Die knapp halbstündige Fahrt war zu Ende, die Diskussion der Wissenschaftler aber hatte gerade erst begonnen.

*

Christina hatte mir gemailt, dass sie für mich ein Hotelzimmer in der Gegend des Vatikans gebucht hatte. In der Nähe des Campo de' Fiori, dem Blumenfeld, in dessen Mitte eine Statue von Giordano Bruno steht - eines im Jahre sechzehnhundert hier verbrannten Ketzers, der die Ansichten der damals Mächtigen, sprich der Kirche, nicht teilte.
Die Fahrt vom Hauptbahnhof zu meinem Hotel verlief unspektakulär - sofern man eine Taxifahrt in Rom als solche bezeichnen kann. Die Verkehrsteilnehmer waren als recht impulsiv zu bezeichnen und ließen ihrem südländischen Temperament freien Lauf. Manche Mopedfahrer - und nicht nur die -

hatten den Begriff Verkehrsregeln wohl als eine Definition fürs Lexikon abgehakt.

Mein Fahrer allerdings auch. Er bewies, dass er in puncto Temperament und Fahrstil mit allen anderen Verkehrsteilnehmern mithalten konnte, und zwar sowohl beim Fahren als auch beim Erzählen, denn sobald er gehört hatte, dass ich Italienisch sprach, begann er mir seine Lebensgeschichte zu erzählen. Er war seit zwölf Jahren verheiratet, hatte drei Töchter, die Roma - dass es sich dabei um den AS Rom, einen Fußballklub handelte, reimte ich mir nach einigen Minuten selbst zusammen - besaß in diesem Jahr keine Chance auf den Scudetto, die italienische Meisterschaft, aber international waren sie noch im Rennen. Nebenbei präsentierte er mir die Stadt, telefonierte mit seiner Frau, einem Kumpel und einem anderen Taxifahrer, brüllte mehrere Mopedfahrer an, ohne dass die ihn auch nur wahrgenommen hätten und überlegte, wann er heute Feierabend machen würde.

Wie dem auch sei, ich erreichte mein Hotel in der Via del Pellegrino inklusive Koffer und Tasche heil und unversehrt. An der Rezeption sah ich mich einer freundlich lächelnden jungen Italienerin gegenüber, die mich auf Englisch bewillkommnete und mir - nachdem ich mich eingetragen hatte - meinen Zimmerschlüssel aushändigte.

Ich bezog mein Hotelzimmer, das sich als nett eingerichtet und recht geräumig erwies, und sinnierte über mein weiteres Vorgehen. Nach menschlichem Ermessen wäre ich reif für einen tiefen, erholsamen Schlaf gewesen, doch irgendwann kommt der Zeitpunkt, da ist man zu müde zum Schlafen. Ich hatte ihn jetzt erreicht und beschloss, noch eine Kleinigkeit essen zu gehen. Heute würde ich wahrscheinlich sowieso nichts mehr erreichen, außerdem verspürte ich allmählich ein gewisses Hungergefühl. Morgen würde ich immerhin ausschlafen können, da kam es auf ein paar Stunden nicht an.

Ich ging ins Bad und genehmigte mir eine schnelle Dusche, um mich kurz zu erfrischen, und zog mir frische Kleidung an. Der Anzug, den ich ganz unten im Koffer deponiert hatte, kam so doch zu einem Einsatz.

*

Die Stadt war sehr bevölkert, was wahrscheinlich weniger auf den Wissenschaftskongress zurückzuführen war als vielmehr auf die Tatsache, dass Ostern vor der Tür stand.

Ich ließ mich ungezwungen treiben und fühlte mich für eine Weile wie ein Tourist. »*Die Stadt hat schon Flair!*«

Am Largo Torre Argentina folgte ich der Via Torre Argentina und kam schließlich zum Pantheon, dem am besten erhaltenen Bauwerk aus dem antiken Rom. Ich bestaunte es, diesmal bewusster als damals mit meiner Freundin. Und ich war beileibe nicht allein.

Gewohnt auf alles zu achten, bemerkte ich nach kurzer Zeit drei Japaner, die mir zu folgen schienen. Doch beruhigte mich, dass es wahrscheinlich nicht die einzigen Japaner hier in Rom waren. Danach bemerkte ich ein junges Mädchen und einen jungen Mann, die mir durch ihre ungezwungene und lebenslustige Art auffielen - beide kaum achtzehn Jahre alt. Sie flirteten ungeniert und hatten für ihre Umwelt keine Gedanken.

»*Die Kleinen machen es den Großen nach*«, dachte ich nur.

Ich kam an einem Souvenirladen vorbei und kaufte eine Postkarte nebst Briefmarke. Ich musste endlich an Mary denken, die noch immer mein Auto und mein für Hawaii bestimmtes Gepäck in Verwahrung hatte - hoffentlich. Als ich das Geschäft verließ, schritt eine Signorina vorbei, sich ihrer Ausstrahlung und Wirkung auf Männer voll bewusst.

»Ciao, Bella!«, rief einer, doch sie beachtete ihn nicht.

Langsam schlenderte ich an einer Eisdiele vorbei, als mir ein roter Ferrari mit einem Zwölfzylindermotor entgegen kam. Der Fahrer stoppte, wendete und parkte gekonnt lässig unmittelbar vor den ersten Stühlen ein. Die nahezu uneingeschränkte Aufmerksamkeit und Bewunderung aller - selbst der Bedienung - war ihm gewiss.

Als er ausstieg und sich nach einem freien Platz umsah, änderte sich das Prozedere jedoch. Die männlichen Zuschauer ließen ihren Blick weiterhin auf dem Auto ruhen, die weiblichen hingegen folgten seiner Person mit neugierigen Blicken.

Ich ging weiter.

Mir war aufgefallen, dass sich nicht alle Anwesenden an diesem unterhaltsamen Zwischenspiel ergötzt hatten. Die Japaner, die ich bereits zuvor bemerkt hatte, schenkten weder Mann noch Auto eine Spur von Beachtung, sondern schienen mich in der Tat zu verfolgen. Aber nein - diese unscheinbaren, netten Leute? Das waren Touristen! Unbedingt!

Jetzt machte ich mir doch Gedanken. Allerdings war ich mir bei nochmaligem Betrachten der drei nicht mehr ganz so sicher. Zugegeben, der Lange hatte eher was von einem Computerexperten - ich musste an meinen Vater denken und gab ihm den Namen Edwardo, während der Kräftige durchaus einen Judoka darstellen konnte. Er erinnerte mich irgendwie an meinen alten Kumpel Frank, den ich vor kurzem im Flugzeug auf dem Weg nach New York getroffen hatte. Komisch, was für Assoziationen man so entwickelt. Ich taufte ihn spontan Franko. Beide besaßen ewig gleichbleibende, keine Gemütsregung ausdrückende Gesichtszüge.

Die Frau hingegen war süß - unbestritten. Das Lächeln Asiens! Ja, das war ein Bild, das Erinnerungen an meine Jugend weckte. Seit der Pubertät hatte mich die fernöstliche Kultur stark fasziniert, die Frauen mit ihrem immer ein bisschen geheimnisvollen und exotischen Aussehen waren daran natürlich nicht ganz unschuldig. Und diese hier auch nicht. Mit der fast mädchenhaften Figur, aber dem energischen Auftreten einer erwachsenen 'Dame von Welt' könnte sie auch eine gute Schauspielerin sein.

Schauspieler! Ja, ich hatte den Eindruck, die drei waren nicht das, was sie zu sein vorgaben. Vorsicht war hier recht am Platz!

Ich versuchte mich krampfhaft daran zu erinnern, ob ich die drei auch schon in Basel oder im Flugzeug gesehen hatte. Aber es gelang mir nicht.

Aber es gab ein Mittel relativ schnell herauszufinden, ob sie mich verfolgten. Ich änderte die Richtung, indem ich einfach in die nächste Seitenstraße einbog, meine Schritte beschleunigte und bei der nächsten wieder abbog. Nach zehn Schritten blieb ich stehen, drehte mich um und wartete.

Minutenlang. Doch es geschah nichts. Keine Japaner, nur einige Einheimische, vorrangig Jugendliche kamen um die Ecke, stutzten kurz, als sie mich sahen, und setzten dann ihren Weg unbekümmert fort.

Als mein Blick auf eine Kneipe gegenüber fiel, aus der laute Musik auf die Straße drang, die allerdings nicht sehr professionell klang, war mir die Sache klar: »*Eine Karaoke-Bar! Da war ich wohl wieder eine Spur zu misstrauisch.*«

In diesem Augenblick betraten vier junge Leute die Bar, sie schienen sich prächtig zu amüsieren.

»*Okay*«, dachte ich, »*damit zurück zum Thema!*«

Ich wollte etwas essen, und somit machte ich mich auf die Suche nach einem Restaurant - was in der Ewigen Stadt kein wirkliches Problem darstellt, eher schon die richtige Auswahl zu treffen.

Ich entschied mich schließlich für eine Pizzeria. Die Plätze unter freiem Himmel waren alle besetzt. Dennoch beschloss ich hier einzukehren, da es zum einen anderswo auch der Fall sein konnte, und ich zum anderen mittlerweile richtig Hunger bekommen hatte, der durch einen Blick auf die Teller der Speisenden noch verstärkt wurde. Ich ging also hinein und suchte mir einen Tisch, von dem aus ich sowohl den Eingang als auch die Toiletten und die Küche gut im Blick hatte.

Ein Kellner näherte sich schon bald meinem Tisch und überreichte mir die Speisekarte: »Buona sera! Darf ich Ihnen schon etwas zu trinken bringen, mein Herr?«

»Ja, danke!« Ich blätterte die Karte kurz durch und hielt bei den Getränken inne. »Ich hätte gern ein Glas Wasser, und danach einen Rotwein. Ein Glas aber bitte nur.«

»Sehr gern.«

Der Kellner verschwand. Ich blätterte in der Speisekarte.

Die ersten vier Seiten boten sage und schreibe zweiundfünfzig verschiedene Pizzen an, die nächsten vier Seiten beschäftigten sich mit allerlei Nudelgerichten - Spaghetti, Tortellini, Maccaroni - und Salaten, und die letzten vier Seiten rundeten die ganze Vorstellung mit einigen Extras und den Getränken ab.

Da ich mich für eine Pizza entschieden hatte, studierte ich also die ersten vier Seiten, auf denen es neben den üblichen und wohl in jeder Pizzeria der Welt erhältlichen 'Pizza Margherita', 'Pizza Salami', 'Pizza Prosciutto', einer 'Spezial-Pizza' und einer vegetarischen Pizza auch eine 'Pizza Roma' und eine 'Käse-Pizza' gab. Doch das alles konnte mich an diesem Abend nicht verführen, sehr bald war die Sache klar: »*Wenn schon nicht Urlaub auf Hawaii, dann wenigstens eine Pizza Hawaii!*«

Da erschien auch bereits wieder der Kellner und brachte Wasser und Wein. Er schenkte mir ein, dann fragte er: »Und haben Sie etwas gefunden?«

Ich bejahte und bestellte meine 'Hawaii'.

»Sehr gern«, nahm er die Bestellung auf und zog sich wieder in Richtung Küche zurück.

Nun hatte ich Zeit, meine Umgebung genauer zu betrachten.

Auf jedem Tisch stand ein dreiarmiger Kerzenleuchter, und durch das sanft gedimmte elektrische Licht entstand eine fast romantisch anmutende Atmosphäre.

Augenscheinlich war ich nicht der Einzige mit dieser Meinung, zahlreiche Paare besetzten die Mehrzahl der weiteren Tische. Die Herren in teilweise eleganter Garderobe, die fast durchweg hübschen Vertreterinnen des weiblichen Geschlechts in raffinierten Kleidern und Kostümen. - Ja, diesen Abend hätte ich auch gern mit einer schönen Frau zusammen verbracht. »*Ein gutes Essen, ein Glas Wein, und danach ein Abendspaziergang durch diese herrliche Stadt ...*«

Die Eingangstür wurde geöffnet.

Erwartungsvoll blickte ich auf die langsam entstehende Öffnung - und glaubte meinen Augen nicht zu trauen!

Die drei Japaner betraten die Pizzeria.

Meine Stimmung für Romantik hatte sich erledigt, noch bevor die Pizza serviert war - vom Glas Rotwein 'danach' ganz zu schweigen!

Alle drei hatten mich gesehen, behielten aber ihre unbeweglichen Mienen bei und taten so als ob sie mich nicht kennen würden. Sie steuerten einen großen Vierertisch an.

»*Okay, Runde zwei. Ich wollte diesen Job ja haben!*«, sagte ich mir und war nun wieder ganz Agent. Mir entging nichts, keine Geste, kein Wink, keine Blicke in meine Richtung, wie diskret und versteckt sie auch immer sein mochten.

Die drei beobachteten mich ebenfalls. Das wurde mir nach und nach immer klarer. Ich tat jedoch so als ob ich es nicht bemerkt hätte. Die Gesichter der 'Touristen' aus der ältesten Monarchie der Welt wirkten die ganze Zeit maskenhaft starr und unbeteiligt - zu unbeteiligt, und ein bisschen zu gezwungen. Und genau das zerstreute meine letzten Zweifel. Touristen würden ihrer Umwelt definitiv ein etwas regeres - offensichtliches - Interesse entgegenbringen, und nicht ein so emotionsloses, mit unveränderter Mimik.

Meine 'Hawaii' wurde serviert, und ich aß, doch nach wie vor entging mir nicht das Geringste, keine Geste, kein Augenaufschlag, kein versteckter Wink.

Doch es tat sich nichts. Die drei hatten ebenfalls ihre Bestellung aufgegeben, während ihnen die Getränke serviert wurden. Sie prosteten sich zu, doch auch dabei blieben ihre Gesichter maskenhaft starr. Was auch immer für ein Anlass zur Feier war, es musste ein trauriger sein!

Ich beförderte mein letztes Stück Pizza auf die Gabel und in meinen Mund. Anschließend spülte ich mit einem Schluck Wein nach.

Da tat sich etwas am Tisch meiner Beobachter: Die kleine Geisha ging zur Toilette, und ich fing einen Blick auf, der mir sagte: sei wachsam!

Nun gut, hier drin würden sie sicherlich keine Gewaltaktionen starten; ich hatte Zeit und bestellte mir noch ein Glas Wein. Ob ich es trinken würde, stand auf einem anderen Blatt.

Aber immerhin macht so etwas einen recht ungezwungenen, lockeren Eindruck.

Die beiden Männer hingegen taten sehr gezwungen ungezwungen. »*Schlechte Schauspieler! Eigentlich müssten sie wissen, dass ich inzwischen weiß, dass sie hinter mir her sind*«, ging es mir durch den Kopf, und ich verstärkte meine Beobachtungen, indem ich jetzt nur noch ihren Tisch und die Toilette observierte.

Da griff Edwardo nach seinem Mobiltelefon. Er hielt es nur ganz kurz ans Ohr, dann steckte er es auch schon wieder in seine Jacke. Die beiden erhoben sich und kamen auf mich zu.

»*Aha! War das das Signal?*« Ich konzentrierte mich jetzt voll auf die beiden, ließ jedoch die Tür zu den Toiletten nicht aus den Augen.

Als die beiden vor meinem Tisch standen und Edwardo Anstalten machte, etwas zu sagen, hörte ich hinter mir ein Geräusch.

»*Die Frau!*«

Es war mein letzter Gedanke, bevor ich einen heftigen elektrischen Schlag verspürte und es schwarz um mich wurde.

*

Als ich wieder zu mir kam - zu sagen, dass ich aufwachte, wäre nicht richtig gewesen, dazu war ich noch viel zu benebelt und konnte meine Sinne noch nicht bewusst gebrauchen -, merkte ich bald, dass ich saß, aber weder Hände noch Füße bewegen konnte. Ich hielt die Augen noch geschlossen und versuchte, mir zunächst durch andere Sinne einen Überblick zu verschaffen.

Mein Schädel brummte, mir war übel und kalt. Nach diesen ersten Eindrücken stellte ich schnell fest, dass ich auf einem Stuhl saß. Er fühlte sich kalt an. Ein Metallstuhl, wie ich bald merkte. Meine Hände waren auf dem Rücken gefesselt, so fest und straff, dass ich bereits das Blut pulsieren fühlte. Meine Beine waren jeweils an ein Stuhlbein gebunden, und zwar wiederum so straff, dass ich keines um einen Millimeter bewegen konnte.

Nun versuchte ich durch das Gehör eine Beurteilung der Lage der Dinge zu gewinnen. Aber es war still. Kein Laut war zu hören. »*War ich allein?*«

Ich öffnete die Augen.

Keine fünf Meter vor mir saß Franko, der Japaner. Er konnte nicht wissen, dass ich ihn Franko getauft hatte. Aber das war in dem Augenblick auch nicht wirklich wichtig. Er sah mir direkt in die Augen.

»Er ist wach«, sagte er auf Japanisch und erhob sich.

Sowohl Brieftasche als auch Uhr und Communicator hatten sie mir abgenommen und auf einen Tisch an der Wand gelegt. Ich sah die Frau auf mich zukommen. Alles Schmetterlingshafte hatte sie abgelegt. Sie wirkte um Jahre älter - und reifer.

Eine selbstbewusste, zielstrebige Frau stand vor mir.

»Guten Tag, Mister Carter. Wie geht es Ihnen?«

Ihre Stimme klang zynisch.

»Na ja, wie es einem in meiner Lage so gehen kann.« Auch ich konnte zynisch sein. »Was haben Sie mit dem wunderbaren Rotwein gemacht? Doch hoffentlich ausgetrunken?«

Sie ging nicht auf meine Frage ein, doch hatte ich auch nicht erwartet, sie aus der Reserve locken zu können. Nicht auf die plumpe Tour. »Mein Name ist Sayuri. Sie sind für den Abend mein Gast.«

»Gefangener trifft es wohl eher«, protestierte ich.

»Wenn Sie es sagen. Wir haben Sie in ein Taxi verfrachtet, und damit sind wir zu unserem Wagen gefahren. Machen Sie sich keine Gedanken, dass uns jemand gefolgt sein könnte, wir haben hier ein sehr sicheres Versteck.«

»Irgendein Keller eines Hauses, vermute ich?«

»In der Tat. Irgendein Keller irgendeines Hauses.« Sie betonte das Wort irgendein als ob es völlig irrelevant sei, wo sie mich festhielten, doch ansonsten sprachen sie nicht viel, wenn überhaupt sprach die Frau, und dann sehr gutes Englisch.

»Kommen wir zum Wesentlichen. Interessiert es Sie gar nicht, warum Sie hier sind?«

»Auf jeden Fall.«

»Wir haben eine E-Mail aus dem Internet entschlüsselt, die uns Anlass genug war.«

»E-Mail? Was für eine E-Mail?«

Edwardo steckte seine Hand in die Innentasche seines Jacketts und zauberte einen Communicator hervor. »*Also sind wir nicht die Einzigen, die mit solchen Dingern operieren*«, stellte ich fest.

Er öffnete ihn und las fünf Sekunden später vor: »Eine Kraft, die so gewaltig ist, dass sie die Welt verändert hat.«

»Ohne Zweifel handelt es sich dabei um einen Schreib- oder Übertragungsfehler, da sind sich unsere Experten sicher«, meldete sich jetzt die Frau zu Wort.

»Richtig wäre sicherlich zu sagen, dass sie die Welt verändern kann!«, erläuterte Franko.

Ich schüttelte den Kopf. »Woher oder von wem soll diese E-Mail stammen? Ich kenne sie nicht!«

»Das tut nichts zur Sache«, erklärte Edwardo energisch. »In einer anderen E-Mail wurde der Begriff 'Das Wort Gottes' verwendet.«

Er klappte sein elektronisches Spielzeug wieder zu und ließ es in der Jacketttasche verschwinden. »Sagt Ihnen das etwas?«

Ich schüttelte den Kopf.

»Die Hauptsache ist, dass wir diese Kraft finden, bevor es einem anderen gelingt!« Die Frau schien fest entschlossen.

Ich überlegte kurz und beschloss zunächst den naiven Fragenden zu spielen. Erfahrungsgemäß konnte man so immer noch am meisten Informationen sammeln. »Von wem stammen denn diese E-Mails?«

»Wir haben sie abgefangen ..., aus dem Internet«, erklärte mir die Frau.

Ich muss wohl einen entsprechenden - verblüfften - Gesichtsausdruck aufgesetzt haben, denn Franko bemerkte mit einem hämischen Grinsen: »Nicht nur ihr Amerikaner habt ein Quartier, in dem der weltweite E-Mail-Verkehr überwacht wird. Auch andere Nationen verfügen über leistungsfähige

Computer, die auf vorprogrammierte Wörter und Begriffe reagieren und sofort Alarm auslösen.«

»Und wo könnte es besser und unauffälliger versteckt sein als hier, im Vatikan und seinen undurchdringlichen, geheimnisvollen Mauern, hinter denen ...«

»Lebhafte Fantasie.«

Franko brach ab und sah mich zornig an.

»Religion kann viel bewirken, Mister Carter, auch viel Unheil«, sagte seine Kollegin.

Sie ist echt süß, vor allem, wenn sie Mister Carter sagt. Wenn ich doch bloß nicht gefesselt wäre!«

»Aber nennen Sie das christlich, was sogenannte Christen auf der ganzen Welt seit Jahrhunderten veranstalten? Mir fällt das schwer.«

»Wir werden kein zweites Hiroshima zulassen! Auf keinen Fall!«, meldete sich Franko wieder zu Wort.

»Unter keinen Umständen!«, bekräftigte Edwardo.

»Wie kommen Sie darauf, dass es sich um eine Atomwaffe handelt? Das könnte auch etwas ganz Harmloses sein ...«

»Der Begriff 'Das Wort Gottes' deutet nach Meinung unserer Experten auf eine Waffe hin, die jeden Punkt dieses Planeten erreichen könnte«, unterbrach mich die Japanerin, die auf einmal überhaupt nicht mehr süß wirkte, sondern unversöhnlich und gnadenlos.

»Zum Beispiel könnte eine Waffe im Weltraum jeden Punkt auf der Erde erreichen ..., genau so wie Gott«, ergänzte Franko. »Und zufällig wissen wir, dass Ihr Land und auch andere Länder, wie zum Beispiel China, über Jahrzehnte mit hochwertigen Lasern experimentiert haben! Inzwischen schießen sie zwar mit Raketen Satelliten ab, doch die entwickelte Technologie ist deswegen noch nicht aufgegeben oder verloren. Das alles erfolgt natürlich mit reichlich technologischer Unterstützung aus Europa, aus Deutschland und anderen Ländern, so dass man auch von dort Spuren der Entwicklung verfolgen kann.«

»Und was für Spuren haben Sie noch gefunden?«

»Ein Agent der Nordkoreaner ist vor wenigen Minuten in Fiumicino gelandet. Wir haben aus Tokio Anweisung erhalten, Sie gefangen zu setzen, als er Pjöngjang verlassen hat.«

»Woher wussten Sie ...«

»Ach, Mister Carter, wir wissen so manches und haben auch unsere Quellen, selbst in Ländern, die von der Außenwelt weitestgehend hermetisch abgeschottet sind. Aber Nordkorea liegt in unserer unmittelbaren Nachbarschaft, und das militärische Potential ist groß. Die Intentionen der Machthaber bewegen sich in eine Richtung, dass es uns geboten erscheint, möglichst ständig auf dem Laufenden zu sein.«

»Und warum sollten Sie mich festsetzen? Wie kommen Sie überhaupt darauf, dass ich Ihnen in diesem Fall weiterhelfen kann? Ich bin nur ein Tourist!«

Sie lächelte nachsichtig und zauberte einen kleinen Zettel aus ihrer Tasche hervor: »Ihr Name erscheint im Zusammenhang mit den E-Mails, die ich Ihnen vorhin beschrieben habe. Und in Telefonaten, die unsere Spezialisten mitschneiden konnten, wurden Sie ebenfalls erwähnt. Und wie ich hinzufügen darf, sitzen die Teilnehmer nicht nur in den USA.« Sie las von dem Zettel ab: »Carter, John, Abflug Montag Abend aus New York, Ankunft Dienstag Morgen in der Schweiz. Flugzeug wurde umgeleitet, ursprünglicher Zielflughafen Zürich, nach Bombenalarm umdirigiert nach Basel. Zielperson war das Ziel des Anschlags.«

»Wie bitte?«

»Ach! Tun Sie doch nicht so unwissend! Den Bombenalarm haben die Ihnen zu verdanken!«

»Okay, okay«, lenkte ich ein. »Die Möglichkeit besteht natürlich, und ich will es auch nicht ausschließen, aber Sie sprechen davon als ob es eine Tatsache sei!«

»Ist es auch«, mischte sich Edwardo ein. »Unsere Informationen sind über jeden Zweifel erhaben.«

Sprachlos starrte ich ihn an. »Woher wollen denn Ihre Informanten ihre Information haben? Haben die die Täter etwa verhört?«

»Nein, Mister Carter. So etwas haben die nicht nötig«, ergriff Sayuri wieder das Wort. »Sie werden unsere Methoden noch kennen lernen.«

»Hmm«, brummte ich in möglichst neutralem Ton.

Sie wertete das als Zustimmung und las weiter vor: »Ankunft der Zielperson Dienstag Abend am Flughafen Rom in Fiumicino. Zielperson ist zu observieren, festzusetzen und zu verhören; findet Erwähnung in Zusammenhang mit neuem Fall; weitere Anweisungen folgen.«

»Wir verfolgen Sie seit Ihrer Ankunft am Flughafen«, erklärte mir die kleine Japanerin. »Wir sollten uns unauffällig um Sie kümmern, und in dem Tross von Journalisten und Wissenschaftlern sind wir Ihnen mit Sicherheit nicht aufgefallen.«

»Richtig.« Dass ich sie später bemerkt hatte, behielt ich für mich.

Nun übernahm Franko wieder: »Sie sind ein gefragter Mann, richtig prominent. Man würde Sie gerne in London, Moskau, Peking und einigen anderen Städten der Welt sehen. Doch der Äther ist für alle da, und uns hat er verraten, dass wir uns mit Ihnen etwas intensiver beschäftigen sollten.«

»Sehr schmeichelhaft. Ich wusste gar nicht, dass ich so bedeutend bin.«

»Ihr Sarkasmus wird Ihnen noch vergehen«, drohte er.

Die drei waren eiskalt. Keine Spur mehr von den harmlosen Touristen. Das war die perfekte Täuschung, sehr gute Schauspieler, die unmittelbar und ohne große Umstellung in eine andere Rolle schlüpfen konnten. Und ich hatte ihnen diese Rolle voll abgenommen!

Franko trat hart an mich ran: »Spielen wir doch keine Spielchen, Mister Carter! Wir wissen, dass Sie ein Agent sind ..., von der amerikanischen Regierung.« Der Ton klang schärfer. »Und Ihnen wird inzwischen auch klar geworden sein, dass Sie ohne unser Einverständnis hier nicht raus kommen, oder?«

Mein Mund war wie ausgetrocknet, und das lag nicht am Wein allein. Unauffällig überprüfte ich meine Fesseln. Unter

Anstrengung aller Kräfte, aber mit gleichgültiger Miene, versuchte ich irgendeine Fessel zu lockern. Vergeblich.

Die Asiaten verstanden etwas davon, und eines stand somit auch fest: auf die harte Tour kam ich hier nicht raus. Ich überlegte.

Wir arbeiteten immer allein. Die dafür erforderliche Ausbildung barg die höchste Durchfallquote aller Etappen der Auswahlverfahren. Sie war hart, umfangreich und die wahrscheinlich teuerste der Welt. Aber es hatte aus allen Agenten rational denkende, im Extremfall eiskalt kalkulierende Menschen gemacht, die ihre Emotionen und Gefühle jederzeit zu beherrschen wussten. Die geringste sich ihnen bietende Chance wussten wir zu unserem Vorteil zu nutzen.

Doch hier bot sich keine. Leider.

Sayuri trat wieder in Aktion. Sie deutete auf Franko: »Mein Kollege ist Experte in Judo, und mein anderer Kollege«, nickte sie in Richtung Edwardo, »ist nicht nur Computer-Spezialist sondern auch ein ausgezeichneter Karateka.«

»Zuerst wollte ich Sumo-Ringer werden«, erklärte Franko mit breitem Grinsen - das erste Mal, dass er Emotionen zeigte. »Aber ich war immer zu leicht, deshalb veranlasste mein damaliger Meister, dass ich Judo lernte. Ich habe es nie bereut, sondern auch noch später von den Sumo-Techniken gut gehabt, die ich gelernt hatte.«

»Karate verlangt äußerste Disziplin. Je weiter man den Weg geht, eine umso größere Verantwortung erwirbt man«, verkündete sein Kompagnon.

»Und Sie sind die Chefin?« Ich sah Sayuri mit einem etwas geringschätzigen Blick an.

Doch sie lächelte. »Man sollte seine Gegner nie unterschätzen, Mister Carter! Mein Name ist Sayuri Nishijima, ich bin ausgebildete Aikido-Meisterin.«

Mister Carter! Diese Worte - von ihr ausgesprochen - klangen trotz allem süß. Und das Wort 'Aikido' ließ mich fast frohlocken. Ich entwickelte einen Plan.

Denn auch mir war der Begriff 'Aikido' nicht fremd - im

Gegenteil! Alle Special Agents der Abteilung V mussten neben Judo und Karate eine dritte Selbstverteidigungsart beherrschen. Bei den meisten war es schlicht Boxen, bei einigen Taekwon-Do, und ich war der Einzige, der einige Erfahrung in den Lehren des Harmonischen Weges aufzeigen konnte - im Aikido.

»Das entspricht aber nicht den Lehren des Harmonischen Weges, was Sie hier mit mir veranstalten!«, bemerkte ich.

»Was entspricht das nicht?« Sie war sichtlich irritiert.

»Dem Harmonischen Weg«, erklärte ich gelassen. »Sie als Aikido-Meisterin sollten das eigentlich wissen. Juristisch gesehen haben Sie die Unschuldsvermutung einfach ausgehebelt. Sie haben mich aus reinen Verdachtsmomenten gekidnappt ..., ohne mir die Chance zur Verteidigung zu lassen. Was würde Ihr Meister dazu sagen?«

Sayuri starrte mich nur an.

»Wir leben nicht mehr im Zeitalter der Samurai!«, beschied Franko barsch.

»Aber sehr ehrenhaft ist Ihr Verhalten trotzdem nicht!«, hielt ich im gleichen Tonfall dagegen.

»Was wissen Sie denn schon von Aikido?« Edwardo musterte mich geringschätzig. Allmählich wurde er geschwätzig!

Ich sah ihm direkt in die Augen: »Aikido ist nicht nur eine Kampfkunst oder ein Sport, sondern eine Lebenseinstellung! Der Harmonische Weg.«

Die Frau trat wieder in mein Gesichtsfeld. Ihr vorher so kaltes, entschlossenes Gesicht wirkte eine Spur freundlicher.

»Eine ehrwürdige Handlung wäre es, wenn ich um mein Leben kämpfen dürfte, mich immerhin verteidigen dürfte. Aber einfach den Todesstoß an einem wehrlosen Menschen ausführen ..., das zeugt von keiner harmonischen Einstellung!«

»Das könnte Ihnen so passen. Sie würden doch sofort jede Möglichkeit zur Flucht benutzen!«

»Nein.«

»Ich glaube ihm«, erklärte die Japanerin.

»Aber ...«, wollte Edwardo offenbar etwas einwenden, verstummte aber nach einem Blick von ihr, den ich allerdings nur ahnen konnte.

Die drei traten einige Schritte zur Seite. Ein kurzes Gespräch auf Japanisch, von dem ich nicht die Hälfte verstand, wurde zunächst leise, dann aber immer lauter und emotionaler geführt. Dann kamen sie wieder zu mir. Sayuri brachte das Ergebnis auf den Punkt: »Ein Kampf gegen uns drei! Wenn Sie zwei von uns besiegen, sind Sie frei.«

»Gegen wen soll ich denn zuerst kämpfen?«

»Richten wir uns doch nach dem Alter der Kampfkünste! Die Ursprünge des Karate stammen aus China und sind mehrere hundert Jahre alt, also kämpfen Sie zuerst gegen Takeru Yamamoto, dann gegen Saburo Takahashi, unseren Judoka, und dann gegen mich, Aikido ...«

»Einverstanden.« Ich war erleichtert. Gegen Frauen kämpfte ich wirklich nur ungern - und dann auch noch auf Leben und Tod! Aber so hatte ich die Chance, die gesamte Schlacht nach den ersten beiden Kämpfen bereits zu meinen Gunsten entschieden zu haben.

»Nein! Ich beginne!«, erklärte Franko jedoch mit einer Stimme, die jeden Widerspruch im Keim erstickte.

»Okay.«Die Frau nickte den beiden Männern zu.

Edwardo zog eine Pistole hervor, die er auf mich richtete. »Sie sollen Ihren Kampf haben! Schließlich bedeuten solche Begriffe wie 'Ehre' und 'alte Werte' noch etwas in unserem Land.«

Sayuri selbst schnitt meine Fesseln durch.

Ich stand aber nicht sofort auf, sondern massierte meine Hände und Beine. Als das Blut nach einer Weile wieder zu fließen begann, kribbelte es im Körper als ob ein aufgeschreckter Ameisenhaufen durch meine Adern zog.

Schon sehr früh hatte ich von meinem Meister gelernt, dass es weniger auf die Technik oder den Kampfstil ankam, sondern in erster Linie auf den Menschen. Mir war völlig klar, dass ich gegen einen nahezu perfekt ausgebildeten Judoka keine Judotechniken anwenden durfte, das wäre naiv gewesen. Und da ich den ersten Kampf schnell zu beenden gedachte, überlegte ich mir eine entsprechende Karate-Technik.

Saburo verbeugte sich, ich erwiderte die Geste, dann nahmen wir Kampfposition ein. Ich fixierte ihn. Er hatte seinen Kopf etwas gesenkt und beobachtete mich aus leicht zusammengekniffenen Augen. Ansatzlos griff ich ihn mit einer Serie von Halbkreisfußtritten an, die er zwar kontern konnte, aber ich verfolgte nebenbei noch den anderen Zweck, dass sein Kollege, der Karateka, dies aufmerksam registrieren möge. Er sollte mich als aggressiven Kämpfer einschätzen, und er sollte sehen, dass mir auch Karate nicht fremd war. Um die Sache schnell zu Ende zu bringen, bot ich ihm meinen rechten Arm an, indem ich einen Schlag etwas langsamer ausführte als normal.

Und er griff zu!

Wie ich es beabsichtigt hatte, ließ er sich die Chance zum Schulterwurf nicht entgehen. Doch kaum war ich über ihn hinweg geflogen und auf dem Boden gelandet, drehte ich mich auf die Seite und fegte ihm die Beine weg.

Es war zugegebenermaßen nicht ganz fair. Aber in Anbetracht meiner 'urlaubsreifen' Kondition hielt ich es für gerechtfertigt.

Er landete unsanft neben mir. Ich war gedanklich die entscheidende Zehntelsekunde schneller und setzte einen Hebel an. Er klopfte ab - und gab damit auf.

Ich ließ ihn los, wir standen auf und verbeugten uns.

Ich sah Sayuri an. »Den ersten Kampf habe ich gewonnen.«

»Ist mir nicht entgangen«, gab sie giftig zurück und musterte mich mit einem nachdenklichen Blick.

Da trat mein nächster Gegner auf den Plan. »Gegen mich wirst du es nicht so leicht haben!«

Ich betrachtete ihn ruhig. Nach dieser Show war mir klar, dass ich nun meinen Stil ändern musste. Jetzt galt es Aikido gegen diesen wahrscheinlich voll ausgebildeten Karateka einzusetzen.

Wir verbeugten uns voreinander. Seine Mimik war eine andere seit dem Kampf mit seinem Kompagnon. Er war gewarnt! Und er wandte genau die Taktik an, die ich zuvor gegen seinen Kollegen so erfolgreich praktiziert hatte. Doch ich hatte meine Mitte gefunden, wie man im Aikido zu sagen pflegt, und ließ seine ersten drei Attacken ins Leere laufen. Seine vierte - einen Seitwärtsfußtritt - konterte ich mit einem schnellen Eindrehen und richtete seine Energie gegen ihn selbst ...

Er flog, durch die Wucht seines eigenen Angriffs mitgerissen, weiter durch den Raum, bevor er unsanft an der Wand landete und benommen liegen blieb.

Ich setzte nach, doch bevor ich den entscheidenden Hebel anbringen konnte, unterbrach Sayuri die Aktion: »Stop! Das reicht! Jemand, der so kämpfen kann wie Sie, kann kein böser Mensch sein. Die Aktionen waren sehr harmonisch. Ich hätte es nicht besser hinbekommen.«

Kurz darauf saß ich wieder auf dem Stuhl. Doch diesmal war ich frei. Uhr, Communicator und Brieftasche hatte ich wieder an mich genommen. Sayuri saß mir gegenüber, die beiden anderen hatten sich ebenfalls Stühle geholt und komplettierten die Runde. Wir sprachen über die Waffe. Sie teilten mir ihre Ermittlungsergebnisse mit. Jedenfalls in groben Zügen: »Wir sind der Ansicht, dass es einen Bezug zur Religion gibt. Und da die meisten Hinweise nach Europa führen, haben wir uns nach Rom orientiert. Die letzten Zweifel wurden dann übrigens vor kurzem ausgeräumt, als Ihr Name im Zusammenhang mit der Waffe genannt wurde.«

»Sehr schmeichelhaft, doch ich weiß gar nichts, wenn ich ehrlich bin.«

»Nun ja, wir haben ja bereits eine Menge heraus gefunden. Viele Lehren des Buddhismus finden sich auch im Christentum - und umgekehrt. Irgendwo wird es sicherlich eine Quelle geben, aus der beide Religionen schöpfen ...«

»Und die anderen Religionen ebenfalls«, fügte Franko ergänzend hinzu.

»Richtig. Unsere Gegner sind dabei nicht zu unterschätzen. Diese Typen verfügen über Unsummen von Geld. Ihnen ist jedes Mittel recht, um sich finanziell gut zu stellen. Das ist eines ihrer Machtmittel. Um ihre Ziele zu erreichen, sind ihnen alle Methoden geläufig, nicht nur Mord und Erpressung, sondern auch Bestechung - für besonders schwierige Fälle, in denen ihre bewährten Methoden zu versagen scheinen. Für unsereins mögen dann gewisse Summen bedeutend sein, doch für diese Personen ist es nur ein Trinkgeld.«

»Dann müssen wir eben besser sein.« Ich erhob mich. »Und wenn Sie mich jetzt entschuldigen wollen. Ich würde gern in mein Bett, ich habe in letzter Zeit viel erlebt und wenig geschlafen.«

»Selbstverständlich.«

Sayuri erhob sich ebenfalls und reichte mir meine Sachen zurück.

»Danke.«

»Es ist mir eine Ehre. Wir werden Sie nach Hause bringen, zu Ihrem Hotel.«

»Danke sehr.« Ich lächelte.

Sie erwiderte das Lächeln, gab ihren Partnern kurze Anweisung auf Japanisch, und wenig später fuhren wir in einem dunklen Alfa Romeo mit italienischem Kennzeichen durch die noch immer sehr belebte Stadt. Schließlich erreichten wir den Campo de' Fiori. Ich stieg aus.

»Hier treffen wir uns morgen früh um neun. Ich lade Sie zum Frühstück ein.«

»Klingt verlockend«, scherzte ich. »Sozusagen als Wiedergutmachung?«

Ich blickte sie mit einem fragenden Blick an und ertappte mich dabei, dass ich mit ihr flirtete.

»Sozusagen«, erwiderte sie und blickte mich mit ihren großen dunklen Augen an. »Aber danach müssen wir dann dienstlich werden und dem Vatikan seine Geheimnisse entlocken. Ab acht Uhr kann man bereits durch die Sicherheitskontrollen zu den Eingängen am Petersplatz, dort warten dann auch schon zahlreiche Touristen. Der Papst wird sprechen, und wir haben die Osterwoche! In dem Trubel bleiben wir bestimmt unbemerkt. Dann werden wir gemeinsam auf die Suche gehen.«

»In Ordnung.« Meine Flirtstimmung hatte ein jähes Ende gefunden, ob ihrer Erinnerung an die dienstlichen Pflichten nach dem Frühstück. Fast fühlte ich mich jetzt auch ein wenig kontrolliert. Doch dadurch dass sie mich bis fast zum Hotel gebracht hatten, war ich ihnen wiederum recht dankbar. Es wurde Zeit für ein erholsames Schläfchen.

Ich verabschiedete mich von meinen nunmehr Verbündeten. Ich konnte froh sein, dass der Ehrbegriff in Japan noch etwas bedeutete und ich diesem Schlamassel glücklich entkommen war. Auf jeden Fall hatte sich Sayuri, meine neueste Bekannte in diesem Fall, an den alten Kodex erinnert. Ob sie mich in dieser Sache weiterbringen würde? Ob ich mit ihrer Hilfe die Waffe - oder was auch immer es sein mochte - in Rom finden würde?

Ich begab mich auf direktem Weg auf mein Zimmer. Wenigstens ein paar Stunden ausruhen und schlafen!

7. Die Ewige Stadt

Rom, Italien
Mittwoch, 7:00 a.m.

Das Klingeln meines Mobiltelefons weckte mich. Ich ärgerte mich, dass es eingeschaltet war und vor allem aber, dass ich es gestern Abend vollkommen vergessen und angelassen hatte und schaute auf das Display, das mir drei Dinge verriet: es war sieben Uhr morgens, es wurde Zeit, dass ich den Akku meines technischen Hilfsmittels auflud, und der Anrufer, besser gesagt die Anruferin, war Caroline, meine Schwester.

Ich betätigte die Anruftaste: »Hola, Caroline!«

»Hi, John! Dass ich dich endlich erreiche! Wo bist du denn? Ich versuche schon den ganzen Tag, dich zu erreichen! Aber zu Hause bist du nicht an den Apparat gegangen, und da habe ich es auf dem Mobiltelefon versucht! Aber das war die ganze Zeit ausgeschaltet. Dann habe ich es irgendwann aufgegeben. Aber jetzt musste ich gerade an dich denken und habe es endlich geschafft! Ich wollte dir doch noch einen schönen Urlaub wünschen, bevor du fährst! Bist du schon auf Hawaii?«

Ich atmete tief durch. Caroline war schon immer das extrovertierte, redselige kleine Schwesterchen gewesen. Der Mann, der sie mal zähmen musste ...! Bisher hatte sie allerdings wie ich auch nur Affären gehabt, von denen es keine Nachwirkungen gab. - Abgesehen von den Telefonrechnungen, denn in zahlreichen Telefonaten wurde ich stets auf dem neuesten Stand der Dinge gehalten, warum und wieso und weshalb es mit diesem oder jenem Typen schon wieder nicht geklappt hatte.

Sie wertete meine Denksekunde als Bestätigung und plapperte munter weiter: »Ich habe mich mit Barbara und Denise getroffen, wir machen einen Cocktail-Abend und haben vorhin nett gegessen.«

»Matt hat dich verlassen?«, riskierte ich einen Schuss ins

Blaue.

»Wie kommst du darauf?«, rief sie in entrüstetem Tonfall, nur um eine Sekunde später laut zu schluchzen: »Dieser Mistkerl! Er liebe mich nicht mehr, hat er gesagt ...«

»Und daraufhin hast du beschlossen, mit deinen Freundinnen die Bars der Stadt unsicher zu machen, ja?«

»Woher weißt du ...?«

»Ich rieche es doch bis hierher!«, lästerte ich.

»Was? Das kann ja gar nicht sein! Bis Hawaii? Ach, John, du willst mich veralbern!«

»Ich bin in Rom«, erklärte ich.

»In Rom? Was machst du denn in Rom? Ein neuer Fall vielleicht? Ach nein, das ist doch nicht dein Zuständigkeitsbereich, das geht doch gar nicht! Oder doch?«

»Caroline, bitte!«, unterbrach ich sie. »Es ist noch sehr früh, ich habe viel zu wenig geschlafen und einen langen Tag vor mir. Außerdem bin ich froh, dass ich noch lebe. Immerhin habe ich am Sonntag die Sachen eines Ermordeten in New York inspiziert, und am nächsten Tag wäre ich fast erschossen worden. Abends bin ich dann nach Europa geflogen, und seit ich hier bin, habe ich einen geplanten Bombenanschlag auf dem Züricher Flughafen, ein Attentat auf der Autobahn und eine Entführung hier in Rom überstanden! Und außerdem habe ich das Gefühl, dass ich mich im Kreis drehe. Überall bekomme ich nur Anhaltspunkte, die mich nicht wirklich weiterbringen. Und ehrlich gesagt komme ich in diesem Fall auch überhaupt nicht weiter!«

»Oh, mein armer Bruder! Soll ich dir vielleicht helfen? Hast du denn schon einen Hinweis erhalten? Hatte der Tote nichts bei sich?«

»Ja, hatte er«, seufzte ich. Es war mir in diesem Augenblick egal, was die Dienstvorschrift sagte. Auch meine Nerven waren schließlich nicht aus Stahl! Und so antwortete ich: »Er hatte drei Zettel dabei, von denen wir zwei bereits entschlüsselt haben. Na ja, soweit man das entschlüsseln nennen kann. Es waren eigentlich nur Notizen, da mussten unsere Spezialisten keinen Code knacken. Aber der dritte Zettel, auf dem ein paar Zahlen und Buchstaben stehen, ist eine harte Nuss. Und das Wichtigste, das Notebook, auf dem wir vielleicht einen Hinweis auf den Code hätten finden können, hat der Mörder leider mitgehen lassen.«

»Ja, und? Was stand auf dem Zettel?«

»Ach, irgend so ein Abkürzungswirrwarr. Unsere Code-Spezialisten arbeiten da schon dran - seit knapp sechsunddreißig Stunden! Vielleicht hat es auch gar nichts zu bedeuten!«

»Erzähl doch mal ..., wenn es nichts zu bedeuten hat, dann kannst du es deiner kleinen Schwester doch ruhig erzählen, oder?«

Der leichte Spott in ihrer Stimme, verbunden mit diesem 'Kleinen Schwester-Getue', gab den Ausschlag. Ich zog die Kopie des Beweisstücks aus meiner Brieftasche: »Die ersten Buchstaben sind leider nicht mehr zu entziffern. Es beginnt mit Mt oder Ut achtundzwanzig Komma zwanzig; Fehlzeichen, k zwölf Komma dreißig Bindestrich einunddreißig; Fehlzeichen, k eins Komma zwei; Fehlzeichen, oh zwölf Komma sechsundvierzig und vierzehn Komma sechs; und darunter noch eins: eins Komma eins und Bindestrich achtzehn. Das war alles.«

Stille.

»Caroline?«

»Ja, ich bin noch da.«

»Und, weißt du, was das bedeuten könnte?«, fragte ich ironisch.

Meine Frage war mehr als Einleitung zum Abschluss des Telefonats gedacht. Immerhin hatte ich noch eine Verabredung - in nicht allzu ferner Zeit!

Aber als Caroline antwortete: »Ja, ich weiß, was das bedeutet«, fiel mir fast mein Communicator aus der Hand.

»Bitte?«

»Ja, ist eigentlich ganz einfach.« Ein leichter aber unüberhörbarer Triumph schwang in ihrer Stimme mit. »Das sind

Passagen aus der Bibel.«

»Ist ein Witz, oder?«

»Nein! - Wer von uns beiden hat denn schließlich Philosophie studiert? Da gehörte auch ein bisschen Religion dazu!«

»Tja, da magst du vielleicht Recht haben. Ich kenne mich auf dem Gebiet ja überhaupt nicht aus ...«

»Vertrau mir. Jeder Fachmann wird dir das bestätigen können! Wirklich ..., es ist ganz einfach, wenn man es weiß. Die Buchstaben sind Abkürzungen, und die Zahlen geben die Kapitel und Verse an.«

In mir dämmerte eine Ahnung. »Du meinst ...«

»Genau! Vor dem oh fehlt ein J, und das steht für Johannes, vor dem k kann ein M oder L stehen für Markus oder Lukas und das erste ist Matthäus - Mt.«

Ich nickte stumm. Es konnte ja auch gar nicht anders sein! Die besten Code-Spezialisten des Landes hatten sich längst die Zähne ausgebissen, und jetzt erklärte mir meine Schwester quasi nebenbei, was es mit diesem Buchstaben- und Zahlensalat auf sich hatte. Meine Gedanken überschlugen sich: »Du weißt aber nicht zufällig, was da steht, oder?«

»Tut mir leid«, erwiderte sie mit ironischem Unterton. »Aber ein bisschen darfst du zur Lösung des Falles auch beitragen.«

»Okay, okay, das wird ja rauszukriegen sein! Ich danke dir, ich melde mich, wenn ich wieder zu Hause bin!«

»Okay, alles Gute, viel Glück!«

»Danke!«, rief ich hoch erfreut. Christina würde das schon herausbekommen! »Caroline, ich danke dir, du hörst von mir - bye!«

Ich sah auf meine Uhr. Es wurde allmählich Zeit. Immerhin war ich verabredet und wollte vorher noch ein wenig für meine Fitness tun.

Zunächst sorgte ich jedoch dafür, dass mein unentbehrlicher Helfer wieder mit Energie versorgt wurde und schloss ihn per Kabel an eine Steckdose an. Dann absolvierte ich ein leichtes Trainingsprogramm. Selbst auf dem engsten Raum kann man sich entsprechende Übungen aussuchen und seinen Körper fit halten. So man will. Liegestütze und Sit-Ups sind die wohl gängigsten und einfachsten Übungen. Eine kalte Dusche verscheuchte die letzten Erinnerungen an die hinter mir liegende Nacht. Danach fühlte ich mich bereit, den neuen Tag in Angriff zu nehmen.

Auf dem Weg zum Treffpunkt rief ich im Büro an und sprach Christina auf die Mailbox - unter Angabe und Schilderung des Inhaltes meines Gespräches mit Caroline. Dann aktivierte ich die Tastensperre und steckte den Communicator in meine Tasche. Inzwischen hatte ich auch den vereinbarten Treffpunkt erreicht, doch von den Japanern war noch nichts zu sehen.

Es war zwei Minuten vor acht, und obwohl auf dem Platz bereits Einiges los war, befand sich an der Giordano Bruno-Statue keine Menschenseele. Nur eine schneeweiße Taube landete in diesem Augenblick auf dem Kopf der Statue. Sie schien die Umgebung zu betrachten; es wirkte reichlich komisch, wie der kleine Kopf immer wieder ruckartig auf und nieder fuhr. Ich beobachtete sie für eine Weile, doch noch immer war niemand von meinen neuen Bekannten zu sehen. Nach weiteren zehn Minuten des Wartens bemerkte ich einen dunklen Lieferwagen, der genau auf mich zusteuerte und sofort meine Aufmerksamkeit in Anspruch nahm. Im selben Moment hielt eine dunkle Limousine, ein Alfa Romeo, mit quietschenden Reifen nur wenige Schritte entfernt.

Ich wollte eben Abwehrmaßnahmen ergreifen, da wurde die Schiebetür des Lieferwagens geöffnet, und ich sah - Sayuri. Sie wirkte reichlich angespannt, was allerdings kein Wunder war. Sie war an Händen und Füßen gefesselt und ein Mann im dunklen Anzug mit schwarzer Sonnenbrille hielt ihr eine Pistole an den Kopf.

Er verzog keine Miene. Aus dem Alfa stiegen zwei Typen aus, ebenfalls in dunkle Anzüge gekleidet. Auch sie trugen Sonnenbrillen, und auch sie hielten Pistolen in den Händen. Allerdings waren die beiden auf mich gerichtet. Sie bedeuteten mir in den Lieferwagen einzusteigen. Dieser freundlichen Aufforderung kam ich in Anbetracht der Umstände natürlich sofort nach.

Ich wurde in Empfang genommen. Seitlich hatten sich noch zwei Burschen versteckt, sie trugen ausnahmsweise keine Sonnenbrillen. Dafür hielt der eine einen Revolver auf mich gerichtet, der andere fesselte meine Hände und Füße. Dann erst wurde ich durchsucht. Communicator, Brieftasche und Uhr wechselten den Besitzer. Der Typ mit dem Revolver schlug gegen die Innenraumverkleidung. Offenbar ein Zeichen, denn der Wagen setzte sich augenblicklich in Bewegung. Während der Fahrt wurde kein Wort gesprochen. Sayuri hielt den Kopf gesenkt, sie hatte mich nicht einmal angesehen.

Ich versuchte mir den Weg einzuprägen, doch es ging durch zu viele Straßen, Nebenstraßen. Als wir nach etwa einer Viertelstunde hielten, wusste ich nur, dass wir Rom nicht verlassen hatten. Die Limousine war schon da, und die Typen spielten ihre Rolle als Empfangskomitee nicht schlecht. Wie vorhin sah ich keine Chance auf Gegenwehr. Nein, auch diesmal war es nicht die richtige Zeit und der richtige Ort.

Die Fesseln um die Fußgelenke erlaubten es uns langsam zu gehen. Wir wurden über einen Hinterhof in ein großes Haus dirigiert. Es wirkte nicht gerade sehr einladend von außen, und dieser Eindruck sollte sich innen fortsetzen.

Als wir den ersten Raum betraten, wusste ich, warum Sayuri so bedrückt war. In einer unansehnlichen Blutlache lagen Franko und Edwardo, ihre Kollegen. Und man musste nicht Medizin studiert haben, um zu wissen, dass beide tot waren.

Geradezu saß ein Mann auf einem Stuhl. Gepflegte Erscheinung, dunkler Anzug, natürlich, aber keine Sonnenbrille. So konnte ich seine Augen gut sehen. Sie waren dunkel, schauten im Moment sehr zornig und konnten auch einen beherrschten Menschen schnell aus dem mentalen Gleichgewicht bringen.

»*Der Don!*«, überlegte ich. Ich war mir bewusst, dass ich hier keinem kleinen Ganoven gegenüber stand. Das Gesamtbild spiegelte eher wider, dass er einer der führenden, wenn nicht der führende Gangsterboss der Stadt war. Nicht nur eine, sondern zwei beziehungsweise vier Entführungen mitten in Rom unter diesen Umständen zu veranlassen, ließ mich nicht eine Sekunde im Unklaren über seine Stellung. »*Doch warum hat er sein Domizil verlassen? Seine mit Sicherheit halbwegs uneinnehmbare Festung, in der er unangreifbar thronen würde? Es muss um wichtige Dinge gehen! Vielleicht so wichtig, dass er völlig ungestört sein will?*«

Er erhob sich und kam auf mich zu. »Ah, Signore Carter! Willkommen!« Sayuri würdigte er keines Blickes. »Ich bin erfreut, dass Sie es einrichten konnten. Ich wollte Sie zu gern einmal persönlich kennen lernen, nachdem ich bereits so viel über Sie gehört hatte.«

Der Klang seiner Worte passte nicht zum Inhalt. Genau eine Spur zu höhnisch. Ich beschloss erst einmal den Schweigsamen zu spielen, beobachtete ihn aber genau.

Er erging sich zunächst in Selbstgefälligkeit, pries seine Leute, die Stadt, das Land, die Familie und sich selbst, bevor er auf die Situation im Allgemeinen und dann im Speziellen einging. Während er sprach, befasste ich mich gedanklich jedoch mit etwas völlig anderem. Ich arbeitete an einem Fluchtplan, denn dass wir hier raus mussten, stand für mich fest. Neben unserem Gastgeber waren es sechs Gegner in diesem Raum, an sich kein unlösbares Problem. Dass unsere Hände und Füße gefesselt waren, erschwerte die Geschichte allerdings nicht unwesentlich.

Wohl waren die Typen bewaffnet, doch steckten die Schießeisen momentan in den Schulterhalftern ihrer Anzüge. Ich sah Sayuri an; sie blickte noch immer still zu Boden. Offenbar hatte sie den Tod ihrer Leute noch nicht verwunden. Unwillkürlich sah ich mich nach den beiden um.

»Sie wollten die Helden spielen. Aber das Zeitalter der Samurai ist vorbei. Ich hoffe, Sie begehen nicht den gleichen Fehler!«, tönte es da hinter mir. Unser Gastgeber trat dicht zu mir heran, legte mir eine Hand auf die Schulter und plauderte in seinem philosophischen Ton weiter: »Unsere Leute in den

Staaten haben uns einen Hinweis gegeben. So wurden wir auf Sie aufmerksam.«

»*Wenn sie meinen Namen kannten und auf die Flugdaten und Passagierlisten zugreifen konnten, kein Problem. Christina hatte meine Flüge gebucht und Computer von Flughäfen sind nicht hundertprozentig geschützt - anders als unser System.*«

Mein Gastgeber hatte unterdessen nicht aufgehört weiter zu erzählen: »Wo ist die Verbindung zum Anschlag in New York? Wir haben uns gefragt, warum jemand versucht, Sie umzubringen, Signore Carter.«

Ich sagte auch jetzt nichts. Dieser Exzentriker war nicht mein Typ. Nun verstummte er doch und warf mir einen halb zornigen und halb verblüfften Blick zu.

»Vielleicht kann uns dieses Ding ja weiterhelfen, Boss.«

Einer der Typen präsentierte meinen Communicator. Er hatte den einseitigen Dialog zwischen seinem Chef und mir verfolgt und wollte sich wahrscheinlich nützlich machen oder empfehlen. Er betätigte einige Tasten. Doch als er eine Grimasse schnitt, wurde seinem Chef klar, dass er so nicht an irgendwelche Informationen kam.

»Reg dich ab! Wir haben seinen Bediener, der wird viel zuverlässiger sein als so ein paar Dateien! Kontrollier mal die Wachen draußen. Ich möchte keine Überraschung erleben!«

Der Typ legte meinen Communicator auf den Tisch vor sich und folgte der Aufforderung seines Chefs.

Ab sofort wurde nach mir gefahndet. Das heißt, nach dem Communicator. Durch die Eingabe eines falschen Passwortes wurde bereits Alarm ausgelöst, und er hatte es zwei weitere Male versucht. Wie lange die NSA wohl benötigen würde, um die Ernsthaftigkeit des Alarms einzusehen und die nötigen Schritte einzuleiten, um vielleicht ein Rettungsteam zu informieren? Immerhin war es an der Ostküste der USA noch Nacht.

Eine große Rolle würde spielen, wer hier zum Einsatz kam. Unter den gegebenen Umständen konnte es nur die italienische Polizei sein. Vielleicht unter Beteiligung eines CIA-Agenten. Die großen Hauptstädte der Welt werden von CIA-Agenten beobachtet. Manche von ihnen sind getarnt als Mitglieder des Botschaftspersonals, andere als ganz gewöhnliche Geschäftsleute. Die Frage würde sein, wie lange sie brauchen würden, nachdem das Signal empfangen worden war.

Es galt Zeit zu gewinnen. Ich musste auf seine Philosophiererei eingehen. »Sie würden also ohne Skrupel vier Menschen umbringen? Die drei und mich?«

»Ah, Signore Carter! Sie können ja doch sprechen! Ja, verstehen Sie, manchmal ist es unumgänglich, gewisse Dinge zu tun, die einfach notwendig sind; und auf zwei mehr oder weniger kommt es doch wohl nicht an!«

»Heuchler! Und am Osterwochenende gehen Sie mit Ihrer Familie in die Kirche und erbitten Gottes Beistand, und Ihre Frau betet für Ihre Seele, wie?«

»Ja, so wird es sein.«

»Nun gut. Sie sind hinter mir her. Aber die Frau hat mit der Sache nichts zu tun. Lassen Sie sie laufen, dann stehe ich Ihnen zur Verfügung!«

Ich gab mich keinen Illusionen hin. Es war absurd anzunehmen, dass er diese Option überhaupt in Erwägung zog. Doch ich beabsichtigte, sie in ihrem Hochmut zu bestätigen. Es gelang, wenn auch etwas anders als geplant.

»Du glaubst doch nicht, dass wir einen von euch frei lassen, eh? Am besten legen wir euch gleich jetzt um!« Einer der Typen zog eine Pistole und richtete sie auf Sayuri. Doch sein Chef pfiff ihn zurück: »Lass den Quatsch! Ich bin überzeugt, dass mein Gast auf meine Wünsche eingehen wird. Er ist doch ein vernünftiger Mensch.«

Ich nickte wie zur Bestätigung. Doch das Nicken galt Sayuri. Ich wollte wissen, wie es mit ihr stand. Ein kaum wahrnehmbares Senken und Heben der Augenlider bedeutete mir, dass sie alles verfolgte und augenscheinlich wieder voll im Film war.

Doch mein Gastgeber hatte meine Reaktion auf sich bezogen und meinte: »Siehst du, Enrico, er ist vernünftig. Aber das ist nach den Abenteuern und deren Nachwirkungen in der Schweiz wohl auch nicht verwunderlich.«

Ich sah ihn fragend an. »Was für Nachwirkungen?«

»Ach, das wissen Sie noch gar nicht, Signore Carter? Ja, Sie haben da viel Staub aufgewirbelt. Im Laufe des gestrigen Tages sind noch weitere ..., hmm, Interessenten dort gewesen. In Dornach. Doch die Schweizer Polizei hat sehr schnell reagiert und in einer großangelegten Aktion mehrere Verdächtige unterschiedlicher Nationalitäten festgenommen. Darunter waren zwei Deutsche, zwei Franzosen und ein Ägypter. Wie man so hört vom Geheimdienst, ja ja. Aber ich persönlich gehe davon aus, dass Sie den Herren einige Schritte voraus sind, daher die zügige Weiterreise nach Rom. In mein Revier!« Er lehnte sich zufrieden in seinem Stuhl zurück und sah mich an als ob er von mir eine tiefgreifende Antwort auf die Frage des Tages erwartete.

So weit, so gut. Ich musterte unauffällig Türen und Fenster. Die Hilfe war ganz bestimmt unterwegs, allein, sie würde zu spät kommen. Ich musste uns noch mehr Zeit verschaffen! Also mitspielen: »Was wollen Sie von mir?«, fragte ich im Konversationston.

»Wie ich höre, sind Sie auf der Suche nach einer Waffe?«, begann er in neutralem Tonfall.

»Und wenn dem so wäre?«

»Ignorant! Können Sie sich überhaupt eine Vorstellung davon machen, wozu der menschliche Geist in der Lage ist? Die Denkkraft ist die Fähigkeit, die uns Menschen zu der überragenden Spezies auf diesem Planeten macht. Physisch sind wir nicht die Stärksten oder Schnellsten oder Größten, aber denken, Signore Carter, das können nur wir Menschen. Diese Kraft macht uns den anderen Bewohnern dieses Planeten überlegen. Es gibt heutzutage bereits Menschen, die mit der Kraft ihrer Gedanken Dinge bewegen können. Schwerverletzten, querschnittsgelähmten Patienten wurden hochtechnisierte Geräte eingesetzt, und sie bewegen ihre Gliedmaßen nur durch ihren Willen. Oder andere Dinge, die mit ihnen verbunden sind.«

Der Beauftragte kam von seinem Rundgang zurück. »Alles ruhig«, meldete er.

»Sehr gut, Silvio. Dann geh wieder auf deinen Posten!«

Der Angesprochene entfernte sich wieder. Sein Boss runzelte die Stirn. »Wo war ich? - Ach ja! Sie verstehen, ja, Signore? Es kommt auf die Verbindung an, auf die Schnittstelle zwischen Mensch und Maschine. Wie ich aus zuverlässiger Quelle weiß, experimentieren die Militärs verschiedener Länder mit solchen Dingen, da das Potential unglaublich ist. Die modernsten Chips verfügen über eine Kapazität von einhundert Nervenzellen, die die Impulse des Geistes weitergeben. Und der Mensch besitzt einhundert Milliarden Nervenzellen! Außerdem besteht für den Geist praktisch keine Zeit, daran sind wir nur körperlich gebunden. Können Sie sich das vorstellen? Ich vermute, dieses Gerät, hinter dem Sie her sind, stellt die Verbindungsstelle dar. Eine Art Super-Chip, der einem Menschen ins Gehirn implantiert wird und mehrere tausend, wenn nicht zehntausend Nervenzellen ansteuern kann.«

Er rückte ganz nah an mich heran. Seine Stimme war heiser vor Erregung: »Wie viele sind es? Sagen Sie es mir!«

Er sprach und sah auch ein bisschen so aus als habe er Fieber. Ich konnte mich nicht in eine so starke Erregung versetzen, aber es war ein gutes Thema. Immerhin würde er uns während eines Gespräches, von dem er sich eine Menge versprach, nicht umbringen lassen.

»Ich weiß es nicht«, sagte ich.

Er kam von seinem Stuhl hoch. »Sie wissen es nicht.« Es war eine einfache sachliche, ja nüchterne Bemerkung. Doch gleich darauf kam sein wahres Ich zum Vorschein: »Tötet sie!«

Er zeigte auf Sayuri. »Wir wollen ihm beweisen, dass es uns Ernst ist!«

Seine Leute zogen ihre Waffen.

In dem Moment erfolgte eine ohrenbetäubende Detonation. Die Tür war gesprengt worden. Eine Gruppe dunkelgekleideter Gestalten drängte herein, sie alle hielten Maschinenpistolen in den Händen.

»Keine Bewegung! Polizei!«, rief einer auf Italienisch.

Die Gangster rührten sich nicht, nahmen die Waffen aber auch nicht runter. Ich analysierte die Situation sorgfältig. Noch war nichts entschieden. Doch sobald einer die Nerven verlieren würde, würde es eine wilde Schießerei geben. Ich sah Sayuri an. Sie blickte zurück und nach unten. Ah! Sie hatte sich inzwischen von den Fesseln befreit. Ich sah wieder nach oben und bemerkte einen Schatten an der Tür zum Nebenzimmer. Ein Mann mit einer MP in den Händen betrat den Raum, Mordgier im Blick.

Unseres Bleibens war hier nicht länger. Sayuri mochte ähnlich denken. Mit einer Hechtrolle sprang sie mir entgegen, schnitt mit einem kleinen aber scharfen Gegenstand meine Fesseln durch und floh in Richtung eines der Fenster. Ich folgte ihr auf dem Fuße.

Wir hatten es noch nicht erreicht, da brach hinter uns die Hölle los.

»Deckung!«, rief noch einer, dann begann das Feuerwerk. Einer der Herren Eindringlinge war so freundlich und schoss uns den Weg frei. Das Fenster ging in tausend Splitter. Sayuri und ich sprangen hindurch und landeten auf dem Hinterhof. Mit einem schnellen Rundblick überzeugte ich mich, dass der Ausgang der Schießerei keine Frage war. Der Hof wimmelte von Polizei. Drei Mannschaftsbusse und mehrere Streifenwagen belagerten den Platz. Von einem zivilen Fahrzeug kam ein Zivilist auf uns zu.

»John Carter?«

»Ja«, gab ich zurück.

»Howard, CIA. Schön, Sie lebend zu sehen.«

»Danke, ganz meine Meinung. Warum hat das so lange gedauert?«

»Wir waren verwundert, einen FBI-Agenten hier anzutreffen.«

»Also haben Sie sich erst rückversichert.«

»Selbstverständlich.«

»Ja, Kommunikation ist eine schöne Sache ...«

»Aber um die Zeit nicht ganz einfach. Wir haben die Sekretärin Ihres Chefs zu Hause aus dem Bett geklingelt. Sie hat uns dann allerdings sehr schnell den Ernst der Lage verdeutlicht.«

»Daher haben Sie auch ein wenig Verstärkung mitgebracht, ja?«

»Stimmt auffallend. Wir haben hier zwar ein Kommando, aber zur Sicherheit haben wir die hiesigen Kollegen informiert. Die können hier dann auch anschließend gleich aufräumen.«

Er führte mich ein paar Schritte zur Seite. »Mal im Vertrauen, Carter. Sie sind doch nicht zu Ihrem Vergnügen hier in Rom, oder?«

»Nicht? Was hat Ihnen die Sekretärin denn erzählt?«

»Dass Sie Urlaub hätten, und dass das alles nur ein Missverständnis sei.«

»Tja, soll man den Frauen widersprechen?« Ich winkte Sayuri. Sie kam mit langsamen Schritten näher. »Meine Urlaubsbekanntschaft. Wir besichtigen jetzt den Vatikan. Außerdem müssen wir ein Frühstück nachholen.«

Wenn Howard verblüfft war, dann ließ er es sich jedenfalls nicht anmerken. »Alles Gute!«

»Danke.«

*

Meine Frisur und mein Anzug waren hinüber. Ich würde später einen neuen kaufen müssen. Auch Sayuri sah nicht mehr salonfähig aus. Daher zogen wir uns um, bevor wir uns etwas später wieder trafen und uns zum Vatikan auf den Weg machten. Meine neue Bekannte trug jetzt ein Kleid nach europäischem Muster, das ihr sehr gut stand, und schien total verändert. Unterwegs besorgten wir uns eine Pizza, Frühstück und Mittagessen in Kombination.

Dann war sie an der Reihe. Aufgeregt, ja schon euphorisch

schilderte sie mir den Vatikan in allen Einzelheiten, angefangen mit der Gründung im ersten Jahrhundert nach Christi und dem Bau einer riesigen Basilika - dem Vorläufer des Petersdoms - um ungefähr sechsundsechzig nach Christi auf dem Grab des Apostels Petrus, des ersten Papstes der katholischen Kirche, über den Bau der Engelsburg, die dem Papst in den damals durchaus kriegerischen Zeiten als regelrechte Festung diente, bis zum jetzigen Gesicht dieses kleinsten unabhängigen Staates der Erde - mit seinen Museen, die die wahrscheinlich größte Kunstsammlung der Welt beherbergen. Dort eine Waffe zu verstecken, sei wohl die genialste Art, etwas vor der Öffentlichkeit zu verbergen.

Nun ja, ich teilte ihre Ansicht da zwar nicht, muss aber gestehen, dass ich mich bei dem Gedanken erwischte, ob ich sie mag. Allerdings wurde mir das erst bewusst, als sie mich plötzlich anstieß: »Hee, du hörst mir ja überhaupt nicht mehr zu!«

»Doch, doch«, versicherte ich, »wie kommst du denn darauf?«

»Ach ja, was habe ich denn gerade gesagt?«

»Grmpf!«, machte ich. »Du hast mir vom Vatikan erzählt ..., vom Vatikan und seiner Geschichte, den Gemälden und Skulpturen, die hinter seinen Mauern verborgen sind ...«

»Und der Bibliothek.«

»Genau, was wäre die Welt ohne Bücher!«, rief ich aus.

Im Petersdom war es ziemlich hell, fast schon lichtdurchflutet. Neben zahllosen Touristen strömten auch Einheimische herein, es war auch hier gar nicht so einfach, meine Führerin im Auge zu behalten und gleichzeitig auch noch nach mir oder uns feindlich gesinnten Personen Ausschau zu halten.

Aber der Blick von der Kuppel des Domes entschädigte für alles. Ich habe schon einige Aussichten über größere Städte genießen dürfen - gerade New York ist ja durchaus nicht arm an solchen Möglichkeiten -, aber dieser Blick auf die Ewige Stadt wird mir immer im Gedächtnis bleiben!

»Ist das nicht fantastisch?«, fragte Sayuri.

Ich nickte nur.

»Oder was meinst du?«

Ich nickte wieder. »Ja, fantastisch!«

Sie drehte sich um und ging. Ich seufze innerlich - immer diese Eile! Unten im Dom blieb Sayuri stehen. »Vielleicht ist das, wonach wir suchen, ja hier irgendwo versteckt.«

Es war kurz nach zwölf, als wir die Schlange der Wartenden anführten, und wenig später bewunderten wir in der Sixtinischen Kapelle die Fresken von Michelangelo. »Alles ganz schön religiös!« So finden sich hier Darstellungen der Schöpfungsgeschichte aus dem Alten Testament sowie weitere Bilder der Genesis. Nach der Sintflut ein Bild von Noah - betrunken.

»*Komisch*«, dachte ich, »*ist das damals so außergewöhnlich gewesen? Na ja, vielleicht war er ja der erste betrunkene Mensch der Welt.*«

Nur wie man hier einen Hinweis auf die mächtigste Waffe der Erdevolution bekommen sollte, war mir noch immer nicht ganz klar. Und ich hatte auch nicht viel Zeit, darüber nachzudenken, denn der Ansturm an Besuchern war schier endlos. Wenn die Aufpasser nicht ständig zum Weitergehen auffordern würden, würde der Raum wohl sehr schnell wegen Übervölkerung geschlossen werden müssen.

Da erschien eine Touristengruppe - bunt gemischt, von jung bis alt und unterschiedlichsten Nationalitäten.

Ich hörte unwillkürlich zu.

» ... hier sehen Sie eines der bedeutendsten Werke Michelangelos - die Entwicklung der Erde und der Menschheit«, erläuterte der Führer der Gruppe in englischer Sprache. »Weiterhin finden Sie die Propheten, Zacharias, Joel, Jesaias, Hesekiel, Daniel, Jeremias und Jonas dargestellt, sowie eingereiht die Sibyllen.«

Ich betrachtete die Bilder und stellte fest, dass die Personen alle wie abwesend schienen. Offensichtlich beschäftigten sie sich nicht mit ihrer Umwelt, sondern waren 'in Gedanken'. Die Darstellung der Propheten erinnerte mich an in sich selbst vertiefte oder meditierende Menschen; sechs von den sieben widmen sich Büchern oder Ähnlichem, der siebte scheint gleichzeitig zu lesen und zu schreiben. »*Als ob er noch Hausaufgaben machen muss.*«

Zwischen ihnen sind fünf Sibyllen zu sehen, die recht leidenschaftlich und emotional wirken. Sie wirken nicht so geistesabwesend wie die Propheten.

Ich musste an Mai Li Mei und an Saskia denken. Meditation ist in der Tat nicht nur im Orient verbreitet!

»Bitte folgen Sie mir ...«, lotste der Führer die Gruppe bald darauf weiter.

»Elijah! Komm!«, rief eine Mutter ihren Sohn, der der Gruppe nicht sofort folgte, sondern sich die unglaublichen Gemälde noch staunend besah.

Ich schmunzelte, als ich hinter mir eine Stimme vernahm: »John?«

Ich drehte mich um. Meine neue Bekannte sah mich fragend an. Auch wir mussten weitergehen und den nach uns Folgenden Raum geben.

»Raffael kommt gleich ..., der war schon ein außergewöhnlicher Künstler ..., und wir haben nicht den ganzen Tag Zeit«, scherzte sie.

»Okay, okay. Vielleicht kann ich ja später irgendwann wieder hierher kommen - und mehr Zeit mitbringen.«

Wir gelangten in einen weiteren Raum. Die Stanzen des Raffael waren unser nächstes Ziel. Wir rasten allerdings schon fast wie echte Touristen durch die Räume, die von diesem doch recht jung gestorbenen Maler im sechzehnten Jahrhundert gestaltet worden waren. Auch hier fanden sich überall wieder religiöse Elemente - neben anderen wie philosophischen und künstlerischen, und natürlich kam auch der Papst, in dessen Diensten er stand, in etlichen Fresken vor.

Mein Mobiltelefon signalisierte einen Anruf. Ich schaute auf das Display: Christina!

»Hallo, du Beste aller Sekretärinnen!«, begrüßte ich sie und verzog mich in eine Ecke.

Doch sie ging auf meinen Spruch überhaupt nicht ein. Zunächst wirkte sie fast bestürzt: »Du hast mit Caroline von dem Fall gesprochen? Und dann auch noch Einzelheiten? Von einem Beweisstück! Unsere Spezialisten arbeiten schließlich auch an der Entschlüsselung des Codes! Du weißt doch, dass mit Unbefugten über Details nicht gesprochen werden darf - auch nicht mit Familienangehörigen! Das unterliegt alles der strengsten Geheimhaltung!«

»Na ja ...«

»Weißt du eigentlich, was hier los ist? Erst der Anruf heute Nacht, dass ein Signal von deinem Communicator erfolgt ist - aus Rom! Und dann standen heute Morgen einige recht humorlose Herrschaften bei uns auf der Matte und wollten die Beweisstücke aus unserem Labor holen! Sie wedelten mit irgendwelchen Geheimdienstausweisen vom Militär und Pentagon und faselten irgendwas von Nationaler Sicherheit. Zum Glück war der Chef schon da und ist sofort runter als er davon hörte. Er kam noch zur rechten Zeit. Die Kollegen im Labor waren alle ganz schön eingeschüchtert und wollten die Beweise von unserem Fall gerade übergeben. Doch er hat ihnen klar zu verstehen gegeben, dass das eine FBI-Operation ist. Schließlich haben sie sich etwas kleinlaut Kopien erbeten und sie auch bekommen. Und jetzt kommst du und redest mit deiner Schwester darüber! Das ist streng geheim!«

Christina war richtig aufgelöst. Ich ließ mich jedoch nicht aus der Ruhe bringen: »Ach was, geheim! Was soll denn an dem Buchstaben- und Zahlensalat geheim sein? Außerdem kann es doch jedermann lesen ..., es steht nämlich in der Bibel - und die ist immerhin seit einigen Jahrhunderten öffentliches Allgemeingut!«

»Auch wieder wahr«, brummte sie. »Na ja, mir soll es egal sein! Du kannst ja auch sagen, du hättest es herausgefunden und den Code entschlüsselt!«

»Nee - das mach ich lieber nicht. Aber ich schätze, dass das eh niemanden interessiert.«

»Wahrscheinlich hast du Recht. Okay, dann will ich mal recherchieren, was diese Stellen bedeuten. Das Ergebnis schicke ich dir dann per E-Mail - wie gewohnt.«

»Alles klar, danke!«

»Immer wieder gern. Und wie geht es sonst? Die CIA wollte einen Agenten schicken, weil dein Communicator ein Notsignal gesendet hat. Hat er dich getroffen? Und was war denn los? Ich habe erst einmal das Schlimmste angenommen und ihm gesagt, er solle Verstärkung mitnehmen, und dass es Ernst sei. Und hast du Rom schon besichtigt und neue Hinweise in Erfahrung gebracht?«

»Ich bin dabei. Immerhin musste ich erst noch zwei Entführungen überstehen. Und ja, er hat mich getroffen. Mister Howard von der CIA kam mit Verstärkung.«

»Alles klar«, stieß sie hervor, doch ihrem Tonfall hörte man an, dass das Gegenteil der Fall war. »Wer hat dich denn entführt? Und wie steht das mit dem Fall in Zusammenhang?«

Ich dachte an Sayuri und ihre nunmehr toten Kollegen. »Das werde ich noch herausfinden«, erwiderte ich ausweichend. »Ich bin ja seit meiner Ankunft noch zu kaum etwas anderem gekommen. Aber das steht alles in meinem nächsten Bericht. Aktuell besteht kein Grund zur Beunruhigung. Gibt es eigentlich von deiner Seite sonst noch etwas Interessantes?«

»Ja! Wir haben den Mörder! Und weitere Informationen über zwei der Ermordeten erhalten. Und neue Erkenntnisse über Cartwright. Er war nicht nur mehrmals in Europa und in Rom, sondern auch auch in Israel. Das erste Mal vor sieben Jahren, ein weiteres Mal vor drei Jahren, und in diesem Jahr auch bereits. Im März. Gerade vor seiner Europa-Tour.«

»Aha.« Für wenige Sekunden war ich still und überlegte, doch dann schaltete ich: »Ihr habt Cartwrights Mörder entdeckt?«

»Ja, genau den!«

»Und wo habt ihr ihn gefunden? Gab es heftige Gegenwehr?«

»Im Gegenteil. Er saß ganz friedlich auf einer Bank im Central Park. - Tot. Mit einer Kugel in der Brust. Vom Notebook keine Spur. Per DNS-Test wurde er eindeutig als der Messerstecher identifiziert. Personenbeschreibung stimmt überein. Abfrage bei Interpol ergab, dass er höchstwahrscheinlich Europäer ist ..., war. Und damit ist diese Spur zu Ende. Keine weiteren Hinweise.«

»Hmm ..., - das sieht aber sehr nach dem Werk von Profis aus. Der einzige Hinweis eliminiert. Einwandfrei, da hat jemand ganze Arbeit geleistet!«

»Ja, der Chef und ich sehen das genauso. Die einzige noch verbliebene Spur ist die Kugel, unsere Techniker im Labor arbeiten daran - aber sie versprechen sich nicht viel davon.«

»Und was ist mit den anderen Ermordeten?«

»Der mit dem malaysischen Pass ist ein gewisser Snijder, Ronald Snijder. Er stammt ursprünglich aus den Niederlanden. Verfügt über hervorragende Beziehungen nach Südafrika. Nach meiner Quelle steckt er tief drin im Diamantengeschäft ..., und zwar nicht im legalen! Ein Schließfachschlüssel wurde in seinem Hotelzimmer gefunden, und wir haben bereits eine richterliche Genehmigung erwirkt, die uns den Inhalt des Faches zu sehen gestattete. Du glaubst es nicht, nach Ansicht unserer Experten ein Koffer mit Diamanten im Wert von ungefähr vierzig Millionen Dollar.«

»Oh! Alles klar. Der wollte bei uns bestimmt etwas kaufen und mit Steinen bezahlen, was?«

»Könnte schon sein, die Frage ist nur: was? Und wie hängt Cartwright da mit drin?«

»Tja, das nimmt immer seltsamere Formen an. Ich kann mir da ehrlich gesagt noch keinen Reim drauf machen«, gab ich zu.

»Wir hier auch nicht. Cartwright selbst ist eigentlich der typische Durchschnittsmensch, sofern dieser statistische Begriff auf irgendjemand anzuwenden ist, dann auf ihn. Nur mit seinen Reisen fällt er da ein wenig aus dem Raster.«

»Was sollte ein typischer Durchschnittsmensch denn getan haben, dass er das Opfer einer globalen Verschwörungskrise wird?«

»Genau das sollst du ja eben herausfinden! Der Ermordete aus Israel war übrigens mit an Sicherheit grenzender Wahrscheinlichkeit Angehöriger des Geheimdienstes, offenbar Mitglied einer geheimen Abteilung. Meine Quelle bei der CIA hat mir da nur vage Andeutungen gemacht. Und offiziell kam von der Agency gar nichts.«

»Oder sie wollen es uns nicht sagen. Vielleicht weiß deine Quelle mehr als sie preisgibt.«

»Hm.« Christina schien nachzudenken. »Es gibt in dem Zusammenhang übrigens noch einen neuen Anhaltspunkt, den ich dir sozusagen als Nachtisch servieren kann«, meinte sie dann.

»Erzähl!«

»Passenderweise haben unsere Experten die beiden beschädigten Zettel unterm Elektronenmikroskop untersucht und festgestellt, dass es sich in der Tat um Wasser handelt, das sie so beschädigt hat ...«

» ... und uns das Entziffern unnötig erschwert«, brummte ich. »Aber das hätte ich diesen Spezialisten auch ohne Mikroskop sagen können!«

»Das bezweifle ich ... - das Wasser ist nämlich ganz spezielles Wasser. Die Konsistenz ist so außergewöhnlich, dass es nur an ganz wenigen Stellen auf der Erde vorkommt.«

»Was für eine Konsistenz?«

»Es verfügt über einen außergewöhnlich hohen Salzgehalt. Und da wir wissen, wo Cartwright gewesen ist, bleibt von den Stellen nur eine übrig ...«

»Das Tote Meer in Israel!«

»Richtig geraten. - Deine nächste Station also. Der Chef hat bereits Kontakt mit einem Bekannten aufgenommen und will mich informieren, wenn ...«

»Er hat in Israel einen Bekannten?«

»Scheint so, ich wusste es bisher auch nicht.«

»Das ist ja ein Ding!«

»Ja, ich war auch etwas sprachlos, denn dieser jemand scheint auch noch an der richtigen Stelle zu sitzen.«

»Hm ..., bekanntlich schaden Beziehungen nur dem, der sie nicht hat. Vielleicht hilft uns das ja weiter.«

»Ich halte dich auf dem Laufenden.«

»Dann bis später«, verabschiedete ich mich.

Es gab einen heftigen Disput, als ich Sayuri erklärte, dass ich nicht der Meinung war, hier irgendeinen Hinweis zu entdecken, sondern beabsichtigte, die Stadt und das Land wieder zu verlassen.

»Warum?«, fragte sie und schien außerordentlich empört zu sein.

»Weil ich Anweisung erhalten habe, meine Nachforschungen in Israel fortzusetzen.«

»Gibt es einen ernsthaften Hinweis?«

»Das kommt darauf an, was du als ernsthaft bezeichnen würdest. Nach Meinung meines Chefs auf jeden Fall ja.«

Sie verstand es nicht. Nach ihrer Überzeugung musste die Waffe auf jeden Fall in Rom sein, auch wenn wir im Vatikan keine Hinweise entdeckt hatten. Aber die würden schließlich geheim sein - und nicht für jedermann ersichtlich! Immerhin war Cartwright in den letzten sieben Jahren jedes Jahr hier, zwar zu unterschiedlichen Zeiten, aber immer in einem Hotel, von dem aus er den Vatikan zu Fuß erreichen konnte.

Und weil es eben geheim und somit nicht sofort ersichtlich war, sollte und wollte sie unbedingt hier bleiben und weiter forschen. Wir stritten die nächsten zehn Minuten, doch keiner war bereit nachzugeben. Jeder wollte seinen Weg verfolgen. Und wiederum unterbrach uns ein Anruf von Christina: »Der Chef hat mir seinen Kontaktmann vermittelt. Ich habe mich mit einem Mann vom israelischen Geheimdienst, dem Mossad, unterhalten ...«

Ich war sprachlos. »Der Chef hat dir den Kontakt vermittelt? Persönlich?«

»Ja, er hat jemanden in Israel angerufen, und der hat ihm eine Nummer gegeben. Und die hat er mir dann gegeben, und ich habe dort angerufen und mich mit dem zuständigen Geheimdienstbeamten intensiv unterhalten.«

»Intensiv unterhalten! Meines Wissens pflegen Geheimdienstler keine intensiven Kontakte, und israelische gegenüber Ausländern schon gar nicht! Das ist dann wirklich eine Person an einer richtigen Stelle, die uns weiterhelfen könnte.«

»Ja, aber das Beste war, dass er mir in jeder Weise behilflich war. Ich habe für dich bereits ein erstes Treffen arrangiert. Du wirst am Flughafen Tel Aviv abgeholt und bekommst dort eingehende Informationen. Außerdem wird er dir den Kontakt zu einem Informanten vermitteln, der ein wahres Juwel zu sein scheint - sozusagen die letzte Hoffnung für alle israelischen Agenten.«

»So so, die letzte Hoffnung. Na, das scheint ja wie für mich gemacht ...!« Ich bemühte mich, nicht zu viel Ironie in meine Stimme zu legen, doch es glückte mir allem Anschein nach nur bedingt.

Sie ging auf meine Anspielung jedenfalls nicht weiter ein. Vielleicht war ihr die Sache auch zu wichtig. »Das könnte durchaus zutreffen. So mancher Agent hat diese Person bereits kontaktiert und jeweils mit befriedigenden und zufriedenstellenden Konsequenzen. Allerdings könnte es unter Umständen recht gefährlich werden, denn unser Verbindungsmann ist vielen Leuten bekannt ...«

»Ich pass schon auf mich auf«, versprach ich. »Hat sich Cartwright denn auch mit diesem Mann getroffen?«

»Das weiß ich nicht, aber du kannst ihn ja fragen, wenn du ihn triffst. Weiterhin viel Erfolg!«

»Danke. Den kann ich gebrauchen. Hoffentlich werde ich dort nicht auch wieder zur Zielscheibe!«

»Immer Rückendeckung suchen.« Christina gestattete sich ein leichtes Lächeln, doch nur um gleich darauf wieder ernster zu werden: »Und ich habe inzwischen auch die Passagen aus der Bibel herausgesucht. Du bekommst die Texte gleich als E-Mail.«

»Danke! Ich melde mich dann wieder aus Israel, bye!«

»Bye!«

Ich beendete das Gespräch.

»Ich werde dich nicht begleiten. Ich habe Anweisung bekommen, hier zu bleiben und weiter zu suchen«, verkündete Sayuri, kaum dass ich meinen Communicator wieder in der Tasche verstaut hatte. »Wie ich bereits vermutet hatte. Denn die Waffe ist in Rom. Ganz bestimmt!«

Sie hatte ebenfalls telefoniert, das hatte ich aus den Augenwinkeln registriert, doch dass so ein Ergebnis dabei heraus kommen würde, hätte ich nicht erwartet. Immerhin hatten wir am frühen Morgen einige unliebsame Gegner loswerden können. Gemeinsam.

Aber sie hatte ihre Befehle von ihrem Vorgesetzten, da war nichts zu machen. Nach einem weniger emotionalen Abschied, als ich anfangs befürchtet hatte, verließ ich sie schließlich.

Auf dem Weg zu meinem Hotel kam ich an einem Eiscafé vorbei und konnte nicht widerstehen. Original italienisches Eis! Das konnte ich mir ruhig noch gönnen, bevor ich die Stadt und das Land wieder verließ. Ich bestellte drei Kugeln in der Waffel, Erdbeere, Vanille und Apfelsine.

Ein Blick auf meine Uhr verriet mir, dass ich noch über etwas Zeit verfügte und setzte mich nach draußen, wo ich einen sehr guten Überblick über das Straßenbild und die gesamte Szenerie hatte. Es fiel mir niemand auf, der ein übersteigertes Interesse an meiner Person hatte. Schließlich ging ich auf direktem Weg zu meinem Hotel, packte meine Sachen, bedankte mich an der Rezeption für die gute Unterbringung und schlug den Weg zum Taxistand ein. Unterwegs fielen mir mehrere Gruppen von Engländern auf, Fußballfans. »*Eine starke Woche*«, überlegte ich. »*Fußball, Ostern und Geheimdienstspiele!*«

Kurz darauf fuhr ich wieder mit dem Expresszug - zum Flughafen Fiumicino. Diesmal musste ich nach oben, in die Abflughalle, und es dauerte auch nicht lange, bis eingecheckt werden konnte. Ich konnte den Kontrollpunkt anstandslos passieren und suchte mir einen freien Platz in der Wartehalle. Neben mir las ein Mann eine Autozeitschrift, und da fiel mir mein Erlebnis in der Schweiz ein - und Alexandre Bouvaine, der darum gebeten hatte, dass ich ihn an meinen neuen Erkenntnissen teilhaben lasse. Ich zog mich in eine stille Ecke zurück, zückte mein Telefon und wählte seine Nummer.

Es sprang sofort die Mailbox an. Ich hinterließ ihm nur einige allgemein gehaltene Hinweise, so auch den, dass es in Rom zu einer weiteren Begegnung mit Interessierten gekommen war, und dass ich jetzt auf dem Weg nach Israel war. Abschließend bat ich um Rückruf, wenn er diese Nachricht abgehört hatte oder selbst zu weiteren Ergebnissen gelangt war. Dann schaltete ich meinen Communicator aus.

8. Eine Reise in die Historie

Luftraum über dem östlichen Mittelmeer
Mittwoch, 7:00 p.m.

Diesmal flog ich mit einer Boeing sieben vier sieben. Der Weg nach Israel führte über Athen. Dort würde ich nach einem Zwischenstopp Maschine und Fluggesellschaft wechseln.

Vor mir saßen drei Damen älteren Semesters, die sich angeregt unterhielten - über Krankheiten. Eine empfahl der anderen Medizin und Heilmethoden, die ihr unbedingt helfen würden, da mischte sich die dritte ein und berichtete von einem neuen Medikament, dass die zweite auch unbedingt ausprobieren sollte.

Es war unglaublich! »*Warum helfen die sich nicht selbst, wenn die so viel wissen?*«, fragte ich mich.

In der Sitzreihe neben mir sprach sich ein Geschäftsreisender einem offensichtlichen Kollegen gegenüber für eine neue Version eines EDV-Programms aus: »Das ist der Knaller, das neue Tabellenkalkulationsprogramm ist momentan die wohl fortschrittlichste Software auf dem Markt. Ich bewundere die Leute, die das programmiert haben. Da gehört schon einiges zu!«

Ich überlegte, rekapitulierte in Gedanken meine bisherigen Erlebnisse, und wie sich der Fall entwickelte. Bald kamen mir Saskias Worte in den Sinn. Hierarchie und Geheimhaltung sind wirklich allgegenwärtig. Überall gibt es Strukturen und Rangfolgen, in die die Menschen eingebunden sind; der kleine Dieb, der den Großteil seiner Beute bei seinem Vorgesetzten abgeben muss, weiß dann auch gar nicht, wem dieser Tribut zahlen muss. Und am Ende der Leiter steht der Oberpate.

Hinter mir war eine Männerstimme zu vernehmen. Ohne mich umzudrehen, versuchte ich, mir ein Bild von dem Sprecher zu machen. »*Tiefe Stimme, etwa Mitte fünfzig, Deutscher, leicht erregt*«, stellte ich fest.

Und in der Tat, es war noch kein cholerischer Anfall, aber ich registrierte einen deutlich gereizten Unterton in seiner Stimme: »So! Da hat der Vorstandsvorsitzende versprochen, eintausend neue Arbeitsplätze zu schaffen, und schon geben sich Lokal- und Bundespolitiker bei ihm die Klinke in die Hand! Diese Profilneurotiker! Dass dabei die Umwelt zerstört wird und es quer durch die Parteienlandschaft im ganzen Land zahlreiche Gegendemonstrationen und Proteste gegeben hat, interessiert niemanden mehr! Wo soll das bloß noch hinführen, frage ich dich?«

»Ich weiß es doch auch nicht, Schatz. Die werden schon wissen, was sie machen«, hörte ich jetzt eine Frauenstimme an seiner Seite.

»Die werden das wissen? Oh ja, ganz bestimmt sogar! Wie sie ihre lumpigen Gehälter ein bisschen aufbessern können und mit allen werbewirksamen Tricks in der Öffentlichkeit auftreten ...«

»Sei doch nicht so laut! Du störst noch die anderen Fluggäste!«

»Ach was! Ich werde ja wohl noch meine Meinung äußern dürfen! Wir sind in einem freien Land!«

»Ja, Liebling, aber bitte nicht so laut. Du kannst daran nichts ändern, auch wenn du noch so laut schreist.«

»Grmpf! Unerhört ist das, was die mit uns machen. Da zahlt man sein Leben lang Steuern, und die Damen und Herren ergehen sich in ihren Phrasen. Zu diesem Schwachsinnsvorhaben sieht er keine Alternative, meint er. Verflucht! Der soll mal die Augen aufmachen und sich nicht verhalten wie die drei Affen!«

Ich hatte genug gehört und konzentrierte mich wieder auf meinen Auftrag. Zahlreiche Gedanken spukten in meinem Kopf umher, und die Flugzeit nach Athen, der Zwischenstation auf dem Weg nach Israel, war ohnehin kurz.

Was hatte ich bisher in Erfahrung gebracht? Angefangen in New York, wo ich bereits unliebsame Konkurrenz zu sein schien ohne es zu wissen, über die Schweiz bis hin nach Rom;

ein Attentat oder Anschlag folgte dem nächsten. Es war unglaublich!

Woher wussten die bloß immer, wo ich war und wo ich hin wollte? Die Telefonate konnten sie nicht mithören oder abhören, und auch die E-Mails sind perfekt gesichert. Da bräuchten die schon einen Spion in unseren Reihen ..., in der Datenzentrale, oder bei der NSA.

Auf einmal machte ich mir Sorgen um Christina. Wenn die mich kannten, kannten die wahrscheinlich auch sie! Und sie saß wirklich an einer zentralen Position. So wie ich unsere Gegenspieler kennen gelernt hatte, würden die auch nicht davor zurückschrecken, ihr etwas anzutun, um an irgendwelche Informationen zu gelangen. Vielleicht sollte ich dem Chef vorschlagen, dass er sich und Christina Personenschutz verordnet. Rund um die Uhr. Für eine Weile. Und jemand müsste nachprüfen, wie mit unseren Berichten umgegangen wird. Ob es vielleicht in einer der anderen Abteilungen oder bei anderen Geheimdiensten, die sicherlich auch über umfangreiches Datenmaterial verfügen, eine undichte Stelle gibt?

Ich grübelte weiter und vergaß darüber vollkommen die Zeit. Als wir zur Landung ansetzten, war ich überrascht - und leider noch zu keiner klaren Erkenntnis gelangt. Der Flug hatte keine zwei Stunden gedauert, und fast hatte ich jetzt das Gefühl, dass das Aus- und das sich fast unmittelbar anschließende Einchecken länger dauerte.

»Was ich mitnehmen würde? Wen ich besuchen wolle? Was ich besichtigen wolle? Ob ich privat oder geschäftlich nach Israel wolle? Ob ich Geschenke dabei habe?« Angeblich haben die Israelis die schärfsten Sicherheitsbestimmungen der Welt - und nach meinen Beobachtungen gibt es keinen Grund, das Gegenteil anzunehmen.

Der Wartesaal war gut besucht, ich suchte mir eine ruhige Ecke, wo ich den Rücken frei hatte, lehnte mich entspannt zurück und verfasste den nächsten Bericht für Christina - und meinen Chef. Ich erwähnte nichts von meinen Überlegungen bezüglich der Sicherheit der Daten und Personen. Mein Chef war ein cleverer Bursche. Wenn es notwendig wäre, würde er schon die nötigen und vor allem richtigen Maßnahmen ergreifen!

Gerade als ich fertig war und den Bericht abgeschickt hatte, wurde meine Aufmerksamkeit abgelenkt. Auf meinem Communicator erschien das Symbol für eine neue E-Mail auf dem Display. Ich öffnete sie und las: »Hi, John! Anbei die Daten über Israel und die Verse aus der Bibel. Nach deinem Hinweis konnten die fehlenden Buchstaben in Analogie zu Schriftbild und -größe ermittelt werden. Unsere Spezialisten waren zunächst leicht überrascht, um nicht zu sagen irritiert. Doch schließlich haben sie den Weg verfolgt und dann auch schnell Resultate hervorgebracht. Gruß, Christina.«

Da wurde der Flug aufgerufen und die Wartenden strömten an Bord. Ich schaltete das Telefon aus. Schließlich saß ich im Flugzeug nach Tel Aviv.

*

Ich war das erste Mal in dieser Gegend der Erde und sah für eine Weile nur aus dem Fenster. Das Mittelmeer bot einen tollen Anblick. Spiegelklar mit einigen weißen Punkten: Boote oder Schiffe. Doch bald erinnerte ich mich wieder an meinen Auftrag und schaltete meinen Communicator in den Bereitschaftsmodus. So konnte ich offline die E-Mail lesen, die ich vorhin bereits herunter geladen hatte: »Israel liegt auf der arabischen Halbinsel und zählt zum Gebiet des Nahen Ostens. Es grenzt an vier Länder, Ägypten, den Libanon, Syrien und Jordanien, sowie an das Mittelmeer im Westen und das Tote Meer, den tiefsten Punkt der Erdoberfläche, im Osten. Die drei Weltreligionen Judentum, Christentum und Islam haben in Jerusalem wie sonst nirgends auf der Welt ihre Spuren hinterlassen. Insgesamt stehen hier über eintausend Synagogen, Kirchen und Moscheen in unmittelbarer Nachbarschaft. Inoffiziell gilt Israel als Atommacht. Es wurde neunzehnhundertachtundvierzig nach einer Abstimmung in der UN-Vollversammlung gegründet. Zahlreiche Prozesse zur Befriedung wurden während der Jahrzehnte währenden Unruhen zwischen Israelis und Palästinensern eingeleitet, der Abzug aus dem Gaza-Streifen, die Road Map, doch immer wieder wird die Arbeit durch Anschläge und Selbstmordattentäter sabotiert. - Nun zu den Evangelisten und den Stellen aus der Bibel: Matthäus 28,20: (...) und lehrt sie, alles zu befolgen, was ich euch geboten habe. Seid gewiss: Ich bin bei euch alle Tage bis zum Ende der Welt. - Lukas 1,2: Dabei hielten sie sich an die Überlieferung derer, die von Anfang an Augenzeugen und Diener des Wortes waren. - Johannes 12,46: Ich bin das Licht, das in die Welt gekommen ist, damit jeder, der an mich glaubt, nicht in der Finsternis bleibt. - Johannes 1,1-18: Im Anfang war das Wort, und das Wort war bei Gott, und das Wort war Gott. Im Anfang war es bei Gott. Alles ist durch das Wort geworden, und ohne das Wort wurde nichts, was geworden ist. In ihm war das Leben und das Leben war das Licht der Menschen. Und das Licht leuchtet in der Finsternis und die Finsternis hat es nicht erfasst. Es trat ein Mensch auf, der von Gott gesandt war; sein Name war Johannes. Er kam als Zeuge, um Zeugnis abzulegen für das Licht, damit alle durch ihn zum Glauben kommen. Er war nicht selbst das Licht, er sollte nur Zeugnis ablegen für das Licht. Das wahre Licht, das jeden Menschen erleuchtet, kam in die Welt. Er war in der Welt und die Welt ist durch ihn geworden, aber die Welt erkannte ihn nicht. Er kam in sein Eigentum, aber die Seinen nahmen ihn nicht auf. Allen aber, die ihn aufnahmen, gab er Macht, Kinder Gottes zu werden, allen, die an seinen Namen glauben, die nicht aus dem Blut, nicht aus dem Willen des Fleisches, nicht aus dem Willen des Mannes, sondern aus Gott geboren sind. Und das Wort ist Fleisch geworden und hat unter uns gewohnt und wir haben seine Herrlichkeit gesehen, die Herrlichkeit des einzigen Sohnes vom Vater, voll Gnade und Wahrheit. Johannes legte Zeugnis für ihn ab und rief: Dieser war es, über den ich gesagt habe: Er, der nach mir kommt, ist mir voraus, weil er vor mir war. Aus seiner Fülle haben wir alle empfangen, Gnade über Gnade. Denn das Gesetz wurde durch Mose gegeben, die Gnade und die Wahrheit kamen durch Jesus Christus. Niemand hat Gott je gesehen. Der Einzige, der Gott ist und am Herzen des Vaters ruht, er hat Kunde gebracht.«

Das war es also. Der Inhalt der ominösen Textstellen! Nun, dem würde ich in Israel näher auf den Grund gehen. Für jetzt und hier war es zu viel des Guten!

Ich las mir den Text noch ein zweites Mal durch, doch danach richtete ich meine Aufmerksamkeit auf meine Umgebung.

Vor mir saß eine Gruppe Jugendlicher, den Sprachfetzen nach zu urteilen Touristen. Hinter mir war es ruhig, vielleicht schliefen die dort Sitzenden. Neben mir saß eine Gruppe von älteren Frauen; sie schliefen.

»Sieben senkrecht«, tönte da auf einmal eine Stimme in meinem Rücken.

Ich lauschte, doch hörte ich erst nach einer Weile eine weitere Bemerkung von derselben Stimme: »Sieben waagerecht.«

Die Worte waren in deutscher Sprache gesprochen, von einer älteren Frau. »*Kreuzworträtsel, klare Sache*«, dachte ich. »*Doch mit wem spricht sie? Es antwortet ja niemand!*«

Beim Aussteigen registrierte ich, dass sie in der Tat allein war. Nun ja, manche Menschen reden ab und zu unbewusst mit sich selbst, gerade im Alter.

Als wir spät am Abend auf dem internationalen Flughafen Ben Gurion in Tel Aviv landeten, wurde ich erwartet.

Ich hatte Koffer und Tasche in Empfang genommen und mich gerade in die Schlange der Wartenden bei der Einwanderungsbehörde eingereiht, da winkte mich ein Sicherheitsbeamter heraus. Er führte mich zu einem kleinen Raum - abseits des Passagierstromes und der Flugverkehrshektik.

Ein Mann saß auf einem metallenen Stuhl und wies wortlos auf einen ebensolchen frei stehenden Stuhl. Ich stellte mein Gepäck ab und setzte mich.

Ein Senken des Kopfes um wenige Millimeter bedeutete meinem Begleiter, dass er seinen Job erledigt hatte und wieder gehen konnte. Und er kam dieser herzlichen Aufforderung umgehend nach.

Wir waren allein.

Mein Gegenüber musterte mich ungeniert - genau wie ich ihn. Minutenlang sprach niemand ein Wort.

Unter einem untadelig sitzenden dunklen Anzug italienischen Schnitts - auch die durch eine Pistole im Halfter hervorgerufene Ausbuchtung in Achselhöhe war nur andeutungsweise zu erahnen - stach ein weißes Hemd hervor, das in direktem Kontrast zum dunklen Teint meines Gegenüber stand. Seine dunklen, wachsamen Augen hatten jenen Blick, mit dem man jede Situation augenblicklich zu durchschauen vermag und sich einen Gesamteindruck verschafft - und nicht nur einige Details in sich aufnimmt.

Nach einer Weile hatten wir beide einen Eindruck des jeweils anderen gewonnen, doch auch jetzt sprach niemand ein Wort. Als ich die Beine übereinanderschlug und begann, mich gemütlich einzurichten, brach er das Schweigen: »Hatten Sie einen angenehmen Flug, Mister Carter?«

Er hatte ein fast akzentfreies Englisch gesprochen. Verwundert sah ich ihn an. »Danke ..., ja, im Großen und Ganzen.«

»Freut mich. Immerhin ist das nicht selbstverständlich, wenn man bedenkt, dass Sie bereits in New York Ziel eines Anschlags waren. Und dann die beiden Versuche in der Schweiz ...«

»Sie sind gut informiert«, unterbrach ich ihn und bohrte meinen Blick in seine Augen.

Er hielt dem jedoch gelassen stand. »Information ist unser Geschäft, Mister Carter.«

»Ja, das ist wohl so«, entgegnete ich.

Wieder herrschte für einige Momente Stille, dann fragte er: »Wie sind Sie eigentlich unseren japanischen Kollegen entkommen? Oder anders ausgedrückt: Warum waren Sie nach gestrigem Erlebnis heute auf einmal so gute Freunde?«

Ich stutzte, doch nur kurz. »Sie sind wirklich sehr gut informiert!«

Er lächelte nur, doch seine Augen blieben kalt. Auffordernd sah er mich an.

»Ich habe sie überzeugt, dass es für sie besser ist, mit mir zusammen zu arbeiten«, erklärte ich.

Die Miene meines Gegenüber blieb unbewegt. Nur das Hochziehen seiner Augenbrauen verriet, dass er meine Worte überhaupt vernommen hatte.

»Oder hätte ich sagen sollen, die japanischen Kollegen haben Pro und Contra abgewogen und mich als 'Nicht gefährlich' eingestuft?«

»Nein, Mister Carter. Das ganz sicher nicht.«

»Sie scheinen ja wirklich eine Menge über mich zu wissen. Dafür weiß ich so gut wie nichts über Sie«, stellte ich nüchtern und mit einem Hauch Ironie in der Stimme fest.

Er wirkte belustigt. Wieder das Augenbrauenheben, dann fragte er: »Was wollen Sie denn wissen?«

»Sie arbeiten für den israelischen Geheimdienst? Sind Angehöriger des Mossad?«

Ein langsames Senken des Kopfes war nur zu erahnen. Es konnte Zustimmung signalisieren, wenn man wusste, worum es ging.

»Sie sind von der Sekretärin meines Chefs - der Abteilung V des FBI - gebeten worden, mich bei einer Mission hierzulande zu unterstützen?«

Wieder ein Senken des Kopfes, diesmal etwas kräftiger.

»Sie wissen, um was es geht?«

Keine Reaktion.

»Hat Ihnen Christina berichtet, worum es geht und warum ich die Reise nach Europa gemacht habe?«

»Und jetzt nach Israel«, fügte er hinzu.

»Und jetzt nach Israel«, bekräftigte ich und sah ihn fragend an.

»Nein, Mister Carter. Mir ist lediglich bekannt, dass Sie in meinem Land einige ..., hmm, sagen wir inoffizielle, Nachforschungen anstellen wollen und dass ich Ihnen dabei behilflich sein möge. Über Einzelheiten wurde mir nichts mitgeteilt.«

»Nur so viel, dass ich in New York, in der Schweiz und in Rom bereits einige Anschläge er- und überlebt habe, nicht?«

»Zugegeben. Allerdings sind mir beziehungsweise meinem Büro die Vorgänge in der Schweiz und in Rom aus anderen Kanälen gemeldet worden.«

Ich mochte ihn überrascht ansehen, denn er leistete sich ein feines Lächeln: »Wie Sie bereits festgestellt haben, bin ich gut informiert!«

»Ganz im Gegensatz zu mir, wie es scheint. Ich weiß noch nicht einmal Ihren Namen.«

Er sah mich nachdenklich an. Ich hielt den Blick gelassen aus, und er sagte unvermittelt: »Da es sich um ein inoffizielles Treffen handelt, denke ich, es ist besser, wenn es dabei bleibt.« Er setzte eine pfiffige Miene auf: »Nennen Sie mich doch einfach Jakob!«

»Jakob?«

»Ja, ist einfach zu merken, oder?«

»In Ordnung ..., Jakob. Und inwiefern können Sie mir behilflich sein, wenn Sie offiziell nichts von meiner Anwesenheit wissen?«

»Ich verfüge nicht nur über gute Informanten, sondern überhaupt über gute Kontakte in diesem Land. Und auch wenn dieselben alle reichlich sensibel sind, werde ich Ihnen einen vermitteln, der Ihnen mit Sicherheit weiterhelfen wird ...«

»Das klingt nicht schlecht.«

»Das will ich meinen. Diese Person hat in der Vergangenheit etliche Aufträge von uns bearbeitet.«

»Nett formuliert.«

Der Anflug eines Lächelns war wieder einmal kurz zu spüren, doch verschwand es gleich wieder und machte dem stoischen, emotionslosen Gesichtsausdruck Platz, den er die ganze Zeit über pflegte. »Bitte geben Sie mir Ihren Pass!«

Ich zog fragend eine Augenbraue hoch, doch dann verstand ich. Ich angelte in meiner Jacke nach meinem Reisepass und reichte ihm das gewünschte Objekt.

Wie aufs Stichwort erklang ein Klopfen an der Tür, sie wurde geöffnet, und ein Beamter erschien in der Öffnung. Mein Gastgeber hielt ihm meinen Pass entgegen: »Drei Tage.«

»Jawohl!«

Der Beamte verschwand. »*Er muss die ganze Zeit hinter der Tür gestanden und auf ein Klingelzeichen reagiert haben, das ich nicht gehört habe*«, überlegte ich.

»Sie werden ein Touristen-Visum für zunächst einmal drei Tage bekommen«, erklärte mir Jakob. »Bei Bedarf können wir es natürlich jederzeit verlängern.«

»In Ordnung.«

Übergangslos wechselte er zu unserem Ursprungsthema zurück: »Ihr Kontaktmann sitzt in Jerusalem. Sie werden morgen früh dort hinfahren und zu einer bestimmten Uhrzeit in einem bestimmten Restaurant sein. Es wird sie jemand ansprechen. Sie haben mit einem Codewort zu antworten, dass ich Ihnen gleich nennen werde. Da Sie unverkennbar aus dem Ausland stammen, werde ich mit Ihrer Kontaktperson ein englisches Codewort verabreden.«

»Englisch?«

»Mister Carter! Hier sprechen alle Englisch! - Nun ja ..., fast alle.«

»Und den Hebräer nimmt man mir wohl nicht ab, wie?«

»Stimmt.«

»Aber brauchen wir wirklich ein Codewort? Wir sind doch nicht bei irgendwelchen Geheimdienstspielchen!«

»Tja ..., wie es aussieht, sind Sie das doch. Sonst hätte sich Ihr Chef wohl kaum so ins Zeug gelegt ... - und glauben Sie mir, er hat einiges bewegt, nur damit wir beide uns hier treffen und ich Sie instruieren kann!«

»Woher kennen Sie meinen Chef?«

Er sah mich mit einem seltsamen Ausdruck in den Augen an. Fast schien es als ob er ein schnell wirkendes Beruhigungsmittel genommen hätte, denn er wirkte wie weggetreten. Doch nach wenigen Augenblicken sah er wieder normal aus. »Beziehungen sind das halbe Leben.«

»Aha.«

»Ich bin ihm zu Dank verpflichtet. Sehr.«

Sein Tonfall verriet emotionale Regung, eine völlig ungeahnte Note. Daher forschte ich nicht weiter nach, sondern willigte ein: »Okay ...! - Also ein englisches Codewort.«

»In Ordnung.« Er nickte und war sofort wieder im anderen Film. »Im Anschluss wird man Sie auffordern, mitzukommen. Wahrscheinlich wird man mit Ihnen ein bisschen Theater spielen ..., mit dem Auto durch die Straßen fahren ..., Ihnen die Augen verbinden ..., scheinbar ohne Sinn und Zweck. Denken Sie sich nichts dabei - unser Informant ist wie gesagt sehr sensibel ..., und er lebt nur deswegen noch, weil er solche Maßnahmen strikt einhält.«

»Verständlich.« Ich zögerte kurz. »Aber was mache ich, wenn ich ...«

»Sie meinen, wenn Sie in eine Falle gelockt werden sollten, Mister Carter?«

Ich nickte.

Er beugte sich ein kleines Stück nach vorn und zeigte ein leises Lächeln: »Eine Garantie kann ich Ihnen nicht geben ..., aber Sie werden sich im Ernstfall doch gewiss zu verteidigen wissen, nicht?«

»Mit verbundenen Augen? In einem fremden Land?«

Wieder dieses Lächeln! »Mister Carter!« Es war ein nachsichtiger Ton, den er jetzt anschlug. »Wir sind hier zwar nicht in den USA, aber selbst wir haben bereits von der Abteilung V des FBI gehört - der Elite der Special Agents. Ich bin mir sicher, dass Ihnen im Fall der Fälle eine Möglichkeit einfällt, die Sie vor größerem Schaden bewahrt. Immerhin dürften die Aktionen in der Schweiz und in Rom von Ihnen gleichfalls nicht vorhergesehen und doch bewältigt worden sein.«

»Hmm ..., sehr nett, Jakob. Das beruhigt mich ganz außerordentlich.«

»Ich wusste, dass Sie es genau so sehen.« Er ließ sich nicht provozieren. »Ihnen ist klar, dass ich Ihnen nicht in eigener Person helfen kann, ja? Auch dieses Treffen wird von mir in keinem Bericht erwähnt werden.«

»Ja«, seufzte ich. »So etwas Ähnliches habe ich befürchtet. Haben Sie denn wenigstens die Orte recherchieren können, an denen der Ermordete, Cartwright, war? Oder ist Ihnen unter Umständen sogar bekannt, ob sich Cartwright und Ihr Verbindungsmann hier in Israel getroffen haben?«

»Nein, davon ist mir nichts bekannt. Aber selbstverständlich befindet sich ein kompletter Bericht bereits auf Ihrem Hotelzimmer. Dort finden Sie alle Einzelheiten, in komprimierter Form.«

»Meinem Hotelzimmer?«, staunte ich.

»Ja, in gewissen Kreisen und auf gewissen Ebenen mag es ja hin und wieder zu kleineren oder auch größeren Unstimmigkeiten kommen ... - aber die Zusammenarbeit auf der Arbeitsebene klappt hervorragend. Speziell mit Ihrem Chef. Sobald wir dieses Gespräch beendet haben, bringt Sie ein Beamter in Ihr Hotel. Sie werden erst morgen nach Jerusalem fahren. Das kommt Ihrer Tarnung als Tourist mehr entgegen, denn Urlauber schlafen nach anstrengenden Reisen auch mal.«

»Dagegen hätte auch ich nichts einzuwenden!«, stellte ich süffisant fest. »*Arbeitsebene! Dass ich nicht lache! Er macht mir nicht den Eindruck eines Dienstboten!*«

»Sehen Sie! Morgen früh werden Sie vom Hotelpersonal geweckt, und dann können Sie in aller Ruhe, ausgeruht und erholt und versehen mit unseren Informationen über Ihren Toten Ihren Fall lösen.«

»Danke sehr. Da haben Sie aber gut vorgearbeitet.«

»Planung ist unser Geschäft, Mister Carter. Ich habe ...«

Es klopfte, und die Tür wurde geöffnet. Der Beamte von vorher brachte meinen Pass, den ich kurz betrachtete, den Eintrag begutachtete und dann wieder in meiner Jacke verstaute. »Drei Tage«, erklärte ich.

»Gut, Mister Carter. Ich habe für Sie ein bisschen Geld mitgebracht. Ihr Büro hat eine Anweisung geschickt. Die Hotelrechnung ist zwar bereits im Voraus bezahlt, aber Sie werden sicherlich die eine oder andere Gelegenheit zum Gebrauch von Bargeld erhalten.«

»Gute Planung ist wirklich die halbe Miete«, kommentierte ich diese für mich nicht überraschende Tatsache. Die dachten auch wirklich an alles!

»Hier sind eintausend neue Schekel.« Er schob mir einige Scheine und Münzen über den Tisch entgegen.

»Danke sehr.« Ich nahm das Geld und steckte es in meine Brieftasche.

»Es war mir ein Vergnügen, Mister Carter!«

*

Der Fahrer benutzte ein Taxi und ließ sich von einem normalen Taxifahrer nicht unterscheiden. Er sprach wenig und konzentrierte sich ganz auf den Verkehr, der mich an eine amerikanische oder europäische Großstadt erinnerte. Nur als wir vor dem Hotel ankamen, wünschte er mir eine Gute Nacht!

Ohne Zeitverzögerung konnte ich mein Zimmer beziehen.

»Jakob hat gut vorgesorgt.«

Als ich mich eingerichtet hatte, sah ich aus dem Fenster. Nicht nur der Verkehr erinnerte mich an eine amerikanische oder europäische Großstadt. Das Panorama, das sich mir bot, war überwältigend. Hätte ich es nicht gewusst, dann hätte ich es nicht für möglich gehalten, in Israel zu sein.

Ich rekapitulierte die Ergebnisse, die ich bisher gesammelt hatte und stellte fest, dass ich noch immer nicht viel in Erfahrung gebracht hatte. Daraufhin widmete ich mich nochmals der E-Mail von Christina und las mir die Texte aus der Bibel durch. Weswegen man wegen der Texte einen oder mehrere Menschen umbringen sollte, erschloss sich mir nicht. Immerhin war die Bibel in der Tat Allgemeingut. Nun ja, vielleicht würde der morgige Tag ein wenig Licht ins Dunkel bringen! Ich beruhigte mich mit dem Gedanken an den Verbindungsmann, der wohl schon anderen bei ihren Recherchen geholfen hatte.

9. In der Heiligen Stadt

Tel Aviv, Israel
Donnerstag, 7:00 a.m.

Am Morgen stellte ich fest, dass sich allmählich die Reisestrapazen der letzten Tage bei mir bemerkbar machten. An sich verfügte ich über eine gute Physis und ausgezeichnete Kondition, doch in Kombination mit den Ereignissen vor meinem jetzigen offiziellen Urlaub waren die Reserven nahezu erschöpft. Ich beschloss, vor dem Frühstück den Trainings- und Gymnastikraum des Hotels aufzusuchen.

Außer mir war nur noch ein weiterer Sportsgeist anwesend. Er sah aus wie der kommende Mister Olympia und quälte sich an Eisenstangen, die ich nicht nur nicht zum Training benutzt hätte, sondern wahrscheinlich nicht einmal von einer Ecke des Raumes zur anderen hätte tragen können.

Wir hatten uns kurz aber respektvoll begrüßt, und er sah sich offenbar auch nicht genötigt, bei seinem kräftezehrenden aber wohl auch -fördernden Programm innezuhalten. Ich begann mein Training wie üblich mit ein paar Lockerungs- und Stretchingübungen, danach betrat ich das Laufband und spulte ein paar Meter in ordentlichem Tempo runter.

Gehörig ins Schwitzen geraten, hatte ich mir nun augenscheinlich die Ehre zu intensiverem Gedankenaustausch verdient. »Tourist?«, kam es auf Englisch aus der Ecke, wo Eisenhanteln übereinander gehoben wurden.

»Well ...« Ich nickte und sah ihn fragend an.

»Ich auch«, erklärte er und wechselte das Gerät. Er setzte sich auf die Bank - zum Bankdrücken, und schraubte noch einige Hantelscheiben zusätzlich auf die Stange.

»Je mehr Widerstand ich bewältige, umso mehr Kraft muss ich aufwenden, um ihn zu bezwingen. Und umso stärker werde ich«, erklärte er selbstbewusst. Mein vielleicht etwas zweifelnder Blick war ihm möglicherweise nicht entgangen.

Ich nickte und versuchte mich ebenfalls an einigen Geräten. Doch die Gewichte waren ungleich leichter.

*

Es ist ein gutes Gefühl, etwas für den Körper zu tun und getan zu haben. Erst recht wenn man sich eine erfrischende Dusche und ein Frühstück, das ich mir telefonisch auf mein Zimmer bestellt hatte, danach gönnt.

Als ich aus dem Bad kam, stand alles bereit. Und es war sogar noch etwas mehr da. Auf dem Frühstückstablett lag ein verschlossener, undurchsichtiger Umschlag. »John Carter, Zimmer drei-eins-vier«, stand darauf zu lesen - sonst nichts.

Ich ließ das Frühstück Frühstück sein und öffnete den Umschlag: »Finden Sie sich heute Mittag um ein Uhr im Restaurant Arabesque in der Nablus Road in Jerusalem ein. Setzen Sie sich an einen Tisch und bestellen Sie ein Essen. Sie werden angesprochen und gefragt, ob Sie Tourist und Amerikaner sind. Bestätigen Sie dies jeweils. Dann wird Ihnen das erste Codewort genannt: Boston. Sie haben darauf mit 'Phoenix' zu antworten. Gezeichnet: Jakob.«

Das war alles. Keine Einleitung, keine überflüssigen Floskeln. Ich prägte mir alles genau ein, dann verbrannte ich Zettel und Umschlag und spülte die Reste in der Toilette hinunter. Dann widmete ich mich dem Frühstück, und bald machte ich mich auf den Weg nach Jerusalem.

Die Busfahrt dauerte eine Dreiviertelstunde und verlief ereignislos. Kein Selbstmordattentäter, keine außergewöhnlichen Kontrollen, keine sonstigen Vorkommnisse. Eine subjektive Beobachtung konnte ich hingegen machen, und zwar fühlte ich mich zum ersten Mal auf meiner Reise - und in meinem Leben - irgendwie fremd. In diesem Land, dessen Sprache ich nicht verstand. Zwar sprachen die meisten Englisch, aber dennoch ist es etwas anderes als wenn ich als Amerikaner zum Beispiel nach England oder Kanada fahren würde. Aber es kam noch ein anderer Aspekt hinzu, der noch stärker zu meinem Gefühl beitrug: es war eine andere Kultur. Die Mentalität der Menschen war eine ganz andere als ich bisher kennen gelernt hatte.

Die Stadt präsentierte sich unter einem hellblauen Himmel, mediterranes Flair lag in der Luft - Geschichte, wohin man sah. Eine weitere Beobachtung machte ich: Es waren viele Touristen in der Stadt. Ich konnte zwar keine Vergleiche mit anderen Tagen oder Zeiten anstellen, doch führte ich es auf die Karwoche und die bevorstehende Karfreitagsprozession zurück.

Pünktlich um ein Uhr mittags fand ich mich am vereinbarten Treffpunkt, dem Restaurant ein. Es lag im Osten der Stadt und versprühte eine angenehme Atmosphäre mit orientalischem Flair. Das Essen schmeckte vorzüglich, doch ich konnte es ob einer gewissen Anspannung und Erwartungshaltung nicht richtig genießen. Doch aß ich das Gericht auf und war fast ein wenig enttäuscht, dass sich nichts getan hatte. Es war fast eine Stunde vergangen.

In dem Moment betrat ein etwa fünfzehnjähriger Junge das Restaurant. Er hatte eine Tasche über der Schulter hängen und strebte von Tisch zu Tisch. Als er bei mir war, sagte er:»Guten Tag, Mister, mein Name ist Benjamin, ich bin Fremdenführer. Ich nehme an, dass Sie ein Tourist sind, ja?«

Erstaunt blickte ich ihn an. »*Sollte dieser Junge ...?*« Ich nickte.

»Sie kommen bestimmt aus Amerika, oder?«, lautete die nächste Frage.

»Ja. Stimmt.« Ich schluckte den letzten Bissen hinunter. »*Das kann doch unmöglich sein, dass dieser Junge die Kontaktperson sein soll!*«

»Meine Schwester hat in Boston studiert. Woher kommen Sie?«

»Aus Phoenix«, antwortete ich mechanisch.

»Soll ich Ihnen die Stadt zeigen? Ich kenne tolle Punkte, die niemand sonst kennt.«

»Ja ..., gern.«

Er nickte als ob er es nicht anders erwartet hatte und verkündete, er würde draußen warten.

Ich zahlte und folgte ihm dann. Er führte mich auf mehreren Umwegen zu einem Auto, in dem ein älterer Mann saß. Ich stieg hinten ein, der Junge setzte sich neben mich und reichte mir eine Augenbinde. Wortlos. Ich legte sie an und sprach ebenfalls kein Wort.

Auch während der Fahrt wurde nicht gesprochen, doch verlor ich trotz ungestörter Konzentration die Orientierung. Zu viele Abbiegungen und kleine Straßen und Gassen.

Schließlich hielten wir. Die Binde wurde mir abgenommen, und der Junge bedeutete mir auszusteigen. Sobald wir neben dem Auto standen, brauste der Alte davon. Er war offenbar nur der Fahrer.

Wir standen vor einem Haus, in dessen Eingang soeben ein Mann erschien. Er war von mittelgroßer Statur und besaß ein Paar kluge Augen, wie ich es noch nie gesehen hatte. »Mister Carter?«

»Ja.«

»Willkommen in Jerusalem. Nennen Sie mich Salomon - nur Salomon. Bitte kommen Sie herein!« Er hatte Englisch gesprochen.

Ich war beruhigt. Damit war das Verständigungsproblem gelöst. »Mein Name ist John«, sagte ich und folgte der Aufforderung.

Im hinteren Teil des Hauses verschwand eine Gestalt in den Nachbarraum. »Susanne ... - meine Tochter«, erklärte mein Gastgeber. »Ihre Mutter - meine Frau - starb bei ihrer Geburt. Sie ist sehr schüchtern.«

Ich verstand und setzte mich auf den mir angebotenen Stuhl. Er brachte Getränke - Fruchtsaft und Wasser.

»Sie müssen die ungewöhnlichen Umstände Ihrer Fahrt hierher entschuldigen, aber hier ist überall Feuer. Bei Bedarf genügt es, wenn Sie einen Tropfen Öl hinein schütten, und die Situation eskaliert. Und es sind nicht immer Einheimische, die für das Öl sorgen.«

»Daher die Vorsichtsmaßnahmen.«

»Es dient meiner Sicherheit, ja.«

»Ich verstehe.«

»Wie kann ich Ihnen helfen, Mister Carter?« Er sah mich erwartungsvoll an.

»Ich habe die Reise gemacht, um einen Mord aufzuklären. In New York sind am letzten Wochenende mehrere Menschen ums Leben gekommen, und am Samstag ist ein Mann getötet worden, der aus Europa kam, aber vorher auch einmal in Israel war. Sein Name war David Cartwright. Haben Sie ihn vielleicht gekannt?«

Salomon verneinte.

»Er hat uns einige Hinweise hinterlassen, natürlich unfreiwillig. Vielleicht können Sie uns dabei helfen, diese auszuwerten.« Ich öffnete das Programm auf meinem Communicator und präsentierte ihm zunächst den Inhalt des Zettels mit den Bibelstellen und entsprechende Erläuterungen, die Christina geliefert hatte.

»Ja, das ist ziemlich eindeutig«, meinte er nach eingehender Begutachtung. »Sie haben sich noch nie mit der Bibel beschäftigt?«

»Nicht sehr intensiv, nein.«

»In gewissen Kreisen wird behauptet, dass in der Bibel ein Code enthalten sei - mit Vorhersagen über die Geschichte der Menschheit. Auch die Offenbarung des Johannes, das letzte Kapitel der Bibel, beinhaltet einen Code - und wahrscheinlich sogar den berühmtesten, nämlich die Zahl des Tieres.«

»Die Zahl des Tieres?«

»Die mysteriöse Zahl sechshundertsechsundsechzig oder auch sechs sechs sechs. Der Gegenspieler des Christus.«

»Ah ja, davon habe ich schon einmal gehört! Aber das ist doch Aberglaube, oder?«

»Nein. Es verbirgt sich etwas dahinter, doch muss man es erst verstehen lernen. Diese Worte und Prophezeiungen beinhalten einen Code.«

Ich schaltete schnell. »So ähnlich wie bei Nostradamus?«

»Ja, in gewisser Weise. Aber nun wollen wir uns die Stellen von Ihrem Zettel einmal genau ansehen.«

Er stand auf und holte mehrere Bücher. Ich erkannte eine Bibel und einen Koran. Er setzte sich wieder und erklärte: »Seit dem Tod meiner Frau und meines jüngsten Sohnes habe ich lange Zeit in tiefster Depression verbracht. Ich habe mit allem gehadert, was mir begegnete; mit meiner Umwelt, den Mitmenschen, dem Schicksal und ... - Gott. Aber dann wollte ich es eines Tages wissen: den Grund für das alles! - Wenn Sie so wollen, den Sinn des Lebens.«

»Ich verstehe.«

»Ich habe die alten Schriften des Judentums, der Parsen, der Essäer, orientalischer und längst ausgestorbener und zu Grunde gegangener Völker und Kulturen und den Koran studiert - und auch die Bibel.«

»Und haben Sie eine Antwort gefunden?«

Salomon nickte. »Auch der Koran berichtet von Jesus, dem Sohn der Maria. Auf Arabisch Isa Ben Maryam. 'Das Wort ist Wahrheit' wird in Sure neunzehn, Vers fünfunddreißig gesagt.«

»Das wusste ich ja gar nicht«, staunte ich.

»Tja, wenn es danach geht, was die Menschen wissen und was nicht ...«, sinnierte mein Gegenüber. »Die Religionen sind sich ähnlicher als manche denken.«

Stille.

Er verharrte in Nachdenken, und ich störte ihn nicht. Bald sah er mich mit strahlenden Augen an. »Ich hoffe, ich kann es in Ihrer Sprache ausdrücken. Ich werde es versuchen.«

»Oh bitte, Sie sprechen sehr gut Englisch!«

Er lächelte wieder, doch dann wurde er ernst. »Kalimatu'llah - das Wort Gottes! Er sagt nur 'es werde', und es wird. Vers sechsunddreißig. Entsprechende Passagen finden sich auch in der Bibel der Christen und in der Thora der Juden, den Büchern Moses. Moses, der unserem Volk und der Menschheit die Gesetze gegeben hat. Nur beachten sie viel zu viele Menschen leider gar nicht mehr!«

Ich nickte nur.

»Judentum, Christentum und Islam haben sehr viele Gemeinsamkeiten«, fuhr er in seiner Erzählung fort. »Auch im Koran werden biblische Personen erwähnt, so zum Beispiel Adam und Jesus, aber auch Moses und Johannes der Täufer. Und der Evangelist Johannes wiederum verweist den orthodoxen Anhänger darauf, dass bereits Moses von 'dem Wort Gottes' sprach - vom Messias ..., griechisch Christos ..., lateinisch Christus. Er wird auch als das Licht oder das Wort bezeichnet. Aber wie gesagt, das sind Bezeichnungen. Mein Volk nannte ihn den Messias, es war dazu auserkoren, auf ihn hinzuweisen; nur haben die Menschen dieses größte Ereignis der Menschheitsgeschichte nicht völlig verstanden.«

Ich schüttelte den Kopf. Das waren mir für den Moment zu viele Informationen. »Oh bitte, einen Moment!« Ich hob entschuldigend die Hände. »Das ist mir alles ein bisschen zu viel. Ich glaube, mir fehlen da ein paar Grundlagen!«

Er lächelte. »Ich habe Jahre gebraucht, um mir diese Kenntnisse zu verschaffen. Und es war nicht einfach! - Aber je größere Widerstände man im Leben überwinden muss, umso stärker wird man!«

»Ja, das kann ich aus dem praktischen Leben bestätigen.«

»In den geheimen Überlieferungen wird berichtet, dass es vor Urzeiten keine Religion gegeben hat und dass diese erst erforderlich wurde, als die Menschen immer tiefer in die Materie eindrangen. Religion bedeutet Wiederverbindung oder überhaupt Verbindung mit Gott, den die Menschen nicht mehr erkannten, nicht mehr sahen. Man konnte nur indirekt Schlüsse ziehen. Daraufhin wurde das ausgebildet, was man Logik nennt.«

»Warum gibt es denn Hellseher, Propheten und solche Leute?«

»Damit die Menschen die Verbindung nicht verlieren. Die Verbindung zu ihrem Ursprung.«

Ich musste an die Diskussion der Wissenschaftler in Rom denken. »Der Ursprung beschäftigt auf die eine oder andere

Weise irgendwie alle.«

»Eine alte Legende erzählt, dass der Teufel seine Existenz lange Zeit verheimlicht hat, und als es sich eines Tages nicht mehr leugnen ließ, brachte er die Menschen dahin, zu glauben, dass sie die Wahl hätten zwischen ihm und Gott; dass die beiden sozusagen gleichberechtigt nebeneinander stehen würden, und der Mensch entweder dem einen oder dem anderen mehr zugetan wäre ...«

»Der Unterschied oder das Prinzip von Gut und Böse!«

Salomon schüttelte den Kopf. »Ja, das denken viele! Aber so ist es nicht!«

»Nicht?«

»Nein! - Haben Sie ein wenig mathematisches Verständnis?«

»Nun ja ..., was verstehen Sie unter ein wenig?«

»Das kleine Einmaleins genügt völlig. Sehen Sie, diese beiden Wege, die man gehen kann - gut oder böse -, sind mathematisch gesehen zwei.«

»Ist klar.«

»Nun, aber vor der zwei steht die eins!«

Ich überlegte ein paar Sekunden. »Ist auch klar!«, rief ich dann.

»Sehen Sie ..., und damit ist klar, dass es nicht das Ende ist, wenn man sich für die eine oder die andere Seite entscheidet. Es ist nur ein Mittel zum Zweck.«

»Zum Zweck? Zu welchem Zweck?«

»Zum Lernen ..., sich entwickeln ...«

Allmählich begann ich zu verstehen.

Salomon blätterte in seiner Bibel bis fast zum Schluss. »In der Offenbarung des Johannes gibt es eine Einleitung. Dort heißt es im achten Vers: Ich bin das Alpha und das Omega, spricht Gott, der Herr, der ist und der war und der kommt, der Herrscher über die ganze Schöpfung.« Er sah mir direkt in die Augen. »Alpha und Omega sind Griechisch und bedeuten Anfang und Ende. Man könnte also sagen, dass es jemanden gibt, der am Anfang war, der jetzt ist, und der auch am Ende sein wird, sozusagen der Erste und der Letzte.«

Ich musste an das Gespräch mit Saskia denken. »Von der Funktion so eine Art Controller«, rutschte es mir heraus.

»Wie bitte?« Salomon sah mich verwundert an.

»Oh, ich habe nur an etwas gedacht. Aber ich glaube, mir leuchtet das Ganze ein, was Sie mir sagen wollten.«

Er lächelte. Es war ein friedliches, man könnte sagen seliges Lächeln. »In der griechischen Mythologie wurde die Unterwelt als Synonym für das Jenseits bezeichnet. Wenn die Helden sich dorthin begaben, dann waren damit geistige Vorgänge gemeint. So ähnlich ging es Ihnen jetzt gerade, wenn auch auf einer Art Vorstufe. Sie waren in Gedanken - Assoziationen.«

»Ja!« Jetzt fühlte ich mich an Rom erinnert. Doch Salomon erzählte schon wieder weiter: »Jesus war dreißig, als er getauft wurde und der Christus in ihn einzog. Somit gilt er als Vorbild für alle Menschen, da er den Christus in sich trug.«

»Das soll also jeder ebenfalls tun?«

»Ganz genau. Jeder Mensch wird von zwei Dingen gelenkt, vom Schicksal und von der Liebe. Und wo sich die beiden begegnen, da hat die Suche nach dem Sinn des Lebens ein Ziel gefunden. Haben Sie sich noch nie Gedanken darüber gemacht?«

»Irgendwie nicht. Ich hatte bisher noch keine Veranlassung dazu. Das Leben lief einfach so vor sich hin ...«

»Solange bis es zu einer recht persönlichen Angelegenheit von Ihnen wurde. In Form eines Auftrages - eines Falles. Eine Mischung aus beruflich und privat.«

»Tja, so kann man es sehen. Aber vielleicht bin ich doch der falsche Typ dazu. So richtig Licht in den Fall habe ich bisher jedenfalls noch nicht gebracht.«

»Dabei will ich Ihnen ja helfen.« Er lächelte. »Sie kommen aus Rom, wenn ich Sie richtig verstanden habe?«

»Mittelbar aus Griechenland.«

»Aus Griechenland?«

»Nun ja, der Flug ging über Griechenland, ich musste dort

umsteigen, bevor ich weiter nach Tel Aviv geflogen bin.«

»Ach so. Dann war das ja eine wahrhaft historische Reise - wie Geschichtsunterricht zum Anfassen.«

»In der Tat, ein wenig fühlte ich mich in die Schule zurückversetzt, in die Schulzeit.«

»Ja ja, die Schule. Dort lernt man eben auch für das Leben. Aber genau so ist das Leben eine Schule.«

»Ich verstehe«, wiederholte ich nun zum dritten Mal. Allmählich breitete sich der Gedanke aus, dass mir dieses Treffen in der Tat eine Menge bringen konnte. Doch wie viel? Und würde es reichen, um den oder womöglich die Morde aufzuklären?

Salomon führte seine Gedankengänge weiter aus: »Der Mohammedanismus hat damals dafür gesorgt, dass die alten Wissenschaften und Künste nach Europa gelangten. Auf dem Umweg über Spanien zum Beispiel haben die Araber wissenschaftliche Elemente aus ihrer jahrtausendealten Geschichte nach Europa gebracht, auch in Form von Papier ... - Pergamentrollen, die sie dort verkauften. Genauso lief es über andere Kanäle, durch Osteuropa. Die religiösen Elemente wurden offen bekriegt, die wurden nicht geduldet, denn von Rom her hatte sich das Christentum in Europa verbreitet. Und als die Kreuzzüge vorbei waren und die Menschen auf der einen Seite die Religion hatten und auf der anderen Seite die Wissenschaft, da wuchs das Streben nach etwas Neuem; mit dem Ergebnis, dass die Bibel auch außerhalb von Kirchenmauern, in die Hände von Nicht-Kirchenleuten gelangte und gelesen wurde. Das evangelische Christentum ist so entstanden.«

»Und dann gibt es noch die Juden, das Judentum.«

»Sehr richtig. Weltweit gibt es heute ungefähr dreizehn Millionen Juden. In New York leben etwa zwei Millionen, fast viermal so viele wie hier in Jerusalem, dem Ort der Kreuzigung von Jesus Christus.«

An die Morde erinnert, sagte ich: »Auch in New York herrscht eine wahre Vielfalt von Religionen. Da gibt es nichts, was es nicht gibt.«

»Das glaube ich. Aber das ist doch das beste Beispiel für den normalen Lauf der Dinge. Es geht nicht um den Kampf der Religionen. Religionen kämpfen nicht. Es sind Menschen, die kämpfen und sich hinter der einen oder anderen Religion verstecken.«

»Oder Ideologie.«

»Richtig. Doch stets sind die Menschen der entscheidende Faktor. Überall. Wer hat zum Beispiel Schuld? Die Kugel, die Patrone, das Geschoss, das die tödliche Verwundung hervorruft? Oder die Pistole, das Gewehr, die Waffe, die die Kugel abgegeben hat?«

»Der Mensch«, antwortete ich, »der die Waffe betätigt.«

»Sehr richtig. Aber kommen wir wieder zum Thema. Es reicht nicht, es zu sagen, nur zu behaupten. Man muss es auch so meinen.«

»Also gedanklich dahinter stehen.«

»Sehr richtig. Liebe aussprechen kann jeder, aber sie im Geiste verwirklichen, das kann nicht jeder. Kabbalah ist die Lehre vom Wort, vom göttlichen Schöpfungswort. Das, was in der Bibel angedeutet ist mit 'Es werde' - das sich also realisiert, wenn man es ausspricht. Aber wohlgemerkt: Man muss es vor allem mit dem Geist aussprechen, und zuvor muss man den Geist und den ganzen Menschen, also auch Seele und Körper, schulen. Das wurde früher in den Geheimschulen gelehrt, ist aber nach und nach verloren gegangen - und damit auch das Wort, das Wissen um das göttliche Wort - und somit von Christus. Solche Menschen, die in den Geheimschulen unterrichtet wurden und sich gleichmäßig entwickelten, nannte man Eingeweihte. Denn sie waren in die Mysterien des Lebens eingeweiht.«

Ich fühlte mich an das Gespräch mit Saskia erinnert. *»Wie sich doch die Dinge wiederholen - oder gleichen!«* Laut sagte ich: »Sozusagen eine Geheimwissenschaft, die nicht für jedermann zugänglich war.«

»Sehr richtig. Die Eingeweihten wurden nach harten Prüfungen schrittweise in die Mysterien eingeführt. Sie hatten

Kenntnis von den Geheimnissen der göttlichen Schöpfung.«

Wieder musste ich an mein Gespräch mit Saskia denken, doch Salomon erzählte schon weiter: »Sie sprechen Englisch und wahrscheinlich Spanisch?«

Ich nickte bestätigend. »Spanisch und Englisch durch meine Eltern, dazu Deutsch durch meinen Großvater, ein bisschen Japanisch, und Französisch, Portugiesisch und Italienisch habe ich ebenfalls gelernt.«

»Also insgesamt sieben Sprachen - ganz beachtlich. Aber nun stellen Sie sich ein Wesen vor, dass alle Sprachen der Welt spricht.«

Ich sagte nichts.

Das veranlasste ihn offenbar, eine tiefergehende Erläuterung zu geben: »Stellen Sie sich eine Macht vor, die alle Menschen erreicht ..., sie in ihrem tiefsten Innern anspricht und berührt - unabhängig von Kultur, Rasse, Religionszugehörigkeit oder sozialem Status!«

Beeindruckt schwieg ich. Ich hätte auch nicht gewusst, was ich hätte antworten sollen.

Auch er schien die Wirkung der Worte nicht verringern zu wollen und blieb ebenfalls still.

»Das wäre eine große Macht ..., man könnte fast sagen, allmächtig!«, sagte ich dann nach einer Weile.

»Richtig.« Er nickte bedächtig. »Das wäre es.«

»Wie fundamental wäre das für unsere Welt! Eine Kraft, die keine Religionsgrenzen kennt, alle Religionen anspricht oder berührt!«

»Oder vielleicht zu Grunde liegt«, gab er zu bedenken.

»Oder sogar das, ja!« Ich überlegte kurz und fasste dann zusammen: »Dann ist also mit dem Begriff 'Das Wort Gottes' Christus gemeint. Aber wo ist der Bezug zu der Waffe, hinter der alle her sind?«

»Das kann ich Ihnen nicht beantworten. Ich weiß nicht, was sich in den Köpfen anderer Leute abspielt.«

Draußen wurden Schritte hörbar. Ein leises Rauschen, ein schnelles Schurren, dann klopfte es leise aber vernehmlich, und eine Stimme rief ein paar halblaute Worte in unseren Raum. Mein Gastgeber sprang sofort auf und eilte hinaus.

Ich folgte ihm und erblickte einen durch ein langes Gewand mit Kopftuch verhüllten Jungen, der eindringlich auf ihn einredete. Es war Benjamin.

Als er mich sah, verstummte er, drehte sich um und verschwand ins Freie. Die Miene meines bisher so freundlichen und ruhigen Gastgebers hatte sich deutlich verändert. »Sie müssen hier weg!«, erklärte er mir in einem Tonfall, der keinen Raum zur Diskussion ließ.

Ich schaute ihn fragend an.

»Mein Sohn hat in unserem Block verschiedene Fremde gesehen, und er hat gehört, dass sie einen Fremden suchen.«

»Na ja, und ...? Hier gibt es bestimmt noch andere Touristen außer mir«, entgegnete ich dennoch. Die Sache kam mir nicht allzu bedenklich vor.

»Aber keiner von diesen anderen Touristen sieht so aus wie Sie und heißt so wie Sie. - Die Fremden haben Dutzende von Fotos hier herum gezeigt!«

Jetzt war ich überzeugt.

Er eilte nach hinten. »Susanne! Komm schnell, wir müssen weg!« Er sprach immer noch Englisch. Seine Tochter trat aus dem hinteren Raum. Die beiden stürzten an mir vorüber, und ich folgte ihnen.

»Stop!« Ich hielt sie am Eingang zurück. »Lassen Sie mich erst einmal einen Blick in die Runde werfen!«

Die beiden verharrten. Ich musterte die Umgebung, doch so viel ich sehen konnte, waren nur einige - harmlos wirkende - Einheimische auf der Straße.

In dem Moment tauchte der Vermummte - sein Sohn - wieder auf und gab uns ein Zeichen. Er schien sehr aufgeregt und redete hastig auf seinen Vater ein, der neben mich getreten war und ebenfalls die Umgebung musterte.

»Sie sind noch etwa hundert Meter entfernt - in der nächsten Querstraße«, übersetzte er mir die Worte seines Sohnes und ergriff die Hand seiner Tochter.

Wir flüchteten in die entgegengesetzte Richtung. Der Sohn voran, dann die beiden, ich bildete den Schluss. Dabei drehte ich mich in unregelmäßigen Abständen immer wieder um, aber unsere Verfolger waren nicht zu sehen.

Wir hasteten durch etliche Gassen, dann lag vor uns ein kleineres mit Geröll übersähtes Feld mit Häuserruinen an den Seiten. »*Wie geschaffen für einen Hinterhalt!*«, schoss es mir durch den Kopf. Aber es war zu spät zur Umkehr, die drei waren schon bis zur Mitte des Feldes gelangt.

Ich beschleunigte meine Schritte, und am Ende des Feldes waren wir alle wieder eng zusammen. Nichts war passiert.

Doch im nächsten Moment zuckten wir zusammen.

Eine Geschossgarbe fegte über unsere Köpfe hinweg.

Unsere Verfolger standen am Anfang des Feldes - jetzt waren sie keine hundert Meter mehr entfernt.

»Schnell weiter!«, bedeutete ich dem Sohn, der mich auch ohne Worte verstand, sich umdrehte und den Weg fortsetzen wollte.

Aber seine Schwester wollte offenbar nicht.

Sie stand seit den Schüssen still wie eine Statue. Und obwohl ich in meinem Leben - und gerade in der Zeit als FBI-Beamter - eine Menge Menschen mit Emotionen gesehen hatte, konnte ich ihren Gesichtsausdruck in diesem Moment nicht einordnen.

Fast maskenhaft starr, mit einer Entschlossenheit, die jedem Raubtierbändiger zur Ehre gereicht hätte, stand sie da und starrte zu unseren Verfolgern.

»Susanne!«, rief ihr Vater.

Vergeblich. Im nächsten Atemzug eine Feuergarbe. Sie wurde regelrecht durchsiebt. Ich hatte mich fallen lassen. Als ich mich umdrehte, sah ich, dass auch Salomon und Benjamin auf der Erde lagen.

Benjamin erbleichte. Er stammelte unzusammenhängende Fetzen, dann schrie er: »Nein! - Mörder! Was hat sie euch getan?«

Er raffte sich auf und rannte wie besinnungslos auf unsere

Gegner zu. In der Hand hielt er eine MP, die er die ganze Zeit unter seinem Gewand verborgen getragen hatte. Er schoss auf die Verfolger - in vollem Lauf -, doch traf er nicht einen von ihnen.

Fanatisch!

Er hatte keine Chance. Etwa vierzig Meter vor seinem Ziel stoppte ihn eine Salve, die ihn mehrere Meter zurückschleuderte. Er dürfte bereits tot gewesen sein, schon bevor er durch die Luft flog.

Salomon drückte meine Hand, dass ich hätte schreien mögen. »*Was mochte er in diesen Augenblicken denken?*«

Sekunden vergingen wie Minuten. »*Vielleicht denken die, dass auch wir Waffen haben*«, überlegte ich.

»Weg hier!«, schrie Salomon.

Er musste es nicht zweimal sagen. Die nächsten hundert Meter der Flucht überstanden wir unverletzt. Doch dann war die Glückssträhne zu Ende. Er zuckte zusammen und wurde herumgeschleudert, bevor er nochmals getroffen wurde. Dann ging er zu Boden.

Ich zog ihn hinter einen halbwegs hohen Stein, der für den Augenblick ganz leidlich Deckung bot. »Wo sind Sie getroffen?«, fragte ich, denn ich sah auf den ersten Blick keine Verwundung.

»Hier ..., in die Brust.« Er nahm die Hand von der Stelle, die er bedeckt hatte.

Ja. Die zweite Kugel war ihm in die Brust - und sehr wahrscheinlich in die Lunge gedrungen. Jetzt, da er die Hand weggenommen hatte, sah ich auch das Blut strömen.

Ich hob vorsichtig seinen Kopf an und legte meine Jacke drunter. »Haben Sie noch einen Wunsch?«

Keine Reaktion.

Ich wagte einen schnellen Rundblick. Die Schüsse hatten aufgehört, statt dessen sah ich, wie sich von zwei Seiten mehrere Gestalten in geduckter Haltung und die MP im Anschlag unserem Versteck näherten.

Ich sank wieder zu Boden und suchte fieberhaft nach - vorher übersehen – Fluchtmöglichkeiten. Aber es gab keine. Wir saßen wie die Kaninchen in der Falle. Ich schaute auf meinen Begleiter. Der Blutstrom versiegte. Aber ich gab mich keinen Illusionen hin - er würde innerlich verbluten. Er röchelte, sein Atem ging merklich schwerer. Hier reichte ein einziger Blick um zu wissen, dass jede Hilfe zu spät kommen würde. Und für mich? Ohne Waffe standen die Chancen wirklich nicht gut.

Eine MP-Salve ging über unsere Köpfe hinweg, der eine zweite und eine dritte folgten. Augenscheinlich hatten unsere Gegner noch immer nicht gemerkt, dass wir aus dem Grunde nicht zurückschossen, weil wir keine Waffen hatten.

Die Nachmittagssonne brannte vom wolkenlosen Himmel herunter. Salomon öffnete die Augen. »Haben Sie noch einen Wunsch?«, fragte ich wieder.

»Haben Sie noch einen?«, entgegnete er.

Eine letzte Kraftanstrengung. Er sah mich mit einem Blick an, den ich nie vergessen werde - so konnte nur jemand gucken, der sein Leben gelebt hat und weiß, dass er unmittelbar an der Schwelle steht.

Aber ich war nicht verwundert. Er hatte seinen Frieden gefunden. »Können Sie mir nicht noch einen Tipp geben? Wo soll ich hin, um in dem Fall weiter zu kommen?«

Seine Stimme war ein Flüstern. »Ich weiß nicht ..., aber ich bin mir sicher, dass es mit den Religionen zusammenhängt, dass etwas Geistiges gemeint ist. So viel habe ich in den letzten Jahren gelernt! - Ostern steht vor der Tür. Fahren Sie in ein christlich geprägtes Land ..., nach Europa ..., in dem auch die anderen Religionen vertreten sind ..., das multikulturell geprägt ist! ... Man kann die Dinge nicht immer erzwingen ..., lassen Sie es geschehen ...«

»Ich danke Ihnen! - Ich werde es versuchen.«

Keine Reaktion. Die Worte, die zuletzt immer stockender und leiser über seine Lippen gekommen waren, hatten mir einen letzten Hinweis dieses Religionsphilosophen gegeben. Ich hielt mein Ohr dicht an sein Gesicht: der letzte Hauch - er war tot.

Ich hätte schreien können! Wie viel Wissen, ja wie viel Weisheit, hätte ich von diesem Mann erfahren können? Und jetzt?

Die Sonne war ein dunkelroter, fast blutroter, Feuerball, doch ich verscheuchte die aufkommenden negativen Gedanken und suchte fieberhaft nach einer Rettungsmöglichkeit.

Plötzlich hörte ich laute Kommandorufe. Zwei leichtere Hubschrauber hielten über uns, schwarz vermummte Gestalten seilten sich ab. Mit ihren schusssicheren Westen und Helmen vermittelten sie einen äußerst martialischen Eindruck. Sie alle waren mit MP's bewaffnet. »Fünf, sechs, sieben ... - elf, zwölf ...« Ich hörte auf zu zählen.

Maschinenpistolensalven ertönten, Querschläger heulten durch die Luft und ließen mich tief in meiner Deckung verharren. Doch ich riskierte einen Blick, indem ich mich millimeterweise vorwärts- und hochschob. Der Stein, hinter dem ich mich verborgen hatte, hatte seinen Zweck einwandfrei erfüllt - davon zeugten genügend Spuren auf der mir abgewandten Seite.

Auf der freien Fläche standen mehrere Personen um eine Gruppe von vier oder fünf weiteren am Boden Liegenden herum; genauer zu zählen wurde mir durch zweierlei erschwert: Zum einen durch die größere Gruppe von Stehenden, alle in schwarze Kampfanzüge gekleidet und mit Maschinenpistolen bewaffnet, zum anderen durch einen Trupp, der sich meiner Verteidigungsstellung näherte.

Der Trupp bestand aus vier Personen, die ebenfalls in schwarze Kampfanzüge gekleidet und mit Maschinenpistolen bewaffnet waren. Sie waren noch etwa dreißig Meter entfernt, da verharrten sie wie auf Kommando, dann warf sich der Vorderste bäuchlings zu Boden und zwei weitere knieten sich hin - sie alle die Waffen im Anschlag. Nur der Vierte blieb stehen und rief in lautem Ton einige Worte in meine Richtung. Ich verstand ihn nicht, konnte mir den Inhalt oder Sinn jedoch denken.

Das Richtige zur richtigen Zeit tun. Dieser Leitsatz aus dem Aikido war für mich inzwischen zu einer Lebensregel geworden. Widerstand zu leisten wäre jetzt definitiv nicht richtig gewesen. Eher irrsinnig. Ich streckte die Hände nach oben und erhob mich langsam aus meiner Deckung.

Wieder erschallten laute Worte in Befehlsform. Und wieder verstand ich nichts. Ich blieb stehen und hielt meine Hände nach wie vor empor, so dass man die Handflächen sehen konnte. »I am American!«, wagte ich dann laut zu rufen.

Es erfolgte keine Reaktion - jedenfalls keine, die ich wahrnahm. »Ich bin Amerikaner!«, wiederholte ich.

»Rühren Sie sich nicht von der Stelle! Keine Bewegung!«, rief in dem Moment der Stehende auf Englisch.

10. Ein Verhör

Jerusalem, Israel
Donnerstag, 7:00 p.m.

Meine Lage hatte sich nicht unbedingt verbessert. Ich war zwar nicht mehr in unmittelbarer Gefahr, doch in der Wahl meiner Möglichkeiten stark eingeschränkt. Man hatte mich nicht angehört, sondern ich wurde gefesselt und in einen Hubschrauber gebracht. Dort wurde mir eine Kapuze übergezogen.

Der Hubschrauber flog etwa zwanzig Minuten. Danach wurde ich auf den Rücksitz eines Autos verfrachtet, zu beiden Seiten je ein Bewacher.

Diese Fahrt dauerte ungefähr doppelt so lange, beinhaltete zwei Stopps von jeweils drei Minuten Dauer und führte durch unterschiedlichstes Gelände. Als ich aus dem Auto gezogen wurde und man mir die Kapuze abnahm, hätte es mich nicht überrascht, wenn wir nicht mehr in Israel gewesen wären.

Wir standen vor einem großen Gebäude, das keinen Schluss auf irgendeine Zugehörigkeit erlaubte und in das mich die Typen jetzt drängten. Ich betrachtete meine neuen Gastgeber, doch ihren Uniformen war nicht zu entnehmen, welcher Einheit sie angehörten. »*Es könnten ebenso gut Söldner sein.*«

Es ging durch mehrere Räume und über mehrere Treppen. Dann gelangten wir in einen recht kärglich ausgestatteten Raum. Ich wurde mit Handschellen an einen Stuhl gefesselt. Dieser stellte in Kombination mit einem Tisch das gesamte Mobiliar dieses Zimmers dar.

Ein Typ mit Bürstenhaarschnitt trat an mich heran und nahm mir meine Uhr, meinen Communicator, meine Brieftasche und meine Sonnenbrille ab. Er legte alles auf den Tisch. Dann bekam ich, seit ich in den Hubschrauber gestiegen war, die ersten Worte zu hören: »Ihr Verhalten entspricht nicht dem eines Touristen, Mister Carter, sondern macht Sie im Gegenteil hoch verdächtig. Deswegen müssen wir eine Untersuchung durchführen.«

»Aber ich bin Tourist. Ich will hier Urlaub machen!«, beteuerte ich.

Doch er schüttelte entschieden den Kopf: »Ihr Reisepass ist bereits das erste Kriterium: Sie haben am Montag Ihr Heimatland verlassen und sind in die Schweiz geflogen; dort kamen Sie am Dienstag Morgen an, und am selben Tag sind Sie noch weiter nach Rom geflogen, wo Sie am frühen Abend gelandet sind; und keine vierundzwanzig Stunden später waren Sie schon bei uns - in Israel.«

Ein Breitschultriger trat einen Schritt näher an mich heran. Mit leichtem Spott in der Stimme fügte er ergänzend hinzu: »Wir leben zwar in einem schnelllebigen Zeitalter, Mister Carter, aber drei Stationen ..., drei Länder, in weniger als achtundvierzig Stunden - das entspricht nicht dem Gebaren eines normalen Touristen. Das kann nur dienstliche Gründe haben! Und zwar keine alltäglichen!«

»Und schließlich waren Sie dann in eine Schießerei verwickelt, eine Schlacht! Nicht gerade das, was Touristen so erleben!«

»Es waren ungewöhnliche Umstände, die mich so schnell von einem Land ins andere führten. Haben Sie noch nie Ihre Reisepläne vor Ort geändert?«

Der Typ mit dem Bürstenhaarschnitt starrte mich an wie einen persönlichen Todfeind. Es war als habe er mir gar nicht zugehört. Ich hatte nie gedacht, dass dunkle Augen so kalt blicken können, aber er musterte mich so wie ein Eisbär nach wochenlangem, ergebnislosem Beutezug. »*Brrr!*«

In diesem Moment wurde die Tür geöffnet. Jemand trat ein und sprach mit dem Breitschultrigen, der aus meinem Sichtfeld verschwand. Es dauerte allerdings nur kurze Zeit, dann gesellte er sich wieder zu seinem Kompagnon.

»Sie schicken einen Spezialisten«, berichtete er und warf mir einen bedeutungsvollen Blick zu, der mir gar nicht gefallen wollte. »Er ist bereits unterwegs und landet in zwanzig

Minuten. Er kommt aus Rabat.«

Was das sollte, wusste ich nicht, aber es gefiel mir ganz und gar nicht. »Ich bin Amerikaner!«, unternahm ich einen nächsten Versuch.

»Das hat absolut nichts zu bedeuten. - Es gibt überall solche und solche«, lautete die lapidare Antwort.

»Aber ich habe gegen kein Gesetz verstoßen, kein Verbrechen begangen. Und da Sie, wie ich annehme, keine gewöhnlichen Polizisten sind, sondern eine Sondereinheit bilden, kann ich Sie gleich beruhigen, dass auch die Nationale Sicherheit nicht gefährdet ist.«

Die beiden sahen sich kurz an. Der Breitschultrige zuckte mit den Schultern. »Wie dem auch sei! Fakt ist, dass Sie in unseren Augen eine Person sind, mit der man sich näher befassen muss. Und die man unter keinen Umständen allein durchs Land laufen lassen darf.«

Die Typen zogen sich zurück und überließen mich meinen Gedankengängen. Na prima! Irgendwie war es nicht zu fassen. Auf der einen Seite verdankte ich den Leuten mein Leben - die Rettung vor den Typen mit den nervösen Zeigefingern, die jetzt allerdings tot waren und somit weder für noch gegen mich aussagen konnten. Und auf der anderen Seite übertrieben sie es jetzt ganz gewaltig. Ein Anruf in Washington oder bei Jakob, dessen wahre Identität ich jedoch nicht kannte, hätte die Probleme mit einem Schlag lösen können!

Ich atmete tief durch. Das ruhige und besonnene Wesen von meinem leider so plötzlich verschiedenen Gastgeber hätte ich jetzt haben mögen. Der arme Salomon. Das hatte er jetzt von dem Treffen mit mir. Irgendwie brachte ich den Leuten, die ich auf meiner Reise traf, nicht immer Glück.

*

Die Tür wurde geöffnet. Mehrere Personen betraten den Raum. Einen von ihnen hatte ich bisher noch nicht gesehen. *Der Spezialist.*

Dass er es war, sah ich auf den ersten Blick. Er unterschied sich deutlich von den anderen: Er trug einen dunklen Anzug, darunter ein helles Hemd und eine braungelb gestreifte Krawatte. Braune Schuhe vervollständigten seinen modischen Geschmack, den ich nicht teilte. Definitiv nicht. Waffen besaß er wohl keine, auf jeden Fall hielt er nichts in den Händen, und auch unter dem Jackett konnte ich keine erkennen. Von seiner Person schien eine Kälte auszuströmen, die einen schaudern machte. Er hatte etwas Unerbittliches an sich.

Kalte, eisgraue Augen musterten mich kurz, ein stechender Blick schoss zu meinen beiden Aufpassern hinüber, die sich wortlos entfernten und an der Tür Posten bezogen.

Ich konnte sie verstehen. Ich wäre am liebsten auch gegangen. Aber das lag im Moment leider nicht im Bereich des Möglichen. So betrachtete ich meinen neuen Gegenüber unverhohlen.

Ich kannte diese Art Mensch - auch wenn ich selbst noch nie so jemanden gesehen oder getroffen hatte. Meine Ausbilder hatten mir von ihnen erzählt, die, die noch eine andere Art von Krieg erlebt hatten. Etliche Geschichten schossen mir durch den Kopf, und ich machte mir keine Illusionen. Viel Nächstenliebe würde ich von ihm nicht erwarten dürfen. Ich meinte, das Blut an seinen Händen kleben zu sehen.

Er baute sich vor mir auf und kam ohne Umschweife auf den Punkt: »Ich hörte, dass Sie einer interessanten Sache auf der Spur sind. Dafür sind Sie aus Ihrem Heimatland nach Europa gekommen und schließlich bis nach Israel.«

Ich sagte nichts, doch hatte ich genug gehört, um beurteilen zu können, dass er kein Israeli war, sondern, zumindest der Geburt nach, Amerikaner.

Doch er schien auch keine Reaktion erwartet zu haben. Im gleichen monotonen Tonfall fuhr er fort: »Ich hörte auch, dass Ihnen bei der Suche bereits einige andere Interessenten begegnet sind?«

Wieder äußerte ich nichts. Definitiv amerikanischer Akzent, so viel war sicher!

»Ihnen ist klar, dass ich alles über Sie weiß, nicht wahr, Mister Carter?«

Ich sah ihn nur an.

»Ich nehme das als Bejahung. Dann werden Sie auch wissen, oder es im Moment nur erahnen, dass ich alles in meiner Macht Stehende tun werde, um nicht nur mitzusuchen, sondern um es zu finden. Die ultimative Waffe!«

Wieder sah er mich an, und wieder gab ich keinen Kommentar ab. Meine Analyse ob seiner Herkunft in Gedanken überprüfend, stellte ich fest, dass es auch ein Trick sein konnte. Eine Täuschung. Doch wer sollte sich darum bemühen, einen amerikanischen Akzent anzunehmen und ihn so perfekt einzustudieren?

Meine Wortkargheit schien ihn noch immer nicht zu irritieren. »Ein Gerät, eine Technik, vielleicht die Kontrolle über einen Satelliten, wodurch man in der Lage ist, jeden Code zu knacken, jede Bank nach Belieben auszuräumen, und zwar jenseits der Öffnungszeiten.« Er ließ ein kurzes, freudloses Lachen hören. »Die Kontrolle über die Computer der Welt bedeutet die Kontrolle über die Menschen der Welt. Ist Ihnen das eigentlich klar?«

Ich sah stur durch ihn hindurch.

»Was frage ich denn? Selbstverständlich ist es das. Nur ist die Frage, was Sie für Motive mitbringen, und was Sie mit der Waffe machen werden, sobald Sie sie finden.«

Ich hatte wohl bemerkt, dass er 'sobald' gesagt hatte und nicht 'wenn'. Seiner Ansicht nach war es also lediglich eine Frage der Zeit und keine ob der Tatsache an sich, dass ich die Waffe finden würde.

Während seiner Philosophiererei war er in Bewegung gewesen, jetzt blieb er vor mir stehen und sah auf mich herab wie auf einen Sparringspartner, der nicht zurückschlagen darf. »Sie würden solch ein sensibles Gerät natürlich nach Washington bringen, nicht? Zu Ihren Vorgesetzten. Und vielleicht auf eine Beförderung hoffen. Eines Tages. Oder würde Sie doch der Reiz des Unbekannten von Ihrer Mission abbringen? Das

Gefühl von Macht?«

Jetzt war ich mir sicher, dass er von der Ostküste stammte. Zugegeben, nach einigen Jahren New York würde manch einer so reden, aber meine Begabung für Sprachen hatte schon so manchen Kriminellen überführt.

»Die Zukunft liegt im Weltraum, Mister Carter. Nur von dort kann man auf die ganze Erde einwirken, genau wie die Sonne. Der Krieg der Sterne, die National Missile Defense, das sind doch alles Peanuts, wir beide wissen doch, um was es wirklich geht. Also sagen Sie es schon!«

»Wie lange soll das noch weitergehen, Sam?«

»Wie?«, entfuhr es ihm.

Ich wusste nicht, worüber er mehr erstaunt war. Darüber, dass ich ihn Sam genannt hatte, oder darüber, dass ich zum ersten Mal seit er den Raum betreten hatte, gesprochen hatte. Vielleicht auch, dass ich überhaupt gesprochen hatte. »Dieses Verhör. Wie lange noch?«

Er wirkte irritiert. Ein stechender Blick traf mich, dem ich jedoch locker standhielt. Er kam wie in Zeitlupe auf mich zu, beugte sich zu mir runter und starrte mir aus kürzester Entfernung ins Gesicht.

»Sind Sie ein Spieler, Mister Carter? Las Vegas ist doch gar nicht so weit von Ihrer Heimatstadt entfernt, nicht wahr?«

Ich verzog die Augenbrauen.

»Ja, Mister Carter, ich weiß alles über Sie. Los Angeles ist eine sehr schöne Stadt zum Wohnen, meinen Sie nicht auch?«

Ich presste die Lippen zusammen.

Seine Augen lagen prüfend auf meinen Zügen, als ein leicht zynischer Unterton in seiner Stimme aufkam: »Las Vegas, die Casinos, die Spieler, die denken, sie sind schlauer als das System ..., investieren ihre mühselig verdienten Dollars, vergeblich, todsicher. Idioten! Das System ist perfekt.«

»Ich spiele nicht, ist nicht mein Ding.«

»Das ist aber sehr schade, Mister Carter. Denn damit wird mein Problem zu Ihrem Problem.« Er ging in die Knie, näherte seinen Kopf meinem Kopf bis auf wenige Zentimeter und schien in den letzten Winkel meines Gehirnes blicken zu wollen. »Die Frage lautet: Wie bekomme ich meine Informationen, ohne Spuren zu hinterlassen, aber möglichst schnell? Antwort: Sie sagen mir einfach, was ich wissen will, und ich sorge dafür, dass Sie aus dieser unbequemen Lage umgehend befreit werden.«

»Das können Sie vergessen!«

Er erhob sich wieder und stand hochaufgerichtet vor mir. »Sie scheinen Ihre Lage zu verkennen, Mister.« Seine Stimme war nur ein Flüstern. »Ich werde Ihnen einmal demonstrieren, welche Mittel mir zur Verfügung stehen, vielleicht werden Sie dann einsichtiger.«

Ja, jetzt ließ er die Maske fallen. Seine Augen funkelten fanatisch, und plötzlich brüllte er einige Worte, die ich jedoch nicht verstand. In ihrer Bedeutung. Von der Lautstärke her hätte man es in New York zwei Häuserblocks weit gehört. Doch ich konnte es mir sofort denken, denn die Tür wurde geöffnet, und drei Männer traten ein. Zwei befreiten mich von den Handschellen, die meine Hände gefesselt hielten, während einer aus nächster Nähe mit einer Pistole auf mich zielte. Jeder hielt einen Arm von mir fest und drehte ihn mir auf den Rücken. Mit seiner freien rechten Hand löste der rechts neben mir Stehende meine Fußfesseln. Der mit der Pistole winkte mir unmissverständlich.

Langsam stand ich auf. Mir war völlig bewusst, dass dies meine erste und wahrscheinlich auch letzte Chance auf ein mögliches Entkommen war. Nicht dass die Chance groß war, im Gegenteil, sie war minimal. Denn selbst wenn ich die drei Typen ausschalten konnte, hatte ich noch dieses völlig unbekannte Gebäude vor mir.

In dem Moment langte einer der Männer nach hinten, um die Handschellen um meine Handgelenke zu legen. Doch da schlug ich los.

Ich hatte mich auf diesen einen Moment hoch konzentriert und zog alle Register meiner Nahkampfausbildung. Mit einer schnellen Bewegung brachte ich den Rechten aus dem Gleichgewicht und schmetterte ihm meinen Ellenbogen ins Gesicht. Dann ergriff ich ihn und schleuderte ihn mit aller Gewalt auf den Pistolenmann. Ich gab mir nicht die Mühe, seinen Flug und ihrer beider Sturz zu verfolgen, sondern wandte mich dem Linken zu. Dessen Denkprozess war noch in vollem Gange. Bevor ihm richtig bewusst wurde, dass ich mich befreit und seine Kumpels bezwungen hatte, hatte ich ihm einen derben Faustschlag auf die Kinnspitze gesetzt, die ihn besinnungslos zu Boden sinken ließ. Dann wollte ich mich wieder den anderen zuwenden, doch mitten in der Bewegung erstarrte ich.

Sam hatte die ganze Zeit nahezu bewegungslos an seinem Platz verharrt, doch war er Herr der Lage. Wie durch Zauberei lag eine Pistole in seiner Hand. Er sprach kein Wort, doch seine Augen sagten mir, dass er bei der geringsten Veranlassung schießen würde.

Da wurde mir klar, dass er die Situation geplant hatte, so schmerzhaft sie auch für seine Kollegen oder Untergebenen sein mochte. Erstens konnte er mich dadurch einschätzen, sowohl psychisch als auch physisch, und zweitens seine Überlegenheit zum Ausdruck bringen. Mir gegenüber. Macht ist das Schlüsselwort!

Die beiden Überwältigten verliehen ihrer Begeisterung Ausdruck und droschen eine halbe Minute auf mich ein. Ich ging zu Boden. Als sie mich traten, gebot Sam Einhalt. Sie zerrten mich hoch und legten mir Handschellen an. Dann bekam ich die Kapuze wieder übergezogen. Ich wurde hinausgeführt, durch mehrere Gänge und über mehrere Etagen nach unten. Und immer hielten mich die beiden Typen fest, und auch wenn ich ihn nicht sehen konnte, war ich mir sicher, dass der Spezialist noch jetzt auf mich zielte.

»Wo bin ich hier nur reingeraten?«, überlegte ich. »*Beim nächsten Mal lasse ich das Telefon einfach klingeln!*«

Bald mussten wir im Keller angekommen sein. Ich hatte längst die Orientierung verloren, was ohne Zweifel - wieder einmal - beabsichtigt war. Schließlich nahmen sie mir die

Kapuze ab. Der Gang, in den wir jetzt bogen, machte den Eindruck als ob wir eine Zeitreise unternommen hätten. Hohe, dunkelgraue Mauern säumten unseren Weg vorbei an abzweigenden kleinen, engen Gängen. Ab und zu tauchte eine Tür auf, schwere eiserne Türen, die nur mit dem richtigen Schlüssel zu öffnen waren. Vermutlich hätte nicht mal eine Ladung Dynamit gereicht, um sich einen Ausgang zu verschaffen. »*Grauenvoll!*«

Wir stiegen einige Stufen hinunter, flackerndes Licht wies den Weg in eine Zelle am Ende des Ganges. Es sollte mein neues Quartier werden. Für eine Weile.

Die fensterlosen Steinwände des Flures schienen jeden Gefangenen erdrücken und den etwaigen Gedanken an Widerstand oder gar einen Ausbruchversuch im Keim ersticken zu wollen. Die einzige Lichtquelle war eine Birne, die von der sehr hohen Decke baumelte. Ein weit oben angebrachtes, zu allem Überfluss vergittertes, kleines Fenster ließ auch von der Zelle aus keinen Blick nach draußen zu.

Die Wahl der Möbel hätte jede Dame von Welt empört: ein eisernes einzementiertes Bett, ein Stuhl und ein Tisch, beide ebenfalls einzementiert, und an dem Stuhl befestigt, eiserne Ketten, die jetzt heftig klirrten, als man meine Handschellen abnahm und mich dort festschnallte. Jeder Arm und jedes Bein wurde separat gehalten. Wieder einmal saß ich fest, und das im wahrsten Sinne des Wortes!

Einer riss meinen linken Hemdsärmel auf, dann nickten sie meinem Gastgeber zu und schritten zur Tür. Ich erhaschte einen Blick auf die Typen. Abweisende, finstere Gesichter betrachteten mich. »*Wie lange noch bis zur Hinrichtung?*«

Dann waren Sam und ich allein.

Mein Blick fiel auf den Tisch. Neben mehreren Apparaten, die ich nicht genau erkennen konnte, lagen dort einige Stromkabel mit Elektroden an den Enden, daneben eine Anzahl Spritzen und mehrere Ampullen.

Mein Gegenspieler hielt sich nicht mit Vorreden auf. Er griff nach einer der Spritzen, trat an meine linke Seite, tastete nach der Vene und setzte mir bedächtig die Injektion. »Bei uns redet jeder, Mister Carter! Es ist kein Problem, die gewünschten Informationen aus einem Menschen herauszubekommen. Dafür gibt es überall auf der Welt die unterschiedlichsten Methoden, alle mehr oder weniger unangenehm für den Informanten. Früher oder später erreicht jeder die Schwelle, und dann sind alle zufrieden. Unser Problem ist allerdings, dass sowohl die Zeit als auch die Art und Weise eine gewisse dominierende Rolle in dem Verfahren spielen. Meine Auftraggeber erwarten umgehend Resultate. Also muss ich bei Ihnen eine beschleunigte Variante meines Spezialverhörs zur Anwendung bringen, ohne dass man später etwaige verräterische Spuren bemerken würde. Ich habe sie selbst erfunden.«

Er freute sich wie ein Kind.

»Sie werden sich fühlen wie im Delirium, zwischen Träumen, Schlafen und Wachen, und werden nicht mehr unterscheiden können, was die Wirklichkeit ist und was nicht. Und je mehr Sie sich dagegen sträuben, desto stärker wirkt es. Aber Sie können nicht anders. Schließlich sind Sie gut ausgebildet und trainiert worden.« Seine Stimme war ein Flüstern, als er mir noch einmal versicherte: »Glauben Sie mir, es ist nur eine Frage der Zeit, bis ich die Informationen bekomme, die ich haben will.«

Er sah mir direkt in die Augen. Ich versuchte einen möglichst gleichgültigen Gesichtsausdruck aufzusetzen und hielt dem Blick stand.

»Bisher hat dieses Mittel noch nie versagt, Mister Carter. Allerdings muss ich den Prozess wie gesagt etwas beschleunigen. Für Folgeschäden übernehme ich übrigens keine Verantwortung, Sie hatten schließlich Ihre Chance. Es kann sein, dass Sie die Prozedur nicht lange überleben werden und dass Ihre Akte schon bald mit einem Kreuz auf dem Deckel versehen und geschlossen wird. Aber das ist dann nicht meine Schuld. Die Ärzte würden nur Tod durch Herzversagen feststellen können, die Medikamente wären längst in Ihrem Körper neutralisiert, und man wäre höchstens ein wenig verwundert, dass Sie eine so schwache Konstitution besessen haben. Aber Reisen in fremde Länder sind halt nicht ungefährlich. Da kann man sich schnell mal infizieren.«

Er prüfte noch einmal meine bombensicher sitzenden Fesseln, dann verschwand er aus meinem Blickfeld und schaltete das Licht aus. Ich wusste genug. Jetzt würde es also losgehen. Das, was jeder Agent in seinem Berufsleben einmal erleben konnte und worauf uns unsere Ausbilder zwar ebenfalls vorbereitet hatten, gleichzeitig jedoch erwähnten, dass theoretisch jeder Mensch eine Grenze hat, bei der einfach Schluss ist, trotz aller gelernten Praktiken, ein Verhör unter Folter zu überstehen. Wir sollten lieber versuchen, die Praxis zu umgehen.

Aber ich konnte nicht mehr gehen. Ich bildete eine Einheit mit diesem Ding, auf dem ich festgeschnallt war, und in meinen Adern kochte irgendein Süppchen auf kleiner Flamme. Ich spürte, wie sich die Flüssigkeit in meinem Körper verteilte. Zuerst wurde mein linker Arm kalt, dann drang es in den Halsbereich und verteilte sich weiter, wobei es im Brustbereich heftigen Brechreiz auslöste, den ich jedoch unterdrücken konnte. Dann wurde mir warm. Ich schmeckte eine Chemikalie, der Brechreiz wurde stärker, und nur mit äußerster Willensanstrengung gelang es mir, seiner Herr zu werden. Die Flüssigkeit breitete sich weiter aus, bald spürte ich es in den Händen und wenig später auch bis zu den Füßen. Dann hatte es den ganzen Körper durchzogen. Als nächstes schlug es auf die Blase. Ich fühlte mich als hätte ich drei Liter Bier getrunken und wäre seit Stunden nicht mehr zur Toilette gewesen. Zumindest Letzteres traf zu, das wusste ich.

»*Also denken kann ich noch, aber das löst das Toilettenproblem nicht.*«

Doch schon bald verlagerte sich das Empfinden von der Blase auf die Lunge. Irgendetwas stimmte mit dem Sauerstofftransport nicht mehr. Ich fühlte mich wie in einer eisernen Umklammerung, die ständig enger wurde.

So ging es für eine Ewigkeit weiter, nach und nach spürte ich alle Organe in mir. Ein Mediziner hätte wahrscheinlich seine helle Freude an den Erfahrungen gehabt, doch ich spürte keine Begeisterung, sondern kämpfte gegen die dämonischen Kräfte in mir. Auch wenn ich wusste, dass das den Effekt nur erhöhte. Ich konnte nicht anders.

Nach einer weiteren Ewigkeit bildete sich irgendwo in meinem Kopf ein Gedanke: Ablenkung!

Ja, ich musste mich irgendwie von diesen Attacken ablenken. Nur wie? Ich konnte mich nicht bewegen, ja nicht einmal mit dem Kopf rollen. Um ein Haar hätte ich einen Fluch ausgestoßen, doch da kam mir eine Idee: Ich biss mir auf die Zunge.

Das hatte zwei Folgen. Zum einen schoss mir fast das Wasser in die Augen ob des plötzlichen Schmerzes, zum anderen war ich akut abgelenkt. Meine Sinne nahmen für einige entscheidende Momente nur noch das wahr, was sich um das neu entstandene Schmerzzentrum herum befand und ereignete. Eine dritte Folge hatte es mit etwas Zeitverzögerung ebenfalls: Ich begann wieder etwas klarer zu denken.

So verging eine dritte Ewigkeit, doch allmählich ebbten die Nervenimpulse ab, und die Chemikalien in meinem Körper machten sich wieder bemerkbar. Der Tanz begann von Neuem.

Ich hatte längst das Zeitempfinden verloren, als aus der mich umgebenden Dunkelheit ein kreischendes Geräusch zu hören war und unmittelbar danach eine Lichtquelle an meine inzwischen mehr als empfindlichen Sinnesorgane drang. Geblendet schloss ich die Augen. Doch war ich froh, dass ich noch immer denken konnte. Dann war ich wohl noch nicht so weit. »Wer stört mich denn da mitten in meinen Träumen?«, fragte ich. War das meine Stimme, die da an meine Ohren drang?

Plötzlich trat Sam in mein Gesichtsfeld. Eine Mischung aus Überraschung, Zorn und dem nach wie vor herrschenden Fanatismus spiegelte sich in seinem Gesicht. »Verstellen bringt Ihnen gar nichts! Ich weiß, wie es in Ihnen aussieht«, zischte er.

»Ach ja? Na dann können Sie mir vielleicht verraten, wie der Traum ausgeht!«, konnte ich mir nicht verkneifen ihn noch weiter zu reizen. Auch wenn mir eher nach allem anderen war als Spottreden zu verteilen. »Hi, Sammy!«

Zornesröte stieg in seine Wangen. »Das kann nicht sein!« Er ballte die Hände, entspannte sich dann aber sofort wieder. »Wenn es nach mir gehen würde, Mister Carter, würden wir beide uns hier unten für eine längere Zeit unterhalten. Dann würden Ihnen Ihre Späße bald vergehen. Auch wir werden erfahren, was wir wissen wollen, Mister Carter, das verspreche ich Ihnen. Für diese Waffe würde ich alles tun. Alles.«

Er blickte mir entschlossen ins Gesicht, doch ich zuckte mit keiner Wimper. Mir war nicht nach irgendwas zumute!

Abrupt wandte er sich ab. »Wir werden sehen. Die Zeit läuft, aber noch ist sie auf meiner Seite! Daran wird sich nichts ändern!« Eine spürbare Veränderung war mit ihm vor sich gegangen.

Eine Tür fiel ins Schloss, und ein Schlüssel wurde zweimal herumgedreht. Ich war wieder allein, doch wurde ich aus seiner Bemerkung nicht schlau. Ich dachte, er habe keine Zeit? Es war alles sehr verwirrend. Oder gehörte das zu seiner Taktik? Eine Kombination aus Gerede, Chemikalien und den üblichen Foltermethoden sollte mich wohl weich machen. Psychisch und physisch erschöpfen. Na ja, solange ich mental noch funktionierte und wusste wer ich war, konnte es so schlimm nicht sein.

Ich konzentrierte mich mit äußerster Willensanstrengung auf meine Umgebung. Draußen regnete es. In schweren Tropfen prasselte der Regen auf die Dächer und Strassen. *»Wenigstens etwas Gutes kann ich dieser Unterkunft abgewinnen. Ich sitze warm und trocken.«*

Doch das stellte sich alsbald als Irrtum heraus. Plötzlich fror ich als ob man mich nackt am Nordpol ausgesetzt hätte. Mir wurde eiskalt, ich konnte nicht mehr klar denken, alles vollzog sich wie in Zeitlupe.

Dann verlor ich das Bewusstsein.

*

Ich wurde durch einen sich im Schloss drehenden Schlüssel ins Hier und Jetzt geholt und rief mir die vergangenen Ereignisse umgehend ins Gedächtnis. Noch bevor ich die Augen öffnete, war ich mir bewusst, wo ich mich befand und was zuvor geschehen war.

Ich konnte nicht behaupten, dass ich mich in meiner Haut wohl fühlte. Eine Gefängniszelle ist kein Hotelzimmer, und die Stunden vor meiner unfreiwilligen Nachtruhe waren nicht geeignet gewesen, mir eine erholsame Pause zu gönnen.

Ich hatte die ganze Nacht nicht geschlafen. Selbst für den Fall, dass ich in meiner unbequemen Lage einmal wegdämmern sollte, hatte mein Kerkermeister vorgesorgt. Er hatte mir eine eiserne Halsmanschette umgelegt und zwei mit der Apparatur verbundene Elektroden daran geklemmt, die mir einen mehr als ausreichenden Stromschlag verabreichten, sobald ich eingenickt war. Wie dieses Teufelsding funktionierte, fand ich in der Nacht leider nicht heraus. Dafür hatte ich einen neuen persönlichen Rekord für Yogaübungen aufgestellt. Nachdem ich festgestellt hatte, wie der Hase lief, hatte ich versucht, über Meditationen einen gewissen Ausgleich zu schaffen.

»*Nutze deine Energie für Positives. Lass keine negativen Gedanken in dir aufkommen.*« Während ich mich auf meine Atmung konzentriert hatte, war mir meine Begegnung mit Mai Li Mei in New York eingefallen und die Techniken des Qigong. Weiter bewusst und regelmäßig atmend hatte ich versucht, in Gedanken aufkeimende Depression in Zuversicht zu transformieren.

Und es gelang, der Geist beherrscht den Körper! So verbrachte ich die Nacht, bis ich doch wieder einmal leicht eindöste, um diesmal nicht mit einem Stromschlag, sondern von dem quietschenden Schlüssel geweckt zu werden.

Zunächst erschien einer meiner Wächter, die mich während

der Nacht mehrmals kontrolliert hatten, in meinem Blickfeld. Seine Augen blickten wie immer genauso teilnahmslos wie seine Gesichtszüge, doch er wirkte merklich anders als sonst. Fast schon aufgeregt.

Der Grund drängte sich jetzt in Person von ... einer Frau herein. »Mister Carter! Wie geht es Ihnen?«

Ich atmete tief durch. Was sollte das jetzt werden?

»Mister Carter! Verstehen Sie mich?«

Ich betrachtete meine Gegenüber in aller Ruhe. Sie war klein, aber nicht zierlich, trug ihre dunkelblonden Haare streng zurück gekämmt und zu einem Zopf gebunden, was ihre Augen nur noch mehr betonte. Sie waren groß, sehr groß und sehr dunkel.

»Hm«, brummte ich und rollte mit den Augen.

Auf einen Wink von ihr befreite mich der Typ von meinen Fesseln. Ich atmete tief durch. »Ich habe seit gestern Mittag nichts mehr gegessen und nichts mehr getrunken«, erklärte ich dann.

Sie murmelte irgendetwas Unverständliches und sprach einige Worte zu dem hinter ihr Stehenden. Es klang wie ein heiseres Maschinengewehrfeuer. Der Mann verschwand. Dann wandte sie sich mir wieder zu: »Ich bin untröstlich. Ich habe es einfach nicht früher erfahren!«

Ich verbarg meinen Unmut hinter einem freundlichen Lächeln. »Sie können ja nichts dafür!«

»Jeder Einzelne kann etwas ändern, man muss nur daran glauben - und es versuchen! Haben Sie einen Wunsch?«

»Nun ja, ich müsste mal dringend ein menschliches Bedürfnis erledigen. Und wenn ich dann etwas zu trinken bekommen könnte ...«

»Ist bereits in Arbeit.«

Die Frau schien einigen Einfluss zu besitzen. In diesem Moment kam ihr Begleiter wieder, und er kam nicht mit leeren Händen. Ich bekam eine große Tasse Kaffee mit Milch und Zucker. Dann legte er meine Sachen auf den Tisch vor mir. Communicator, Uhr, Sonnenbrille und Brieftasche.

»Danke sehr«, sagte ich, nahm die Dinge an mich und versuchte, mich gutmütig zu zeigen. Dann trank ich genüsslich einige Schlucke. Der Kaffee war warm und gut, und nach einer erstaunlich geringen Zeit fühlte ich mich wieder geistig frisch und körperlich nicht mehr so zerschlagen. Der Kaffee zeigte seine Wirkung als Aufputschmittel. Anschließend begleitete sie mich höchstpersönlich bis zur Toilettentür. Offenbar hatte sie beschlossen, mich nicht wieder aus den Augen zu lassen. Wie lange? Und wer war sie? Hatte Jakob sie geschickt?

Die Erklärung folgte umgehend, nachdem ich mich erleichtert hatte. Sie führte mich in ein anderes Zimmer, das mein bisheriges Quartier in puncto Charme und Wohlbehagen um Längen schlug. Ich nahm auf einem weich gepolsterten Stuhl Platz. Seit längerer Zeit mal wieder ohne gefesselt zu sein. Sie setzte sich ebenfalls auf einen Stuhl, mir gegenüber, und kam gleich zur Sache: »Ich arbeite in der Koordinierungsstelle des Mossad. Früher oder später erfahre ich von allen Aktionen, die in diesem Land unternommen worden sind oder unternommen werden.« Es klang wie eine Entschuldigung.

Ich sah sie fragend an. Mir war noch nicht wieder nach längeren Gesprächen zumute.

»Sie haben ja keine Ahnung, was auf den offiziellen und inoffiziellen Kanälen los ist! Der Leiter unserer Abteilung meinte, dass er sein Personal momentan verdreifachen könnte, so viele interessante Informationen sind aus Telefonaten und dem weltweiten E-Mail-Verkehr zu gewinnen. Und raten Sie, welche Begriffe immer wieder auftauchen?«

»Ich weiß nicht.«

»Sie! Und die mächtigste Waffe der Welt, die unter der Bezeichnung 'Das Wort Gottes' läuft. Auf dem ganzen Planeten ist eine Menge geschehen, seit Sie New York verlassen haben. Es kursieren Verschwörungstheorien, die selbst gestandene Politiker, Regierungsbeamte und Wissenschaftler aus der Bahn werfen! Das wiederum führt zu einer erhöhten Aktivität der Geheimdienste in aller Welt.«

Sie redete weiter, doch zu meiner Schande muss ich gestehen, dass ich sie mit einem Mal nicht mehr verstand. Dann wurde es schwarz vor meinen Augen. Später erzählte sie mir, dass ich einfach vom Stuhl gefallen war. Nachwirkungen der Behandlung. Die Ohnmacht dauerte allerdings nicht lange. Ein Arzt gab mir eine Spritze, und ich kam allmählich wieder zu mir. In einem anderen Zimmer, auf einer Liege.

»Geht es Ihnen wieder besser, Mister Carter?«

Ah, die Frau! »Ja, danke. Ich glaube schon.« Ich erhob mich langsam.

»Ich denke, wir sollten den Ort wechseln und ins Hauptquartier fahren!«, schlug die Blonde vor.

»Einverstanden«, erklärte ich. Hier hielt mich wahrlich nichts!

»Mein Name ist übrigens Lea.«

»Vielen Dank, dass Sie mich hier rausgeholt haben, Lea. Ich bin John.« Ich reichte ihr die Hand. »Was mit Sam passiert ist, wissen Sie nicht zufällig?«

»Sam?«

»Dem Herrn, dem ich die letzte Nacht verdanke.«

»Oh! Äh, nein! Aber glauben Sie mir, wenn ich Ihnen sage, dass Sie ihn nicht wieder sehen werden.«

»Das freut mich zu hören.« Ich verabschiedete mich von den Polizisten und folgte meiner 'Retterin'.

»Es tut mir leid«, erklärte sie mir draußen, »aber wir sind hier halt extrem misstrauisch. Und immerhin waren Sie in eine verlustreiche Schlacht verwickelt.«

Es war noch reichlich dunkel, ich konnte ihre Züge nicht genau erkennen. Doch der Tonfall war mir eine Spur zu kühl und unbeteiligt.

»Ja, es tut mir auch leid. Ihr Verbindungsmann ist tot«, seufzte ich. »Offenbar wollte irgendjemand mit aller Gewalt verhindern, dass ich gewisse Dinge erfahre ..., und wenn doch, dass ich sie weitertragen kann.«

»Haben Sie denn etwas erfahren?« Es klang wie eine eigentlich harmlose, fast beiläufige Frage. Doch der lauernde Blick, den sie mir unbedacht zuwarf, und den ich wohl registrierte, gefiel mir nicht.

»Mehreres, aber ich muss das erst noch sortieren und zuordnen. In den letzten Stunden hatte ich andere Sorgen«, erklärte ich ausweichend. Irgendwo in meinem Kopf schrillte eine Alarmsirene. Mein sechster Sinn meldete sich. *»Ach, was soll das nun wieder! Erst merke ich tagelang nichts davon und jetzt auf einmal so etwas ...!«*

Ich schaltete meinen Communicator ein und achtete darauf, dass niemand die Eingabeprozedur der Codeabfragen beobachten konnte. Schweigend gingen wir zum Auto, doch wir hatten es noch nicht erreicht, da bekam ich einen Anruf.

Ich sah auf das Display: Christina!

»Hi, Christina!«, begrüßte ich sie mit müder Stimme.

»John! Endlich! Wo warst du? Ich versuche seit Ewigkeiten dich zu erreichen! Es gibt ...«

»Ich bin verhaftet worden«, unterbrach ich ihren Redeschwall und zwinkerte meiner Begleiterin beruhigend zu.

»Du bist was?«

»Ja, du hast richtig gehört. Erst haben sie mich gerettet, aber dann gab es ein paar Missverständnisse. Ich war die ganze Nacht in einem Gefängnis - für spezielle Touristen.«

Es geschah nicht oft, dass Christina nichts mehr zu sagen wusste, aber in diesem Moment war Pause.

»Was gibt es denn im mitternächtlichen Washington?«, erkundigte ich mich nach einem Blick auf die Uhr und kurzer Rechnerei.

»Sehr witzig. Ich bin eine der letzten hier. Ich sollte dich auf alle Fälle persönlich sprechen und dem Chef dann berichten. Hier sind eine Menge wichtige Leute mächtig beunruhigt. Offenbar laufen die Leitungen im Internet und an anderen Stellen allmählich heiß. Der Chef war heute Abend beim Direktor, der sich in einer Stabsbesprechung mit den Leitern unserer Geheimdienste, dem Stabschef des Präsidenten, dem Generalstabschef und einigen anderen Herren getroffen hat, und er sah sich mit Fragen konfrontiert, auf die er keine Antwort wusste. Du wirst dir seine Begeisterung vorstellen können!«

»So ziemlich.«

»Dann kannst du dir auch vorstellen, dass der Chef seitdem zwischen den Büros pendelt, auch ich erreiche ihn nur noch auf seinem Mobiltelefon. Wir haben vom Direktor eine Frist gestellt bekommen ...«

»Eine Frist?«

»Der Präsident ist über Ostern in Camp David. Am Mittwoch danach ist die nächste Besprechung. Das bedeutet, wenn unser Chef bis spätestens Mittwoch Morgen keinen umfassenden Bericht beim Direktor abgeliefert hat, wird dieser es nicht verhindern können, dass das Thema auf den Tisch im Weißen Haus kommt.«

»Ach herrje!«

»Ganz genau. So etwas kocht sehr schnell hoch! Und es kocht noch höher, denn der Generalstabschef und der Leiter der NSA haben für diesen Fall bereits einen Plan ausgearbeitet, der eine sofortige Einschaltung und Alarmierung unserer Streitkräfte zur Folge hat. - Die Nachrichten, die die NSA abgefangen hat, müssen eine ziemliche Brisanz beinhalten - und nicht nur das!«

»Was denn noch?«

»In Zusammenhang mit der ermordeten Frau aus Atlanta gibt es eine neue Spur, eine erste brauchbare Spur. Und was für eine!«

»Das ist doch mal was. Hat sie die anderen denn umgebracht?«

»Nein, das heißt, wir wissen es natürlich nicht. Aber wir haben endlich Aufklärung über ihre Person. Ihr Name ist Rachel Turner, sie scheint eine Doppelagentin gewesen zu sein, und jetzt halt dich fest: sie arbeitete offenbar auch für die NSA!«

»Mich kann heute nichts mehr schockieren. Und für wen hat sie noch gearbeitet?«

»Außerdem hat sie für eine ganz große Nummer in Südostasien gearbeitet. Gemäß Auskunft der dortigen Behörden ein Typ, der seine Hände überall drin hat, was Geld bringt:

Rauschgifthandel, Prostitution, Glücksspiel – und Waffenhandel!«

»Das ist natürlich ein Ding!«

»Genau, aber der Oberhammer kommt erst noch: Es gab einen Angriff auf das Netzwerk der NSA von außen. Und wenn die Meldungen stimmen, die hier in Washington kursieren, auch auf das Pentagon.«

»Und als unsere Experten die Spur zurückverfolgt haben, sind sie in Südostasien gelandet«, vermutete ich.

»Bingo! Wenn das an die Öffentlichkeit dringt, gibt es in der ganzen Welt keinen Teppich, der groß genug wäre, um die Sache darunter zu kehren. Da scheinen noch ganz andere Typen mitmischen zu wollen!«

»Nun ja, nach dem zu urteilen, was ich in dieser Woche so erlebt habe, kein Wunder ...«

»Was war in Israel? Bist du denn inzwischen weiter gekommen?«

»Ich habe eine neue Spur und inzwischen auch so etwas wie eine Ahnung, um was es eigentlich geht. Aber es ist wirklich nur eine Ahnung.«

»Wo willst du denn jetzt hin?«

»Ich hoffte, das würdest du mir sagen.«

»Wie bitte?«

»Mein Informant ist leider getötet worden - allerdings hatten wir zuvor ein sehr anregendes Gespräch. Er hat mich mit einigen Informationen versehen, und so allmählich habe ich wie gesagt den Anflug einer Ahnung, doch konnte er mir über ein weiteres Ziel nur noch Andeutungen machen.«

»Und die wären?«

»Ich soll in ein christlich-jüdisch-muslimisch geprägtes, multikulturell ausgerichtetes Land in Europa. Würdest du bitte einmal recherchieren, was da für Länder in Frage kommen?«

»Aber klar, ich wollte sowieso noch nicht schlafen gehen.«

»Danke!«

Ich verstaute meinen Communicator wieder in meiner Tasche. Lea hatte die ganze Zeit nichts gesagt, doch jetzt fragte sie: »Ihre Sekretärin?«

Ich schüttelte den Kopf.

»Eine Informantin?«

»Nein. Das war nur ein Verbindungsglied einer langen Kette!«

Ich sah keine Veranlassung, ihr irgendetwas über Christina zu erzählen. Schweigend stiegen wir ins Auto, nach hinten. Die vorderen Plätze waren von zwei Männern belegt. Lea machte sich nicht die Mühe die beiden vorzustellen.

»Fahr los!«, gebot sie dem Fahrer nur, als wir die Türen geschlossen hatten.

11. Die Mutter Gottes

Jerusalem, Israel
Freitag, 7:00 a.m.

Wir waren bereits eine Weile unterwegs. Bisher hatte niemand ein Wort gesprochen. Lea schien etwas angespannt zu sein, und der Fahrer sah auffällig oft in den Rückspiegel. Ich versuchte mich zu orientieren. Doch sah ich nur Sand und Geröll. Wir waren wohl in einer ziemlich abgelegenen Gegend, irgendwo in der Wüste.

Bald wechselte das Terrain, leichte Hügel säumten die teilweise kurvige Straße, so dass man nicht mehr sehr weit sehen konnte.

»Wir fahren zu Ihrem Hotel zurück, wenn Sie einverstanden sind.«

»Danke. Ja. Ich könnte ein paar neue Klamotten gebrauchen!«

Lea sah mich an. Eigentümlich. Auf meinen trockenen Witz war sie überhaupt nicht eingegangen. Außerdem wirkte sie zunehmend angespannt. Irgendwas stimmte hier nicht!

»Vorsicht!«, brüllte auf einmal der Beifahrer, doch es war zu spät. Ein Auto tauchte hinter einer Kurve auf und rammte uns. Der Zusammenprall war so gewaltig, dass ich mit Kopf und Schulter gegen die Tür stieß. Leicht benommen spähte ich nach draußen und erkannte - Jakob!

Er riss meine Tür auf und zerrte mich raus. Ohne zu fragen warum und wieso, folgte ich ihm schnell zu seinem Wagen. Der Motor lief noch, und im Handumdrehen setzte er zurück. Fluchtartig verließen wir den Ort.

Erst als wir einige Zeit gefahren waren und er sich wiederholt davon überzeugt hatte, dass wir nicht verfolgt wurden, berichtete er mir: »Die wussten, dass ihnen nicht viel Zeit blieb, da ich früher oder später von der Aktion Wind bekommen hätte. Daher diese intensive ... ämh ... Behandlung.« Er wirkte leicht verlegen. Zahlreiche Furchen in seinem Gesicht zeugten von der ungewissen Situation, in der er sich befunden haben musste.

»Wie nett.«

»Tja, in unserer Branche geht es um einiges, da ist man in der Wahl der Mittel und Methoden nicht gerade zimperlich.« Er warf mir einen zweiten, etwas genaueren Blick zu. »Aber Sie scheinen mir eine harte Konstitution zu besitzen, mh? Ein anderer an Ihrer Stelle würde jetzt nicht so locker neben mir sitzen.«

»Ich hatte gute Lehrer.«

Er lachte. Erleichterung schwang in seiner Stimme mit. »Und Ihren Humor haben Sie auch noch nicht verloren, das ist ein gutes Zeichen.«

»Erzählen Sie mir von denen.«

»Was wollen Sie wissen?«

»Wer ist diese Frau?«

»Lea gehört der Abteilung für Innere Sicherheit an, der der Schutz des Staates vor Terroranschlägen obliegt. Sie befehligt eine Anti-Terror-Einheit, die dafür ausgebildet ist, Terroristen aufzuspüren und natürlich auch zu bekämpfen.«

»Und in der Wahl ihrer Mittel sind die Herrschaften nicht gerade zimperlich.«

»Zugegeben. Dass allerdings ein Außenseiter einbezogen wird, ist ungewöhnlich und hat Ihnen wahrscheinlich das Leben gerettet. Ich bekam aus dem Ausland einen Tipp und habe von da an Lea überwacht. Allein versteht sich. In solchen Situationen weiß man nie, wem man noch trauen kann. Die ganze Angelegenheit erwies sich als etwas heikel. Selbstverständlich spielt auch eine Menge taktisches Kalkül eine Rolle.«

»Selbstverständlich!«

»Ihr werden Verbindungen zum ägyptischen und amerikanischen Geheimdienst nachgesagt, doch konnte ihr bisher nichts bewiesen werden. Allerdings reichte dann der Hinweis eines Kontaktmannes, dass in gewissen Kreisen gewisse Aktionen in Vorbereitung stehen, um eins und eins zusammen zu zählen.«

»Danke dass Sie so schnell gezählt haben. Das war wirklich eine unangenehme Geschichte! Aber jetzt kann ich wieder nach Europa.«

»Sie wollen wieder nach Europa?«

»Ja, ein Tipp von Ihrem Kontaktmann. Sein letzter Tipp. Nur wohin genau wusste er nicht mehr zu sagen. Aber es ist bereits jemand damit beauftragt das herauszufinden.«

»Gut. Ich werde Sie zum Flughafen bringen. Und danach muss ich mich um einige interne Angelegenheiten kümmern. Sie verstehen, dass ich diese Sache sofort angehen muss und nicht viel Zeit für Sie habe, ja?«

»Ja, natürlich ..., danke. Schon die Fahrt jetzt ist mir eine große Hilfe – und die Rettungsaktion natürlich auch!«

»Ich bitte Sie. Das ist das Mindeste, das ich für Sie noch tun kann. Sie haben vorhin eine lange und ruhmreiche Karriere beendet, die teilweise erst noch vor ihr lag. Lea – genau genommen heißt sie eigentlich Esther, Lea ist ihr Deckname – besitzt jenes unfehlbare politische Einfühlungsvermögen gegenüber den Meinungen ihrer jeweiligen Vorgesetzten, und sie hat sich bei allen ihren Aktionen bisher nie eindeutig festgelegt oder gar selbst beteiligt, sondern stets über Mittelsmänner agiert. Das heute war die große Ausnahme.«

»Clever! Somit konnte ihr natürlich auch nie ein Fehler oder Sonstiges nachgewiesen werden, so gern manche Oppositionelle darauf gewartet haben dürften.«

»Ganz genau. Sie hat sich nie in die Karten schauen lassen, absolutes Stillschweigen war eines ihrer obersten Prinzipien, und gegenüber den Herrschenden hat sie nie eine unbequeme Meinung gehegt oder gar geäußert.«

»Bis sie nicht mehr zu kontrollieren war!«

»Tja, das alte Übel. Macht korrumpiert die Menschen.«

*

Jakob hatte seine gelassene Art unterwegs verloren. Er fuhr

wie ein Teilnehmer der Ralley Paris-Dakar, die Polizisten, die ihn unvorbereitet anhielten und ob seines Fahrstils ansprachen, speiste er mit einem kurzen Zeigen seines Ausweises und einem eisigen Blick ab. Doch offenbar sprach sich im Lande schnell herum, dass unser Wagen nicht mehr kontrolliert zu werden brauchte, denn nach einer letzten Kontrolle, bei der er etwas lauter wurde, wurden wir nicht mehr gestoppt - und passierten mindestens zwei weitere Polizeisperren.

Nach weiteren fünf Minuten ohne Unterbrechung klingelte mein Telefon. »Das wird Christina sein!«

Doch von Jakob erfolgte keine Antwort. Er konzentrierte sich ganz auf die Fahrerei.

Ich sah auf das Display und war erstaunt. Es war nicht Christina, sondern ein unbekannter Anrufer. »Hallo?«

»Guten Tag, Monsieur Carter. Wie geht es Ihnen?«

»Guten Tag. Wer ist denn da?«

»Alexandre, Alexandre Bouvaine, Sie erinnern sich doch an mich, oder? Unsere gemeinsame Fahrt in der Schweiz!«

»Ah, Alexandre! Ja, natürlich erinnere ich mich. Was verschafft mir die Ehre?«

»Nun ja, John, ich habe neue Erkenntnisse gewonnen, und ich dachte mir, Sie könnten die in Ihrem Fall vielleicht gebrauchen.«

»Neue Erkenntnisse?«

»Oui.«

»Was für Erkenntnisse? Neuigkeiten über die Zusammenhänge von internationalen Verbrecherorganisationen und Geheimdiensten?«

Nun hatte ich doch einmal Jakobs Aufmerksamkeit erregt. Er warf mir einen schnellen Blick zu, der verriet, dass er 'ganz Ohr war'. Doch aus meinem Telefon drang ein leises Lachen. »Non, Monsieur Carter, es ist eher eine private Geschichte. Und sie ist der Grund, dass ich Sie anrufe.«

»Eine private Geschichte. Aha. Und die soll mir in unserem Fall helfen?«

»Vielleicht nicht unbedingt helfen, aber auf jeden Fall unterstützen.« Er klang sehr bestimmt.

»So? Na, dann erzählen Sie mal.«

»Haben Sie denn Zeit dafür? Oder erwische ich Sie gerade in einer ungünstigen Situation? Wie es klingt, sind Sie unterwegs, nicht?«

»Das ist richtig. Aber ich bin nur Beifahrer. Insofern haben Sie meine ungeteilte Aufmerksamkeit.«

»Tres bien! Ich war bis gestern bei meinem Vater in der Bretagne. Er hat im Spanischen Bürgerkrieg gekämpft, zu Zeiten Francos. Wir haben spanische Wurzeln, die bis ins siebzehnte Jahrhundert zurückreichen.«

»Aha.«

»Pardon, John. Ich komme gleich zum Wesentlichen. Sein Gesundheitszustand hat sich mit einem Mal drastisch verschlechtert, und meine Mutter bat mich, hinzukommen. Da hat er mir an seinem Bett eine Geschichte vom Eiffelturm erzählt.«

»Vom Eiffelturm«, stellte ich nüchtern fest.

»Oui«, tönte es aus dem Hörer, und Alexandre erzählte mir die Geschichte. Er sprach lange und eindringlich, und ich hörte schweigend zu.

*

Eine halbe Stunde später erblickte ich die Skyline von Tel Aviv. Jakob fuhr direkt zum Hotel und hielt mit quietschenden Reifen in der Zufahrt. »Machen Sie sich frisch und holen Sie Ihre Sachen, ich warte hier und werde einige Telefonate erledigen!«

Ich nickte nur. Beim Öffnen der Wagentür bekam ich einen elektrischen Schlag. Das Knistern musste so laut gewesen sein, dass sogar Jakob es gehört hatte, denn er fragte: »Na, so geladen?«

»Nach den Erlebnissen der letzten Stunden kein Wunder«, brummte ich, während zwei Angestellte des Hotels auf uns zu eilten. Es war klar, dass wir ihr Einverständnis zum Halten nicht hatten - geschweige denn zum Parken. Als sie mich mit meinem nicht eben vorzeigetauglichen Outfit gewahrten, wirkten sie noch etwas verstörter und beschleunigten ihre Schritte.

Doch ich verließ mich da ganz auf Jakob und die Wirkung seines 'Sprechenden Papiers' und stürmte mit energischen Schritten auf den Eingang zu. Verdutzt sahen sie mich an, doch ließ ich ihnen keine Gelegenheit zum Äußern ihrer Verwunderung, sondern betrat die Empfangshalle.

Ich brauchte eine knappe halbe Stunde, um auf mein Zimmer zu gelangen, das Fenster zu öffnen, zu duschen, mich zu rasieren, meine Sachen zu packen, das Fenster zu schließen, mit einem prüfenden letzten Blick mich zu vergewissern, dass ich nichts vergessen hatte, Koffer und Tasche an mich zu nehmen, die Tür ebenfalls zu schließen, wieder in die Halle zu gelangen und auszuchecken.

Als ich wieder draußen vor dem Hotel stand, war von den beiden uniformierten Bediensteten nichts mehr zu sehen, nur Jakob stand noch mit seinem Wagen da, wo ich ihn verlassen hatte.

Ich lud meine Sachen in den Kofferraum, stieg ein, und weiter ging die Fahrt.

»Das war aber ein kurzer Boxenstopp.«

»Hauptsache vollgetankt.« Er grinste mich an. »Die Sachen meine ich. Nichts vergessen, oder so.«

»Oh nein, nichts vergessen, danke.«

Kurz darauf waren wir wieder unterwegs. Es war nicht mehr weit bis zum Flughafen, als Christina sich meldete. »*Wie aufs Stichwort!*«

»Hi, John! Ich bin mit meinen Recherchen fertig. Du solltest nach ...«

»Spanien fliegen - nach Andalusien.«

»Genau. Woher weißt du ...?« Sie war total verblüfft.

»Von Alexandre Bouvaine. Dem netten Herrn, der mir in der Schweiz einige Zeit Gesellschaft geleistet hat. Bis wir überfallen wurden.«

»Ach ja, die Kurzvisite.«

»Aber es hat gereicht. Und er als Europäer kennt sich ein wenig aus im kulturellen Umfeld. Außerdem war sein Vater in Spanien.«

»Sein Vater.«

»Oui. In Andalusien. Und da werde ich wohl hinfliegen, oder?«

»Genau.« Sie war wieder in der Spur. »Einen Flug habe ich bereits gebucht, in einer Stunde ab Tel Aviv. Meinst du, du schaffst das?«

Ich sah meinen Begleiter an, der sich wieder äußerst wortkarg gab. »Ja«, sagte ich, »wir waren im Auftrag des Herrn unterwegs und sind bereits in Tel Aviv.«

»Okay, und was wollte Bouvaine nun von dir?«

»Er hat mir eine Geschichte erzählt. Vom Eiffelturm.«

»Vom Eiffelturm.« Es war eine Feststellung, keine Frage. Christina konnte sehr diplomatisch sein.

»Ja, und es war sehr anregend. Ich erzähle sie dir bei Gelegenheit. Später.«

»In Ordnung, dann einstweilen guten Flug, ich werde versuchen, dir einige weitere Infos rüber zu schicken.«

»Okay, danke, Christina! Bye!«

»Bye, John!«

*

Am Flughafen der israelischen Metropole herrschte Hochbetrieb - und die höchste Sicherheitsstufe. Wie ich Gesprächsfetzen der Menschenmenge entnehmen konnte, hatte sich am frühen Morgen ein Selbstmordattentäter in der Nähe des Haupteingangs in die Luft gesprengt. Neben dem Attentäter waren sechs weitere Personen getötet worden, fünfzehn weitere wurden zum Teil schwer verletzt und mit Krankenwagen in die umliegenden Krankenhäuser gebracht. Die Verantwortung für den Anschlag hatte nur wenig später die Organisation Islamischer Dschihad übernommen. Eine Bewertung der

Tat durch die Führung der Palästinenser stand zum derzeitigen Zeitpunkt noch aus, doch wurde schon jetzt davon ausgegangen, dass diese sich von dem Anschlag distanzieren würde.

Jakob höchstpersönlich geleitete mich durch die Sicherheitsbereiche, und wir ernteten dabei nicht nur Dankes-Worte. *»Offenbar hält er heute nicht viel von Diplomatie! Oder aber er ist ganz einfach ein wenig gestresst.«*

Schließlich waren wir an dem Punkt angelangt, an dem sich unsere Wege trennen würden. Ich stellte Koffer und Tasche ab. »Ich danke Ihnen. Wer weiß, wo ich gelandet wäre, wenn Sie mich nicht aus dem Auto geholt hätten! Ohne Sie würde ich mein Land wohl nicht wiedersehen.«

»Das war meine Pflicht, Mister Carter. Ich kann Ihnen allerdings nicht versprechen, dass Ihre Peiniger zur Verantwortung gezogen werden. Zumindest der Haupttäter unterliegt nicht israelischem Recht, da sind selbst mir die Hände gebunden.«

Das konnte nur eines bedeuten! »Er ist Ausländer? Ich ahnte es!«

Er erwiderte nichts, aber sein Blick sprach Bände!

»Danke, Jakob. Beziehungen sind eben manchmal nicht nur das halbe Leben, sondern in diesem Falle das ganze. Ich hatte Sie als Rettungsboten gar nicht mehr parat; ich dachte, mit dem Hinweis auf den Informanten wären Sie mit meinem Chef quitt gewesen. An die Option, dass Sie beim Mossad sind, hatte ich ehrlich gesagt, später nicht mehr gedacht.«

»Ich werde immer in seiner Schuld stehen.«

Der Ton, in dem er das sagte, ließ mich schauern. »Hat er Ihnen das Leben gerettet?« Ich wusste, dass mein Chef früher einmal selbst Agent war – und auch im Ausland gearbeitet hatte.

»Nein, nicht mir hat er das Leben gerettet. Meiner Familie hat er das Leben gerettet, und damit meine Seele.«

Das saß. Mehr Worte mussten zwischen Männern nicht gewechselt werden. Stumm sah er mich an und hielt mir die

Hand hin. Wortlos drückte ich sie. Dann wendete er sich ab und verlor sich in der Menschenmenge. Ich war allein und konzentrierte mich auf die vor mir liegende Aufgabe. Ich studierte die Tafel mit den abgehenden Maschinen. Vor dem Flug nach Sevilla ging noch ein Flug nach Damaskus, doch auch wenn ich einem Besuch einer weiteren historischen Stätte nicht abgeneigt gewesen wäre, zog es mich doch gen Westen. Ich checkte ein - für den Flug nach Sevilla.

*

Der Platz neben mir blieb frei, so konnte ich in Ruhe meinen Gedanken nachgehen und versuchte daher bald, ein wenig zu schlafen. Die zusätzliche Stunde Zeit, die ich durch den Zonenwechsel gewinnen würde, konnte ich ebenfalls gut gebrauchen. Doch es wollte mir einfach nicht gelingen. Also holte ich meinen Communicator hervor und las die neue E-Mail von Christina, die ich unmittelbar vor Abflug noch bekommen hatte, noch einmal: »Hi John! Anbei die versprochenen Infos. Gruß, Christina.«

Das war kurz und bündig. Doch der Anhang war hochinteressant. Christina hatte umfassend recherchiert: »Auch wenn es heutzutage kaum mehr ein Land in Europa gibt, das nicht von Angehörigen unterschiedlicher Kulturen bewohnt und geprägt ist, kommt Andalusien für dich auch aus Gründen der Historie in Betracht.«

»*Wieder einmal die Vergangenheit!*«, dachte ich.

»Andalusien stellt gewissermaßen die Brücke zwischen Afrika und Europa dar, zwischen Mittelmeer und Atlantik. Sieben Jahrhunderte beherrschten die Mauren das Land, bis vierzehnhundertzweiundneunzig die letzte Stadt, Granada, von den Christen erobert wurde. Die weltberühmte Alhambra und die Mezquita in Cordoba, einst größte Moschee der Welt, zählen zu den imposantesten Bauwerken der alten Zeiten. Sevilla, die Stadt zwischen der Costa del Sol und der Costa de la Luz, ist die viertgrößte Stadt Spaniens. Spanien ist ein für europäische Verhältnisse recht großes Land, verfügt aber nur über gut vierzig Millionen Einwohner. Als eines der letzten europäischen Länder fanden dort neunzehnhundertsiebenundsiebzig demokratische Wahlen statt, nach vierzig Jahren Diktatur. Spanien gehört zur Europäischen Union, Zahlungsmittel ist der Euro. Die baskische ETA gilt noch immer als gefährliche Untergrundorganisation im Kampf für die Unabhängigkeit des Baskenlandes. Berühmt sind die Pferde - Andalusier - , eine Rasse, aus der die Lipizzaner der Spanischen Hofreitschule in Wien hervorgingen. Die für Spanien typischen und sehr angesehenen Bruderschaften sind über das ganze Land verteilt und stellen so eine Art Reaktion auf die Reformation in den nördlichen Ländern dar. Sie entstanden im sechzehnten und siebzehnten Jahrhundert. Dabei ging es nicht nur um den Glauben, sondern es war regelrecht eine Prestigesache. Allerdings wollen die Leute immer anonym bleiben und vermummen sich mit Gewändern und Kapuzen, daher wirken derartige Prozessionen immer etwas mysteriös, fast unheimlich. Die so genannten Geheimgesellschaften wurden vor Jahrhunderten gegründet und verdanken ihre Existenz den geschäftstüchtigen Arabern, die im Mittelalter die alten wissenschaftlichen Schriften ihrer Kulturen nach Europa verkauft haben, an Leute, die sich dafür interessierten. So sind viele Orden, Bruderschaften und auch die Freimaurer entstanden. Vom Nahen Osten durch Osteuropa nach Mitteleuropa, und auf einer anderen Schiene erst gen Westen und dann nach Südspanien. Das waren zwei Hauptströmungen. In diesen Zeiten war es auch noch so, dass Schule, also Wissenschaft, und Kirche eng miteinander verbunden waren. Der Begriff Freimaurer leitet sich ursprünglich aus den so genannten Mysterien her. Dabei handelte es sich um eine humanitäre Geisteshaltung; heutzutage weltweit zumeist in Logen organisiert. In der Regel sind es heutzutage öffentliche Vereine und keine Geheimgesellschaften. Menschenwürde, Toleranz, Hilfsbereitschaft, Brüderlichkeit und (Menschen-)Liebe zählen zu ihren Grundsätzen; die Logen sind untereinander nicht verbunden, in einzelnen Ländern oder Staaten existiert in der Regel eine Großloge. In der Schweiz wurde die erste Loge siebzehnhundertsechsunddreißig in Genf gegründet, in Deutschland erste Loge in Hamburg siebzehnhundertsiebenunddreißig; nach inoffiziellen Schätzungen zählen weltweit etwa zehn Millionen Menschen in ungefähr vierzigtausend Logen zu den Freimaurern. Ebenso wie heutzutage in allen autoritär regierten Staaten war die Freimaurerei auch während der NS-Zeit verboten. Bekannte Freimaurer waren u.a.: George Washington, Benjamin Franklin, F. D. Roosevelt, Churchill, G. Garibaldi, V. Hugo, Gustav Stresemann, Kurt Tucholsky, Carl von Ossietzky, Mozart, Haydn, Goethe und Lessing. In den heutigen Zeiten erscheint Freimaurerei allerdings nicht mehr ganz zeitgemäß, da auch in solchen Gesellschaften bereits unlautere und kriminelle Machenschaften betrieben werden, so dass man von einer Unterscheidung in Gut und Böse nicht mehr absolut sprechen kann; der Grundgedanke der Humanität wird dabei vielfach mit Füßen getreten.«

Ich wunderte mich nicht darüber. Irgendwie deckte sich das mit meinen Erfahrungen. Ich las weiter: »In Sevilla und überhaupt in ganz Andalusien ist jetzt die Semana Santa - die Karwoche - das beherrschende Thema. Das bedeutet unter Umständen, dass du Schwierigkeiten bei der Suche nach einer Unterkunft haben wirst. Ich habe jedenfalls noch keine gefunden, habe allerdings auch noch nicht alle Hotels erreicht. Aus unserer Datenbank kannst du dir eine interaktive Datei mit Stadtplan herunterladen, die ich ein wenig modifiziert habe; die markierten Punkte führen dich zu noch möglichen Quartieren. Die genaue Adresse erscheint nach Anwählen des jeweiligen Punktes. Gruß, Christina.«

Ich beendete das Programm und schaltete den Communicator aus. Dann machte ich mir meine Gedanken über mein nächstes Ziel und schlief ein. Ich bin auch nur ein Mensch.

*

Ich erwachte erst kurz vor der Landung. Vom Flugzeug aus hatte man einen fantastischen Blick auf Sevilla. In einem herrlichen Grün lag die Stadt vor mir. Granat- und Feigenbäume prägten die Landschaft, Pfirsiche und Aprikosen betörten die Sinne, und Wein und Oliven scheinen ein Grundbestandteil der Nahrung hier zu sein. Als ich später zu Fuß unterwegs war, benebelte der Duft von Orangenblüten und Weihrauch, Kerzenwachs, Rosen und Nelken meine Sinne. - Unbeschreiblich!

In engen Gassen leuchteten grüne Bäume. Die Patios - Innenhöfe -, so charakteristisch für Sevilla. Brunnen plätscherten, Vögel sangen. Das Blau des Himmels, das Grün der Pflanzen, die roten, gelben und weißen Farben der Häuser und anderer Bauten! Alle Farben wirkten hier intensiver als anderswo. Costa de la Luz - Küste des Lichts! Ein Fest für die Sinne!

Die Anmut in den Bewegungen, ein Lächeln aus tiefschwarzen Augen. Hier sollte ein Kranker gesunden, für depressiv gestimmte Menschen schien hier kein Platz zu sein!

Das Spanisch der Andalusier hingegen klang wie Maschinengewehrfeuer - in mörderischstem Tempo prasselte eine Wortkaskade auf mich ein, doch bald fand ich mich auch in diesem Dialekt zurecht. Ich war aus Mexiko - von Seiten der Familie meiner Mutter - mit so manchem in Bezug auf Sprache und Sprachgewohnheiten vertraut.

Die Stadt wirkte wie der Gegenpol zu meinem Schweiz-Aufenthalt. Auch Rom war schon anders, nicht nur auf Grund der Größe, sondern der ganzen Lebensart der Bewohner, aber Sevilla war noch anders. Die Luft war ständig erfüllt von Stimmen, und die Lautstärke war beeindruckend.

Ich hatte mich von einem Taxifahrer ins überfüllte Zentrum bringen lassen, was einige Zeit gedauert hatte. Am Placa Ponce de León entlohnte ich meinen Chauffeur schließlich und steuerte das erste Hotel an, das Baco.

Auch im Hotel selbst war 'die Hölle los', und es dauerte, bis ich mich zur Rezeption durchgearbeitet hatte. In der Halle dominierten Spanisch und Englisch, nur selten drangen deutsche oder anderweitige Sprachfetzen an meine Ohren. Es war mir fast klar, dass ich nicht beim ersten Versuch Glück haben konnte und war deshalb auch nicht erstaunt, dass mir vom Empfangschef ein ablehnender Bescheid zuteil wurde. Nur die Mimik konnte ich nicht deuten, die seine Worte begleitete. Sie drückte so etwas wie Mitleid aus.

Ich beschloss, mir zu Fuß eine Bleibe zu suchen und verzichtete daher darauf, wieder ein Taxi zu nehmen. Meiner Meinung nach war das erfolgversprechender als sich mit dem Wagen von Hotel zu Hotel fahren zu lassen - im Schritttempo.

Wahre Menschenmassen waren unterwegs, von denen ich immer wieder mehrere Stichworte im Vorbeigehen aufschnappte:

»Semana Santa!«

»Wir bekunden den Kreuzestod von Jesus Christus ...«

»Sevilla ist heute die Hauptstadt Spaniens ..., ach, was sage ich ... - der ganzen Welt! Haben Sie noch nie von der Semana Santa in Sevilla gehört, Señor?«, fragte mich ein sehr lebenslustiger und sehr leidensfähiger junger Mann, der ein Kreuz auf seinem Rücken trug. Doch es war mehr eine Artikulation unbestimmter Art als eine Frage, denn er zog sogleich weiter.

Pure andalusische Lebensfreude drang aus allen Ecken, teilweise war es ein Jahrmarkt der Eitelkeiten, die feine Gesellschaft saß und stand im Schutz der Zelte, während das Volk auf der Straße paradierte. Scharen von Touristen ergossen sich über die Stadt. Sie kamen auch durchaus aus anderen Regionen Spaniens, nicht nur aus dem Ausland.

Forschen Schrittes bahnte ich mir meinen Weg die Hauptstraße entlang in Richtung Westen, am Plaza de la Encarnación vorbei, und erreichte nach wenigen Minuten das Derby, am Plaza del Duque de la Victoria Numero trece. Der Erfolg war jedoch wie zuvor. Alle Zimmer waren bereits belegt.

Im Laufe der nächsten zwei Stunden lernte ich die Stadt kennen - und erntete weitere Absagen. Die Blicke, die ich auf meiner Tour einheimste, unterschieden sich - abgesehen von einigen Nuancen - in zwei Dingen: Die einen sahen mich verständnislos und teilweise mitleidig an, die anderen hingegen bedachten mich gleich mit einer Mimik, die verhieß, dass ich mir auf meinen Geisteszustand für den heutigen Tag nicht viel oder auch gar nichts einzubilden brauchte. »Es Semana Santa, Señor!«, war einer der gebräuchlichsten Begriffe, die ich mir dabei anhören durfte.

Ich hatte vom Plaza del Duque de la Victoria den Weg nach Süden eingeschlagen und in einem wahren Gassen-Labyrinth nacheinander das Alvarez Quintero, das Sierpes, das Los Seises, das Doña Maria und das Goya angelaufen - und der Koffer und die Tasche in meinen Händen wurden nicht leichter!

Völlig verschwitzt stand ich nun in der Callejon de dos Hermanas Numero siete, vor meinen Augen ein Restaurant, La Juderia, und das Las Casas de la Juderia. Meine Suche hatte mich inzwischen in das Judenviertel der wärmsten Stadt Spaniens geführt, Santa Cruz.

»No, Señor, tut mir leid. Wir haben die Semana Santa und sind seit Wochen ausgebucht«, bekam ich auch hier zu hören.

Ein Blick auf meinen Communicator verriet mir eine weitere Adresse: das Hotel Alfonso XIII., südlich von meinem jetzigen Standort - und meine vorerst letzte Hoffnung, denn ansonsten stand mir eine Erweiterung meines Umkreises bevor; mein nächstes Ziel wäre allerdings im Viertel El Arenal gewesen, und die Entscheidung, einen Wagen zu nehmen, hätte ich dann noch einmal neu überdenken müssen. Doch ich kam nicht dazu, mein letztes angepeiltes Ziel aufzusuchen - oder aufsuchen zu müssen.

Als ich das Las Casas de la Juderia wieder verlassen hatte, erklangen hinter mir schnelle Schritte, und als ich mich erstaunt umdrehte, sah ich einen Mann, der etwas kurzatmig vor mir stehen blieb und mich ansprach: »Señor! Ich könnte Ihnen vielleicht helfen ...!«

Nachdenklich betrachtete ich den Sprecher. Ich erinnerte mich, ihn eben im Hotel mit mehreren Sträußen Blumen gesehen zu haben. Er war ein kleiner, untersetzter Mann mit scharf geschnittenen Gesichtszügen, dunklen Augen und dem schwarzen Haar, wie es in dieser Gegend keine Seltenheit war. Sein Äußeres und sein Dialekt ließen mich vermuten, dass es in seiner Familie arabische Einflüsse gab.

»Sie könnten mir helfen? Wie?«

Der Kleine musterte mich mit pfiffigem Gesichtsausdruck.

»Sie suchen doch eine Unterkunft, nicht wahr?«

Ich bestätigte mit einem Nicken.

»Da könnte ich Ihnen vielleicht behilflich sein.«

»Sie kennen ein Hotel, das jetzt noch nicht ausgebucht ist?«, fragte ich mit leichtem Zweifel.

»Besser! Viel besser, Señor! Gestatten Sie mir, dass ich mich vorstelle. Mein Name ist Ramón Moreiro.«

Er reichte mir eine Visitenkarte, auf der neben seinem Namen seine Adresse und sein Beruf angegeben waren. Er war Gärtner. In der unteren linken Ecke der Karte war eine Blume aufgedruckt.

Ich gab ihm die Karte zurück. »Angenehm, mein Name ist Carter, John Carter. Aber wie wollen Sie ...«

»Haben Sie schon einmal von der arabischen Gastfreundschaft gehört, Señor?«

»Natürlich«, erwiderte ich und fand meine Vermutung bestätigt.

»Nun ..., ich bin väterlicherseits Araber, Vorfahren meines Vaters stammen aus Ägypten, - und ich kann Ihnen für einen oder zwei Tage eine Unterkunft zur Verfügung stellen. Es ist nur ein kleines bescheidenes Zimmer in meinem Haus, wir haben es eigentlich für Verwandte meiner Frau aus Barcelona reserviert, aber ihre Schwester ist kurzfristig erkrankt und hat für die Semana Santa dieses Jahr abgesagt. So steht das Zimmer, das sie und ihr Mann in diesen Tagen eigentlich bewohnen sollten, leer. Was sagen Sie dazu?«

»Das ist sehr nett von Ihnen ..., aber«, zögerte ich, »wie kommen Sie dazu, gerade mir, dem Amerikaner, dieses Angebot zu machen?«

»Sie gefallen mir, Señor. Sie haben ein ehrliches Auge.«

Verwundert musterte ich den Sprecher, doch er wirkte keineswegs 'verrückt'. Ich beschloss die Sache auf die witzige Art zu nehmen: »Und mein anderes?«, fragte ich.

»Wie bitte?«

»Mein anderes Auge! Ich hoffe doch nicht, dass ich ein ehrliches und ein unehrliches habe, oder?«

»Haha! Sie gefallen mir wirklich, Señor! Dann auch noch so ein Humor, ha ha ha!«

Er schien sich köstlich zu amüsieren, doch holte ich ihn bald in die Realität zurück. In mir war nämlich die Vermutung aufgestiegen, dass Christina eventuell für diese Anekdote gesorgt haben könnte. »Und Sie haben nicht vielleicht noch einen anderen Grund?«

»Aber natürlich«, gestand er freimütig.

»Aha. Jetzt kommts«, dachte ich.

»Ursache und Wirkung«, beschied Ramón gleichmütig. »Bin ich nett zu Ihnen, sind Sie es auch zu mir. Das gilt zwischen zwei Menschen ..., aber genauso auch zwischen Ländern - und Religionen.«

»Also steckt Christina doch nicht dahinter - nun ja«, verwarf ich den Gedanken wieder. »Klingt ja ganz vernünftig ... - aber wer hätte denn einen Philosophen in Ihnen vermutet?«

Er lachte. »Ja, das sieht man den Menschen nicht sofort an, was in ihnen steckt, nicht wahr, Señor?«

»Wie wahr! Aber wie kann ich Ihnen das Angebot entgelten? Sie scheinen ja keinen regulären Hotelbetrieb zu haben, oder?«

»Nein, Señor, das wäre eine Privatunterkunft. Das Haus liegt zwar etwas außerhalb, so drei oder vier Kilometer von hier entfernt, im Viertel Madre de Dios, aber Sie können mit mir fahren, ich bin mit dem Auto hier! - Und machen Sie sich keine Gedanken über eine Bezahlung - es ist Kismet, und außerdem wird meine Tochter es begrüßen, wenn ich Sie mitbringe!«

»Oh je, das wird ja wohl keine Verkupplungsaktion werden«, befürchtete ich insgeheim. »Wie alt ist Ihre Tochter?«, fragte ich

in harmlosem Ton.

»Maribel ist gerade vierzehn geworden, aber sie ist schon sehr reif«, antwortete Ramón mit Stolz in der Stimme. »Ich habe viel von ihr gelernt. Es ist gerade erst ein paar Wochen her, dass ich den Lautstärkepegel ihrer Stereoanlage dadurch regulieren wollte, dass ich einen Lautsprecher aus dem Fenster werfen wollte.« Er sah mich an als ob er sich noch nachträglich dafür entschuldigen wollte. »Ich hatte einen schlechten Tag im Geschäft ..., sehr stressig ..., und wollte abends meine Ruhe haben. Doch Maribel und ihre Mutter konnten mich vor drastischerem Eingreifen bewahren, und meine Tochter hat mir erklärt, dass ich damit die Wirkung bekämpfen würde, die Ursache aber noch lange nicht.«

»Ich verstehe ... - die Ursache ist die Stereoanlage, sprich der Lautstärkeregler.«

»Si! Genau, Señor Carter, und als ich das erkannte, da habe ich den Regler leise gestellt, bin wieder runter gegangen, hatte meine Ruhe und meine Tochter nach wie vor eine intakte Anlage.«

»Das war ja ein guter Kompromiss - richtig vernünftig.«

Ramón lachte laut auf. »Si, und ich musste Sophia - meiner Frau - versprechen, dass ich diese Regel in der Zukunft stärker beachten werde. Nun, und das mit Ihnen ist doch das beste Beispiel!«

»Okay, dann will ich Ihr Angebot gern annehmen«, erklärte ich, was ihn sichtlich freute.

Er machte eine einladende Geste: »Bueno! Kommen Sie!«

*

Ramóns Familie zählte insgesamt sechs Personen, zwei Hunde, drei Katzen, einen Papagei und empfing mich mehr als herzlich.

Ich stand mit Ramón im Eingangsflur eines mittelgroßen Hauses. Linker Hand zweigte eine Treppe ab, die in die oben liegenden Räume führte, geradeaus und auf der rechten Seite war jeweils eine Tür. »Hola! Estoy a casa! Ha llamado alguno de mis amigos? - Hallo! Ich bin zu Hause! Hat irgendeiner meiner Freunde angerufen?«

»Hola Ramón! No, no ha llamado ninguno de tus amigos! - Hallo, Ramón! Nein, keiner deiner Freunde hat angerufen!«, tönte es aus Richtung Obergeschoss zurück.

Es war eine Frau, die geantwortet hatte, und sie kam jetzt aus einem Nebenraum in den Eingangsflur. Als sie mich sah, stutzte sie kurz. »Oh, ein Gast?«

»Ja, er ist Tourist, Amerikaner, und hatte bei den Hotels kein Glück mehr«, stellte mich Ramón vor. »Ich habe ihm angeboten, einige Tage bei uns zu wohnen. Sein Name ist John Carter.«

»Welcome, Mister Carter!« Sie reichte mir ihre Hand. »My name is Sophia.«

Sehr sympathisch. Keine Frage, warum oder wieso, einfach nur ein herzliches Willkommen. Ich ergriff ihre Hand und erwiderte mit einer leichten Verbeugung: »Cuando estoy en España, hablo español! - Wenn ich in Spanien bin, spreche ich Spanisch!«

Sie lächelte und wollte anscheinend noch etwas sagen, doch erschienen in diesem Moment die Kinder, allen voran die Kleinste, die ihren Papa erst einmal fragte, ob er ihr etwas mitgebracht habe. Ihnen folgte etwas langsamer der Großvater, der mich zwar wortreich begrüßte, von dem ich allerdings nicht die Hälfte verstand. - Er mixte auch arabische Elemente in seine Worte und schien ohnedies einen eigenen Dialekt zu bevorzugen.

Auf meine Nachfrage reagierte er nicht, sondern erzählte munter weiter. Er schien leicht schwerhörig zu sein - wie ich einer entsprechenden Geste von Ramón entnehmen konnte. Sein Name war Lorenzo.

Ramón geleitete uns ins Wohnzimmer. Dann stellte er die Familie vor: »Mein Vater Lorenzo und meine Frau Sophia. Die Kinder Pedro, Maribel und Ana. Señor Carter aus Los Angeles.«

Sie gaben mir artig die Hand. »Buenos dias!«

Die jüngste Tochter, Ana, summte die ganze Zeit vor sich hin: »Li-le-lo-lu-la ...«

»Sie wird mal Sängerin«, lästerte ihr Bruder, doch es war nicht böse gemeint. Dann präsentierte er einige Tanzschritte.

Die Kleine sah das und versuchte es umgehend nachzumachen, was ihr allerdings nicht gelang. Doch sie blieb hartnäckig, und als sie es endlich erreicht hatte, strahlte sie übers ganze Gesicht.

»Das wird mal ein Schlachtruf der Fußball-Fans«, meinte Maribel.

Dieses Stichwort reichte, um Lorenzo in das Gespräch einzubinden. Wie elektrisiert erzählte er: »Futbol! Real Betis und der FC! Das Derby hat der FC diese Saison zweimal gewonnen! Der Klub steht ganz oben und spielt jetzt bei den Großen mit. Um die Meisterschaft! Und Betis steht ganz unten und kämpft gegen den Abstieg«, konnte ich seinen Worten entnehmen.

»Wir sind hier nahe am Estadio Sánchez Pizjuán«, erklärte mein Gastgeber. »Für meinen Vater eine Art zweites Zuhause, der kennt da jeden Grashalm.«

Die Augen des Alten leuchteten. »Ja, das ist schon was, aber von Fußball versteht ihr Amerikaner ja nicht viel!«

»Die Frauen sind sehr gut«, protestierte Maribel an meiner Stelle.

Ich lachte. »In der Tat, die haben den Bogen raus! Aber die Männer holen auf ...«

»Abwarten«, grinste sie und sprang davon.

»Ist sie nicht bezaubernd?« Vaterstolz schwang in Ramóns Stimme mit.

»Ja, sie wirkt schon recht aufgeweckt, die kleine Señorita«, gab ich zu.

»Und sie verdreht bereits allen Jungs den Kopf. Das ist gar nicht gut«, meldete sich die Frau des Hauses zu Wort. »Ihre großen Idole sind im Moment einige Mädchen von so einer englischen oder amerikanischen Girlieband. Ts ts, und in Bezug auf deren Klamotten macht sie fast alles nach! Ich hatte auch Vorbilder, aber die liefen nicht halbnackt rum. Und die Poster in ihrem Zimmer ..., da können wir uns das Tapezieren sparen! Allerdings darf da auch kein Fremder rein, ist ein wahres Heiligtum, eine Geheimkammer.«

Ramón sagte nichts, doch zweifellos war er ein wenig stolz auf seine Hija, nur wagte er nicht, seiner Frau zu widersprechen. In Spanien und speziell in Sevilla scheinen die Frauen sowieso eine besondere Stellung zu haben, manches erinnert an ein Matriarchat - trotz stolzem Machogetue. Sogar bei den Prozessionen beobachtete ich viele Frauen, die im schwarzen Büßergewand mit einer Kerze oder einer Rose in der Hand an diesen religiösen Zeremonien teilnahmen.

Die beiden Männer im Haus bestätigten meine Vermutung umgehend. Wir hatten es uns im Wohnzimmer bequem gemacht. Ramón berichtete, dass er mich bei der Suche nach einem Quartier getroffen hatte - und warum dieses Unterfangen in dieser Woche von keinem Erfolg gekrönt sein konnte. Die Karwoche ist etwas ganz besonderes, hier herrscht ein wahrer Marienkult!

»Selbst Gott brauchte eine Frau, um seinen Sohn auf dieser Welt erscheinen zu lassen! Ohne Frauen ..., ohne Mütter, würde es kein Leben geben!«, erklärte Ramón.

»Ohne Frauen geht es nicht!«, bekräftigte sein Vater.

»Ohne Wasser aber auch nicht«, sagte Sophia. »Vielleicht möchte unser Gast etwas trinken?«

»Danke, gern.«

»Ich hole was zu trinken«, erklärte Ana und ging zur Tür. Mit ihren kleinen Patschehändchen umklammerte sie den Türgriff und versuchte die Tür zu öffnen. Als ihr das nicht gelang - aufgrund fehlender Koordination - ließ sie von der Tür ab und blickte suchend in die Runde.

Und sie schien schnell gefunden zu haben, was sie suchte, denn sie näherte sich zielstrebig ihrem Bruder. In kurzen aber gestenreichen Worten trug sie ihr Anliegen vor, und Pedro tat ihr den Gefallen, erhob sich und öffnete ihr die Tür.

Strahlend verließ sie den Raum, wobei ihr Bruder ihr folgte. Wenig später erschien sie wieder. Sie hielt ein Glas in der Hand und steuerte damit auf mich zu.

Sie gab es mir, dann drehte sie sich zu ihrem Bruder um. Pedro war ihr gefolgt, mit einer Flasche Wasser in der Hand, die für die Kleine zu schwer war. Er goss mir ein.

»Pedro es mi hermano - Pedro ist mein Bruder«, erklärte die Kleine mir währenddessen stolz.

»Si, muchas gracias, Ana.«

Leicht verlegen stand sie da, dann lachte sie ein Kinderlachen und verschwand wieder in der Küche. Ihr Bruder folgte ihr, und die Mutter und der Großvater schlossen sich bald an.

Ich war mit meinem Gastgeber allein.

Er zeigte mir mein Zimmer - mit Blick auf einen Hinterhof, der den Namen nicht verdiente. In mühevoller, jahrelanger Arbeit war hier ein Juwel entstanden, eine prächtige Gartenanlage, ein Patio, mit Blumen, Gräsern und Gewächsen, die ich mit Sicherheit auch nach einem Biologiestudium nicht alle identifiziert hätte. Doch eines fiel auch hier auf: Orangenbäume, die ihren Duft in alle vier Himmelsrichtungen verbreiteten.

Ich hatte nicht erwartet, so eine Pracht vorzufinden. Von draußen sah man dem Anwesen nicht an, was in ihm steckte. Was ich während der Fahrt hierher im Großen bewundern konnte, fand sich hier im Kleinen wieder. Von Rosen, Olivenbäumen und einem Gemüsebeet bis hin zu Obstbäumen war hier alles vertreten. Sogar ein Teich war sorgfältig angelegt und fügte sich gut in das Gesamtkonzept der Flora ein. »Den Garten werde ich Ihnen morgen zeigen, dafür brauchen wir etwas mehr Zeit«, versprach Ramón, dann zeigte er mir mein Quartier in seinen Einzelheiten.

Das Zimmer selbst war spartanisch eingerichtet, aber sauber. Ein Tisch, ein Schrank, zwei Stühle, ein Sessel und das zugegeben sehr bequem anmutende Doppelbett reichten allemal für den - wahrscheinlich eher kurzen - Aufenthalt. Über eine Verbindungstür gelangte man in ein Badezimmer - mit Dusche, WC und Waschbecken. »Das ist unser Gästezimmer. Wie gefällt es Ihnen? Was sagen Sie?«

»Es gefällt mir sehr. Ich danke Ihnen vielmals! Sie sind wirklich meine Rettung, Ramón ...«

»Ach nein, Señor, das habe ich gern gemacht. Sie wissen doch, Ursache und ...«

»Wirkung. - Ja, ich weiß! Muchas gracias!«

Jemand klopfte an die Tür. Wir drehten uns um.

Lorenzo stand in der Tür, in der Hand zwei Gläser und eine Flasche. »Señor Carter! Bevor ich Sie in die übervölkerte Stadt zurücklasse, muss ich mit Ihnen anstoßen! Ich habe hier einen echten Wein aus Jerez - Sherry, wie ihn die Engländer nennen.«

»Danke sehr, das ist sehr nett ...«

Lorenzo strahlte. Er hatte allem Anschein nach bereits eine Kostprobe gemacht, denn er hatte jenen Blick, den ich nur zu gut kannte. Wir drei begaben uns wieder ins Wohnzimmer. Von den weiblichen Bewohnern des Hauses war nichts mehr zu sehen.

Wir leerten eine halbe Flasche Sherry. Genauer gesagt, Lorenzo, denn Ramón nippte nur leicht an seinem Glas, und ich trank nur einen kleinen Schluck zum Anstoßen. Bald erklärte ich: »Jetzt würde ich gern noch einmal in die Stadt gehen.«

Ein verständnisvolles Nicken seitens meiner beiden Trinkgenossen. »Heute Morgen war bereits der größte, der heiligste Moment der Prozession, da ist die Jungfrau durch den Arco de la Macarena getragen worden, durch das Stadttor.«

Ich versuchte die Worte zu bewerten, doch wurde ich umgehend und umfassend von Ramón aufgeklärt: »Es geht um die Mutter, Señor Carter!«

»Si! Die Mutter Gottes!«, bekräftigte sein Vater. Er hob sein Glas, und wir prosteten ihm zu.

»In Sevilla gibt es über fünfzig Bruderschaften, die größten sind La Macarena und El Gran Poder. Dort haben nur ausgesuchte Leute Zutritt, und viele würden alles dafür tun, dort Mitglied zu sein. Wie immer und überall kommt es darauf an, wer du bist, wen du kennst, und wie viel Geld du hast. Aber eines dieser Kriterien reicht in der Regel nicht aus!«

12. Drei Religionen und ein Mord

Sevilla, Spanien
Freitag, 7:00 p.m.

Ramón brachte mich im Auto seiner Frau - einem feuerroten Peugeot 206 CC - zurück ins Viertel Santa Cruz. Er brachte das Kunststück fertig, trotz der Umzüge eine gute Route auszuwählen, die mit dem Auto passierbar war. So etwas schaffen wohl nur Einheimische!

»Muchas gracias!«, bedankte ich mich, als er mich in einer kleinen Straße unweit der Kathedrale absetzte.

»Lassen Sie sich verzaubern, Señor! Buenos noches!«, rief er mir zu, dann brauste er davon.

»Mit dem Stadtflitzer seiner Frau kann er es ja machen. Mit seinem Auto fährt er irgendwie anders. Aber okay - das ist ja auch ein Transporter!«

Ich besaß von meinem Romaufenthalt noch genug Euro, um einstweilen nicht an Geldmangel zu Grunde gehen zu müssen, und lenkte meine Schritte insofern ohne Umwege in Richtung Altstadt.

Kurz darauf stand ich vor der Kathedrale, die auf äußerst eindrucksvolle Art verdeutlichte, welch eine faszinierende Architektur jüdische, christliche und muslimische Kulturelemente in der Lage waren hervor zu zaubern. Sie war in ein mondscheinfarbenes, fast mystisch wirkendes, Licht getaucht, 'La Giralda', der Turm der Kathedrale, ein deutlich sichtbares Wahrzeichen der Altstadt vor einem tiefblauen Abendhimmel.

Auf der Straße schritten Menschen mit einer Marienfigur vorbei, am Plaza del Triunfo gewann ich einen Blick auf den Alcázar und beobachtete für eine Weile die Menschen.

Das Gebaren faszinierte mich. Scharen von schwarzgekleideten, mit spitzen, maskenähnlichen Kapuzen versehene Gestalten trugen Christus- und Marienstatuen durch die Straßen, begleitet von einem gespensterhaft anmutenden Lichter- und

Fackelschein. Sie bewegten sich mit einer Inbrunst, die eine tiefe Religiosität verriet.

Vor dem großen, roten Tor der Stierkampfarena 'La Maestranza' blieb ich stehen und drehte mich um. Mein 'sechster Sinn' hatte sich gemeldet, doch ich konnte bei bestem Willen niemanden erkennen, der mir übel gesonnen war oder mich gar verfolgen würde. Ich tat es als Hirngespinst ab und dachte an die letzten Worte Salomons: »Lassen Sie es geschehen!«

Ich ging weiter und war bald mitten in eine große Gruppe Vergnügungssüchtiger geraten - nur bestand die Gruppe nicht aus zehn oder hundert, sondern aus Tausenden, ja Zehntausenden von Menschen. Und jeder Einzelne verkörperte eine ganz persönliche Mischung aus Religiosität und Partylaune.

Zum ersten Mal in meinem Leben erschien mir der Begriff 'Leidenschaft' in einem völlig neuen Licht. Da war nichts zu machen. Ich ließ mich einfach treiben, immerhin blieb mir der schwache Trost, dass, sollte ich etwaige Verfolger gehabt haben, diese mich in diesem Trubel auf keinen Fall verfolgen konnten.

Eine ältere Frau, genauer gesagt, eine Frau, die ich auf Grund ihrer Bewegungen als etwas älter einschätzte, kam mir entgegen. Als wir auf gleicher Höhe waren, sprach sie mich an: »Buenos noches, Señor, wollen Sie etwas über Ihre Zukunft wissen? Ich lese Ihnen aus der Hand, Ihre Träume, Ihre Liebe, Ihr Geld!«

Ich lehnte dankend ab. Meine Träume verwirrten mich bereits genug, die Sache mit der Liebe stand im Moment nicht auf meinem Zettel, und Geld ... - nun ja, eine Weltreise ist schließlich teuer genug!

Ich beschloss, einen kleinen Imbiss zu genießen. Tapas gibt es in Andalusien reichlich und immer. Ich hatte Glück und ergatterte tatsächlich einen Tisch vor einem Restaurant, von dem sich gerade ein junges Paar erhob. »*Glück gehabt*«, dachte ich und bestellte zunächst einmal etwas zu trinken.

Dann ließ ich meinen Blick über die Personen in der Umgebung wandern. An einem Nachbartisch trat in dem Moment ein Mädchen zu einem anderen.

»Hi, Jenny!«

»Hi, Agnes! Wie geht es dir?«

»Danke, gut! Und dir?«

»Bestens! So stelle ich mir Ferien vor!«

Ich sah etwas länger zum Nachbartisch hinüber. Die beiden Mädchen - eine sitzend, die andere vor ihr stehend - schienen verabredet gewesen zu sein. Sie sprachen Englisch, und in der Sitzenden vermutete ich eine Amerikanerin. »*Sehr wahrscheinlich aus Texas.*« Sie war eher klein und ein bisschen pummelig, wirkte in ihrer Art jedoch sehr nett - unaufgeregt.

Agnes, groß und schlank, mit hellem Teint und wirklich feuerroten Haaren stellte den genauen Gegensatz dar. Ihren Akzent konnte ich nicht genau einordnen, »*irgendwo aus dem Norden Großbritanniens*«, tippte ich.

Als mein Getränk gebracht wurde, bestellte ich Tapas und lehnte mich entspannt zurück. Endlich mal etwas entspannen! Ich beobachtete die Leute. Als ich aufgegessen, ausgetrunken und bezahlt hatte, überlegte ich, ob ich weitergehen sollte oder noch etwas bleiben. Doch die Entscheidung wurde mir abgenommen.

Eine junge Spanierin, das lange schwarze Haar im Nacken zusammengebunden, bewegte sich im Rhythmus der Musik und begann zu tanzen, zuerst langsam, dann schneller und immer schneller. Ihr Oberkörper war gerade aufgerichtet, und ihr Gesicht hatte jenen unnahbar wirkenden Ausdruck, der Bewunderung aber keine Zudringlichkeiten erlaubt. Sie trug ein ärmel- und schulterfreies rotes Kleid, das auf dem Rücken von dünnen, kunstvoll zusammengebundenen Bändern gehalten wurde. Nicht die kleinste ihrer Bewegungen war Zufall, die gesamte Choreographie, jeder Schritt, jeder Blick war genau berechnet. Dabei bewegte sie sich mit einer Anmut, die verriet, dass sie mit Leib und Seele dabei war.

Sie tanzte als gäbe es kein Morgen!

Sie fiel auch wegen ihres farbenfrohen Äußeren auf, das sie von ihrer Umgebung abhob. Um den Hals trug sie eine goldene Kette mit einem Kreuz, und sie wirkte melancholisch, hielt sich stets im Takt der Musik. Als die Musik schneller spielte, passte sie sich an, um schließlich völlig aus sich heraus zu gehen.

»Tia buena!«, rief in diesem Moment jemand, doch sie beachtete ihn gar nicht.

»Eh, Juanita - que pasa?«, brüllte ein anderer vom Nachbartisch und bahnte sich den Weg zu ihr. Er schien sich in einem ebensolchen Zustand zu befinden, wie der Vater meines Gastgebers, Lorenzo. Nur konnte dieser im Gegensatz zu Ramóns Vater seinen Zustand nicht mehr kontrollieren.

Er wollte die mit Juanita Angesprochene umarmen, doch sie wehrte ihn resolut ab. Daraufhin wurde er zudringlicher und versuchte, sie an sich zu ziehen. Da warf sie mir einen hilfesuchenden, auffordernden Blick zu. Und ich reagierte entsprechend. Mit drei, vier schnellen Schritten stand ich neben den beiden, ergriff die Hand des Caballero und führte ihn sanft aber nachdrücklich zur Seite.

»Hee, Amigo!« Er glotzte mich an.

Als er die Sache durchschaute, wurde sein Blick tückisch. So rechnete ich auch mit einer entsprechenden Reaktion und sollte mich nicht täuschen, denn mit einem Male schlug er mir seine geballte Rechte ins Gesicht.

Das heißt, er wollte es. Ich stand natürlich schon nicht mehr da, wo er hingezielt hatte, sondern hatte einen kleinen Seitwärtsschritt gemacht. Seine Hand ergreifen, dem ohnehin aus dem Gleichgewicht Geratenen eine andere Richtung geben und ihn loslassen, war keine große Kunst.

Aber sehr effektvoll.

Er schlug einen Purzelbaum, rollte wie eine Kugel über den Boden und blieb am Bein eines Tisches besinnungslos liegen. Der Sturz hatte ihm den Rest gegeben.

»Muchas gracias, Don Juan!«

Das Mädchen stand neben mir. Sie war wirklich sehr hübsch, und in ihrem Blick lag mehr Erotik als ich auf Anhieb verdauen konnte. Mit ihren langen dunklen Haaren und den großen, dunklen Augen war sie durchaus imstande, in mir 'das Feuer zu wecken'.

Und sie wusste es!

Aber ob sie jeden Retter mit Don Juan ansprach, wusste ich noch nicht. Vielleicht sollte es auch nur zu ihrem Namen - Juanita - passen.

»Ist in Ordnung ..., und, alles okay?« Ich legte meine Hand auf ihre Schulter.

Sie sah erst meine Hand an und dann mich. Ja, sie hatte wahre Glutaugen! Hätte ich meinem Ausbilder an der Academy gesagt, dass meine Knie in diesem Moment weich wurden, er hätte mich für verrückt erklärt!

»Komm!«, sagte sie und zog mich durch die Menschenmenge.

Mir blieb nicht einmal Zeit zum Nicken, und schnell waren wir in einer Nebenstraße verschwunden.

Es wurde der Beginn einer wunderbaren Zeit.

Wir spazierten am Ufer des Guadalquivir entlang, hinter uns der Torre de Oro, die Luft erfüllt von Musik, Kerzenwachs und Weihrauch - eine unglaubliche Mischung! Wir ließen uns einfach treiben, folgten dem Menschenstrom. Dabei wechselten wir einige Worte. Es war als wären wir alte Bekannte. Ich verspürte eine seltene Art von Vertrautheit, so dass gar nicht viele Worte nötig waren. Es lag etwas Ungezwungenes in ihrem Wesen. Nebenbei machte sie mich mit der Stadt bekannt. Irgendwann erreichten wir den Fluss, den Guadalquivir. Wir überquerten ihn zur Hälfte auf einer Brücke und blieben stehen, um den Blick zu genießen.

Endlich mal nicht im Dienst, Urlaub! Ja, ich wollte es so, hier und jetzt. Ich wollte mich einfach nur weitertreiben lassen und die Menschen beobachten, die hier feierten.

Selten hatte ich Menschen gleichzeitig lachen und weinen sehen, aber am heutigen Abend sah ich sie 'im Dutzend' - und es waren nicht nur Angehörige des weiblichen Geschlechts.

»Hey, Don Juan!«

Ich sah meine schöne Begleiterin an.

Sie lächelte. »Du solltest mir doch etwas mehr Aufmerksamkeit schenken, sonst bin ich vielleicht plötzlich nicht mehr da!«

Ihr Lächeln verstärkte sich. Ich konnte nicht widerstehen und küsste sie. Nach kurzem Zögern legte sie ihre Arme um meinen Hals und erwiderte den Kuss.

Nach einer kleinen Ewigkeit lösten wir uns, doch behielt sie meine Hand in ihrer. »So habe ich dich besser unter Kontrolle«, erklärte sie.

Wir gingen weiter und betrachteten die Leute. Zwischendurch blieben wir wiederholt stehen und beobachteten eine Prozession am Straßenrand. Dann zog sie mich wieder weiter. Ich folgte ihr willig. »Das Schwierige sind nicht die Machos«, erklärte sie mir auf einmal. »Die sind relativ einfach zu berechnen ..., die muss man sozusagen indirekt lenken.« Die leuchtenden Augen passten zu ihrem fröhlichen Lachen.

»Und in diese Kategorie zähle ich auch?«

Sie betrachtete mich bedächtig und schüttelte dann den Kopf. »Nein ... - und das ist das Faszinierende an solchen Männern wie dir. Ich weiß nicht genau, wie ich dich einschätzen soll.«

»Tja, wer weiß das schon bei einem Fremden?«

Sie lachte und zog mich zu einem Restaurant. Wir ergatterten einen kleinen Tisch und bestellten zwei Cocktails, die gut schmeckten und schnell leer waren.

Sie strich sich durchs Haar und warf mir einen Blick zu, aus dem ich nicht recht schlau wurde. Es schien fast als ob sie besorgt sei, oder nein, als ob sie etwas erwartete.

Meine Mimik mochte ihr verraten haben, dass ich grübelte, denn sie fragte mich mit einem bezaubernden Lächeln: »Magst du noch etwas trinken?«

»Gern, danke.«

Sie winkte dem Ober und bestellte zwei weitere Cocktails. Alkoholfrei diesmal. »Betrunkene sind nicht mein Ding. Die zeigen ja nicht ihr wahres Gesicht, sondern nur ihr unterdrücktes Ich«, erklärte sie dann.

Auch diese Cocktails schmeckten gut, und schon bald wurden die leeren Gläser abgeräumt. Wir, das heißt, ich zahlte und wir gingen weiter. Ich überließ mich wieder völlig ihrer Führung.

Wir überquerten den Fluss und gelangten ins Viertel Triana, wo mich Juanita in ein Restaurant dirigierte: »Ich habe ein bisschen Hunger, wollen wir eine Kleinigkeit essen?«

»Oh ja, gern.«

Wir aßen in Ruhe. Und wieder fielen mir diese Blicke auf, mit denen sie mich bedachte, wenn sie sich unbeobachtet wähnte. »Gehört sich das eigentlich für eine Frau, dass sie den Abend mit einem wildfremden Mann verbringt, den sie nur ganz kurz in einer Kneipe gesehen hat?«

Sie lachte. »Die spanischen Frauen ..., die Frauen allgemein, werden doch immer selbstbewusster. Sie spielen längst nicht mehr die Rolle, die sie vor noch nicht allzu langer Zeit inne hatten. Sogar in den muslimischen Ländern ist Bewegung in der Hinsicht. Sie gehen in Museen, Theater, tragen Jeans statt Kopftuch ...«

»Du weichst mir aus.«

Juanita schnitt eine Grimasse.

»Zum Selbstbewusstsein gehört auch, dass man sich aussuchen darf, mit wem man den Abend verbringt.«

»Also hast du mich gesucht«, neckte ich sie.

»Ja, habe ich.« Sie nickte. »Und es hat ganz schön lange gedauert.«

Ich lachte, doch wie bald sollte ich ihre Worte nur zu gut verstehen! Ich legte eine Hand an ihre Wange, und sie bog ihren Kopf zur Seite, meine Berührung genießend. Es war inzwischen ein Uhr morgens, doch meinetwegen hätte diese Nacht ewig dauern können!

*

Wir waren noch nicht wieder lange unterwegs, als mir zwei Typen auffielen, die uns zu folgen schienen.

»Hast du einen eifersüchtigen Liebhaber oder einen älteren Bruder?«

»Nein ..., wieso?«

Die beiden Typen, die uns seit mindestens fünf Minuten folgten, hatte sie offenbar noch nicht bemerkt. »Ich dachte nur, vielleicht kennst du die beiden Herren, die uns da verfolgen.«

Sie drehte sich unauffällig um. »Ich sehe niemanden!«, erklärte sie nach kurzem mit Bestimmtheit.

Nun drehte auch ich mich um und musterte die Gegend ganz offensichtlich. - Niemand mehr zu sehen. Dafür schlich sich dieses Gefühl in mir ein, dass mir äußerste Wachsamkeit suggerierte. Und tatsächlich - aus einem Häuserschatten löste sich eine dunkle Gestalt, der kurz darauf eine zweite folgte. Ein Kleiner und ein Großer. Sie näherten sich selbstbewusst, aber ohne hastige Bewegungen. Sie schienen ihrer Sache sehr sicher zu sein.

»*Zu sicher!*«, dachte ich und spähte noch einmal in die Runde. Aber sonst war niemand zu erkennen, was allerdings unter den gegebenen Umständen kein Wunder war. Die Straße war nicht sehr gut beleuchtet.

Je näher die beiden kamen, umso stärker relativierte sich der erste Eindruck. Der Kleine erwies sich als größer als zunächst vermutet, er war in etwa so groß wie ich. Und der Große war nicht groß, er war riesig - über zwei Meter, und gebaut wie ein Angehöriger der World Wrestling Federation. Ich schätzte ihn auf ein Gewicht von etwa dreihundert Pfund. Sein Gang erinnerte mich an den Begriff des 'Gorillas', der für Leute seines Schlages irgendwann irgendwo geprägt worden war. Seine Gangart und der Körperbau ließen in der Tat eine Verwandtschaft zu diesem Tier erahnen, die stark ausgeprägten Schulter- und Rückenmuskeln stellten bei jedweder Anspannung erhöhte Anforderungen an die Reißfestigkeit seiner Garderobe.

»Oh nein! Natürlich! Wenn ich dich gefunden habe - dann die auch!«, flüsterte Juanita mir zu.

Ich war erstaunt. »Ich verstehe nicht ...«

»Wir haben uns nicht zufällig getroffen. Ich bin Polizistin«, erklärte sie mir.

»Was?« Ungläubig guckte ich sie an.

»Ja, ich wurde informiert und darauf angesetzt, dich zu kontaktieren und zu beobachten.«

»Ich fasse es nicht! - Vom Geheimdienst?«

»Nein, Spezialabteilung der andalusischen Polizei - direkt aus Sevilla. Tut mir leid, wenn ich dich getäuscht haben sollte.« Mit einem kurzen, ausdruckslosen Blick gab sie mir zu verstehen, dass ich in ihren Augen nicht gerade der geborene Detektiv war. »Wir haben einen Hinweis aus Madrid bekommen. Seit dem frühen Abend haben dich ein Dutzend Spezialkräfte und zig Polizisten in der Stadt gesucht. Bei diesem Trubel nicht einfach!«

»Ist okay. Und wer sind diese Typen nun?«, kam ich zurück aufs Wesentliche.

»Das sind die Leute von Alonso, Carlos Alonso - einem Multimillionär und einer der führenden, wenn nicht der führende Verbrecherkopf auf diesem Planeten. Seine Yacht liegt in Marbella.«

»Wie heißt die Yacht?«, fragte ich mechanisch.

»Aurora II.«

»Und das sind seine Leute?«

Sie nickte. »Hier bei uns in Andalucia gibt es Toros bravos, andalusische Kampfstiere, die nur auf Agressivität, zum Kämpfen und Töten geboren und gezüchtet werden. Einige Menschen benehmen sich wie diese Stiere, wie Tiere. Sie zählen zu dieser Kategorie.« Sie nickte in die Richtung, aus der die beiden auf uns zukamen. »Machospiele!«

»Killer!«, fügte ich hinzu.

Ich richtete meine Aufmerksamkeit wieder auf die beiden Gorillas. Sie schritten nebeneinander auf uns zu. Der Größere blieb in einer Entfernung von fünf Metern vor Juanita stehen, der andere verharrte mir gegenüber.

Ich musterte die Leute des Verbrecherkönigs eingehend. Mein Gegenüber war Mitteleuropäer, schlank und athletisch gebaut, dunkelblonde kurze Haare, graublaue Augen - Killeraugen. Sie blieben ausdruckslos, während er uns unverhohlen betrachtete. Sein Kumpel wirkte aus der Nähe noch gewaltiger; schwarze Haare, dunkelbraune Augen, gebräunte Haut - wahrscheinlich Südeuropäer, vielleicht sogar Araber. Ihre Anzüge waren maßgeschneidert und wiesen unter der linken Achselhöhle Ausbuchtungen auf, die nur auf Eines schließen lassen konnten - sie dachten überhaupt nicht daran, ihre Schusswaffen - und dass es sich um solche handelte, wäre auch dem naivsten Beobachter aufgefallen - versteckt und unauffällig bei sich zu tragen. Wieder ein Punkt für ihr deutlich ausgeprägtes Selbstbewusstsein - oder Einschüchterungstaktik?

Juanita schien ähnliche Betrachtungen angestellt zu haben. »Wie der Koloss von Rhodos!«, murmelte sie nur für mich hörbar.

»Buenos noches!«, grüßte der Blonde. »Was gibt es denn da zu flüstern?« Seine Stimme wirkte wie ein Peitschenhieb, eine leicht zu beeinflussende Person würde sich ihm gegenüber wie das Kaninchen vor der Schlange verhalten.

Doch Juanita verhielt sich ganz nach meinem Geschmack. Sie trat den beiden zwei - zugegeben kleinere - Schritte entgegen. »Verfolgen Sie uns?«, fragte sie kess.

»Schlaues Mädchen.« Die Stimme des Kleineren klang höhnisch.

Ich war voll konzentriert. Einem Kampf mit diesem Koloss wollte ich definitiv aus dem Weg gehen - ihn zumindest nicht herausfordern. So beschränkte ich mich zunächst darauf, die beiden scharf zu beobachten und jede ihrer Bewegungen zu kontrollieren. Doch es sollte schneller zum Kampf kommen als ich vermutete, denn sie griffen nach ihren Waffen.

Nun gab es kein Zögern mehr!

Der Blonde war mir näher. Ich überbrückte die fehlenden fünf Meter mit einer Judorolle und stand in dem Moment vor ihm, als er die Pistole aus dem Schulterhalfter gezogen hatte. Eine Aikido-Technik, wobei ich ihm die Waffe aus der Hand wand und ihn eine eben solche Rolle vollführen ließ, wie ich sie kurz zuvor aus freiem Willen gemacht hatte, und ich wandte mich dem Riesen zu.

Ich wunderte mich, dass er noch nicht reagiert hatte - das Mindeste, was ich erwartet hätte, wäre eigentlich ein Losstürmen auf mich zu gewesen, denn meine eher zierlich gebaute Partnerin dürfte ihn nicht einmal zu ernsthaftem Luftholen nötigen.

Doch ich hatte sie falsch eingeschätzt. Sie hielt einen Revolver auf den 'Koloss von Rhodos' gerichtet, einen niedlichen zweischüssigen Damen-Handtaschen-Revolver.

Ich war gelinde gesagt verblüfft. »Was ...?«, setzte ich an und bezog den eben von mir Überwältigten wieder in mein Blickfeld mit ein.

»Überrascht? - Ja, auch kleine Mädchen können auf sich aufpassen. Es ist wirklich eine böse Welt da draußen!«

Noch immer hielt sie den Handtaschen-Revolver auf unseren Goliath gerichtet, der keinen Schritt machte, sich nicht von der Stelle rührte. Und das mochte nur zu einem Teil an der Waffe liegen. Juanitas ganze Gestalt hatte eine spürbare Veränderung erfahren: sie schien um Jahre reifer - nicht älter - geworden zu sein, eine Frau, die genau weiß, was sie will. »Ihr Amerikaner habt den elften September, nine eleven. Wir haben den elften März, und es gibt viele Menschen in meinem Land, die so etwas nicht noch mal erleben wollen!«, erklärte sie.

Sie hatte in meine Richtung gesprochen, doch die Ganoven dabei nicht aus den Augen gelassen, denn der Blonde hatte sich wieder erhoben. »Da kann ich gleich meinen Chef informieren, dass ich dich gefunden habe und zwei Gangster mit verhaften konnte.« Sie angelte mit ihrer freien Hand nach ihrem Telefon in ihrer Tasche.

Ich konnte es noch immer nicht fassen. Das alles war geplant gewesen? Der ganze Abend, nur um mich zu überwachen? Ja, verdammt noch mal! Warum konnte ich nicht einmal eine solche Frau unter normalen Umständen kennen lernen?

Es war weder ein Schuss zu hören noch ein Mündungsfeuer zu sehen, doch spürte ich etwas, dass meine Überlegungen unterbrach. Juanita zuckte zusammen und wurde nach hinten geschleudert.

»*Ein dritter Mann!*«, schoss es mir durch den Kopf. Ich war sofort wieder im Film.

Der Revolver fiel aus ihren Händen, sie taumelte weiter - die Wucht des Geschosses musste gewaltig gewesen sein. Geistesgegenwärtig erkannte ich, dass unsere einzige Chance in der Flucht lag. Noch während sie taumelte, sprang ich zu ihr, fing sie auf und trug sie - ihren Schwung ausnutzend - so schnell wie möglich so weit wie möglich. Ich wusste genau, dass die beiden Typen in diesem Moment wahrscheinlich ihre Waffen im Anschlag hielten - die wenigen Augenblicke sind für solche berufsmäßigen Killer in aller Regel genug.

Und tatsächlich. Hinter uns machte es leise zweimal 'Plopp'. Doch ich hatte mich fallen lassen - die Kugeln pfiffen über uns hinweg. Im nächsten Moment kauerten wir in einem halbwegs schützenden Hauseingang, der in tiefster Dunkelheit lag.

Doch mir blieb keine Zeit, Juanita zu untersuchen. Der unbekannte Dritte konnte uns nicht mehr erwischen, da er nicht um die Ecke schießen konnte, aber unsere beiden 'Freunde' brauchten nur ein paar Schritte zu gehen ... - und da waren sie schon.

Eine Kugel schlug über unseren Köpfen ein und heulte als Querschläger davon. Zwei weitere verfehlten uns ebenfalls nur knapp.

Wieder einmal verfluchte ich die Tatsache, dass ich keine Waffe hatte. So waren wir so gut wie hilflos. Ich blickte Juanita in die Augen. Sie musste große Schmerzen haben!

Sie grub ihre Finger in meinen Arm. »Zerreiss mir mein Kleid!«

Es war mehr ein Flüstern, aber der Ton war hart und bestimmt.

»Bitte?« Ich sah sie etwas verwirrt an.

Sie langte mit ihrer Rechten an ihr Kleid und riss es mit

spürbar schwindenden Kräften am Schenkel entlang auf. Dann griff sie an die Innenseite ihres rechten Beines, und ich glaubte meinen Augen nicht zu trauen: sie hielt eine Pistole in der Hand - eine Beretta.

»Ich sagte doch ..., ich bin Polizistin«, hauchte sie und hielt mir die Waffe entgegen. »Nimm!«

»*Es ist schon gut, dass die Frauen die Babys kriegen. Die sind innen so, wie die Männer außen!*«, dachte ich, nahm die Pistole entgegen, entsicherte sie und gab zwei Schüsse in Richtung unserer Gegner ab. Warnschüsse. Ich hatte sehr hoch und ungenau gezielt und hörte, wie sie Deckung suchten.

Doch meine Absicht war erreicht. Ich sah nach Juanita, nahm sie auf meine Arme und floh mit ihr zum nächsten Hauseingang. Drei Windlichter verbreiteten eine gewisse Helligkeit, das musste reichen, um sie zu untersuchen.

Ich wurde durch zwei Schüsse von meinem Vorhaben abgebracht. Die Kugeln schlugen wenige Meter neben uns in die Wand. Und noch einmal schlugen zwei Kugeln neben uns ein. Diesmal bereits deutlich näher. »*Sie kommen*«, dachte ich und hob die Beretta.

Juanita berührte mich an der Schulter. Noch einmal glitt ihre zitternde Hand jetzt an ihrem Bein entlang. Diesmal förderte sie ein Reservemagazin zutage. Es schien sie ihre letzte Kraft gekostet zu haben. Erschöpft wie nach einem Marathonlauf sank sie zurück.

Ich streichelte ihre Wange, sie lächelte tapfer. Ihre blassen Lippen wirkten surreal - es passte nicht zu diesem fröhlichen, bezaubernden Wesen, das sie noch vor kurzem war. Dann stieß sie einen röchelnden Seufzer aus und richtete sich entschlossen auf. »Ich lenke sie ab«, flüsterte sie kaum hörbar, » ... dann kannst du ... besser auf einen zielen ...«

Noch bevor ich ihre Absicht durchschaut hatte, hatte sie sich mit einem allerletzten, gewaltigen Kraftakt emporgestemmt. Doch sie schaffte es nicht zum Stillstand.

Mehrere Schüsse peitschten, mindestens eine Kugel traf sie - ich spürte den Einschlag. Ihr Körper zuckte und wurde nach hinten geworfen. Noch bevor sie auf den Boden aufschlug, wusste ich, dass sie tot war.

Ich sprang aus der Deckung, gab zwei, drei halbwegs gezielte Schüsse in Hüfthöhe ab und rannte auf die gegenüberliegende Häuserwand zu. Den Blonden hatte ich erwischt. Ich sah, wie er fiel und liegen blieb, doch der Goliath schien nichts abgekriegt zu haben. Und der andere, dessen Position ich noch immer nicht kannte, war immerhin auch noch da.

Ich überlegte. »*Fünf Schüsse abgegeben, bleiben noch zehn. Und das Reservemagazin.*«

Ein kurzes aber heftiges Feuergefecht folgte. Doch getroffen hatte offenbar niemand. Erst ein metallisches Klicken provozierte den Riesen zu einer Reaktion: »Verdammt!«

Das Wort war der erste Laut, den ich seit Beginn des Kampfes von ihm hörte. Seine Stimme stand in proportionalem Verhältnis zu seiner leiblichen Erscheinung. Ein tiefer dröhnender Bass.

Ich überlegte nicht lange. Tollkühn richtete ich mich kurz auf, nur um mich schnellstmöglich wieder fallen zu lassen - und richtig. Der unbekannte Dritte reagierte entsprechend und verfehlte mich nur knapp.

Aber ich wusste jetzt, wo er war, verließ meine Deckung wieder und rannte auf ihn zu. Der Riese starrte mich aus seinem Versteck heraus verwundert an, als ich an ihm mit wahren Pantersprüngen vorbeischoss. Nach einem Fünf-Sekunden-Sprint war der hinterhältige Schütze in aussichtsreicher Position für die Beretta, beziehungsweise hatte ich mich ihm erfolgversprechend genähert, so dass ich ihn sehen konnte. Er verbarg sich in einer kleinen Wandnische.

Ich schoss. Einmal, zweimal, dreimal. Der vierte Schuss ließ ihn seine Deckung vernachlässigen und kurz aufrichten, der fünfte erwischte ihn; sein Oberkörper wurde hochgerissen, um danach rücklings nieder zu fallen. Ich hatte auf seine rechte Schulter gezielt.

Nun blieb noch der 'Koloss von Rhodos'.

Das kurzlebigste der sieben Weltwunder hatte nur sechsundsechzig Jahre Bestand und war durch eine Naturgewalt, ein Erdbeben, zerstört worden. Dem Goliath, dem ich hier gegenüberstand, gab ich nicht so lange. Ich hatte beschlossen, mindestens so lange wie das letzte noch bestehende Weltwunder - die Pyramiden - auszuhalten, und im Gegensatz zu diesen hatte ich den Vorteil, dass ich mich bewegen konnte!

Wie ich schnell heraus bekam, verließ er sich hauptsächlich auf seine Kraft. Es war nicht schwer, seinen ungestümen Angriffen auszuweichen; nur die Art des Ausweichens, indem ich ihn immer näher kommen ließ, das richtige Timing war das Schwierige. Ich konnte ihn kaum mit einer sanften Technik ausschalten - die allermeisten Judotechniken würde er wahrscheinlich ganz einfach blockieren - nein. Die Entscheidung musste nicht auf der Erde, sondern in der Luft fallen. Indem ich ihm immer wieder und jedes Mal knapper auswich, wurde er ungeduldig, ohne aber die Taktik zu ändern, und als er wieder einmal einen Angriff startete, gab ich die Passivität auf und wurde aktiv: Ich sprang hoch in die Luft und legte meine ganze Kraft in diesen Tritt. Sein Agieren besorgte den Rest. Mein Fuß traf ihn mitten im Gesicht, ich meinte zu hören, wie seine Nase brach. Als ich wieder landete und sofort eine Verteidigungsposition einnahm, kniete er mit fassungslosem Gesichtsausdruck vor mir und rührte sich nicht.

Ja, er war stark angeschlagen. Doch um ihn endgültig auszuknocken, bedurfte es noch einer Zugabe. Wie in Trance blickte er mich an, und er kam mir in diesem Moment vor wie ein kleines Kind.

Doch da dachte ich an Juanita - und das eben auftreten wollende Gefühl von Mitleid verschwand wie von selbst. Ein Halbkreisfußtritt gegen seine Schläfe beförderte ihn ins Land der Träume.

Ich kehrte zurück zu Juanita.

Es war ein trauriger Anblick, der sich mir bot. Ihre Bauchwunde hatte einen großen Blutfleck verursacht, eine dunkelrote, klebrige Masse, der jedoch auf dem roten Kleid fast unbemerkt blieb. Dafür stachen zwei andere Dinge ins Auge: das

Einschussloch zwischen ihren Augenbrauen und das Lächeln auf ihrem Gesicht - fast selig schien sie aus dieser Welt geschieden zu sein.

*

Unter Anwendung der üblichen Vorsichtsmaßregeln begab ich mich auf einigen Umwegen zum Haus meines Gastgebers zurück. Ich hatte noch beobachtet, wie mehrere Polizeiwagen und ein Krankenwagen mit Blaulicht und Sirenengeheul herbeipreschten - um den bewusstlosen Koloss, zwei angeschossene, kampfunfähige Gangster und eine Leiche einzusammeln.

Heute war der fünfte Tag, seit ich an diesem Fall arbeitete, und das Böse hatte sich in zwei Gestalten gezeigt: verführerisch und kriegerisch. Was würde noch auf mich warten? Und eine Sache stand auch fest: Zum Mitarbeiter des Monats würde ich bis auf Weiteres nicht gewählt werden. Dazu waren zu viele Menschen, die meinen Weg während meiner bisherigen Ermittlungen gekreuzt hatten, gestorben. In der Schweiz die beiden französischen Agenten, in Italien die Helfer von meiner kleinen Aikido-Meisterin, in Israel Jakob und seine Kinder, und jetzt in Spanien auch noch Juanita. Das durfte alles nicht wahr sein!

Ich schüttelte mich innerlich und versuchte die negativen Gedanken zu verscheuchen. Bloß nicht depressiv werden!

13. Gastfreundschaft

Sevilla, Spanien
Samstag, 7:00 a.m.

Ich wurde wach.

Im ersten Moment wusste ich nicht, was mich geweckt hatte, doch dann erkannte ich, dass irgendein Prozessionszug mit musikalischer Begleitung durch das Viertel ziehen musste.

Schnell war ich mir der Ereignisse des vergangenen Tages und der vergangenen Nacht bewusst und überlegte mir die weiteren Schritte. Ich fühlte mich noch nicht wieder topfit, doch nach einer kleinen Meditation und einer kalten Dusche war ich wieder geistig und körperlich frisch und konnte die Dinge in Angriff nehmen.

Sophia empfing mich in der Küche: »Buenos dias, Señor Carter! Haben Sie gut geschlafen? Möchten Sie etwas frühstücken?«

»Muchas gracias! Ja, ich würde gern eine Kleinigkeit zu mir nehmen.«

»Das habe ich mir gedacht!«, meinte sie, lachte und deutete auf den Küchentisch: »Hier bekommen die Kinder morgens ein kleines Frühstück.«

»Bevor sie in die Schule gehen«, erklärte Ramón. Er hatte bereits Platz genommen.

»Si! Meistens ist es nicht so viel, aber ich weiß, dass Touristen gern frühstücken. Daher habe ich den Tisch für uns drei gedeckt. Die Kinder und unser Senior schlafen allerdings noch.«

»Okay! Das ist sehr nett. Muchas gracias!«

Nach einer knappen halben Stunde ließen die beiden mich allein. Sie mussten noch arbeiten, Ramón wollte in die Stadt und eine Blumenlieferung in einem Hotel abgeben, und seine Frau unterstützte ihn bei diesem Arrangement. Die ganze Zeit überlegte ich, ob ich nach Marbella fahren sollte. Doch bereits an diesem Punkt stellte sich die Frage des 'Wie'?

Ich nutzte die kleine Pause, die Sophia und ihr Mann mir verschafft hatten und ging nach dem Essen auf mein Zimmer. Ich startete meinen Communicator und wählte mich in die Datenbank der CIA ein, um mir Informationen über Marbella zu besorgen: Die allgemeinen Ortsinformationen übersprang ich, was mich interessierte, waren spezielle Dinge. Und ich wurde bald fündig: einem als 'Top Secret' eingestuften Bericht jüngeren Datums entnahm ich Hintergrundinformationen:

In Marbella sind Delikte wie Amtsmissbrauch, Bestechung, Geldwäsche, Hehlerei, Schwarzbauten, Steuerhinterziehung und Veruntreuung an der Tagesordnung gewesen und sind es zum Teil noch immer. Von den Ermittlungen betroffen sind Stadträte, Bürgermeister, Bauunternehmer, Notare und Anwälte. Doch es wird immer mehr gebaut, immer weiter. Die Einheimischen flüchten schon längst ins Landesinnere, oder an die Costa de la Luz. Für Ende Mai stehen Kommunalwahlen in Marbella an und damit Hoffnung auf tiempos nuevos - neue Zeiten.

Der Agent, der diesen Bericht verfasst hatte, machte in seiner persönlichen Einschätzung klar, dass er trotzdem ein Ende der Zustände nicht erkennen kann; höchstens eine Besserung. Ich las noch zwei weitere Berichte durch und machte mir so meine Gedanken.

Dann befragte ich die Datenbank nach Carlos Alonso und der Yacht Aurora II. Ich weiß gern, mit wem ich es zu tun habe. Doch es waren zu viele Treffer, die ich nicht effektiv filtern und zuordnen konnte. Aber Christina könnte das sicherlich erledigen!

Nun stellte sich noch die Frage, ob ich auf Juanitas Kollegen zu gehen sollte. Aber wie diese finden? Ich hatte kaum Anhaltspunkte, und wenn deren Hinweis aus Madrid kam, dann erhöhte sich gleich wieder die Wahrscheinlichkeit, dass irgendwo unter den Mitwissern eine undichte Stelle war. »*Nein, ich bleibe lieber unabhängig.*«

Das Gleiche galt für Marbella. Sehr wahrscheinlich wäre es

ein Kinderspiel, einfach zur dortigen Polizei zu gehen und nach Alonsos Yacht zu fragen. Doch wie ich die Sache einschätzte, dürfte ihm das zu Ohren kommen, mit Sicherheit. Solche Leute haben ihre Augen und Ohren überall. - Also lieber diskret vor Ort Erkundigungen einziehen.

Ich war mit den Überlegungen fast fertig, als ich Ramón zurückkehren hörte. Ich konnte akustisch verfolgen, wie ihn seine Tochter am Eingang empfing. Die war inzwischen also auch wach. Ich hatte indessen genug Zeit gehabt, mir Gedanken über mein weiteres Vorgehen zu machen. Für mich stand fest, dass ich nach Marbella wollte. Ich ging wieder nach unten und setzte mich zu Lorenzo und den Kindern ins Wohnzimmer. Unmittelbar folgten mir Ramón und Sophia mit Ana.

Lorenzo war in guter Stimmung. Er hatte eine Tasse Kaffee vor sich und erzählte soeben seinem Enkel von den alten Zeiten - natürlich vom Fußball: »Damals - neunzehnhundertzweiundachtzig - war ich im Stadion live dabei! Das war eine Weltmeisterschaft ..., oh ja! Da ging es noch um Fußball. Und hier in Sevilla spielten die besten Fußballer des Turniers, die Brasilianer, die Russen, selbst die Schotten waren spielerisch sehr gut.«

»Das muss ich mir jedes Wochenende anhören«, brummte Ramón, ohne dass sein Vater es hörte.

Dieser schien wahrlich in Erzähllaune: »Heutzutage ist so viel Kommerz dabei! Es geht nur noch um Geld! Die Spieler werden vermarktet, jeder hat drei Manager und Assistenten und Berater - es ist grausam!«

»Fußball! Zweiundzwanzig Männer auf dem Platz und alle rennen einem Ball hinterher!« Sophias Stimme klang provozierend, und genau das sollte es auch sein, wie ich einem schnellen Blick in ihr heiteres Gesicht entnehmen konnte.

»Stimmt nicht, es sind dreiundzwanzig«, widersprach Maribel. »Ohne den Schiedsrichter würde das Spiel gar nicht erst anfangen!«

»Einundzwanzig«, korrigierte Pedro. »Die Torhüter laufen nicht hinter dem Ball her, sondern bewachen ihr Tor.«

»Ach, wie Recht ihr doch habt, meine Kinder! Der FC ist diese Saison übrigens nicht nur in der Liga stark, auch international sind sie noch dabei«, führte Lorenzo seine Überlegungen weiter aus.

»Ja, der Fußball. Das ist schon fast so etwas wie eine Weltreligion«, meinte Ramón.

»In Europa und Südamerika bestimmt, in den USA nicht so sehr«, stellte sein Sohn fachmännisch fest.

»Und es ist recht multikulturell angelegt. Aus allen Ländern kommen sie zu uns, in Europa ist das eine wahre Wirtschaftsmacht«, gab Lorenzo weiteren Aufschluss. »Aber was wären die Mannschaften ohne ausländische Spieler? - Nichts! Und so war es schon immer, das zieht sich durch die Geschichte. So verdanken wir den Arabern viele kulturelle Neuerungen, im elften Jahrhundert war das Land die fortschrittlichste Region in ganz Europa!«

Sein Sohn nickte. Er mochte die Geschichte bereits gehört haben - nicht nur einmal!

»Im achten Jahrhundert drangen die Araber, die Moslems über Gibraltar nach Spanien ein und eroberten die ganze Halbinsel. Erst in Frankreich wurden sie gestoppt und dann im Laufe der Jahrhunderte langsam zurückgedrängt. Aber hier im Süden, in Andalucía, hatte sich längst eine Kultur entwickelt, die ihresgleichen suchte. Damals war Bagdad für über ein halbes Jahrtausend das Zentrum der Kultur der damals bekannten Welt. Wissenschaften und Künste erblühten in neuem Glanze. Alte indische Texte in dieser Sprache ..., wie heißt das noch ...?«

»Sanskrit«, half ihm seine Schwiegertochter auf die Sprünge.

»Richtig, Sanskrit! Und ebenso wurden griechische Werke, von Plato und ...«

»Und Aristoteles ...«, ergänzte Ramón.

»Und Euklid studiert«, fügte Pedro hinzu. »Den hatte ich neulich in der Schule.«

»Ja, genau! Die alten Griechen wurden in unserem Land

aber nicht nur studiert - sondern auch übersetzt.«

»*Auch die Geschichte hören sie nicht zum ersten Mal*«, dachte ich.

»Du hast Hippokrates und Ptolemäus vergessen.«

Die Bemerkung seiner Schwiegertochter brachte Lorenzo nicht aus dem Gleichgewicht. »Richtig! Ach ja, ich werde doch allmählich alt!«

»*Wie mir scheint, kennt die ganze Familie die Geschichte in- und auswendig*«, überlegte ich.

»Ja ja, wir alle werden nun mal nicht jünger, was Opa?«, spottete Pedro.

»Dafür reicht es aber immer noch!«, entgegnete Lorenzo. »Die Geschichten und Geschichtenerzähler wie zum Beispiel die von Tausendundeiner Nacht, sowie Literatur allgemein blühten damals ebenfalls auf. Und in Europa hatte unser Land gut davon, denn wir verbanden unterschiedliche Kulturen und Völker miteinander.«

»Ach Opa, du tust ja so als ob du dabei gewesen wärest!«, unterbrach Maribel jetzt ihren Großvater. »Señor Carter ist doch bestimmt nicht hierhergekommen, um deine alten Geschichten zu hören! Es ist Ostern!«

»Bueno. Dann sage ich gar nichts mehr!«

»Ach, so war das doch nicht gemeint! Aber mit so ollen Geschichten kannst du heutzutage nicht punkten«, schlug die Kleine schnell einen versöhnlichen Ton an. »Da fehlt der aktuelle Bezug!«

»Kleiner Naseweis«, schimpfte ihr Opa, doch er lächelte dabei.

»Wir sollten lieber einen aktuellen Bezug herstellen. Dann gewinnt unser Gast auch mal einen Einblick jenseits des Oster-Trubels. Immerhin ist nicht das ganze Jahr die Karwoche!«, meinte Sophia.

»Genau!«, ließ sich ihr Mann vernehmen. »In Andalusien zählen Tourismus und Landwirtschaft zu den ganz großen Faktoren. Letztere ist immer noch unverzichtbar, da industrielle Produktionsstätten nach wie vor Probleme haben – in verkehrstechnischer Hinsicht und bei einigen Teilen der Bevölkerung ...«

»Und das, obwohl es längst eine viel bessere Verkehrsanbindung gibt. Sowohl per Auto als auch mit dem Zug erreicht man Sevilla vorzüglich«, erläuterte Sophia.

»Seit einigen Jahrzehnten wird zwar viel investiert ..., von der Regierung in Madrid und der Europäischen Union in Brüssel, aber nach wie vor ist der Tourismus einer der wichtigsten ...«

» ... wenn nicht der wichtigste ...!«, unterbrach Sophia ihren Mann.

» ... wenn nicht der wichtigste Wirtschaftsfaktor. Immerhin haben wir hier eine jahrhundertealte Kultur, schönstes Wetter, Strände und ...«

»Genau genommen sind es ja mehrere Kulturen«, unterbrach ich ihn.

»Si!« Ramón lachte.

Es folgte eine kurze Gesprächspause.

Ich überlegte, wie ich nach Marbella kommen sollte. Da in diesem Land so etwas wie ein Ausnahmezustand herrschte, war auf Bus und Bahn oder gar Flugzeug sicherlich kein Verlass.

»Was überlegen Sie?«

Ramóns Frage kam etwas überraschend und weckte mich aus meinen Gedankengängen.

»Ich habe vor, an die Küste zu fahren, ich weiß nur nicht, wie«, erklärte ich.

Er und seine Frau sahen sich für wenige Sekunden an, dann meinte er: »Das ist aber schade, wir hätten Sie heute gerne mitgenommen und Ihnen die semana santa gezeigt. Da hätten Sie mehr gesehen als ein normaler Tourist.«

»Ich danke Ihnen, aber die Angelegenheit ist mir sehr wichtig. Es ist sozusagen auch von Berufs wegen.«

»Nun, da kann man nichts machen. Aber Sie werden doch sicherlich bald wiederkommen, oder wollen Sie uns bereits verlassen?«

»Nein, ich weiß allerdings noch nicht, wie lange ich brauchen werde.«

»Oh, das macht nichts, Señor, Sie können meinen Wagen haben, dann sind Sie erheblich mobiler und fallen auch nicht weiter auf. Ich brauche ihn heute und morgen nicht.«

Das war wie ein Weihnachtsgeschenk! »Das würden Sie tun, Ramón? Aber ...«

»Nehmen Sie ihn ruhig«, meinte Sophia mit einem Lächeln. »Dieses Wochenende braucht er ihn wirklich nicht mehr, die Männer müssen sich auf andere Dinge konzentrieren als auf Autos.«

Ramón küsste sie, und dann erhob er sich. Als er wiederkam, gab er mir den Schlüssel und die Wagenpapiere.

»Vielen Dank«, sagte ich. Nun erhob ich mich vom Tisch und ging kurz auf mein Zimmer. Ich packte meine Utensilien zusammen, nahm meine Jacke, in deren Taschen ich alles unterbrachte, und ging wieder nach unten. Dort wurde ich fast herzlich verabschiedet.

Ramón begleitete mich zu seinem Wagen. »Wo genau wollen Sie denn hin?«

Ich sah keinen Grund, ihm nicht die Wahrheit zu sagen. »Nach Marbella.«

»Ah. Das wird eine Weile dauern, aber Sie werden eine landschaftlich sehr reizvolle Gegend durchqueren. Meinen Sie, dass Sie den Weg finden werden?«

Ich programmierte meinen Communicator und fixierte ihn per Zubehörteil auf dem Armaturenbrett. Somit wurde er zum mobilen Navigationsgerät.

»Ah ja, ich sehe schon. Moderne Technik.« Ramón lachte. »Damit sind Sie überall zu Hause, was?«

»Gewissermaßen«, erwiderte ich und startete den Motor.

»Gute Fahrt!«, rief er mir noch zu.

»Danke, und einen schönen Tag!«, rief ich zurück und fuhr los.

Nach einer Weile sah ich kurz auf die Uhr - in New York war es noch mitten in der Nacht. Und auch wenn Christinas

Arbeitstag keinen eigentlichen Anfang und kein eigentliches Ende kannte und sie von einer vierzig-Stunden-Woche weit entfernt war, rechnete ich nicht damit, sie im Büro anzutreffen.

Und so war es auch, als ich anrief: Der Anrufbeantworter sprang an. Entschlossen sprach ich auf das Tonband: »Hi, Christina ... - ich bin es, John! Finde doch bitte alles über einen Typen mit dem Namen Carlos Alonso und seine Yacht Aurora II heraus, ja? - Danke sehr!«

In Gedanken ging ich die Informationen durch, die ich bisher gesammelt hatte - weiß Gott, es waren nicht viele!

Es war zwar noch recht früh an diesem Samstag Morgen, aber es war Ostersamstag, und ich war in Sevilla. Die Fahrt gen Süden würde keine Spritztour werden, auch wenn mir mein Communicator anzeigte, dass es nur einhundertdreiundsiebzig Kilometer bis Marbella waren. Zunächst musste ich den Osterverkehr der andalusischen Hauptstadt bewältigen, nicht ganz zu vergleichen mit der Rush Hour von New York, aber ich brauchte doch eine Dreiviertelstunde, bis ich die Stadtgrenze hinter mir gelassen hatte.

*

Ramón hatte nicht zu viel versprochen. Ich folgte der Hauptstraße vierhundertdreiundsiebzig, die von Sevilla nach Marbella führt. Dieser Weg berührt teilweise die 'Ruta por los pueblos blancos', vorbei an den berühmten weißen Dörfern Andalusiens. Manchmal gewann ich den Eindruck, dass hier die Zeit stehen geblieben war. Ein bisschen war ich in einer anderen Welt. Zwischen sanften Hügelketten eine einzige grüne Oase, Felder und Wiesen, die im Frühling neu erblühen - ein fantastischer Anblick, der noch durch ein weißes Häusermeer - ein pueblo blanco - verstärkt wird.

Als ich auf die wohl berühmteste weiße Stadt, Ronda, in über siebenhundert Metern Höhe zusteuerte, wusste ich bereits, was ich getan hatte. Man fühlt sich fast wie im Hochgebirge, und als ich hielt, um eine kurze Pause einzulegen und mir ein wenig die Beine zu vertreten, sah ich in die Schlucht hinunter. Ronda ist auf einem Felsen erbaut. Hierbei sah ich für einen Augenblick in mein Innerstes, man muss wirklich den inneren Schweinehund überwinden. Sowohl physisch als auch psychisch.

In der Stadt selbst faszinierte mich der Kontrast der schwarzgekleideten Frauen zu den intensiv weiß leuchtenden Häusern. Ich bin in Kalifornien geboren und aufgewachsen, und insofern von der Sonne verwöhnt, doch das Licht hier glich einer Dusche, es war noch intensiver, regelrecht grell und gleißend.

Ich nahm die Eindrücke per Videofunktion meines Communicators auf. Die Bilder musste ich zu Hause zeigen, meinen Eltern, Caroline, meinen Freunden - und natürlich im Büro. In einer ebenfalls hellen Gasse suchte ich mir dann einen kleinen schattigen Platz und aß eine Kleinigkeit. Ein zweites Frühstück oder auch Brunch, wie auch immer man es nennen wollte.

Bald darauf ging es wieder abwärts. Bis Marbella waren es nur noch etwa vierzig Kilometer, und bald hatte ich mein Ziel erreicht. Es roch nach Hafen. Salzwasser. Doch es lag ein anderer Geruch in der Luft als in Los Angeles oder New York. Bevor ich weitere Sinneseindrücke registrieren oder verarbeiten konnte, signalisierte mein Communicator einen Anruf: Christina!

»Hi, Christina! So früh schon im Büro?«

»Hi, John! Ja, ich komme jetzt immer etwas früher als normalerweise. Schließlich erlebst du ja die tollsten Abenteuer, während ich schlafe. Ich habe deine Anfrage auch schon bearbeitet. Carlos Rodrigo Alonso, auch bekannt unter dem Pseudonym Carrera, ist ein international bekannter Top-Verbrecher, man konnte ihm bisher nur noch nichts nachweisen. Carrera ist die verkürzte Fassung seines Namens, hat aber noch andere Bedeutungen: es ist ein spanischer Begriff und bedeutet zum einen so viel wie Karriere - und er hat eine der steilsten, wenn nicht die steilste Karriere in seiner Branche hinter sich. Er ist erst Mitte Vierzig, hat aber bereits mehr Einfluss und Macht als die meisten anderen internationalen Top-Verbrecher, er gilt als unangefochtene Nummer Eins. Zum anderen bedeutet Carrera so viel wie Rennen oder auch Wettlauf - und er hat bisher jedes Rennen gewonnen, egal ob gegen unliebsame Mitkonkurrenten oder staatliche Behörden, die ihn wegen Drogenhandels, Mord, terroristischen Aktivitäten oder dergleichen verfolgten. Stets hat er das Rennen gewonnen.«

»Scheint ein ganz harter Hund zu sein«, murmelte ich.

»Was hast du gesagt?«, fragte Christina.

»Och, nichts«, erwiderte ich ruhig.

»Aha. Sämtliche Geheimdienste kennen diese beiden Versionen, doch welche Carrera selbst bei der Wahl seines Namens im Sinn hatte, wird wohl nur er wissen, und es dürfte ihm auch ziemlich egal sein. Die Leute von der NSA scheinen richtig Zahnschmerzen zu kriegen, wenn man sie darauf anspricht. Normalerweise ist unser Geheimdienst ja in der Lage innerhalb von vierundzwanzig Stunden einen Menschen komplett zu durchleuchten. Aber bei unserem Freund hier verzweifeln sie allmählich - nein, eigentlich sind sie schon verzweifelt. Niemand kann sagen, woher er kommt, wer er ist, wer zu seinem engsten Umfeld zählt ...«

»Seltsam«, unterbrach ich sie. »So kenne ich unsere Agency gar nicht.«

»Nicht wahr? - Ja, aber es ist so. Carrera tauchte erst vor etwa zehn Jahren auf, aber dann auch so gewaltig, dass er in kürzester Zeit einer der mächtigsten und gefürchtetsten Verbrecher wurde, die die Welt je gesehen hat. Seinem Namen nach scheint er aus Lateinamerika zu kommen, auf Caracas könnte sein Name auch hindeuten. Allerdings gibt es auch ernsthafte Hinweise auf spanische, arabische und sogar US-amerikanische Einflüsse.«

»Allmählich verstehe ich das Problem - das bringt nicht einmal den schärfsten Geheimdienst ein Stück voran.«

»Genau. Definitiv kann man nur sagen, dass er drei Pässe besitzt. Einen mexikanischen, einen argentinischen und ..., einen amerikanischen.«

»US-amerikanischen?«

»Ja. Und trotz intensiver Recherchen konnte mir selbst das Pentagon nichts zu ihm sagen ... , und unsere Kollegen bei der Einwanderungsbehörde und bei der CIA ebenfalls nicht!«

»Unglaublich«, murmelte ich.

»Ja, aber es kommt noch besser! Carrera ist ein Phänomen - und ein Mythos. Es wird behauptet, dass er unsterblich und unverwundbar ist. Bei einer Schießerei in Kolumbien wurde er vor Jahren nachweislich schwer verwundet, doch wenige Tage später wurde er in Südfrankreich gesichtet - und erfreute sich der allerbesten Gesundheit. Die abergläubischen Südamerikaner - und nicht nur die - haben sich seitdem alle aus seinem Einflussbereich entfernt ..., wollen ihm nicht mehr in die Quere kommen. Gegen den Teufel kann man nicht gewinnen, sagen sie.«

»Wie reizend.«

»Spotte nicht, John! Dieser Mann ist gefährlich!« Zum ersten Mal verspürte ich richtige Besorgnis in Christinas Stimme, die 'ihre' Agenten sonst stets mit einer gewissen Distanz - freundlich aber bestimmt - leitete.

»Er verfügt über ein Heer an Untergebenen, ein wahres Unternehmen mit Verwaltungsleuten, Technikern, Agenten für alles Mögliche - und den teuersten und bestausgebildeten Killern und ähnlichen Exemplaren. Es wird erzählt, dass sogar verschiedene Geheimdienste für gewisse Aktionen auf diese Leute zurückgreifen.«

»Habe ich doch irgendwo schon mal gehört«, murmelte ich.

»Er besitzt nicht nur mehrere Autos, Sportwagen und gepanzerte Luxuslimousinen, sondern auch zwei Privatjets sowie mehrere Boote, Yachten und Häuser auf allen Kontinenten. Eine seiner Luxusyachten liegt momentan übrigens ganz in deiner Nähe - in Marbella, südlich von Sevilla.«

»Okay, danke, Christina! Das war ja ein recht ausführlicher

Bericht ... - für eine Person, von der man kaum etwas weiß, doch eine ganze Menge.«

»Gerne! Und wo bist du denn eigentlich?«, fragte sie ohne auf meinen Sarkasmus einzugehen.

»In Marbella!«, erwiderte ich grimmig.

*

Die Szenerie erinnerte mich an Miami Beach, wo ich Teile meines jüngst zu Ende geführten Falles absolviert hatte. Nobelkarosse reihte sich an Nobelkarosse. Wer nicht mindestens Porsche fuhr, galt hier vermutlich als arm. Automarken wie Bentley und Rolls Royce, Ferrari und Lamborghini beherrschten die Straßen.

Ich fuhr über die Avenida Arias de Velasco, bog in Richtung Innenstadt ab und suchte mir so bald wie möglich einen Parkplatz. Den Ort vermerkte ich im Communicator. Dieser lotste mich anschließend zu Marbellas weißer Flaniermeile: Puerto Banús, meinem ersten Anlaufpunkt.

Ich gab mir den Anschein eines harmlosen Touristen, verfolgte das Geschehen jedoch mit höchster Konzentration. Die unterschiedlichsten Personen zogen an mir vorbei. Nachdem ich mich davon überzeugt hatte, dass die Menschen hier ausreichend mit sich selbst beschäftigt waren und ich nicht beobachtet oder verfolgt wurde, meldete sich der Polizist in mir. Ich betrat eine Kneipe, ging zum Tresen und bestellte einen Kaffee. Dann inspizierte ich die Anwesenden vorsichtig und fragte mich, wer wohl gegenüber einem Fremden ein paar Informationen über Carrera ausplaudern würde. An einem der hinteren Tische saß ein Mann allein, sein bester Freund schien eine Flasche Sherry zu sein. Ich schlenderte harmlos in seine Richtung und fragte, ob ich mich dazusetzen könne.

»Si!« Er sah mich mit offenen Augen an.

Also betrunken war er nicht, allenfalls angeheitert, stellte ich fest und beschloss, hier und jetzt einige diskrete Fragen über die Yacht und Carrera zu stellen. Ich bestellte mir einen

Orangensaft, den ich prompt serviert bekam. Dann hielt ich mein Glas so, dass es den Eindruck erweckte, dass ich nachdachte und vielleicht ein Gespräch beginnen wollte. »Ich habe gehört, dass hier eine Yacht liegen soll?«

Er starrte mich fast mitleidsvoll an. »Señor, hier in Marbella liegen mehr Yachten als Sie in einer Woche zählen könnten!«

»Hmm ..., ich meine aber eine Luxus-Yacht«, redete ich altklug daher.

Er setzte eine wichtige Miene auf. »Ach so ...! Das hätten Sie ja auch gleich sagen können, Señor!«

Erfreut sah ich ihn an. »Kennen Sie den Eigner einer Luxus-Yacht?«

»Si, Señor!« Seine Mimik wandelte sich in ein Gemisch aus Spott und Hohn. »Wenn Sie nur nach Luxus-Yachten suchen, schränkt das die Suche natürlich enorm ein ... - ich würde sagen, Sie brauchen dann nur noch dreieinhalb Tage.« Er lachte feixend.

»Oh!« Ich versuchte meine Enttäuschung zu verbergen. »Das hätte ich aber nicht vermutet, Spanien ist doch ein armes Land, und doch scheint es den Menschen hier ziemlich gut zu gehen.«

»Si, Señor! Hier! Sie scheinen die Spanier nicht wirklich gut zu kennen, eh? Wir sind vielleicht ein armes Land, aber wir haben unseren Stolz! Und aushorchen lass ich mich nicht! Da müssen schon andere kommen!«

»Muchas gracias!« Ich wandte mich von meinem Gesprächspartner ab, zahlte und verließ die Bar.

Noch bevor ich mich entscheiden konnte, wo ich nun weiterforschen sollte, oder ob es nicht doch vielleicht besser sei, einmal bei der Polizei anzufragen, klingelte mein Telefon: Christina.

»Bist du noch in Marbella?«

»Ja.«

»Und hast du Carrera schon gefunden?«

»Ich arbeite daran. Die Leute hier sind nicht sehr kommunikativ, geschweige denn auskunftsfreudig.«

»Das wundert mich nicht, bei dem Kerl muss man vorsichtig sein.«

»Ja, ich glaube, du erwähntest es schon.«

»Dir ist nicht zu helfen«, seufzte sie. »Aber gut, ich wollte dich nur mit einigen Neuigkeiten versorgen.«

»Ich bin ganz Ohr.«

»Das ist nicht witzig, John. Irgend so ein Genie im Pentagon hat die Angaben auf dem Zettel als Koordinaten von Orten erkannt. Mit dieser These stieß er auf offene Ohren, und es wurde schleunigst eine Arbeitsgruppe gebildet, der auch Vertreter von CIA und NSA angehören.«

»Das kann ich mir denken, wir müssen mal wieder draußen bleiben. Vom militärischen Standpunkt aus allerdings durchaus nachvollziehbar.«

»Genau. Denn die Koordinaten markieren Punkte im Ausland. Sie sind sich allerdings nach einer ersten Sitzung noch nicht sicher, wo genau nun das Ziel liegen soll.«

»Und daher haben sie das Thema erstmal auf Eis gelegt und eine weitere Runde für morgen einberufen.«

»Leider nein. Sie haben eine engere Auswahl getroffen und bereits Maßnahmen eingeleitet.«

»Oh oh!«

»Du hast die richtige Ahnung. Der eine Punkt liegt im nördlichen Libyen, unweit des Mittelmeers. Da dort ein Flottenverband der NATO auf Manöver ist, dem ein Zerstörer angehört, wurde der Captain umgehend informiert, dass er sich auf Abruf bereit halten soll. Leider oder zum Glück stehen uns dort keine Flugzeuge zur Verfügung, und da man die NATO-Partner zunächst nicht einbeziehen möchte, haben wir zumindest etwas Zeit gewonnen. Ein anderer Punkt ist nicht minder heikel, er liegt im Grenzgebiet zwischen Namibia und Südafrika. Dort ist kein Militär, doch es wurde ein CIA-Team aus Kapstadt in Marsch gesetzt. Sie haben allerdings keinen leichten Weg vor sich, da unten herrschen andere Verkehrsverhältnisse als in New York City.«

»Wahrscheinlich nicht so viele Staus«, spottete ich. »Gibt es noch mehr mögliche Zielorte?«

»Ja, noch zwei. Aber die liegen beide mitten im Atlantik. Zwar wurden auch hier bereits Einheiten verständigt, doch brauchen die eine gewisse Zeit, bis sie zu den Koordinaten gelangen werden. Den nördlichen Anlaufpunkt observiert ein Geschwader unter Leitung eines Flugzeugträgers, den südlichen ein Atom-U-Boot, das in den Gewässern zur Zeit kreuzt. Für alle gilt der Bereitschaftsfall. Die ganze Geschichte wurde ihnen als neue Übung verkauft, sie wissen nicht einmal, was sie tun.«

»Tja, wer weiß das schon! Hoffentlich bleiben alle ruhig bei diesen Aktionen und provozieren keinen Zwischenfall.«

»Da wäre ich mir nicht so sicher. Die scheinen da ganz versessen drauf zu sein. Im Pentagon herrscht Aktivität wie seit Jahren nicht!«

»Wie auch immer. Wir können nur hoffen, dass die schnell von ihrem Trip runterkommen. Nicht auszudenken, wenn einer der Funksprüche von einem Dritten mitgeschnitten und entschlüsselt wird.«

»Daher wurden die Anweisungen des Pentagons auch so allgemein wie möglich gehalten. Wie du selbst weißt, genügt oftmals ein Funke, und sei es aus Verdacht über die ungewöhnlichen Aktivitäten ...«

Ein Funke! Sofort wurde in mir die Erinnerung an Israel wieder lebendig.

»John?«

»Ja, ich bin noch da. Ich musste nur gerade an etwas denken.«

»Okay, dann will ich nicht weiter stören. Ich wollte dich auch nicht unter Druck setzen, aber du wirst verstehen ...«

»Dass die Zeit gegen uns spielt. Ja, ich verstehe. Ich werde meine Nachforschungen intensivieren. Vielleicht erhalte ich ja von diesem Carrera einen entscheidenden Hinweis.«

»Viel Glück! Und pass auf dich auf!«

»Danke, das werde ich tun. Bye, Christina!«

»Bye, John!«

Ich legte auf. Noch während des Gesprächs hatte ich mich zu einer Fortsetzung meiner bisherigen Taktik entschlossen. Irgendjemand musste hier einfach mehr wissen oder mir wenigstens einen Tipp geben können. Die Polizei wollte ich nicht bemühen. Das hätte in der Tat nur unangenehme Fragen zu Tage gefördert - und meinem Chef wahrscheinlich eine Menge Ärger eingebracht.

In der nächsten Restauration saß eine Gruppe von jungen Männern, die dem Alkohol bereits kräftig zugesprochen hatten, und sich ganz offensichtlich Mut antranken, bevor sie es wagten, die zwei Tische weiter sitzenden jungen Damen anzusprechen.

Hier war nichts weiter in Erfahrung zu bringen. Ich trat wieder auf die Straße. Aus einem weißen amerikanischen Straßenkreuzer stiegen zwei Frauen und ein Mann, gefolgt von einer weiteren Frau. Der Mann war unverkennbar Araber, gekleidet in ein weites weißes Gewand, die Frauen waren gewiss keine Geschäftspartnerinnen, sondern zählten aus ästhetischen Gründen zu seiner Begleitung. Die Garderobe der drei Damen glänzte durch die fast völlige Abwesenheit von Stoff - sie wären auch am Venice Beach in L. A. nicht störend oder unangenehm aufgefallen. Auf der Beifahrerseite stieg derweil ein Mann aus - ebenfalls Araber -, der aus dem Kofferraum einige Flaschen zu Tage förderte – Champagner! Die fünf waren bester Stimmung und schlugen den Weg in Richtung Haupteingang des Hotels ein. »Ts ts«, dachte ich, »*was wohl Allah dazu sagen würde!*«

Ich klapperte noch zwei Hotels, drei Restaurants, einige Cafés und drei weitere Kneipen ab, bevor sich beim Betreten der nächsten Kneipe mein sechster Sinn meldete.

Buntes Stimmengewirr schallte mir entgegen. Ich betrachtete die vor mir liegende Szene. Sekundenlang hielten die Männer an den Tischen inne und verstummten, doch als ich ein paar Schritte ging, stellte sich schnell wieder der bisherige Lärm- und Geräuschpegel ein. Mit dem Spürsinn, der den guten Polizeibeamten auszeichnet, erkannte ich einen geeigneten

Kandidaten für meine Erkundigungen. Er saß am Tresen, hatte ein Glas Bier vor sich stehen und machte einen etwas zwielichtigen Eindruck. Außerdem schien er auf jemanden zu warten, denn er sah wiederholt zur Tür.

Ich stellte mich neben ihn, bestellte einen Kaffee und nutzte die Gelegenheit, als wir ungestört waren: »Buenos dias, Señor! Ich suche einen gewissen Carlos Alonso. Sein Schiff soll hier im Hafen liegen. Können Sie mir da weiterhelfen?«

Er erblasste. »No, Señor! Ich kenne diesen Mann nicht!«

Ich sah die Angst in seinen Augen. Er wusste definitiv mehr, als er zu sagen bereit war. Ich ließ ihn nicht erkennen, dass ich ihn durchschaut hatte, sondern nickte ihm freundlich zu: »Gracias!« Ich bezahlte den Kaffee sofort, als er gebracht wurde, trank in Ruhe aus und verließ die Kneipe wieder. Aus dem war mit Sicherheit nichts herauszubekommen. Aber für mich stand fest, dass ich auf der richtigen Spur war.

14. Touristen und Terroristen

Andalusien, Spanien
Samstag, 7:00 p.m.

Mein nächstes Ziel versprach mehr Erfolg. Auch hier war mein sechster Sinn wieder aktiv, doch war es ein anderes Gefühl als eben.

Ich wollte zunächst etwas zu trinken bestellen, doch als ich meine Aufmerksamkeit auf den hinteren Teil der Kneipe richtete, ertönte ein Signal in meinem Hinterkopf. Ich konnte eine Tür erkennen, die im Halbdunkel lag, doch schien es mir als ob ein leichter Lichtschimmer durch die Ritzen drang. Ich schritt langsam auf sie zu, doch ich kam nicht dazu, einen Türgriff zu suchen. Drei Zentner verteilt auf schätzungsweise zwei Meter Körperlänge schoben sich vor mich. »Das hier ist privat!«

Ich sah auf. Er konnte nicht ganz mit dem Koloss von Rhodos mithalten, war aber nichts desto weniger ein Kaliber!

In dem Moment wurde die Tür geöffnet. Ein Gast verließ den Raum, er wirkte reichlich niedergeschlagen. Aus dem Hintergrund ertönte eine Stimme: »Ein neuer Spieler, Raoul?«

»Es sieht so aus«, erwiderte mein Aufpasser ohne mich aus den Augen zu lassen.

»Lass ihn herein, hier ist gerade ein Platz frei geworden!«
Er winkte mich durch und schloss die Tür hinter mir.

Die Poker-Partie war in vollem Gange. Fünf Personen hatten sich in den hinteren Raum zurückgezogen. Ein flüchtiger Blick auf den Tisch verriet mir, dass hier nicht um Peanuts gespielt wurde; der momentane Einsatz lag bei mehreren tausend Euro. Ja, hier ging es eindeutig um irdische Genüsse!

Der, der mit dem Rücken zu mir saß, hielt drei Asse auf der Hand. *»Ob er das vierte gleich dazu bekommen würde?«*

Ihm gegenüber saß der Wortführer. »Setzen Sie sich doch, Señor! Wir eröffnen gleich eine neue Runde.«

Das klang höflich, und ich setzte mich auf den freien Stuhl. Doch ich traute dem Braten nicht. Und wirklich! Wenig später wurde die Tür abermals geöffnet, und es traten mehrere Männer in den Raum. Sie alle waren muskulös und gehörten unbedingt einer gewissen Branche an. Zwei von ihnen hielten Pistolen in den Händen, und als auch noch der Pokerspieler eine Waffe zog, war klar, dass Widerstand momentan nicht angebracht war.

Das roch nach ganz gewaltigem Ärger. Augenscheinlich hatte ich hier in ein Wespennest gestochen. Ich hob langsam die Hände, um nur keine voreilige Reaktion zu provozieren.

Die übrigen Pokerspieler verließen den Raum nahezu fluchtartig. Dann war ich mit den Typen allein. Der Wortführer gab den Befehl: »Durchsucht ihn nach Waffen!«

Seine Leute kamen der Aufforderung nach, förderten jedoch nur meine Brieftasche, den Autoschlüssel, den Communicator und die Uhr zu Tage.

»Das ist alles, Chef!«, meldete einer.

»In Ordnung!«, sagte der Pokerspieler.

Sie fesselten mir die Hände und schafften mich durch einen Hinterausgang aus dem Haus. In einem Lieferwagen ging es zum Hafen. Dieser barg eine geschützte Bucht, in der zahlreiche Boote ankerten. Das Wasser war spiegelglatt. Über einen Steg gelangten wir zu einem der Boote - einem schweren Motorboot.

Wir entfernten uns zusehends vom Ufer. Ich hielt nach einem möglichen Ziel Ausschau und erspähte in der Ferne drei Schiffe, eines sichtlich größer als die anderen. Nach kurzer Zeit war es eindeutig, dass wir uns diesem näherten. Es war schon nicht mehr als Yacht zu bezeichnen. Es war zwar kein Flugzeugträger, aber im Verhältnis zu anderen Luxusyachten geradezu gigantisch. Ich schätzte das Schiff auf eine Länge von über hundert Metern und zählte drei Decks. Auf dem Achterdeck war ein Hubschrauberlandeplatz.

Wir gingen nicht längsseits, sondern fuhren in das Schiff hinein. Es verfügte über ein Dock, in dem bereits ein U-Boot von etwa zehn Metern Länge lag. Diese Luxus-Yacht war eindeutig eine Spezialanfertigung.

Ich wurde aus dem Dock durch mehrere Räume und Gänge geführt. Durch Bullaugen konnte ich erkennen, dass diese teilweise unter der Wasseroberfläche lagen. Schließlich gelangten wir in einen größeren Raum. Das Interieur passte zu dem, was ich bisher gesehen hatte. Heller Eichenfußboden ließ den Raum noch größer wirken, mehrere Gemälde hingen an den teakholzverkleideten Wänden. Alles war indirekt beleuchtet, auch die Treppen; es waren keine Lampen sichtbar. Dieses Schiff war komplett luxuriös eingerichtet.

Ich verstehe nicht viel davon, meine Schwester hätte es sicherlich mit Kennermiene betrachtet. Doch auch ich war mir darüber im Klaren, dass der Wert außerordentlich hoch sein musste. Denn mit Kopien würde sich ein Mann wie Carrera nicht abgeben. Ganz bestimmt nicht!

Und da war er: Carrera!

In der Mitte des Raumes stand ein teuer anmutender Salontisch, um den sich mehrere Männer aufgebaut hatten. Der Herr dieses Schiffes war auf Anhieb zu erkennen.

Carrera war mittelgroß und kräftig, besaß scharf geschnittene Gesichtszüge, eine Adlernase und kalte graublaue Augen, die durch den dunklen Teint noch intensiver wirkten. Sein volles dichtes schwarzes Haar war sorgfältig frisiert. Sein weißer Anzug war so hell, ja schon grell, dass es in den Augen schmerzte.

An seiner Seite stand ein Mann im eleganten, dunklen Anzug. Er war Brite - Engländer, wie sich später herausstellte, und für das Finanzielle zuständig. Ein Finanzmagnat und Investmentbanker, der sich mit Börsenspekulationen und Aktiengeschäften vergnügte.

Hinter Carrera stand ein Typ, den ich in die Kategorie Killer einsortierte. Eisige, dunkelblaue Augen stachen aus einem sonnengebräunten Gesicht heraus, die durchtrainiert wirkende Figur wurde von einem leichten Sommeranzug perfekt in Szene gesetzt. »*Solche Typen gibt es hier wohl im Dutzend billi-*

ger.«

Er ähnelte verblüffend dem Typen aus Sevilla. Dem Kleineren. Dem Größeren ähnelte sein Nachbar, der mich, seit ich den Raum betreten hatte, nicht eine Sekunde aus den Augen gelassen hatte. Juanita hatte unseren Gegner in Sevilla Koloss von Rhodos genannt. Nun, wenn die Sache stimmte, dass irgendjemand den Menschen gemacht hatte oder auch nur Einfluss darauf hatte, dann hatte dieser Typ Modell für den Koloss gestanden.

Er war noch höher, noch breiter, noch gewaltiger! Und dabei musste sein Anblick allein bei jedem Betrachter Furcht und Entsetzen hervorrufen, denn seine Gesichtszüge waren nichts weniger als harmonisch zu nennen - was allerdings auch auf eine unschöne Narbe auf der rechten Gesichtshälfte zurückzuführen sein durfte. Er hatte sich beim Betreten der Kabine definitiv deutlich bücken müssen, um durch die Tür zu gelangen.

Meine Entführer geleiteten mich zu einer Sitzecke, die anderen folgten. Carrera setzte sich nicht, er nahm Platz. *»Die Rolle als Gentleman bis zur Perfektion gebracht«*, dachte ich.

»Mister Carter, nehme ich an. Es ist nett, dass Sie mir Gesellschaft leisten. Ich habe hier sechstausend Quadratmeter Wohnfläche, da kann es bisweilen etwas eintönig werden.«

Er erwartete offenbar eine Reaktion, doch ich tat ihm den Gefallen nicht. Er schien mich mit seinem Blick durchbohren zu wollen. Etliche Sekunden oder gar Minuten verstrichen, ohne dass irgendjemand ein Wort sagte.

Schließlich änderte er seine Taktik und sah einen von den Typen an, die mich hierher gebracht hatten. »Warum lebt er eigentlich noch, eh, Viktor?«

»Ich kann es mir nicht erklären, Señor ..., er hat unverschämtes Glück gehabt - ich habe unsere besten Männer auf ihn angesetzt ...!«

Carrera erwiderte nichts, sondern griff in seine Tasche und holte ein goldenes Zigarettenetui heraus. Umständlich wählte er eine Zigarette aus, steckte sie in den Mund, ließ das Etui wieder in der Tasche verschwinden, brachte statt dessen ein goldenes Feuerzeug zum Vorschein und zündete die Zigarette an.

Bedächtig tat er ein, zwei Züge, dann nahm er die Zigarette und richtete ihre Spitze auf den völlig Eingeschüchterten.

Dieser wurde fast hysterisch: »Dios mio, Señor! Ich kann nichts dafür! Er hat Mario und Renato ausgeschaltet ... - und selbst der Bruder von ...«

Er brach ab, als ihm Carrera mit einer herrischen Geste das Wort abschnitt. »Ich hoffe, du machst nicht noch einmal einen solchen Fehler, der mich drei meiner besten Leute kostet!«

»Nein, Señor! Ganz bestimmt nicht!«

»Bueno.« Carrera schien zufrieden. Er erhob sich, trat zwei langsame, bedächtige Schritte auf seinen Angestellten zu, legte seine Rechte mit der Zigarette um die Schulter des nun wieder ruhiger Atmenden und sagte: »Du weißt, dass ich dich beim Wort nehme ... - und um es dir einfach zu machen, dein Versprechen zu halten, werde ich dich ein wenig unterstützen, Viktor.«

Es war kein Schuss zu hören, doch an dem Zucken und kurzzeitigen Aufbäumen von Viktors Körper sah ich, dass sein Chef ihm keine weitere Gelegenheit zu Fehlern gegeben hatte. Carrera löste den Griff um die Schulter, woraufhin der nun seelenlose Körper zu Boden sackte, und trat zur Seite. In seiner linken Hand schimmerte eine Pistole mit Schalldämpfer, die er einem der Umstehenden in die Hand drückte. »Lass sie verschwinden!«

»Jawohl, Chef!«

Carrera blickte kaltblütig auf die Leiche. »Schafft ihn weg!«

Die anderen drei Männer folgten dem Befehl umgehend.

»So, nachdem die ..., hmm, letzten Unannehmlichkeiten geklärt sind, nun zu Ihnen!« Er zog eine Akte hervor und stellte sich vor mich.

»John Carter, Special Agent des FBI, fünfunddreißig Jahre alt, wohnhaft in Los Angeles, ...«

Einer der Typen, die mich hierher gebracht hatten, machte sich an meinem Communicator zu schaffen. Kaum hatte

Carrera das gesehen, rief er: »Nicht! Lass das!«

Er eilte durch den Raum und entriss seinem Untergebenen das elektronische Gerät. »Ich bin überzeugt, das Ding ist perfekt abgesichert und enthält einen Code, den man nicht auf die schnelle Tour knacken könnte. Auf jeden Fall nicht mal eben so, nicht Mister Carter?«

Ich erwiderte nichts.

»Ich nehme das als Bestätigung. Und außerdem dürften wir uns wohl umgehend auf das Erscheinen einiger Spezialisten gefasst machen ..., Marines? Oder doch CIA-Agenten?«

Ich zuckte nur mit den Schultern.

»Ich vermute, selbst die schnellsten Computer der Welt würden Tage brauchen, um überhaupt einen Zugang zu dem Gerät zu erhalten?«

»Drei Tage gemäß der offiziellen Version der NSA«, gab ich zu Protokoll.

»Ah, unser Gast kann also doch sprechen! Welch eine Überraschung!« Er lachte. »Hast du gehört? Drei Tage! Also vergiss das Spielzeug, wir haben schließlich seinen Bediener!«

Der Typ trat zurück, und Carrera legte meinen Communicator behutsam zurück auf den Tisch.

Er ging vor mir auf und ab wie ein Raubtier im Käfig, während er überraschend viele Details aus meinem Leben vortrug, inklusive Ausbildung und Einsätze. Er hatte noch nicht die ganze Akte durch, da brach er ab und sah mich nachdenklich an. »Sie sind wirklich ein ernstzunehmender Gegner, Señor Carter. Sie haben drei meiner besten Männer auf dem Gewissen, darunter den Bruder von meinem Leibwächter. Alle sind im Gefängnis und werden es so schnell nicht wieder verlassen. Der Tod der Polizistin wird eine umfangreiche Untersuchung erforderlich machen. Zwei von ihnen haben Schussverletzungen, Renatos rechte Hüfte wird wohl für den Rest seines Lebens nicht mehr die Dienste erweisen wie früher, und Marios rechter Arm wird ebenfalls immer steif bleiben. Aber das Beachtenswerteste ist, dass Leo nur einige Blessuren davongetragen hat und der Polizei ohne schwere Verletzung in die Hände gefallen ist. Das bedeutet, dass Sie ihn ohne Waffe besiegt haben müssen. Recht beachtlich!«

Ah! Also war der Koloss tatsächlich sein Bruder! Ja, das erklärte einiges. Doch war mein gestriger Gegner lediglich die kleinere Ausgabe desjenigen, der jetzt - wenige Schritte von mir entfernt - hinter seinem Boss stand.

Nach Ende des Dossiers wurde Carrera ruhiger, legte die Akte auf den Tisch und setzte sich wieder auf seinen Stuhl. Ich versuchte, in seinem Gesicht eine Regung zu erkennen, doch vergeblich. Es war ausdruckslos, wie aus Granit gemeißelt. Er schien zu überlegen. Und nach einigen Minuten war er offenbar zu einem Ergebnis gekommen. Er gab seinen Leuten einen Wink. Zwei postierten sich an der Tür, die auf Deck führte, zwei andere gingen hinaus, einer löste meine Fesseln.

Dann verließen auch wir den Salon und gelangten über eine kleine Treppe in eine kleine Kabine, die gerade einem halben Dutzend Personen ausreichend Platz bot.

Carrera ergriff wieder das Wort: »Hier sind wir ganz unter uns, Mister Carter; nur meine engsten Vertrauten und wir beide.«

»Damit Sie nicht so viele Zeugen haben, wenn Sie mich beseitigen?«

»Aber bitte, bitte!«

Der Koloss sah mich höhnisch an, doch Carreras Miene blieb unbewegt. Er musterte seine Leute, bis auch der letzte seinen Blick gesenkt hatte und sah mir dann scharf in die Augen. »Wer hätte nicht gern die ultimative Waffe, Mister Carter? Das nukleare Zeitalter liegt hinter uns, Atombomben, Wasserstoffbomben kann heutzutage jeder herstellen; und jeder, der das kann, weiß gleichzeitig, dass er niemals gewinnen kann, denn der Gegner wird immer Zeit und Gelegenheit für einen Gegenschlag haben. Auch Atomraketen brauchen eine Weile bis zu ihrem Ziel - und sie sind leicht zu orten. Aber es gibt schließlich noch andere Waffen, biologische und chemische. Die beste Waffe ist eine, die man nicht sehen kann - die der Gegner nicht sehen kann. Krankheitserreger, Bakterien,

Viren ...«

Er wirkte äußerst enthusiastisch. »*Schon wieder ein Fanatiker!*«

»Man kann es nur durch Rückschlüsse, gewissermaßen indirekt erkennen. Aber dann ist es bereits zu spät.«

»Es gibt Impfstoffe, Gegenmittel«, wehrte ich ab.

»Gewiss, aber zum einen ist der Zeitfaktor ein ganz erheblicher ..., und zum anderen: gegen ein Virus, das noch niemand kennt, kann auch niemand ein Gegenmittel herstellen!«

Er zog an seiner Zigarette und blies einen Rauchkringel in die Luft. Sein Blick verlor sich in der Ferne.

Ich verhielt mich still. Je mehr Zeit verstrich, umso größer wurde meine Chance, dieses Schiff lebendig verlassen zu können!

»Stellen Sie sich eine Waffe vor, die in einem normalen Aktenkoffer Platz findet, und doch tödlicher ist als alles bisher bekannte ... - ein neues Virus.«

Der Brite zeigte ein breites Grinsen. »Ein Koffer voller Kulturen - voller Virus-Kulturen! Was meinen Sie, wie die Börsen und Aktienmärkte dieser Welt reagieren würden, wenn jemand ein Gegenmittel besitzen würde, das als Einziges dem neuesten Krankheitserreger Paroli bieten kann?«

Carrera warf ihm einen scharfen Blick zu. Er verstummte.

Carrera deutete auf das Notebook seines 'Finanzberaters'. »Ganz richtig, Mister Carter, ein Virus, wie es von Zeit zu Zeit durch das Internet geistert, mag ja für Institutionen und Leute, die auf elektronischem Wege arbeiten, äußerst verhängnisvoll sein ..., aber ein Virus, das die stärksten Hitze- und tiefsten Kältegrade aushält, durch nichts aufzuhalten ist, nicht einmal nach einer gewissen Zeit durch Luft neutralisiert werden kann, und nur Sie besitzen ein Gegenmittel ..., das gibt einem zum Beispiel die Macht über jeden Gegner der Welt.«

Abrupt wechselte sein Gesichtsausdruck, er setzte eine fast ehrfurchtsvolle Mimik auf. »Die Bibel spricht vom Armageddon, von der Zahl des Tieres sechshundertsechsundsechzig, und Heerscharen von Experten und Fachgelehrten haben sich in den letzten Jahrhunderten und Jahrtausenden daran versucht, diese Texte zu entschlüsseln. Ich allein habe bereits zwei Weltuntergänge überlebt!«

Er lachte, und seine Leute stimmten in das Lachen ein.

»Neunzehnhundertneunundneunzig - zur Jahrtausendwende hätte der Exitus für unsere schöne Welt kommen sollen, aber nicht einmal die Befürchtungen der EDV-Experten haben sich bewahrheitet. Außer einigen unbedeutenden Zwischenfällen lief alles reibungslos, als die Uhren auf das Jahr zweitausend umsprangen. Und am sechsten Juni zweitausendundsechs ... - Sie sehen die Trivialität, ja, Mister Carter? - geschah auch nichts Weltbewegendes. Auf jeden Fall habe ich es dann nicht mitgekriegt.«

Er lachte wieder. »Die Menschen sind heutzutage so leicht zu beeinflussen ..., ein paar Medienberichte über dieses oder jenes, dann wird ein als Experte vorgestelltes Individuum dazu befragt - Sie wissen sicher, dass diese so genannten Experten oft nur den Tenor einer nur allzu mächtigen Lobby verkünden? Das ist wie mit Statistiken, die sich ebenfalls jeder so zurechtlegt, wie er sie braucht. Aber wem erzähle ich das, nicht, Mister Carter? Sie sitzen von der politischen Machtbasis doch gar nicht so weit entfernt, auch Sie werden Ihre Meinung haben, allerdings nicht immer nach ihr handeln dürfen.«

Ich konnte es nicht leugnen, doch entgegnete ich nichts.

Er sah mir direkt in die Augen. »Sehen Sie, so verschieden sind wir gar nicht. Nur habe ich den entscheidenden Vorteil, dass ich niemandem hörig sein muss, und dementsprechend auch auf niemanden Rücksicht nehmen muss - auf politisch gewollte und gefärbte Ansichten zum Beispiel.«

Er tat einen tiefen Zug und lehnte sich entspannt in seinem Stuhl zurück. Fast versöhnlich sah er mich dann an. »An der Spitze ist es einsam, wirklich. Es gibt nicht viele Leute, die mich verstehen, und mit denen ich vernünftig reden kann. Daher will ich Ihnen ein Angebot machen, Mister Carter! Aber ich mache es nur einmal! Auch wenn Sie es eigentlich nicht verdient haben, immerhin haben Sie drei meiner besten Leute ausgeschaltet, und gute Leute sind sehr schwer zu bekommen.«

Ich sagte nichts, sah ihm nur stoisch in die Augen. Offenbar ging er bereits jetzt davon aus, dass er seine Leute so bald nicht wieder würde einsetzen können.

»Was halten Sie davon, wenn Sie meiner Organisation beitreten? Sagen Sie Ihrem Verein lebewohl und arbeiten Sie für mich!«

Mit zusammengekniffenen Augen lehnte er sich nach vorn, die Hände auf den Knien und schien mir direkt in die Seele blicken zu wollen. »Was sagen Sie dazu, Mister Carter?«

Zunächst sagte ich nichts, sondern tat als ob ich über die Frage überlegte. Ich gab mich keinen Illusionen hin. Sofern er zu dem Schluss kam, dass er für mich keine Verwendung mehr hatte, konnte das nur eines bedeuten: mein sofortiges Todesurteil.

»Das ist eine schwierige Angelegenheit, Carrera. So etwas entscheidet man nicht innerhalb von ein paar Sekunden.«

Carrera nickte. »Meine Zeit ist kostbar. Und Sie werden verstehen, dass ich Sie unter den gegebenen Umständen nicht wieder gehen lassen kann. Also entscheiden Sie sich bitte! Aber überlegen Sie gut. Macht ist eine internationale Währung, und Sie dürften wissen: Es ist nicht der Name, es ist das Prinzip.«

Ich wusste, was er meinte. Die Weltanschauung. Leute wie er befehligten und kontrollierten kein Imperium nur um des Geldes wegen. Oder der Macht. Was er geschaffen hatte, war eine Organisation, die ihn überleben würde. Ein Denkmal für die Zukunft.

Ich überflog meine Lage - sie war aussichtslos. Dennoch war ich mir nicht eine Sekunde im Unklaren, dass ich an seinem Denkmal nicht mitbauen würde und sagte: »Ich danke für das Angebot ..., aber danke, nein!«

Carrera nickte, doch es wirkte wie eine Bestätigung, dass er mich gehört hatte. Dann schien er zu überlegen, doch eigentlich blieb ihm keine Wahl - wenn er so konsequent handelte, wie ich ihn einschätzte. Und richtig, ich hatte es kaum gedacht, da befahl er dem Hünen: »Mach ihn fertig. Töte ihn!«

Der Typ grinste. »Jawohl, Boss!« Er richtete sich zu seiner ganzen Größe auf.

Die anderen verließen die Kabine, als letzter Carrera. »Nehmen Sie es nicht persönlich, Mister Carter. Unter anderen Umständen hätten wir vielleicht gute Partner werden können ...«

»Ich glaube nicht ...«, erwiderte ich.

Keine Regung in seinem Gesicht. Dann wandte er sich meinem Gegner zu: »Wir legen inzwischen ab und suchen eine hübsche, einsame Stelle draußen im Meer auf, wo wir ihn unauffällig verschwinden lassen können. Für immer.«

Der Koloss nickte und zeigte ein Grinsen, das bewies, das ihm die Angelegenheit einen Hochgenuss bereiten würde.

»In einer Stunde muss alles erledigt sein«, sagte Carrera noch, bevor er sich abrupt umdrehte und den Raum ebenfalls verließ, ohne mich noch eines Blickes zu würdigen. Er hielt es offenbar nicht für notwendig, durch irgend eine Geste Zeit mit einem Todgeweihten zu vergeuden. Ich hörte, wie der Schlüssel zweimal gedreht wurde. Wir waren allein.

*

Der Gigant kam mit einem breiten Grinsen auf mich zu.

Der Raum war klein - zu klein, um wirkungsvolle und effektive Techniken anzubringen. Und dann dieser Gegner!

Jetzt war es also doch geschehen, was ich lieber hätte vermeiden wollen: eine direkte Konfrontation mit dem Ur-Koloss von Rhodos.

Falls es überhaupt eine Chance für mich gab, dann war es der Überraschungseffekt. Mein bisher eindeutig passives Verhalten musste jeden - auch diesen Giganten - täuschen. Kaum hatte ich diesen Gedanken zu Ende gedacht, sprang ich auch schon durch die Luft - und traf den Riesen mit der Fußspitze genau am Kinn.

Mein Gegner wurde um mehrere Schritte zurückgeworfen,

bevor er von der Kabinenwand unsanft gebremst wurde. Doch er schüttelte nur den Kopf und rieb sich das Kinn. »Sie müssen sehr verzweifelt sein, Mister«, brummte er dann. Es war das zweite Mal, dass ich seine Stimme hörte. Wie nicht anders zu erwarten, war sie ebenso tief und dumpf dröhnend wie die seines Bruders. »Durch so eine Aktion können Sie mich nicht bezwingen, sondern verraten mir nur, dass Sie ein ernst zu nehmender Gegner sind, und dass ich aufpassen muss. Aber eines kann ich Ihnen gleich sagen: mich hat noch niemand besiegt. Ich bin der Beste!«

Die Arme in die Hüften gestemmt, stand er breitbeinig in der Mitte der Kabine. Ein bösartiges Lächeln umspielte seine Lippen. Dann kam er langsam auf mich zu. Ich versuchte ihn mit einigen Geraden und Tritten auf Distanz zu halten, doch die Treffer zeigten kaum Wirkung, und seinen Kopf hielt er wohlweislich gedeckt von seinen Pranken.

Er drängte mich in eine Ecke der Kabine, wo ich meine ihm gegenüber größere Beweglichkeit nicht mehr zur Entfaltung bringen konnte. Und nun hatte ich alle Hände voll zu tun, seinen Angriffen zu begegnen. Boxhieb auf Boxhieb prasselte auf mich nieder, und ich hatte es nur meiner jahrelangen Praxis zu verdanken, dass ich zunächst größeren Schaden vermeiden konnte.

Doch dann trafen mich zwei seiner Schläge. Ich hatte früher schon gedacht, dass es Menschen gibt, die sehr hart zuschlagen können, aber ich hatte es selbst bei meinen Ausbildern und Trainingspartnern bisher nicht erlebt. In diesem Augenblick erlebte ich es: Der Schlag gegen meinen Kopf war so heftig, dass ich dachte er platzt. Der Schlag gegen meine Brust war mindestens genau so heftig, und ich dachte, mein Herz hört auf zu schlagen. Mir flimmerte es vor den Augen, und für eine halbe Ewigkeit war ich orientierungslos. Gebe Gott, dass er jetzt nicht noch einmal zuschlägt, das überlebe ich nicht!

Und er schlug nicht zu. Offenbar hatte mein Knie ihn im Unterleib erwischt, und zwar in dem Moment, als er mich getroffen hatte. Ich hatte es nicht mehr registriert.

Kaum hatte ich wieder klare Sicht, begann die zweite Runde, und auf einmal änderte er seine Taktik: Meine Schläge und Tritte nicht beachtend, drängte er sich so nah an mich heran, dass er meinen Hals ergreifen konnte. Was das bedeutete, musste mir niemand erklären! Ich versuchte jeden Trick, den ich kannte, einen Hebel anzubringen, schließlich, ihn gar selbst zu würgen.

Vergeblich.

Er besaß Riesenkräfte. Er drückte mir den Hals so zusammen, dass ich weder atmen noch gar rufen konnte - in kürzester Zeit musste ich diverse Quetschungen erleiden und unbedingt ersticken, wenn nicht schnell etwas Entscheidendes geschah.

Mit aller Kraft schlug ich mit meinen Händen von unten gegen seine Unterarme. - Der Griff lockerte sich, was ich zu einer schnellen Drehung nutzte. Nun war ich ihm ganz entwischt und konnte vor allen Dingen einmal tief Luft holen. Doch er suchte mich von neuem zu packen.

Die Enge machte die Sache für mich nicht leichter. An ein Entkommen war nicht zu denken, und der rohen Kraft stand ich ohne richtige Verteidigungsmöglichkeit gegenüber. Einer mörderischen Rechten konnte ich mit einem schnellen Seitwärtsschritt ausweichen, doch dann traf er mich in die linke Seite, im Bereich der Niere, und ich blieb nur unter Anstrengung aller Kräfte auf den Beinen. Nun umschlang er mich mit seinen Armen und presste mir die Arme an den Brustkorb. Nach wenigen Sekunden dröhnte es in meinen Ohren, und mir wurde schwummerig vor Augen. Hier war augenblickliche Rettung gefragt, sonst war ich verloren!

Der Selbsterhaltungstrieb ist eine mächtige Kraft. Ich mobilisierte in einer letzten, gewaltigen Anstrengung alle Reserven, atmete tief ein, hob das rechte Bein und stieß mich beim Ausatmen mit aller Kraft von der Wand ab. Wir verloren beide das Gleichgewicht und stürzten zu Boden. Doch das Entscheidende war: Er ließ mich los!

Ich rollte mich schnell so weit wie möglich zur Seite - bis ich hart an den Tisch stieß. Die Schmerzen nicht beachtend und nach Luft japsend, zwang ich mich aufzustehen.

Auch der Koloss kam in diesem Moment auf die Beine. Doch gedanklich war ich ihm die entscheidende Zehntelsekunde voraus. Schnell glitt ich auf ihn zu. Ein Fauststoß gegen seinen Solarplexus nahm ihm für Sekunden den Atem und ließ ihn zurückweichen. Ich glitt wieder auf ihn zu und täuschte einen abermaligen Schlag gegen seinen Oberkörper an. Er reagierte und deckte sich. Und genau da trat ich ihm mit aller Kraft in die Innenseite seines linken Knies. Er knickte ein, wieder einmal aus dem Gleichgewicht gebracht. Instinktiv griff er mit den Händen nach vorn, was mir die einmalige Gelegenheit zu einem Judowurf gab, den ich kompromisslos durchzog.

Der Flug des Giganten war kurz - und unter gewissen Umständen hätte ich die Möglichkeit nicht ausgeschlossen, dass das Schiff Leck schlägt, so gewaltig war der Aufprall. Doch er wurde gedämpft - von einem Stuhl, der sich unter dem Gewicht des Riesen und der Wucht des Aufpralls in seine Bestandteile zerlegte.

Benommen blieb er einige Sekunden liegen, dann richtete er sich orientierungslos auf und präsentierte mir seinen Stiernacken. Langsam genug, damit ich in aller Ruhe zielen konnte.

Ich zog den Handkantenschlag voll durch.

Er brach zusammen. Ein schneller - vergewissender - Blick auf meinen Gegner überzeugte mich davon, dass er entgegen seiner Behauptung, der Beste zu sein, nunmehr außer Gefecht war, und ich richtete meine Aufmerksamkeit auf die Tür und die Geräusche an Bord. Die anderen mussten den Lärm unbedingt gehört haben. Sprungbereit stand ich neben der Tür, beseelt von dem Gedanken, dieses Schiff und vor allem diese Kabine so schnell wie möglich zu verlassen.

Aber nichts geschah. Offenbar waren Carrera und seine Leute der Ansicht, dass ich es war, der hier die Prügel bezog.

Mir konnte das nur recht sein.

Ich warf einen nochmaligen prüfenden Blick auf meinen

Sparringspartner und registrierte erleichtert keine Aktivitäten. Die Tür möglichst geräuschlos aufzubrechen, war nicht ganz einfach, doch im Verhältnis zu meinem soeben beendeten Kampf geradezu ein Kinderspiel. Ein Stuhlbein und mein Gürtel erwiesen sich hier in Kombination mit etwas Kraft und Geschick als recht hilfreich. Ich öffnete die Tür erst, nachdem ich einige Minuten nichts Verdächtiges gehört hatte, schlich hinaus und die Treppe hoch.

Noch immer war keiner der Gangster zu sehen. Drei Minuten später stand ich vor der Suite des Besitzers. Sie war von außen unschwer zu verkennen und bewies Geschmack. Er musste sich sehr sicher fühlen, denn auch hier begegnete mir kein Wachtposten.

Ich öffnete die Tür millimeterweise.

Mit dem ersten Blick erfasste ich Carrera. Er saß in einem edel anmutenden Ledersessel und telefonierte.

Mit dem zweiten Blick gewahrte ich einen Schrank in der hinteren rechten Ecke, dessen gläserne Tür den Blick auf seinen Inhalt ermöglichte: »*Waffen!*«

Neben der altbewährten Uzi-Maschinenpistole hingen und lagen dort mehrere Jagdflinten, ein Maschinengewehr, Gewehre mit Zielfernrohr, wie sie Auftragskiller gern verwenden - und zwei Panzerfäuste. Im oberen Teil waren Pistolen und Revolver verschiedener Marken und Fabrikate angebracht.

Ich öffnete die Tür um ein paar weitere Zentimeter. Der nächste Blick gab mir die Gewissheit, dass er allein in dem Zimmer war, und ich schlich mich in den Raum, der eigentlich nicht so groß war, dass er mich überhören oder nicht bemerken konnte.

Aber sein Telefonat nahm seine ganze Aufmerksamkeit in Anspruch: » ... se ha perdido en el transporte, eh?« - » ...sie auf dem Transport verlorenging, eh?«

Ich verschaffte mir in Sekundenschnelle einen Überblick. Auf einem teuer wirkenden Tisch standen einige Fotos, Carrera mit einer Frau an seiner Seite und zwei Kindern. Es war allerdings kein aktuelles Bild, sondern musste einige Jahre alt sein, der heutige Carrera war deutlich älter. Daneben lagen meine Utensilien. Vollständig. In der Ecke hinter seinem Schreibtisch war ein weiterer Waffenschrank, dessen eine Tür offenstand. Ich zählte drei G22, ein Gewehr geeignet für Scharfschützen, und mehrere MP7, Maschinenpistolen. Dazu eine ganze Batterie gefüllter Magazine. Jeweils mit vierzig Patronen, wie ich wusste.

Ich hatte mich Carrera auf fünf Schritte genähert.

Da wurde die Tür ganz geöffnet, die ich halb offenstehen hatte lassen. »Perdon Señor, wir haben ...«

Der Eintretende unterbrach seine Rede, als er mich sah, und erstarrte. Dann langte er wie in Zeitlupe in sein Jackett.

Carrera drehte sich um. Auch er schien fast zu erstarren.

Ich nutzte die Schrecksekunden und setzte den Störenfried mit einem trockenen rechten Haken außer Gefecht. Dann angelte ich mir seine Pistole und wandte mich wieder seinem Boss zu.

Pure Fassungslosigkeit spiegelte sich auf dessem Gesicht. »Das ist ja nicht möglich ...«

»Keine Bewegung, Carrera! Lassen Sie die Hände da, wo ich sie sehen kann!«

Doch er schien gar nicht daran zu denken, irgendeine Aktion zu starten. Offenbar hatte er nicht im Traum damit gerechnet, dass ich seinen Totschläger besiegen könnte.

Ich nahm meinen Communicator, meine Brieftasche, den Autoschlüssel und meine Uhr wieder an mich. »Ich glaube, das gehört mir.«

»Was wollen Sie jetzt tun?« Er stand auf in ging Richtung Tür.

»Wir werden dieses Schiff jetzt zusammen verlassen. Sie gehen voran.«

»Soll das ein Witz sein? Gefangener auf meinem eigenen Schiff!«

»Sehen Sie mich lachen?«, knurrte ich. »Vorwärts!« Ich beschrieb mit der Pistole einen bezeichnenden Bogen.

In dem Moment kam ein weiterer Pistolenmann hereingestürmt: »Boss, der Amerikaner ist weg ...«

Carrera nutzte den Moment und suchte hinter seinem Untergebenen Deckung. Dieser zog seine Waffe. Mir blieb keine Wahl, ich feuerte zweimal auf dessen Arm und Schulter. Er ging zu Boden und war keine Bedrohung mehr. Doch Carrera war inzwischen entkommen.

Ich fesselte den Verletzten mit seinem eigenen Gürtel, dann trat ich an den Waffenschrank und angelte eine Maschinenpistole heraus. Dazu griff ich mir drei Magazine, die ich mir in die Taschen steckte. Dann verließ ich das Büro, alle meine Sinne anstrengend, in Richtung Heck.

Ich verstaute meine Brieftasche, den Schlüssel und den Communicator in der wasserdichten Tasche meiner Jacke und schlich den Gang entlang. Als ich ein Geräusch hörte, ließ ich mich fallen. Und das war gut so! Eine Feuergarbe schlug über mir ein und zerfetzte die Schiffsverkleidung. Ich drehte mich herum und erwiderte das Feuer gezielt, wechselte das Magazin aus und stellte die Maschinenpistole auf Dauerfeuer. Dann gab ich zwei Salven nacheinander ab. Bereits beim ersten Mal hatte ich zwei Typen erwischt, die sich mit schmerzhaftem Aufschrei gemeldet hatten.

Ich schlich weiter, blieb jedoch vorsichtig. Eine weise Entscheidung. Carrera schoss. Querschläger heulten davon. Es war sinnlos, von seiner Position konnte er mich gar nicht treffen.

»Was soll das, Carrera? Sie verschandeln Ihre schöne Yacht!«

Ein wütendes zehn-Sekunden-Dauerfeuer war die Antwort auf meine Bemerkung. Doch ich gedachte ihn noch weiter zu reizen: »Wie mir scheint, wollen Sie das Boot verlassen. Warum sind Sie noch nicht weg? Warten Sie auf Ihren Piloten?«

Ein abermaliges Dauerfeuer mit ähnlichem Resultat wie zuvor war die Antwort. Ja, er war gereizt!

»Ich glaube, Ihr Pilot liegt irgendwo dahinten. Ich bin leider nicht richtig vorgestellt worden, aber er trug so eine Fliegermütze ...«

Diesmal erfolgte kein Schuss. Ich spähte vorsichtig um die Ecke. Carrera rannte zum Hubschrauber. Ich konnte ihm nicht folgen, soeben hatten sich zwei seiner Gorillas wieder erholt und schirmten ihn perfekt ab. Die waren nicht mal eben so zu bezwingen.

»Dann fliege ich eben selbst!«, rief mir Carrera zu, der jetzt den Hubschrauber erreicht hatte. »Ich bin schließlich oft genug mitgeflogen! Wir sehen uns wieder!«

Er schüttelte die Faust mit einer verachtenden Gebärde gegen mich und stieg ein. Die beiden Typen waren indessen nicht untätig geblieben, sondern hatten sich in eine gute Ausgangsposition gebracht. Sie eröffneten das Feuer.

Ich musste schnell meine Stellung wechseln und verlor Carrera aus den Augen. Sekunden später sah ich ihn jedoch schon wieder. Er hatte den Vogel tatsächlich in die Luft gebracht, fast senkrecht war er nach oben gestiegen. Nur mit der Steuerung klappte es wohl nicht so gut.

»*Tja, Theorie und Praxis*«, dachte ich und gab eine Feuersalve ab. Die beiden Gorillas rückten mir zunehmend auf die Pelle.

Carrera hatte inzwischen vollends die Kontrolle über die Maschine verloren. Der Hubschrauber sackte in immer engeren konzentrischen Kreisen ab und auf das Schiff zu. Bei jeder Umdrehung konnte ich Carrera sehen, der nun gar nicht mehr so gelassen schien. Er fuchtelte im Gegenteil wie wild mit seinen Armen herum und brüllte verzweifelt, ohne jedoch wirklich etwas bewegen zu können.

Die Explosion, die folgte, als der Hubschrauber äußerst unsanft mit dem Schiff zusammenstieß, war recht beeindruckend. Und sie vervielfachte ihr Ausmaß wenig später, als die Tanks der Yacht explodierten.

Ich erlebte das alles wie in Zeitlupe, hatte mich in Gedanken längst abgesetzt und wollte die Veranstaltung schnellstmöglich verlassen. Ich ließ meine Kontrahenten stehen, was ihnen ein Siegeslächeln entlockte - doch schließlich konnten sie auch nicht sehen, was sich in ihrem Rücken tat -, und tat ein paar lange Sätze zur Reling.

Ein kontrollierter Hechtsprung ins Wasser hätte es werden sollen. Es wurde eine unkontrollierte Ins-Wasser-geschleudert-werden-Aktion. Die Detonation erfasste mich doch noch in erheblichem Ausmaß. Halb bewusstlos versank ich in den Fluten, und wie in einem überdrehten Film sah ich mein Leben in umgekehrter Zeitfolge an mir vorüberziehen. Als der Film etwa bei meinem vierzehnten Lebensjahr angelangt war, spürte ich einen stechenden Schmerz in der Brust, der mich wieder soweit zu Bewusstsein kommen ließ, dass ich die Kraft zu den notwendigen Schwimmbewegungen aufbrachte, um aufzutauchen. Schnellstmöglich.

Es gelang mir. Keine Sekunde zu früh! Apathisch schnappte ich nach Luft. In dem Moment wusste ich auch, was das Stechen in der Brust verursacht hatte: Sauerstoffmangel.

Nach einer Zeit, die mir ziemlich lange vorkam, wahrscheinlich jedoch nur wenige Sekunden währte, war ich soweit wieder da, dass ich mich schwimmend über Wasser halten konnte.

Ich betrachtete die Umgebung, doch konnte ich keine Überlebenden erspähen. *»Diese Hornochsen! Es ist aber auch keiner über Bord gesprungen. Die haben doch gesehen, dass ...«*

Doch schnell verscheuchte ich die Gedanken. *»Unsinnig!«* Dann schwamm ich bedächtig und kräfteschonend gen Norden, der Küste zu.

Auf halbem Wege kamen mir mehrere Boote entgegen. Die Besatzung des vordersten sah mich und nahm mich an Bord. Es waren Fischer. Aufgeregte Menschen sprachen auf mich ein und deuteten gestenreich in die Gegend, wo das Schiff explodiert und untergegangen war.

Sie wollten wissen, ob es weitere Überlebende geben würde. Doch ich konnte ihnen nicht mehr antworten, denn diese Frage war das letzte, was ich noch wahrnahm, bevor es dunkel um mich wurde.

*

Ich öffnete die Augen. Rings um mich herum standen mehrere Männer. In ihren Augen war keine Feindseligkeit zu lesen, im Gegenteil. Noch bevor ich mir weitere Gedanken machen konnte, trat einer von ihnen dichter an mich heran. »Ganz ruhig, Señor, Sie waren bewusstlos. Wir haben Sie aus dem Wasser gefischt. Sie haben eine Verletzung am Kopf und an der Hand.«

Ich tastete unwillkürlich nach meinem Schädel. Ich erfuhr, dass ein Arzt schon da gewesen war und mich verbunden hatte. Nicht weiter schlimm, nur böse Kopfschmerzen für ein paar Tage. Die linke Hand wies einige Abschürfungen auf.

»Sie haben viel Wasser geschluckt, Señor.«

Ich erhob mich vorsichtig. Es ging besser als erwartet. Als ich mich aufrecht hingesetzt hatte, musterte ich die Anwesenden und fragte: »Sie sind Fischer?«

»Si!«, bestätigte der von vorher. »Wir haben die Explosion gesehen und sind schnell dorthin gefahren, um nach Überlebenden des Unglücks zu suchen. Aber außer Ihnen hat es keiner sonst geschafft.«

»Ich danke Ihnen.« Auf einem Stuhl neben dem Bett lag meine Jacke. Ich öffnete die Innentasche - es war noch alles da: Uhr, Communicator, Brieftasche, Schlüssel.

Ich versorgte die Männer mit einigen Informationen, und alsbald erklärte sich einer bereit, mich zu meinem Wagen zu bringen. Ich schaltete meinen Communicator an. Er funktionierte! *Ein Lob meiner Jacke!*

Als ich ihm den Standort auf der Karte zeigte, meinte er, dass wir in einer Viertelstunde da wären.

Es wurde eine halbe, doch das war mir egal. Ich verschlief den Weg sowieso. Er weckte mich, als wir da waren und fragte, ob ich in meinem Zustand wirklich fahren wolle. Doch ich fühlte mich wie neugeboren und versicherte ihm, dass es kein Problem wäre.

Ich dankte ihm noch einmal herzlich und bestellte Grüße an seine Kollegen. Dann stieg ich in das Auto und machte mich auf den Weg nach Sevilla. Ich war kurz vor meinem Ziel, als

Christina anrief.

»Hi, Christina! Was gibt es Neues?«

»Hi, John! Wie geht es dir? Hast du Carrera gesehen?«

»Ich habe sogar mit ihm gesprochen.«

Stille. Dann die fast ehrfurchtsvolle Frage: »Und du lebst noch?«

»Ja, so kann man das wohl nennen ..., obwohl ich demnächst mal Urlaub brauche ...«

»John! Das ist nicht witzig! Was ist mit Carrera? Hat er dir Bedingungen gestellt?«

»Hast du Angst, er könnte mich umgedreht haben, Christina? Keine Sorge, er ist tot!«

»Wie bitte?«

»Tot, in die Luft geflogen, mit seiner Yacht, seinem Helikopter und einigen ..., hmm ..., Angestellten.«

»Unglaublich!«

»Aber es stimmt«, sagte ich im normalen Unterhaltungston und fragte: »Und was gibt es bei euch Neues?«

»Das ist nicht dein Ernst!« Sie ging auf meine Frage überhaupt nicht ein.

»Doch«, beteuerte ich. »Wenn du mir nicht glaubst, dann lies morgen früh die Zeitung. Ich tippe, es ist egal, welche!«

»Okay ...«, lenkte sie ein, doch der Zweifel in ihrer Stimme würde wohl erst durch entsprechende Medienberichte endgültig verschwinden.

»Und was gibt es bei euch Neues?«, wiederholte ich nun zum dritten Mal meine Frage.

»Wir wissen jetzt, wohin der Tote wollte.« Zumindest die Verwunderung hatte sich gelegt. Sie konzentrierte sich wieder auf das 'Geschäft'.

»Ach!« Ich war gespannt.

»Er wollte zu seiner Freundin nach Philadelphia, die natürlich einen anderen Namen hat als er. Außerdem erschien ihr Name nicht auf seinen Telefonlisten, weil er ein Zweittelefon von ihr benutzt hat; so konnten die beiden kostenlos miteinander telefonieren, quer durch die Staaten. Und das hat er vor der Reise bei ihr abgegeben. Deshalb haben wir sie nicht gefunden.«

»Und wie habt ihr sie jetzt gefunden?«

»Sie hat uns gefunden. Sie hat ihn vermisst gemeldet, und die Kollegen in Philadelphia haben schnell reagiert.«

»Und bringt uns das auch irgendwie konkret weiter?«

»Ja ..., ich denke schon. Dank ihr haben wir endlich ein paar wichtige Puzzlestücke zusammensetzen können. Wir wussten ja bereits, dass er seine Frau und seinen fünfjährigen Sohn vor zwölf Jahren bei einem schweren Verkehrsunfall verloren hat.«

»Ja.« Ich erinnerte mich an das Telefonat in der Schweiz vor einigen Tagen.

»Aber was wir noch nicht wussten, war, dass er seitdem nach dem Sinn des Lebens suchte ..., wie seine Freundin sich ausgedrückt hat. Sie hat er vor dreieinhalb Jahren kennen gelernt, sie leben aber getrennt. Er hat in der Zeit quasi alle Religionen der Welt studiert ..., dass er sich in seiner Wohnung ein Arbeitszimmer mit hunderten von Büchern eingerichtet hatte, wussten wir ja auch bereits. Aber sie sagte uns, dass er auf seine Fragen des 'Wie?' und 'Warum?' auch nach intensivstem theoretischem Studium keine befriedigenden Antworten erhalten hat - oder zumindest nicht die, die er erwartet oder sich erhofft hatte.«

Sie machte eine Pause.

»Christina?«

»Ja ..., ich bin noch da, John. Es ist nur komisch ..., ich musste gerade an unseren Chef denken.«

»Wieso?«, fragte ich.

»Nun ja ..., auch er will doch immer allen Dingen bis auf den Grund gehen - alles restlos aufklären. Das ist genauso ein Charakterzug wie von unserem Ermordeten. Wie ich dir bereits erzählt habe, hat Cartwright später alle Kontinente der Erde bereist, war in über dreißig Ländern. Sein letzter Trip ging dann nach Europa. Zunächst Griechenland, Anfang März, dann Israel und dann weiter nach Italien. Das hatten wir ja auch bereits heraus gefunden.«

»In der Tat.«

»Ja, und am Ende fuhr er in die Schweiz, bevor er dann über den Atlantik zurück nach Hause kam.«

»Um hier ermordet zu werden.«

»Leider. So ist das Leben. Seine Freundin hat sich inzwischen ganz gut unter Kontrolle. So wusste sie auch noch zu berichten, dass er in Kontakt zu einem Padre indianischer Abstammung in Mexiko stand, den er vor ungefähr einem Jahr kennen gelernt hatte. Seitdem war er wie verwandelt. Er hat ihr gegenüber von ihm verschiedene Male als einem sehr geachteten und weisen Mann gesprochen. Sie hat uns sogar Name und Adresse mitteilen können. Insgesamt hat er ihn in den letzten dreizehn Monaten dreimal in Mexiko besucht. Wir haben zwar bereits von Cartwrights Provider einen Überblick über seinen Telefon- und E-Mail-Verkehr bekommen, doch fand sich da bisher kein Hinweis. Die beiden standen in brieflichem Kontakt, und die Briefe hatte sie in Philadelphia.«

»Na, das ist doch eine ganze Menge an Neuigkeiten! In Mexiko war ich lange nicht mehr!«

»Ja, der Chef ist bereits informiert, und ich habe einen Flug für dich gebucht. Es geht über Madrid und Miami und dauert ein wenig - du wirst in Miami übernachten müssen ..., ich habe dir bereits ein Zimmer gebucht. Morgens fliegst du dann weiter nach Mexiko ... - anders war es so kurzfristig nicht zu machen!«

»Och, macht gar nichts, ich habe ja Urlaub ..., und auch in meinem sprichwörtlichen Mutterland war ich lange nicht«, scherzte ich.

»Mach keine Witze! Die Stimmung hier ist äußerst angespannt. Der Generalstabschef und die Direktoren von NSA und CIA waren beim Chef und haben ihn regelrecht attackiert. Von dem Gespräch selbst habe ich nichts mitgekriegt - die Tür und das Büro sind ja schalldicht. Aber als die Herren gingen - in recht erregtem Zustand -, drohte der General: So können Sie nicht mit mir reden! Ich bin General!«

»Und der Chef hat nichts erwidert?«

»Doch, er meinte, er solle wiederkommen, wenn er Verteidigungsminister ist!« Sie konnte ein bitteres Lachen nicht ganz unterdrücken, fügte jedoch wie entschuldigend schnell hinzu: »Er war auch in einem leicht erregten Zustand.«

»Oha! Na, da wird er in ihm keinen neuen Freund gewonnen haben!«

»In der Tat. Er hat sich inzwischen sogar mit dem Direktor angelegt. Die Herrschaften sind nun einmal nervös und angespannt, und eine Besprechung jagt die nächste. King Arthur war ja lange Zeit geduldig und hat brav mitgespielt, aber vorhin reichte es ihm. Er gab laut zu Protokoll, dass er für Besprechungen, auf denen nur festgestellt wird, dass man noch nichts weiß und mit hochwichtiger Miene stundenlang über dieses Nichtwissen philosophiert, keine Zeit hat. Seit dem ist der Direktor nicht mehr ganz so entgegenkommend. Und auch wenn er sich nicht einschüchtern lässt, hat er eine Order vom Direktor bekommen ..., und eine Deadline.«

»Eine Deadline? Wann?«

»Mittwoch zwölf Uhr mittags muss der Chef dem Direktor einen Bericht vorlegen. Einen umfassenden ..., inklusive aller Hintergrundinformationen und -aktivitäten. Denn nachmittags hat dieser dann einen Termin im Weißen Haus.«

»Mit dem Präsidenten?«

»Mit dem, einigen anderen, und den Herren, die ihn vorhin besucht haben.«

»Ach herrje! Also kommt es so, wie wir bereits vermutet haben!«

»Genau! Die Stimmung ist, wie gesagt, etwas gedrückt. Nach Analyse des Pentagons könnte es sich bei der Waffe um ein Gerät handeln, mit dem man die Elemente beeinflussen oder sogar beherrschen kann.«

»Das bedeutet?«

»Nach Meinung der Experten das Wetter! Stürme, Gewitter, Tornados, Hurrikane, vielleicht sogar Tsunamis oder Erdbeben. Analog zu den Göttern der alten Griechen.«

»Klingt natürlich nicht sehr ermutigend. Den religiösen Bezug will wohl keiner sehen ...«

»Genau, sie sind aufs höchste beunruhigt, und der Präsident scheint eher geneigt, ihren Forderungen nachzugeben als auf den Direktor zu hören, den unser Chef natürlich entsprechend geimpft hat. Die Einräumung der Frist ist schon ein Zugeständnis, über das wir uns freuen müssen. Wie der Direktor in der Abteilungsleiterrunde berichtet hat, hat sich der Präsident mal wieder als äußerst beratungsresistent erwiesen. Militärs scheinen leichter zu ihm durch zu dringen. Die Frist verdanken wir höchstwahrscheinlich auch nur dem Umstand, dass er sich bis Dienstag in Camp David aufhält.«

»Hm. Dann müssen wir die Zeit bis dahin nutzen.«

»Das sollten wir, die tun es auch. Die Teams, die zu den geographisch berechneten Orten beordert worden sind, sind in Phase Zwei eingetreten. Der interne Nachrichtendienst des Pentagon scheint seine Ermittlungen ausgeweitet und den Verteidigungsminister wild gemacht zu haben. Doch der Chef setzt alle Hoffnungen auf dich, hat durchgesetzt, dass alle Beteiligten bis zum Ablauf der Frist ruhig bleiben sollen und hat deinem Mexiko-Besuch sofort zugestimmt, als ich ihn informiert habe.«

»Hoffentlich kann ich die Erwartungen erfüllen. Im Grunde wiederhole ich so auch Cartwrights Reise und führe sie vielleicht sogar zu Ende.«

»Wieso?«

»Nun ja, wie du sagtest, wollte er einfach nur nach Philadelphia. Zu seiner Freundin. Aber die Verbrecher haben es nicht verstanden, dass er die Sache für sich in Erfahrung gebracht hatte.«

»Und was genau dahinter steckt.«

»Genau. Und deshalb müssen wir ..., muss ich, die Reise für ihn zu Ende führen. Nenn es sentimental oder aus ideologischen Gründen.«

»Nein, ich verstehe dich schon, John. Ich wünsche dir einen guten Flug. Weitere Informationen folgen wie immer per E-

Mail!«
»Muchas gracias!«

*

Ich erreichte Sevilla.

Allmählich machte ich endlich Fortschritte in dieser Angelegenheit. Der Chef würde morgen - das heißt: heute - einen entsprechenden Bericht von mir bekommen, und ich würde nach Hause fliegen - mit einem kurzen Abstecher nach Mexiko, um den Bericht abzurunden und danach endgültig abzuschließen. Denn dass ich dort den Urheber der Zettel finden würde, stand für mich fest.

Jetzt hatte ich ein wenig Zeit für andere Dinge - für meine Gastfamilie zum Beispiel. Es war inzwischen drei Uhr morgens, und selbst hier herrschte ziemliche Ruhe. Ich suchte das Haus meines arabischen Gastfreundes auf. Alle Familienmitglieder schliefen bereits.

15. Rien ne va plus

Sevilla, Spanien
Sonntag, 7:00 a.m.

Seit einer Viertelstunde lag ich wach und starrte auf die Zimmerdecke. Ich wälzte mich noch einige Male im Bett umher, dann stand ich auf. Ich beschloss, zunächst einmal von dem gestrigen Angebot meines Gastgebers Gebrauch zu machen und ging in den Keller - zum Heimtrainer.

Es war noch still im Haus. Selbst die Tiere schliefen noch.

Ich betrat den Keller. Das Fahrrad stand so da wie am Vortag, als Ramón es mir stolz präsentiert hatte. Ich stieg auf, nahm einige individuelle Einstellungen vor und strampelte los.

Nach fünf Minuten hatte ich eine Strecke von zwei Komma zwei Kilometern zurückgelegt, nach zehn Minuten wies das elektronische Display die doppelte Entfernung aus. Dabei hatte ich insgesamt dreihundertdreiunddreißig Kilojoule verbraucht, und mein Puls lag immer im optimalen Bereich - um die hundertzwanzig bis hundertdreißig Schläge pro Minute. Nach ein paar Stretching-Übungen ging ich wieder in mein Zimmer, genehmigte mir eine erfrischende Dusche und fühlte mich bereit zu neuen Taten. Mexiko wartete - doch zunächst hieß es frühstücken und Abschied nehmen von meiner Gastfamilie.

Ramón empfing mich in der Küche, und ich musste ihn überreden, Geld von mir zu nehmen. Immerhin hatte ich Benzin verfahren, von der Übernachtung und Bewirtung seit Freitag ganz abgesehen. Dann führte er mich in den Garten. Jetzt war Zeit, diesen auch mal ausgiebig inspizieren und erkunden zu können, nicht nur zum flüchtigen Betrachten. Auf dem Rundgang durch den liebevoll gehegten und gepflegten Garten kamen wir an für das Land typischen Pflanzen vorbei. Orangenbäume und Blumenbeete säumten den Weg. Am

Ende des Gartens blieb Ramón stehen und deutete auf einen Komposthaufen: »Das ist unsere Kompostanlage.« Er lachte. »Da schütte ich pflanzliche und manchmal tierische Abfallstoffe drauf, und nach ungefähr zwei Jahren habe ich auf natürliche Weise einen ganz hervorragenden mineralischen Dünger gewonnen.«

Als wir weitergingen, kam uns Maribel entgegen. Die Kinder suchten Ostereier. Leckereien aus Schokolade und anderen Köstlichkeiten förderten sie zutage. Die andalusische Küche ist nicht zuletzt dank des arabischen Einflusses reich an kalorienreichen Süßigkeiten. Bald darauf gab es ein ausgiebiges und reichhaltiges Frühstück. So schnell würde es für mich in diesem Hause wohl kein zweites geben! Während des Essens kam mir eine Idee, die ich meiner Gastgeberfamilie nach dem Essen präsentierte: »Wie wäre es denn später mit einem Gegenbesuch von Ihnen und Ihrer Familie?«

»Wie bitte?«

»Na ..., wenn Sie und Ihre Familie einmal Urlaub in den Vereinigten Staaten machen wollen, dann kommen Sie mich besuchen! Ich gebe Ihnen meine E-Mail-Adresse, und ich denke, Ihre Tochter wird Sie schon rechtzeitig anmelden, oder?«

»Si!« Maribel strahlte.

Der Abschied von dieser Familie, die mich mehr als herzlich aufgenommen und beherbergt hatte, fiel uns allen - glaube ich - nicht leicht. Doch wir wollten ja in E-Mail-Verkehr bleiben und uns auf jeden Fall wieder sehen.

*

Der Flughafen von Sevilla war nicht einfach nur voll - er war übervoll! Aber damit entsprachen die Verhältnisse dem Verkehrs- und Personenaufkommen in der gesamten Stadt.

Demzufolge hatten fast alle ankommenden und abgehenden Maschinen Verspätung. Meine auch. Erst um ein Uhr hob die Maschine ab, und eineinhalb Stunden später stand ich mit meinem Koffer und der Tasche in der Hand im Flughafen von

Madrid.

Der nordöstlich der spanischen Hauptstadt gelegene Aeropuerto Internacional de Madrid-Barajas liegt so weit außerhalb des Zentrums, dass sich für mich ein Besuch dieser Metropole nicht lohnte. Insofern verstaute ich mein Gepäck in einem Schließfach und suchte dann ein Restaurant im Flughafen auf, um mir die Wartezeit bis zum Abflug nach Miami so angenehm wie möglich zu gestalten.

Entgegen meiner sonstigen Gewohnheit, mir immer den Rücken freizuhalten, setzte ich mich an den einzig freien Tisch im Nichtraucherbereich - in der Mitte des Raumes. Immerhin waren die bösen Buben besiegt, und ein in den letzten Tagen nie gekanntes Gefühl der Entspannung und des Gleichmuts machte sich in mir breit. Seit Marbella hatte ich keine Konfrontationen mit Geheimdienstangehörigen, international gesuchten Verbrechern oder sonstigen Leuten gehabt und war somit fast zwölf Stunden ohne besondere Vorkommnisse.

Ein Kellner mit pomadisierten schwarzen Haaren, einem kleinen schwarzen Schnurrbart und einem unverbindlichen Lächeln erkundigte sich nach meinen Wünschen, die ich ihm umgehend mitteilte.

Kaum war der Kellner gegangen, klang es vom Nebentisch: »Verdammt! Jetzt ist die Verbindung gestört!«

Dort saß ein Geschäftsmann, erkennbar an seinem Anzug, dem Mobiltelefon, der Aktentasche und dem Koffer. Er wirkte leicht gestresst und lauschte angestrengt, doch schien ihn das Ergebnis nicht zufrieden zu stellen: »Hallo? Hallo!«

Wiederum verstummte er und horchte angestrengt. »Hallo? Wo wollen wir uns treffen? Und wann?«

Das Telefon am Ohr verließ er das Restaurant.

Der Kellner servierte mir das bestellte Getränk - ein Glas Orangensaft.

Ein junger, schwarzhaariger Mann betrat das Restaurant und fragte auf Spanisch, ob die Informationstafel auch aktuell sei. Als ihm dies positiv beschieden wurde, setzte er sich zu meiner Linken an den freien Zweier-Tisch - nur wenige Schritte neben meinem.

Er trug ein weißes T-Shirt und eine dunkle, weite Jacke. *»Wie geschaffen zum Verstecken einer Waffe.«*

Doch ich schenkte dem Typen, der eigentlich einen recht harmlosen Eindruck machte, keine weitere Beachtung. Ein Fehler, wie sich später herausstellen sollte! Doch ich war ein wenig ausgepowert. Immerhin hatte ich gerade den gefährlichsten Terroristen der Welt erledigt - und seine Leute. So wurde ich unachtsam und vernachlässigte einige elementare Dinge.

Da brachte der Kellner mein Essen.

Hinter mir tat sich etwas. Die älteren Herrschaften schienen fertig zu sein. Sie gingen, und ich überlegte, ob ich meinen Platz wechseln sollte, doch da erschienen bereits neue Gäste. Ein großer Schwarzer, der zudem auch noch komplett in schwarz gekleidet war, und eine unterkühlt wirkende Blondine mit schwarzer Sonnenbrille.

Für einen winzigen Augenblick sahen sie zu dem jungen Spanier hinüber und setzten sich dann getrennt an andere Tische. Die Blondine hinter mich an den soeben frei gewordenen Platz. Da wurde ich denn doch aufmerksam. Wenn die sich kannten und etwas vorbereiteten! Doch was?

Ich mochte zwar erschöpft und nicht im Vollbesitz meiner Kräfte sein, doch als ich diese Typen gewahrte, waren meine Sinne hellwach, und während ich aß, registrierte ich alles: Entfernung, mögliche Bewaffnung, ihre Position. Es gab nur einen Eingang und Ausgang, erst dann konnte man wählen, ob man in den Flughafenbereich oder direkt nach draußen wollte.

In meinem Rücken saß die kühle Blonde mit dem unbeteiligt wirkenden Blick hinter der dunklen Sonnenbrille, im Raucherbereich zu meiner Rechten der große Schwarze und zu meiner Linken der junge Spanier. Und sofern mich mein Instinkt nicht trog, waren sie alle meinetwegen hier.

Ich zermarterte mir das Gehirn. *»Wie Agenten des spanischen Geheimdienstes wirken sie nun nicht gerade - eher wie Angehörige einer gewissen Branche. Sie scheinen auf irgendetwas oder irgend-*

jemand zu warten, nur auf was? Oder auf wen?«

Ich hatte fast aufgegessen, als der junge Spanier kurz zum Eingang und dann schnell wieder zur Seite sah. Doch diese kurze Regung verriet mir, was ich wissen wollte.

Ein Herr, gekleidet nach der neuesten französischen Mode, betrat den Raum. Ich schätzte ihn auf etwa Anfang fünfzig. Eine elegante und gepflegte Erscheinung, hochgewachsen mit leicht ergrauten Schläfen, die sich deutlich von dem dunklen, gescheitelten Haar abhoben. An seiner Seite tänzelte ein kleinerer dunkelhaariger Typ, wahrscheinlich Araber.

Die beiden setzten sich an einen Tisch mir gegenüber, unweit des Eingangs - und sie beobachteten mich ganz offensichtlich und unverhohlen.

Sie bestellten, doch der Elegante wartete die Lieferung nicht ab, sondern erhob sich und kam in meine Richtung.

Er trat zu mir an den Tisch. »Monsieur Carter?«

Vom Dialekt her war er kein Franzose, auch wenn er die Sprache zu beherrschen schien. Das ergrauende Haar verlieh ihm auf den ersten Blick einen seriösen Anstrich, und das Grau war nicht nur leicht, wie ich beim ersten Blick gesehen hatte, sondern bereits recht beträchtlich zu nennen.

Er wartete meine Antwort nicht ab, sondern setzte sich. Da kam der Kellner und servierte einen Wein, einen Rioja Jahrgang neunzehnhundertfünfundsiebzig.

Er wirkte äußerst distinguiert. Sein Benehmen war untadelig, und er hätte mit mir eben so gut eine Hochzeit oder eine andere Veranstaltung planen können. Jedermann hätte ihm die Rolle eines Veranstaltungsmanagers abgenommen. Doch das war er nicht. Bei weitem nicht.

Er kam direkt und ohne Umschweife zur Sache: »Ich weiß, wer Sie sind«, begann er.

»Aha«, erwiderte ich und hob eine Augenbraue.

»Sie sind ein gefährlicher Mann, Mister Carter.«

»Wie kommen Sie darauf?«

»Sie sind vor nicht allzu langer Zeit an Bord eines gewissen Schiffes gegangen - allein und, wie man annehmen kann, als quasi Gefangener.«

Ich zuckte mit den Schultern und gab mir Mühe, ein nichtssagendes Gesicht aufzusetzen.

Mein Gegenüber gestattete sich ein nachsichtiges Lächeln. Zwischen seinen makellos weißen Zähnen blitzte eine Goldkrone auf. »Sie werden selbst wissen, wessen Yacht das war, Mister Carter, nicht? Was Sie allerdings nicht wissen, ist, dass Sie der erste Gefangene sind, der diese Yacht wieder lebend verlassen hat.«

Ich spannte meine Bauchmuskeln unmerklich an. Der Typ war gut informiert!

»Ja, es kommt noch besser!« Wieder präsentierte er dieses Pseudo-Lächeln. »Sie leben noch ..., was man von Ihrem Gastgeber und seinen Leuten nicht behaupten kann.«

»Was wollen Sie von mir?«

»Ich möchte Ihnen ein Angebot machen ..., ein außerordentliches - wie ich meine.«

Ich verstellte mich nicht länger, sondern blickte ihn fragend interessiert an.

»Es wird gesagt, dass Sie auf der Suche nach einer Waffe sind ..., nach der absoluten Waffe, deren Macht so groß ist, dass jede Regierung, jeder Staat der Erde, alles dafür tun würde, sie in seinen Besitz zu bekommen.«

Nun gestattete ich mir ein nachsichtiges Lächeln.

»Das Wort Gottes, Monsieur Carter.«

Mein Lächeln erlosch. Dieser Typ war wirklich verdammt gut informiert. »*Geht das denn schon wieder los?*«

»Ich sehe, wir reden von der gleichen Sache«, bemerkte er mit Genugtuung.

»Sie reden«, korrigierte ich ihn. »Ich höre lediglich Ihren Geschichten zu, die ich ..., sagen wir ..., interessant finde.«

Er ging auf meine Bemerkung überhaupt nicht ein.

»Viele Menschen und Organisationen sind hinter dieser Waffe her, Señor Carter.«

Es war die dritte Anrede, die er für mich gebrauchte. Er hielt mich wohl für einen weltgewandten Menschen, oder wollte mich glauben machen, einer zu sein.

»Die Frage ist nicht, wie man die Menschen beherrschen oder beeinflussen kann. Heutzutage kann man eine Menge erreichen, ein Volk beherrschen, wenn man seine Politiker, die Machthaber, beherrscht. Das funktioniert selbst dann, wenn man nur einige in der Regierung auf seiner Seite weiß. Unter Umständen besteht auch die Möglichkeit, eine Kombination aus Regierungsmitgliedern und Oppositionellen aufzubieten. Wenn man geschickt ist, lässt sich so oftmals etwas erreichen, was ansonsten nur mit einem erheblich größeren Ressourceneinsatz verbunden wäre.«

Er blickte mir gelassen ins Angesicht, stieß behaglich einen Rauchkringel aus und fuhr fort, während sich seine Augen minimal verengten: »Nein, Mister Carter, die Frage lautet: Mit welcher Waffe oder Macht kann man die gesamte Menschheit beherrschen?«

»Die Weltherrschaft! Ich wusste es doch.«

»Naturellement! Nur darum geht es doch, n'est pas?«

»Ich kann Ihnen nicht helfen«, erklärte ich achselzuckend. Doch mir war klar, was jetzt folgen würde.

»Sie werden diesen Raum nicht lebend verlassen, Monsieur Carter. Wenn Sie nach einer Waffe greifen, sind Sie in derselben Sekunde ein toter Mann. Wenn Sie sich erheben und ich sitzen bleibe, sind Sie eine Sekunde später ein toter Mann. Wenn ich mich erhebe und Sie sitzen bleiben, sind Sie auch ein toter Mann - nur der Zeitpunkt ist je nach Ihrem Verhalten variabel.« Um seine Züge spielte ein Lächeln. Er schien mit sich und seinem Arrangement zufrieden zu sein. »Nur wenn wir uns gleichzeitig erheben und den Raum wie zwei gute, alte Freunde verlassen, wird nichts passieren.«

»Zwei gute, alte Freunde«, brummte ich und versuchte ruhig zu wirken - und zu bleiben.

»Haben Sie je von der Alliance Base im siebten Pariser Bezirk gehört? Dort sind auch alle gute Freunde.«

»Nein, habe ich nicht.«

»Dort ist ein geheimes Terrorabwehrzentrum westlicher

Geheimdienste ansässig, eine Stelle zum Informationsaustausch zwischen den Geheimdiensten unterschiedlicher Länder.«

»Interessant.«

»Nicht wahr?« Er ging auf meine Ironie überhaupt nicht ein. »Die Vereinigten Staaten, Großbritannien, Frankreich, Kanada, Deutschland und Australien gehören diesem Zentrum an. Da gelangt zwangsläufig mal etwas nach draußen.«

»Doppelagenten?«

»So etwas ist nicht auszuschließen. Die Methoden, auch in der Ausbildung, aller Geheimdienste und ähnlicher Institutionen in aller Welt sind sich zwangsläufig ähnlich, wenn sie auch in feinen Nuancen differieren mögen. Daher konnte man früher bequem Doppelagent sein, oder gar ein dreifacher.«

»Und heute natürlich auch.«

»Selbstverständlich. Auch wenn sich die Zeiten geändert haben und sich die Methoden anpassen müssen. Aber es gibt auch andere Wege ..., und Mittel.«

Ich verstand und rieb Daumen und Zeigefinger der linken Hand gegeneinander.

»Ich biete Ihnen einhundert Millionen Dollar für die Waffe, Mister Carter.«

Ich pfiff anerkennend durch die Zähne. »Einhundert Millionen ...!«, stieß ich hervor.

»Ja, Mister Carter, eine beträchtliche Summe. Aber sie ist ihr Geld wert, meinen Sie nicht?«

Ich legte unschlüssig meine Stirn in Falten.

»Niemand muss etwas erfahren. Sie sind nicht offiziell hier, sondern gelten nach außen hin als Tourist. Und es wird niemanden in Ihrer Behörde oder Ihrer Regierung geben, der das Gegenteil behaupten wird. Verlängern Sie einfach Ihren Urlaub ..., bleiben Sie hier in Europa - bis an Ihr Lebensende! Mit hundert Millionen Dollar kann man sich ein sorgenfreies und angenehmes Leben gestalten.«

»Das stimmt. Nur kann ich auf Ihr Angebot leider nicht eingehen, Señor.«

Ein leichtes Stirnrunzeln, ein Schatten von Verärgerung. »Warum nicht? Sind Ihnen hundert Millionen zu wenig?«

Was für ein Verständnis! Er denkt, es geht mir ums Geld! »Nein! Es geht nicht ums Geld«, erwiderte ich trocken. »Der Grund ist ganz einfach: Ich habe die Waffe nicht.«

»Das wissen wir.«

»Ach ...«, konnte ich ein Staunen nicht unterdrücken.

Wieder die Andeutung eines Lächelns. Die Goldkrone blitzte auf. »Ja, Mister Carter, Sie haben es vielleicht nicht bemerkt, aber Sie stehen seit Anfang an unter Beobachtung.«

»Seit meiner Ankunft in Sevilla?«, mutmaßte ich.

Er schüttelte belustigt den Kopf. »Nein, Mister Carter. Seit Ihrer Ankunft in New York!«

Mein Erstaunen schlug um in die Vorstufe des Entsetzens. »Wer sind Sie wirklich? Wer hat Sie geschickt?«

»Uninteressant, Mister Carter. Das Einzige, was wirklich von Belang ist, ist die Sache, die Sie suchen. Das einzig Wahre.«

Er lehnte sich leicht nach vorn. »Im Zweiten Weltkrieg gab es eine Chiffriermaschine der Deutschen, die Enigma. Es gab eine Jagd auf sie, die für ein so kleines Gerät ganz erstaunlich war. Doch jeder wollte sie haben. Und so ist es auch heute. Nur der Einsatz ist etwas höher.«

Er gestattete sich ein Lächeln, lehnte sich wieder zurück und nahm einen Schluck aus seinem Glas.

»Genaugenommen ist der Einsatz ungleich höher, Mister Carter. Für die ultimative Waffe würden nicht wenige Menschen, Regierungen, Geheimdienste, Konzerne und andere Institutionen eine Menge riskieren und bis zum Äußersten gehen.«

»Sie meinen einen Menschen töten.«

»Nein, Monsieur! Ich spreche nicht von einem Menschen, ich spreche von einer beliebigen Anzahl von Menschen!«

Es lief mir eiskalt den Rücken runter. Ein Gewissen schien dieser Kerl nicht zu haben, denn ich nahm ihm seine Worte ab.

»Überlegen Sie sich mein Angebot, Mister Carter. Ich glaube nicht, dass es sonst jemanden auf der Welt gibt, der Ihnen jetzt sofort einhundert Millionen Dollar bieten würde. Und wenn die ganze Angelegenheit erledigt ist und Sie in Ruhe irgendwo auf dieser Welt Ihr Leben genießen, können Sie noch einmal mit der gleichen Summe rechnen. Sagen wir in sechs Wochen? Denn wir gehen davon aus, dass Ihnen dieser Zeitraum mehr als ausreichen dürfte.«

Innerlich schüttelte ich den Kopf. Äußerlich ließ ich mir nichts anmerken. Seine Miene und sein Tonfall glichen denen eines Vorstandsvorsitzenden, der der versammelten Presse erklärt, warum der Konzern tausend Mitarbeiter entlassen muss, und warum sich die Vorstandsmitglieder ihre Gehälter um zehn Prozent erhöhen mussten.

»Sagen wir mal ..., nein!«

Er seufzte gespielt entrüstet. »Schade. Wirklich schade. Aber das war vorauszusehen. Der König weicht aus.«

»Wie bitte?« Ich war etwas irritiert.

»Ich nehme nicht an, dass zu Ihrer zugegeben sehr umfangreichen Ausbildung auch das Schachspiel gehört?«, fragte er in leicht arrogantem Tonfall.

Ich erwiderte nichts.

»Ja? Nein? Also nicht! Nun gut. Aber die gängigen Begriffe werden Ihnen vielleicht nicht unbekannt sein, Mister Carter. Ich habe noch einen Turm, zwei Läufer und einen Springer, Sie hingegen nur noch Ihren König. Ich habe meine Figuren in Position gebracht, nun sind Sie am Zug!« Er gestattete sich ein überlegenes Lächeln: »Schach!«

Ich erwiderte wieder nichts, sondern suchte fieberhaft nach einem Ausweg, jedoch ohne es mir äußerlich anmerken zu lassen. Ich ging ein halbes Dutzend Pläne durch, die ich aber alle wieder verwarf. Die Lage der Dinge war nicht unbedingt positiv. Der Turm wartete im Raucherbereich rechts, die Gazelle hinter mir und die beiden Läufer auf den anderen beiden Positionen, dazu war keine Deckung in Sicht.

»Noch können Sie aus dem Spiel aussteigen, Mister Carter. Noch! Sie müssen nur mein Angebot annehmen ..., welches, wie ich meine, überaus großzügig ist.«

Ich erwiderte noch immer nichts, sondern nutzte die kostbaren Sekunden, in denen mein Gegenüber sein Triumphgefühl auslebte, um ein weiteres halbes Dutzend Pläne zu entwerfen - und wieder zu verwerfen.

»Rien ne va plus, Monsieur Carter!« Er schien allmählich ungeduldig zu werden. »Es gibt kein Entkommen, und Sie werden nicht nur Ihr eigenes Leben zu verantworten haben, sondern im Fall der Fälle auch das mehrerer Unschuldiger. Es hängt ganz von Ihrem Verhalten ab!«

»Sie haben Ihre Figuren gut aufgestellt und in Position gebracht«, sagte ich jetzt. »Wie mir scheint, sind wir beide so ungefähr in der Mitte des Brettes, nicht?«

»Ah, Sie verstehen ja doch etwas davon. Ich bin erstaunt!«

Ich lächelte ihn ruhig an. »*Ja! So viel hättest du mir wohl nicht zugetraut, was?*«, dachte ich dabei.

Doch ich gab mich keinen Illusionen hin. Er würde mir nicht aus Begeisterung über meine Schachkenntnisse freien Abzug gewähren. Wenn jetzt nicht ein Wunder geschah, würde ich der erste FBI-Agent sein, der weit außerhalb seines Zuständigkeitsbereiches im Dienst getötet wurde. Mein Blick ging an meinem Gegenüber vorbei und blieb am Haupteingang des Restaurants haften. Ich meinte, dass man meinen Herzschlag bis Washington hören konnte. Sollte das wirklich das Ende sein?

Nein! Denn das Wunder geschah: Es hatte ungefähr drei Dutzend Arme und Beine und erschien in Form von mehreren Kindern. Diese gehörten offenbar zu mehreren Familien, die soeben im Begriff standen, das Restaurant zu betreten - nein: zu stürmen! Doch das erste Kind hatte es noch nicht betreten, da hatte ich meinen Plan in Gedanken bereits fertig.

Die größeren, älteren und somit schnelleren Kinder eroberten das Terrain im Nu. Die Kleinen folgten ihnen, und um auch etwas sehen zu können, gingen sie noch ein paar Schritte weiter. Damit markierten sie einen hervorragenden Sichtschutz zu Turm und Läufer.

Drei Männer und fünf Frauen, zwei davon definitiv älteren Semesters, schätzungsweise Großmütter der kleinen Racker, folgten ihnen.

»Gibt es etwas Schlimmeres als hungrige Kinder?«, fragte mein Gegenüber. »Ich hasse Kinder!«

»Ach ..., noch keine Familienplanung in Sicht, Monsieur?«, spottete ich. Ein Platz in der Mitte hatte manchmal auch Vorteile! Zufrieden hatte ich festgestellt, dass die Erwachsenen die übrigen zwei Seiten annähernd zustellten. Es herrschte ausreichende Sichtdeckung gegenüber den vier, nun galt es zu handeln.

»Nun gut, ich denke, es ist für alle Beteiligten und Unbeteiligten das Beste, wenn wir uns verständigen.« Ich reichte meinem Gegenüber meine Rechte. Dabei achtete ich darauf, dass diese Geste von der Gazelle gesehen werden konnte.

Hocherfreut ergriff er meine Hand. Wir erhoben uns, und ich setzte direkt einen Handgelenkhebel an. Das war von seinen Leuten allerdings nicht mehr zu sehen. Sein Gesichtsausdruck wechselte von Überraschung und Freude zu Unverständnis. Ich sah kurz und unauffällig zu der Frau. Sie wirkte unschlüssig und gestikulierte.

Ich dirigierte ihn mit Nachdruck aus dem Restaurant, doch nach außen hin schienen wir wie zwei alte Freunde. »König entweicht auf C6 und entführt den Widersacher. Schach!«

Er war hochrot vor Ärger und versuchte noch immer, sich aus meinem Griff zu befreien. Doch es gelang ihm nicht.

Außerhalb des Restaurants steuerte ich auf den Ausgang zu, den wir schnell und ohne Zwischenfälle erreichten.

»Schachmatt«, sagte ich, angelte aus seiner Innentasche eine schwarz schimmernde Pistole und gab ihm einen kleinen Stoß. »Keine falsche Bewegung!«

Er rührte sich nicht. Noch immer schien er reichlich verblüfft. Da erschienen die Schachfiguren auf dem Feld. Allen voran der erste Läufer. Ich richtete die Waffe auf ihn. Er erstarrte in der Bewegung. Unmittelbar darauf erschienen seine Kumpane - und taten es ihm gleich.

Plötzlich erschien die Polizei. Mehrere Mannschaftsbusse und Einsatzwagen fuhren in höchstem Tempo vor. Ich setzte mich sofort von den Typen ab und ließ die Waffe fallen.

Diesmal ging ich kein Risiko ein. Ich erklärte dem ersten Beamten mit leicht amerikanischem Akzent auf Spanisch, dass ich US-Bürger und von diesen Ganoven überfallen worden sei, vielleicht mit der Absicht, mich zu entführen und ein hohes Lösegeld zu erpressen.

In den Augen des Polizisten leuchtete das Dollar-Zeichen, wahrscheinlich hielt er mich für einen Nachfahren von Rockefeller. Mir war das egal, die Nummer in Israel hatte mir gereicht. Außerdem konnte ich so vielleicht den kriminaltechnischen Untersuchungsbericht etwas beschleunigen, also ließ ich ihn in seinem Glauben.

Er führte mich zum Einsatzleiter, während seine Kollegen die Gangster in Gewahrsam nahmen.

»Señor Carter, nehme ich an?«

Ich sah ihn erstaunt an. »Woher kennen Sie mich?«, fragte ich ihn.

»Oh, Sie sind eine prominente Persönlichkeit in Spanien, Señor Carter. Sie haben immerhin einen aufreibenden Abend in Sevilla und einen sehr wahrscheinlich äußerst kräftezehrenden Tag in Marbella und Umgebung verlebt - und vor allem überlebt!«

»Ach ...« In meinem Gehirn überschlugen sich die Gedanken. Wer war er? Was wusste er? Kannte er Juanita? Stand er im Dienste von Carrera? Dann hieß es auf der Hut zu sein.

Doch ihm waren meine Gedanken offenbar nicht entgangen. »Sie können ganz beruhigt sein, Señor Carter. Ich bin der Vorgesetzte einer jungen Dame, die Sie in Sevilla getroffen haben und die inzwischen leider nicht mehr unter uns weilt. Wir haben Sie gesucht, aber leider schnell wieder verloren, nachdem wir Sie gefunden hatten. Das hat uns sehr beunruhigt, denn immerhin sind wir davon ausgegangen, dass Sie niemanden in Spanien kennen. Sie waren immerhin noch nie hier!«

»Das ist richtig.« Ich atmete tief durch.

»Sehen Sie? Und daher dachten wir, Ihnen wäre etwas zugestoßen, als wir sämtliche Hotels und andere Unterkunftsmöglichkeiten in Sevilla und Marbella gecheckt und Sie nicht gefunden hatten. Juanita hat Javier auch keine entsprechende Mitteilung hinterlassen.«

»Javier?«

»Der leicht angetrunken wirkende Herr, der Juanita bedrängt hat und den Sie aus dem Verkehr gezogen haben.«

»Oh! Das war ..., das war ihr Kollege?«

»Ja. Er sollte Sie und Juanita unverdächtig zusammenbringen und Sie und seine Kollegin danach weiter beobachten. Er stand mit Juanita per Handy in Kontakt. SMS. Aber er hat Sie schließlich doch verloren.«

»Ah! Und Sie sind davon ausgegangen, dass ich in einem Hotel wohnen würde, weil ich sonst nirgends eine Unterkunft bekommen würde, nicht wahr?«

»Selbstverständlich. Immerhin waren Sie zum ersten Mal in diesem Land und standen mit keiner Person in Kontakt!«

»Tja, wenn das Schicksal es will, dann kann sich so etwas ganz schnell ändern«, sagte ich. »Ich habe hier eine sehr nette Familie kennengelernt, die mich, den unbekannten Gast, einfach aufgenommen hat. Dort war ich in der Zeit, in der Sie mich nicht gefunden haben.«

»Oh, offensichtlich nicht nur dort, sondern auch auf dem Schiff eines gewissen Carrera. Aber lassen wir das. Wir sind deshalb so schnell hier, weil eine Überwachungskamera einen der Gangster aufgezeichnet und über eine Programmroutine identifiziert hat. Er wird von Interpol gesucht«, berichtete er mir. Er schien die Geschichte mit meiner Gastfamilie nicht weiter hinterfragen zu wollen. Aber letztendlich konnte es ihm auch egal sein!

Er sprach während meiner Gedankenakrobatik weiter und erklärte mir abschließend: »Es handelt sich ausschließlich um Ausländer, wir können da letzten Endes nicht viel machen. Aber ich verspreche Ihnen, dass Sie sie die nächsten Tage nicht wiedersehen werden.«

Ich bedankte mich, gab für das Protokoll noch meine Adresse und Telefonnummer an und war froh, dieser Geschichte mit heiler Haut entkommen zu sein.

Ich begab mich wieder in das Flughafengebäude, während die Polizei sich mit den Gefangenen entfernte. Die Reisenden schienen von dem ganzen Vorfall, der sich zugegebenermaßen sehr schnell abgespielt hatte, nichts mitbekommen zu haben. »*Business as usual.*«

Ich sah auf die Anzeigetafel: der nächste Flug ging nach Sao Paulo, der folgende nach Odessa, dann gab es die Möglichkeit nach Rom, Algier oder Tunis zu gelangen, doch dahin wollte ich nicht.

Mein Flug war der sechste, nach Miami. Allerdings hatte ich noch Zeit - erst in einer halben Stunde sollte es losgehen. Daher setzte ich mich in die Wartehalle und rief Christina an.

»Guten Morgen! Wie geht es meiner Lieblingssekretärin?«

»Danke. Den Umständen entsprechend. Immerhin war ich die letzten sieben Tage fast hundert Stunden im Büro. Und die folgende Woche scheint nicht viel anders anzufangen!«

»Tja, das kommt davon; du hast damit angefangen und mich angerufen. Gib nicht mir die Schuld daran!«

»Ja, ich weiß. Und warum rufst du an? Gibt es schon wieder etwas Neues seit unserem gestrigen Gespräch?«

»Nichts Außergewöhnliches. Das Übliche halt. Einige Gangster wollten, dass ich für sie arbeite und ihnen die Waffe beschaffe. Das zog einen kleinen Zwischenfall am Flughafen nach sich. Aber natürlich habe ich alles im Griff! Denn schließlich ist das Geld eine Erfindung des Menschen und nicht umgekehrt. Daher sollte er es auch kontrolliert einsetzen können.«

»Natürlich.« Christina schien müde zu sein. Sie wollte nicht einmal Details wissen.

»Gibt es denn bei dir etwas Neues?«

»Das kann man wohl sagen. Die Telefone der Geheimdienstchefs scheinen gar nicht mehr still zu stehen. Sowohl bei der NSA als auch bei der CIA gilt absolute Urlaubssperre. Alle Mitarbeiter sind aus ihrem Urlaub zurück geholt worden, sofern sie welchen hatten. Gleiches gilt laut Anweisung vom Justizministerium ebenso für das FBI - auch für unsere Abteilung. Im Pentagon und beim Militärischen Nachrichtendienst geht es wohl ganz ähnlich zu. Die Herrschaften werden nervös, wenn sie nicht die Kontrolle haben. Und sie versuchen nun mit allen Mitteln, sie wieder zu bekommen. Wenn wir wollen, haben wir sämtliche verfügbaren Daten jedes Passagiers, der in die Staaten einreisen will, bevor er in ein Flugzeug gestiegen ist. Das Heimatschutzministerium hat den Begriff Datenschutz seit zwölf Stunden aus seinem Vokabular vollends gestrichen.«

16. Zurück in die Neue Welt

Madrid, Spanien
Sonntag, 7:00 p.m.

Ich saß im Flugzeug nach Miami. Für Urlauber war es eigentlich die denkbar ungünstigste Zeit, denn wir würden sehr spät abends dort ankommen - aber ich war ja kein Urlauber, sondern wollte es nur als Durchgangsstation nutzen.

Ich richtete meine Aufmerksamkeit auf die anderen Reisenden. Einige schliefen bereits, andere sahen sich einen Film an, lasen oder hörten Musik. Mir fiel ein, dass mir mein Communicator bisher recht gute Dienste geleistet hatte, nun wollte ich ihn auch einmal über mein Heimatland befragen: Die USA sind das drittgrößte Land der Erde, sowohl in Bezug auf die Einwohnerzahl, nach China und Indien, als auch auf die Fläche, nach Russland und Kanada. Über vierzig Millionen Touristen besuchen jedes Jahr die Staaten, das entspricht in etwa der Einwohnerzahl Spaniens. In jüngster Zeit ist hier jedoch ein leichter Rückgang zu verzeichnen. Eine nicht unerhebliche Schuld daran wird den drastisch gestiegenen Sicherheitsmaßnahmen zugesprochen, die bei der Einreise herrschen, insbesondere für Angehörige arabischer Staaten. In Zusammenhang damit ist die Rolle als Global Player und viel zitierter Weltpolizist zu sehen, was in etlichen Staaten eine anti-amerikanische Gesinnung hervorgebracht hat. Auch Kommentare verschiedener Politiker und anderer Personen aus dem öffentlichen Leben sind der Ansicht, dass man Terror nicht mit Krieg bekämpfen kann und sollte. Ein weiteres Negativum ist die allgegenwärtige Klimafrage. Die Nicht-Unterzeichnung des Kyoto-Protokolls brachte dem Land auf internationalem Parkett keine guten Schlagzeilen. Viele der weltweit bekanntesten Schlagworte, berühmt durch Filme und Bücher, wie zum Beispiel der Grand Canyon, New York und Manhattan, Los Angeles und Hollywood, San Francisco, Washington, Las

Vegas, die Niagarafälle, das Tal des Todes, Hawaii, Alaska und der Yellowstone-Nationalpark zählen zu den Vereinigten Staaten von Amerika.

Auch ich versuchte nun ein wenig zu schlafen, konnte jedoch nicht sofort einschlafen. Kein Wunder nach dem aufregenden Wochenende! So beschäftigte ich mich mit den Dingen, die ich erfahren hatte.

Wie wäre die Geschichte verlaufen, wenn die Personen in Zeit und Raum anders verteilt wären? Wenn zum Beispiel Buddha in Israel gelebt hätte, oder Mohammed erst im zwanzigsten Jahrhundert, oder oder oder ...

*

Die Landung in Miami verlief problemlos.

Allerdings dauerte es über eine Stunde, bevor ich die Kontrollen passiert und mein Zimmer im Flughafen-Hotel bezogen hatte. Christina hatte alles gemanagt. Es reichte, dass ich meinen Ausweis zeigte und meine Kreditkarte zwecks Buchung abgab. Ich bekam ein Zimmer im dritten Stock, Nummer dreihundertzweiundzwanzig.

Dort ordnete ich meine Sachen. In den Koffer packte ich meine benutzte Wäsche und die Dinge, die ich in Mexiko nicht mehr benötigen würde. Obendrauf würde ich später noch meinen Anzug legen, den ich am heutigen Abend das letzte Mal zu tragen gedachte. Für Mexiko war Outdoor-Kleidung angesagt. Den Koffer würde ich also am Flughafen in einem Schließfach deponieren und dann den Padre aufsuchen. Für einen, maximal zwei Tage reichte meine Tasche vollkommen. Ich sah auf den Radiowecker auf dem Nachttisch: Es war fünf Minuten nach zehn Uhr abends.

Trotz der langen Reise und der hinter mir liegenden Ereignisse fühlte ich mich wider Erwarten noch nicht müde oder erschöpft, was in Anbetracht des mehrstündigen Schlafes während des Fluges allerdings auch nicht verwunderlich war. Ich beschloss, der Hotelbar noch einen kurzen Besuch abzustatten.

In edlem Ambiente genoss ich wenig später ein kühles Bier. Die Clubsessel, in denen man außerordentlich bequem saß, waren fast alle besetzt, und auch die Plätze an der Bar selbst waren bis auf zwei Ausnahmen belegt. Offenbar warteten hier noch andere auf ihren nächsten Flug.

Eine lateinamerikanische Band sorgte für musikalische Unterhaltung. Ihr breit gefächertes Programm beinhaltete nicht nur Salsa-Rhythmen, sondern auch Jazz und Blues, und die Sängerin bot ihr Repertoire mit tiefer Melancholie dar. *»Gute Band - gute Musik - gute Stimmung ..., und der Scotch ist auch nicht schlecht«*, überlegte ich, und als der Inhalt meines Glases zur Neige zu gehen drohte, bestellte ich mir einen weiteren.

In dem Moment betrat eine weitere Person die Bar, die sofort sämtliche - männliche wie weibliche - Blicke auf sich zog.

Es handelte sich um eine Frau, und sie war eine mehr als auffallende, elegante Erscheinung. Ihr volles Haar lag seidig schimmernd auf ihren Schultern. Die hohen Wangenknochen, die großen dunklen Augen, die feingeflügelte Nase, die vollen Lippen - ich konnte kaum den Blick von ihr wenden.

Mit der hoheitsvollen Miene eines Topmodels ließ sie ihren Blick prüfend durch den Raum wandern. Für einen Augenblick schien sie die bewundernden Blicke der Gäste zu genießen. Sie sah dabei fast ein wenig gelangweilt aus, doch als ihr Blick auf mich fiel, weiteten sich ihre Augen blitzartig, und ihr vorher unbewegtes Gesicht nahm auf einmal einen warmen Ausdruck an, der sie womöglich noch schöner werden ließ. Sie hatte jenes gewisse Etwas, das aus einer attraktiven eine begehrenswerte Frau macht.

Anmutig näherte sie sich meinem Tisch, deutete auf den freien Sessel und fragte: »Guten Abend! Ist der Platz noch frei?«

Sie sprach akzentfreies Englisch und besaß eine angenehme, wohlklingende, fast erotisch zu nennende Stimme. Ich erhob mich mit einer leichten Verbeugung und musste mich zusammenreißen, um in möglichst gleichgültigem Ton zu antworten: »Guten Abend, ja, bitte!«

»Danke«, sagte sie einfach und nahm Platz. Mit der dem weiblichen Geschlecht eigenen Raffinesse schlug sie ihre langen, schlanken Beine übereinander und bedachte mich mit einem geheimnisvollen Blick aus ihren braunen Augen unter langen, dunklen Wimpern.

Sie strich sich durchs Haar und schüttelte den Kopf leicht hin und her. Ihre leicht gelockten Haare wirkten dabei äußerst verführerisch. Sie öffnete die vollen, roten Lippen zu einem Lächeln. Ihre ebenmäßigen Zähne blitzten wie Elfenbein. »Ich komme aus Europa und wollte eigentlich heute Abend noch geschäftlich nach Virginia und übermorgen nach Texas. Aber mein Flug ab London hatte Verspätung, und da es so spät geworden ist, habe ich umdisponiert und übernachte hier, bevor ich dann morgen früh weiter fliege.«

»Das geht mir so ähnlich.«

»Mein Name ist Maja«, stellte sie sich vor.

»John.«

Sie war sehr charmant. Worüber wir sprachen, wusste ich schon eine Stunde später nicht mehr. Aber hier ging es eindeutig auch um das Wie! Der Ton machte die Musik, in diesem Falle der Klang. Ich hätte ihr stundenlang zuhören können, so melodiös war ihre Stimme, und wie ich gelegentlichen Signalen ihrerseits entnehmen konnte, war ich ihr nicht unsympathisch.

Schließlich fragte sie mich, ob ich mit ihr tanzen würde, und ehe ich mich versah, bewegten wir uns im Takt zu romantischer Musik. Ein blumiger - süßlicher Duft ging von ihr aus. Ich meinte, eine Spur von Rosen zu riechen.

Sie flüsterte etwas in mein Ohr, doch ich verstand es nicht. Dann küsste ich sie.

Ihre Lippen waren weich und warm, und als sie ihre Hände um meinen Nacken legte, drohten meine Knie weich zu werden. Als sie sich von mir löste, hätte ich so manchen Unsinn angestellt, um die Nacht mit ihr zu verbringen. Sie hatte mich um den kleinen Finger gewickelt - und sie wusste es!

Wir verließen zusammen den Raum. Ich hatte keine weiteren Pläne für heute. Infolgedessen sah ich keine Argumente, die gegen eine Nacht in charmanter Gesellschaft gesprochen hätten. Ich nahm es als Entschädigung für die letzten Nächte, insbesondere die in Israel.

*

Als ich erwachte, lag ich allein im Bett. Ich rief mir die Ereignisse der vergangenen Nacht ins Gedächtnis und vermisste meine Bettgefährtin sofort. Dieses schöne Wesen! Ich wollte ihren Duft einatmen, ihre Haut schmecken, ihren Körper spüren, ihre Stimme ...
'Klick'.
Ich sah nach meiner Uhr auf dem Nachttisch. Sie lag da, wo ich sie am Abend hingelegt hatte. Es war sechs Uhr morgens, und sie hatte gerade einen Stillen Alarm ausgelöst. Im Unterschied zu einem Voll-Alarm, bei dem sofort die NSA informiert wird, gab dieser Alarm dem Träger eine Frist von sechzig Sekunden, um einen eventuell falsch eingegebenen Code zu korrigieren.

Ich lupfte die Bettdecke und erhob mich geräuschlos. Langsam und leise schlich ich zur Tür zum Nebenraum, die nur angelehnt war. Durch einen Spalt konnte ich einen kleinen Ausschnitt sehen.

Meine Bekanntschaft von gestern Abend kniete bei meinen Sachen und schien mit der Durchsuchung der Taschen von Jackett und Hose fertig zu sein. Ich schüttelte den Kopf, doch galt das in erster Linie mir. Dann betätigte ich die entsprechenden Knöpfe an meiner Uhr und entschärfte den Alarm damit.

Sie hatte mich noch immer nicht bemerkt. Unglaublich! »Kann ich helfen?«, fragte ich jetzt mit nicht eben freundlicher Stimme.

Sie erschrak merklich und fuhr herum, fasste sich jedoch schnell. Sie deutete auf den Communicator zwischen ihren Beinen. »Ich habe den Code richtig eingegeben, aber trotzdem kriege ich keinen Zugriff auf die Daten. Habe ich etwas übersehen?«

»Wer bist du? Ich dachte ...«

»Stell dich nicht so an! Ich weiß alles über dich! Du bist FBI-Agent, kommst gerade aus Spanien, warst vorher in Israel ...«

Meine Lust erlosch schlagartig. »*Woher weiß sie, dass ich in Israel gewesen bin? Und woher kennt sie den ersten Code?*«

Sie hatte Sex als Waffe eingesetzt. Wahrlich keine neue aber immer noch recht wirkungsvolle Art und Weise. Im Gegensatz zu gestern Abend und heute Nacht wirkte sie jetzt eiskalt und berechnend. Jegliche Erotik war verflogen.

»Wir haben einige Informationen gesammelt ... - und du hast die Erkenntnisse aus Europa und Israel.« Ihr Ton war nüchtern, sachlich - keine Spur mehr von der lockenden Versuchung. »Wenn wir uns zusammentun, können wir den Auftrag erledigen ...«

»Ihr ward das in New York?«

Sie zuckte mit den Schultern.

»Für wen arbeitest du?«

»Für Leute, die erkannt haben, dass man besser mit dir als gegen dich arbeitet. Und dass du nicht bestechlich bist.« Sie ließ ihr Hemd aufreizend ein paar Zentimeter nach oben rutschen.

Aber diesmal wirkte sie nicht mehr auf mich! Ich schüttelte nachsichtig den Kopf. »Armes kleines Mädchen!«

Sie errötete. »*Sie scheint sich zu schämen.*«

»Sei doch vernünftig! Die Leute meinen es ernst. Gegen die hast du keine Chance!«

»Ach!«

Sie deutete meine Bemerkung wohl als Zustimmung, denn sie fragte: »Ist es in Miami? In Florida?«

Ich schüttelte wieder nur den Kopf. »*Was macht Macht nur aus den Menschen!*«

Sie erhob sich und blickte mir direkt in die Augen: »Für diese Waffe würde ich meine Seele verkaufen.«

»Da bist du wohl nicht allein. Was wird mich wohl noch an

Überraschungen auf meiner Reise erwarten?«

»Nimm mich mit!«

»Nein, meine Schöne. Ich denke, wir gehen von nun an getrennte Wege.«

Sie betrachtete mich mit einem merkwürdigen Blick, der mir zu denken hätte geben müssen, tat es aber nicht. Leider!

»Darf ich wenigstens noch einmal auf die Toilette?«, fragte sie, und ihre Stimme klang jetzt gar nicht mehr hoheitsvoll.

»Bitte.«

Sie sah mich noch einmal an, schien fast traurig zu sein. Dann schritt sie entschlossen zur Toilette und zog die Tür hinter sich zu.

Als sie nach fünf Minuten noch immer nicht wieder herauskam, klopfte ich energisch gegen die Tür. »Es wird Zeit!«

Doch es erfolgte keine Reaktion.

Ich stieß die Tür auf und erfasste die Situation mit einem Blick. Meine Begleiterin lag in einer unnatürlich wirkenden Stellung mit angewinkelten Beinen vor der Dusche und rührte sich nicht.

Ihre Hände waren zu Fäusten geballt, ihr ganzer Körper verkrampft und angespannt, ihre Gesichtszüge verzerrt. Mit dem schönen Wesen, das ich am Abend zuvor kennengelernt hatte, hatte sie keine große Ähnlichkeit mehr.

Ein leichter Bittermandelgeruch lag in der Luft. Ich riss das Fenster auf, dann flüchtete ich wieder in den anderen Raum. Die Tür zum Badezimmer schloss ich.

Wovor hatte sie eine solche Angst? Selbstmord! Zyankali! So etwas benutzen doch eigentlich nur Geheimdienste für die unterschiedlichsten Spielereien. Aber woher hatte sie das Gift? Und wo hatte sie es versteckt?

Nun, von ihr würde ich nichts mehr erfahren. Aber es gereichte mir einmal mehr zur Warnung, vorsichtig zu sein. Wer und wie viele waren bloß in diese Geschichte verstrickt?

Ich zog mich auf Umwegen in mein Zimmer zurück. Von dort wollte ich Christina anrufen und den gesamten Vorgang in ihre fachkundigen Hände legen. Sollte sie die Polizei informieren! Die Geschäftsführung des Hotels würde es sicherlich begrüßen, wenn kein großer Tumult mit Presse und anderen Leuten ausgelöst wurde. Bis irgendjemand das Zimmer betreten würde, würde ich schon auf dem Weg nach Mexiko sein.

Ich genehmigte mir eine Dusche, packte meine Sachen, was in Anbetracht der zurückliegenden Nacht schnell ging, und wollte eben die Tür öffnen, da meldete sich mein sechster Sinn. Und richtig, auf dem Flur hörte ich leise Geräusche. Zu leise für einen harmlosen Hotelgast, zu laut für ein Nichts.

In solchen Augenblicken macht sich das jahrelange Training bezahlt. Ich stellte den Koffer und die Tasche wieder auf das Bett, warf meine Hose und meine Jacke darüber und huschte leise zur Badezimmertür. Im Bad stellte ich die Dusche wieder an und verbarg mich dann hinter der Tür.

Keine Sekunde zu früh! Ich hörte, wie meine Zimmertür geöffnet wurde und spürte, dass zwei Personen das Zimmer betraten. »*Hoffentlich kennen sie den alten Trick mit der Dusche noch nicht!*«, dachte ich.

Des Kämpfens allmählich müde geworden, passte ich genau den entscheidenden Moment ab, in dem die Badezimmertür geöffnet wurde. Millimeterweise vergrößerte sich die Öffnung, dabei war kein Geräusch zu hören. Die Dusche übertönte alles!

Als ich meinte, es wäre soweit, trat ich mit aller Kraft gegen die Tür.

Ein dumpfer Klang, dem erst ein Schrei und kurz darauf ein weiterer folgten, bestätigten meine Vermutung, dass es sich um zwei Täter handelte. Ich riss die Tür auf und sah den einen benommen am Boden liegen. Der andere, ein kleiner drahtiger Weißer, schien unschlüssig, ob er seinem Kumpel helfen oder mich angreifen sollte.

Ich nahm ihm die Entscheidung ab und beförderte ihn mit einem wirklich sehenswerten und schulbuchmäßigen Seitwärtstritt quer durch den Raum. Er krachte gegen die Wand und sackte zusammen. Indessen hatte sich der erste, ein großer Schwarzer, wieder erholt und aufgerichtet. Ich ergriff seinen linken Arm, vollführte zwei schnelle Drehungen, die ihn aus dem Gleichgewicht brachten, anschließend eine dritte und ließ ihn los. Er flog mindestens ebenso eindrucksvoll wie sein Partner vor ihm durch den Raum, stieß mit dem Kopf gegen den Kleiderschrank und blieb liegen, ohne sich vorgestellt zu haben. Ich konnte allerdings auch voll und ganz darauf verzichten, ging schnell ins Bad, stellte die Dusche ab, nahm meine Sachen vom Bett, verließ das Zimmer und schloss die Tür von draußen.

17. Treffen mit einem Weisen

Miami, USA
Montag, 7:00 a.m.

Ich rief Christina an und berichtete von den letzten Ereignissen; dass im Zimmer dreihundertsiebzehn eine Leiche und im Zimmer dreihundertzweiundzwanzig zwei Bewusstlose auf den Abtransport warteten.

»Dich kann man auch nicht eine Minute aus den Augen lassen!«, seufzte sie, doch es klang erleichtert. Sie versicherte mir, dass sie die notwendigen Maßnahmen in die Wege leiten würde.

Ich begab mich in die Abflughalle. Der Flug nach Mexiko City sollte um neun Uhr starten. So hatte ich noch ein bisschen Zeit.

Ein junger Mann, den ich tags zuvor im Flugzeug von Madrid hierher gesehen hatte, kam mir entgegen. Er schien sich aber nicht an mich zu erinnern, denn er nahm mich überhaupt nicht wahr.

Daran dürfte aber auch die Tatsache nicht ganz unschuldig gewesen sein, dass er in der typischen Haltung des mobilen Telefonierers mit gesenktem Kopf, eine Hand mit dem kleinen schwarzen Gerät am Ohr, langsam auf und ab schritt - wie unbewusst, ab und zu ein paar Worte sagte und hin und wieder nickte.

Dann fiel mein Blick auf eine Frau und ein Mädchen, unverkennbar Mutter und Tochter. Die Kleine mochte etwa vier Jahre alt sein und war genau wie ihre Mutter gekleidet: hellblaue Jeans, rosa Jacke, schwarze Schuhe. Beide trugen ihre langen blonden Haare glatt gekämmt, den Rücken hinabfallend, und zogen jede einen Trolley hinter sich her, der Abflughalle entgegen. Ich betrat diese nach ihnen und war im Nu von einem Stimmengewirr umhüllt, dass jedwede Kommunikation mit etwaigen anderen Personen unterbunden hätte.

Soeben orientierte ich mich an der Anzeigetafel, da klingelte mein Telefon. Ich ging wieder nach draußen, wo ich ungestört reden konnte - mit meiner Schwester.

»Hi, Caroline! Wie geht es dir?«

»Hi, John! Danke gut! Wo bist du denn? Noch in Europa? - Ach egal, ich muss dir unbedingt etwas erzählen!«

»Dein Schwarm ist wieder zu haben?«, wagte ich einen Schuss ins Blaue.

»Ja! Vorhin rief mich Wanda an. Sie hat mir unter dem Siegel der Verschwiegenheit mitgeteilt, dass Matt mit Jessica Schluss gemacht hat.«

»Unter dem Siegel der Verschwiegenheit?«

»Ja!«, tönte es aus dem Hörer.

»Aber mir erzählst du es weiter?«

»Ach, das ist doch etwas völlig anderes!«

»Aha. Hast du es sonst niemandem erzählt?

»Nein!« Sie klang entrüstet. »Nur Vanessa.«

Ich seufzte innerlich und legte einen leicht vorwurfsvollen Ton in meine Stimme: »Aha! Nur Vanessa.«

»Ja, natürlich, immerhin ist sie meine beste Freundin!«

Natürlich! Gegen solche Logik war nicht anzukommen. »Und was machst du jetzt? Rufst du ihn an?«

»Bist du verrückt? Dann weiß er doch sofort Bescheid! Nein, wir haben uns da schon etwas überlegt ... - aber wo bist du denn eigentlich?«

»*Frauen!*«, dachte ich. »*Solche abrupten Themenwechsel kriegen nur Frauen hin!*« - »In Miami!«, erwiderte ich.

»Oh, toll, was machst du denn da? Ich dachte, du bist noch in Europa?«

»Ja, aber dank neuer Erkenntnisse habe ich den Kontinent inzwischen wieder gewechselt.«

»Ach so, also eine neue Spur, ja? Worum geht es denn diesmal?«

»Neugierig bist du gar nicht!«

»Na komm schon, ist doch bestimmt auch jetzt kein Staatsgeheimnis, oder?«

»Ja, okay, ich fliege jetzt weiter nach Mexiko - Miami ist nur Zwischenstation.«

»Aha, also doch!« Sie schien befriedigt. Doch da hatte ich mich wohl getäuscht, im nächsten Moment fragte sie: »Und warum hast du den Fall noch nicht gelöst, wenn du doch schon um die halbe Welt geflogen bist?«

»Grmpf. Weil ich auch damit beschäftigt war, nicht umgebracht zu werden. Gerade gestern ist mal wieder ein Anschlag auf mich verübt worden, und eine Agentin, die mir geholfen hatte, ist dabei sogar getötet worden!«

»Oh, das tut mir leid.«

»Ja. Mir auch.« Bewusst an Juanita erinnert, spürte ich einen leichten Kloß im Hals.

»Aber woher wissen die eigentlich immer, wo du gerade bist?«

»Das habe ich mir auch schon mehr als einmal überlegt ... - ich weiß es nicht!«

»Na ja ..., sonst wären sie wohl auch keine Agenten und hätten den falschen Job oder so.« Caroline schien den Ernst der Lage noch nicht voll erkannt zu haben. Aber sie lebte schließlich auch in einer ganz anderen Welt - in ihrer heilen College-Welt. »Aber ich bin froh, dass ich dich wenigstens immer erreichen kann - egal wo du bist.«

Diese Bemerkung löste das Brett von meinem Kopf. »Oh, ich Idiot!«

»John? John, was ist denn?«

»Ich weiß jetzt, warum die mich immer wieder finden ... - auch wenn ich Land oder Kontinent wechsle. Ich war so besch...«

Ich verschluckte den Rest der Bemerkung. Nüchtern analysierte ich die Lage. Es war mir einfach nur klar. Unsere E-Mails und Telefonate waren zwar mit mehreren voneinander unabhängigen Codes verschlüsselt, so dass ein hundertprozentiger Abhörschutz gegeben war. Aber jedermann, der über die notwendigen Mittel verfügte, konnte über Satellit problemlos meinen Standort bestimmen!

»Caroline, ich danke dir - du hast mir unbewusst sehr geholfen! Ich wünsche dir alles Gute mit Matt, vielleicht solltest du einfach in Ruhe mit ihm reden; ich muss jetzt Schluss machen. Und ich werde mein Telefon ab sofort ausschalten, bis dieser Fall gelöst ist!«

»Aber warum denn? Und warum soll ich mit ihm reden? Er soll mich anrufen ...!«

»Weil das so ein Bauchgefühl von mir ist«, drängte ich sie. »Und abschalten tue ich es, weil mich meine Verfolger so orten können - die ganze Zeit schon!«

»Oh! Ja! - Bye!«

Sie hatte aufgelegt.

Ich schaltete mein Telefon aus und ging zur Abflughalle zurück. Es wurde Zeit zum Einchecken.

*

Es war zwar nicht das erste Mal, dass ich nach Mexico City flog - die Verwandtschaft meiner Mutter wohnte nur zwei Autostunden entfernt -, doch lag mein letzter Besuch in dem größten spanischsprachigen Land der Erde mit seinen über einhundert Millionen Einwohnern über drei Jahre zurück. Der Anblick, der sich mir bot, war allerdings derjenige aus meiner Erinnerung: Unter einem wolkenlosen blauen Himmel glänzte unvermittelt eine schneebedeckte Bergspitze, und kurz darauf gerieten zwei Berge ins Blickfeld - der Popocatépetl und der Ixtaccihuatl begrüßten die Ankommenden, sich im Anflug auf die einstige Aztekenstadt Befindenden.

Doch der herrliche Anblick währte nicht lange. Von einer Sekunde auf die nächste sah ich nichts mehr, gräulich-gelbe Wolken trübten den Blick - Smog! Es hatte sich wirklich nicht viel verändert in dieser von hohen Bergen umgebenen Stadt mit dem bestialischen Schmutz infolge ungezählter Autos, die sich Tag für Tag durch die Stadt quälen. Sie ist bedeutend größer als New York City, doch die genauen Abgrenzungen verlieren sich unter dem Smog.

Nach der Landung verstaute ich meinen Koffer wie geplant in einem Schließfach und stellte meine Tasche auch mit dazu. Ich fühlte kein Bedürfnis, mich mit ihr abzuschleppen. Dann ging ich nach draußen.

Meine Sinnesorgane und ich mussten uns erst einmal auf die geänderten Bedingungen einstellen. Die letzten Tage hatte ich zumeist in nur geringer Höhe über dem Meeresspiegel verbracht, die Höhenluft und der Smog reizten meine Lungen.

Das Bild, das sich mir zeigte, war ebenfalls so wie ich es kannte. Viele Kinder beherrschten die Szene, Gitarren- und Mandolinenspieler überboten einander in mehr oder weniger melodiösen Kompositionen und etliche Schausteller zeigten ihre Kunst dem staunenden Publikum. Ich bemerkte viele Touristen - und noch mehr Autos.

Ich hatte keine Lust auf eine Taxi-Fahrt im Verkehrsstau, sondern vertraute darauf, dass eine Bahn fuhr. Ich ging zum Bahnhof und hatte Glück. Ich nahm die Metrolinie Eins, und nach zweimaligem Umsteigen fuhr ich schließlich im Zug gen Süden. Bald erreichten wir Tres Marias und nur wenig später Cuernavaca. Hier musste ich aussteigen und den Bus benutzen, so wie Christina es mir geschrieben hatte.

Es war sehr warm, eine angenehme Frühlingsluft faszinierte die Sinne. Da ich meine Jacke in meiner Tasche gelassen hatte, beglückwünschte ich mich zu dieser Entscheidung. Dann suchte ich den richtigen Bus, der mich zu meinem nächsten und hoffentlich letzten Ziel bringen sollte.

*

Der Bus war voll besetzt.

Ich war seit einer halben Ewigkeit auf dem Weg nach Trocax, südlich von Merida. Von dort sollte es dann weiter gehen nach Ocava - einem Vorort dieses Örtchens, irgendwo im Nirgendwo.

Allmählich wurde ich etwas ungeduldig. »*Und Cartwright hat diese Reise ans Ende der Welt dreimal gemacht?*« Weit und breit war keine Spur irgendeiner Zivilisation zu entdecken, und die Straße verdiente den Namen Straße nicht. Sie war nicht nur schlecht - sie war eine Katastrophe. Aber meinen Nachbarn schien das nicht zu stören. Stoisch ertrug er jedes Schlagloch, das die ohne jeden Zweifel nicht mehr vorhandenen Stoßdämpfer des Busses ungefiltert an die Insassen weitergaben.

Er roch nicht, er stank nach Tequila.

Er war von kräftiger, untersetzter Statur und trug ein baumwollenes Unterhemd, das einmal weiß gewesen sein mochte, sowie eine verwaschene Jacke, die die breite Brust unbedeckt ließ.

»Entschuldigen Sie, ist es noch weit bis Ocava?«, fragte ich ihn.

Er reagierte nicht gerade wie ein hundert-Meter-Sprinter auf den Startschuss, eher wie einer, der - bedingt durch den Genuss von einer Flasche Hochprozentigem - den Unterschied zwischen Wachen und Schlafen nicht mehr koordinieren konnte.

Es vergingen einige Sekunden bis er seinen Kopf drehte und mich anstierte. Wahrscheinlich bemerkte er erst jetzt, dass neben ihm jemand saß.

Ich war mir nicht sicher, dass er meine Frage inhaltlich verstanden hatte und wiederholte: »Ist es noch weit bis Ocava?«

Sein Blick nahm auf einmal einen klareren Ausdruck an. War er vorher noch verschwommen und unsicher, seine Handlungen unbewusst, schien er mit einem Mal 'voll da zu sein'. Er sah mich mit zusammengekniffenen Augen an, musterte mich von oben bis unten. Dann fragte er: »Ah, Hombre! Sie wollen zum Padre?«

Ich nickte. »Si!«

Manche Menschen werden unter Alkohol-Einfluss sehr lebhaft. Auch die Südländer, denen man traditionell ein eben solches Temperament nachsagt, können Fremden gegenüber durchaus verschlossen sein. Aber nach der richtigen Menge Alkohol und auf ein entsprechendes Stichwort hin können sie einem einen ganzen Roman erzählen.

Mein Nachbar war einer von ihnen: »Ja, Hombre ..., zum Padre ..., da lohnt sich jeder Weg!«

Ich sah ihn erwartungsvoll an.

»Waren Sie noch nie bei ihm?«

Ich schüttelte den Kopf.

Er betrachtete mich noch einmal und schien allmählich fast nüchtern zu werden. »Bueno. Aber irgendwann kommt jeder dahin, dass er ihn aufsucht ..., jeder!«

Ich hob fragend eine Augenbraue.

»Er ist ein Heiler ..., bekannt in der ganzen Gegend - nein, in ganz Mexiko ..., ach was - auf der ganzen Welt, Señor!«

»Ein Heiler?«, fragte ich.

»Ja, Señor! Das hängt auch mit dem Glauben und der Religion zusammen. Und ich kann Ihnen versichern, dass wir auch an die Mutter Gottes glauben! Das gibt uns Kraft. In unseren Herzen ist viel Platz zum Glauben, Señor!«

Er sah mir mit wahrer Inbrunst entgegen, mir blieb keine andere Wahl als ihm zu sagen: »Ich glaube Ihnen, Señor, ich glaube Ihnen.«

Doch er sah sich offenbar genötigt, mich weiter aufzuklären: »La Morena - Die Mutter Gottes - erschien fünfzehnhunderteinunddreißig ..., zehn Jahre nachdem die Spanier den Kaiser Montezuma gefangen genommen hatten, mehrmals dem Indio Juan Diego, einem Azteken. Und der hat gleich dem Bischof von dem Ereignis berichtet. Ihr zu Ehren wurde in der Hauptstadt eine Basilika errichtet, die jedes Jahr von Millionen Gläubigen besucht wird. Sie verbindet uns alle, unabhängig von Hautfarbe oder Geld, verstehen Sie das, Señor?«

Ich nickte nur. Mein Nachbar hatte sich in einen wahren Rausch geredet.

»Wir Mexikaner sind ein armes Volk, Señor. Aber unseren Glauben kann uns niemand nehmen! - Wir glauben auch an Wunder ..., niemand würde sich darüber so aufregen, wenn etwas geschieht, was er nicht mit irgendwelchen wissenschaftlichen Beweisen erklären kann, wie ein Weißer - aus Amerika oder Europa. Viele Touristen lachen über uns und halten uns für abergläubisch ..., aber ich sage Ihnen: Die sind die wahren Abergläubischen, comprende?«

»Si!«

»Si.« Er war zufrieden. »Fast jeder Mexikaner ist katholisch, doch die Kirche hat ein gespaltenes Verhältnis zu unserem Land ..., obwohl Juan Diego getauft war und der Bischof damals von ihm überzeugt worden ist! Das war ein Wunder, Señor, ein echtes Wunder! Immerhin kommen die Touristen doch in unser Land, um die alten Kulturdenkmäler zu bewundern. Mal abgesehen von den Urlaubern. Früher zog es die Leute nach Acapulco, aber heute wird auf Yucatan investiert. In Cancún zum Beispiel. Seit der schwere Sturm durch die Karibik und über die Halbinsel gezogen ist und der Küste so übel mitgespielt hat, wird dort neu aufgebaut. Manchmal muss eben zerstört werden, um etwas Neues schaffen zu können.«

In diesem Ton ging es noch eine Weile weiter. Schließlich wurde der Bus langsamer. Rechts und links standen etliche Holzhütten - wir waren in einem Dorf.

Ich musste über das von meinem Gesprächspartner Gesagte nachdenken: »*Ob Gott wohl eine Mutter hat?*« Erinnerungen an Spanien und Andalusien schossen durch meinen Kopf.

Der Bus stoppte. »Wollen Sie denn nicht aussteigen, Señor?«, fragte mein Nachbar.

»Wie bitte?«

»Sie wollen doch zum Padre, eh? Da müssen Sie hier raus!«

»Aber man hat mir gesagt, er wohnt in ...«

»Ja, das sagen die Leute so, aber sie meinen damit dieses Dorf. Es gehört auch zu Trocax, wozu auch sonst? Ist nämlich der einzige größere Ort in der Umgebung.« Er lachte.

Ich bedankte mich bei ihm und verließ den Bus. Eine junge Frau kam mir entgegen, die mir auf meine Frage hin den Weg zu der Hütte von Padre Federico Bartoloméo genau beschrieb. Auch ohne mobiles Navigationsgerät war es kein Problem, die Behausung des Padre zu finden.

Ich klopfte. In der Türöffnung erschien ein etwa fünfzigjähriger Mann mit dunklen Augen und dunklen Haaren. Etliche Lachfältchen deuteten auf einen gesunden Humor hin.

»Buenos dias!«, grüßte ich. »Mein Name ist John Carter.«

»Die Leute nennen mich Padre Federico.«

»Sehr angenehm.«

Wir schüttelten uns die Hände. Sein Händedruck war kräftig, aber nicht zu energisch. Er bat mich herein. Wir setzten uns auf zwei Stühle in einem Raum, der wie ein Arbeitszimmer aussah.

Dann trug ich ihm mein Anliegen vor. Ich verschwig nichts. Intuition. Mein sechster Sinn hatte sich gemeldet und volles Vertrauen signalisiert.

Der Priester kam schnell auf den Punkt: »Ich habe Mister Cartwright auf die geistige, spirituelle Kraft hingewiesen. Das hatte mit einer Waffe überhaupt nichts zu tun. Die größte Kraft liegt im Spirituellen, und der Urinitiator ist der Urheber dieser Kraft.«

»*Spirit - Esprite - ...*« Gedanken schossen durch meinen Kopf.

Mein Gegenüber schaute mich ruhig an. »Das ist so in der heutigen Zeit. Die Menschen achten zu sehr auf das Materielle und sehen das Geistige, was dahinter steht und der Materie zu Grunde liegt, nicht mehr. Dabei wird die ganze Welt vom Geistigen aus gesteuert ..., dirigiert - genau wie Ihr Geist Ihren Körper steuert.«

Ich nickte. »Ja ..., ich verstehe. Aber dass die Geheimdienste dann solch ein Affentheater daraus machen ...!«

Ich war frustriert. Auf einmal erkannte ich, dass es im Leben, im wirklichen Leben, auf ganz andere Dinge ankommt, um ganz andere Dinge geht als wir uns in unseren kleinen und wirklich beschränkten Gedankengängen ausmalen.

Mein Blick fiel wie zufällig auf einen kleinen Tisch. Dort lagen Papier, mehrere Stifte und andere Utensilien.

»Mister Cartwright hat sich bei einem Besuch einige Notizen gemacht, da er sein Notebook vergessen hatte. Und diese

Notizen oder der Zettel waren der Anlass zu Ihren Nachforschungen?«

Ich bejahte. »Nun ja, der Hauptgrund war sicher der, dass er ermordet worden ist. Aber die Spuren, denen ich gefolgt bin, die leiten sich von dem Papier her.« Das Papier war unbedingt das gleiche, wie dasjenige unseres Mordopfers. »*Hatte er den Zettel wirklich hier geschrieben?*«

Der Padre unterbrach meine Gedankengänge: »Des Weiteren habe ich Herrn Cartwright per Post verschiedene Passagen von unterschiedlichen Heiligen Büchern der Völker mitgeteilt. Wir haben in schriftlichem Kontakt gestanden.«

»Die haben wir gerade erst gefunden. Seine Freundin hatte die Briefe aufbewahrt. Die Passagen aus der Bibel hat er sich dann wohl auf dem Extra-Zettel notiert.«

»Sehr richtig.«

»Da soll noch einer den Gesamtzusammenhang erkennen! Das ist selbst mit Computern nicht einfach.« Wieder einmal dachte ich an Rom und die Wissenschaftler.

»Das ist doch ein Problem in der heutigen Welt! Das Experten- und Gelehrtentum, wo bis ins kleinste Detail geforscht wird, aber am Ende nichts Gescheites herauskommt, ist sehr ausgeprägt. Jeder weiß ein bisschen, aber kaum jemand macht sich mal die Mühe ganzheitlich zu denken, den Überblick zu behalten und Zusammenhänge zu erkennen!«

»*Und genau das hat Cartwright versucht!*«, dachte ich.

Der Padre nickte. Offenbar hatte er mir meine Gedanken an der Miene abgelesen.

»Es musste aber so sein, es gehört zur Menschheitsentwicklung. Nur ist jetzt die Zeit gekommen, den Weg zurück anzutreten. Doch dabei haben die Menschen mit ihren Temperamenten zu kämpfen. Auf der einen Seite sind sie eifersüchtig, reizbar und streitsüchtig; sie lügen, reagieren aufbrausend oder beleidigt. Auf der anderen Seite geben sie sich gleichgültig, erscheinen teilnahmslos, sind unzuverlässig und äußern sich geringschätzig.«

»Die männliche und die weibliche Seite des Geistes oder

der Seele?«, wagte ich einen Schuss ins Blaue.

Federico nickte. »Dieser Kampf ist ein innerer. Den muss jeder Mensch für sich ausfechten, indem er die negativen Eigenschaften neutralisiert oder umwandelt.«

»Also muss der Mensch gewissermaßen den Mittelweg finden, eine ausgeglichene Persönlichkeit werden.«

»Richtig. Und es gibt jemanden, der ihnen dabei hilft, der ihnen die Kraft gibt, die extremen - und definitiv auch gefährlichen - Pole zu erkennen und zu überwinden. Im Anfang war das Wort ..., der Logos ..., das Licht. Das ist die größte Kraft auf Erden. Das müssen die Menschen erkennen! Die Menschen sehen Dinge und lernen ihre Namen oder Bezeichnungen. Aber es gibt eben jemand, der die Dinge beim Namen genannt und sie dadurch erst erschaffen hat. Einen, der vorher war. Das ist der, den ihr den Christus nennt. Er ist die Kraft, die so groß ist, dass sie die Welt verändert hat!«

Ich hatte wieder einmal genug Stoff zum Nachdenken. Als Jugendlicher hatte ich noch die Zeiten des 'Kalten Krieges' miterlebt. Auf der einen Seite die Sowjetunion - Synonym für den Kommunismus, auf der anderen Seite die USA - als Aushängeschild des Materialismus, und in der Mitte Europa.

»Wie sich doch manche Dinge in der Welt widerspiegeln«, stellte ich erstaunt fest.

Doch der Padre ließ mir keine Zeit für tiefergehende Überlegungen. »Die Gesetze, die der Evolution zu Grunde liegen - nennen wir es im Großen Naturgesetze oder Kosmische Gesetze, im Kleinen diejenigen, die für die Menschen individuell gelten -, gilt es einzuhalten! Kein Mensch sollte sich über das Gesetz stellen«, betonte er.

»Sonst kommen solche Leute wie ich ins Spiel«, entfuhr es mir.

Er sah mich mit einem eigenartigen - aber freundlichen - Blick an. »Es gibt immer einen Ausgleich in der Welt - das ist ein Naturprinzip. Ursache und Wirkung, im Orient und mittlerweile auch anderswo 'Karma' genannt.«

»Dann gibt es also auch in der Natur eine Art Justizbehörde, ja?«

»Natürlich. Sonst könnte die Welt so nicht existieren, wie sie es tut. Als Vorbild dient dabei immer derjenige, dem alle Macht gegeben war, um die Gesetze zu ändern, aber auch er hat sie erfüllt!«

Er machte eine genau berechnete Pause und ließ mir Gelegenheit zum Nachdenken. Als ich das Gesagte verarbeitet hatte und ihn ansah, fuhr er fort: »Und wenn Sie die Gesetze zusammenhängend betrachten, dann erklären sich auch die subjektiven Probleme in der Welt. Warum wird der eine als armer Junge geboren, der andere im Hause reicher Eltern? Warum stirbt einer früh, womöglich noch als Baby, andere werden hundert Jahre alt? Manche Menschen scheinen vom Schicksal bevorzugt, andere sind wahre Pechvögel. Manche haben schwere Krankheiten zu erleiden, andere werden ihr ganzes Leben lang nur von einer Erkältung heimgesucht.«

»Anscheinend sinnlos ...«, murmelte ich. »Gibt es so etwas wie göttliche Gerechtigkeit?«

»Aber natürlich. Karma, Kismet, Schicksal - jedes Volk und jede Kultur hat seinen eigenen Begriff dafür. Aber immer geht es um das Prinzip von Ursache und Wirkung. Was du säst, wirst du ernten!«

»Damit erledigt sich ja auch das Rassenproblem, jegliche Diskriminierung ...« Verblüfft hielt ich inne.

Der Padre sah mich nur an. Ein freundliches Lächeln lag auf seinem Gesicht. »Jeder Mensch ist einzigartig. Auch wenn sich der Geist im Laufe der Evolution wieder in anderen Körpern finden mag, so ist doch jede Verbindung mit einer Seele und einem Körper ein Unikat. Und somit auch jeder Mensch, jede Person. Denn unter den jeweiligen Gegebenheiten gibt es nie wieder so einen Typen - in Zeit und Raum.«

»Und diese Individuen lernen für ihre eigene Entwicklung und entwickeln gleichzeitig die Liebe«, überlegte ich laut.

»Sehr richtig. Die Bedingungen, unter denen ein Mensch lebt, sei es heute oder morgen, waren nie und werden nie wieder so sein wie zu diesem Zeitpunkt. Und somit wird er auch das, was er lernen soll, nie wieder auf die gleiche Art und Weise erfahren können.«

»Erfahrung ist ein guter, aber zeitweise recht grausamer Lehrmeister.«

»Das ist richtig. Und Sie sollten demnächst nach Rio fliegen. In Ruhe!«

»Bitte?«

Der Priester nickte lächelnd. »Sie sollten bald nach Rio de Janeiro fliegen - Brasilien. Ich bin der Überzeugung, dass Sie dort einige Antworten finden werden!«

Ich schüttelte nur den Kopf. Allmählich wurde mir mein Gesprächspartner unheimlich.

Da klopfte es an der Tür.

»Un momento!«, rief mein Gastgeber und ließ mich kurz allein. Als er wiederkam, sah er mich an und meinte bedauernd: »Sie müssen mich für einen Augenblick entschuldigen, ich muss meinem Beruf hier nachgehen.«

Ich blickte durch die halboffen stehende Tür in den Nachbarraum und sah eine Frau mit einem kleinen Mädchen, das bitterlich weinte. Blut tropfte auf den Boden.

»Ich bin nämlich auch so etwas wie der Arzt dieses Dorfes«, erklärte mir der Priester, indem er sich wieder an mir vorbei schob.

»Hola, Eva! Was hast du denn gemacht?«

»Sie ist gestürzt und hat sich den Arm aufgeschlagen ...«, erklärte die Frau an ihrer Seite, offenbar ihre Mutter.

Er versorgte die Wunde fachmännisch, strich ihr dann übers Haar und sprach halblaut einige Worte mit ihr, die ich nicht verstand. In der Hand hatte er einige Kräuter, die er dem Mädchen gab.

Das Mädchen schaute ihn dankbar an und lächelte wieder.

Die Mutter schien sehr erleichtert. »Muchas gracias, Padre! Wie kann ich Ihnen danken?«

»Sie backen doch so vorzügliches Brot ...«

Sie nickte eifrig und schaute ihre Tochter an. »Eva bringt Ihnen morgen eines vorbei.«

»Ja!«, freute sich die Kleine. »Und dann müssen Sie noch einmal nach meinem Arm sehen.«

»Das werde ich«, versprach der Padre. »Hasta mañana!«

»Hasta mañana!«, verabschiedeten sich die beiden frohen Mutes.

Ich zeigte mich erstaunt. »Das war ja eine schnelle Heilung. Ich muss gestehen, die Art der Behandlung hat mich ein wenig überrascht.«

»Ist nicht jede Behandlung gut, die dem Menschen hilft?«

»Dann appellieren Sie nur an den Glauben?«

»Der Mensch lebt nicht vom Brot allein - aber auch! Mit einem Kind redet man nicht nur anders als mit einem Erwachsenen, es wird auch anders behandelt.«

»Darum gibt es ja auch Kinderärzte.« Ich lächelte.

Er nickte und lächelte ebenfalls. »Bei Kindern ist die Seele noch nicht so stark mit dem Körper verbunden, wie das bei Erwachsenen der Fall ist. Deshalb kann man bei ihnen auch noch mehr von der psychischen Seite aus heilen ... - wie früher bei allen Menschen.«

»Das habe ich auf meiner Reise irgendwann bereits gehört«, sinnierte ich.

»Früher hatten die Menschen noch weichere Knochen, ihre Köpfe waren noch nicht so hart wie bei uns Dickschädeln heutzutage.« Er lächelte. »Aber das ist der Gang der Zeit ... - die Evolution. Wenn sich die Knochen nicht verhärtet hätten, wären die Menschen in einer Art traumhaften Zustands geblieben, unselbstständig. Sie waren zwar weise, weil sie mit ihren weichen Gehirnen viel geistiger denken konnten und auf eine unmittelbare Art die geistige Welt wahrnahmen, aber sie waren nicht frei, sie hatten nicht die Freiheit zu wählen - keinen freien Willen. Und somit wäre es nicht möglich gewesen, die Liebe zu entwickeln.«

»Dann haben wir die Weisheit gegen den freien Willen, für die Selbstständigkeit eingetauscht?«

»Etwas drastisch formuliert, aber so in etwa verhält es sich, ja.«

»Das ist alles etwas viel auf einmal. Das muss ich erstmal in Ruhe verarbeiten.«

»Später, vielleicht im Urlaub. Sie werden demnächst in eine schier ausweglose Lage geraten. Wenn Sie dann nicht mehr weiter wissen, dann erinnern Sie sich an etwas, was lange geheim gehalten, ja sogar unterdrückt worden ist!«

»Bei wem?«

»Bei Ihnen ..., und bei jemandem, den Sie sehr gut kennen.«

Ich schüttelte den Kopf. »*Wer sollte das sein? Und was für eine Situation sollte das sein? Es lief doch alles wunderbar - jetzt, wo ich wusste, dass meine zahlreichen Widersacher mich nicht mehr über meinen Communicator orten konnten.*«

»Sie werden es sehen«, sagte der Priester nachdrücklich.

Fast schien es mir, dass er meine Gedanken erraten hatte - offenbar hatte ich meine Mimik nicht mehr so im Griff, wie ich dachte. Ich sah auf meine Uhr. Wenn ich jetzt ging, würde ich den nächsten Bus bekommen, den Zug zum Flughafen und dann bald wieder zu Hause sein. Ich beschloss mich zu verabschieden: »Ich danke Ihnen für das Gespräch und die Informationen. Damit ist mein Auftrag endgültig beendet, und ich werde die Heimreise antreten. Und mit ein bisschen Glück in Kürze in meinen wohlverdienten Urlaub starten.«

Ich hielt ihm meine Hand entgegen.

Er ergriff sie, schüttelte sie und lächelte wissend. »Gute Reise. Und denken Sie daran: Etwas, das lange geheim gehalten worden ist, wird Ihnen demnächst in einer prekären Situation helfen.«

Ich lächelte ebenfalls, doch seinen Worten maß ich keine Bedeutung bei. Noch nicht. Denn was sollte jetzt, da der Fall komplett abgeschlossen war, schon noch geschehen? »Muchas gracias. Adios!«

»Adios, Señor Carter!«

Ich ging zurück zur Bushaltestelle.

Auf dem Weg überlegte ich, wie ich die Sache und den ganzen Fall meinem Chef erklären sollte. Er war zwar kein ausgesprochener Materialist, aber immerhin jemand, der sich prinzipiell nur an Fakten hielt - streng methodisch.

Ich wollte Christina anrufen, um ihr zu sagen, dass der Fall gelöst sei und ich mich wieder auf den Heimweg machte. Ich schaltete meinen Communicator ein, gab den ersten und kurz darauf den zweiten Code ein und wartete, bis er sich ins Netz eingewählt hatte.

Erwartungsgemäß dauerte es hier draußen ein paar Sekunden länger als in der Großstadt, aber nach zehn Sekunden bestätigten mir ein blinkendes LED-Lämpchen und ein Signalton, dass ich wieder 'online' war. Ich drückte die Wahlwiederholungstaste, wählte mit den Funktionstasten 'Christina' aus und bestätigte.

In dem Moment signalisierte das Gerät einen Anruf.

Erstaunt beendete ich den Wahlvorgang und nahm ihn entgegen: »Hallo?«

»Mister Carter!«, tönte es auf Englisch aus dem Telefon. »Wir vermissen Sie schon! Wo sind Sie?«

Die Stimme war kühl - nein: kalt und gefühllos! Sofern ich jemals imstande war, etwas zu wittern, dann jetzt - nämlich Gefahr! Ich beherrschte mich und fragte mit ruhiger Stimme: »Wer ist da?«

»Das tut nichts zur Sache. Ich denke, es reicht, wenn Sie wissen, dass wir Caroline haben!«

»*Caroline!*« Mein Herz setzte aus. Es fuhr mir eiskalt den Rücken hinunter.

»Hat es Ihnen die Sprache verschlagen, Mister Carter?« Ein höhnisches Lachen drang aus dem Lautsprecher. »Das tut mir aber leid ...«

»Ich ...«

»Bemühen Sie sich nicht! Es handelt sich hier um ein ganz einfaches Geschäft. Ich denke, Sie wissen, was wir haben wollen! Bringen Sie es mit, dann sehen Sie Ihre Schwester wieder - lebendig und in einem Stück! Ihre Schwester gegen die Waffe!«

»Welche Waffe?« Es war eine dumme Frage, und ich bekam prompt die entsprechende Antwort: »Stellen Sie sich nicht dumm! Sie wissen genau, um was es geht. Deswegen sind Sie nämlich in den letzten Tagen um die halbe Welt gereist!«

»Wir verhandeln nicht mit Terroristen!«, erklärte ich in monotonem Tonfall und änderte meine Taktik.

Der Anrufer lachte. Es klang kaltherzig, humorlos - böse. »Das offizielle Statement Ihrer Regierung! Ach, was sage ich - aller Regierungen dieser Welt! Ja, das kennt man. Aber hinter den Kulissen wird gelogen, betrogen und gedealt, dass es eine wahre Pracht ist!«

»Wir machen Entführern gegenüber keine Zusagen«, wiederholte ich mechanisch. »Denn wenn sich ein Staat einmal erpressbar macht, ist er es für immer!«

»Aber bitte, Mister Carter! Sie sind doch kein Staat, Sie sind eine Privatperson! Und als solche sollte Ihnen Ihre Schwester doch einiges wert sein, oder?«

Ich sagte nichts.

»Wo sind Sie, Mister Carter?«, lautete die nächste Frage.

»In Mexiko.«

»Bueno ..., check das mal ...«, hörte ich ihn zu jemandem sagen. Dann genoss ich wieder seine Aufmerksamkeit.

»Ich kann Ihnen die Waffe nicht übergeben ...«, begann ich.

»Doch, das können Sie, Mister Carter. Und das werden Sie. Sonst wird Ihre Schwester Ihre Sturheit zu spüren bekommen. Ich denke, wir verstehen uns!«

Es war sinnlos. Er würde mich nicht verstehen. Er würde es nicht verstehen. Niemals. Zu machtbesessen.

Ich musste das Spiel mitspielen - auf ihn eingehen -, um meine Schwester zu retten. Ich überlegte fieberhaft. So schwer es mir fiel, aber Panik oder Entsetzen halfen mir jetzt nicht weiter. Ich versuchte ruhig zu bleiben. Bei Gott - mit diesen Gangstern war definitiv nicht zu verhandeln. Aber ich durfte nicht schon am Anfang zu viel Schwäche zeigen - dann hätte sie mit Sicherheit noch weniger Chancen als ... - gar keine?

»Ich will mit ihr reden«, erklärte ich mit fester Stimme.

Stille, dann: »John? Hallo, John! Ich ..., ich bin's ..., Caroline! Como estas? Ich glaube, die haben mich nach ...«Der Rest ihrer Worte blieb in der Luft hängen. Ich hörte ein unterdrücktes Stöhnen.

Das war sie, ganz klar. Immer wenn sie aufgeregt war, verfiel sie automatisch ins Spanische. Diese Sprache war emotioneller als Englisch. Und trotz ihrer unbequemen, ja alptraumhaften Situation hatte sie versucht, mir einen Hinweis zu geben. »Die haben mich nach ...« - »*Wohin gebracht?*«

Doch wie nicht anders zu erwarten, hatten die Typen ihr keine Chance zum Ausplaudern gelassen. Das Telefon war ihr wieder weggenommen worden, ich vernahm ein weiteres Aufstöhnen, doch war ich davon überzeugt, dass sie ihr diese kleine Naivität nicht zu übel anlasten würden. Immerhin brauchten sie sie noch.

Der Typ meldete sich nun wieder: »Ich denke, das hat Sie überzeugt, nicht wahr, Mister Carter?«

In der Stimme war noch immer keine Wärme. Ich überlegte, was für ein Mensch dazu passte - und was für ein Gesicht er haben würde. Und irgendwie musste ich an Spanien denken - an Marbella, wo Carreras Yacht in die Luft geflogen war. Wenn ich nicht hundertprozentig überzeugt gewesen wäre, dass er tot war! Aber wie viele Carreras mochte es auf der Welt geben? Wie sollte ich diese Typen davon überzeugen, dass es keine Waffe in ihrem Verständnis gab? Wie ihnen begreiflich machen, dass sie und einige andere Typen sich und mich völlig umsonst um die halbe Welt gejagt hatten?

Es war hoffnungslos. Aber gleichzeitig wusste ich, dass ich alles unternehmen würde, um Caroline zu retten.

»Was verlangen Sie?«, fragte ich mit Resignation in der Stimme.

»Okay, also endlich werden Sie vernünftig. Die Sache läuft folgendermaßen: Ich gebe Ihnen ein neues Ziel an, und Sie kommen dorthin. Sofort. Ohne Verstärkung in der Heimat anzufordern! Die Spezialabteilungen bleiben, wo sie sind! Wir können das kontrollieren. Vor Ort treffen wir uns, und Sie werden mir die Waffe übergeben. Dafür bekommen Sie Ihre Schwester zurück. Wie gesagt: lebendig!«

Ich schwieg. Mit dem Typen war wirklich nicht zu verhandeln.

»Haben Sie verstanden?«

»Ja.«

»Sehr gut! - Bleiben Sie dran, Ihr Ziel wird Ihnen gleich mitgeteilt ...«

»In Ordnung.«

Er schien das Telefon einem seiner Leute zu geben, denn es raschelte kurz, und dann meldete sich eine Stimme mit hartem Akzent: »Fahren Sie zurück nach Mexico-City und fliegen Sie mit dem ersten Flug nach Panama. Dort erwarten Sie weitere Anweisungen!«

»Panama«, wiederholte ich.

»Richtig. Wir können es überprüfen, wenn Sie dort sind. Wir melden uns wieder.«

Aufgelegt!

Ich spürte einen dicken Kloß im Hals.

Ich machte mich auf den Weg. Ich musste unverzüglich zurück zum Flughafen nach Mexico City. Von einem Bus war weit und breit nichts zu sehen. »Mañana!«, sagte mir ein Einheimischer.

Natürlich! Es konnte ja nicht anders sein. Ich kam nicht mal bis zum Flughafen!

*

Ich überlegte verzweifelt, wie ich nach Mexico City gelangen sollte. Autos hatte ich hier nur wenige und momentan gar keine gesehen. Auch ein alternatives Transportmittel erspähte ich nirgends. »*Ob ich noch einmal zum Padre gehen und ihn um Hilfe bitten soll?*«

In meine Überlegungen hinein klingelte mein Telefon. Mehrere Gedanken schossen mir durch den Kopf. »*Wenn das die Entführer sind, werde ich ihnen sagen, dass es nicht möglich ist, so schnell nach Panama zu kommen. Sie müssen mir mehr Zeit geben! Aber das werden sie nicht tun, da sie direkt vermuten werden, dass ich die Kavallerie alarmiere, und das wars dann für Caroline! - Verdammt!«*

Ich sah auf das Display: Christina!

»Hi, Christina!« Erleichtert atmete ich auf.

»Hi, John! Endlich! Wo bist du? Was ist los? Ich versuche seit einer Ewigkeit dich zu erreichen! Aber dein Telefon war die ganze Zeit aus ...«

»Ich weiß«, unterbrach ich sie. »Ich hatte es ausgeschaltet, da mir klar geworden war, wie mich die Typen immer finden konnten und mir stets einen Schritt voraus waren. Sie müssen Zugang zum Satellitennetz haben und ...«

»Was? Unglaublich!«, stieß sie hervor. »Und doch die einzig mögliche logische Erklärung ..., ja!«

»Ja, nur leider bin ich erst vor kurzem darauf gekommen. Es hätte mir eine Menge Ärger ersparen können, wenn ich es früher gewusst hätte.«

Sie ließ mir keinen Raum für weitere Äußerungen.

»Es gibt in der Tat einige Neuigkeiten - brandaktuell. Einen Moment ..., ich verbinde dich mit unserem Chef ...«

King Arthur musste nur darauf gewartet haben, er legte sofort los: »Hallo John! Die CIA, die NSA, das Pentagon und der Generalstabschef sitzen unserem Direktor im Nacken. In den letzten zehn Stunden hatte ich drei Termine bei ihm - und jedesmal nur, um ihm zu sagen, dass wir noch nichts haben!«

»Ich denke, wir haben Frist bis Mittwoch Mittag zwölf Uhr ...«, wandte ich ein.

»Theoretisch ja, John, aber die Angelegenheit ist inzwischen noch etwas heikler geworden. Die vom Pentagon angeordneten so genannten Übungen der Streitkräfte sowie gewisser Kommandoeinheiten der CIA haben keinerlei Ergebnisse zu Tage gefördert. An den angegebenen und überprüften Koordinaten fand sich absolut nichts Ungewöhnliches. Die Übungen sind daraufhin beendet worden, und nach außen hin ist eine gewisse Beruhigung eingetreten, doch innen drin brodelt es ganz gewaltig.«

Ich hatte für derlei Spielchen kein Verständnis mehr. »Sie

kennen das doch«, versuchte ich meinen Chef zu beruhigen. »Haben Sie mir nicht gleich am Anfang unserer Zusammenarbeit erklärt, dass wir uns nicht an solchen Dingen beteiligen oder uns die Schuhe von anderen Leuten anziehen, in die wir nicht reinpassen?«

»Das habe ich. Aber zwischen etwas sagen und etwas tun besteht doch ein gewisser Unterschied.«

»Sie können die Herrschaften beruhigen. Unser hochbrisanter Fall hat heute eine Wendung erfahren, die wohl niemand für möglich gehalten hätte ..., worüber aber alle froh sein können.«

Er atmete hörbar auf. »Dann ist der Fall also gelöst?«

»In gewisser Weise ja.«

»Na, prima! Dann kommen Sie doch zurück, legen mir Ihren Bericht vor und ...«

»Tut mir leid, Sir. Ich kann noch nicht zurück kommen.«

»Was? Wieso nicht?«

»Ich habe noch eine Verabredung mit einem Terroristen. Er hat meine Schwester entführt.«

Stille.

»Ich habe Anweisung erhalten, nach Panama zu fliegen«, sprach ich weiter. »Und ich werde genau das tun. Zum einen, weil es einfach lächerlich wäre, wegen dieser Sache einen Menschen umzubringen - und das würde ohne Zweifel geschehen ...«

»Und zum anderen?« Mein Chef hatte seine Schock-Phase überwunden.

»Weil sie meine Schwester ist«, knurrte ich. »Und um denselben Fehler nicht noch einmal zu machen, werde ich meinen Communicator jetzt wieder ausschalten und erst zu gegebener Zeit wieder online sein.«

»John, wenn Sie mir etwas Zeit geben, kann ich Ihnen Verstärkung schicken. Ich habe einen direkten Draht zum Verteidigungsminister. Innerhalb von vierundzwanzig Stunden kann eine Spezialeinheit ...«

»Danke, Sir ..., aber Caroline hat keine vierundzwanzig

Stunden. Und sobald die Typen auch nur eine Falle wittern, dürfte sie dafür bezahlen. Außerdem reagiere ich äußerst allergisch auf private Vermischung mit dienstlichen Angelegenheiten.«

»Ich verstehe ...«, sagte er. Doch was er noch sagte, nahm ich nicht mehr auf. Ein Bus hielt direkt vor meiner Nase.

Die Richtung stimmte. »Entschuldigung, Sir, mein Bus fährt jetzt. Ich melde mich wieder.«

Er hörte es wohl meinem Tonfall an, dass weitere Einwände vergeblich seien. »Wo sind Sie denn jetzt?«, erkundigte er sich.

»Noch in Mexiko. Beruhigen Sie die Leute, ich verspreche, dass ich rechtzeitig bis zum Ablauf des Ultimatums zurück sein werde!«

*

Ich hätte nicht sagen können, wer auf der Rückfahrt neben mir im Bus gesessen hatte, oder wer überhaupt im Bus gesessen hatte. Auch wie ich zurück zum Flughafen Mexico City gelangte, war mir nicht wirklich bewusst - nur, dass eben doch ein Bus fuhr, der mich zum Flughafen bringen konnte.

Die gesamte Fahrt über beschäftigten mich zwei Dinge: zum einen die Worte des Padre - 'alle Menschen sind einzigartig, jeder einzelne' -, und zum anderen: Ich werde Caroline retten!

18. Äquatortaufe

Mexiko City, Mexiko
Montag, 7:00 p.m.

Wieder einmal saß ich im Flugzeug und atmete tief durch. Zum ersten Mal in den letzten Tagen - seit ich L. A. verlassen hatte - versuchte ich, einmal völlig bewusst zu agieren und nicht unbewusst - auf Zuruf gewissermaßen - in der Weltgeschichte herum zu irren.

Ebenso wurde mir bewusst, wie oberflächlich ich meine Reise absolviert hatte. Welche Gedanken, Erinnerungen, Assoziationen hatte ich zu meinen Stationen? Natürlich, da waren die Berichte, die ich geschrieben und an Christina geschickt hatte, aber das allein konnte es kaum sein. Die Bilder und Töne, Gerüche und Empfindungen, die ich gesammelt hatte, waren sicherlich nicht verloren - doch musste ich mich gewiss wirklich einmal in Ruhe damit auseinandersetzen, um sie wieder hervorzuholen.

Nach diesen Überlegungen konzentrierte ich mich wieder auf das vor mir Liegende. Panama dient als Zwischenziel für viele Ziele in Südamerika, auch für Brasilien. Rio de Janeiro. Die letzte Bemerkung von Padre Federico fiel mir ein. Ob mich die Typen weiter nach Rio lotsen würden? Hatte er das mit Caroline gewusst? Aber was war daran geheim?

Doch immer wieder kehrten meine Gedanken zu dem Gespräch mit dem Padre zurück. Und schon bald begannen sie sich mit den Erfahrungen meiner Reise zu vermischen.

»Die Kraft ..., der, den ihr den Christus nennt! - Aber natürlich! Wir nennen ihn so, wir, die Christen. Aber andere nennen ihn anders. Denn er war der Erste und wird der Letzte sein, unabhängig von Völkern und Kulturen.«

Ich war müde. Die Ereignisse der vergangenen Woche hatten merklich an meinen Kräften gezehrt. Ich schlief ein. Doch währte die Erholung nicht lange.

Nach der Landung in Panama City hatte ich kaum mein Telefon angestellt, als auch schon der Anruf einging: »Fliegen Sie weiter nach Sao Paulo, Mister Carter.«

»*Also tatsächlich, Panama dient nur als Zwischenstation!*«, stellte ich fest. »Danke der Nachfrage, mein Flug war hervorragend.« Ich konnte mir einen kleinen Seitenhieb nicht verkneifen.

»Keine Spielchen, Carter. Fliegen Sie mit der nächsten Maschine weiter nach Sao Paulo. In der Frühe können Sie dort sein. Wenn Sie morgens nicht aus der Maschine steigen, die gleich in Panama startet, brauchen Sie sich um Ihre Schwester keine Gedanken mehr zu machen, verstanden?«

Ich hatte verstanden. Keinen Humor die Typen! »Ja.«

Aufgelegt.

Der Transfer in die Maschine, die mich und einige andere nach Sao Paulo bringen sollte, verlief wie am Schnürchen. Nachts konzentriert man sich aufs Wesentliche.

Als ich in der neuen Maschine saß, zermarterte ich mir wieder den Kopf. Ich haderte mit dem Schicksal, Zweifel kamen in mir hoch. Tat ich das Richtige? Warum ich? Ich brauchte einen Plan! Dringend! Die Chancen für Caroline und mich sahen sowieso schon nicht überwältigend aus. Aber ohne einen Plan brauchte ich im Grunde gar nicht hinzufliegen.

Doch mir wollte partout nichts Vernünftiges einfallen. Lange Zeit grübelte ich vor mich hin. Eine Lautsprecherdurchsage unterbrach schließlich meine Überlegungen. Wir überqueren den Äquator, flogen von der Nord- auf die Südhalbkugel. Doch mit der teilweise noch heute üblichen und recht roh anmutenden Äquatortaufe hatte unsere Überquerung des größten Breitengrades der Erde nichts zu tun. Ganz sachlich wurde uns in diesem Moment mitgeteilt, dass wir in einer Höhe von zehntausend Metern flogen. Trotzdem überkam mich ein Gefühl - das des Neuen, Unbekannten. Zum ersten Mal auf der Südhalbkugel! Da, wo die Jahreszeiten entgegen den gewohnten verlaufen.

Wäre nur der Anlass ein anderer gewesen!

Bei dem Gedanken an den Sinn meines Fluges verlor sich jede Seefahrerromantik, und ich konzentrierte mich auf die vor mir liegende Aufgabe.

Auf jeden Fall würde es nicht 'business as usual' geben! Diese Sache lief in anderen Ebenen als üblich. Ich überlegte und suchte weiter nach einem Plan. Doch mir wollte nach wie vor nichts Gescheites einfallen.

Vielleicht half es, wenn ich meine Berichte noch einmal durchlas, doch muss ich gestehen, dass mir beim Lesen die Augen zu fielen, und ich schaltete den Communicator aus.

*

Ich bin in einem Wald. Hohe Bäume umgeben mich ringsum, ein sanftes Rauschen der Blätter und ein würziger Geruch streifen meine Seele.

Es ist heller Tag, doch die Bäume erlauben dem Licht nicht, sich in diesem Gebiet voll zu entfalten. Ich bahne mir meinen Weg durch das Unterholz, von einem eigentlichen Weg ist hier keine Rede. Auf einmal spüre ich Kälte an den Füßen. Ich stehe in einem kleinen Flusslauf.

Ich stelle fest, dass ich keine Schuhe anhabe, doch es macht mir nichts aus. Das Wasser ist kalt aber nicht unangenehm. Ich folge dem Lauf des Flusses, bis ich plötzlich auf einen kleinen spitzen Stein trete. Der Schmerz zieht durch den ganzen Körper, ich verlasse das Wasser und setze mich am Ufer des Baches auf einen Stein.

Ich sehe nach oben und betrachte die Baumwipfel. Wie gebannt starre ich auf eine freie Stelle im Blätterwald, die den Blick auf einen wolkenlosen blauen Himmel ermöglicht.

Der Schmerz im Fuß und im Körper lässt nach, verschwindet. An seine Stelle treten Kopfschmerzen, schlimmer als wenn ich die Nacht durchgezecht hätte! Ich erhebe mich von meinem Sitz und versuche, nicht an die Kopfschmerzen zu denken, sondern mich abzulenken, indem ich die Natur betrachte.

Zu meiner Linken zweigt ein Weg ab; er ist breit und im Verhältnis zu meinem geradezu eine vierspurige Schnellstraße. Doch ich bleibe auf meinem Weg und wechsle die Seite des Baches, als mehrere große Äste ein unüberwindbares Hindernis vor mir darstellen.

Auf einmal ist mir der Weg auf beiden Seiten des kleinen Flusses versperrt, ein Baum ist umgefallen und liegt quer von einem Ufer zum anderen. Durch das Unterholz zu kriechen erscheint mir nicht sehr verlockend, so dass ich mich dazu entschließe, über den Baum hinweg zu klettern. Ich ziehe mich an einem starken Ast hoch, steige mit dem rechten Fuß auf einen darunterliegenden, stütze mich ab und schwinge das linke Bein empor.

Ich bin oben und blicke auf die Zweige und Äste der anderen Seite. Ich sehe einen, dem ich es zutraue, mein Gewicht zu halten, lasse mich langsam herunter, schwinge mit dem rechten Bein hin und her, bis ich meinen Fuß auf den Ast stellen kann.

Als ich mein ganzes Gewicht auf ihn verlagere, spüre ich auf einmal Schmerz. Ein Dorn oder etwas Ähnliches bohrt sich in meine Fußsohle, ich versuche mit dem anderen Fuß einen anderen Ast zu finden, doch auch er landet auf einem scharfen Gegenstand. In das Schmerzempfinden mischt sich die Erkenntnis, dass ich blute und die Position nicht mehr lange halten kann.

Mit beiden Händen greife ich nach einem Ast in Höhe meiner Knie, halte ihn fest umklammert und lasse meinen Körper langsam hinuntergleiten, wobei ich durch einige kleinere Äste und Zweige breche.

Als ich endlich lande und der Baum hinter mir liegt, betrachte ich meinen zerschundenen Körper. Auch an den Händen und der Brust habe ich jetzt Wunden und blute leicht. Doch als ich mich nun umdrehe und nach vorn sehe, vergesse ich das hinter mir Liegende und staune, dass sich vor mir nur noch blauer Himmel ausbreitet. Irgendwo muss die Sonne stehen, doch ich kann sie nicht erkennen. Sie scheint überall zu sein, von allen Seiten zu leuchten.

Ich gehe weiter und merke, dass ich den Wald verlassen habe. Kein Vogelgezwitscher, kein würziger Geruch, kein Lufthauch, eine fast unwirkliche Szene hält mich gefangen.

Ich verliere mich, ein Gefühl der Leichtigkeit überkommt mich, und ich habe das Gefühl gleich einem Luftballon nicht nur zu schweben sondern immer größer zu werden, so dass ich das ganze Land sehen kann, den Wald, der hinter mir liegt, den Fluss, der immer breiter wird und in weiter Ferne in ein Meer mündet ...

»Mister, wachen Sie auf!«

Mit einem Ruck fuhr ich hoch. Eine Frau beugte sich über mich und schüttelte meinen Arm. Sie blickte mich entschuldigend an: »Tut mir leid, aber Sie scheinen geträumt zu haben und waren teilweise etwas laut dabei.«

»Ups.« Ich sah meine Nachbarin an, die mich verständnisvoll musterte und sagte: »Danke sehr, ich habe tatsächlich geschlafen ..., und auch geträumt.«

»War es denn schön?«

»Hmm ..., ich weiß nicht genau. Irgendwie anders als sonst. Auf jeden Fall habe ich noch nie so einen komischen Traum gehabt.«

»Ja ja, das kommt bei diesen Flügen über den Äquator heraus!«, murmelte meine Nachbarin, ohne dass die Stewardess, die eben vorbei ging, es hören konnte.

Über uns zogen sich drohend dunkle Wolken zusammen. Wenig später prasselte ein Tropenschauer auf das Flugzeug nieder. Es goss in Strömen. Um mich abzulenken, griff ich zu meinem Communicator und durchforstete die Datenbank zum Stichwort Brasilien: Die Hauptstadt des größten südamerikanischen Landes ist seit neunzehnhundertsechzig Brasilia, davor war es Rio de Janeiro, das auch heute noch irrtümlich als solche angesehen wird, da es bei weitem bekannter ist. So sind die Wahrzeichen von Rio de Janeiro in erweitertem Sinne auch die von Brasilien, so der Zuckerhut, die fast vierzig Meter hohe Christus-Statue auf dem Corcovado, die Strände Copacabana und Ipanema, sowie natürlich der Karneval, der jedes Jahr die einheimischen Sambaschulen zu einer der größten und buntesten Paraden auf unserem Planeten animiert. Es ist aber längst nicht alles eitel Sonnenschein in der sechs-Millionen-Metropole. Rund eine Viertelmillion Einwohner wohnt am Südrand der Stadt in so genannten Favelas, geprägt von höchster Armut, einer erschreckenden Kriminalitätsrate und sozialen und hygienischen Bedingungen, die man sich kaum vorstellen mag. Soziale Spannungen sind dadurch vorprogrammiert, der Unterschied zwischen arm und reich immens. Dass auch Touristen unter den Opfern sind, bleibt nicht aus, doch sind dies Einzelfälle. Konzerne aus den USA, Japan und Deutschland investieren große Beträge und tragen ihren Teil dazu bei, dass Rio der zweitwichtigste Standort der Wirtschaft ist, nach Sao Paulo, dem mit knapp zwanzig Millionen Einwohnern größten Ballungsraum Südamerikas und dem drittgrößten der Erde. Rund ein Drittel der Einwohner lebt in ärmlichen Verhältnissen in Slums. Nicht zuletzt dadurch erreicht die Kriminalitätsrate mit mehr als zehn Morden pro Tag ungleich höhere Werte als in New York. Der jährliche Waldverlust Brasiliens, das über den größten tropischen Regenwald der Welt verfügt, beträgt über fünfundzwanzigtausend Quadratkilometer, eine Fläche größer als Israel. Neunzehnhundertzweiundneunzig fand die erste UN-Umweltkonferenz in Rio statt. Kulturell dominiert Fußball das Land, es ist Volkssport Nummer eins. Zahlreiche Kicker spielen in Europa und versorgen mit ihren dort erzielten Gehältern ganze Großfamilien daheim. Die Küche ist ebenso international wie die jeder anderen Großstadt. Afrikanische und indianische Elemente mischen sich mit europäischen, es gibt zahlreiche Museen und andere Sehenswürdigkeiten.

Eine Stewardess kam vorbei und bot einen kleinen Snack an, doch ich lehnte dankend ab und richtete meine Aufmerksamkeit auf den Bildschirm. »*Nur irgendwie ablenken!*« In dem Moment wurden Nachrichten gesendet. Wie abwesend lauschte ich dem Kommentator und erfuhr, dass Physiker eines Institutes aus den USA darüber streiten, ob sich das Universum für alle Zeiten ausdehnt oder irgendwann wieder zusammenzieht. In beiden Fällen rechnet man mit einem Kollaps. Vorher wird es allerdings schon keine Menschen mehr geben, da die Sonne sich zu einem Roten Riesen aufblähen wird.

Tolle Aussichten! Was interessierte mich jetzt, was in Millionen von Jahren passieren würde? Außerdem wussten die ja eh nicht, was passiert! Da bringt es doch nichts, ewig darüber zu diskutieren!

Die nächste Meldung beschäftigte sich mit einem Team von Wissenschaftlern verschiedener Nationen, die bei Ausgrabungen im Nahen Osten eine mehrere Jahrtausende alte Stätte zu Tage gefördert hatten. Auf einem vermutlich chaldäischen Stein waren noch einige Schriftzeichen von Gelehrten der Stanford University in Kalifornien entziffert worden. Obwohl der erste, der mittlere und der letzte Teil fehlten, lautete die Inschrift: » ..., Feuriges scheint, ..., Wässeriges lebt, ...«

»Da soll einer draus schlau werden!«, dachte ich und grübelte über die Mitteilung, doch da erschien bereits die nächste Meldung. Sie beschäftigte sich mit meinem Heimatland. Innerhalb der letzten sieben Monate waren dort in drei Bundesstaaten insgesamt zwölf Kinder und Jugendliche zunächst als vermisst gemeldet worden und letzten Endes spurlos verschwunden. Die Polizei stand vor einem Rätsel, und auch das längst eingeschaltete FBI besaß noch keine gravierenden Erkenntnisse.

Die Sportredaktion teilte schließlich noch mit, dass die ersten Athleten bereits für die Tour de France trainieren und sich intensiv vorbereiten, und die nette Dame vom Wetterdienst prophezeite für die nächsten drei Tage ein sonniges Hoch über dem Osten der Vereinigten Staaten. *»Nun ja, irgendwo muss ja die Sonne scheinen!«*

Die Sonne!

Augenblicklich musste ich an Spanien denken, Andalusien und die Costa del Sol. Die andere Küste ist die Costa de la Luz

- Die Küste des Lichts. Eine Sonne spendet Licht und Wärme, aber wenn es stimmt, das allem Physischen ein Geistiges vorangeht, dann auch der Sonne.

»Ich bin das Licht ...«, fiel mir in dem Zusammenhang ein. Ich rief die Datei von Christina auf, in der sie die Bibelstellen mit Erklärungen geschickt hatte. Ich las mir die Texte noch einmal in Ruhe durch. Bei Johannes wurde ich schließlich fündig: »Ich bin das Licht, das in die Welt gekommen ist, damit jeder, der an mich glaubt, nicht in der Finsternis bleibt.«

»*Das Licht, das Wort, der Sohn.*« Ich rekapitulierte die Dinge, die ich von Salomon in Israel und vor nicht allzu langer Zeit in Mexiko von Padre Federico erfahren hatte.

Ich musste an Rom denken – und an Sayuri, die japanische Aikido-Meisterin. Sie war in Rom geblieben, als ich weiter nach Israel flog, denn nach ihrer Auffassung war die Waffe unbedingt in Rom! Doch wie ich jetzt wusste, war es keine Waffe; allerdings hatte sie in der Beziehung Recht, dass das Wort Gottes in Rom war. Auch in Rom. Denn das Licht ist überall. Ja, und hiermit nahm die Geschichte ihren Anfang. Und eines Tages wird es logischerweise auch ein entsprechendes Ende nehmen. Darauf weist ja dieser andere Text hin, Matthäus. Eigentlich unglaublich, was sich alles daraus entwickelt hatte! Eine halbe Weltreise, zig Attentate, Morde, Entführungen, Drohungen, Bestechungsversuche, und jetzt auch noch meine Schwester! Als ob es nicht reichen würde dass mein Leben dauernd bedroht worden ist!

Ich versuchte die negativen Gedanken zu verscheuchen und noch ein wenig zu schlafen. Doch es klappte nicht, zu viele Gedanken stürmten durch meinen Kopf. Wieder fiel mir die Bemerkung des Padre ein: Rio!

Die Wahrscheinlichkeit, dass ich dorthin gelotst werden sollte, war in der Tat groß. Und wenn das der Fall sein sollte, wusste ich, wo die Übergabe stattfinden musste: am Strand. Viele Menschen, leichte Kleidung, daher kaum Gelegenheit Waffen zu verstecken. Jedenfalls keine größeren wie zum Beispiel Maschinenpistolen. Und in einem Kampf Mann gegen

Mann würde ich es zur Not mit hundert Leuten aufnehmen, um Caroline da rauszuboxen. Also die Leute an den Strand locken! Den Rest würde ich dann improvisieren müssen.

Nachdem ich diese Überlegungen angestellt hatte, wurde ich augenblicklich ruhiger. Ja, der Plan war gut. Aus jetziger Sicht. Ich atmete tief durch.

Wieder versuchte ich wenigstens für eine Stunde die Augen zu schließen. Und diesmal klappte es außerordentlich gut. Erst kurz bevor wir landeten wurde ich wach. Ich fühlte mich ausgeruht und erfrischt und dankte in Gedanken meinen Ausbildern und Lehrern. Wir waren nicht nur physisch stark, sondern auch psychisch und mental. Stets war auf eine gleichmäßige Entwicklung der Agenten bei der Ausbildung geachtet worden.

Das Flugzeug landete. Ich war in Sao Paulo.

19. Blutsbande

Sao Paulo, Brasilien
Dienstag, 7:00 a.m.

Ich hatte Zeit. Auf jeden Fall beschloss ich, Zeit zu haben. Sollte ich nervös werden, standen die Chancen für Caroline schließlich noch schlechter!

Ich besorgte mir eine Zeitung am Kiosk, ging in die Wartehalle und blätterte die Seiten durch. Auf der dritten Seite fand sich ein längerer Artikel über eine Sekte und ihren Anführer, der in Brasilien mehrere hundert Anhänger um sich geschart hatte und tags zuvor von Spezialkräften der Polizei verhaftet werden sollte. Dabei kam es zu einer regelrechten Schlacht, im Laufe derer der Anführer erschossen worden war. Er hatte für sich in Anspruch genommen, eine Reinkarnation von Christus, Buddha und Krishna zu sein, zu der Sekte zählten einfache Arbeiter, Viehzüchter, Kaufleute, Soldaten, Beamte und sogar ein Richter. »*Schon seltsam*«, überlegte ich und musste einmal mehr an das Gespräch zwischen den Wissenschaftlern und Theologen im Zug nach Rom denken. »*Es gibt wohl überall Menschen, die sich nach etwas anderem sehnen, irgendeiner höheren Macht ...*«

Ich blätterte weiter.

Doch ich nahm die Buchstaben und Bilder kaum wahr. Auch wenn ich es versuchte, gelang es mir kaum, mich einem anderen Gedanken zu widmen als der Befreiung meiner Schwester aus den Händen dieser Terroristen.

Schon bald legte ich die Zeitung aus den Händen und wartete nur noch auf den Anruf.

Endlich klingelte mein Telefon.

»Kommen Sie nach Rio, Mister Carter!«, bekam ich zu hören, nachdem ich mich gemeldet hatte.

Ich blieb ruhig. - Erstaunlicherweise!

»Und wo wollen wir uns da treffen?«

»Sie werden von einem Wagen abgeholt. Achten Sie auf zwei Männer, die Sie am Flughafen abholen werden. Einer von ihnen hält ein ...«

»Nein!«, unterbrach ich ihn. »Wenn der Handel vollzogen werden soll und Sie die Waffe unbedingt haben wollen, dann machen wir es so wie ich es will! Schließlich muss ich mit dem Gedanken leben, dass ich das Leben meiner Schwester gegen das von anderen Menschen eintausche - da will ich absolut sicher gehen!«

Eine kurze Pause folgte. »*War er überrascht?*« Dann ließ sich in unverändertem Tonfall vernehmen: »In Ordnung, Mister Carter. Was schlagen Sie vor?«

Ich überlegte. »In einem Restaurant am Strand. Wir treffen uns in einem Restaurant an der Copacabana. Schließlich habe ich Urlaub und bin Tourist«, stieß ich grimmig hervor.

»Gut, Mister Carter, einverstanden. Kennen Sie denn eine Lokalität?«

»Nein, aber ich bin sicher, Sie ...«

»Ja, Mister Carter, wir melden uns wieder!«

Aufgelegt.

Soviel zum ersten Teil meines Plans. Dass es sich wirklich um Rio handelte, schien mir ein gutes Omen. Es dauerte nicht lange, bis die nächste Maschine in die wohl berühmteste Stadt Südamerikas abfliegen sollte. Ich bekam einen der letzten verfügbaren Plätze; aber einer reichte mir schließlich!

An Bord der Boeing sieben sieben sieben überzeugte ich mich kurz davon, dass hier wohl keine Gangster mit an Bord waren, die mich bereits observierten. Obwohl man es den Leuten nicht immer ansieht. Touristen hinter mir lasen offenbar in einem Reiseführer: »Drei Viertel aller Brasilianer sind Katholiken. Gott hat die Welt in sieben Tagen erschaffen, aber am achten Tag widmete er sich ganz allein Rio de Janeiro. Die Einwohner der Stadt werden 'cariocas' genannt.«

In dem Moment kam der Corcovado in Sicht - und auf ihm die Christus-Statue. Einige Mitreisende ergingen sich in Bewunderungsrufen und unterbrachen so meine Meditation.

Doch ich nahm es ihnen nicht übel. Obwohl aus dem Fernsehen und von Fotos bekannt, war der Anblick so gewaltig, dass ich alles um mich herum vergaß. Durch einen leichten Nebel-Schleier waren der Zuckerhut und der Corcovado auszumachen. Die estátua de Cristo, die Christus-Statue, schien wie auf Wolken zu schweben - ein fast mystischer Anblick. Weiter weg das tiefblaue Wasser, die Strände mit ihrer grünen Brandung, die Ansammlung von Häusern zwischen diesen Punkten, und der annähernd wolkenlose Himmel über uns - für einen Moment war ich geneigt, den Aussagen des Touristenführers der Leute hinter mir zuzustimmen.

Ich konzentrierte mich auf mich selbst. Auch eine fünf-Minuten-Meditation kann innere Ruhe und Stärke vermitteln. Als ich kurze Zeit später aus dem Flugzeug stieg, fühlte ich mich einigermaßen erholt und frisch, um die Dinge, die da kommen mochten, in Angriff zu nehmen.

Der Anruf von den Gangstern erfolgte umgehend nach Verlassen des Flughafens: »Kommen Sie ins Le Saint Honoré im Méridien-Hotel, Avenida Atlântica. Bestellen Sie sich etwas zu essen, wir melden uns!«

»Ich ...«

Aufgelegt. Nun gut. Jetzt mussten meine Widersacher offenbar mal wieder Stärke demonstrieren. Ich suchte das Hotel auf. Auf dem Weg durch die Stadt vernahm ich portugiesische, englische, deutsche, italienische, spanische, und japanische Töne, durchmischt von Indianersprachen. Es roch nach Urlaub. Mein Communicator lotste mich ohne Umwege zum Ziel.

»Jesús!«, rief eine junge Frau mir von weitem entgegen, doch sah sie nicht mich an, sondern irgendwie durch mich hindurch.

Ich drehte mich um. Hinter mir lief ein kleiner Bengel von vielleicht drei Jahren und strahlte über das ganze Gesicht. Er rannte an mir vorbei und auf die Frau zu, die ihn mit offenen Armen empfing. Weitere ungewöhnliche Situationen stellten sich nicht ein. Ich betrat das Hotel und fuhr bis in den siebenunddreißigsten Stock. Französische Atmosphäre und ein phänomenaler Ausblick auf die Copacabana belohnten mich für meine weite Reise auf die südliche Erdhalbkugel. Wenn ich jetzt nur noch Caroline gesund nach Hause bringen könnte ...!

Zu dieser frühen Mittagszeit war das Restaurant noch nicht übermäßig frequentiert. Es war kein Problem, einen Platz mit Aussicht auf den berühmtesten Strand der Welt zu bekommen. Die Copacabana, an der die Wesen des weiblichen Geschlechts nur so viel Textilstoff wie nötig tragen, um die letzten Grenzen des Anstands zu wahren - und Notwendigkeiten sind bekanntermaßen relativ -, stellte einen entscheidenden Faktor in meinen Plänen dar. Die meisten Bikinis bedecken nach Meinung von Experten nicht mehr als drei bis fünf Prozent der Haut, und auch wenn man durch Badehosen und T-Shirts erheblich mehr Haut verdecken kann, sind doch die Möglichkeiten eine Waffe zu verstecken sehr gering.

Diese Überlegung, die meinem Plan zu Grunde lag, wurde durch meine ersten Eindrücke bestätigt. Es waren zwar noch nicht sehr viele Menschen am Strand, aber für meine Zwecke würde es hoffentlich ausreichen.

Der Kellner kam, und ich wollte soeben bestellen, als zwei Typen erschienen, die ich sofort als meine Kontaktleute identifizierte. Bauchgefühl.

Und es trog nicht. Der eine war ein Weißer, groß und kräftig gebaut, der andere hatte die kaffeebraune Haut der Brasilianer und eine schwarze Lockenpracht. Sie kamen direkt an meinen Tisch.

Der Weiße sprach mich an: »Carter?«

Ich nickte.

»Kommen Sie mit!«

Für einen Moment überlegte ich, ob ich Widerstand leisten sollte, doch entschied ich mich für die Nummer des Gehorsamen. Ich stand auf, erklärte dem Kellner kurz, dass mich ein dringender privater Notfall zwang, das Restaurant schon wieder zu verlassen, drückte ihm ein Trinkgeld in die Hand und folgte den beiden.

Sie führten mich ohne Umwege direkt zum Strand.

*

Ich sah sie schon von weitem.

Es waren zehn Personen, die sich mir näherten. Neun kannte ich nicht, die zehnte war meine Schwester. Ein Typ wie ein weiteres Exemplar des 'Koloss von Rhodos' an ihrer Seite.

Doch je näher sie kamen, umso besser konnte ich sie erkennen und meinte, den einen auch zu kennen. Carrera!

Doch dann wurde meine Aufmerksamkeit von ihm ab und auf meine Schwester gelenkt. Caroline war, seit sie ein kleines Mädchen war, stolz auf ihre wallende Haarpracht. Ihre langen, dunklen und stets sehr gepflegten Haare waren zu einer Art Markenzeichen geworden.

Insofern stierte ich sie nun für Momente fassungslos an, denn ihre Frisur - sofern man davon überhaupt noch reden konnte - war in einem Zustand, den ich an ihr noch nicht bemerkt hatte. Und an einigen nicht ganz gelungenen Übergängen konnte man auf den zweiten Blick erkennen, dass es nicht immer so gewollt war - jedenfalls nicht von ihr.

Zwei Dinge konnte ich daraus folgern. Sie hatte nicht aufgegeben, sondern ein Funke Widerstand war noch immer in ihr vorhanden - trotz der nur allzu hoffnungslosen Situation. Und die Gangster brauchten sie, für sie war meine Schwester nur Mittel zum Zweck - ein Tauschobjekt.

An anderen Dingen waren sie augenscheinlich nicht interessiert, sonst hätte ihr Widerstand ihr auch schmerzhaftere Verletzungen einbringen können. Aber da es in den Augen ihrer Entführer schließlich auch um eine Sache ging, für die es sich lohnte, andere Dinge einstweilen zu vernachlässigen - womit nicht gesagt sein soll, dass alle Verbrecher auch gleich mordlüsterne Spitzbuben oder Folterknechte sind -, hatte sie sich bisher nur einige Schrammen eingehandelt und die Frisur eingebüßt.

Gleichzeitig zeigte es allerdings auch die Überheblichkeit

und Arroganz dieser Typen, die sich wohl bewusst waren, dass sie immer ihr Ziel erreichten und sich nicht einmal die Mühe machten, ihre Gefangene an die kurze Leine zu legen, sondern sich im Gegenteil eher noch lustig über sie machten.

Auch sie bemerkten mich, und Caroline wurde unruhig und versuchte sich loszureißen. Doch der Größte - ein Typ wie eine Mischung aus Schwergewichtsboxer und Basketballer - hielt sie mit nahezu eisernem Griff fest.

Er musste ihr weh getan haben, denn sie heulte und biss ihm in den Arm. Doch die einzige Reaktion, die sie dadurch provozierte, war eine schallende Ohrfeige.

Sie brach fast zusammen. Hätte er sie nicht festgehalten, wäre sie in den Sand gesunken. Es hätte nicht viel gefehlt, und ich wäre auf ihn losgegangen, doch ich beherrschte mich mit äußerster Anstrengung.

Nun betrachtete ich die Typen genauer, und wieder fiel mir derjenige auf, den ich für Carrera gehalten hatte. Er schien der Anführer der Truppe zu sein. Sie bewiesen ihm gegenüber so etwas wie Respekt. Außerdem reagierten sie auf seine Anweisungen, und er hielt sich streng in ihrer Mitte. So war er ähnlich wie Caroline nach außen abgeschirmt. Auch unter anderen Umständen hätten die anderen seine Bodyguards sein können - sie schienen es nicht zum ersten Mal zu machen.

Mit durchdringendem, feindseligem Blick musterte er mich.

»Mister Carter! Ich bin erfreut sie zu sehen! Mein Name ist Alonso.«

»*Alonso! Also doch! Es muss sich um Brüder handeln.*« Ich taxierte ihn aus knapp zehn Metern Entfernung. Seine Leute hatten Position bezogen, doch trug keiner eine automatische Waffe. Lediglich die langen Hosen konnten Pistolen oder Revolver verbergen.

Alonso besaß die gleichen kalten - eiskalten - blauen Augen wie sein Bruder, und sah ihm auch sonst überaus ähnlich. Lediglich ein unmittelbarer Vergleich - wie ich ihn jetzt durchführen konnte - hätte die Wahrheit ans Licht gebracht. Der Bruder von Carrera war in der Tat jünger, aber das erkannte man nur, wenn man den direkten Vergleich vollziehen konnte. Vielleicht war es sogar sein Bild, dass ich auf Carreras Yacht vor Marbella gesehen hatte. Und schlagartig war mir auch die Legende, dass er oft an mehreren oder unterschiedlichen Orten der Welt zugleich agieren sollte und gesehen worden war, klar. Und genauso wunderte ich mich nicht mehr über die Tatsache, dass er über meine Personalien verfügte. Sein Bruder hatte mir schließlich vor nicht allzu langer Zeit ein Dossier über mich vorgelesen - er dürfte ein ähnliches haben! Im Stillen nannte ich ihn nun auch Carrera.

In dem Moment wusste ich, dass es für Caroline und mich um alles ging. Auge um Auge, Zahn um Zahn. So wie ich seinen Bruder kennen gelernt hatte und ihn nach den ersten Sätzen einschätzte, konnte es nicht anders sein. Diesen Strand würden wir nicht lebend verlassen - und wir würden auch nur noch solange leben, bis er die Waffe in seinem Besitz hatte, von der er dachte, dass ich sie hätte.

Danach waren wir nur noch Zeugen und ich der Mörder seines Bruders, womit unsere Überlebenschancen gen Null tendierten.

Nach und nach überblickte ich die ganze Szene. Zwei Männer und zwei Frauen mit Caroline in der Mitte standen mitten im Sand - nur wenige Schritte vom Wasser entfernt, wo ein Motorboot ankerte.

»Klar«, dachte ich, »*die gehen ganz auf Nummer sicher. Mit einem Auto flüchten zu wollen, könnte in dem Verkehr schief gehen.*«

Die Frauen waren durchaus attraktiv und nicht gerade verschwenderisch bekleidet. Groß und schlank aber kräftig die eine, von etwas kleinerer Statur, kurvenreich und athletisch die andere.

Ich sah meine Schwester an. »Geht es dir gut? Bist du verletzt?«

Niemals zuvor hatte ich eine solche Angst in ihrem Gesicht gesehen - und wunderte mich. Hatte sie nicht noch kurze Zeit zuvor den Gangstern Paroli geboten und sich daraufhin die abgeschnittenen Haare eingehandelt?

Erst später wurde mir klar, dass ihre Angst mir galt.

Sie schüttelte den Kopf. »Mir geht es gut.«

Carreras Leute warfen sich Blicke zu, aus denen zu erkennen war, dass ich mir in dem Moment auf meine Cleverness gar nichts einzubilden brauchte. Ihnen war es schlicht egal, wie viele Unschuldige sie gegebenenfalls verletzen oder töten würden. Für die Waffe, die ich ihrer Meinung nach hatte, würden sie ohne Bedenken den ganzen Strand in ein Leichenschauhaus verwandeln.

Die Typen verteilten sich. Mein Empfangskomitee ließ mich nicht eine Sekunde unbeobachtet, Caroline wurde von zwei Typen und den beiden Frauen weiter in Richtung Wasser gedrängt, und Carrera hielt die Position mit seinen übrigen Gefolgsleuten.

»Ich bin über Sie genau im Bilde, Carter. Also machen Sie keine falschen Bewegungen! Ich kann Ihnen versichern, dass wir nicht so leicht zu überwältigen sind, wie es auf den ersten Blick scheinen mag.«

»Es ist mir klar, dass Sie irgendwo Waffen versteckt haben. Aber ich will auch gar keine Aktionen starten. Ich will nur meine Schwester nach Hause holen!«

»Sehr vernünftig!« Er leistete sich ein Hohnlächeln. »Selbst Ihnen dürfte es schwer fallen, drei räumlich getrennte Ziele gleichzeitig zu bekämpfen.«

»Ich will nicht kämpfen, ich will nur meine Schwester ...«

»Ja, alles klar. Geben Sie mir nur die Waffe, dann können wir alle zufrieden nach Hause gehen.«

»Die Worte, ich vernehm sie wohl, allein mir fehlt der Glaube«, murmelte ich.

»Was ist?«

»Och, nichts, ich habe nur laut gedacht«, erwiderte ich auf Carreras Frage und vergegenwärtigte mir unsere Lage noch einmal in allen Einzelheiten. Wir hatten eigentlich keine Chance. Die Typen waren mit Sicherheit irgendwie bewaffnet - so wie er gerade angedeutet hatte -, und selbst wenn ich meine beiden unmittelbaren Bewacher, die mich beständig im Auge hatten, hätte ausschalten können, waren die anderen einfach zu weit weg, um es in einem schnellen Nahkampf auszufechten. Ganz abgesehen davon, dass sie in der Zeit längst Caroline ...

»*Caroline!*«

Da kam mir eine Idee. Und im selben Moment musste ich an den Priester, Padre Federico, und seine letzte Äußerung denken: 'Etwas, was lange geheim war', war ihr zweiter Vorname, Margaréta, den sie eigentlich nicht mochte, und der deshalb in unserer Familie und wohl auch in ihrem Freundeskreis seit sie Teenager war nicht benutzt wurde.

Ich überschaute die Lage und wusste, was im entscheidenden Moment zu tun war. Ich wusste, dass Caroline die Einzige war, die mich verstehen würde, wenn ich den Namen 'Margaréta' erwähnte - ja, dass ich sie somit direkt ansprach. Denn sie war ein helles Köpfchen, und mit großer innerer Erleichterung hatte ich festgestellt, dass sie trotz Ohrfeige und des Angstausdrucks bei meinem Erscheinen weit davon entfernt war, hysterisch zu reagieren. Selbst in dieser Lage dürfte sie so reagieren, wie ich es mir vorstellte. Oft genug hatte ich ihr in jungen Jahren beigebracht, gerade in scheinbar aussichtslosen Situationen einen klaren Kopf zu behalten.

Sie trug die Schuhe, die sie von ihrer Patentante zum einundzwanzigsten Geburtstag bekommen hatte - mindestens drei-Zentimeter-Absätze. Die Typen schienen sie nicht im Schlaf erwischt zu haben. Ich würde zwar nicht nur nie begreifen, wie man in diesen Dingern laufen - sprich vorankommen - konnte, sondern auch nicht, wie man dabei noch so eine gute Figur machen konnte. Aber das war jetzt auch nicht wichtig.

Das Einzige, was zählte, war die Tatsache, dass jeder Mann, dem sie mit diesen Absätzen auf den Fuß stieg, vorübergehend die Lust an jedweder Aktion - ganz gleich in welcher Richtung und Motivation - verlieren würde.

Das musste es sein! Ich überlegte wie ich die anderen überwältigen konnte; ich brauchte ein Ablenkungsmanöver! Doch ich kam nicht weiter zum Überlegen.

»Was diese Waffe wohl auf dem internationalen Markt bringt?«, sinnierte Carrera.

»Ich weiß es nicht. Ich bin kein Waffenhändler«, erwiderte ich lakonisch, während ich nach einer Lösungsmöglichkeit suchte.

»In der Tat. Aber ich denke, es wird eine angemessene Summe dabei herausspringen.« Er sah mich lauernd an. »Ist sie wirklich so gefährlich, so mächtig, wie man sagt?«

Ich stellte mich unwissend. »Was sagt man denn?«

Er lachte rau. »Stellen Sie sich doch nicht dumm! Derjenige, der diese Waffe kontrolliert ..., sie besitzt, der hat die Macht, eine zweite Sintflut auszulösen! Das wird Ihnen nicht entgangen sein, oder?«

»Nun ja ...«

»Ist es ein Laser? Stationierung in der Erdumlaufbahn? Kontrollierbar per Funk von jedem Punkt der Erde?«

Ein irrer Ausdruck trat in seine Augen. Er war fast nicht mehr als menschlich zu bezeichnen. Ich fühlte mich erinnert an die Irren vor ihm, die mich in ähnliche Situationen gebracht hatten.

»Sie glauben doch nicht, dass ich Ihnen das hier erzähle, wo so viele Leute zuhören, oder?«, fragte ich und versuchte einen möglichst neutralen Tonfall anzuschlagen.

Seine Züge normalisierten sich wieder. Mit einem unendlich geringschätzigen Ausdruck sah er mich und dann Caroline an und fragte: »Was schwebt Ihnen denn vor, wo wir uns unterhalten sollten?«

»Keine Ahnung!«, erklärte ich lapidar und betrachtete meine fernere Umgebung aufmerksam. »Auf jeden Fall an einem etwas ruhigeren Ort - und nicht umgeben von Ihren Leibwächtern!«

»Meine Leibwächter ...? Ah, ja. In der Tat. Aber Sie werden mich sicherlich verstehen, dass ein Mann in meiner Position vorsichtig sein muss. Es gibt gar zu viele Menschen, die mir nicht so wohl gesonnen sind wie ich es gern hätte.«

»Was ich ihnen nicht verdenken kann!«, stieß Caroline hervor. In ihren Augen stand in dem Moment keine Angst, nur Verachtung.

Erstaunt blickte Carrera sie an, die Hand des Hünen zuckte hoch, sie hob abwehrend ihre Hand vor ihr Gesicht, doch als ich Carrera scharf ansah, gab der seinem Schläger einen kurzen Wink, und die Situation entspannte sich wieder. Er ließ die drohend erhobene Hand sinken.

»Wäre Ihnen ein Schiff auf dem Meer ein ruhigerer Ort?«, fragte mein Gegenüber mit dem Lächeln eines Haifisches, dem seine Beute nicht mehr entgehen kann, und es nur noch um den Zeitpunkt geht, wann das Menü serviert wird.

Ich beschrieb mit der Rechten einen weiten Bogen und deutete aufs Wasser. »Und zu welchem Boot wollen Sie uns bringen? Ich kann mir nicht denken, dass Sie den Austausch auf einem beliebigen Boot vornehmen wollen!«

»Da haben Sie Recht.« Carrera grinste hämisch. »Ich würde Sie natürlich auf mein Schiff bitten, eine kleine, recht hübsche Yacht, wie ich meine. Und auch der Bordservice dürfte Sie rundum zufrieden stellen!«

Es war mir egal, was er sagte, ich versuchte nur Zeit und eine geeignete Ausgangsposition zu gewinnen. Aikido - das Richtige zum richtigen Zeitpunkt tun. Die Vorbereitungen liefen in meinem Kopf bereits. Es fehlte nur noch das Ablenkungsmanöver. Doch so sehr ich auch suchte, ich fand keines. Auf das Schiff durften wir jedenfalls unter keinen Umständen. Nein, die Geschichte musste hier in der Öffentlichkeit entschieden werden. »*Aber wie?*«

Da trat auf einmal ein Mädchen - nein, eine Frau zu unserer Gruppe. Sie war - perfekt. In meinem Beruf schlossen sich Arbeit und Frauen zwangsläufig gegenseitig aus. Zwar hatte ich mehrere Freundinnen - oder Lebensabschnittsgefährtinnen wie man heute auch sagt - gehabt, und in den wilden Zeiten war in Männergesprächen auch das eine oder andere Wort über Frauen gefallen - über Figur, Gesicht, Augen, Mund - konnte man nach zwei, drei Bier vortrefflich diskutieren, und unter Umständen auch ohne Bier, doch bisher war keine Beziehung von Dauer gewesen.

Aber das alles war einfach Makulatur. Die Frau, die da nur wenige Meter von mir entfernt stand, war im Gesamterscheinungsbild ausgeglichen, harmonisch, perfekt. Die perfekte Balance zwischen Yin und Yang.

Sie war mittelgroß, schlank, wohlproportioniert, hatte lange dunkle gelockte Haare, den typischen kaffeebraunen Teint der Brasilianerinnen und erstaunlich grüne Augen, von einer Farbe und Intensität, wie ich sie noch nie gesehen hatte.

Und noch etwas hatte sie: das bezauberndste Lächeln der Welt. Sie vermittelte eine ungekünstelte Lebensfreude, eine unwiderstehliche, unaufdringliche Art zum Glücklichsein. Ihre Garderobe bestand aus einem Bikini und einem Tuch, das sie sich um die Hüften gelegt hatte.

Ich war, wie man so schön zu sagen pflegt, hin und weg, eine heiße Welle fuhr durch meinen Körper, gefolgt von einem Prickeln, wie ein elektrischer Schlag.

Sie musste die Wirkung, die sie auf ihre Mitmenschen ausübte, schon oft beobachtet haben. Und doch trat sie nicht überheblich oder arrogant auf, sondern näherte sich uns mit graziösen, wohl überlegten kleinen Schritten. Sie schien die Situation zu prüfen. Andeutungsweise verdüsterte sich ihre Miene, doch nur um schnell wieder diesem bezaubernden Lächeln Platz zu machen.

»Hallo Jungs!« Sie schien die Situation jetzt voll zu durchschauen, die 'Bösen Jungs' jedoch nicht für ganz ernst zu nehmen und warf einen unbeschreiblichen Blick auf meine 'Bodyguards', so dass die unwillkürlich einen Schritt zurück machten. »Hier ist aber sehr viel Testosteron in der Luft!«, stellte sie mit einem süffisanten Lächeln fest.

»Verzieh dich!«, forderte Carrera sie jedoch auf. Ich musste mich nicht umdrehen, um zu wissen, dass er von ihrer Erscheinung nicht so stark beeindruckt war wie seine Leute, doch auch seine Stimme verriet eine zuvor nicht da gewesene Irritation.

Also hatte ich mich nicht getäuscht, denn was konnte so einen Typen wie ihn schon beeindrucken! Diese Frau hatte uns alle in ihren Bann gezogen - fast schien es, als ob Zeit und Raum ihre Bedeutung verloren hatten.

Anscheinend war ich der erste, dem bewusst wurde, dass seit Carreras barscher Aufforderung nichts weiter passiert war. Weder hatte sie in irgendeiner Form reagiert, noch hatte einer von seinen Männern oder gar Carrera selbst irgendwelche Maßnahmen ergriffen, um der Drohung Nachdruck zu verleihen.

Zeit und Raum hatten in der Tat aufgehört zu existieren, es herrschte vollkommene Harmonie.

»Verzieh dich! Hast du nicht gehört, was der Chef gesagt hat?« Mein Bodyguard zur Linken schlug nun doch einen rauen Ton an. Vielleicht musste er sich noch profilieren?

Doch auch seine Aufforderung verpuffte mit dem gleichen Erfolg wie die seines Chefs. Sie bedachte ihn mit einem Blick, wie ihn nur Frauen zustande bringen und der in jedem Mann gewisse Dinge auszulösen vermag - Gedanken, Gefühle, Selbstzweifel.

Ihn konnte ich für ein paar Sekunden getrost vernachlässigen - er hatte mit sich und seinen Gedanken für den Moment genug zu tun.

Sie blickte mir mit einem Lächeln in die Augen. Ich meinte ein Zwinkern auszumachen, während sich das Lächeln um eine Nuance verstärkte. Dann blickte sie Carrera an und straffte ihre Figur.

In dem Moment wurde mir klar, dass sie das Startsignal gegeben hatte. Die Zeit war gekommen. »Mar - ga - ré - ta!«, betonte ich jede der vier Silben ohne mich umzudrehen und in der Hoffnung, dass Caroline mich verstand.

»Was ist?«, wollte daraufhin mein Bewacher zur Rechten wissen.

»Mein Name ist Isabella«, erklärte unsere Gegenüber.

»Ja ..., und ...?«, fragte mein linker Bewacher.

»Männer!« Sie trat zwei, drei langsame Schritte nach vorn.

Automatisch folgten ihr die Blicke aller männlichen Anwesenden.

Und dann geschah es. Ihr Tuch glitt von den Hüften, und somit war ihr die uneingeschränkte Aufmerksamkeit aller männlichen Lebewesen dieses Strandabschnitts für die nächsten Augenblicke sicher.

Alle bis auf mich. »O - Go - shi!«, dehnte ich die letzte Silbe und stampfte mit dem Fuß auf. Dann schlug ich meinen rechten Bewacher mit einem gezielten Faustschlag zu Boden und drehte mich um.

Caroline reagierte mustergültig. Eben als ich die Drehung vollendete, flog ihr Bewacher durch die Luft und landete unsanft im Sand. Er hatte überhaupt nicht mit einer solchen Aktion seitens seiner sich bisher völlig passiv verhaltenden Gefangenen gerechnet. Wie ich später erfuhr, hatte sie meinen Hinweis sofort verstanden und war dem Typen unmittelbar vor dem Wurf auf den Fuß gestiegen. Das erklärte auch, warum er sich anschließend nicht mehr erhob. Ihre nächste, gegen die größere der beiden Frauen gerichtete, Aktion bekam ich gerade noch mit: »Blöde Zicke!«, rief Caroline und donnerte ihr eine dermaßen harte Gerade auf die Kinnspitze, dass die Getroffene lautlos zu Boden ging.

Noch in der Bewegung erledigte ich meinen anderen Bewacher durch einen ebensolchen Hieb gegen die Schläfe, so dass er ebenfalls zu Boden sank, und sprang mit zwei Sätzen mitten unter die Carrera-Gruppe. Dem Riesen verpasste ich im Sprung einen Fußtritt gegen sein Kinn.

Dann mischte ich die anderen auf. Ein trainierter Mann kann eine Menge Unheil anrichten, selbst in nur wenigen Sekunden und ohne Waffen.

Vier lagen bereits kampfunfähig im Sand, als neben mir eine schrille Stimme ertönte: »Das wars dann!« Ein Schlaksiger aus Carreras Gruppe zielte mit ausgestrecktem Arm auf mich. Er war mir so nah, dass ich meinte, die Kugel im Lauf sehen zu können.

»*Dass die immer so dramatisch sein müssen! Immer dieses Gere-*

de, und es führt doch zu nichts!« Ein blitzschneller, präziser und genau getimter Schlag meiner linken Hand von unten gegen seinen Ellenbogen und minimal verzögerter Schlag meiner rechten Hand gegen seine Brust bewirkten zweierlei: die Pistole flog ihm aus der Hand, und er ging rücklings mit einem Ächzen zu Boden. Natürlich war auch ein bisschen Psychologie mit im Spiel. Ich hatte mir zuvor bereits ausgerechnet, dass Carrera seine Leute angewiesen hatte, mich einzuschüchtern und gegebenenfalls auch zu verletzen, doch unter keinen Umständen zu töten. Den Schrei, den er ausstieß, nahm ich schon kaum noch zur Kenntnis, sondern wandte mich seinem Kumpel zu. In der Drehung sah ich, wie unsere Strandschönheit, Isabella, soeben ein Rad schlug und mit einem mustergültigen Fußfeger einen weiteren der Typen ausschaltete. »*Was sie macht, das macht sie gründlich!*«, überlegte ich, dann musste ich mich auf meinen nächsten Gegner konzentrieren.

Er griff mich mit einer Links-Rechts-Kombination an. Ich wich schnell zur Seite, täuschte einen Haken an und ergriff, als er entsprechend reagierte, seine linke Hand. In einer spiralförmigen Bewegung lenkte ich ihn in eine geeignete Position, und nach einer schnellen Doppelschrittdrehung und anschließender Wendung ließ ich seine Hand los. Nach einer Rolle landete er schwungvoll im Sand.

Der Riese war wieder auf dem Plan. Eine sehr effektive Waffe im Nahkampf ist der Ellenbogen. Meiner landete mit aller Kraft punktgenau auf seinem Kinn, das somit zum zweiten Mal innerhalb kürzester Zeit zum Zielobjekt aggressiver Kräfte wurde. Und das reichte: er kippte aus den Latschen als ob ihm jemand eine rasch wirkende Dosis Beruhigungsmittel verabreicht hätte.

Beide Aktionen waren nicht sehr harmonisch, aber es diente der Wiederherstellung der Harmonie. Ich hatte keine Gewissensbisse.

Ich verschaffte mir einen Gesamtüberblick über die Lage: Der Einzige, der noch stand, war Carrera. Doch machte er keine Anstalten Gegenwehr zu leisten. Er sah reichlich fassungslos aus und wirkte ohne seine Truppe ziemlich hilflos. Er hatte aufgegeben. Innerlich, und somit auch äußerlich.

Isabella hatte die zweite Frau inzwischen auch noch außer Gefecht gesetzt. Eine Haarsträhne hing ihr ins Gesicht, die ihr ein sexy Aussehen verlieh. Doch mit einer energischen Handbewegung strich sie sie jetzt weg.

»Obrigado! - Danke!«, sagte ich und lächelte. »Das war sehr mutig.«

»Gern geschehen«, erwiderte sie bescheiden und lächelte zurück.

Dieses Lachen! Bezaubernd! In dem Moment wusste ich, ich würde sie heiraten. Doch wir wurden in der Kennenlernprozedur unterbrochen. Die Polizei erschien in Form von einem Mannschaftsbus und drei Polizeiautos, aus denen uns über ein Dutzend Uniformierte entgegenströmte.

Ich überlegte eben noch, wie ich den Beamten die Sachlage erklären sollte, ohne irgendwelche politischen oder diplomatischen Verwicklungen zu provozieren, da trat Isabella einen Schritt vor und erklärte dem vordersten Polizisten, dass die Typen sie überfallen und bedroht hatten, und dass zwei amerikanische Touristen, Caroline und ich, ihr geholfen hatten, als es zu Handgreiflichkeiten kam.

Die Polizisten kauften ihr die Story ab, nahmen unsere Personalien auf, nachdem wir Isabellas Version bestätigt hatten, und im Handumdrehen wurden die teilweise noch immer bewusstlosen und erstaunlicherweise völlig stillen Gangster verhaftet und in zwei weitere, inzwischen ebenfalls eingetroffene Polizeibusse verfrachtet. Der Captain erzählte uns dann irgend etwas von Drogenkrieg und Rauschgifthändlern, und dass er nicht gedacht hätte, dass die Auswirkungen bis hierher reichen würden, bedankte sich schließlich bei uns, wünschte uns noch einen schönen Urlaub und folgte seinen Leuten.

Er hatte sich bereits über Funk erkundigt und erfahren, dass gegen mehrere Typen ein Haftbefehl vorlag. Eine Zeugenaussage unsererseits war damit nicht mehr unbedingt erforderlich, sofern wir keine Anzeige erstatten wollten. Nichts lag uns ferner, und offenbar war auch er froh, keinen weiteren Scherereien mit Ausländern ausgesetzt zu sein oder gar noch einen internationalen Zwischenfall zu provozieren.

So wurde die ganze Angelegenheit als Handgemenge deklariert, ohne größere Schäden verbuchen zu müssen.

20. Hochzeitspläne

Rio de Janeiro, Brasilien
Dienstag, 7:00 p.m.

Die Gangster waren in sicherer Verwahrung, dem Gesetz übergeben. Ich hatte Caroline wieder, wir beide waren unverletzt, und wir saßen in einer Cocktailbar an der Copacabana. An meiner Seite saß Isabella.

»Warum hast du uns geholfen?«, fragte Caroline. »Einfach so?«

»Na ..., da reichte doch der gesunde Menschenverstand, um zu sehen, dass da was in der Luft lag! Und man hat ja auch eine gewisse Verantwortung.«

»Bist du etwa Psychologin?«, fragte ich.

»Ach! Die hatten so starre, angespannte Gesichter. Das war doch klar, das da irgendwas nicht stimmt und ich helfen musste!«

»Aus Mitleid, oder weil das Gewissen sich gemeldet hat?«, wollte meine Schwester wissen. »Immerhin waren wir nur zwei und die ganz viele!«

»Richtig! Total ungerecht!«, rief ich gespielt entrüstet.

»Ach, Frauen treffen halt manchmal irrationale Entscheidungen. Man muss nur optimistisch an die Sache rangehen, dann klappt das auch!«

»Und entschlossen dabei sein, was man auch tut.« Ich warf ihr einen anerkennenden Blick zu.

»Stimmt.« Sie hielt dem Blick stand, ein Lächeln spielte um ihre Lippen. Ihre Augen schienen jetzt in einem anderen Licht zu leuchten als vorhin am Strand, sie waren tief dunkel. Äußerst faszinierend!

»Aber wie kam es eigentlich, dass ihr von diesen Gangstern bedroht worden seid? Wollten die ein hohes Lösegeld erpressen, oder bist du beruflich so interessant, dass es sich lohnt, dich zu entführen?«, fragte sie mich.

»Das wohl kaum, er ist Beamter«, kam mir meine Schwester zuvor.

»So so, Beamter.« Isabellas Gesichtsausdruck war nicht zu entnehmen, was sie davon hielt. »Und in welcher Branche?«

»Amerikanische Bundespolizei«, erwiderte ich mit leiser Stimme. »Aber das bleibt bitte unter uns.«

»Aber sicher. Ich kann ein Geheimnis für mich behalten. Und was machst du dann hier?«

»Urlaub«, erwiderte ich trocken.

Isabella und Caroline lachten. Wir alberten etwas herum, dann erkundigte sich meine Schwester: »Und was machst du eigentlich heute hier? Berührungsängste scheinst du ja keine zu haben.«

»Oh, ich bin sozusagen multikulturell von Geburt an. Meine Vorfahren stammen aus drei Kontinenten. Meine Urgroßmutter, also die Oma von meinem Vater, kommt aus Afrika, meine Großmutter mütterlicherseits aus Portugal, also Europa, und meine Mutter ist Brasilianerin. Und dann gibt's natürlich noch andere Familienzweige.«

»Natürlich.«

»Ja, und ich wollte den Tag am Strand verbringen; und später meine Mutter abholen.«

»Ich finde es toll, dass du uns geholfen hast«, meinte Caroline. »Vielen Dank!«

»Gern geschehen. Mein älterer Bruder ist Capoeira-Meister und genoss einen gewissen Ruf in unserem Viertel, der sich im Laufe der Jahre auf die ganze Stadt ausgedehnt hat. Er hat immer sehr hart trainiert, und sein Meister hatte schon früh festgestellt, dass er eine natürliche Begabung besitzt, die nicht vielen Menschen angeboren ist, sie aber zu den Besten ihres Faches werden lässt. In der Musik oder Kunst würde man wohl Genie dazu sagen.«

Ich nickte.

Sie lächelte. »Nun ja, und im Kampfsport lautete die Parole schließlich, dass man sich mit meinem Bruder besser nicht anlegen sollte. Und als ich ein gewisses Alter erreicht hatte und eines Abends aus der Disco kam, half er mir auf recht spektakuläre Art gegen einige zudringliche Typen, die das von da an auch nie wieder versucht haben. Seit dem Zeitpunkt galt eine erweiterte Parole in unserem Viertel: Lasst seine Schwester in Ruhe!«

»Allerdings konnte er natürlich nicht sein ganzes Leben damit verbringen, auf dich aufzupassen«, meinte Caroline.

»Sehr richtig.« Isabella nickte. »Und somit brachte er mir eines Tages einige Grundtechniken bei, damit ich mich in der großen weiten Welt auch verteidigen könnte, wenn ich allein war.«

»So ähnlich war es bei uns auch«, sagte Caroline.

»Ein Lob deinem Bruder!«, fügte ich hinzu. »Und vielen Dank!«

Isabella lächelte mich an. »Danke! Ich werde es weitergeben.«

Still sahen wir uns in die Augen. Und wieder einmal schien die Zeit still zu stehen. Bei mir hatte es gefunkt, wie man so sagt, und wenn ich die Sprache der Frauen auch nur einigermaßen richtig deuten konnte, empfand sie mir gegenüber keine Antipathie.

Es sollte der Anfang einer wundervollen Zeit werden.

Ich zahlte und wir verließen die Bar. Am Strand entlang gingen wir in Richtung Auto. Isabella hatte angeboten, uns zum Flughafen zu bringen. Wir warfen uns wiederholt tiefere Blicke zu, und schließlich ergriff ich ihre dargebotene Hand. Um sie nicht wieder los zu lassen!

»Mein Bruder ist verliebt!«, rief Caroline.

Isabella errötete, doch sie überspielte die Szene gekonnt indem sie fragte: »Ist das denn etwas Besonderes?«

»Und ob!«, meinte meine Schwester. »Aber bevor ihr eure Hochzeit oder gar eine Reise plant, solltet ihr euch erst noch einmal ganz richtig verlieben!«

Wir schauten sie wohl beide fragend an, denn sie erklärte mit einem fröhlichen Lachen: »Na ja, ihr wisst schon, romantische Sonnenuntergänge, gemeinsame Spaziergänge, gutes

Essen, gute Musik, Kuscheln, Schmetterlinge im Bauch, ach ...«

Sie war ins Schwelgen geraten, und ich wusste nur zu gut, warum!

Als ich Isabella ansah, hatte sie wieder dieses Lächeln aufgelegt. »Haben wir vorher denn noch Zeit?«

»Wovor?«

»Vor unserer Hochzeit.«

»Zum Verlieben?«

»Ja.«

»Ich denke schon.«

Sie trat ganz nah an mich heran. »Ich hoffe doch sehr!«, flüsterte sie.

Sie küsste mich. Ein Kribbeln durchfuhr mich.

»Plant doch schon mal eure Hochzeit! - Oder noch besser auch gleich die Hochzeitsreise!«, neckte Caroline uns wieder.

Entrüstet sah ich sie an. Ihr Grinsen reichte sprichwörtlich von einem Ohr zum anderen.

»Sieh du lieber zu, dass du nicht nur Affären hast, sondern mal eine Beziehung aufbaust, die länger als ein Wochenende dauert!«

Caroline machte einen Schmollmund, doch irgendwie scheinen Frauen bei gewissen Themen zusammen zu halten. Isabella trat an ihre Seite, hakte sie unter und fragte: »Wie viele kommen denn aus eurer Familie?«

Sprachlos starrte ich sie an.

Meine Schwester schaltete jedoch schnell um - von rechter auf linke Gehirnhälfte. »Ich weiß nicht, da müsste ich erst überlegen ...«

»Darf ich da auch noch ein Wörtchen mitreden?«, fragte ich gespielt entrüstet.

»Wenn es nicht geheim bleiben muss, dass du heiratest!«, frotzelte Isabella.

»Ich werde einen schriftlichen Antrag bei meinem Chef einreichen«, gab ich mit gleicher Münze zurück.

»Tu das!«, meinte sie und begann aufzuzählen: »Also meine Eltern kommen aus Itajuba, meine Schwester aus Recife, mein

Bruder kommt mit Familie aus Cruzeiro und meine Oma aus Lorena. Dazu natürlich meine Nichten und Neffen, Cousins und Cousinen und Freunde aus ganz Brasilien.«

»Du hast auch noch eine Schwester?«, fragte ich erstaunt.

»Ja, sie erinnert mich ein bisschen an deine. Oder vielmehr deine hat mich an meine erinnert ...«

Caroline übernahm indes die Planung für mich: »Von unserer Familie dürften nicht ganz so viele zusammen kommen. Unsere Eltern aus L. A., die Großeltern aus Boston und die anderen aus Mexico, dazu ein paar Freunde aus Kalifornien, Arbeitskollegen von der Ostküste - und ich, wenn ich Glück habe!«

»Ich werde dich auf jeden Fall einladen«, versprach Isabella.

»Danke sehr!« Caroline strahlte. Vielleicht dachte sie an ihre nächste Verabredung. Sie liebte Hochzeiten - auch wegen der Kleider, die sie dann tragen konnte.

»Und wohin machen wir die Hochzeitsreise?«, fragte ich mit ironischem Unterton.

»Ich würde gern nach Europa, nach Portugal und Spanien, Frankreich und Italien, Deutschland und ...«, begann Isabella.

»Das ist ja schon eine etwas längere Reise!«, protestierte ich lachend.

»Dann müssen wir eben mehrere machen, denn nach Australien und Neuseeland will ich auch!«, erklärte Isabella mit Bestimmtheit.

»Und in die Stadt der Liebe - nach Paris!«, warf Caroline ein.

Bei dieser Äußerung gingen mir blitzschnell andere Gedanken durchs Gehirn, doch verfolgte ich sie für jetzt nicht weiter.

»Und nach Japan, und vielleicht nach China. Und außerdem ..., was hältst du von einer Tour mit einem Wohnmobil quer durch die Staaten?«

»Mit einem motorbetriebenen Planwagen, in Analogie zu den ehemaligen Siedlern, ja?«

»Sozusagen.«

»Ich habe ja immer von einer romantischen Fahrt im Heißluftballon über dem Grand Canyon geträumt.«

»Und ich kenne da ein sehr nettes Fleckchen im Herzen Brasiliens ...«

»Das ist aber nichts gegen den Grand Canyon!«

»Immerhin ist es grüner!«

»Aber nicht so gewaltig und einzigartig!«

»Ist das der erste Ehekrach?«

Wir sahen Caroline an, die uns mit einem neckischen Grinsen anschaute, und verstummten.

»Wie viele Kinder wollt ihr denn eigentlich haben?«

»Nun ja ...«, zögerte ich, doch Carolines Frage stürzte Isabella nicht in Verlegenheit. »Auf jeden Fall wirst du Tante werden!«

Und sie lachte dieses Lachen, was mich schon jetzt zum Schmelzen brachte.

»Ihr werdet bestimmt ein tolles Paar. Und es wird eine Riesenparty! Aber vorher würde ich gern noch nach Hause!«, wandte Caroline nun ein.

Ich nickte nur. »In Ordnung ..., ich nehme dich mit bis New York. Dann muss ich nach Washington - meinen Bericht abliefern.«

»Genau, sonst bricht noch ein Weltkrieg aus!«

Ich sah sie an.

Wenig später waren wir am Flughafen. Isabella hatte uns gefahren. Sie hatte das Auto ihrer Mutter und musste sie später bei einer Freundin abholen. Jetzt hieß es zunächst einmal Abschied nehmen, denn der Flug nach New York war der nächste auf der Liste.

»Hey, Traumfrau!« Ich sah die Frau an, die uns so tatkräftig unterstützt hatte.

Isabella sah mich wieder mit diesem bewussten Blick an. »Si?«

»Wusstest du eigentlich, dass mein Heimatland und dein Heimatland sich gewissermaßen spiegelbildlich gegenüber liegen? Das war eine tolle Reise.«

»Ja.«

»Ja ..., nur die ganzen Umwege waren ganz schön zeit- und kräfteraubend.«

»Stimmt schon, du hättest auch direkt zu mir kommen können.« Sie trat einige Schritte auf mich zu, stellte sich auf die Zehenspitzen und küsste mich. »Aber dann hättest du all das nicht erfahren, was du erfahren hast.«

»Auch wieder wahr. Tja, Europa war definitiv eine Reise wert.«

»Komm schnell wieder zurück!«

»Das werde ich, ganz bestimmt! Nur muss ich meinen Bericht bei meinem Chef abliefern. Da läuft noch so ein blödes Ultimatum.«

»Der Bericht, dass du die Welt gerettet hast?«

»Hmm. Sagen wir mal, ich habe meinen Teil dazu beigetragen.«

»Komme ich in dem Bericht auch vor?«

»Aber ganz bestimmt!«

»Wer bekommt den Bericht denn alles zu sehen?«

»Mein Chef. Und der Direktor. Und er wird sicherlich im Hause besprochen werden. In der Abteilungsleiterrunde.«

Sie sah mich an. »Das war es?«

»Nun ja ..., immerhin ist er geheim!«

»Dann bekommen also all die Menschen, um die es geht, nichts davon mit? Die Öffentlichkeit bleibt ahnungslos?«

»Hmm, so würde ich das nicht sagen. Eine Ahnung haben viele.« Ich musste an Saskia und Alexandre denken. »Und einige wissen es sogar«, fügte ich hinzu und dachte an Padre Federico. »Aber abgesehen davon bleibt der Bericht selbst wohl ziemlich geheim.«

»Findest du das richtig?«

Ich betrachtete sie nachdenklich. »Tja, das ist nicht meine Aufgabe, mir darüber Gedanken zu machen. Aber wenn ich eine Bekannte aus Rom zitieren darf: Der Äther ist für alle da, und immerhin habe ich meinen Bericht in mehreren Teilen per E-Mail verschickt. Wer weiß, ob es nicht doch jemand schafft, den Code zu knacken ...«

»Tja, wer weiß ...«, sinnierte sie.
Caroline unterbrach uns: »Wir müssen!«
Ich blickte auf den Check-in. »Okay!« Ich umarmte Isabella. »Beeil dich!« Sie küsste mich, drehte sich um und ging. Für einige Momente sah ich ihr hinterher, doch dann packte mich meine Schwester und zog mich den Gang entlang. »Los doch, komm endlich! Du siehst sie ja bald wieder!«

*

Der Rückflug nach New York mit Caroline versprach kurzweilig zu werden. Sie erzählte, kaum dass wir in der Luft waren: »Ich war so aufgeregt - ich habe die ganze Nacht nicht geschlafen! Die haben mich entführt, nur kurz nachdem wir telefoniert hatten und du gesagt hattest, dass du dein Telefon jetzt ausstellen würdest.«

»Als ich in Miami war - gestern morgen.«

»Ja, die haben mir eine Falle gestellt. Die Kleine war Mexikanerin, sie sprach perfekt Spanisch. Sie hat ein bisschen geheimnisvoll getan, und erst dachte ich, sie wäre eine Kollegin von dir! Und als ich mich später einmal gewehrt habe, haben die beiden Frauen mir die Haare abgeschnitten! Dann haben die mich weggebracht und mir nichts weiter gesagt. Ich konnte mich nicht einmal mehr umziehen! Ich wusste lange nicht, worum es geht, erst als ich mit dir sprechen konnte ...«

Sie verstummte und fing an zu schluchzen.

Ich drückte sie an mich.

So vergingen einige Minuten, dann hatte sie sich wieder gefangen. »Etwas Schlimmes getan haben sie mir die ganze Zeit nicht. Erst der Schlag von dem Riesen am Strand ..., das war das erste Mal, das sie mir weh getan haben. Eigentlich bin ich jetzt fast noch aufgeregter. Du musst mir unbedingt erzählen, wie das alles und was genau passiert ist ...«

»Aber sicher«, murmelte ich.

Wir hatten den brasilianischen Luftraum noch nicht verlassen, da schlief sie tief und fest an meiner Seite.

Ich widmete mich meinem Communicator und verfasste den Schluss des Berichtes, den ich nach meiner Ankunft komplett an Christina geben würde.

*

»Welcome, Mister Carter!«

Die Maschine war auf dem JFK International Airport gelandet, und Caroline und ich wurden in Empfang genommen. Wie bei meiner letzten Landung in New York erwarteten mich die FBI-Beamten Donovan und Miller - und meine Schwester, wie sich herausstellte. Doch die eigentliche Überraschung war, dass Assistant Director Frederick Anderton neben ihnen stand. Er präsentierte ein Freudestrahlen, als ob ich sein verlorener Sohn sei und hielt mir meinen Haustürschlüssel, meinen Dienstausweis und meine Waffe entgegen.

»Welcome back, Special Agent! Ich nehme an, die junge Dame an Ihrer Seite ist Ihre Schwester?«

Caroline antwortete an meiner Stelle: »Ja, ich bin Caroline. Guten Morgen!«

Anderton schüttelte erst ihr und dann mir die Hand und raunte mir dabei zu: »Reizend, wirklich. Es war richtig, dass Sie sie geholt haben ..., ähm, befreit, meine ich. Den Rest übernehmen wir.«

Ich sah ihn erstaunt an.

»Ja«, erklärte er dann lauter, so dass auch Caroline es hören konnte, »die beiden Beamten Donovan und Miller werden sie nach Hause begleiten. Die Anweisung kam heute Nacht aus Washington. Vom stellvertretenden Direktor.«

Donovan und Miller traten einen Schritt vor und nickten Caroline freundlich zu.

Ich atmete erleichtert tief durch. Ich hatte bereits im Flugzeug einen gewissen ängstlichen Gesichtsausdruck an ihr bemerkt. Auch wenn sie sich nichts hatte anmerken lassen, war ihr offensichtlich nicht ganz wohl bei dem Gedanken, jetzt allein zur Westküste fliegen zu müssen.

Ich hatte auch bereits intensiv überlegt, wie ich diese Sache lösen könnte. Ich konnte sie schlecht nach Hause bringen und gleichzeitig bei meinem Chef erscheinen.

Doch dafür war nun gesorgt.

Ich sah erst Caroline und dann die beiden Beamten an.

»Wir werden Ihre Schwester sicher nach Hause bringen«, versicherte Donovan. Sie hatte meinen fragenden Blick richtig gedeutet. »Und wir gehen erst wieder, wenn sie es will. Machen Sie sich keine Sorgen!«

Ich nickte dankbar. Ja, diese beiden würden dafür sorgen, dass Caroline Margaréta Carter gesund und sicher nach Hause gelangen würde. »Danke sehr«, sagte ich.

»Dafür sind wir da«, meinte die Frau und verwickelte Caroline nun in ein Gespräch.

Währenddessen zog Anderton mich zur Seite. »Ich habe Anweisung erhalten, Sie sofort nach Washington zu bringen. Eine FBI-Maschine steht bereit. Wir können umgehend starten.«

»Das nenne ich Service«, sagte ich. »In Ordnung.«

Ich brachte Caroline und ihre Begleiter noch zu ihrem Flieger. »Grüß mir L. A. und unsere Eltern. Ich werde auch bald wieder in den Westen kommen!«

»Si claro!«

Sie umarmte mich, flüsterte: »Gracias!«, drehte sich um und betrat die Sicherheitsschleuse. Hinter ihr schritten Donovan und Miller, sie vollkommen verdeckend.

Ich winkte zum Abschied, dann rief ich Christina an, um ihr mitzuteilen, dass ich auf dem Weg zu ihr war, und sie schon einen Kaffee aufsetzen möge. Meinen Communicator schaltete ich danach aus. Er hatte mir genug Erlebnisse in den letzten Tagen beschert. - Er war der Schlüssel. Durch ihn haben mich die Leute gefunden, überall!

Kurz darauf war ich wieder in der Luft. Anderton saß an meiner Seite, wir waren die einzigen Fluggäste. Er fragte: »Sie haben den Fall also gelöst, ja?«

»Ich denke schon, ja.«

Er brummte irgendetwas vor sich hin. »Gut, gut. Wussten Sie übrigens schon, dass dieser Fall und zum Teil auch Sie in der Unterwelt von New York Stadtgespräch sind?«

Ich sah ihn erstaunt an.

»Ja, ja.« Er lächelte. »Die Leute sind bestens informiert, und ich glaube, es ist nur eine Frage der Zeit, bis diese Vorgänge auch in anderen Kreisen erzählt werden. Ich kann da natürlich nur für meine Stadt sprechen, aber ich wäre nicht überrascht, wenn es anderswo nicht auch so wäre. Dieser Fall hat ganz schöne Wellen geschlagen, wer hätte das bei unserem ersten Treffen gedacht, was?«

»Tja, wer hätte das gedacht!« Ich war erstaunt. Soviel zur Geheimhaltung!

*

»Na, hast du deine Odyssee endlich beendet?«

»Ja«, erwiderte ich auf Christinas Frage und setzte mich auf einen Besucherstuhl. Ich war am Ende des inoffiziell offiziellen Teils angelangt.

Sie reichte mir eine Tasse, und ich nahm den angebotenen Kaffee dankend entgegen. »Danke sehr. Deinen Kaffee habe ich echt vermisst, und lange genug hat es ja wirklich gedauert.«

»Und genug Staub aufgewirbelt, auch wenn noch einiger liegen geblieben sein dürfte.«

»Wieso?«

»Nun, während du in Brasilien Urlaub gemacht hast, waren wir nicht untätig. Wir haben einige der Täter von den Morden gefunden, aber eben noch nicht alle. Von dreien fehlt nach wie vor jede Spur. Und es ist wohl davon auszugehen, dass du nicht allen Parteien begegnet bist, die an der Sache interessiert waren.«

»Wahrscheinlich nicht.«

»Vielleicht haben sich die gegnerischen Parteien ja auch gegenseitig ausgeschaltet und kaltgestellt.« Sie lachte.

Ich stimmte in ihr Lachen ein. »Vielleicht, ja. Würde uns natürlich die Arbeit erleichtern ...«

»Christina?«

Sie betätigte die Sprechtaste ihrer Telefonanlage: »Ja, Sir?«

»Ist Carter inzwischen eingetroffen?«

»In diesem Moment, Sir.«

»Schicken Sie ihn rein, bitte.«

»Sofort, Sir.« Sie warf mir einen auffordernden Blick zu, doch ich hatte mich bereits erhoben. »Den Kaffee nehme ich mit, danke sehr.«

Sie lächelte wieder. »Gerne.«

Eine Stunde vor Ablauf der Frist trat ich ins Büro meines Chefs und lieferte den gesamten Bericht, den ich in den vergangenen Tagen in mehreren Teilen per E-Mail und Telefon sowie kurz zuvor als Ganzes an Christina weitergegeben hatte, noch einmal kurz zusammengefasst in mündlicher Form ab.

Er unterbrach mich kein einziges Mal, doch als ich fertig war, fragte er: »Sie haben Christina gegenüber in einem Zwischenbericht etwas von einer Eiffelturm-Geschichte erwähnt, die Sie zum Handeln oder Denken in eine neue Richtung veranlasst hat. Diese Geschichte vermisse ich noch.«

»Oh ja, Sir, sie steht aber in meinem Abschlussbericht. Es ging darum, dass Alexandre Bouvaine, der französische Agent, mich in Israel kontaktierte und mir die Geschichte erzählte, die ihm wiederum sein im Sterben liegender Vater mit auf den Weg gegeben hatte. Und sie kann einen durchaus nachdenklich machen.«

King Arthur sah mich erwartungsvoll an. Ich überlegte kurz und wiederholte die wesentlichsten Punkte, die mir noch im Gedächtnis verblieben waren: »Der Eiffelturm ist über dreihundert Meter hoch und gilt als Wahrzeichen von Paris, der Stadt der Liebe. Alexandre Gustave Eiffel, geboren achtzehnhundertzweiunddreißig in Dijon, gestorben neunzehnhundertdreiundzwanzig in Paris, ein französischer Ingenieur, konstruierte mehrere Brücken bevor er den Eiffelturm plante und bauen ließ; Dauer: von achtzehnhundertfünfundachtzig bis achtzehnhundertneunundachtzig, also in ungefähr vier Jahren. Und das hat sein Großvater in Beziehung zur Evolution gesetzt. Sozusagen eine Analogie.«

Nun blickte mein Chef mich fragend an.

»Die Überlegung ist: Wie unendlich komplizierter ist gegenüber dem Eiffelturm der Mensch? Wie viel größer, gewaltiger die Erde? Und ist auch dort ein Ingenieur tätig gewesen? Und wenn ja, wer?«

Stille. Er schien seinen Blick auf einen imaginären Punkt an der gegenüberliegenden Wand zu heften.

»Gustave Eiffel«, sinnierte er auf einmal, mich wieder anblickend. »Wussten Sie, dass er auch beim Bau unserer Miss Liberty beteiligt war?«

»Der Freiheitsstatue? Nein, Sir. War er?«

»Ja. Als Statiker.«

»Das wusste ich nicht, Sir. Aber der symbolische Wert zur Förderung der Völkerfreundschaft und der allgemeinen Freiheitsliebe ist mir bekannt.« Ich musste an Alexandre Bouvaine denken. »Liberty - liberté - Freiheit!«

Mein Chef erwiderte nichts, sondern widmete sich wieder seinem Studium der Wand. Ich wunderte mich, dass er die ganze Zeit so ruhig blieb. Immerhin dürfte dieser Fall selbst in seiner bewegten und abwechslungsreichen Kriminalstatistik einzigartig sein.

»Morgen habe ich einen Termin im Kongress«, unterbrach er meine Gedankengänge plötzlich. »Es wird erwogen, weitere Special Agents auszubilden und in diese Abteilung zu integrieren.«

»Das ist gut!«

»Ja, das ist auch meine Meinung.«

»Wie viele Stellen sind denn bewilligt?«

»Bewilligt ist noch gar nichts.« Er gestattete sich ein Lächeln. »Sie wissen doch, wie das ist. Zuerst hat jemand eine Idee, dann wird darüber nachgedacht und viel geredet, zwischendurch wird natürlich ein Ausschuss oder eine Kommission gebildet, und dann wirkt sich das alles irgendwann aus. Vielleicht.«

»Tja ...«

»Die momentan favorisierte Überlegung benennt sechsundfünfzig Agenten, die allerdings nicht eine so umfassende Ausbildung wie die Ihre erhalten sollen, sondern eine abgespeckte Variante. Aber auch damit wäre ich vollauf zufrieden.«

»Ganz gewiss, Sir!«

»In Ordnung. Haben Sie denn noch etwas auf dem Herzen?«

»Nun ja, Sir, mich würde interessieren, warum Sie mich auf diesen Fall angesetzt haben. Woher wussten Sie, dass es so wichtig werden würde? Das konnte doch niemand ahnen! Selbst unsere Kollegen in New York maßen dem Toten keinerlei größere Bedeutung zu - zunächst. Von der Polizei ganz zu schweigen!« Ich sah meinen Chef gespannt an.

Er schaute für einige Augenblicke aus dem Fenster - nicht auf die Wand -, sein Blick verlor sich in der Ferne. Doch dann gab er sich einen Ruck, und in einem merkbar leiseren Tonfall berichtete er: »Es war komisch. Es war Samstag am frühen Abend, ich war im Büro ..., dachte über nichts Bestimmtes nach ..., wollte nur ein paar Dinge erledigen, Berichte lesen und eine Rede vorformulieren. Und auf einmal meinte ich das Telefon klingeln zu hören. Ich nahm den Hörer ab ..., und dann hörte ich eine Stimme, die mir eindringlich riet, meinen besten Mann auf diesen Fall anzusetzen ..., den Mord an einem Mann in New York. Mir wurde sogar die Adresse mitgeteilt, wo der Mord geschehen war.«

»Und?«

»Ja ..., ich habe natürlich zuerst einmal Erkundigungen eingezogen. Denn auch wenn ich eine Geheimnummer besitze, ist es doch nicht ganz unmöglich, dass mich hier mal jemand anruft. - Christina war an dem Tag ein bisschen früher gegangen, ich war allein im Büro. Ich rief also die Kollegen vom zuständigen Polizeirevier in New York an. Und dort erfuhr ich, dass es tatsächlich einen Mord gegeben hatte.«

»Und daraufhin haben Sie mich ausgewählt?«

Er schüttelte den Kopf. »Nein, das allein hätte mich nicht dazu gebracht. Ich setze keinen Elite-Agenten auf einen einfachen Mord an.«

»Woher wussten Sie denn, dass es kein einfacher Mord war?«

»Ich wusste es nicht.«

Ungläubig starrte ich ihn an. »Aber, Sir, ich kenne Sie eigentlich nicht als einen Menschen, der sich auf Spekulationen oder Mutmaßungen verlässt.«

»Das ist durchaus zutreffend; und ich habe natürlich weitere Schritte unternommen, bevor ich Sie aus Ihrem Fast-Urlaub zurückbeordert habe.«

Gespannt sah ich ihn an.

»Ich rief in der Technikabteilung an und verlangte Aufklärung über das Telefonat, dass ich vor kurzem geführt hatte. Ich wollte wissen, woher der Anruf kam.«

»Logische Konsequenz. Vielleicht konnte eine Rückverfolgung des Anrufs ja Aufschluss geben ...«

Ich brach ab, als mein Chef - begleitet von einem resignierten Gesichtsausdruck - leise den Kopf schüttelte.

»Was hat man Ihnen denn gemeldet, woher der Anruf kam? Sicherlich aus New York, nicht?«

Wieder ein Kopfschütteln.

»Aus Washington?«

»Nein.«

»Nicht?« Ich war erstaunt. »Etwa aus Philadelphia?«, mutmaßte ich dann.

»Nein«, beschied mein Chef und setzte eine undurchdringlich wirkende Miene auf. »Ich hatte in dem fraglichen Zeitraum gar keinen Anruf erhalten. Ja, nicht nur das! Ich hatte den ganzen Nachmittag nicht telefoniert! Man sagte mir, dass ich in den letzten dreieinhalb Stunden außer dem Telefonat mit den New Yorker Kollegen und dann dem mit der Sicherheitsabteilung keine Gespräche geführt hatte! - Weder rein noch raus!«

»Wie bitte?«

»Ja. Ich hatte in den fraglichen Stunden ..., den ganzen Nachmittag über und also auch zu der angegebenen Zeit nicht telefoniert! Definitiv.«

Er holte einen Computerbogen aus seiner Schreibtischschublade. »Ein Gespräch um sieben Uhr abends. Dauer: drei Minuten, dreiundvierzig Sekunden. Polizeihauptquartier in New York. Ein zweites Gespräch um sieben Uhr und zwölf Minuten, mit unserer Sicherheitsabteilung. Dauer: sieben Minuten, neunundvierzig Sekunden. Und das dritte Gespräch um sieben Uhr sechsunddreißig. Dauer: zehn Minuten mit der NSA. Mehr Telefonate habe ich an diesem Tag nicht geführt. Das ist so sicher wie das Amen in der Kirche.«

Stille. Wieder einmal, doch diesmal schien ich sie hören zu können. Unverständnis wollte sich in mir regen, doch dann musste ich an die hinter mir liegenden Tage denken und an die Erlebnisse, die ich sicherlich so bald nicht wieder vergessen würde.

»Ein Traum ..., ein Tagtraum?«, vermutete ich.

Mein Chef zuckte mit den Schultern. »Ich weiß es nicht. Ich habe für die Sache keine Erklärung. Und an dem Abend hatte ich erst recht keine, obwohl ich noch lange im Büro saß und mir Gedanken gemacht habe. Aber Sie wissen doch, dass ich den Dingen ...«

» ... immer auf den Grund gehe - ja, ich weiß!«

»Und so auch in diesem Fall«, nickte er bedeutungsvoll.

Ich seufzte innerlich und nickte. »Ja, auch in diesem Fall!« Und jetzt wunderte ich mich nicht mehr.

»Ich habe dann selbstverständlich erst einmal eine Nacht darüber geschlafen, und am nächsten Morgen, Sonntagmorgen, war ich der erste im Dienst und habe noch einige weitere Recherchen angestellt. Als Christina dann kam und mir den ersten Kaffee gebracht hatte, stand mein Entschluss fest. Wir würden der Sache nachgehen.«

»Was wir ja auch getan haben.«

»Sehr richtig. Und obwohl wir nicht alles erklären können,

aber die ganze Geschichte zu einem guten Ende gebracht haben, bin ich insgesamt recht zufrieden. Auch wenn es leider etliche Geschehnisse gab, die nicht so ideal gelaufen sind.«

»Wir sind schließlich auch keine Wissenschaftler, Sir. Wenn ich mir die Bemerkung erlauben darf. Wir müssen nicht alles erklären.«

»Sicher nicht.« Er atmete merkbar auf und schien irgendwie erleichtert zu sein.

»Glauben Sie denn, dass wir es da mit etwas Übernatürlichem zu tun haben?«

»Auch das weiß ich nicht. Man könnte es, wie Sie schon sagten, höchstens glauben. Aber vielleicht bin ich persönlich ganz einfach noch nicht so weit, um die allerletzten Konsequenzen zu ziehen. Aber eines steht fest: In meinem Bericht an den Direktor wird in der Zusammenfassung stehen, dass alles in Ordnung ist und keine Veranlassung zu irgendeiner panisch motivierten Aktion besteht. Es war ein anonymer Hinweis, und Sie hatten Urlaub, ganz offiziell, sind in Ihrer Funktion als FBI-Agent aber natürlich immer für das Wohl Ihrer Mitmenschen verantwortlich, selbst im Ausland. Daher haben Sie sich, im Rahmen der Gesetze, der Sache angenommen.«

Ich nickte verständnisvoll.

»Aber um eines muss ich Sie bitten, John!«, legte mein Chef noch einen nach.

»Ja, Sir?«

»Die Sache bleibt unter uns - vertraulich.«

»Selbstverständlich, Sir.«

Er hielt die Akte nachdenklich in der Hand. »Unter diesen mysteriösen Umständen werden Sie es verstehen, dass ich den Bericht als Geheimsache einstufen muss, nicht wahr? Und ich denke, es spricht nichts dagegen, wenn Sie Ihren wohlverdienten Urlaub jetzt wirklich antreten. Diesmal werde ich Sie auch ganz bestimmt nicht zurückholen!«

»Ja, ich verstehe. Danke, Sir.«

Ich erhob mich, er reichte mir die Hand zum Abschied. »Dieser Fall wird zwar noch einiges Aufsehen erregen ..., bei unserem Direktor ..., im Pentagon ..., im Weißen Haus sowieso - aber die große Masse der Bevölkerung wird so schnell nichts davon erfahren, und intern betrachte ich ihn auch als abgeschlossen. Erholen Sie sich gut. In drei Wochen möchte ich Sie mit vollen Akkus wieder hier in Washington haben.«

»Jawohl, Sir.« Ich warf einen letzten Blick auf den Aktendeckel. 'Eyes only - Top secret' stand in roten Buchstaben oben auf, und in der Mitte war ein Extrafeld angebracht, auf dem in großen Lettern 'Streng Geheim' zu lesen war. Darunter fand sich in kleineren Buchstaben der Begriff, den ich auch für meinen Bericht verwendet hatte: 'Das Wort Gottes'. Daneben prangte das Siegel der Abteilung V mit der Unterschrift meines Chefs.

Es würde nicht viele Menschen geben, die diese Akte zu sehen bekommen würden. Noch nicht.

»Good bye, Sir!« Ich drehte mich um.

»Good bye, John!«

*

Ich saß bei Christina. Gemeinsam warteten wir auf die Rückkehr unseres Chefs, der mit unserem Direktor und einigen anderen Herren im Weißen Haus war. Der Direktor hatte seinen erfolgreichsten Abteilungsleiter kurzfristig mitgenommen, nachdem dieser meinen und seinen Bericht abgegeben und in kurzen Worten erläutert hatte. Es dauerte Stunden bis King Arthur wiederkam, doch Christina und ich hatten uns viel zu erzählen. Auch die Eiffelturm-Geschichte berichtete ich ihr nun persönlich.

Als der Chef schließlich wieder bei uns war und von einem Sieg auf ganzer Linie sprach, verabschiedete ich mich.

Ich hatte schon die Klinke in der Hand, als Christina mich noch einmal zurück hielt: »Ach übrigens, John?«

»Ja?«

»Ich habe, nur um nichts zu versäumen, im Vatikan angefragt ..., wegen des Padre in Mexiko.«

»Und?«
»Ein Federico Bartolomeo ist dort vollkommen unbekannt.«
Ich nickte nur. Nach der Erzählung meines Chefs konnte mich das nicht überraschen.

Epilog

Rio de Janeiro, Brasilien
Donnerstag, 7:00 a.m.

Keine sechsunddreißig Stunden nach unserer Trennung war ich wieder in Rio de Janeiro, Isabella an meiner Seite. Sie lächelte. In den Augen Uneingeweihter mussten wir aussehen wie frisch Verliebte - und das war auch durchaus der Fall.

»Auf unserer Hochzeitsreise müssen wir am Flughafen von L. A. Station machen. Dort sind noch ein paar Klamotten von mir«, flüsterte ich.

Sie lachte. »Männer! Immer logisch, möglichst effektiv und an alles denken!«

Ich erwiderte nichts, sondern küsste sie.

Wir spazierten durch die Stadt, und um die Mittagszeit erreichten wir den Corcovado. Auf Isabellas Vorschlag hin bestiegen wir den Berg, und als wir den letzten Abschnitt vor der Aussichtsplattform erreicht hatten, rief sie: »Wer erster ist, hat einen Wunsch frei!«, und eilte die linke Treppe hinauf.

Obwohl sie mich abgedrängt hatte, hielt ich auf der rechten Seite gleichen Schritt. Oben trafen wir uns in der Mitte der Plattform und genossen gemeinsam den Ausblick über Stadt und Umgebung, über uns der allgegenwärtige Christus.

Die Verbindung von Wissenschaft, Philosophie und Religion oder die Frage nach dem Warum?

Die W-Formel oder das Spiel des Lebens
© 2012 by Günter Laube
eBook: 2012, Neobooks.com, München
Hardcover: 2015, BoD, Norderstedt, 448 S.

Warum ist überhaupt etwas, und warum ist nicht Nichts? War der erste Mensch ein Mann oder eine Frau? Wieso gibt es unterschiedliche Religionen? Welche Lehren müssen wir noch aus dem Zweiten Weltkrieg ziehen?

Das Jahr 1999 markiert nicht nur das Ende des 20. Jahrhunderts, sondern weckte u. a. mit einer totalen Sonnenfinsternis das Interesse des Autors an allgegenwärtigen, jedoch nicht alltäglichen Dingen des Lebens. Dieses Buch soll Anregungen zum interkulturellen Dialog liefern.

Roman:

Gefangener Nummer 343
© 2016 by Günter Laube
eBook: 2016, Neobooks.com, München
Paperback: 2016, BoD, Norderstedt, 300 S.

Maryam floh im Alter von sieben Jahren mit ihrer Familie nach Deutschland. Schon als Kind hatte sie lebhafte Träume, und als Teenager wurden die Träume so intensiv, dass die Familie ärztliche Hilfe in Anspruch nehmen musste. Nach dem Abitur in Berlin verbrachte sie ein Jahr als Entwicklungshelferin im Ausland, in ihrer alten Heimat. In dem Land herrschte nach jahrelangem Bürgerkrieg das Chaos, und Hilfe wurde mehr denn je gebraucht.
Nach ihrer Rückkehr beginnt sie ein Lehramtsstudium für Arabisch, Deutsch und Englisch. Doch im dritten Semester sind die Träume wieder da: intensiver und lebendiger als je zuvor! Sie ist Sophia Fernández, eine Sonderermittlerin der Vereinten Nationen, die ein neues Hochsicherheitsgefängnis überprüfen soll.
Bei Gesprächen mit verschiedenen Insassen eröffnen sich ihr Einblicke in eine andere Welt. Doch welche Rolle spielt Gefangener Nummer 343 in ihren Träumen und in ihrem Leben?